acabus

Klaus-Jürgen Wrede

# Das Geheimnis des Genter Altars

Wrede, Klaus-Jürgen: Das Geheimnis des Genter Altars,
Hamburg, acabus Verlag 2015

Originalausgabe
ISBN: 978-3-86282-367-3

Dieses Buch ist auch als eBook erhältlich und kann über den
Handel oder den Verlag bezogen werden.
PDF-eBook: ISBN 978-3-86282-368-0
ePub-eBook: ISBN 978-3-86282-369-72

Lektorat: Lea Intelmann, acabus Verlag
Umschlaggestaltung: © Marta Czerwinski, acabus Verlag
Umschlagmotiv: © Gent: By Ryanbrown-at (Own work) [CC-BY-3.0 (http://creativecommons.org/licenses/by/3.0)], via Wikimedia Commons; https://commons.wikimedia.org/wiki/File:Gent_pano.jpg
Altar: „Genter Altor" von Jan van Eyck (etwa 1390–1441) - Transferred from lb.wikipedia. Lizenziert unter Public domain über Wikimedia Commons - http://commons.wikimedia.org/wiki/File:Genter_Altor.jpg#mediaviewer/File:Genter_Altor.jpg

Bibliografische Information der Deutschen Nationalbibliothek:
Die Deutsche Nationalbibliothek verzeichnet diese Publikation
in der Deutschen Nationalbibliografie; detaillierte bibliografische
Daten sind im Internet über http://dnb.d-nb.de abrufbar.

Der acabus Verlag ist ein Imprint der Diplomica Verlag GmbH,
Hermannstal 119k, 22119 Hamburg.

© acabus Verlag, Hamburg 2015
Alle Rechte vorbehalten.
http://www.acabus-verlag.de
Printed in Europe

# Prolog

Paris, März 1314, Judeninsel

Die zahlreichen Grauabstufungen des Himmels wurden durch die fast glatte Oberfläche des Wassers zu einem einzigen tiefgrauen Ton reflektiert. Wie eine ruhige Ader floss die Seine mit gleichbleibender Geschwindigkeit durch Paris – ein stetiger Strom der Zeit, unbeeindruckt vom pulsierenden Leben an ihren Ufern.

Ein fauliger Geruch lag über der Stadt, verursacht durch Abfälle, die sich in den Ufernischen und kleinen Buchten verfangen hatten – ein penetranter Gestank, den der Wind nicht fortzutragen vermochte.

Kaum ein Sonnenstrahl konnte sich durch die dichten Wolkengebilde kämpfen und ein diffus drückendes Licht ließ die Konturen der nah aneinander gedrängten Menschen zu einem großen Körper verschwimmen.

Unzählige hatten sich an den naheliegenden Ufern des Flusses postiert, im ständigen Kampf um die besten Plätze, damit sie das bevorstehende Spektakel hautnah miterleben konnten. Es war, als sei die ganze Stadt auf den Beinen: Gassenjungen, die sich geschickt durch die Menge schlängelten, Bettler in schmutziger und zerlumpter Kleidung, daneben Bürger, die mit ihrer gesamten Familie hergekommen waren. Frauen, die ihre Kinder in einem Tuch vor der Brust trugen, und Straßenverkäufer mit einem Korb voller Waren vor dem Bauch. Taschendiebe erhofften sich heute ein lukratives Geschäft, ebenso die zahlreichen Fährleute mit ihren schäbigen kleinen Booten, die nach Erhalt eines beträchtlichen Obolus Menschen auf die kleine und ohnehin schon völlig überfüllte Insel hinüberruderten.

Unzählige Juden hatten hier in den Feuern des Hasses bereits ihr Leben lassen müssen, so wurde sie irgendwann nur noch „Judeninsel" genannt – ein versumpftes Fleckchen Land in einer Gruppe weiterer kleiner Inseln, umspült vom unablässigen Strom der Seine – direkt gegenüber dem Königspalast und dem königlichen Garten am Rande der Cité.

An diesem Tag hatte sich fast ganz Paris eingefunden, um eine außergewöhnliche Hinrichtung zu erleben. Ein riesiger Scheiterhaufen war in der Mitte der kleinen Insel aufgetürmt. Wachen standen überall an den Ufern, den Brücken und auf der Insel, gut bewaffnet und mit Harnisch, als befürchte man Unruhen bei dem bevorstehenden Spektakel. Eine ältere Frau fiel vom befestigten Ufer in die Seine – zum Gespött der Schaulustigen, die das verzweifelte Rudern ihrer Arme mit höhnischem Gelächter kommentierten. Offenbar konnte die Frau nicht schwimmen, denn sie befand sich mehr unter Wasser als darüber. Doch keiner der Umstehenden machte sich die Mühe, ihr zu Hilfe zu kommen. Die Seine trug sie ruhig mit sich fort, bis sie sich ein Stück weiter an einigen sich ihr entgegenstreckenden Armen festhalten konnte, welche sie zurück ans rettende Ufer zogen. Dort blieb sie erschöpft und hustend am Boden liegen und wurde schnell wieder von der sie umgebenden Menge verschluckt.

Ein dumpfer, bedrohlicher Klang – kaum mehr als eine Ahnung – war zunächst eher zu spüren als zu hören. Dieser gleichmäßige Rhythmus nahm stetig in seiner Eindringlichkeit zu, sodass allmählich Ruhe in das jahrmarktähnliche Treiben an der Seine einkehrte, bis endlich die gesamte Menge in schweigender Erwartung verharrte. Wie die drohenden Schritte einer näherkommenden, unsichtbaren und riesenhaften Kreatur erhoben sich jetzt dumpfe Trommelschläge, welche die Verurteilten auf ihrem letzten Weg begleiteten.

Das Boot kam vom entfernten Ufer nahe des Königspalastes. Im Bug stand ein Mönch und hielt ein großes hölzernes Kreuz in beiden Händen – wie ein Mahnmal des göttlichen Willens.

Dahinter befanden sich Personen, die von weitem nicht eindeutig zu erkennen waren. Lediglich die beiden Menschen in den grauen Umhängen fielen nicht nur wegen ihrer Kleidung innerhalb der Gruppe auf. Sie strahlten etwas aus, das kaum fassbar war und sich auch über weite Distanz auf die Menge übertrug.

Langsam glitt das Boot mit dem kleinen Ensemble von Statuen in Richtung Judeninsel.

Die gesamte Menge schien versteinert und folgte nur mit den Augen der Bewegung des Bootes. Alles stand für einen Moment still, was der Szenerie eine gespenstische Note verlieh, die sich durch die stereotype Apathie der Trommelschläge noch intensivierte. Das Licht wurde immer schwächer, da die ohnehin schon hinter dicken Wolkenschleiern verborgene Sonne nun langsam unterging.

An der Insel angekommen, schien die Gruppe wieder lebendig zu werden: Die beiden grau gekleideten und gefesselten Männer wurden aus dem Boot gestoßen und grob weitergeschubst. Ihre Gesichtszüge waren nun detaillierter zu erkennen. Beide trugen Bärte, welche die Kinnpartie vollständig bedeckten. Sie strahlten trotz deutlich erkennbarer Spuren jahrelanger Entbehrung, der Folter und des Kerkers eine ungewöhnliche Gelassenheit und Ruhe aus.

Der Scheiterhaufen war in aller Eile am Nachmittag desselben Tages errichtet worden, aber die erfahrenen Henkersknechte verstanden ihr Handwerk und hatten den aus Holzscheiten aufgetürmten Haufen an einigen Stellen mit Stroh und Reisig versehen – ein wohldosiertes und sich nicht zu schnell verbreitendes Feuer sollte auf diese Weise die Qual der Verurteilten verlängern.

Beide Männer wurden von den Henkersknechten über eine kleine Treppe auf den Scheiterhaufen geführt, aus dem genau in der Mitte ein massiver Holzpfahl Richtung Himmel ragte. Nachdem man den Verurteilten die Fesseln gelöst und sie recht ruppig mit wenigen Handgriffen ihrer Umhänge entledigt hatte, standen sie fast nackt in langen weißen Büßerhemden am Holzpfahl.

Ein Henker ergriff die vorbereiteten feuchten Stricke, schnürte sie den beiden Männern um die Hüften und zog sie dann mit der Brutalität eines Schlächters fest um Beine und Brust, sodass die Körper hart gegen den Pfahl gedrückt wurden. Ein anderer Knecht zog von hinten den Strick um ihre Hände, als einer der Verurteilen seine Stimme erhob – nicht laut, aber dennoch von unerschütterlicher Selbstsicherheit getragen und klar vernehmbar für alle Umstehenden:

„Ihr Herren, so lasst mich im Angesicht des Allmächtigen wenigstens meine Hände falten, auf dass ich Gott mein Gebet darbringen kann!"

Einen Moment lang zögerte der Henker unschlüssig und schaute hilfesuchend zum Inquisitor hinüber. Dann zog er die Hände des Verurteilten nach vorn und band sie gefaltet vor seiner Brust zusammen.

Und wieder erhob der Betende seine Stimme, diesmal energischer, von einer apodiktischen Gewissheit erfüllt:

„Nun ist für mich der Augenblick gekommen zu sterben. Aber Gott weiß, dass dies zu Unrecht geschieht. Und Gott weiß, wer dieses Unrecht zu verantworten hat! Er ist mein Zeuge. So wahr ich hier stehe, verfluche ich die, die uns vernichtet haben, die sich selbstgerecht zu Richtern aufspielen und in Gottes Namen den Tod über die Welt bringen. Denn sie werden bald vor dem Thron unseres höchsten Richters stehen!"

Die Stimmung hatte nun gespenstische Züge angenommen. Kaum jemand wagte zu reden, mancher kaum zu atmen. Die eigentümliche Stille wurde nur von den fernen Stimmen der Gaukler, Händler und Menschen um Notre Dame durchbrochen – fremdartige Geräusche aus einer weit entfernten, lebendigen Welt.

Der Wind hatte sich für einen Moment gelegt und der Himmel drückte schwer alles Leben zwischen sich und der Erde zu Boden, sodass kaum Luft zum Atmen blieb.

Am Fenster des Balkons im nahen Königspalast war eine Gestalt auszumachen. Nur ihre dunklen Umrisse konnte man von hier unten erkennen. Reglos und starr betrachtete sie aus der Ferne die gesamte Szene von oben, gleich einem Richter als Vollstrecker des göttlichen Willens.

Nachdem der Hauptmann ein Zeichen gegeben hatte, trat einer der Henkersknechte mit einer brennenden Fackel in der Hand an den gewaltigen Scheiterhaufen heran und entzündete ihn an zwei Stellen. Schnell fing das Stroh Feuer und bald danach das umliegende Reisig.

Der Wind trug den Rauch unbarmherzig in die Menge, sodass keiner der Verurteilten die Gnade eines schnellen Erstickungstodes oder einer vorzeitigen Bewusstlosigkeit erhoffen durfte. Kaum jemand wagte sich vorzustellen, welche Leiden die Hingerichteten nun durchmachten: das Gefühl, wenn die Haut langsam inmitten der Hitze zu kochen begann, obwohl die Flammen den Körper noch gar nicht erreicht hatten. Als brenne das Fleisch auf den Knochen bereits, während man wusste, dass das Schlimmste noch gar nicht begonnen hatte. Unvorstellbare Qualen zu erdulden und jede einzelne Sekunde wie eine Ewigkeit in der Hölle auszuhalten – in der Gewissheit, dass ihnen eine vorzeitige Erlösung versagt bleiben würde.

Der Betende öffnete die Augen und schaute mit gefalteten Händen hinüber zu Notre Dame, die ihm in diesem Augenblick Trost zu spenden schien. Kein einziger Laut des Schmerzes kam über die Lippen der Männer. Alle Augenpaare waren auf das Feuer gerichtet, auf die Flammen, die nun langsam an den beiden Körpern zu nagen begannen und sich in den Augen aller Zuschauer spiegelten. Sie brannten sich nicht nur in das Fleisch der Verurteilten, sondern auch in die Seelen aller anwesenden Menschen ein.

Durch den Wind angefacht, schlug das Feuer schneller nach oben, als von den Henkersknechten erwartet. Die Körper standen plötzlich in Flammen, man sah nur noch die beiden Köpfe hinter einer gleißenden Feuerwand verschwommen flackernd durchscheinen. Ein beißender Geruch von verbranntem Fleisch erfüllte die Luft.

Alle atmeten sie diesen Geruch ein, nahmen ihn tief mit der Luft in sich auf, nach Sauerstoff ringend. Viele begannen zu husten, andere übergaben sich wegen des unentrinnbaren Gestanks.

Das Feuer hatte inzwischen seine größte Kraft erreicht. Der gesamte Holzstoß war nun ein einziges Flammenmeer, das den Rauch unaufhörlich in den Himmel trieb. Durch einzelne Windböen gelenkt, leckte das Feuer auch nach den Umstehenden, als wolle es sie ebenfalls verschlingen. Der Scheiterhaufen wuchs zu einer riesigen Feuersäule. Hellgelb verzehrten die Flammen alles in ihrem leuchtenden Kegel, vernichteten jegliche Materie – eine unbändige und unkontrollierbare Macht, um das Böse aus der Welt zu tilgen. Das Leben war längst aus den beiden Männern gewichen. Durch das wabernde Feuer sah man die Gestalt des Betenden schwarz inmitten der leuchtenden Flammen hindurchscheinen. Und plötzlich, als ob sein Geist noch einmal zur Mahnung in diese Welt zurückkehrte, richtete sich sein Körper gespenstisch ein letztes Mal am brennenden Pfahl auf. Schreie der Angst breiteten sich in der Menge aus. Viele bekreuzigten sich hastig und wichen zurück, um sich gegen das letzte Aufbäumen des Teufels und das durch das Feuer entfesselte Böse zu schützen.

Die Lohe wandelte sich von leuchtendem Gelb in ein warmes Orange und Rot und schien in ihrer Unbändigkeit gezähmt zu sein. Je weiter die Flammen herunterbrannten, desto deutlicher schälten sich die mittlerweile bizarr verzerrten, verbrannten Menschenkörper aus der flackernden Hitze. In tiefem Schwarz waren ihre verkohlten Umrisse kaum noch als menschlich erkennbar.

Die ineinander verschmolzene Menschenmasse an den Ufern verwandelte sich langsam zurück in einen lebendigen Organismus und löste sich in ihrer Gestalt allmählich auf.

Das vor sich hinbrennende Feuer wurde noch eine ganze Weile von bewaffneten Posten bewacht, damit sich niemand an ihm zu schaffen machte, bevor es ganz heruntergebrannt war. Starr und bewegungslos stand nur noch die Gestalt am Fenster des Königspalastes, wie gebannt – einer steinernen Statue gleich, die ihren toten Blick nicht von einer ganz bestimmten Stelle lösen konnte.

Als die Nacht hereinbrach, strichen dunkle Schatten über die Stelle, wo vorher noch die Flammen alles Leben verzehrt hatten. Halb gebückt bewegten sich Gestalten in Mönchskutten gespenstisch über den noch warmen Boden und suchten in der Asche umher. In unregelmäßigen Abständen nahmen sie etwas vom Boden auf und legten es vorsichtig in einen kleinen Beutel, den sie mit sich führten. Das ging eine ganze Weile so, bis Ruhe einkehrte und sich alle gemeinsam in der Asche aufrichteten, einen kleinen Kreis aus sieben Menschen bildend. Einem geheimnisvollen Ritual folgend nahm jeder von ihnen eine Handvoll Asche vom Boden auf und alle gleichzeitig warfen sie diese in die Luft.

Der Wind hatte sich ein wenig gelegt, aber er war noch stark genug, um die warme Asche mit sich zu nehmen und in die Stadt hinauszutragen.

Mit der aufkommenden Dunkelheit verzogen sich langsam auch die Wolkenschleier, die den Himmel tagsüber verhüllt hatten. Unzählige Sterne funkelten zwischen noch vereinzelt ziehenden Wolkenfeldern auf die Asche herab wie die Augen des Himmels und erinnerten daran, dass jedes Leben nur ein winziger Atemzug des Universums ist.

# I

*Gent, 2. Stunde des 11. April 1934*

*Unvermittelt blieb er stehen und starrte nach oben. Das konnte nicht sein! War es eine Täuschung gewesen? Oder hatte er gerade tatsächlich einen vorbeihuschenden Lichtschein hinter den Fenstern der großen Kathedrale gesehen? Möglicherweise spielten ihm seine Augen in der Dunkelheit nur einen Streich, oder er hatte das Flackern der kleinen Flamme wahrgenommen, die in der Kirche brannte.*

*Mitten in der Bewegung gebannt, wartete er. Wartete auf ein erneutes Anzeichen, dass er dort wirklich etwas gesehen hatte.*

*Nichts. Kein Licht, kein Flackern.*

*Pierre Renard erwachte aus seiner Starre, den Blick immer noch auf das riesige Kirchenfenster geheftet. Schließlich regte er sich und schlich achtsam weiter, dicht an den massigen Mauern der Kathedrale entlang. Er musste sich wieder auf sein eigentliches Vorhaben konzentrieren – die kleine Bäckerei auf der anderen Seite des Platzes. Sie war das Ziel seiner geplanten Diebereien heute Nacht. Daher vermied er es, den großen Platz zwischen Kathedrale und Belfried zu überqueren. Auch wenn Gent um diese Zeit wie eine ausgestorbene Geisterstadt wirkte, so wollte er auf keinen Fall ein Risiko eingehen.*

*Die Laternen waren verloschen und die beiden bedrohlich wirkenden Türme der Kathedrale waren eher zu spüren als zu sehen – so dunkel war diese Nacht.*

*Perfekt geeignet für einen kleinen Beutezug.*

*Pierre drückte sich weiter an der Mauer entlang, als er direkt vor sich unweit der Kirchenmauer die schattenhaften Umrisse einer Limousine zu erkennen glaubte. Ein Auto? Hier in der Nähe der Kathedrale? Er kam kaum dazu, sich zu wundern, denn plötzlich vernahm er Geräusche von der wenige Schritte entfernten Seitentür.*

*Konnte das ein Tier sein? Etwa eine Ratte oder eine Katze? Oder gar ein anderer Dieb?*

*Es war niemand an der Tür zu sehen.* Er wagte sich näher heran und war sich nun sicher, dass die Geräusche, die eher metallisch klangen, einen menschlichen Ursprung jenseits der Tür haben mussten.

*Aber das machte doch keinen Sinn! Schlosser, die nachts an der Kirchentür arbeiteten?*

Er stand jetzt unmittelbar vor der Tür, als er plötzlich ein ihm bekanntes Geräusch hörte: das Einschnappen des Schlosses, wenn die richtige Stellung für die Entriegelung gefunden war.

Im nächsten Moment bewegte sich auch schon die dicke Eisenklinke nach unten. Pierre konnte sich gerade noch hinter dem nächsten Mauervorsprung verbergen, als sich die schwere Eichentür Stück für Stück öffnete. Vorsichtig spähte er hinter seinem steinernen Versteck hervor, sah aber nur die ihm zugewandte Tür, welche sich jetzt langsam wieder schloss.

Pierre wartete. Nichts war mehr zu hören. Er reckte den Kopf nach oben, um zu den Kirchenfenstern über ihm hinaufzusehen. Einen winzigen Moment glaubte er wieder einen Lichtschimmer wahrzunehmen. Also hatte er sich doch nicht getäuscht. Er dachte nach. Möglicherweise konnte er hier unbemerkt etwas mitgehen lassen, wenn die Kathedrale schon mal offen war. Sicher ließen sich solch wertvolle Schätze gewinnbringend verkaufen; da reichte vermutlich schon eine Kleinigkeit, die nun denkbar einfach zu bekommen war. Er witterte seine Chance. Das hier war doch viel besser als die Bäckerei gegenüber. Er ging zur Tür und ergriff die eiserne Klinke. Dann hielt er einen Moment lang inne. Auch wenn er viel Erfahrung im Öffnen von Türen hatte, so war diese doch eine ganz besondere Herausforderung. Eine solch schwere Tür verursachte meist knackende Geräusche, die er unbedingt vermeiden musste.

Er schaffte es, sie nahezu geräuschlos zu öffnen – zumindest so weit, dass er gerade so hindurchgleiten konnte. Er hatte sie fast schon wieder geschlossen, da kam das befürchtete Knacken.

*Verdammt!* Schnell duckte er sich, um hinter der einen Meter entfernten Schwingtür in Deckung zu gehen. Nur einige Glasscheiben im oberen Bereich der Tür gaben den Blick auf den Eingang frei.

Wieder wartete er.

Scheinbar hatte ihn der Eindringling nicht bemerkt, oder er wartete ebenfalls ab – wie bei einem Katz-und-Maus-Spiel, bei dem der verliert, der sich zu früh in Sicherheit wiegt.

Waren möglicherweise sogar mehrere Diebe am Werk? Die Idee war ihm bisher noch gar nicht gekommen, da er selbst ja immer allein unterwegs war. Nun schien ihm diese Möglichkeit sogar recht wahrscheinlich, da ein Kirchenraub schon ein ganz anderes Kaliber war, als ein paar kleine Läden um ihren Tagesverdienst zu erleichtern.

Ihm war etwas unwohl bei dieser Vorstellung, aber zurück durch die Tür konnte er nun nicht mehr.

Er schob sich halb geduckt durch die Schwingtür und bewegte sich geschmeidig wie eine Katze bis zum nächsten Pfeiler.

Dort blieb er stehen. Die Finsternis hier drinnen war noch undurchdringlicher als das dämmrige Licht draußen und er musste seine Augen erneut daran gewöhnen.

Die bedrohlichen Pfeiler hoben sich so wenig vom Dunkel ab, dass sie wie ein Teil davon wirkten. Nur in der Ferne sah Pierre die kleine rote Kerzenflamme des ewigen Lichts leuchten – als eine Erinnerung an die Allgegenwärtigkeit Gottes. Ob er das Ganze nun beobachtete? Pierre hatte kein wirklich gutes Gefühl bei dem Gedanken, hier etwas mitgehen zu lassen. Zwar war er sich eher unsicher, ob er an die Existenz eines Gottes glauben sollte oder konnte, doch hier in diesem Raum meinte er eine Macht zu spüren, die sein Tun genauestens verfolgte. Oder war das nur sein schlechtes Gewissen?

Er schloss unwillkürlich die Augen, um besser hören zu können. Vernahm er da ein Flüstern oder war das nur das Rauschen des Kirchenraumes mit seiner geheimnisvollen Akustik?

Da war es wieder! Der leise Klang verband sich durch den Hall mit der Lautlosigkeit und wirkte wie eine Unregelmäßigkeit der Stille.

Jetzt sah er sie.

Zwei dunkle Gestalten, die sich rechts vom Hochaltar in einer Seitenkapelle zu schaffen machten. Die Seitenkapellen waren rund um den Altar jenseits eines breiten Ganges nebeneinander angeordnet, so gut kannte Pierre diese Kathedrale zumindest.

Die Beiden befanden sich in der St.-Johannes-Kapelle, wo der berühmte Altar der Gebrüder van Eyck aufbewahrt wurde, ein aus vielen Tafeln bestehendes, riesiges Altargemälde. Hinter der geöffneten Chorschranke waren sie schemenhaft durch das verzierte Holzgitter der Kapelle zu erkennen.

Pierre musste näher ran. Er schaffte es unbemerkt bis zum nächsten Pfeiler. Nun konnte er erkennen, dass die beiden Männer am linken Flügel des Altars beschäftigt waren. Viel mehr konnte er von hier aus immer noch nicht sehen. Er konnte mehr erahnen, was die beiden dort taten. Vorsichtig und halb geduckt kroch er weiter bis zum nächsten Pfeiler.

Von hier aus hatte er einen besseren Blick und erkannte, dass der schwere Altarvorhang bis zur Hälfte zurückgeschlagen und der Altar links aufgeklappt war. Einer der Männer stand auf einer Leiter und zog nun eine der gewaltigen Bildtafeln Stück für Stück nach oben, was jedoch ein schwieriges Unterfangen zu sein schien. Der Andere half so gut es ging und drückte mit beiden Händen von unten dagegen. Nach einer Weile hatten sie die schwere Holztafel aus dem Rahmen gewuchtet und setzten sie laut krachend auf dem Boden ab. Der Nachhall erfüllte die gesamte Kathedrale wie ein drohender Donner. Sogar das ewige Licht schien einen Augenblick zu flackern und unruhig seine Mitte wieder zu suchen. Die Männer verharrten eine ganze Weile, bis wieder absolute Stille eingekehrt war. Auch Pierre wartete bewegungslos. Er musste sich ein besseres Versteck suchen, denn sicher würden sie gleich die Tafel durch die geöffnete Seitentür nach draußen bringen und ihn dabei entdecken.

Langsam erhob er sich aus der Hocke hinter dem schützenden Pfeiler. Dabei glitt unbemerkt sein Werkzeug aus der Tasche. Pierre registrierte es erst, als er den Aufprall auf dem Boden hörte, und erstarrte vor Schreck. Auch wenn das darum gewickelte Tuch das Geräusch ein wenig abschwächte, so reichte es doch, um auf ihn aufmerksam zu machen.

*Die Männer hatten das Geräusch gehört und schauten jetzt aufgeschreckt in den Kirchenraum. Pierre duckte sich und reagierte instinktiv.*

*Er bewegte sich behände und geräuschlos auf allen vieren durch die Bankreihe auf die andere Seite des Kirchenraums. Nervös schaute er sich nach einem Versteck um. Einige Meter entfernt befand sich der Beichtstuhl, aber es schien ihm zu riskant, dorthinein zu fliehen – zu einsichtig, zudem wie eine Falle. Er traute sich kaum, seinen Kopf zu heben, um den Standort seiner Verfolger auszumachen. Hier musste er jedenfalls schnellstmöglich weg. Zur Kirchentüre würde er es von hier aus auf keinen Fall schaffen. Er musste sich in der Kirche ein gutes Versteck suchen. Die anderen Seitenkapellen? Der Weg dorthin war zu riskant – mehrere Meter durch den ungeschützten Kirchenraum. Er lauschte angestrengt.*

*Nichts. Das beunruhigte ihn. Die Männer schienen jedes Geräusch zu vermeiden. Waren sie schon in seiner Nähe?*

*Die einzige Chance schien ihm die nahegelegene Krypta.*

*Ohne weiter abzuwägen, huschte er zur Treppe, die nach unten führte. Er war erleichtert, dass das große Eisengitter vor der Krypta geöffnet war, so tastete er sich Stufe um Stufe hinab, noch tiefer in die Dunkelheit eindringend. Hier unten konnte er überhaupt nichts mehr sehen, nicht einmal die eigene Hand, die er tastend ausstreckte.*

*Unsicher bewegte er sich in diesem absoluten Dunkel weiter, die Hände leicht hin und her bewegend mit gespreizten Fingern, um so das Dunkel besser erfassen zu können.*

*Er fühlte etwas Kaltes.*

*Kalten Stein – eine Steinkante in etwa eineinhalb Metern Höhe.*

*Vermutlich ein Sarkophag.*

*Er tastete sich an der Kante entlang und tappte vorwärts, bis er auf einen weiteren Sarkophag stieß. Sich an diesem weiterhangelnd, entdeckte er an dessen Stirnseite eine schmale Lücke zur Wand. Pierre fragte sich, ob er wohl hineinpassen würde und ob dies ein brauchbares Versteck sein könnte. Möglichst geräuschlos zwängte er seinen Körper Stück für Stück hinter den Sarkophag, die Hände auf dem Boden abgestützt, als er unvermittelt in etwas Weiches griff.*

*Instinktiv zog er seine Hand zurück. Er begann zu zittern, die Kälte des Bodens hatte schon seinen Körper erfasst. Da vernahm er mit einem Mal Schritte – fast lautlos, nur durch das dezente Knirschen des Schmutzes auf dem Boden zu hören.*

*Pierre wagte kaum zu atmen. Er lauschte angestrengt. Die Schritte hatten aufgehört. Nicht das leiseste Geräusch war zu hören.*

*Er wartete eine ganze Weile, versuchte seinen Atem unhörbar zu machen.*

*Da flackerte plötzlich der schwache Lichtschein einer Gaslampe auf. Er konnte unmittelbar neben seinem Kopf eine tote Ratte erkennen. Sie also hatte er eben ertastet. Er schluckte seinen Ekel hinunter. Nur keine Panik jetzt, versuchte er sich einzureden.*

*Die Männer, die hier einen Kirchenraub in großem Stil durchführten, verstanden sicher keinen Spaß mit Gelegenheitsdieben wie ihm und waren bestimmt nicht zimperlich mit lästigen Augenzeugen. Hatte er sich vor ein paar Minuten noch die Chance erträumt, hier etwas Wertvolles mitgehen zu lassen, so verfluchte er nun den Moment, als er die Kirche betreten hatte.*

*Er versuchte seinen Atem wieder stärker zu kontrollieren, um sich durch keinerlei Geräusch zu verraten. Er bemühte sich, die aufsteigende Panik in der zwängenden Enge des Steins im Griff zu behalten. Er musste jetzt ganz ruhig bleiben!*

*Doch nun hatte er schlagartig das Gefühl, keine Luft mehr zu bekommen. Ihm war, als ob er kaum noch Sauerstoff bekäme, wie in einem Rauchschwall. Aber er konnte im Schimmer der Lampe keinen Rauch erkennen. Dennoch glaubte er ihn förmlich zu riechen, atmete schneller, spürte ein Kratzen auf den Stimmbändern und in der Lunge. Er durfte jetzt nicht husten. Immer wieder schluckte er, um seinen Rachen zu befeuchten. Ihm wurde heiß. War ein Feuer ausgebrochen? Er konnte keine Flammen entdecken – nicht einmal die Andeutung eines Flackerns. Und dennoch wurde ihm heißer und heißer. Bildete er sich das nur ein? Der Schweiß lief Pierre das Gesicht herunter, sein Atem wurde immer schneller. Er begann zu röcheln, bekam kaum noch Luft. Der Rauch war überall um ihn herum, die Hitze unerträglich. Er hatte das Gefühl, innerlich zu verbrennen.*

*Wie durch einen Schleier vernahm er jetzt wieder die Schritte. Auch der Lichtschein schien heller und heller zu werden. War es doch das Feuer?*

*Pierre spürte die unmittelbare Nähe des Mannes. Er musste direkt vor dem Sarkophag stehen geblieben sein. Doch das nahm er nur noch wie durch einen Filter wahr. Die Hitze war nicht mehr zu ertragen. Er fühlte sich, als ob er bei lebendigem Leib verbrannte und wollte schreien. Doch er bekam keine Luft. Er spürte, dass er erstickte.*

*Ihm war, als entferne er sich langsam, als nehme er das alles nicht mehr wahr, als befreie er sich von seinem Körper und dem unsäglichen Schmerz.*

¥

Köln, Gegenwart

Daniel dachte an das Feuer. Während ihm die Kälte zunehmend die Beine nach oben kroch, wärmte dieser Gedanke ihn wenigstens für einige Momente. Vermutlich würde er Holz von unten holen müssen, denn er hatte den Kamin eine ganze Weile nicht benutzt. Doch er genoss die wohlige Wärme in seiner Altbauwohnung jedes Mal sehr. Schon von weitem erkannte er die Fenster seiner Wohnung in dem alten Haus mit der Jugendstilfassade zwischen den Blättern hindurch, durch das Gewirr der Äste halb verborgen. Er mochte diese Straße mit ihren prachtvollen Bauten – jedes Haus für sich ganz individuell und doch insgesamt wie eine harmonische Einheit wirkend. Im Sommer sorgten die Boule-Spieler unter den schattigen Bäumen auf dem Mittelstreifen für einen Hauch südfranzösischen Flairs in der mittlerweile sehr hektisch gewordenen Großstadt.

Daniel beschleunigte seinen Schritt, ohne es selbst zu merken, denn er spürte die Kälte schon von überall in den Körper eindringen. Hinter den Häusern drohte eine riesige schwarze Wolkenfront mit einem bevorstehenden Unwetter und sorgte für ein apokalyptisches Licht. Für einen winzigen Moment leuchtete die Sonne auf und die Dächer warfen einen tiefstehenden Schatten, wie eine unpassende Schablone, auf die gegenüberliegende Häuserfront, bevor alles wieder im düsteren Grau versank. Es war einfach unglaublich kalt und ungemütlich für Anfang April. Der Gedanke an seine Wohnung und den Kamin trieb ihn weiter. Daniel fühlte sich müde und abgeschlagen. Er dachte an Juri, während er die schwere Haustür aufschloss. Sie ließ sich nur unwillig und mit einem schabenden Geräusch öffnen. Ein paar Zeitungen hatten sich unter ihr verklemmt.

Er schob sie mit dem Fuß beiseite und hielt einen Moment im Treppenhaus inne, als er die Tür ins Schloss gleiten ließ. Die Ruhe dieses alten Gemäuers wirkte gleichzeitig beruhigend und bedrohlich auf ihn. Abgeschirmt von der hektischen Stadt auf der anderen Seite der Tür fragte er sich, was wohl alles gerade dort draußen passierte – genau in diesem Moment. Er fühlte sich allein in dem großen Haus und auf eine unbestimmte Art plötzlich fremd in der doch so vertrauten Umgebung.

Dann war Juri vermutlich noch nicht zu Hause. Eigentlich war er froh darüber, denn so konnte er sich noch ein wenig ausruhen, bevor sie sich treffen würden. Sie hatten sich für diesen Abend verabredet, nachdem Juri gestern aufgeregt vor Daniels Tür gestanden hatte. Irgendetwas schien ihn sehr beunruhigt zu haben, doch gestern konnte Daniel nichts weiter aus ihm herausbekommen.

Aber die Gedanken daran hatten ihn den ganzen Tag begleitet und ihm keine Ruhe gelassen – so auch jetzt wieder.

Juri war es gewesen, der ihm damals diese Wohnung vermittelt hatte, etwa ein Jahr nachdem sie sich bei einer Recherche im Archiv kennen gelernt hatten. Er überlegte. Zwei Jahre musste es nun her sein, dass er in die Wohnung direkt gegenüber von Juri eingezogen war. Und er hatte sich hier auf Anhieb wohl gefühlt. Die Zeit kam ihm wesentlich länger vor als zwei Jahre. Stufe für Stufe stieg Daniel die steile und ungleichmäßige Treppe zu den Kellerräumen hinunter, knipste das Licht an und öffnete den wackligen Verschlag, in dem das Holz lagerte. Er war nicht gern hier, zwischen dem ganzen Ungeziefer und den Spinnweben, auch wenn das irgendwie zu einem alten Haus gehörte.

Daher beeilte er sich, die Holzscheite schnell in die nebenstehende Kiste zu werfen, als er mit einem Mal glaubte, durch das Rumpeln der Holzscheite hindurch noch ein weiteres lautes Krachen zu hören. So als ob etwas sehr Schweres viel weiter oben im Haus auf den Boden gefallen wäre. Augenblicklich hielt er inne und schaute instinktiv nach oben an die tief hängende Decke des Kellers – wie ein Reflex, um die Richtung zu orten, aus der das Geräusch gekommen sein musste. Einige Sekunden lang lauschte er wie eingefroren. Aber um ihn herum war nur die drückende Stille des Gemäuers, die man fast schon hören konnte.

Dann setzte der Regen ein. Erst waren es nur ein paar dicke, hämmernde Tropfen, doch schnell verdichteten sie sich zu einem lauten Rauschen, das von überall her das Haus zu umgeben schien und hier unten durch die Kellerschächte in seiner Vehemenz noch verstärkt wurde.

Mit jeder Stufe nach oben und jedem Stockwerk änderte sich der Klang des Regens, während Daniel den schweren Korb in Richtung seiner Wohnung beförderte. Wenn auch nicht mehr so bedrohlich, so spürte er dennoch die Kraft der Natur. Im zweiten Stock angekommen, stellte er den Korb erleichtert ab und griff mit der schmerzenden Hand in die Tasche seines Jacketts.

Hier fand er statt des erwarteten Schlüssels aber nur den dunkel schimmernden Stein, den er immer bei sich trug. Er steckte ihn zurück und schaute sich im Treppenhaus um. Irgendetwas stimmte hier nicht. Etwas war anders als sonst.

Er ließ den Blick wandern, aber Daniel konnte nicht sagen, was es war. Er hatte einfach ein komisches Gefühl. Gegenüber lag Juris Wohnung ruhig und friedlich da, als warte sie geduldig auf ihren Bewohner. Sich mit einem leichten Kopfschütteln abwendend, fiel sein Blick auf die gesuchten Schlüssel, die sich auf dem Brennholz ausfächerten.

Er betrat seine Wohnung, stellte den schweren Korb neben dem Kamin ab, warf schnell ein paar Holzscheite auf die alte Asche und entzündete das Feuer. Nachdem er Jacke und Schuhe einfach im Zimmer abgestreift und liegen gelassen hatte, ließ er sich aufs Sofa fallen und nestelte nach der Fernbedienung, die ihn im Rücken störte.

Er drückte auf die Playtaste, ohne zu wissen, welche Musik ihn nun erwartete. Direkt am ersten Ton erkannte er das Stück. Ein sphärischer Klang – nicht von dieser Welt. Das Lohengrin-Vorspiel hatte immer eine unglaublich beruhigende Wirkung auf ihn und war im Augenblick genau das Richtige, um seine Gedanken auszuschalten. Er fragte sich, wie ein Mensch, wie Wagner es gewesen zu sein schien, eine solch überirdische Musik schreiben konnte. Oder war es gerade sein Spannungsverhältnis zur Welt und zur Realität, das das Geheimnis seiner Kreativität ausmachte?

Daniel musste eine ganze Weile geschlafen haben, denn plötzlich erwachte er von einem dumpfen Geräusch. War es durch die Musik verursacht, die mittlerweile viele Tracks weiter gelaufen war und sich gerade mitten in einer sehr dramatischen Passage befand? Hatte er etwas Lautes geträumt? Ging das überhaupt? Konnte man Lautstärke träumen? Er hatte doch eher das Gefühl, dass es ein Geräusch im Haus gewesen war, das ihn aufgeweckt hatte.

Daniel setzte sich auf, um erst einmal wieder zur Besinnung zu kommen, dann ging er zur Wohnungstür und schaute hinaus ins Treppenhaus. Sofort hatte er wieder dieses befremdliche Gefühl. Er lauschte und wartete einen weiteren langen Moment, doch alles war ruhig. Er trat zurück in seine Wohnung und schloss die Tür hinter sich. Dann räumte er einige Sachen weg, um sich abzulenken, doch seine innere Unruhe blieb. Daniel hatte in seinem Leben mit der Zeit gelernt, dass er seinem Gefühl meist trauen konnte, aber diesmal war es sehr undifferenziert. Er beschloss, bei Juri an der Tür zu klopfen – vielleicht war er ja doch schon zu Hause. Langsamer als gewöhnlich bewegte er sich zur gegenüberliegenden Wohnungstür – fast wie ein Fremder im eigenen Haus.

Vor Juris Tür wartete er einen Augenblick mit erhobener Faust, bevor er einige Male klopfte. Etwas zu forsch, wie er sofort bemerkte, als die Scheiben in den Einfassungen schepperten. Er erschrak. Die Tür hatte sich einige Zentimeter bewegt und stand nun einen Spaltbreit offen. Juri hatte dieses Problem schon öfter gehabt, das wusste er. Manches Mal hatten sie darüber gewitzelt, dass jedermann in seine Wohnung kommen könnte, wenn man vergaß, die verzogene Tür fest zuzuziehen. Dennoch hatte er das Gefühl, dass es diesmal kein Zufall war. Vorsichtig schob er die Tür mit ausgestreckten Fingern auf, sodass sich der Blick in Juris Wohnung wie ein Vorhang langsam vor ihm öffnete. Das, was er da sah, verschlug ihm den Atem: Gegenstände und Jacken lagen überall verstreut auf dem Boden. Die Garderobe hing halb abgerissen von der Wand herunter, Schubladen aus der Kommode waren herausgerissen und deren Inhalt weit über den Boden verstreut, dazwischen lagen Glassplitter, Scherben und andere zerbrochene Gegenstände.

Bei Gott, was war hier passiert? Daniel stand wie erstarrt und wagte kaum, weiterzugehen. Er versuchte, klar zu denken und einen kühlen Kopf zu bewahren. Normalerweise gelang ihm das gut, aber in extremen Stresssituationen versagte dieser Mechanismus und er reagierte nur noch instinktiv.

Die Wohnungstür war unversehrt gewesen – zumindest dem äußeren Anschein nach. Waren die Einbrecher noch in der Wohnung? Er überlegte, ob es besser sei, direkt zurückzugehen und die Polizei zu alarmieren, aber seine Intuition trieb ihn, weiterzugehen – vorsichtig über das verstreute Chaos im

Flur watend. Er hörte das Rauschen seines Blutes in den Ohren und spähte in die Küche. Auch hier, wie er schon erwartet hatte, ein Bild des Terrors – allerdings noch dramatischer als im Flur. Er näherte sich zögernd dem Wohnzimmer. So behutsam, dass sich sein Blickfeld durch die breite Tür nur ganz allmählich erweiterte. Eine furchtbare Ahnung legte sich wie ein Ring um seinen Magen und er hatte das Gefühl, nicht weitergehen zu können. Doch automatisch schaute er um die Ecke. Sein Denken setzte aus.

Er starrte wie unter Schock auf den toten Körper Juris. Daniels Herz pochte bis unter die Schädeldecke. Mitten im Zimmer lag der Körper merkwürdig verkrümmt und verdreht auf dem Rücken, den Hals bis zum rechten Arm voller Blut, der linke Arm unter seinem Körper. Sein Kopf war nach oben in Richtung Tür gedreht, weit geöffnet und starr schienen die glasigen Augen Daniel direkt anzustarren – wie um Hilfe rufend. Rote Ringe befanden sich um seinen Hals, die von der locker darüberliegenden Nylonschnur zu stammen schienen. Auf der blassen und blutleeren Haut traten diese umso deutlicher hervor.

Daniel konnte sich von dem entsetzlichen Anblick seines Freundes kaum losreißen – Panik lähmte seinen Körper. Er stand wie versteinert in einem Moment der Zeitlosigkeit – außerstande, etwas zu unternehmen.

Dann plötzlich fuhr er wie vom Blitz getroffen herum und stolperte über die umherliegenden Sachen zurück in seine Wohnung auf das Telefon zu.

¥

*Gent, 9.Stunde des 11. April 1934*

*Wie jeden Morgen wandelte Bruder Quentin mit kleinen Schritten über einen unsichtbaren Pfad im Inneren der Kathedrale – von der*

*Sakristei in einem leichten Bogen zum Altar. Dort ging er wie jeden Tag um diese Zeit in die Knie, senkte den Kopf und bekreuzigte sich. Auch wenn seine Knie ihm diese Demutsbezeugung immer schwerer machten, so war der sechzigjährige dennoch voller Energie und Gesundheit. Aber noch bevor er an der Seitentüre angekommen war, bemerkte er, dass heute etwas anders war. Seine beherzten Schritte wurden langsamer und er blieb vor der Schwingtür stehen. Aufmerksam betrachtete er die schweren Holztüren durch das Glas. Die Riegel! Sie waren beiseite geschoben. Drei schwere Eisenbalken verschlossen die Tür normalerweise von innen zusätzlich, sodass ein Hereinkommen in diese Festung Gottes nahezu unmöglich war. Täglich bereitete ihm die Öffnung dieser Barrikaden mehr Schwierigkeiten und oft verfluchte er die kaum zu bewegenden Riegel. Doch fühlte er heute keine Spur der Erleichterung über die Tatsache, dass diese Arbeit ihm diesmal abgenommen worden war. Er schritt durch die Schwingtür und sah, dass die Holztür nur angelehnt war. Einen kurzen Moment überlegte er. Doch, er war sich sicher, dass er gestern Abend abgeschlossen hatte. Nervös ging er in das Hauptschiff der Kirche zurück. Waren Diebe am Werk gewesen? Waren diese womöglich noch hier? Unwahrscheinlich. Dennoch beschleunigte er seinen ungleichmäßigen Schritt und schaute sich links und rechts in der Kirche um. Alles schien an seinem angestammten Platz zu sein. Zielstrebig steuerte er auf die Seitenkapelle zu, in der das „Lamm Gottes", der atemberaubende Altar, stand. Die Treppen riefen ihm wieder seine schmerzenden Knie ins Bewusstsein und verlangsamten sein Tempo merklich. Doch er sah, dass die Chorschranke zur Seitenkapelle geschlossen war. Ein gutes Zeichen.*

*Vorsichtig öffnete er die kleine Holzpforte und war beruhigt, den schwarzen Vorhang vor dem Altar geschlossen zu sehen. Sicherheitshalber schlug er ihn zurück und starrte in ein riesiges Loch auf der linken Seite.*

*Die Tafel der ‚Gerechten Richter' war nicht mehr an ihrem Platz. Dann musste auch die Johannestafel verschwunden sein, die sich auf der Rückseite dieses Kunstwerks befand.*

*„Gott, Sakrament", stieß er fassungslos hervor und blickte entgeistert in die klaffende Lücke. Dann ließ er alles stehen und liegen*

*und eilte panisch in die Sakristei, um den Bischof und die Polizei zu benachrichtigen.*

*Keine halbe Stunde später waren sie da. Die Kathedrale wimmelte von ratlosen, nach Antworten suchenden Männern in Mänteln und Anzügen.*

*Kommissar Fournier stand versunken vor der Seitentüre der Kathedrale, die nach draußen auf den Platz führte. Noch ganz in Gedanken schreckte er erst hoch, als Lumet neben ihn trat und auf die anderen Eingänge deutete.*

*„Nichts, Kommissar. Die anderen Türen sind ebenfalls unversehrt. Keinerlei Spuren!"*

*„Und von außen?"*

*„Nichts. Weder von innen noch von außen. Nicht der kleinste Kratzer."*

*„Das Hauptportal?"*

*„Noch unwahrscheinlicher. Die schweren Riegel blockieren die Türen. Keine Spuren eines Einbruchs."*

*Fournier schüttelte mit angedeuteten Bewegungen den Kopf.*

*Kein Einbruch, kein Ausbruch. War hier überhaupt etwas passiert?*

*Natürlich hatte er das gähnende Loch in dem linken Flügel des Altars gesehen. Doch wo waren die Diebe? Wie waren sie herein- und wieder hinausgekommen?*

*Es war ja fast, als hätten sie einen Schlüssel gehabt.*

*Die Riegel ließen sich keinesfalls von außen öffnen. Die Diebe mussten also auf einem anderen Weg ins Innere gekommen sein.*

*Oder waren schon vorher in der Kirche gewesen.*

*Aber wie hatten sie die Tür öffnen können?*

*So viele Fragen schossen dem Kommissar durch den Kopf. Dann drehte er sich zu dem Kirchendiener um, der leicht gebeugt neben dem Weihwasserbecken ein paar Meter entfernt stand:*

*„Bruder Quentin?"*

*Obwohl dieser einen sehr rüstigen Eindruck machte, schien sein Gehör doch unter dem Alter zu leiden.*

„Bruder Quentin, eine Frage noch ..."

Der schmächtige Mann drehte sich mit freundlichem Gesicht zu ihm um.

„Aber natürlich!"

Mit einem leicht rheumatischen Gang kam er dabei auf Fournier und Lumet zu.

Der Kommissar deutete auf die Tür. „Wer besitzt denn überhaupt einen Schlüssel für die Kathedrale?"

Mit großen, offenen Augen schaute ihn Bruder Quentin an.

„Nun, nur der Monsignore selbst und ich natürlich."

„Und diese Schlüssel – tragen Sie die immer bei sich?"

„Normalerweise schon. Bis auf nachts eben. Da hängen sie dann bei mir in meiner Dienstwohnung. Drüben im Kirchenanbau."

„Ist Ihnen heute Nacht etwas aufgefallen? Geräusche? Ist jemand in Ihre Wohnung eingedrungen?"

Bruder Quentins Augen wurden noch größer. „Nein. Das hätte ich sicher bemerkt." Er schüttelte nachdrücklich den Kopf.

Lumet kam von hinten auf den Kommissar zugestürmt, zwei Personen hinter sich, die sein vorgelegtes Tempo nicht halten konnten. Einer davon war ein etwas ungepflegt aussehender Mann, der beim Gehen von dem anderen Mann, einem Polizisten, gestützt wurde.

Der Kommissar erkannte ihn sofort.

„Renard! Was für ein Zufall", begrüßte er den sichtlich mitgenommenen Mann wie einen alten Bekannten. „Oder vielleicht kein Zufall? Haben Sie etwas mit der Sache hier zu tun?"

Dabei fuchtelte er mit dem Finger kreisend in der Luft herum.

„Wir haben ihn hinter der Kirche gefunden, unten am Kanal in einer Nische. Dort lag er wie bewusstlos", mischte sich Lumet erklärend ein.

Renard wirkte wie sediert. Er rang um Worte.

„Nein, nein. Was meinen Sie denn, Monsieur Kommissar?" Er schaute sich hilflos in der Kirche um. „Ich hatte einen Schwächeanfall. Mein Kreislauf ..."

„Renard, Renard ...", seufzte der Kommissar gespielt. „Da müssen Sie mir schon etwas Glaubwürdigeres auftischen, um Ihren Kopf *aus der Schlinge zu ziehen. Waren Sie auf Beutezug in der Nacht? Vielleicht hier in der Kirche? Oder in der Gegend? Haben Sie etwas beobachtet?"*

*Renard druckste herum, offensichtlich im Bemühen, die richtigen Worte zu finden.*

„Also ... ein Wagen ... einen Wagen habe ich gesehen. Hier draußen vor der Kirche."

*Er deutete auf den Beichtstuhl der Kirche und suchte nach weiteren Erklärungen.*

„Und? Weiter?" *Der Kommissar wurde eindringlicher in seinem Tonfall.*

„Es waren ... zwei Männer. Sie trugen etwas Großes ins Auto."

*Um Zeit zum weiteren Überlegen zu haben, deutete er mit den Händen über seinem Kopf die Größe der Beute an, sich dabei mehrfach selbst korrigierend.*

„In einem Tuch. Einem schwarzen Tuch." *Langsam fand er die Fassung wieder und die richtigen Worte.* „Sie hatten Schwierigkeiten, das Teil hineinzubekommen. Es passte nicht so richtig in das Auto. Mann, sie haben ganz schön geflucht. Aber nach ein paar Versuchen haben sie's hinbekommen ... Dann sind sie weggefahren."

*Schulterzuckend schaute er den Kommissar an.*

„Und das Auto? Was war es für ein Fabrikat?", *fragte dieser.*

„Ford, glaube ich. Bin nicht so ein Autokenner. Hab ja selbst keins. Schwarz oder dunkelblau. Eher schwarz, glaube ich ... Ja."

„Das Kennzeichen? Sicher haben Sie es sich doch bei einer so merkwürdigen Aktion gemerkt?"

*Renard schüttelte den Kopf.*

„Es war einfach höllisch dunkel in der Nacht. Tut mir leid, Kommissar. Ich würd' Ihnen ja gern noch mehr helfen."

*Fournier war sich nicht sicher über den letzten Satz. Er würde Renard mit aufs Revier nehmen und dort versuchen noch mehr aus ihm herauszubekommen.*

*Er wusste wirklich nicht, was er von der ganzen Sache halten sollte. Eine solche Diebesbeute wäre überhaupt nicht zu verkaufen auf dem Schwarzmarkt. Keine Chance. Warum ausgerechnet diese Altar-*

*tafeln? Sicher – wertvoll waren sie schon, sogar von unschätzbarem Wert. Aber gerade wegen ihrer Bekanntheit kaum in Geld umzusetzen.*

*Irgendetwas stimmte hinten und vorne nicht an der ganzen Geschichte.*

¥

Köln, Gegenwart

Er hatte keine Ahnung, wie lange er schon so auf dem Sofa gesessen hatte. Seine Wangen waren feucht, er musste geweint haben ohne es zu bemerken. Tausende Bilder waren vor seinem inneren Auge abgelaufen – Bilder von Juri, von ihrer gemeinsamen Zeit, von ihrer ersten Begegnung. Vor zwei Jahren, direkt nach Daniels Trennung von Joelle, war Juri ihm eine feste Bezugsperson und ein Freund geworden. Und dann immer wieder die Bilder von Juri vor ein paar Momenten, als dieser ihn mit toten Augen angestarrt hatte. Immer wieder diese Augen, fremd und starr auf ihn gerichtet – ein schreckliches Bild, das sich unaufhörlich zurück in seine Gedanken bohrte.

Es musste einige Zeit vergangen sein.

Daniel stand auf und ging benommen durch den Flur in die Küche, als er durch die kleinen Milchglasscheiben der Wohnungstür schemenhafte Gestalten erahnte. Vorsichtig näherte er sich dem Türspion und sah vier Personen in verzerrter Miniatur. Drei Polizisten postierten sich vor der gegenüberliegenden Wohnungstür, in ihrer Mitte stand ein Mann in Zivilkleidung. Langsam und lautlos öffnete Daniel seine Tür, worauf der Mann in Zivil sich zu ihm drehte, seinen rechten Zeigefinger an die Lippen und die linke Handfläche in seine Richtung hob. Daniel blieb gemäß der Anweisung in der Tür stehen und beobachtete, wie die vier Männer nacheinander lautlos mit erhobenen Pistolen in die Wohnung glitten.

Daniel wartete, bereit, seine Wohnungstür jeden Moment wieder zuzuschlagen. Aber nichts passierte. Waren der oder die Mörder womöglich immer noch in der Wohnung? Waren sie vielleicht auch dort gewesen, als Daniel hineingegangen war? Er stellte sich die Situation einen Moment lang vor und war jetzt froh, so kopflos reagiert zu haben.

Kein Laut kam mehr von innen. Kein Geräusch, kein Atmen, nur Totenstille.

Dann erschien endlich der Mann in Zivil in der Tür. Seiner Körpersprache und seinem Gang nach zu urteilen war die Situation gefahrlos. Bevor Daniel etwas sagen konnte, bedeutete ihm der Mann mit einer fahrigen Handbewegung der noch bewaffneten rechten Hand, näherzukommen. Dabei trat er zurück in die Wohnung. Daniel folgte ihm, erneut über die verstreuten Sachen steigend, und näherte sich mit ängstlichen Gefühlen der Wohnzimmertür. Schon bevor er um die Ecke sehen konnte, trat wieder das Bild vor seine Augen: das verwüstete Zimmer, Juri mitten darin, mit aufgerissenen Augen und verdrehtem Kopf zur Tür starrend; die leblosen Augen auf ihn gerichtet, umgeben vom bleichen Gesicht des Toten.

Als er zögerlich durch die Tür spähte, konnte er es nicht fassen – das verwüstete Zimmer lag unverändert vor ihm, aber Juri war nicht mehr dort.

„Nun, wo ist der Tote?", fragte der Mann in einem Ton, der einen Hauch Ironie erahnen ließ.

Daniel konnte nichts sagen. Er schaute den Mann an, dann wieder auf die Stelle, wo Juri gelegen hatte. Vor seinem inneren Auge sah er immer noch Juris Körper wie eine Reminiszenz auf der Netzhaut, nachdem man in helles Licht geschaut hat. Ungläubig und irritiert sah er ins Gesicht seines Gesprächspartners, der ihn dabei abschätzig beobachtete.

„Das herauszufinden ist wohl nun Ihre Aufgabe", konterte er, nachdem er sich wieder gefasst hatte.

„Mm, … können wir denn sicher sein, dass Sie die Wahrheit sagen?", entgegnete der Mann mit einem süffisanten Unterton, der Daniel sehr ärgerte.

„Was wollen Sie damit andeuten?" Daniel war überhaupt nicht nach einem verbalen Schlagabtausch zumute, zu dem das hier gerade ausartete. Es schien ihm in der augenblicklichen Situation sogar völlig absurd.

„Meffer ist mein Name – entschuldigen Sie, ich habe mich noch gar nicht vorgestellt" Er streckte ihm seine Hand entgegen. „Kripo Köln, Morddezernat. Sind Sie Herr Brandt, der uns eben angerufen hat?"

Es klang mehr wie eine Feststellung als eine Frage, so nickte Daniel nur kurz und bestätigte mit einem knappen „Ja."

Meffer schien etwas einlenken zu wollen. Dennoch war er Daniel nicht besonders sympathisch. Er betrachtete forschend Meffers Gesicht. Es erinnerte ihn an irgendeine Hunderasse, der Name lag ihm auf der Zunge. Basset, fiel ihm dann ein … Meffer wirkte träge in seiner Art. Sicher war er ein wenig engagierter Polizist, jedenfalls machte er einen recht frustrierten Eindruck.

„Sie kannten den Toten näher?"

„Juri war ein Freund von mir. Wir waren heute verabredet."

„Wie haben Sie die Leiche gefunden? Ich meine, warum sind Sie überhaupt in die Wohnung gegangen?"

Daniel erzählte ihm die ganze Geschichte und Meffer hörte sich alles ohne Kommentar an.

„Mmh, merkwürdig ist das alles schon … dann müssten seine Mörder eigentlich noch in der Wohnung gewesen sein und die Leiche mitgenommen haben …" Er blickte nachdenklich zu Daniel hinüber. „Und Sie haben nichts gehört? Kein Geräusch, nichts sonst?"

Daniel schüttelte den Kopf.

„Sie wirken etwas müde, Herr Brandt. Haben Sie Medikamente genommen? Oder etwas getrunken?"

„Nein, ich hatte einen wirklich anstrengenden Tag, Herr Meffer, und die Situation trägt auch nicht gerade zu meiner Heiterkeit bei", antwortete er in leicht gereiztem Ton.

Meffer schien ihm die Geschichte immer noch nicht ganz abzunehmen oder hatte zumindest Vorbehalte.

„Wissen Sie was", meldete sich Meffer nach einer kleinen Pause wieder zu Wort. „Erst mal hole ich jemanden von der Spurensicherung hier rein und Sie schlafen sich derweil aus. Könnten Sie morgen Vormittag zu mir ins Präsidium kommen, damit wir Ihre Aussage aufnehmen können? Vielleicht fällt Ihnen mit ein wenig Abstand noch etwas ein, was uns weiterbringen könnte." Er hatte nun einen versöhnlicheren Ton angeschlagen.

„In Ordnung, das ist sicher erst mal das Beste."

Zurück in seiner Wohnung begannen seine Gedanken zu rotieren. Daniel konnte das alles nicht verstehen. War Juri etwas auf der Spur gewesen? Schon gestern hatte er so merkwürdig gewirkt. Vielleicht hätte Daniel anders reagieren sollen. Er machte sich Vorwürfe. Möglicherweise wäre das heute dann gar nicht geschehen und Juri würde noch leben. Was war nur passiert? Und wo befand sich Juris Leiche? Je länger er darüber nachdachte, umso mehr machte sich die Trauer um den Freund in ihm breit. Dennoch fühlte er sich wie unter einer Glocke – so richtig heraus konnten die Gefühle auch nicht.

Er überlegte, Joelle anzurufen. Nach ihrer Trennung hatten sie erst in der letzten Zeit wieder mehr Kontakt gehabt. Aber Daniel war sich nicht sicher, ob ihm das gut tun würde. Er wählte ihre Nummer. Nach dem Freizeichen schaltete sich der Anrufbeantworter ein. Daniel hatte keine Lust, irgendetwas darauf zu sprechen. Seufzend legte er wieder auf.

Nach einiger Zeit des Grübelns ging er ins Bett, um ein wenig zu schlafen. Obwohl er todmüde war, hielten ihn die Gedanken, Bilder und Gefühle noch lange vom ersehnten Schlaf ab, bis er irgendwann doch in den Dämmerzustand hinüberglitt.

¥

Daniel verließ das Präsidium in niedergeschlagener Stimmung. Sein gestriger Eindruck war gar nicht so falsch gewesen; Meffer hatte seine Aussage erneut aufgenommen, begleitet von ein paar uninspirierten Fragen. Eine Sekretärin hatte das Ganze teilnahmslos mittels ihrer Tastatur verewigt. Die Spurensicherung war wie versprochen gestern noch am Tatort gewesen, aber die Ergebnisse würden wohl auf sich warten lassen. Große Hoffnungen machte sich Daniel nicht, denn die Polizei schien kaum Energie in die Angelegenheit zu stecken – angeblich gab es bisher zu wenig Anhaltspunkte.

Er stieg in sein Auto, wäre in Gedanken fast auf ein stehendes Fahrzeug vor ihm gefahren und fädelte sich nach langem Warten in den starken Verkehr ein. Obwohl die Nacht nicht so lang und sein Schlaf eher unruhig gewesen war, fühlte er sich zumindest ausgeruhter und ruhiger als am Abend zuvor. Viele Gefühle überlagerten sich: die Wut über die miserable Polizeiarbeit, die Verwirrung über die Todesumstände und nicht zuletzt die Trauer über den Tod des Freundes. Er würde selbst aktiv werden müssen, wenn er etwas über Juris Tod, seine Mörder und die Hintergründe herausfinden wollte. Vielleicht würde ihm das helfen, die anderen Gefühle etwas zu kompensieren. Aber wo sollte er anfangen? Auch wenn er sich Juri freundschaftlich verbunden fühlte, so hatte er doch wenig Anteil an dessen alltäglichem Leben gehabt. Er kannte kaum andere Freunde oder Freundinnen von Juri, hatte eher zufällig mal kurze Affären mitbekommen. Aber möglicherweise konnte er in der Wohnung irgendwelche Anhaltspunkte finden – schließlich hatte er ja einen Zweitschlüssel für Notfälle. Zumindest war das im Augenblick das Einzige, was er tun konnte und zudem etwas, das er seinem Freund einfach schuldig war.

Daniel fand einen Parkplatz wenige Meter vor dem Haus; sicher lag das an der Tageszeit, denn normalerweise musste er fünf- oder sechsmal um den Block kreisen, bis er endlich entnervt eine Abstellmöglichkeit für sein Auto gefunden hatte. Glücklicherweise konnte er sich heute frei nehmen. Da er erst kürzlich mit der Recherche für eine neue Reportage angefangen hatte, war der Stress beim Sender noch nicht allzu groß.

Als er auf die Haustür zuging, musste er unwillkürlich an das letzte Mal denken, als er diese Tür aufgeschlossen hatte. Ob Juri zu diesem Zeitpunkt schon tot gewesen war? Hätte er etwas verhindern können, wenn er sofort zu ihm gegangen wäre?

Stufe für Stufe stapfte er die Treppe nach oben. Die schmerzlichen Gedanken an Juri raubten ihm alle Kraft.

Er erreichte die Wohnung. Ruhig und beschaulich lag der Eingang da und ließ weder das Chaos noch die furchtbaren Ereignisse erahnen, die vor kurzem die jetzt leblose Wohnung erfüllt hatten. Nur das Absperrband der Polizei erinnerte unwiderruflich an das furchtbare Verbrechen.

Daniel erschrak. Aus dem Augenwinkel bemerkte er eine Gestalt auf der nach oben führenden Treppe. Im Halbdunkel saß sie bewegungslos da und beobachtete ihn. Langsam drehte er den Kopf. Es war eine junge Frau. Jetzt erst erkannte er, dass sie ihn gar nicht anschaute, sondern zu schlafen schien. Ihr Kopf war gegen die Wand gelehnt, ihr Gesicht konnte man unter der tiefgezogenen Indiomütze kaum erkennen. Überhaupt war sie für seinen Geschmack etwas zu bunt gekleidet und wirkte eher wie ein Hippie aus längst vergangenen Zeiten. Daniels Blick fiel auf ihre Socken, die nicht zusammenpassten. Er fragte sich, ob das Absicht war oder einfach nur Schludrigkeit.

In dem Moment öffneten sich ihre Augen und schauten ihn verkniffen an. Keiner sagte etwas, Daniel stand abwartend vor ihr.

Schließlich schleuderte sie ihm ein schroffes „Was ist?" entgegen. „Was schauen Sie mich so an?"

Daniel gefiel ihr Tonfall nicht. „Das müsste ich Sie fragen. Was tun Sie hier?"

Sie stöhnte kaum hörbar und richtete ihren Oberkörper auf, bis sie gerade auf der Treppenstufe saß.

„Kennen Sie einen Daniel Brandt? Hier im Haus?"

Daniel nickte. „Was wollen Sie von ihm?", fragte er misstrauisch.

Die Frau stand zögernd auf und streifte ihre Mütze ab. Ihre dunklen, leicht lockigen Haare waren platt an ihren Kopf gedrückt. Daniel sah nun, dass sie älter war als ihre Kleidung vermuten ließ – vermutlich so Ende zwanzig, schätzte er.

Sie schaute ihn skeptisch an. „Sind Sie das? Sind Sie Daniel Brandt?"

Daniel hörte, dass sie einen leichten S-Fehler hatte. Oder war es ein Akzent?

„Was wollen Sie von mir?", fragte er nach einer langen Weile. Etwas an dieser Frau erschien ihm suspekt, aber er konnte nicht genau sagen, was es war.

„Ich bin Mara", sagte sie. Und als Daniel nicht reagierte, ergänzte sie „… Juris Schwester."

Sie streckte ihm ihre Hand entgegen.

Daniel schaute sie verwirrt an, während er ihre kalte Hand in der seinen spürte.

„Ich … ich wusste gar nicht, dass Juri … eine Schwester hat", antwortete er stockend. Bei näherem Hinsehen erkannte er einige Ähnlichkeiten zwischen den beiden. Auch sie hatte einen leicht braunen Grundteint, der ihr einen sehr dezenten Hauch von Exotik verlieh, ein ebenmäßiges Gesicht, aber ihre Augen waren viel dunkler als Juris. Er schaute auf den Leberfleck zwischen ihren Augen. Dieser saß nicht ganz in der Mitte, sonst hätte er ihn an das dritte Auge erinnert.

„Wir hatten auch lange Zeit überhaupt keinen Kontakt. Doch gestern hat Juri mir eine E-Mail geschrieben, die ich leider erst heute Nacht gelesen habe." Sie machte nach jedem Satz eine kleine Pause. „Er bat mich um Hilfe. Sonst schrieb er nichts

Genaueres. Ich hatte ein merkwürdiges Gefühl wegen der seltsamen Nachricht nach so langer Pause, deshalb habe ich nur wenig geschlafen und bin dann heute ganz früh losgefahren." Dabei kramte sie in der Tasche ihrer Jacke herum, wohl um etwas zu suchen, schien es aber nicht zu finden.

„Gehen wir doch erst mal rein!", forderte Daniel sie auf und öffnete dabei seine Wohnungstür.

Mara verharrte jedoch auf der Treppe und blickte hinüber zu Juris Wohnung.

„Ist das da seine Wohnung? Was war hier los? Ist hier was passiert?"

„Gehen wir doch rein, ich erkläre dann alles", bat Daniel sie jetzt eindringlicher.

Sie folgte seiner Einladung nicht. Es war, als hätte sie diese gar nicht gehört. Sie stand bewegungslos auf der Treppenstufe und schaute ihn an, als warte sie immer noch auf eine Antwort.

„Juri ist tot", sagte Daniel schließlich fast tonlos.

Sie stand einfach da und blickte in seine Augen. Dann sank sie langsam auf die Treppenstufe nieder.

Daniel ging einen Schritt auf sie zu, wusste aber auch nicht so recht, was er tun sollte. Er spürte einen riesigen Kloß im Magen und die Traurigkeit erwischte auch ihn wieder mit voller Wucht. Mara vergrub ihren Kopf in den aufgestützten Händen. „Oh Gott ...", stammelte sie. Als sie aufschaute, war die Farbe komplett aus ihrem Gesicht gewichen. „Was ..." Sie suchte nach Worten.

Daniel half ihr und begann zu erzählen. „Ich habe ihn gestern Abend gefunden. Er ist offensichtlich ermordet worden."

Sie schüttelte gedankenversunken den Kopf, schaute dabei starr vor sich, dann auf die Tür.

„Ich hatte schon so etwas geahnt, als ich das Absperrband gesehen habe ..." Sie wirkte wieder ein wenig gefasster.

„Komm doch erst mal rein zu mir, dann erzähl ich dir alles", machte Daniel einen erneuten Versuch und bemerkte erst jetzt, dass er automatisch zum „Du" übergegangen war.

Sie nickte schließlich, stand auf, nahm ihre Tasche und folgte ihm in sein Wohnzimmer. Dort ließ sie sich auf dem Sofa nieder, ohne ihre Jacke auszuziehen.

Daniel setzte sich in den Sessel schräg gegenüber.

„Er ist einfach verschwunden. Als die Polizei eintraf, war Juri einfach weg!"

Er war immer noch völlig fassungslos und erzählte ihr die ganze Geschichte mit allen Details, die ihm noch gegenwärtig waren.

Mara hatte seine Schilderung mit ernster Mine verfolgt. „Vielleicht haben seine Mörder etwas von ihm gewollt. Etwas, das er ihnen nicht geben wollte – oder konnte. Wenn die Wohnung dermaßen verwüstet ist, wie du beschrieben hast …?"

„Ja, das denke ich auch", bestätigte Daniel.

„Hat er dir denn nichts erzählt, eine Nachricht hinterlassen oder irgendwas?"

Daniel schüttelte nachdenklich den Kopf.

„Nein, keine Nachricht – nichts …"

Mara kramte erneut in ihrer Jackentasche und förderte diesmal ein mehrfach geknicktes Blatt zutage, das sie ihm entgegenhielt.

„Hier, das ist die E-Mail, die ich gestern bekommen habe."

Er faltete es auseinander und begann zu lesen:

liebe mara,

viel zu lange haben wir nichts voneinander gehört. das bedaure ich sehr!! Na ja, es ist, wie es ist … du selbst kennst ja die gründe.

ich schreibe dir, weil ich in einer sehr problematischen lage bin. es wäre sehr schwirig, das jetzt alles in der mail zu erklären, aber ich bin an einer wirklich großen Sache dran – vielleicht sogar eine nummer zu groß, wie ich jetzt merke. es gibt jedenfalls leute, die deswegen hinter mir her sind und ich glaube, die scheuen vor nichts zurück. die Situation wird immer brenzliger für mich. ich weiß nicht, an wen ich mich sonst wenden kann, denn die zeit läuft davon. daniel ist noch nicht zurück – ein guter freund, der hier im haus wohnt, daniel brandt. daher bitte ich dich: falls du bis morgen nichts von mir hörst, kannst du dich mit daniel in verbindung setzen oder hierher kommen? ich habe etwas, das ich einem von euch gern übergeben würde, hier in meiner wohnung ... muss aufhören, höre was ... juri

Er schaute in ihr erwartungsvolles Gesicht.

„Eine ‚große Sache'", murmelte er.

„Juri ist wohl nicht mehr dazu gekommen, das Wichtigste zu schreiben", bemerkte Mara. Sie zuckte leicht mit den Schultern „So bin ich heute sehr früh losgefahren."

„Woher kommst du denn?", fragte Daniel.

„Aus Amsterdam. Ich lebe dort." Jetzt konnte Daniel den minimalen Akzent einordnen.

„Wieso hattet ihr beiden keinen Kontakt mehr? Ist da irgendetwas passiert?"

Mara verzog den Mund und schaute ihn lange an. „Ach ... das ist eine lange Geschichte. Ich mag sie jetzt nicht erzählen. Vielleicht irgendwann mal in Ruhe."

„Okay. Wir sollten uns auch vielleicht lieber um Juris Wohnung kümmern, bevor die Polizei sie ganz dicht macht."

„Ja, in Ordnung", erwiderte sie, machte jedoch keine Anstalten, aufzustehen.

Einen Moment lag eine Stille zwischen den beiden, die die vergangenen Ereignisse wieder in sein Bewusstsein holte. Daniel durchbrach den Moment. „Was meinst du – sollen wir einfach mal rübergehen? Und schauen, ob wir etwas finden?"

„Tja ... was kann das denn sein?"

„Ich habe keine Ahnung. Vielleicht fällt uns ja was auf." Er legte das Blatt beiseite und musterte sie. „Aber es sieht wirklich schlimm dort aus."

Mara schaute ihn an, dann nickte sie. „Okay."

Juris Wohnung bot den gleichen Anblick wie am vorigen Abend. Mara war noch stiller geworden. Daniel spürte, dass sich sein Magen zuschnürte, als er an die gestrigen Bilder dachte. Dennoch begannen sie systematisch die gesamte Wohnung zu durchkämmen, um irgendetwas zu finden – auch wenn nicht klar war, was. Was hatte Juri ihnen geben wollen?

Raum für Raum durchsuchten sie nach Verstecken, Hinweisen oder Auffälligkeiten. Als sie schließlich wieder im Flur angekommen waren, schauten sie sich ratlos an. Zwar waren sie auf jede Menge Bücher, Aufzeichnungen und Skizzen gestoßen, aber hatten beide nicht das Gefühl, dass etwas davon irgendwie von Nutzen sein könnte oder auch nur minimale Anhaltspunkte lieferte.

Sie verließen die Wohnung unter dem Absperrband hindurch und Daniel zog vorsichtig die Tür zu, um keine Spuren zu verwischen.

„Mist! Eine Nadel im Heuhaufen suchen ...", murmelte Daniel. Mara reagiert nicht und wandte sich einem Bild zu, das neben Daniels Tür hing.

„Ich habe mich den ganzen Morgen hier auf der Treppe schon gefragt, woher ich das Bild kenne. Wo ist das? Hast du es selbst aufgenommen?"

Daniel trat einen Schritt näher an das Bild, als ob er es zum ersten Mal sähe und betrachtete die Fotografie einer mediterranen, leicht hügeligen und felsigen Landschaft. Er brauchte mehrere Momente für seine Antwort. Dann fiel der Groschen.

„Natürlich!" Er schlug sich mit der Hand gegen die Stirn, als ob er seinem Gehirn einen Anstoß geben wollte. „Das ist es, was hier nicht stimmt. Gestern hatte ich ständig das Gefühl, etwas sei hier nicht in Ordnung. Es ist Juris Bild! Es hing immer in seiner Wohnung. Bis gestern. Er muss es mit einem anderen Bild ausgetauscht haben." Immer noch fixierte er das Foto. „Wo das genau ist, weiß ich gar nicht, ich hab ihn nie danach gefragt. Könnte in Südfrankreich sein."

„Irgendwie kommt mir die Gegend bekannt vor. Vielleicht war ich schon mal dort – oder habe die Fotografie schon irgendwo gesehen", bemerkte Mara nachdenklich, während Daniel direkt auf das Bild zuging, es instinktiv von der Wand nahm und umdrehte.

Hinter dem Metallspanner, der das Bild gegen das Glas drückte, befand sich eine kleine Ziptüte mit einer Speicherkarte und einem gefalteten Zettel darin. Aufgeregt zog Daniel beides heraus, sodass der Zettel fast riss. Er faltete das Stück Papier nervös auseinander. Mara war an ihn herangetreten, um die schwer leserlichen Worte zu sehen, die in großer Eile auf das Blatt geschmiert waren:

*daniel,*
*ganz kurz:*
*wichtige dokumente auf card – keine zeit für erklärungen.*
*juri*

„Er scheint es unter großem Zeitdruck geschrieben zu haben. Aber ich verstehe immer noch nicht so ganz ..." Daniel ließ die Augen nach einer Antwort suchend erneut über die Zeilen gleiten.
 „Vermutlich hat er das gestern kurz vor oder nach meiner E-Mail verfasst", bemerkte Mara.
 Daniel hielt wortlos die Speicherkarte hoch und beide gingen wie auf ein Zeichen zurück in seine Wohnung. Er schob die Karte in sein Notebook auf dem Schreibtisch. Voller Spannung warteten sie, bis der Computer hochgefahren war.
 Sie starrten auf den Bildschirm.

das passwort lautet:
 war über einem rechteckigen Kästchen zu lesen, über dem erwartungsvoll ein blinkender Cursor auf die Eingabe wartete.
 „Mist!"

Mara schaute gedankenverloren zum Fenster. „Wenn Juri davon ausging, dass einer von uns diese Speicherkarte finden würde ...", sie machte eine lange Pause, „dann würde er uns doch auch irgendwo das Passwort hinterlassen, oder?" Sie schaute Daniel wieder an.

„Vermutlich hast du recht", antwortete er und fing an, im Kopf nochmals Juris Wohnung durchzugehen.

„Diese Mail ...", sagte Mara schließlich. „Sie lässt mir keine Ruhe. Ich verstehe das nicht so ganz. Ist dir denn gar nichts darin aufgefallen?" Ihr Tonfall wurde leicht gereizt, was Daniel unangemessen fand. Er schaute nachdenklich auf das Blatt. „Eigentlich nicht. Was meinst du denn?"

„Na, zum Beispiel, dass die komplette Mail klein geschrieben ist?"

„Ach so, das ... Das ist für mich nichts Neues. Juri war ein radikaler Vertreter der Kleinschreibung."

„Ja, klar – das hab ich mir schon gedacht. Aber es ist nicht durchgängig. Schau doch mal hier." Sie zeigte auf eine Stelle im Text. Daniel nahm das Blatt erneut in die Hand und sah, was sie meinte. Dann griff er nach einem Stift und unterstrich die groß geschriebenen Worte.

„Das ergibt doch überhaupt keinen Sinn. ‚Na' – ‚Sache' – ‚Situation' – Ist es vielleicht ein Anagramm? Alle Buchstaben neu mischen und sortieren?" Beide starrten auf das Blatt.

Er sortierte die Buchstaben unten auf dem Blatt nach dem Alphabet:

A A A C E H I I N N O S S T T U

„Hm, was könnte das bedeuten, wenn man es neu mischt?" Beide starrten konzentriert auf die Buchstaben.

„Vielleicht sind es nur die Anfangsbuchstaben. Nur sie sind ja groß geschrieben."

„NSS. Oder SSN. Oder SNS. Das sind schon alle Kombinationsmöglichkeiten. Ein Anagramm kann das kaum sein!"

„Aber ein Passwort aus einer solch sinnlosen Buchstabenfolge?"

Mara richtete sich auf und schüttelte den Kopf. „Mir scheint es für ein Passwort zu kurz."

„Trotzdem! Juri war sehr klar und direkt. Ich glaube nicht, dass er die kompletten Wörter damit markieren wollte!"

Daniel ließ seiner Frustration keinen Raum und probierte es direkt mit dem ersten Code aus der E-Mail:

NSS ...

Zugang verweigert

blinkte es in rot.

SNS ...

Zugang verweigert.

Das gleiche Resultat bei SSN.

Mara stand unvermittelt auf und ging im Zimmer herum.

„Was machst du?", fragte Daniel irritiert.

„Nachdenken. Oder wonach sieht es aus?"

Daniel meinte schon wieder leichte Gereiztheit in ihrem Tonfall zu erkennen. Er fragte sich, wieso, konnte aber keine Antwort finden. Sie zog ihre Jacke aus und ließ sie mitten im Zimmer fallen. Dann ging sie zum Regal und nahm einen Glasbehälter voller Steine herunter. Sie betrachtete den Inhalt forschend und schüttelte das Glas leicht in ihren Händen.

„Was ist denn das?", fragte sie verwirrt.

In dem Moment sprang ein Stein heraus und rollte ein Stück über den Holzboden. Daniel stand auf, hob den Stein vom Boden auf und nahm Mara genervt das Glas aus der Hand.

„Entschuldigung", sagte sie übertrieben betont und wirkte beleidigt.

Daniel ging nicht darauf ein. Er stellte das Glas vorsichtig auf dem Regal ab.

„Stromboli, Italien", sagte er und hob den Stein in seinen Fingern etwas höher, bevor er ihn in den Behälter fallen ließ. „Das ist Lavagestein. Es sind Steine aus aller Welt. Orte, an denen ich schon mal war."

Er ging zum Sessel zurück und versuchte sich wieder auf die Passwörter zu konzentrieren, während Mara sich noch mal die Steine auf dem Regal anschaute, ohne das Glas zu berühren.

Dann ging sie zum Sofa, streifte ihre Schuhe ab, zog ihre Socken hoch und legte die Füße auf die Lehne. Als ob sie zu Hause wäre, dachte Daniel. Sein Blick fiel zurück auf die Buchstaben.

„Vielleicht ist es einfach nur unvollständig."

Auch Mara wandte sich erneut dem Blatt zu.

„Mir fällt da wirklich nichts zu ein", meinte Daniel schließlich resigniert.

Mara lehnte sich zurück. „Tja. Mir auch nicht."

Daniel fragte sich, ob Mara ihm eine Hilfe sein würde oder nur ein Klotz am Bein.

„Aber das kann doch kaum sein. Dann haben wir noch nicht alle Buchstaben. Und wenn das so ist, dann müssten die restlichen Buchstaben woanders versteckt sein."

Daniel sank in sich zusammen. „Vielleicht auf dem Zettel?"

„Aber auf deiner Nachricht gibt es keine großen Buchstaben, nicht einmal die beiden Namen."

Mara erhob sich vom Sofa und beide betrachteten forschend die Buchstabenfolgen auf dem Zettel, der neben dem Laptop lag.

„Nichts Auffallendes – überhaupt nichts, was irgendwie ins Auge springt." Mara schüttelte den Kopf.

Sie saßen sicherlich eine Viertelstunde da und sprachen kein Wort miteinander. Dann durchfuhr es Daniel in seinem Sessel und er rückte nach vorn.

„Und wenn Juri in deiner Mail die Großbuchstaben gewählt hat, weil es dort keine andere Form der Hervorhebung gab?"

„Das verstehe ich nicht."

„Nun, wenn zum Beispiel Möglichkeiten einer anderen Verschlüsselung wegfallen."

„Ach, du meinst so etwas wie Zitronensaft? Oder eine andere unsichtbare Tinte? Das machen vielleicht Kinder!"

„Ja, so was in der Art – es muss ja nicht gleich so ein billiger Trick sein, aber er hatte auch keine Zeit für eine komplizierte Codierung, die wir dann möglicherweise eh nicht knacken."

Mara bewegte den Oberkörper leicht nach unten.

„Danke für dein Vertrauen in meine Intelligenz!", sagte sie und schaute ihn herausfordernd an.

Daniel zündete eine Kerze an, die auf der Fensterbank stand und hielt das Blatt darüber. Es wurde an einigen Stellen schwarz und verbrannte fast, aber Anzeichen einer unsichtbaren Tinte waren nicht festzustellen.

„Stell dir doch mal seine Situation vor. In der Hektik noch Geheimtinte? Sicher hat er eine direktere Art der Verschlüsselung gewählt." Während sie das sagte, sprang Mara auf, nahm das Blatt in beide Hände und hielt es gegen das Licht. Sie ging jeden einzelnen Buchstaben durch. „Schau hier: der erste Buchstabe von „ganz" ist mit einem anderen Stift geschrieben. Dennoch ist der Unterschied kaum zu erkennen."

Sie drehte das Blatt etwas im Licht und las weiter. Daniel stand nun dicht neben ihr und kniff die Augen zusammen.

„Hier sind noch zwei weitere Buchstaben mit dem anderen Stift geschrieben: in ‚juri' das ‚i', das ist der allerletzte Buchstabe des Textes, und das ‚o' von ‚dokumente'.

„Also GOI. Zusammen mit NSS hätten wir also NSSGOI. Welches sinnvolle Wort mit sechs Buchstaben gibt es da?" Er riss ein Blatt aus der Schublade und begann, alle möglichen Kombinationen aufzuschreiben.

„Es ist gar nicht so kompliziert, denke ich", kam ihm Mara zuvor. „Nimm einfach je einen Buchstaben in der auftauchenden Reihenfolge abwechselnd aus deinem und meinem Text."

„GNISOS?" Daniel schaute Mara entgeistert an.

„Nein, in der richtigen Reihenfolge: GOI und NSS."

„GNOSIS! Na klar – das griechische Wort für ‚Wissen'."

Er war beeindruckt von ihrer schnellen Auffassungsgabe und hämmerte die sechs Buchstaben aufgeregt in die Tastatur. Dann bestätigte er mit der ENTER-Taste.

Der Bildschirm öffnete sich.

*Gent, Oktober 1934*

*Fournier hielt den Kopf zwischen seinen auf dem Schreibtisch abgestützten Händen fest, als wolle er ihn damit auf seinen Schultern fixieren. Verzweifelt starrte er auf den mit Aktenstapeln bedeckten Tisch gegenüber. Einige Menschen in diesem Gebäude sahen seinen Kopf schon rollen – er gehörte zu ihnen.*

*Sechs Monate waren nun schon vergangen seit dem Diebstahl der Kunstwerke und er war noch keinen Deut näher an der Lösung des Falles, geschweige denn an der Wiederbeschaffung der noch verschwundenen Tafel.*

*Dabei hatte der Fall zunächst einen durchaus vielversprechenden Verlauf genommen. Schon nach dem ersten Erpresserbrief und der Forderung über eine Million Francs war er sich sicher gewesen, den Dieb umgehend fassen und den Fall zu den Akten legen zu können.*

*Der Dieb hatte sogar die Rückgabe der Tafel von Johannes dem Täufer in Aussicht gestellt, um die Authentizität des Briefes zu beweisen.*

*Und tatsächlich fand sich die Tafel nach Zusendung eines Gepäckscheins in der Aufbewahrung des Brüsseler Bahnhofs.*

*Möglicherweise hatte er den Fall nicht ernst genug genommen.*

*Von Anfang an war ihm einiges merkwürdig erschienen. Auch das scheinbar mangelnde Interesse des Bischofs befremdete ihn immer wieder aufs Neue.*

*Die Tür wurde aufgerissen – ein wenig zu schwungvoll für Fourniers Empfinden – und Lumet trat ein, mit der linken Hand eine zusammengefaltete Zeitung in die Luft streckend, die er wie eine Keule schwang.*

*„Wieder nichts", bemerkte er fast beiläufig, während er das Druckerzeugnis auf Fourniers Schreibtisch warf.*

*Seit dem ersten Erpresserbrief wurden die Verhandlungen bezüglich des Lösegeldes und der Übergabe der Tafel über Kleinanzeigen in einer vom Dieb genannten Zeitung abgewickelt.*

*Es hatte bereits eine Lösegeldübergabe gegeben, im Juni dieses Jahres. Leider hatte er bei dieser verpatzten Gelegenheit weder den Dieb fassen können, noch wurde die Tafel danach zurückgegeben.*

*Kein Wunder allerdings, hatte der Bischof sich doch nicht an die vereinbarte Summe von einer Million gehalten, sondern nur 25.000 Francs gezahlt.*

*Wäre Fournier selbst in der Lage des Diebes gewesen, so wäre er gewiss unglaublich sauer geworden und hätte den Kontakt nach dieser Aktion mit Sicherheit völlig abgebrochen.*

*So verband ihn eine gewisse Sympathie mit dem Dieb – oder den Dieben. Oder steckte hinter alledem gar eine Organisation, in deren Auftrag der Dieb handelte?*

*Alles sehr undurchsichtig und immer noch gab es keinerlei Anhaltspunkte.*

*Lumet hatte sich inzwischen auf seinen Stuhl verzogen und schaute versonnen aus dem Fenster.*

*Fournier vergrub seinen Kopf noch tiefer zwischen seinen Händen.*

*Nach nunmehr dreizehn Briefen und unzähligen Kleinanzeigen, die alle mit den Initialen D.U.A. unterzeichnet waren, ein wirklich frustrierendes Ergebnis. Und nun kam gar nichts mehr. Absolute Sendepause. Hatte der Erpresser möglicherweise doch aufgegeben?*

*Fournier schüttelte in der Umklammerung seiner Hände kaum merklich den Kopf, bevor er zu Lumet hinüberschaute.*

*Dieser erwiderte seinen Blick ohne jede Regung.*

*„Und nun?"*

*Fournier zuckte demotiviert die Schultern.*

¥

Köln, Gegenwart

Beide starrten in gespannter Konzentration auf den Bildschirm, wo nun mehrere verkleinerte Dokumente und Skizzen zu sehen waren. Mit einem kurzen Klick vergrößerte Daniel sie und scrollte die Seite abschnittweise durch.

„Alles in französischer Sprache", bemerkte er.

„Sehr schwer zu lesen, diese Handschrift. Scheint schon etwas älter zu sein – was denkst du, wie alt die Manuskripte sein könnten?"

Er zog nachdenklich die Augenbrauen hoch und presste die Lippen aufeinander. „Vielleicht fünfzig bis hundert Jahre? Das Papier ist schon etwas vergilbt, aber sicher nicht älter, so wie es hier aussieht. Ist wirklich schwer zu sagen."

„Das sind fast nur Zahlen – irgendwelche Berechnungen und Skizzen. Was könnte das darstellen?" Auf dem Bildschirm waren freihändig gezeichnete Rechtecke, Rauten und Striche zu sehen, die teilweise ineinander verschachtelt und überall mit Maßangaben versehen waren.

„Sieht eher aus wie eine Bauzeichnung. Aber von was denn?"

Darunter standen Kolonnen von Zahlen, in fünf Reihen unregelmäßig untereinander angeordnet. Dazwischen teilweise Gedankenstriche, einige Zahlen waren umkreist.

„Könnte das eine Art Codierung sein?"

Daniel blickte ratlos auf den Bildschirm und wusste keine Antwort.

„Schau mal, ein paar Worte. Kannst du die Schrift lesen?"

„Pour ... touts ... nein, toute ... – es ist wieder durchgestrichen. Hier unten: Juges ... intè ... gres ..."

„Juges intègres – die gerechten Richter", übersetzte Mara bedächtig.

„Kannst du denn damit was anfangen? Sagt dir das etwas?"

„Es gab da mal einen legendären Kunstraub. Das muss so um 1933 gewesen sein. Ob das was damit zu tun hat?"

„Was war das denn für ein Bild?"

„Es war kein Bild im ursprünglichen Sinne, sondern ein Teil eines riesigen Kunstwerks: des Genter Altars." Mara hob ihren Blick vom Bildschirm und richtete ihn auf einen unbestimmten Punkt außerhalb des Fensters, während sie langsam weitersprach.

„Der Genter Altar ist ein weltberühmtes Meisterwerk der Gebrüder van Eyck. Er besteht aus einzelnen großen Bildtafeln, sodass der Altar geöffnet und zugeklappt werden kann. Eine dieser Bildtafeln wurde damals unter äußerst merkwürdigen Umständen gestohlen und ist bis heute verschollen. Sie trägt den Titel ‚Die Gerechten Richter'."

Daniel war beeindruckt von Maras Bildung. Zwar hatte er auch schon vom Genter Altar gehört, doch fehlten ihm jegliche weiteren Details dazu.

„Woher weißt du das alles?"

„Na ja, eigentlich sollte ich das noch viel genauer wissen – schließlich habe ich Kunstgeschichte studiert."

Ihr Ton wurde weicher und sie schien in Gedanken an das Kunstwerk versunken.

¥

*25. November 1934, Termonde bei Gent*

*Die Klingel ertönte, als de Vos immer noch gedankenversunken am Bett des Sterbenden saß. Als würden damit die letzten Stunden eines dahinscheidenden Lebens eingeläutet. Gleichzeitig holte sie den Rechtsanwalt jedoch zurück in seine reale Umgebung.*

*Er ging zur Tür, über der die altmodische Glocke noch ihren Ruhepunkt suchte und öffnete sie langsam.*

*In eine lange braune Kutte gehüllt stand ihm ein Mann mit einem runden, gutmütigen Gesicht gegenüber.*

„*Bruder Bornauw, es freut mich, dass Sie so schnell kommen konnten. Es steht wohl sehr schlecht um Monsieur Goedertier*", begrüßte de Vos den Benediktinermönch herzlich.

„*Ich habe mein Möglichstes getan, Monsieur de Vos, doch bringen Sie mich doch bitte so schnell es geht zu ihm.*"

„*Natürlich, kommen Sie bitte herein, ... hier entlang.*"

De Vos deutete ihm mit ausgestreckter Hand den Weg durch den dunklen, holzvertäfelten Flur.

„*Er hatte einen Herzanfall. Der Weg nach Hause schien uns zu weit, so haben wir ihn erst mal hierher zu seinem Schwager gebracht*", erklärte er weiter, während sie den geräumigen Salon betraten. „*Der Arzt war schon hier, hat uns aber nicht viel Hoffnung gemacht, ... bitte hier herein.*"

De Vos öffnete die angrenzende Tür zum Gästezimmer und blickte auf den unverändert dahinsiechenden Freund. Er ließ Bruder Bornauw allein mit dem Sterbenden, damit er ihm die letzte Ölung geben und die Beichte abnehmen konnte.

Dann trat er an den Kamin und betrachtete geistesabwesend die Asche und die zu tiefschwarzer Kohle gewordenen Holzreste darin. Wie plötzlich das Leben doch ein Ende finden konnte! Kannte er doch keinen so geistig wie körperlich regen und umtriebigen Menschen wie Arsène Goedertier – und das trotz dessen siebenundfünfzig Jahren!

Jäh wurde er durch die sich öffnende Tür aus seinen Gedanken gerissen. Bruder Bornauw trat mit einem behänden Schritt aus dem Zimmer.

„*Bitte, Monsieur de Vos, er möchte Sie sprechen. Sofort!*"

So schnell konnte der Geistliche unmöglich die Sterbesakramente erteilt haben. Gab es etwas so Wichtiges in der jetzigen Situation?

Zurück im Zimmer machte Goedertier jedoch einen völlig entrückten Eindruck. Er schien um Luft zu ringen und bewegte, wie in einem Fieberwahn, hektisch den Kopf hin und her.

„*Arsène! ... Hörst du mich? Arsène!*"

De Vos schüttelte Goedertier ganz leicht an der Schulter. Das schien sein Freund jedoch in keiner Weise zu registrieren. Er rang weiter nach Luft und warf den Kopf abwechselnd von der linken auf die rechte Seite seines Kissens.

Goedertier befand sich im Delirium.

Hilfesuchend schaute sich de Vos nach Bruder Bornauw um.

„Was können wir tun? Können wir ihm irgendwie helfen?"

„Vielleicht sollten wir den Arzt noch einmal holen."

Bruder Bornauw bewegte sich geschwind, aber gemessen aus dem Zimmer und befand sich gerade im Salon, als der Kranke sich schlagartig zu beruhigen schien.

„Warten Sie, er scheint zur Ruhe zu kommen!", rief de Vos in den Salon hinüber.

Wie ein vorübergehender Husten verzog sich der Anfall so schnell er gekommen war und Goedertiers Augen öffneten sich schwerfällig. Sein Atem wurde gleichmäßig und sein Kopf lag still auf dem Kissen.

Irritiert wartete de Vos, bis der Freund ihn wiedererkannte. Schließlich drehte der Kranke den Kopf etwas zur Seite und schaute ihn aus klaren und funkelnden Augen an.

„Ich weiß, wo die ‚Gerechten Richter' sind", hauchte er kaum vernehmbar. De Vos beugte sich noch näher an Goedertier heran, sodass er seinen Atem spüren konnte.

„In der Schublade meines Schreibtisches findest du alle nötigen Informationen ... ein Umschlag ... in der rechten Schublade ... ‚Versicherung' ..." Die Worte des sterbenden Freundes wurden immer schwächer, nahezu tonlos. De Vos hielt sein Ohr jetzt unmittelbar vor den Mund Goedertiers und vernahm die letzten Sätze, die er in seinem Leben sprechen sollte.

Bruder Bornauw beobachtete die Szene aus dem Salon, ohne ein Wort zu verstehen. Er wunderte sich nur, wie lange de Vos regungslos über dem Mund des Sterbenden verharrte.

Als sich der Rechtsanwalt nach einer endlosen Weile langsam wieder erhob und die Hand des Freundes zwischen seine beiden Hände nahm, trat der Mönch zögernd wieder ans Bett.

Alles irdische Dasein war nun von dem Mann abgefallen und während Bruder Bornauw das Zeichen des Kreuzes machte und ein *stilles Gebet sprach, schien das Leben im gesamten Raum für einen Moment zu pausieren.*

¥

Köln, Gegenwart

Daniel betrachtete aufmerksam die Skizzen auf dem Bildschirm. Ein unverständliches Gewirr von Strichen und Zahlenreihen, die stellenweise mit nachträglichen roten Markierungen versehen waren.

„Und man hat nie irgendeinen Anhaltspunkt über den Verbleib der Tafel gefunden?", fragte er verwundert.

„Der Dieb der Tafel konnte ausfindig gemacht werden – allerdings eher zufällig. Er starb kurze Zeit später und legte noch auf dem Sterbebett ein Geständnis ab. Doch das Bild suchte man vergeblich. Es gibt tausend Theorien, auch heute noch, aber das Ganze war schon damals sehr rätselhaft", antwortete Mara und hielt sich mit beiden Händen stützend den Rücken, während sie sich gerade auf dem Stuhl aufrichtete.

„Meinst du, Juri wusste etwas über die Tafel – wusste vielleicht sogar etwas über ihr Geheimnis?"

„Scheint so – möglicherweise wusste er zu viel und musste deshalb sterben."

„Oder wollte sein Wissen nicht mitteilen."

„Ja. Oder das ..."

Als Daniel den Blick vom Bildschirm löste und Mara von der Seite ansah, wirkte sie müde und erschöpft auf ihn. Vielleicht war das alles auch etwas viel für sie gewesen – innerhalb weniger Stunden vom Tod Juris zu erfahren und jetzt diese Geschichte, in die sie beide hineingeschlittert waren.

„Dann scheint er wirklich an irgendwas sehr dicht dran gewesen zu sein", sagte sie matt. Etwas Trauriges schwang diesmal in ihrer Stimme mit, als ob sie sich in diesem Moment an Juri erinnerte und sich ihm durch die Beschäftigung mit dem von ihm gesammelten Material wieder näher fühlte. Vielleicht wurde sie sich seines Todes erst langsam richtig bewusst, dachte Daniel. Er schluckte und versuchte sich seinerseits schnell wieder abzulenken.

„Das sieht alles sehr verworren und mysteriös aus", sinnierte er. „Sind das Hinweise auf das Versteck der Bildtafel?"

„Wenn wir uns an die Entschlüsselung der Dokumente machen und überhaupt etwas zum Altar herausfinden wollen, brauche ich aber etwas Schlaf vorher – ich habe kaum ein Auge zugetan diese Nacht." Mara blinzelte ihn müde an und gähnte dann.

„Ja klar! Aber dann bist du dabei und hilfst mir? Auch wenn Juri deswegen getötet wurde?"

„Na klar, – gerade dann! Das sind wir ihm doch schuldig."

Für Daniel war es keine Sekunde eine ernsthafte Frage gewesen, ob er sich mit der Sache beschäftigen würde. Er konnte ihre Hilfe sicher gut gebrauchen und merkte, dass er froh war, nicht alleine damit dazustehen – auch wenn Mara schon ein wenig komisch war.

Bilder von Juri gingen ihm durch den Kopf. Nun war er einfach nicht mehr da. Nie mehr. Daniel konnte das kaum fassen – es war noch nicht richtig in sein Bewusstsein gedrungen. Er versuchte an etwas anderes zu denken und begann, Mara das Lager für die Nacht vorzubereiten. Mit wenigen Handgriffen hatte er das Sofa im Arbeitszimmer ausgezogen.

Mara ließ sich sofort auf das provisorische Bett fallen und schnappte sich die Decke, die er ihr hingelegt hatte. Während er im Internet noch ein hochauflösendes Bild des Genter Altars suchte, kuschelte sich Mara in das von Daniel bereitete Lager.

Nach wenigen Augenblicken hatte er eine qualitativ gute Darstellung gefunden und speicherte diese ab. Er drehte sich zu Mara, um ihr eine gute Nacht zu wünschen. Nur ihr Gesicht lugte noch aus der Decke hervor. Sie schien bereits eingeschlafen zu sein – ohne ein weiteres Wort. Wirklich eine merkwürdige Person, dachte er. Einen langen Moment blieb er so sitzen und betrachtete sie. Ihren Leberfleck und ihre zerwühlten Haare. Er fragte sich, warum Juri nie von ihr erzählt hatte. Gelegenheit wäre sicher genug gewesen.

Dann ging er mit dem Laptop ins Nebenzimmer, um sie ungestört schlafen zu lassen.

¥

*Wetteren bei Gent, November 1934*

*De Vos betrat die riesige Eingangshalle von Goedertiers Haus mit einem mulmigen Gefühl. Nicht, weil ihn die Größe des Portals trotz seiner häufigen Besuche jedes Mal wieder erschlug, sondern aufgrund der Abwesenheit des Parteifreundes, dessen Lebenskraft und funkelnder Esprit diese Räume niemals wieder füllen würden. Arsène Goedertiers Witwe führte ihn direkt ins Arbeitszimmer, in dem der große Schreibsekretär den Raum durch seine ausgefallene Optik dominierte. Sein Blick fiel unwillkürlich auf die Schubladen auf der rechten Seite.*

*„Madame Goedertier, es scheint mir unangebracht angesichts der Situation, den Schreibtisch Ihres Mannes zu durchsuchen. Doch er bat mich, einen Umschlag mit der Aufschrift ‚Versicherung' an mich zu nehmen und zu verwahren. Dieser soll sich in einer der rechten Schubladen befinden."*

*„Oh, das ist kein Problem, Monsieur de Vos. Gern schaue ich für Sie nach, wenn Ihnen das entgegenkommt."*

*Sie öffnete die oberste Schublade, hob einige Schriftstücke an, schien jedoch nichts zu finden. Die zweite Schublade durchsuchte sie nach derselben Methode, bis sie schließlich einen Moment innehielt und einen großen braunen Umschlag herauszog, den sie de Vos mit einem matten Lächeln entgegenstreckte. Sie schien durch die Ereignisse sehr mitgenommen.*

„*Das wird der Umschlag sein, den mein Mann meinte.*"

De Vos bedankte sich herzlich und versäumte nicht, der Witwe alle nur erdenkliche Hilfe für die nun bevorstehende schwere Zeit anzubieten. Dann machte er sich zügig auf den Heimweg, denn er konnte es nicht erwarten, die Geheimnisse des Umschlags zu enthüllen.

Zu Hause begab er sich direkt zum Schreibtisch, knipste die Lampe an und öffnete den Umschlag mit seinem silbernen Brieföffner so vorsichtig, als sei er ein Heiligtum.

Was ihm dann in die Hände fiel, machte ihn vor Erstaunen fassungslos.

Da waren die Durchschläge der dreizehn Erpresserbriefe an den Bischof, ein vierzehnter Brief, der offensichtlich nicht abgeschickt worden war, und viele Skizzen und Notizen mit Zeichnungen und Zahlenreihen darauf, die wie ein Code aussahen.

De Vos' Körper sank wie getroffen zurück an die Rückenlehne des Sessels.

War Goedertier selbst der Dieb der ‚Gerechten Richter'? Das konnte er kaum glauben! Er kannte Arsène Goedertier schon eine halbe Ewigkeit und, wie er sich eingebildet hatte, auch sehr gut. Warum nur? Er war doch sehr wohlhabend als Börsenmakler, benötigte das Geld nicht. Zudem war er aktives Mitglied der katholischen Partei – wie er selbst ja auch – und seine Beförderung zum Akademiedirektor hatte unmittelbar bevorgestanden. Oder war er in Schwierigkeiten gewesen, von denen niemand etwas wusste? De Vos starrte ungläubig in die Luft oberhalb seines Schreibtischs. Er konnte sich auf das Ganze keinen Reim machen. Aber vielleicht gaben ja die Dokumente mehr Aufschluss über die offenen Fragen.

Als er begann, sich in die Manuskripte, Briefe und Skizzen zu vertiefen, blieb ihm fast der Atem weg.

Langsam begann er zu verstehen.

¥

Köln, Gegenwart

Daniel wollte gerade den Beamer einschalten, als das Telefon klingelte. Ein Blick auf das Display ließ ihn einen kurzen Moment zögern, bevor er abnahm.

„Joelle, wie geht es dir?"

„Kennst du meine Nummer noch auswendig?", kokettierte sie nach seiner direkten Begrüßung.

„Nein, nicht mehr – aber dein Name erscheint auf dem Display, das macht es mir leichter", konterte er.

Manchmal machte es ihm immer noch etwas aus, sie zu sprechen oder zu sehen, auch wenn sie seit ihrer Trennung seit einer Weile regelmäßigen, freundschaftlichen Kontakt hatten. Als sie damals aus beruflichen Gründen zurück nach Berlin gezogen war, hatte sie sich von ihm getrennt – sie war also die auslösende Kraft gewesen, und das machte vermutlich den Unterschied. So musste er von Fall zu Fall entscheiden, ob er Joelle sprechen oder gar sehen wollte und manchmal entschied er sich auch wider besseres Wissen. Die emotionale Quittung dafür bekam er immer erst später. Heute aber hatte er ein klares Gefühl, dass es ihm guttun würde, mit ihr zu sprechen.

„Es ist eine Menge passiert seit gestern, ... furchtbare Dinge", begann er.

„Erzähl!", forderte Joelle ihn mit ihrer manchmal sehr forschen Art auf.

Er berichtete ihr vom Tod Juris, von der Polizei, von seiner Nacht und seinen Gefühlen, von Mara und schließlich von der Bildtafel.

„Ui", seufzte sie. „Das ist ja schrecklich mit Juri. Das alles klingt nicht gut! Das hört sich wirklich gefährlich an. Was wirst du nun tun?"

Daniel machte eine kurze Pause. „Du kennst mich doch."

„Stimmt, eigentlich hätte ich mir die Frage sparen können." Ihr amüsierter Ton wurde sofort wieder ernsthaft. „Wenn ich dir irgendwie helfen kann bei deinen Ermittlungen, melde dich bei mir! Ich habe eine Menge Kontakte hier in Berlin." Sie sagte das mit besonderem Nachdruck und Daniel wusste, dass er sich immer auf sie verlassen konnte. Und dass sie durch ihre Kontaktfreudigkeit Gott und die Welt kannte.

„Danke, da werde ich sicher drauf zurückkommen. Kann ich bestimmt gebrauchen. Vielleicht kennst du ja schon jemanden, der besondere kryptologische Fähigkeiten hat? Aber er muss absolut vertrauenswürdig sein."

Sie schien einen Moment zu überlegen, bevor sie antwortete. „Ein, zwei Spezialisten in der Richtung kenne ich schon, aber mit dem ‚vertrauenswürdig' bin ich mir nicht so hundertprozentig sicher. Und das sollte man in der jetzigen Situation schon sein. Es wäre zu riskant, nach allem, was bisher vorgefallen ist."

Eine kurze Pause entstand. Daniel wusste, dass sie nachdachte.

„Was ist mit Diego? Den kennst du doch schon recht lange ...", fuhr sie schließlich fort.

Richtig, an den hatte er noch gar nicht gedacht. Diego war im Laufe der Jahre sogar zu einem Freund geworden, auch wenn er etwas kauzig und kantig war.

„Das ist eine gute Idee, zu ihm habe ich vollstes Vertrauen. Vielleicht kann er mir da weiterhelfen."

„Melde dich einfach, wenn du was brauchst!", klang es aus dem Hörer. Daniel hörte die Sorge in ihrem Ton, er kannte sie einfach sehr gut.

„Ganz ehrlich", ergänzte sie.

Er wusste, dass sie es aufrichtig meinte.

„Das mach' ich. Danke dir erst mal. Bis bald, Joelle."

Er legte auf und war in Gedanken noch bei Joelle und ihrer gemeinsamen Zeit, als er den Beamer einschaltete.

Auf der gesamten Zimmerwand erstrahlte vor seinen Augen ein riesiges, aus mehreren Teilen zusammengesetztes Bild, welches man „Das Lamm Gottes" nannte.

Ein Meisterwerk von unglaublicher Erhabenheit und Intensität. In überwältigender Größe, quer über die ganze Wand, hatte es vermutlich noch immer nicht die Ausmaße des Originals. Die Farben zeigten bereits in dieser Reproduktion einen besonderen, leuchtenden Glanz und gaben eine Andeutung davon, wie genial die Maltechnik der van Eycks gewesen sein musste.

Das „Lamm Gottes" bestand aus mehreren Tafeln, in deren Zentrum ein größeres Bild zu sehen war. Dort war in der Mitte ein steinerner Altar abgebildet, auf dem ein Lamm stand. Von der Seite und somit in seiner ganzen Größe zu sehen, schaute es dem Betrachter dennoch frontal in einer selbstbewussten und fast ungerührten Art in die Augen. Aus seiner Brust schoss ein dicker Blutstrahl, der in einem goldenen Kelch aufgefangen wurde. Das Lamm machte den Eindruck, als würde es den Blutverlust überhaupt nicht bemerken, und so wirkte die gesamte Szenerie gleichermaßen surreal wie mystisch. Um den Altartisch herum befand sich ein Kreis von Engeln. Einige davon schwenkten ein Weihrauchfass, die meisten aber verharrten in anbetender Haltung. Einer der vierzehn Engel hielt ein großes Holzkreuz mit beiden Händen wie das überflüssige Relikt eines vergangenen, irdischen Lebens. In gebührendem Abstand zu diesem himmlischen Kreis standen mehrere ganz unterschiedliche Gruppen von Menschen, die aus allen Himmelsrichtungen zu kommen schienen und den Rahmen der Zentraltafel sprengten, sodass sie sich teilweise auf den beiden linken und rechten Außentafeln fortsetzten. Meist handelte es sich um Pilgergruppen, die – ganz mannigfaltig in Herkunft und Stand und mit den verschiedensten Attributen versehen – hergekommen waren, um dem Lamm zu huldigen. Eine der Gruppen war eindeutig als Kardinäle und Bischöfe zu identifizieren, denn sie trugen allesamt prunkvolle Kleidung. In rote, reich verzierte Roben gehüllt und goldene Tiaren auf den Köpfen tragend, machten sie jedoch einen etwas befremdlichen Eindruck auf Daniel. Warum waren sie allesamt abgewandt vom Lamm und dem Altar? Ihre Gesichter wirkten eher teilnahmslos und viele waren sogar in das Studium von Büchern vertieft. Sollte dies eine versteckte Andeutung sein? Die Menschen bevölkerten das gesamte Polyptychon und schienen von überall her zu kommen. Daniel erinnerte sich an eine Stelle aus der Apokalypse des Johannes – er hatte vor ein paar Jahren eine Sendung über apokalyptische Darstellungen und Ängste gemacht – 144.000 Auserwählte aus den zwölf Stämmen Israels versammelten sich dort vor dem Thron des Lammes, eine unzählbare Menge aller Rassen, Sprachen und Völker, eine Zusammenkunft der ganzen Welt. Fasziniert schaute er von einer Szene zur nächsten und konnte sich kaum sattsehen am Detailreichtum der Bilder. Die Darstellungen der Personen und Landschaften waren so unglaublich facettenreich und realistisch, ohne jedoch einen übertriebenen oder gar kitschigen Eindruck zu hinterlassen. Es war fast, als würde die Malerei die Wirklichkeit übertreffen und erhöhen. Man spürte in jedem Detail, in jedem einzelnen Pinselstrich, dass es gar nicht um eine realistische Abbildung der Welt ging. Die Gebrüder van Eyck wollten in die Tiefe, in die Seele der Dinge eindringen.

Daniel konnte sich gut vorstellen, dass die Tafeln voll von Symbolik waren; über dem gesamten Kunstwerk lag eine besondere Mystik wie ein geheimnisvoller und transzendentaler Schleier. Es wirkte eher wie ein Fenster in eine andere Welt.

Doch würde man die zahlreichen Symbole heute noch alle entschlüsseln können? Viele davon waren sicherlich überhaupt nicht mehr bekannt, das war ja immer das Problem mit Symbolen.

Sein Blick fiel auf die Tafel ganz links außen. Das mussten die gestohlenen ‚Gerechten Richter' sein, beziehungsweise die Kopie des ursprünglichen Bildes.

Würde das Geheimnis der Originaltafel auch auf ihrer Kopie zu finden sein? Welcher Art konnte es überhaupt sein?

Er betrachtete die Personen genauer. Alle ritten auf Pferden, waren sehr wohlhabend gekleidet und sahen eher wie Könige oder Adelige aus. Ansonsten wirkte die Tafel überraschend unscheinbar. Ein Geheimnis hätte Daniel überall auf dem Bild vermutet, nur nicht auf dieser Tafel. Vielleicht war das aber gerade so beabsichtigt. Auf der Tafel daneben, also zwischen dem Altar und den ‚Gerechten Richtern', befanden sich weitere Reiter mit ihren Pferden. Doch diese wirkten wesentlich kriegerischer. Ausgestattet mit Waffen und Bannern trugen sie ein rotes Kreuz auf ihrem weißen Schild – das Zeichen der Templer.

Wie zum Schutz bildeten sie eine Phalanx vor den ‚Gerechten Richtern'.

Daniel stutzte. War der Orden der Templer nicht zum Zeitpunkt der Entstehung des Bildes bereits seit über hundert Jahren ausgelöscht und verboten gewesen?

Er spürte, dass das eine ganz schön schwierige Sache werden würde, und hoffte auf die tatkräftige Mithilfe und das kunsthistorische Wissen von Mara. Und sicher könnte Joelle ihm auch noch einen Kunstexperten nennen, der mit mittelalterlichen Symbolen vertraut war.

Abermals betrachtete er das Werk und schaute auf die obere Reihe von Tafeln, die er bisher kaum beachtet hatte. In der Mitte dominierte mit einer unglaublichen Präsenz ein Mann auf einem goldenen Thron. Er war in ein kostbares rotes Gewand gehüllt und hielt in der Linken ein Zepter. Eine mit Edelsteinen verzierte Tiara ließ ihn noch erhabener wirken. Daniel fragte sich, ob es sich um eine Darstellung von Jesus handeln sollte – oder von Gott? Möglicherweise beide in einer Person. Vor ihm auf dem Boden stand eine Krone, wie sie von irdischen Herrschern getragen wurde; zu seiner Linken und Rechten eine Frau und ein Mann, ebenfalls sitzend, ihm zugewandt und jeweils ein Buch in den Händen haltend. Vermutlich Maria und Johannes, folgerte Daniel. Daneben links und rechts je eine Tafel mit musizierenden Engeln, dann die beiden Außentafeln, Adam und Eva. So war es auch über den Personen in verzierten Buchstaben zu lesen.

Die obere Hälfte schien also der himmlischen Sphäre vorbehalten zu sein, wenn man die Außentafeln mit Adam und Eva als eine Art Bindeglied zwischen Himmel und Erde interpretierte.

Wie klein ihm die Menschen und das Treiben auf der unteren irdischen Ebene nun im Vergleich zu den oberen Darstellungen vorkamen! Und doch entdeckte man auch hier einen ungeheuren Detail- und Facettenreichtum und erahnte die latente Existenz einer nicht sichtbaren, geheimnisvollen Welt.

Was mochte sich in den ‚Gerechten Richtern' verbergen?

In welcher Beziehung stand die Tafel zu den Mysterien des gesamten Altars?

Und welche Rolle spielte der Orden der Templer, der rätselhafteste Orden der gesamten abendländischen Geschichte, auf der benachbarten Tafel? Bis heute konnte ihr gut gehütetes Geheimnis nicht gelüftet werden. Hatten sie etwas mit dem Geheimnis des Altars zu tun?

¥

Am folgenden Morgen saßen Mara und Daniel mit Diego zusammen vor einem kleinen Café am Eigelsteintor. Vor ihnen standen drei kleine Espressotassen, dazwischen die Überreste von Erdnussschalen, deren Inhalte Diego mit kurzen, heftigen Kieferbewegungen im Mund zermahlte.

„Nun kennst du die ganze Geschichte", beendete Daniel seine ausführliche Wiedergabe der vergangenen Ereignisse.

„Ich kann mir da'ß nicht erklär̃en. Ab'ßolut nicht." Die Strahlen der Sonne zwangen Diego, seine Augen hinter der unmodischen Brille noch weiter zusammenzukneifen, was seinem markant geschnittenen Gesicht einen überaus kritischen Ausdruck verlieh.

Er presste die Lippen aufeinander und schaute Daniel lange und eindringlich an. An die skurrile Aussprache des Freundes hatte er sich im Laufe der Jahre gewöhnt und konnte ihn mittlerweile gut verstehen, Mara hingegen schien Schwierigkeiten mit seiner Artikulation zu haben, deren spanische Anklänge durch die Erdnüsse im Mund noch karikiert wurden. Manche Worte zog er dabei mit einem rollenden „r̃" besonders in die Länge.

„Und die'ße Tafel", fuhr er plötzlich ganz leise und geheimnisvoll fort, wobei er seinen Oberkörper etwas auf Daniel zubewegte. „… von der Tafel hat Juŕi nie etwas erzählt? Er hat ein Geheimni'ß darum gemacht?"

„Ich habe ihm nie etwas angemerkt. Nicht mal zuletzt. Er wirkte nur so …" Daniel suchte mit den Händen in der Luft nach den richtigen Worten „… in die Enge getrieben. Er schien Angst zu haben, als ich ihn das letzte Mal gesehen habe."

„Möglicherweise hatte er auch allen Grund dazu. Weißt du denn Be'ßeid über die Tafel?"

Daniel schüttelte den Kopf. „Mara hat mir gestern ein paar Dinge erzählt. Was genau meinst du?"

„Die Tafel ist nicht nuŕ ein Bild – oder nicht nuŕ der Teil eines Bildes." Diego schaute Daniel bedeutungsvoll an und verharrte mit seinen gestikulierenden Händen plötzlich mitten in der Luft. „Natürlich ist sie da'ß auch. Sie ist ein wichtiges Puzzleteil in dem gesamten Altaŕbild, das voller Geheimnisse und Andeutungen s'teckt. Doch niemand konnte bisher das Geheimni'ß des Altars entschlüsseln. Niemand weiß, was genau 'ßein Geheimni'ß ist. Vermutungen gibt es viele. Es geht auf jeden Fall um etwas 'ßehr Bedeutendes und überaus Wertvolles. Spekulationen reichen vom Schatz der Templer bis hin zum heiligen Gŕal. Aber 'ßicher ist, dass es sich um ein Geheimni'ß von ungeheurer Tragweite handelt. Vermutlich ist die Tafel eine Art Schlüssel innerhalb des gesamten Altaŕs. Schon der Diebstahl 1934 fand unter äußerst mysteriösen Umständen statt. Manche Forscher behaupten sogar, die Tafel befände sich immer noch in der Kirche. Viele, viele Schatzsucher haben schon die Kathedŕale, die Umgebung und sogar halb Gent umgegraben. Und doch bleibt die Tafel ver'ßollen."

„Was können wir tun? Hast du eine Idee, Diego?"

Dieser schaute sich in aller Ruhe die Erdnuss zwischen seinen Fingern an, die er gerade pellte. Dann legte er die nutzlose Hülle auf den Stapel zu den anderen und schob sich die beiden zutage geförderten Nüsse gleichzeitig in den Mund. Erst dann konnte er weitersprechen.

„Ihr müsst nach Gent. Schaut euch den Altar genau an. Lest in den Polizeiakten. Vielleicht findet ihr da was. Ich habe einen Freund in Gent, er ist auch Je'ßuit wie ich, wir sind wie Brüder seit unserer Ordenszeit. Er kann euch Zugang zu den Polizeiakten verschaffen und auch sonst weiterhelfen. Ich schreibe euch 'ßeinen Namen, Adresse und Telefón auf."

Er kramte in der Jackentasche und holte einen kleinen Zettel und einen Stift heraus.

„Er heißt Vincent."

Diego legte den mit einer eckigen und kaum lesbaren Schrift vollgekritzelten Zettel zusammen mit ein paar Erdnusskrümeln zwischen Mara und Daniel.

Er beugte sich noch näher an die beiden heran.

„Und ihr wisst, worauf ihr euch da einlasst?"

Daniel und Mara schauten sich fragend an.

„Du meinst wegen Juri?", fragte Mara, die sich bisher beobachtend zurückgehalten hatte.

Diego nickte langsam.

„Juri ist 'ßicher in etwas hineingeraten, das er so nicht absehen konnte. Ihr solltet Augen und Ohren offenhalten. Viele Leute würden alles dafür geben, an das Geheimni'ß der Tafel zu kommen – oder ihm auch nur näherzukommen. Es sind gefährliche Leute! Immer schon haben Menschen versucht, all ihren Einfluss geltend zu machen, um an die Tafel zu kommen. Und sie scheuen dabei niemals vor dem Verlust von Menschenleben zurück! Wusstet ihr, dass Hitler und seine SS seit 1934 alles taten, um die Tafel zu bekommen?"

„Hitler hat nach dem Verbleib der Tafel geforscht?", fragte Daniel erstaunt.

„Oh ja! Hochrangige SS-Offiziere hatten einen per'ßönlichen Auftrag von ihm. Sie waren extra für dieses eine Ziel abgeordert. Den Altar konnte Hitler trotz einer abenteuerlichen Fluchtaktion rauben. Es gelang den Belgiern nicht, ihn nach

Südfrankreich in ein sicheres Ver'ßteck zu bringen. Aber die entscheidende Tafel fehlte ihm. Bis zu seinem Tod hat er danach 'ßuchen lassen."

Seine Aussprache wurde noch schärfer und akzentuierter, besonders in den Betonungen der „s"-Laute. Er griff in die Tasche und hielt die mit Erdnüssen gefüllte Hand Mara hin, die sofort mehrere davon nahm.

„Doch er waŕ und ist nicht der Einzige", fuhr er fort. „Auch heute gibt es mächtige Leute, die 'ßkrupellos alles tun, um dem Geheimnis näherzukommen. Ihr solltet euch wiŕklich in Acht nehmen vor die'ßen Menschen. Sie haben 'ßu viel Macht. 'ßu viele Möglichkeiten …"

„Glaubst du, die Leute, die Juri getötet haben, könnten auch uns etwas antun? Der Tod von Juri hat etwas mit diesen Leuten zu tun? Denkst du, sie haben Juri getötet?" Mara sprach aus, was Daniel im selben Moment durch den Kopf ging.

Diegos Blick schweifte über die benachbarten Tische und die Umgebung.

„Ist euch irgendetwas aufgefallen? Habt ihr bemerkt, dass ihr beobachtet werdet? Möglicherwei'ße seid ihr schon in Gefahŕ, wenn sie euch mit Juri in Verbindung bringen."

Daran hatte Daniel noch nicht gedacht. Es war alles zuviel gewesen – und alles zu schnell gegangen. Der Tod des Freundes, wobei nicht einmal genug Raum für den Schmerz gewesen war. Daniel spürte ihn tief in sich vergraben. Und dann fand er sich plötzlich mitten in einem Abenteuer wieder – und in einem sehr gefährlichen obendrein, wie es schien. Sein Blick wanderte zu einem Tisch einige Meter entfernt, an dem ein Mann mit einer Zeitung saß. Links davon ein Pärchen, das seine Umwelt jedoch überhaupt nicht wahrzunehmen schien. Rund um das alte, massive Tor herum befanden sich noch zwei weitere Cafés, voll mit Menschen an diesem ausnahmsweise mal frühlingshaften Tag in einem sonst winterlich anmutenden April. Möglicherweise saß irgendjemand von den Gästen nur da, um sie zu beobachten. Daniel wurde mulmig zumute und er war sich bewusst, dass sie bisher zu blauäugig mit den Geschehnissen umgegangen waren. Sie würden viel vorsichtiger sein müssen.

Maras Frage riss ihn aus den Gedanken.

„Diego, weißt du mehr über diese Leute? Wer sie sind und was sie genau wollen?"

Diego nahm eine leere Erdnussschale vom Tisch und betrachtete sie, als könne er dort die Antwort finden.

Dann hob er langsam den Kopf und sah Mara direkt an.

„Es gibt mehrere Gruppen, die sich für den Altar interessieren. Darunter existiert eine besonders gefährliche Organisation." Er sprach jetzt leiser.

„Ihr einziges Ziel ist es, die Tafel 'ßu finden und an das Geheimnis 'ßu kommen. Ich habe keine Ahnung, wer die Leute sind, noch wer dazu gehören könnte. Aber ihnen ist jedes Mittel recht. Jedes! Ich habe schon einige Tote ge'ßehen, die auf ihr Konto gingen. Sie arbeiten besonders gern mit der Folter, um an ihre Informa'ßionen zu kommen – in jeglicher Form. Wer einmal in ihre Fänge gerät …"

Diego machte eine kleine Pause, bevor er mit langsamen Worten fortfuhr.

„Doch sie scheinen das Geheimnis der Tafel auch nicht so genau 'ßu kennen. Die Organisa'ßion verbirgt sich unter dem Decknamen ‚Asmodeus'. 'ßie agiert vollkommen unauffällig, ist nicht 'ßu fassen. Die Polizeiermittlungen liefen bisher jedes Mal ins Leere. Aber sie sind in einem dichten Netz hervorragend organi'ßiert und verfügen über fantastische Mittel und Möglichkeiten. Das macht sie so gefährlich."

Er beugte sich noch näher zu den beiden vor.

„Mit denen ist nicht 'ßu spaßen. Seid vor'ßichtig! Traut niemandem!"

„Hattest du jemals Kontakt mit der Organisation? Ich meine, hast du mal jemanden von der Organisation kennengelernt? Woher weißt du so genau Bescheid über sie?", bohrte Daniel nach.

Diego überlegte.

„Niemand Wichtiges. Nur ihre Lakeien. Die wichtigen Männer bleiben im Hintergrund", sprach er, während er die Nussschale wieder auf den Tisch legte und an dem mittlerweile erkalteten Espresso nippte. „Aber das ist eine lange und nicht 'ßehr erbauliche Geschichte."

Die eintretende Stille wirkte einen Moment bedrückend. Dann durchbrach Daniel sie. „Und Vincent? Ist er vertrauenswürdig?"

„Ab'ßolut! Ich lege meine Hand für ihn ins Feuer. Meldet euch, wenn ihr ihn getroffen habt. Wir 'ßollten in engem Kontakt bleiben. Vielleicht kann ich auch von hier aus etwas für euch tun."

„Da wäre etwas, um das ich dich bitten wollte. Kannst du dich eingehender mit den Dokumenten beschäftigen, die Juri mir auf der Karte hinterlassen hat? Vielleicht findest du etwas darin. Einen Hinweis, eine versteckte Botschaft oder einfach etwas Auffälliges. Die Dokumente hab ich dir kopiert."

Er schob Diego dabei verstohlen einen USB-Stick zu. „Würdest du das für mich tun? Ich habe grenzenloses Vertrauen in deine Dechiffrierfähigkeiten."

Diego zog die Augenbrauen hoch, sodass sie weit über dem Brillenrand zu sehen waren.

„Natürlich mache ich das. Ich tue mein Bestes – und ich bin 'ßehr gespannt, was das für geheimnisvolle Dokumente sind."

Die drei verabschiedeten sich voneinander, dann machten sich Mara und Daniel auf den Weg zurück zur Wohnung.

„Ein skurriler Typ, dieser Diego", bemerkte Mara erheitert.

„Ich hatte dich ja vorgewarnt."

„Das war sicher auch gut so."

„Er ist hochgebildet, spricht etwa zehn Sprachen und kennt sich mit sämtlichen Geheimschriften und Geheimbünden aus. Und ich vertraue ihm!"

„Er ist Jesuit, sagte er?"

„Das war er zumindest. Doch damals muss irgendetwas passiert sein. Er spricht nicht darüber. Aber das muss lange, bevor wir uns trafen, gewesen sein. Kennengelernt habe ich ihn bei einer Reportage, als er schon als Sozialarbeiter tätig war. Da hatte er schon vollkommen mit der Kirche gebrochen – und auch heute ist er nicht ansprechbar auf seine Vergangenheit."

Daniel verlangsamte kaum merklich seinen Schritt.

„Denkst du immer noch, es ist eine gute Idee mit den eigenen Nachforschungen?", fragte er, besorgt zu Mara hinüberschauend.

„Haben wir denn eine Wahl?"

„Tja, ich glaube, die Polizei wird uns jedenfalls keine Hilfe sein", antwortete er und fand allmählich seinen alten Schrittrhythmus wieder.

¥

Sie beschlossen, sich direkt am nächsten Tag auf den Weg nach Gent zu machen. Daniel fuhr noch schnell in den Sender, um seinem Chef Peter Standler die Situation zu erklären und ein paar Tage frei zu bekommen.

Er fand ihn telefonierend in seinem Büro. Peter begrüßte ihn herzlich und hatte Verständnis für sein Anliegen. Auch wenn Daniel sich Diegos Rat zu Herzen genommen und ihm lange nicht alles anvertraut hatte, so reichte allein die Nachricht über den Tod des Freundes schon vollkommen als Urlaubsgrund aus.

„Nimm dir Zeit, soviel du brauchst", sagte Peter und legte seine Hand dabei unterstützend auf Daniels Oberarm.

„Da bin ich aber wirklich erleichtert. Dann melde ich mich in den nächsten Tagen zurück", erwiderte Daniel, während er die Wärme von Peters Hand durch seine Jacke spürte.

„Viel Glück – und pass auf dich auf!"

Peter drehte sich um, damit er sich sogleich wieder wichtigen Aufgaben widmen konnte. Dann fiel ihm noch etwas ein.

„Ach Daniel, vielleicht kann ich dir mit etwas unter die Arme greifen. Ich verstehe zwar nicht, was du in Gent willst, aber ich habe ein kleines Häuschen, etwa fünfzig Kilometer von Gent entfernt. Es liegt zwar sehr ruhig und abgelegen, ist aber geradezu ideal, wenn du einfach mal etwas Ruhe brauchst. Also wenn du magst, gebe ich dir einfach den Schlüssel mit, nur so für den Fall …"

Dabei kramte er seinen Schlüsselbund aus der Jacke hervor und entfernte mühsam einen abgenutzten kleinen Schlüssel aus dem Ring.

Daniel war gleichermaßen überrascht wie erfreut über Peters Angebot. Schon mehrfach hatte er ihn gerade in schwierigen Situationen ausgesprochen hilfsbereit und ihm gewogen erlebt.

„Das ist wirklich großzügig von dir. Ich nehme ihn gerne mal mit, vielleicht kann ich einen ungestörten Ort ja wirklich gut gebrauchen."

Nachdem Peter ihm die Adresse aufgeschrieben hatte, verließ er umgehend den Sender und fand sogar trotz eintretender Dunkelheit einen Parkplatz in erreichbarer Nähe zu seiner Wohnung. Ihm kam automatisch die Frage in den Sinn, wie viele Menschen auf der ganzen Welt wohl in diesem Moment einen Parkplatz suchen würden. Schon als Kind waren ihm Fragen einfach so in den Kopf geschossen, manchmal sehr zum Ärgernis seiner Eltern, die er damit oft an den Rand der Verzweiflung getrieben hatte. Dennoch hatte ihn immer schon das Geheimnisvolle und Ungelöste angezogen und ihn nicht zur Ruhe kommen lassen. Er hatte immer das Bedürfnis gehabt, die Welt in ihrem Innersten und in ihren Zusammenhängen zu verstehen. Auch wenn er heute auf vieles davon eine Antwort hatte, so hatten die Fragen in seinem Kopf nie aufgehört und aus jeder Antwort ergaben sich wieder neue Fragen.

Als er sich dem Haus näherte, musste er an den Heimweg von vorgestern denken. In den letzten achtundvierzig Stunden war viel passiert. Sein Leben war komplett umgekrempelt worden. Juri, dessen Geheimnis, die Polizei, Mara, die verschwundene Tafel ... er fühlte sich wie auf einem Karussell, das sich für sein Empfinden etwas zu schnell drehte. Aber er konnte das alles nicht auf sich beruhen lassen, auch wenn er sich Sorgen um sein eigenes und auch um Maras Wohl machte. Jetzt hingen sie beide drin. Es war wie ein innerer Zwang – er musste wissen, warum Juri gestorben war und was das für ein Geheimnis war. Er hatte keine Wahl. Allein Juri war er es schon schuldig. Und von der Polizei hatte er nichts zu erwarten, das hatte er mehr als deutlich gespürt.

Einen kleinen Moment nahmen sich die Gefühle ihren Raum, als ihm mulmig wurde, während er auf das Haus zuging – wie ein Echo der emotionalen Erinnerung.

Er schloss die Tür auf und trat in den dämmrigen Hausflur. Stufe für Stufe stieg er die Treppen hoch.

Als er die letzten Stufen zu seinem Stockwerk nahm, überkam ihn erneut ein komisches Gefühl. Er betrachtete die Tür zu Juris Wohnung. Das Absperrband war unversehrt und auch sonst schien alles in Ordnung. Doch als sein Blick auf das Schloss fiel, sah er kleine Unregelmäßigkeiten am Holz.

Waren diese Spuren frisch oder hatte er sie vorher nur nicht bemerkt? Es sah aus, als ob die Tür hier aufgebrochen worden wäre. Nein, das war vorher bestimmt nicht so gewesen, da war er sich nun sicher.

Vorsichtig berührte er die Kratzer, als die Tür wie von selbst aufging. Er überlegte, ob er die Tür beim letzten Mal nicht richtig geschlossen hatte. Dann erinnerte er sich jedoch, dass er sie ganz bewusst fest zugezogen hatte, da sie häufig etwas klemmte. Das Schloss war eindeutig zerstört worden. Daniel erlebte ein Déjà-vu. Ohne nachzudenken schob er die Tür wie in Trance weiter auf und bewegte sich unter der Absperrung hindurch in Juris Wohnung. Vorsichtig schaute er sich um. Alles war unverändert. Ein heilloses Chaos, aber genauso wie bei seinem letzten Besuch in der Wohnung.

Der Gedanke an Mara schoss ihm durch den Kopf. Ob sie noch in seiner Wohnung war? Hatte sie etwas mitbekommen oder war sie möglicherweise in Gefahr? Er hatte fast Juris Wohnzimmer erreicht, wollte nur einmal vorsichtig um die Ecke spähen. Geräuschlos presste er sich an die Wand und bewegte den Kopf langsam zum Rand der Türöffnung. Alles hier war genau wie vorher. Er lauschte. Kein Geräusch war zu hören.

Schlafwandlerisch bewegte er sich zurück zur Eingangstür und kroch unter dem Absperrband hindurch. Er schaute auf den Türspion seiner eigenen Wohnung. Dieser blickte ihn wie ein totes Auge an. Dahinter war Dunkelheit. Das bedeutete nichts Gutes. Wäre Mara hier, so würde man zumindest einen kleinen Lichtschimmer im Glas erkennen. Oder hatte sie das Licht gelöscht, um nicht bemerkt zu werden?

Behutsam schlich er auf die Tür zu und hielt sein Ohr dicht an das Holz. Dann klopfte er ein paar Mal leise.

„Mara …?"

Er stand gebannt da und lauschte. Nichts zu hören.

Er klopfte erneut, diesmal ein wenig fester. Das Klopfen verhallte im Hausflur.

„Mara! Ich bin's, Daniel. Bist du da?"

Wieder nichts. Und er kam nicht mal in die Wohnung, wenn jetzt etwas passiert war. Hätte er doch nur den Wohnungsschlüssel mitgenommen! Der steckte jetzt von innen in der Tür. Aber Mara musste doch zu Hause sein!

Er drückte auf seinen eigenen Klingelknopf. Einmal, zweimal, dreimal und hörte seinen eigenen Gong leise durch die Tür hindurch.

Die Wohnung blieb still. Daniel überlegte. Da hörte er plötzlich ein leises Geräusch. Doch es kam nicht aus der Wohnung, es kam von unten.

Schnell huschte er ein paar Stufen hoch, um sich dort verstecken zu können. Er hörte das Schloss unten, dann Schritte. Es waren leise Schritte, doch er konnte nur eine Person ausmachen. Derjenige kam die Treppen weiter nach oben. Leise schlich Daniel die Stufen rückwärts höher, sodass er von Juris Wohnung aus nicht gesehen werden konnte. Dann spähte er über das Geländer. Nichts zu sehen durch den engen Spalt – die Person ging zu weit außen. Gleich musste sie bei Juris Wohnung angelangt sein. Er sah eine Gestalt vor der Wohnungstür. Sie hielt kurz an, doch dann ging sie weiter – auf seine eigene Haustür zu.

Dann erst erkannte er sie.

Daniel spürte, wie sich seine Anspannung löste.

„Mara!", rief er erleichtert aus.

Sie zuckte zusammen.

„Hilfe, hab ich einen Schreck bekommen! Wen hast du denn erwartet? Und was machst du da oben?"

„Bin ich froh, dass es dir gut geht." Er kam die Stufen hinab auf sie zu.

„Klar tut es das, sollte es nicht?" Sie schaute ihn entgeistert an.

Daniel betrachtete den Schlüssel in ihrer Hand, der normalerweise neben seiner Tür hing. Sie schloss die Tür auf, als ob sie dies schon tausend Mal gemacht hätte. „Tut mir leid, dass du gewartet hast. Ich hab uns nur noch etwas zu trinken besorgt." Dabei hielt sie eine Weinflasche in die Höhe. „Ich wusste nicht, dass du so schnell bist. Das hat ja kaum zwanzig Minuten gedauert."

Sie schaute sich irritiert im Flur um. „Was ist denn hier los? Ist etwas passiert?"

Da bemerkte sie die angelehnte Tür gegenüber.

„War die Polizei noch mal da?"

„Das glaube ich eher nicht. Jedenfalls haben die andere Methoden, eine Tür zu öffnen", erwiderte Daniel und deutete auf die Spuren an der Tür.

„Eingebrochen? Aber die waren doch schon mal in der Wohnung und haben alles durchsucht."

„Entweder haben sie noch etwas anderes gesucht – vielleicht auch etwas noch mal gesucht – oder es waren andere Leute."

„Wenn das Leute von ‚Asmodeus' waren, haben die sicher auch effektivere und unauffälligere Möglichkeiten, ein Schloss schnell aufzubekommen."

„Es sei denn, es sollte sehr schnell gehen, oder es ist ihnen egal, dass man es bemerkt."

„Hmm, da hast du recht. Warst du drin?"

Daniel nickte. „Nur kurz. Aber es scheint alles wie gestern zu sein."

„Also irgendjemand sucht da immer noch nach etwas. Meinst du, sie wissen von der Speicherkarte? Oder sind sie auf etwas anderes erpicht?"

„Das wäre auch möglich", murmelte Daniel, während er seine Wohnung betrat und den Lichtschalter betätigte. Er warf den Mantel über die Garderobe und ging ins Halbdunkel des Wohnzimmers. Als er ans Fenster trat, hatte er einen Moment das Gefühl, gegenüber hätte sich ein Schatten am Fenster bewegt. Er spähte auf das gegenüberliegende Haus. Das verdächtige Fenster war schwarz hinter dem Glas und es war absolut nichts dahinter zu erkennen. Vermutlich hatten ihm die wiegenden Zweige der Bäume dazwischen einen Streich gespielt. Oder er hatte schon Paranoia. Dennoch musste er unwillkürlich an die Warnung Diegos denken. Er stellte sich etwas neben das große Zimmerfenster, um aus dem Lichtkegel der Laternen zu entkommen und blickte hinab auf die Straße. Es war sehr schnell dunkel geworden und man konnte nur vereinzelte, schattenhafte Gestalten auf dem Bürgersteig ausmachen. Niemand schaute nach oben. Der Blick richtete sich immer stur geradeaus, bewegte sich nur auf einer einzigen Ebene.

Daniel richtete sein Augenmerk wieder auf das Schattenfenster. Doch er blickte nur in undurchdringliches Schwarz.

Aus der Küche hörte er ein Scheppern.

„Alles in Ordnung?", rief er in Richtung Küche.

„Ja ja, nix passiert", kam es halblaut zurück. „Ist nur was runtergefallen."

Dann hörte er ihre Schritte. Bevor sie das Zimmer erreichte, hatte er die Vorhänge zugezogen, um sie beide vor beobachtenden Blicken zu schützen.

„Was machst du denn hier im Dunkeln?", zog sie ihn ein wenig auf.

„Ach, ich dachte nur ...", erwiderte Daniel, ohne den Satz zu beenden. Dann schaltete er das Licht an.

„Hast du eigentlich irgendetwas zu essen da?", fragte Mara.

„Nicht so richtig, jedenfalls nichts Warmes. Aber Unmengen an Schokolade."

„Auch nicht schlecht. Aber lieber vorher noch eine kleine Vorspeise gegen den Hunger", antwortete Mara. „So langsam brauche ich etwas, sonst werde ich furchtbar schlecht gelaunt."

„Hier ist ein netter Italiener in der Nähe. Was meinst du, sollen wir da hingehen?"

„Lieber hier bleiben. Der Tag heute war doch sehr anstrengend." Sie lehnte sich zur Bekräftigung an die Rückenlehne des Sofas. „Hast du vielleicht einen guten Pizzaservice in der Nähe?"

Daniel holte einen Stapel Flyer aus einer Schublade und hielt ihr einen davon hin. Mara schlug ihn auf und tippte bereits nach ein paar Sekunden auf eine bestimmte Stelle darin.

„Die da!"

„Ok. Normal oder groß?"

„Mmmmmh ... groß!", antwortet Mara, die es sich inzwischen im Schneidersitz auf dem Sofa bequem gemacht hatte.

Eine Stunde später saßen sie sich auf dem Sofa gegenüber, zwischen ihnen die geöffneten Pizzakartons mit ein paar Reststücken. Im Kamin hatte Daniel ein Feuer gemacht, um wieder etwas Wärme und Gemütlichkeit in die Wohnung zu holen.

„Und es war echt kein Problem, ein paar Tage frei zu bekommen?", fragte Mara mit halbvollem Mund, bevor sie in das nächste Stück biss.

„Nein, überhaupt nicht. Mein Chef ist da wirklich super. Und zurzeit haben wir etwas Ruhe, bevor die nächste Produktion anläuft."

„Was wird das sein?"

„Eine Sendung über Vorahnungen. So im Sinne von Intuition, Visionen, Vorbestimmtheit, Schicksal, in die Zukunft sehen können."

Mara nickte verständig und schaute ihr abgebissenes Stück Pizza in der Hand an. „Glaubst du daran?"

„An was genau? Das müsste man sicher differenziert unterscheiden."

Mara zuckte mit den Achseln. „Sag du es mir!"

„Schwierig. So was wie Intuition kann ich mir schon vorstellen, aber wo hört die auf und wo fängt das Schicksal an? Ist sicher eine Frage, wo man die Grenze zieht. Beschäftigst du dich mit solchen Fragen?"

Sie wiegte den Kopf hin und her. „Schon manchmal. Die Kunst beschäftigt sich ja eigentlich mit allem. Mit der Darstellung aller Fragen des Menschen und der Welt."

„Und du arbeitest als Kunsthistorikerin?"

Mara schüttelte den Kopf. „Nein, nicht mehr. Mittlerweile bin ich als freie Künstlerin tätig, was immer schon mein Traum war."

„Kannst du denn davon leben? So als freie Künstlerin?"

„Inzwischen geht das eigentlich ganz gut. Ich habe mein Atelier in Amsterdam und arbeite mit einigen Galerien zusammen. Die verkaufen regelmäßig Werke von mir, daher läuft es in letzter Zeit wirklich gut. Das war aber nicht immer so."

Ihr Lispeln wurde stärker, als sie von ihrer Heimat sprach. Es wirkte niedlich bei ihr und machte sie Daniel sympathischer.

„Was machst du denn genau? Bilder?"

Mara nippte an ihrem Weinglas, bevor sie antwortete.

„Meistens. Aber jetzt gerade habe ich eine Skulpturenphase. Das geht oft so in Phasen. Im Augenblick reizt es mich, verschiedene Materialien wie Metall, Kunststoff, Naturmaterialien und auch Müll zu mixen."

„… und da baust du dann was Schönes draus."

Mara lachte amüsiert. „Genau!"

„Würde mich schon interessieren, mal was von dir zu sehen."

„Klar, das geht. Du müsstest nur nach Amsterdam kommen", antwortete sie und legte den Kopf dabei etwas schräg.

„Kein Problem, es ist ja nicht unerreichbar."

Mara stellte das Weinglas beiseite, während ihr Gesichtsausdruck ernster wurde.

„Wie lange hast du Juri gekannt?"

„Drei Jahre …", überlegte Daniel „… oder zwei? Nein, es waren eher drei, denke ich. Es war, bevor Joelle und ich uns getrennt haben. Das ist jetzt genau zwei Jahre her."

„Joelle ist sozusagen Deine Ex?"

Daniel nickte, während Mara schon weiterfragte: „Hängst du noch an ihr?"

„Schon wieder so eine schwierige Frage. Du bist wohl Spezialistin in kniffligen Fragen", zog Daniel sie auf, um abzulenken.

Nachdem sie mit einem Achselzucken reagierte, sprach er schließlich nachdenklich weiter.

„Manchmal frage ich mich schon, warum wir uns eigentlich getrennt haben. Aber dann weiß ich auch, dass es seine Gründe hatte. Vor zwei Jahren ging Joelle nach Berlin, wo sie früher schon gelebt hatte. Dort fing sie als Übersetzerin bei einem großen Verlag an. Das war eine tolle Möglichkeit für sie, aber gleichzeitig auch das Ende unserer Beziehung. Wir wollten beide keine Fernbeziehung. Dann haben wir unsere Wohnung aufgelöst – Juri hat mir übrigens diese Wohnung vermittelt, genau gegenüber seiner eigenen. So hatten wir automatisch mehr Kontakt und wurden bald zu guten Freunden."

Daniel schaute auf die verbliebenen Pizzastücke und nahm eins davon aus dem Karton.

„Doch jetzt merke ich, dass ich ihn eigentlich gar nicht so richtig kannte", fuhr er mit der erhobenen Pizza in der Hand fort. „Er hat eigentlich nie viel von seiner Vergangenheit erzählt. Und ich habe auch ehrlich gesagt niemals richtig danach gefragt. Wir hatten immer viel zu reden über die Welt, ihre Geheimnisse und ungelösten Fragen. Darüber konnten wir nächtelang diskutieren. Aber um ihn als Person ging es eigentlich nie."

Er biss zaghaft in die mittlerweile erkaltete Pizza.

„Wann hast du Juri zum letzten Mal gesehen oder gesprochen?", fragte er mit halbvollem Mund.

Mara senkte den Blick und ließ sich viel Zeit.

„Das ist schon einige Jahre her …"

Mara schien bedrückt und die sprühende Ausstrahlung von vorher war einem düsteren Schatten auf ihrem Gesicht gewichen.

„Ist denn da etwas passiert zwischen euch?", bohrte Daniel nach.

Mara schwieg, nickte dann langsam.

„Schon … lass uns ein anderes Mal darüber reden, ja? Nicht jetzt."

„Tut mir leid. Ich wollte nicht, … ich meine, ich …"

„Ist schon in Ordnung. Das kannst du ja nicht wissen." Sie schaute ihn mit traurigen Augen an.

Daniel versuchte schnell das Gespräch umzulenken.

„Diese Leute, was könnten sie suchen? Ob es sich um die Informationen auf der Speicherkarte handelt? Oder ist da noch etwas, das wir einfach nicht gefunden haben?"

Mara hatte sich wieder gefasst und änderte ihre Sitzposition, indem sie ihre Beine angewinkelt zur Seite streckte.

„Lass uns noch mal zusammenfassen: Juri ist tot, offensichtlich von Leuten ermordet, die etwas von ihm wollten. Juri hat allem Anschein nach Informationen – oder was auch immer es ist – gehabt, oder hat sie noch. Möglicherweise in seiner Wohnung. Diese Geheimnisse drehen sich offensichtlich um die verschwundene Tafel des Genter Altars, die immer noch nicht wieder aufgetaucht ist. Und Juri wusste etwas darüber. Unter Umständen wusste er sogar, wo sie versteckt ist. Soweit richtig?"

Daniel nickte. „Absolut. Warum sie allerdings seine Leiche haben verschwinden lassen, ist mir ein wirkliches Rätsel."

„Möglicherweise einfach nur, um keine Spuren zu hinterlassen oder die Sache für die Polizei unglaubwürdig erscheinen zu lassen."

„Keine Spuren hinterlassen?", fragte Daniel entgeistert und zeigte in Richtung von Juris Wohnung.

„Du weißt schon, keine genetischen Spuren oder irgendetwas an seinem Körper."

„Ja. Anscheinend verfügen die Leute über eine Menge Möglichkeiten. Und gehen dabei über Leichen!"

„So wie ‚Asmodeus', die vermutlich Juri auf dem Gewissen haben."

„Und sehr wahrscheinlich auch schon auf uns aufmerksam geworden sind!"

„Wir sollten äußerst vorsichtig sein und kein Risiko eingehen", warf Mara ein.

„Tja, ich fürchte fast, da sind wir schon mitten drin. Aber du hast gewiss recht."

„Wie machen wir denn jetzt weiter?"

Daniel schaute zur Seite auf eine unbestimmte Stelle des Zimmers, um sich besser konzentrieren zu können.

„Ich sehe drei Wege, um mehr über das Geheimnis der Tafel herauszubekommen: einer ist die Entschlüsselung der Dokumente, wofür ja Diego zweifellos der richtige Mann ist. Zweitens können wir weiterhin nach dem suchen, was Juri noch versteckt zu haben scheint und hinter dem seine Mörder her waren. Und drittens sollten wir mehr über den Diebstahl der Tafel und über die Geheimnisse des Altars herausbekommen."

„Das können wir am besten in Gent. Wollen wir direkt morgen früh los?", versicherte sich Mara.

„Das wäre das Beste. Dieser Vincent kann uns dort sicher weiterhelfen. Diego wird ihn vermutlich schon informiert haben."

Daniel faltete die leeren Pappkartons zusammen und legte sie auf den Boden. Dann ging er zum Kamin und warf zwei Holzscheite auf die ersterbenden Flammen. Augenblicklich erwachten sie zu neuem Leben.

Mara streckte sich auf dem Sofa. „Daniel, ich bin echt schon sehr müde, aber bevor wir schlafen gehen würde ich gerne noch mal das Bild des Genter Altars sehen."

Daniel schaltete den Beamer an und ging zum Lichtschalter. Als er das Licht gelöscht hatte, erstrahlte der gesamte Altar auf der Wand gegenüber in all seiner mystischen Pracht.

„Einfach ein unglaubliches Werk!", platzte Mara heraus. „Wenn man bedenkt, dass es bereits vor 1432 entstanden ist und heute immer noch eine solch ungeheure Wirkung zeigt – ohne vergilbt, nachgedunkelt oder gar rissig zu sein. Und das nach weit über fünfhundert Jahren! Tja, auch das ist wohl eines der Geheimnisse des Altars – nicht nur die inhaltlichen Mysterien. Jedenfalls hat man bis heute keine Erklärung für diese Beständigkeit der Farben."

„Du weißt ja doch eine ganze Menge über den Altar", wunderte sich Daniel.

„Ist schon was her. Im Studium hab ich mich mal sehr damit beschäftigt. Ein paar Dinge hab ich noch behalten. Zum Beispiel, dass er für die damalige Zeit auch schon wegen seiner Größe beeindruckend gewesen ist. Du musst bedenken, früher gab es noch keine so riesigen Leinwände. Das gesamte Werk ist auf Eichenholz gemalt. Das ist sehr kompliziert, die Farbe wird in mehreren dünnen Farbschichten übereinander aufgetragen."

„Wie ist das eigentlich aufgebaut? Es sieht aus wie einzelne Tafeln."

„Es sind insgesamt zwölf Tafeln. Dabei ist die zentrale Tafel mit dem blutenden Lamm bei weitem die größte. Die anderen Tafeln oben und an der Seite können dann nach innen geklappt werden, sodass der Altar geschlossen ist. Diese Tafeln sind auch von der Rückseite bemalt, so entsteht auch im geschlossenen Zustand ein Bild. Auf der Rückseite der gestohlenen Tafel …", dabei stand sie kurz auf und zeigte auf das außen links befindliche Bildteil, „… ist Johannes der Täufer abgebildet."

Daniel schaute die Projektion lange an.

„Der Altar ist so voll von Details, wie sollen wir bei dieser Fülle nur an das Geheimnis herankommen?"

„Das wird sicher nicht so einfach. Vielleicht tasten wir uns einfach langsam heran. Aber du hast recht, es gibt so viele winzige Details, die man auf den ersten Blick gar nicht erkennt. Siehst du hier diesen Juden in der Menge?" Dabei stand sie erneut auf und zeigte auf ein Gesicht im zentralen Bild, wobei viele unscharfe kleine Köpfe durch die Projektion auf ihren Wangen zu sehen waren. Bevor Daniel etwas sagen konnte, fuhr sie fort: „Erst vor wenigen Jahren hat man oben auf seiner Mütze lateinische Buchstaben entdeckt. Sie sind mit dem bloßen Auge kaum erkennbar, denn sie sind nur etwas mehr als einen Millimeter groß."

„Unglaublich! Und was steht da?"

„Sie bezeichnen ein Datum, den 31. Mai 1417. Von solchen Anspielungen ist der Altar sicher voll."

Daniel konnte sich nicht der Wirkung des Lammes in der Mitte entziehen, um das sich der gesamte Altar in konzentrischen Kreisen gruppierte. Immer wieder wanderte sein Blick wie von einem Magneten angezogen zur Mitte. Der Anblick dieses Lamms mit seinem sprudelnden Blutstrahl hatte etwas Verstörendes. Und genau darüber die Taube in einer Art Sonne, welche die Welt mit ihren Strahlen zu erhellen schien.

„Diese Tafel der ‚Gerechten Richter' wirkt so unscheinbar dort am Rand. Komisch, dass gerade sie ein Geheimnis enthalten soll!"

Mara wandte ihren Blick nicht von der Projektion ab. „Ich vermute, dass die Tafel vielleicht eher eine Art Schlüssel für den gesamten Altar ist. Der ist so voll mit Geheimnissen, daher kann man möglicherweise die ‚Gerechten Richter' nicht allein für sich sehen."

„Wer sind eigentlich diese ‚Gerechten Richter'?"

„Es sollen besonders untadelige Menschen dargestellt werden. Menschen, die durch ihr Leben und ihren einwandfreien Lebenswandel teilhaben an der Glorie Christi. Möglicherweise sind ja auch ganz bestimmte Männer dargestellt ..."

„Und die Tafel daneben? Siehst du die Ritter mit der Templerflagge? Die Templer waren zu der Zeit schon längst auf den Scheiterhaufen der Inquisition verbrannt worden – und doch stehen sie hier als schützten sie die ‚Gerechten Richter'. Findest du das nicht auch merkwürdig?"

„Stimmt. Daran hab ich noch gar nicht gedacht. Es scheint, als würden sie das Geheimnis der letzten Tafel beschützen."

„Möglicherweise haben sie irgendwie mit dem Geheimnis zu tun. Vielleicht kannten sie es?"

Das Feuer im Kamin war fast wieder erloschen. Daniel stand auf, um einen weiteren Holzscheit nachzulegen. Er stellte fest, dass es das letzte Stück Holz war. Er dachte an den Keller. Er musste wohl Nachschub von unten holen.

Er blieb plötzlich inmitten der Bewegung stehen, dann drehte er sich ruckartig zu Mara um.

„Der Keller. Natürlich! Dass ich da nicht eher drauf gekommen bin."

„Was ist mit dem Keller?", fragte Mara verblüfft.

„Juri könnte etwas im Keller versteckt haben. Das wäre wesentlich sicherer. Seinen Keller kann niemand außer den Hausbewohnern hier zuordnen. Und niemand würde auf die Idee kommen, dort zu suchen. Na klar, das ist es!"

Er stürmte in den Flur, ergriff seinen Schlüsselbund und rannte zurück ins Zimmer. „Kommst du mit? Vielleicht finden wir etwas dort unten."

¥

„Der hier müsste es sein." Daniel stand vor einem Verschlag im Keller und spähte durch die Holzlatten in das trübe Licht des Inneren.

„Er ist abgeschlossen. Meinst du, wir finden oben den passenden Schlüssel?"

„Ich glaube kaum. Wir haben oben ja schon alles abgesucht. Sägen wir das Schloss doch einfach auf." Mit ein paar eiligen Schritten war er in seinem eigenen Keller schräg gegenüber verschwunden und kam einen Moment später mit einer kleinen, gebogenen Säge zurück. Damit machte er sich am Bügel des Vorhängeschlosses zu schaffen, das er mit der anderen Hand festhielt. Es gestaltete sich jedoch schwieriger, als er vermutet hatte. Die Säge rutschte immer wieder ab und hinterließ schließlich eine blutende Spur auf seinem Daumen.

„Verdammt!", fluchte er. Mara trat sofort einen Schritt näher heran und beugte sich über die Wunde.

„Ui, ... aber sieht Gott sei Dank nicht so arg gefährlich aus."

„Nein, das geht schon. Das blöde Ding muss doch aufzubekommen sein!"

Er setzte die Säge nun am Holzrahmen direkt über der Schlosshalterung an und begann, die Befestigung aus dem Holz zu sägen. Dieser neuerliche Versuch zeigte wesentlich mehr Erfolg und nach kurzer Zeit betraten beide vorsichtig den schwach beleuchteten Kellerraum. Ihnen eröffnete sich ein Durcheinander von alten Möbeln, zudem ein altes Fahrrad, einige Umzugskartons, Tapetenrollen und Farbeimer, alles im gesamten Raum verteilt.

„Na dann, viel Spaß!", scherzte Mara. „Wo würdest du denn hier etwas verstecken?"

Daniels Blick wanderte über das zusammengewürfelte Interieur, dann über den schmutzigen Boden und schließlich nach oben zu der über die Jahre durch Staub und Spinnweben milchig gewordenen Lampe. Kein Wunder, dass kaum Licht durch das Glas dringen konnte.

„Wenn wir wenigstens wüssten, was wir suchen. Zumindest, ob es etwas Großes oder etwas Kleines ist. Das würde es uns doch erheblich erleichtern." Daniel schaute sich ratlos um. „Ich fürchte, wir müssen einfach alles durchwühlen."

Sie begannen, die Kisten und Farbeimer zu durchsuchen, obwohl gerade hier vermutlich die geringste Chance auf einen Fund bestand. Mara schien keine Spinnenfreundin zu sein, stellte Daniel fest, nachdem sie mehrfach Abscheulaute von sich gegeben hatte oder Dinge unter lautem Fluchen einfach fallen ließ. Dann begannen sie, die Möbel systematisch zu untersuchen. Jedoch blieb selbst die Untersuchung aller Unterseiten und versteckter Ecken erfolglos. Ratlos standen sie nach getaner Arbeit inmitten des Kellerraums.

„Dabei war ich mir so sicher!" Daniel schüttelte enttäuscht den Kopf. „Komm, lass uns den Schrank wieder etwas an die Wand rücken."

Mara nickte und ging auf die gegenüberliegende Seite des Schrankes. Beide fassten ihn an einem kleinen Vorsprung an, als Daniels Blick unvermittelt auf die Kellerwand fiel.

„Mara?"

„Bin bereit."

„Hier in der Wand … schau mal! Diese Stelle sieht irgendwie anders aus. Guck dir mal die Fugen an."

Mara kroch hinter den Schrank und betastete die Ziegelsteine in der Wand.

„Du hast recht. Diese Steine sind später eingefügt worden."

Daniel verließ schlagartig den Kellerraum und kam mit jeder Menge Werkzeug zurück, das er zwischen seinen Händen balancierte.

„Wir müssen die Wand aufbrechen."

Die Fugen mit Hammer und Meißel herauszuhauen war harte Arbeit. Und eine sehr staubige dazu. Doch Stück für Stück konnten sie die Steine entfernen und einen kleinen Hohlraum in der Wand freilegen.

„Da ist etwas drin!", rief Daniel aufgeregt, als er seine Hand hineingezwängt hatte. „Etwas aus Metall. Los, weiter!"

Wie besessen schlug er auf die Fugen ein, bis die Steine fast von selbst herausfielen. Dann hatten sie das gesamte Versteck freigelegt.

„Eine Stahlkassette." Daniel hielt eine graue Metallbox in den Händen und schüttelte sie leicht. Darin bewegte sich etwas. Es klang nach Papier, jedenfalls war es nichts Metallisches oder Hartes.

„Nur, wie bekommen wir die auf?"

„Sicher nicht mit dem Schlüssel."

Zwar befand sich eine Öffnung für einen Schlüssel in der schmalen Seitenwand der Box, doch hatten sie in Juris Wohnung nun mal keinerlei Schlüssel gefunden.

Daniel machte mehrere verzweifelte Versuche mit Schraubenzieher und Hammer, doch so einfach ließ sich die Kassette nicht aufhebeln.

„Ich glaube, da brauchen wir besseres Werkzeug. Komm, wir nehmen das Ding erst mal mit. Vielleicht können wir uns später darum kümmern", schlug Mara vor und streckte dem am Boden knienden Daniel zum Aufhelfen die Hand entgegen. Der nahm ihre Geste jedoch gar nicht wahr, sondern verharrte frustriert vor der Kassette.

„Tja, das wird wohl das Beste sein ... dann lass uns mal nach oben gehen", lenkte er schließlich enttäuscht ein.

Daniel hatte für Mara im Wohnzimmer das Gästebett ausgezogen und Decken, Kissen und ein Spannbettlaken geholt. Während sie im Bad war, betrachtete er abermals die Stahlkassette, welche er mit in sein Schlafzimmer genommen hatte. Er konnte es kaum abwarten, zu sehen, was darin war. Es ärgerte ihn, dass er sie nicht öffnen konnte. Befanden sich darin weitere Dokumente? Waren dies möglicherweise die Originale der eingescannten Bilder und Skizzen auf der Speicherkarte? Oder würden sie dort womöglich noch weitere wichtige Informationen über den Altar finden?

Sicher war jedenfalls, dass der Besitz der Box äußerst gefährlich für sie war. Wenn die falschen Leuten mitbekämen, dass sie im Besitz der Box waren, hätten sie vermutlich ihr Leben schon so gut wie verwirkt.

Ob sie hier in der Wohnung sicher waren?

Er löschte das Licht und spähte nochmals durch die Vorhänge auf die Straße. Um diese Zeit war keine Menschenseele mehr zu sehen. Er schaute hinüber zu der verdächtigen Wohnung gegenüber. Immer noch blickte er in absolutes Dunkel. Es schien niemand dort zu sein. Oder es sollte zumindest aussehen, als ob niemand dort wäre.

Daniel hatte das untrügliche Gefühl, dass sie beobachtet wurden. Meist konnte er sich auf solche Gefühle verlassen, doch hätte es nun ebenso die Angst sein können, die ihm Unbehagen bereitete. Er wanderte mit den Augen über die Autos. Man konnte nicht erkennen, ob jemand darin saß. Nur wenn der Schein der Laternen durch die sich im Wind wiegenden Blätter zwischenzeitlich freigegeben wurde, erleuchtete kurz ein flackernder Schein das Innere.

Was machte er nur mit der Box? Er entschied, sie einfach unter das Bett zu schieben. So würde er zumindest bemerken, wenn jemand sie dort suchte.

Er ging zur Wohnungstür, um die Sicherheitskette vorzulegen und nochmals abzuschließen. Er spähte durch den Türspion in den dunklen Hausflur mit Juris ruhig daliegender Wohnung gegenüber. Leise ging er zurück in Richtung seines Schlafzimmers, vorbei an der einen Spalt geöffneten Wohnzimmertür. Als er Mara dort erblickte, musste er einen Moment stehenbleiben. Sie war noch mit dem Sortieren ihres Bettes beschäftigt und stand mit dem Rücken zu ihm. Ihre Sachen lagen weit verstreut auf dem Boden. Er wunderte sich, welches Chaos man in so kurzer Zeit herbeiführen konnte. Sie war nur mit einem T-Shirt und einem knappen Slip bekleidet. Er sah an ihren schlanken Beinen hinunter und blieb an ihren Knien hängen. Es war ihm nie aufgefallen, welch eigene Ästhetik

Kniekehlen haben konnten. Es gelang ihm nicht, den Blick von der glatten Haut ihrer Kniebeugen abzuwenden und einfach in sein Zimmer zu gehen. Eine sanfte und leicht exotische Bräune schien ihren gesamten Körper gleichmäßig zu überziehen. Als sie sich hinunterbeugte und Kissen und Laken zurechtzupfte, zog sich ihr Shirt langsam nach oben, sodass Daniels Blick wie automatisch weiter aufwärts wanderte. Ihre Pobacken wurden von dem knappen Slip mehr freigegeben als verdeckt. Daniel wollte gerade wegschauen, als sie sich aufrichtete und gedankenverloren umdrehte. Als sie Daniel bewegungslos in der Tür stehen sah, zuckte sie kurz zusammen.

„He, Daniel. Was machst du?", rief sie entgeistert. „Schaust du mir zu?"

„Ich … nein, ich wollte nur …"

„Ja? …", fragte sie herausfordernd und stemmte eine Hand in ihre Hüfte.

„Ich wollte dir nur eine gute Nacht wünschen." Daniel hatte seine Fassung zurück und wirkte wieder selbstsicher. „Schlaf gut. Und träum was Schönes!"

Der angriffslustige Ausdruck verschwand langsam aus ihrem Gesicht und ihre Züge wurden wieder entspannter.

„Danke. Du auch", antwortete sie.

Daniel deutete ein Nicken an und schaute sie an, als er langsam die Tür schloss.

# II

Autobahnfahrten hatten Daniel immer gelangweilt. Doch diesmal war es etwas Anderes.

Ab und zu schaute er nach rechts hinüber. Das ging jedes Mal nur für einen kurzen Augenblick, denn der unvermittelt einsetzende Nieselregen erschwerte ihm das Fahren und die Kamikaze-Belgier sorgten für den Rest. Die Strecke war eigentlich sehr anstrengend, doch die auf dem Beifahrersitz zusammengekauerte Mara sorgte für Abwechselung, auch wenn sie gerade schlief.

Anscheinend hatte sie letzte Nacht auch nicht gut schlafen können. Daniel war immer wieder wach geworden, sei es, weil er Geräusche zu hören meinte oder weil er an Juri oder Mara dachte, die wenige Meter von ihm entfernt in vermeintlich seligem Schlaf gelegen hatte.

Sehr früh morgens waren sie aufgebrochen, da Vincent sie bereits um die Mittagszeit erwartete. Mara war wortlos ins Bad getorkelt und ein kaum verständliches „Morgen" war alles gewesen, was sie herausbringen konnte. Die Freundlichkeit und Annäherung von gestern Abend schien heute wie weggefegt. Er schaute zu ihr rüber und sein Blick blieb an der Feder hängen, die von ihrem Ohr herabhing – sie bewegte sich ganz leicht im Rhythmus ihrer Schlafgeräusche auf ihrem Hals – und schaute dann ihren halboffenen Mund an. Auch wenn sie es einem schwer machte, sie zu mögen, so war sie ihm doch insgesamt ein wenig sympathischer geworden. Aber etwas rätselhaft fand er sie schon.

Die Stahlkassette hatte er mitgenommen. Sicher war das nicht die optimale Lösung, aber er wollte sie auch nicht einfach so in der Wohnung zurücklassen. Eine bessere Idee hatte er nicht gehabt. Und zudem hoffte er, sie würden bald eine Möglichkeit finden, sie zu öffnen.

Seit den letzten zwei Stunden heftete sich sein Blick immer häufiger an den Rückspiegel. Mehrfach hatte er sich von Autos verfolgt gefühlt, aber in allen Fällen waren die verdächtigen Fahrzeuge doch irgendwann abgefahren oder hatten ihn überholt und weit hinter sich gelassen. Seine Aufmerksamkeit richtete sich nun auf einen dunklen Van, der ihm seit etwa zwanzig Minuten in einigem Abstand zu folgen schien. Er konnte das Kennzeichen nicht erkennen, dazu war die Distanz einfach zu groß. Auch als er sein Tempo drosselte, überholte der Van nicht. Daniel beschloss, die nächste Abfahrt zu nehmen. Er setzte den Blinker und fuhr auf die Abbiegespur. Das dunkle Auto war inzwischen so weit hinten, dass er nicht einmal im letzten Moment vor der Kurve sehen konnte, ob es ihm folgte. Langsam fuhr er auf die Straße, an der die Ausfahrt endete und entdeckte eine Pommesbude auf der rechten Seite. Zügig fuhr er hinter das kleine Gebäude, aus dem riesengroße Plastik-Pommes in ungesundem Gelb herausragten. Hier konnte man ihn von der Ausfahrt ganz sicher nicht sehen.

Er wartete. Aufmerksam beobachtete er die Straße. Mara schlief immer noch und schien von alledem nichts mitzubekommen. Das Fahrzeug war nicht zu sehen. Daniel wartete noch eine ganze Weile länger, um sicherzugehen, dass er wieder unbemerkt auf die Autobahn auffahren konnte. Dann fuhr er vorsichtig an und spähte auf die Ausfahrt, an der er eben gestanden hatte. Dort hielt ein dunkles Fahrzeug. Doch es war nicht das von eben. Es bog kriechend auf die Straße und fuhr dann gemächlich an ihm vorbei. Erleichtert steuerte Daniel die Auffahrt an und fädelte sich wieder in den hektischen Morgenverkehr zwischen Brüssel und Gent ein.

Mara schnappte ein wenig nach Luft und legte im Schlaf den Kopf auf die andere Seite. Ihre Haare fielen in leicht gewellten Strähnen zur Seite und umrahmten ihr fein geschnittenes Gesicht auf natürliche Weise. Daniel hatte diesmal ein wenig zu lange zu ihr hinübergeschaut. Als er wieder nach vorn blickte, musste er schlagartig hart bremsen. Ein Fahrzeug war kurz vor ihm eingeschert und um ein Haar hätte er das Heck des Vordermanns gerammt. Mara wurde sofort wach von dem ruckartigen Manöver.

„Was ist los? Hab ich geschlafen?"

Daniel lachte. „Das vermute ich. Vielleicht hast du auch meditiert."

„Wo sind wir? Schon in Belgien?"

„Schon lange. Wir sind bald da. Etwa eine halbe Stunde noch, dann erreichen wir Gent."

Mara räkelte sich und streckte die Hände unters Autodach.

„Oh, dann hab ich ja eine ganze Weile geschlafen – und sicher viel verpasst."

„Ja. Das schon. Viele Überholmanöver, durchgeknallte Belgier, eine Verfolgungsjagd, eine Schießerei, eine Geiselnahme und ein rosa Känguru."

Sie grinste und schaute Daniel an.

„Schade. Das hätte ich gern gesehen – das Känguru meine ich, den Rest nicht."

Daniel schmunzelte und schaute kurz zu ihr hinüber. Dann rief er Vincent an und vereinbarte einen gemeinsamen Treffpunkt.

Eine Dreiviertelstunde später hatte das Navi sie zu der Stelle geleitet, die ihnen Vincent angegeben hatte. Sie standen mitten auf einem Schotterplatz zwischen ein paar alten Fabrikgebäuden. Die Gegend wirkte etwas verlassen und morbide. Dennoch mussten sie recht nah am Zentrum von Gent sein.

Doch von Vincent keine Spur. Überhaupt war weit und breit niemand zu sehen.

„Bist du sicher, dass das der richtige Ort ist?", fragte Mara, während sie sich nach links und rechts umschaute. „Ist ja schon sehr heruntergekommen hier."

Daniels Blick auf das Navi bestätigte ihm, sein Ziel erreicht zu haben.

Auch wenn er sich gewünscht hätte, sie wären falsch.

„Ich rufe ihn mal an."

Gerade hatte er das Handy ans Ohr gelegt, da erspähten sie einen Mann, der von einem Gebäude weiter hinten auf sie zukam. Er holte etwas aus der Tasche seines altmodischen Parkas.

„Bin gleich da ...", hörte Daniel ihn durch das Handy sprechen, das er sich nur kurz ans Ohr hielt. Daniel stieg aus dem Auto und erkannte beim Näherkommen einen hagereren Mann mit schmalem Gesicht und blonden, kurzen Haaren.

„Ah, Danielle, ca va?", begrüßte der Mann ihn mit einem starken französischen Akzent.

„Bien, Vincent. Salut!"

Mara kam einen Moment später aus dem Auto, als Vincent sich ungelenk auf sie zubewegte und eine steife Verbeugung vor ihr machte.

„Oh pardon, Madame, 'erzlich willkommen, Marà!" Daniel fühlte sich einen winzigen Moment in die Zeit der französischen Revolution zurückversetzt und wechselte einen belustigten Blick mit Mara.

„Vermutlich werdet ihr euch über den Treffpunkt wundern, aber es ist sicherer so. Diego hat mir erzählt, dass ihr möglicherweise verfolgt werdet."

Daniel nickte. Vincents stechende Augen scannten die Umgebung, wobei er den Kopf nur minimal bewegte.

„Vielleicht verschwinden wir besser schnell von hier", fuhr er fort. „Ich bringe euch erst mal zu mir."

Daniel nahm die beiden Reisetaschen und die Umhängetasche mit der Kassette aus dem Kofferraum. Ihm war unwohl bei dem Gedanken, dass er die Box mit sich herumtrug. Er schaute sich die verlassenen Gebäude an. Ein besonders vertrauenswürdiger Ort war dies nicht.

„Habt ihr ein GPS-Handy?", fragte Vincent sie beide.

Mara schüttelte den Kopf. „Ich hab kein Handy", bemerkte sie beiläufig, was ihr einen respektvollen Blick von Vincent einbrachte.

Daniel holte sein Handy aus der Tasche. „Was ist damit? Soll ich es ausstellen?"

Vincent schüttelte den Kopf. „Das reicht nicht, man kann es trotzdem orten. Das wäre zu riskant." Er hielt eine kleine metallene Keksdose nach oben, die er die ganze Zeit in der anderen Hand gehalten hatte und öffnete den Deckel. Sie war leer.

Daniel schaute ungläubig hinein, dann in Vincents ungerührtes Gesicht. Dieser hielt ihm die Dose nur etwas näher hin.

„Das Handy ...", sagte Vincent. „Leg es hier rein!"

Zögerlich platzierte Daniel sein Handy wie ein rohes Ei auf dem silbern glänzenden Boden der Dose und verschloss den Deckel. Dann schaute er Vincent skeptisch an.

„Vertrau mir", beruhigte ihn dieser leicht amüsiert. „Das funktioniert. Es wirkt wie ein Faradayscher Käfig."

Dann führte er sie ohne weitere Erklärungen nach hinten über das Fabrikgelände, weiter durch ein paar enge Gassen in die Altstadt. Er schien äußerst konzentriert und aufmerksam, ganz auf einen sicheren Weg bedacht. In einer kleinen Seitenstraße blieb er unvermittelt vor einem wunderschönen alten Gebäude stehen und schob sie beide hastig in den Hauseingang. Mit einer schnellen Schlüsseldrehung öffnete er die Tür und führte sie durch ein schmales Treppenhaus nach oben in seine Wohnung.

„Voilà, da sind wir!"

Es duftete nach frischem Gebäck.

Mara schien die Brioche in einer Schale auf dem Tisch zuerst bemerkt zu haben, denn sie ging wie aus Reflex darauf zu.

„Bitte, bedient euch", kam ihr Vincent zuvor, woraufhin sie wie magisch angezogen den ersten nahm. Auch Daniel griff zu und hörte den Zucker zwischen seinen Backenzähnen knirschen, während sich der Geschmack von frischem Teig in seinem Mund entfaltete. Langsam hatte sich das fehlende Frühstück doch bemerkbar gemacht.

„Kennst du diese Leute, die uns verfolgen? Weißt du etwas über ‚Asmodeus'?", fragte Daniel, nachdem er seinen Magen mit einigen Brioches zufriedengestellt und ebenfalls am Tisch Platz genommen hatte.

„Leider nein, ich weiß nicht viel über sie. Da ist eher Diego der Spezialist. Er hat mir nur einige Dinge erzählt – aber das wird er euch auch erzählt haben."

„Kennst du Diego schon länger?"

„Wir haben zusammen studiert, damals in Madrid. Im Studium hingen wir fast ständig zusammen, haben gemeinsam gelernt und diskutiert. Auch heute haben wir noch relativ viel Kontakt – soweit die Entfernung das halt erlaubt. Er ist fast so etwas wie ein Bruder für mich. Ich denke schon, dass ich ihn ganz gut kenne. Und er mich."

Daniel konnte sich vorstellen, dass die beiden gut harmonierten. Es gab viele Ähnlichkeiten zwischen ihnen und doch genügend Unterschiede, damit sie eine interessante Freundschaft verband.

„Aber Diego hat doch dann einen ganz anderen Weg eingeschlagen und radikal mit der Kirche gebrochen. Gab es da nicht Spannungen zwischen euch?", wollte Daniel wissen.

„Nein, nein. Das nicht. Ich konnte seine Gründe sehr gut verstehen."

Mara begnügte sich mit der Rolle der Beobachterin, während sie genussvoll eine Brioche nach der anderen verputzte.

Im Nebenraum klingelte das Telefon.

Vincent stand auf und ging hinüber. Daniel lächelte Mara zu, die zufrieden, aber noch nicht gesättigt schien.

„Wo übernachten wir eigentlich heute? Hier? Oder suchen wir uns ein Hotel in der Nähe?", fragte sie in einer kurzen Kaupause.

„Ich glaube, wir können hier bleiben. Das klären wir aber sicher gleich noch."

Aus dem Nebenzimmer konnten sie einige wenige Worte aufschnappen, obwohl Vincent die Tür hinter sich angelehnt hatte.

„… ja, sie sind hier …

... nein, ... ja, das weiß ich."
Dann eine längere Pause.
„Ja, klar ...
Nein, es geht ihnen gut.
Ok.
Ja, bis bald.
Mach ich!"
Er kam zurück ins Zimmer.
„Wenn man vom Teufel spricht ... Ich soll euch schön grüßen. Diego wollte nur wissen, ob ihr gut angekommen seid."
„Danke für die Grüße. Ich hätte ihn auch gern noch mal gesprochen. Vielleicht kann ich ihn später noch mal von dir aus anrufen? Oder kann ich mein Handy benutzen?"
„Auf keinen Fall!", antwortete Vincent. „Sobald du die Dose öffnest, können sie uns sofort orten."
Daniel war neugierig, ob Diego bereits Fortschritte im Studium der Dokumente gemacht und vielleicht sogar schon etwas herausgefunden hatte. Aber sicherlich würde er ihm das umgehend mitteilen. Dumm war nur, dass sein Handy ausgestellt bleiben musste. Er würde sich am besten gleich in der Stadt ein preiswertes neues kaufen. Am besten ohne GPS und eine neue SIM-Karte dazu.
„Aber das ist kein Problem mit dem Telefonieren. Fühlt euch ganz wie zu Hause. Benutz das Telefon einfach, wenn dir danach ist." Er ging ein paar Schritte auf eine weitere Zimmertür zu. „Euer Zimmer ist hier." Er öffnete die Tür und wies mit einladender Geste hinein. Mara und Daniel folgten ihm und lugten neugierig durch die offen stehende Tür. Ein freundliches und helles Zimmer bot sich ihren Blicken, die zuerst auf das große Bett fielen.
„Leider habe ich nur dieses eine Gästezimmer, aber ich kann euch auch noch eine Luftmatratze dazu geben, wenn ihr noch ein weiteres Bett braucht. Die können wir auch gern hier im Wohnzimmer auslegen", meinte Vincent entschuldigend.

„Nein, das ist schon in Ordnung so", antwortete Mara, nachdem Daniel sich zurückgehalten hatte. „Mach dir keine Umstände. Wir kommen schon klar. Ist super, dass wir überhaupt hier bleiben können."

„Das mach ich gerne. Diegos Freunde sind auch meine Freunde." Vincent warf einen kurzen Blick auf die Uhr und überspielte schnell seine Verlegenheit. „Wenn ihr heute noch in die Polizeiarchive wollt, sollten wir allerdings so langsam aufbrechen, denn die schließen um fünf. Oder möchtet ihr da lieber morgen hin? Diego hat gesagt, ich solle mich darum kümmern und euch Zutritt verschaffen."

„Doch, sehr gerne. Am liebsten heute schon. Vielleicht brauchen wir die Zeit morgen ja auch noch. Von mir aus gern jetzt gleich." Daniel wandte sich Mara zu, die ihm zunickte und im selben Moment nach ihrer Jacke griff, die sie vorher auf den Stuhl geworfen hatte.

Die Strecke zu den Archiven war eigentlich nicht lang. Vincent benutzte nur ungewöhnliche Wege. So folgten sie ihm in ein Sportgeschäft, das sie unmittelbar durch einen Hintereingang wieder verließen, worauf sie sich in einer völlig menschenleeren Gasse wiederfanden. Aber sie fühlten sich sicher geführt und ganz bestimmt konnte ihnen auf diese Weise niemand folgen.

Auch der Zugang zu den Aktenräumen war kein Problem, obwohl diese durch unzählige Sicherheitsschleusen derartig gehütet wurden, als würden sie die Kronjuwelen beherbergen. Das Personal schien Vincent bereits zu kennen und wenn das bei ein oder zwei Personen mal nicht der Fall war, reichte ein entgegengestreckter gelber Ausweis, der ihn als Mitarbeiter der Kirche auswies.

Der Hauptraum mit den Akten erschlug sie förmlich. Mit Buchstaben- und Zahlenkolonnen beschriftete Ordner füllten lückenlos die Regale, die mehrere Meter bis unter die Decke reichten – gesammelte Kriminalität, ordentlich nach Datum hintereinander abgeheftet.

Der Sicherheitsbeamte bestieg nach einem kurzen Wortwechsel mit Vincent eine der rollbaren Leitern und holte ihnen ein paar der Akten herunter. Auf zwei nebeneinanderstehenden großen Tischen begann er die schwergewichtigen Papieransammlungen zu stapeln, während Mara und Daniel davor Platz nahmen und sich sofort hineinstürzten. Die meisten Blätter waren vollkommen vergilbt und wirkten schon halb zerfleddert – vermutlich waren sie deshalb alle in Hüllen abgeheftet. Ein ungleichmäßig gedrucktes Schriftbild überzog die fragilen Dokumente.

Während Daniel die einzelnen Seiten noch vorsichtig umblätterte und Mara sich schon in eines der Dokumente vertieft hatte, wuchs der zwischen ihnen liegende Berg an Akten alle paar Minuten wieder auf magische Weise an. Daniel und Mara bemerkten das kaum, so sehr waren sie beide in die kostbaren Schriftstücke abgetaucht. Etwa eine Stunde lang war außer den leisen Schritten des Beamten nur das Geräusch des Umblätterns zu hören, bis Daniels Worte schließlich die konzentrierte Stille durchbrachen.

„Hast du schon etwas gefunden?"

„Ja, jede Menge Informationen. Sollen wir schon mal unsere Ergebnisse vergleichen?"

„Ich habe die ersten Polizeiberichte gelesen. Danach hat sich in der Nacht vom 10. auf den 11. April 1934 ein Diebstahl von zwei Tafeln des Genter Altars ereignet. Der Kirchendiener hat dies am Morgen danach um 8.35 Uhr festgestellt. Merkwürdigerweise fanden sich aber keine Spuren eines Einbruchs an den Türen der Kathedrale. Die Diebe müssen sich also einen anderen Zugang verschafft haben. Zudem gibt es einen Zeugen, der selbst auf eigenem Diebeszug war. Er will gesehen haben, wie zwei Männer einen mit einem Tuch umhüllten, großen Gegenstand in ihr Auto auf dem Kirchplatz verladen haben."

„Dies hier sind die gesammelten Erpresserbriefe und die Kleinanzeigen der Tageszeitung, die von dem Erpresser und dem Bischof geschaltet wurden. Das Ganze zog sich ja wirklich endlos hin. Die Kirche hat sich bei der Geldübergabe nicht an die vereinbarte Summe gehalten und so wurde die gestohlene Tafel auch nicht zurückgegeben. Nur die Johannestafel hinterlegte der Dieb in der Gepäckaufbewahrung als Zeichen der Authentizität der Briefe und seines guten Willens. Aber die Polizei kam kein Stück weiter. Und das ganze sieben Monate lang! Erst als der Dieb starb und seine Informationen an einen Freund weitergab, hatte man endlich eine neue Spur."

Daniel blätterte in einem weiteren Ordner, der aufgeschlagen vor ihm lag und schaute dann zu Mara hinüber.

„Arsène Goedertier. Das ist der Name des Kunsträubers. Diese Akte beschäftigt sich nur mit seinem Leben. Er war zum Zeitpunkt des Diebstahls siebenundfünfzig Jahre alt und ein angesehener Bürger."

„Ist es denn sicher, dass er für den Diebstahl verantwortlich war?"

„Die Indizien lassen eigentlich keinen Zweifel zu. Man fand die Durchschläge aller dreizehn Erpresserbriefe bei ihm, zudem einen bereits formulierten vierzehnten Brief, der allerdings nie abgeschickt worden ist. Die Briefe hast du ja dort in deiner Akte. Ein Gepäckschein in Goedertiers Besitz führte zu der Schreibmaschine, mit der die Briefe getippt wurden. Und was ganz merkwürdig ist: Er selbst hat seinem Freund, dem Rechtsanwalt de Vos, auf dem Sterbebett Hinweise auf einen Umschlag gegeben und ihm zugeflüstert, er wisse, wo sich die ‚Gerechten Richter' befänden. Im Umschlag würde er alles Weitere finden. So bezeugte es jedenfalls de Vos selbst."

„Hast du diese mysteriösen Dokumente denn auch in den Polizeiakten gefunden?"

„Bisher noch nicht und ich vermute auch, da werden sich einige Lücken auftun. Denn jetzt wird es noch geheimnisvoller: de Vos versuchte zunächst selbst, die Dokumente zu entschlüsseln. Als er jedoch frustriert und enttäuscht aufgeben musste, übergab er die Dokumente dem befreundeten Gerichtspräsidenten. Dieser informierte seinerseits unverzüglich die drei obersten Richter Belgiens und machte aus der ganzen Geschichte eine Geheimsache. Man bildete eine Art Geheimkomitee und verschloss die Akten."

„Dann werden wir diese Dokumente wohl kaum hier im Polizeiarchiv finden."

„Das denke ich auch. Ob wohl die Dokumente auf Juris Speicherkarte möglicherweise die Scans dieser heute verschollenen Akten darstellen? Ich bin gespannt, was Diego herausfindet."

Maras Gesicht war anzusehen, dass sie die Informationen in ihrem Kopf verarbeitete und nach Verbindungen suchte. Ihre Stirnfalten kräuselten sich, dass sogar der Leberfleck kaum zu sehen war.

„Das Todesdatum Goedertiers war der 25. November, richtig?"

„Genau. Auf seiner Beerdigung waren übrigens auch hochrangige Minister anwesend. In den Akten sind sogar verdeckte Fotos von den Beerdigungsgästen zu sehen. Aber das nur am Rande. Interessant ist auch sein Lebenslauf: Vom Kirchendiener wurde er zum angesehenen Geschäftsmann und Börsenmakler. Er war aktives Mitglied der Parti catholique und seine Ernennung zum Akademiedirektor stand unmittelbar bevor. Man könnte ihn als recht wohlhabend, eigentlich sogar reich bezeichnen. Nicht nur wegen seines herrschaftlichen Wohnhauses, sondern auch wegen seines Bankkontos, das bei seinem Tod ein Guthaben von drei Millionen Francs aufwies."

„Dann ist wohl ein Diebstahl aus persönlichen Gründen auszuschließen."

„Zumindest aus finanziellen persönlichen Gründen. Er hatte eine gewisse kriminalistische Ader. Hat auch schon an der Aufklärung von Kunstdiebstählen maßgeblich mitgewirkt. Das war so eine Art Hobby von ihm. Außerdem hat er sogar mal ein Fluggerät erfunden – er war auch Mitglied der Wissenschaftsakademie. Und Kunstliebhaber. Er fertigte zu seiner Muße sogar Kopien von Werken bekannter Meister an."

„Scheint ja ein wirklich schillernder Charakter gewesen zu sein, unser Monsieur Goedertier."

„Schon ein unruhiger Geist – und vielseitig begabt, wenn man das so liest. Aber er scheint den Diebstahl ja nicht alleine durchgeführt zu haben. Vorausgesetzt, die Aussage des nächtlichen Diebstahlzeugen stimmt."

„Nach Goedertiers Tod hat man schließlich auch seine beiden Komplizen ausfindig gemacht." Während sie sprach, wuchtete Mara einen dicken Ordner von hinten nach vorne auf den Tisch und blätterte die Seiten durch.

„Warte einen Augenblick, ich hab's gleich …"

Ihr hektisches Umblättern stoppte abrupt.

„Ah, hier! Achille de Swaef. Er war der Cousin Goedertiers. Und …", sie blätterte eine Seite weiter, „… Oscar Joseph Lievens. Hier ist ein Totenschein von de Swaef."

Daniel rollte mit seinem Stuhl heran und beugte sich ebenfalls über die Akte. Sein Zeigefinger schnellte zu einem Datum.

„Da, schau dir das an! Achille de Swaef ist am 29. November 1934 verstorben." Er stockte. „Das war ja nur vier Tage nach Goedertiers Tod."

Sein Finger wanderte nach unten.

„Kannst du das hier lesen, Mara? Die Schrift ist so eigenartig."

„Hier bei ‚Todesursache'? … Herz-ver-sagen", übersetzte sie langsam. „Das ist echt merkwürdig. Auch Joseph Lievens ist kurz danach gestorben. Ebenfalls eines natürlichen Todes." Mara blätterte einige Seiten weiter und zeigte Daniel den Totenschein.

„Und Goedertier?", fragte sie dann weiter.

„Auch. Eines natürlichen Todes, meine ich. Ein Infarkt."

Beide schauten sich eine Weile sprachlos an.

„Scheint nicht gesund zu sein, dieser Kunstraub", bemerkte Mara trocken.

Daniel nickte ernsthaft. „Es ist wie ein Fluch. Als ob irgendetwas diesen Altar beschützen würde."

„Ja. Das klingt schon sehr merkwürdig alles ..." Mara hatte sich mit ihrem Drehstuhl ganz Daniel zugewandt und saß aufrecht auf der Kante. Ihr fiel augenscheinlich gerade etwas ein, denn sie drehte sich mit einer schnellen Bewegung zum Aktenstapel und griff nach einer kleinen Box in dessen Mitte.

„Hier habe ich noch etwas Interessantes gefunden: es ist ein Roman. Laut Aufzeichnungen hatte Goedertier eine Sammlung von Kriminalromanen. Überwiegend fand man Romane des Schriftstellers Maurice Leblanc rund um den Gentleman-Gauner Arsène Lupin."

„Ah, ein Namensvetter von Goedertier", unterbrach Daniel.

„Genau. Dieses Buch hier scheint es Goedertier ganz besonders angetan zu haben. Jedenfalls ist es voll mit Bemerkungen, Unterstreichungen und sonstigen Markierungen."

Daniel nahm das kleine Büchlein, das ihm Mara nach Entnahme aus der Box entgegenhielt, vorsichtig in die Hand.

„Möglicherweise finden wir dort ja Anhaltspunkte", sagte sie hoffnungsvoll. „Vielleicht hat sich Arsène Goedertier mit Lupin identifiziert. Nicht nur wegen seines Namens ..."

„,L'Aguille Creuse' – ,Die hohle Nadel' ", murmelte Daniel halblaut, während er das zerschlissene Werk in beiden Händen hielt und es durchdringend betrachtete, als könne er so dessen Inhalt ergründen. „Was meinst du, ob wir das Buch vielleicht kopieren dürfen? Soweit ich weiß, sind Fotos, Scans und dergleichen hier zwar eigentlich nicht erlaubt, aber ich frage mal den Sicherheitsbeamten, ob da was zu machen ist."

Er stand auf und spähte in jeden einzelnen der Gänge, bis er den Mann im entlegensten Winkel des Magazins fand.

„Pardon Monsieur, wäre es möglich, einige Seiten aus diesem Buch zu kopieren?"

Der Befragte schüttelte entschieden den Kopf. „Das geht nur mit einer Sondererlaubnis. Die müssen sie in der Polizeipräfektur beantragen."

Daniel bedankte sich für die Auskunft und drehte sich um.

„Das hat nicht viel Zweck. Dauert Monate", hörte er die Beamtenstimme hinter sich sagen.

„Können wir das nicht einfach bis morgen ‚ausleihen'?", schlug Daniel Mara mit deutlich gesenkter Stimme vor.

Sie wies auf die Buchrückseite. „Alarmgesichert."

„So ein Mist!", fluchte Daniel eine Spur zu laut. Er schaute sich um, holte sein Handy aus der Keksdose, die er noch in der Tasche hatte, und hielt es Mara mit fragendem Gesichtsausdruck hin. Sie nickte stumm.

Daniel schaute sich hektisch um, stellte das kleine Gerät an und tippte auf dem Display herum. Mara legte das Buch geöffnet auf den Tisch, sodass Daniel die Seiten nacheinander fotografieren konnte.

„Denken Sie daran, dass wir in etwa zehn Minuten schließen", hörten sie plötzlich die Stimme des Beamten aus unerwartet kurzer Entfernung. Daniel konnte gerade noch das Handy in seine rechte Tasche gleiten lassen, sodass der Aufseher ihre Aktion nicht bemerkte, als er an der nächste Ecke des Regals neben ihnen auftauchte. Mara hatte das Buch blitzschnell zu sich herangezogen und schien völlig vertieft in das intensive Studium der Zeilen zu sein.

„D'accord!" Daniel nickte dem Mann ruhig zu. Aus den Augenwinkeln sah er, wie er wieder in der Regalreihe verschwand und zückte rasch erneut das Handy.

„Wir schaffen das nicht alles. Es sind einfach zu viele Seiten. Lass uns nur die Seiten mit besonderen Markierungen fotografieren", schlug Mara vor. Sie blätterte mit flinken Fingern die Seiten durch und hielt das Buch dann flach auf den Tisch gedrückt, die Finger nur ganz am Rand. Daniel machte Bilder so schnell er konnte. Hektisch gingen sie so das ganze Buch durch, mit den Ohren bei der umherwandernden Aufsicht und dem Blick zwischen den Buchseiten und den Regalreihen hin- und herspringend. Als der Mann zurückkam, hatten sie es gerade geschafft.

¥

Vincent holte sie wie versprochen am Eingang des Gebäudes ab. Auf dem Weg zur Wohnung kaufte Daniel sich in einem kleinen Handyladen noch schnell ein einfaches Gerät. Das alte Handy für die Fotoaktion aus der Dose zu holen, war schon sehr riskant gewesen, aber eine andere Möglichkeit hatte er so schnell nicht gesehen.

Vincent schien ein besonderes Faible fürs Kochen zu haben. Jedenfalls war er nicht davon abzubringen, seine beiden Gäste zu bekochen. Doch es bereitete ihm offensichtlich wirkliche Freude. Der Knoblauchgeruch drang bis ins Wohnzimmer, in dem Daniel und Mara es sich gemütlich gemacht hatten: Daniel war ganz im bequemen Sofa eingesunken und in die fotografierten Buchseiten vertieft, die er auf sein Notebook heruntergeladen hatte. Mara begann in einem großen Sessel, die Rechercheergebnisse der vergangenen Stunden strukturiert zu Papier zu bringen.

Aus der Küche klangen französische oder belgische Lieder in Vincents sehr persönlicher Interpretation und die typischen Hack- und Schneidegeräusche einer ambitionierten Essenszubereitung.

Nach einer halben Stunde kam Vincent begeistert ins Zimmer gestürmt und riss die beiden aus ihren Gedanken.

„Voilà, alles fertig!"

Obwohl beiden die Unterbrechung schwerfiel, hatten sie mittlerweile doch solch einen Hunger, dass sie freudig und bereitwillig der Einladung in die Küche folgten.

Bei gutem Rotwein und einem wirklich gelungenen Essen verbrachten die drei einige angeregte Stunden, bis sie beschlossen, ihre begonnene Arbeit zumindest noch zu Ende zu bringen. Daniel merkte, dass die Anstrengungen der Fahrt langsam eine tiefe Müdigkeit in ihm hervorriefen und begab sich mit dem Laptop in der Hand Richtung Bett. Er warf seine Sachen beim Ausziehen auf einen nahestehenden Stuhl und kroch in Boxershorts ins Bett. Mara kam eine Weile später, als er schon einige Seiten weitergelesen hatte und ihm die Augen fast zufielen. Doch der Krimi und seine Bezüge zum Altardiebstahl gaben ihm keine Chance aufzuhören. Zudem musste er auch so manches Mal daran denken, wie die bevorstehende Nacht mit Mara in einem gemeinsamen Bett sein würde. Ein wenig Aufregung spürte er schon, als sie das Zimmer betrat, ließ sich jedoch nichts davon anmerken. Es gelang ihm kaum noch, sich auf die Handlung zu konzentrieren, als sie begann, ihre enge Jeans Stück für Stück mit minimal wiegenden Hüftbewegungen herunterzuschälen. Sie stand mit dem Rücken zu ihm und Daniel musste sofort an die vergleichbare Szene am vorigen Abend in seiner eigenen Wohnung denken. Wieder betrachtete er ihre wohlgeformten Beine und ihren Po, der von einem kurzen Shirt und einem winzigen Slip kaum verdeckt wurde. Als sie sich in dem Moment nach vorne beugte, um etwas aus der vor ihr stehenden Reisetasche zu kramen, hatte das eine unmittelbare Wirkung auf Daniel. Er war sich in diesem Moment nicht sicher, ob Mara das extra machte, um ihn ein wenig anzumachen, oder ob das einfach ihre Natürlichkeit im Umgang mit ihrem Körper war.

Er fand so schnell keine Antwort auf die Frage und wollte auch gar nicht darüber nachdenken, sondern schaute ihr einfach zu, als sie sich wieder aufrichtete. Immer noch den Rücken zu ihm gedreht, zog sie ihr Shirt über den Kopf nach oben und streifte ihren BH mit schnellen Bewegungen ab. Nun war sie nur mit einigen Zentimetern Stoff bekleidet, welche die Rundung ihrer Pobacken noch stärker betonten. Sein Blick wanderte über ihren Rücken, der genau so ebenmäßig braun war wie ihr gesamter restlicher Körper.

Er konnte im schwachen Licht die sanften Rundungen ihrer Wirbelsäule erkennen, die sich unter der straffen Haut abzeichneten. Als sie die Arme nach oben streckte, um sich ein anderes Shirt anzuziehen, konnte er einen Moment die Wölbung ihrer

Brust sehen, bevor sie es weit und lang herunterfallen ließ wie ein Nachthemd. Daniel bedauerte das abrupte Ende des Umkleidens. Schnell versuchte er den Blick wieder konzentriert auf den Bildschirm zu richten. Als Mara mit einer geschmeidigen Bewegung auf der anderen Seite ins Bett glitt, fuhr er den Computer herunter und stellte ihn beiseite.

„Und, spannend?", fragte Mara, die sich zu Daniel gedreht hatte und bis zum Kopf in die Decke eingerollt war.

„Ich bin noch nicht ganz durch, werde morgen früh dann den Rest lesen. Aber es ist wirklich interessant. Vielleicht gibt es da tatsächlich ein paar Anhaltspunkte. Aber das werd ich dir morgen erzählen."

„Ach, schade", seufzte Mara und rückte näher an ihn heran. Sekunden später war sie eingeschlafen.

Früh morgens wurde Daniel durch verschiedenartige Geräusche in der Wohnung wach. Vincent schien ein Frühaufsteher zu sein. Mara lag immer noch unverändert neben ihm. Er richtete seine ganze Aufmerksamkeit auf ihren ruhig atmenden Körper, dessen Nähe er bei sich spürte. Irgendwie hatte sie es geschafft, trotz ihres manchmal recht sonderbaren Verhaltens etwas in ihm auszulösen. Und doch musste er in diesem Moment an Joelle denken. Sie hatten so viele schöne gemeinsame Momente und eine wundervolle Zeit gehabt. Er war sich nicht sicher, was er für Joelle noch empfand. Sicher war da noch mehr als ein beliebiges freundschaftliches Verhältnis.

Sie bewegte sich ein wenig neben ihm, als ob sie spürte, dass sie beobachtet wurde. Sie blinzelte verkniffen mit einem Auge ins frühe Tageslicht. Als sie Daniel erblickte, wandelte sich ihr Gesichtsausdruck in ein entspanntes Lächeln, bevor sie die Augen wieder schloss.

„Schon so spät?", nuschelte sie mit leiser Stimme.

„Nein, ist noch nicht so spät. Ich war nur schon wach."

Mara drehte sich auf den Rücken und räkelte sich unter der Decke. Dann wurden ihre Züge ernst.

„Alles in Ordnung, Mara?", fragte Daniel sie von der Seite. Sie drehte ihm langsam den Kopf zu und nickte nur. Doch es sah nicht so aus.

„Juri?", fragte Daniel weiter.

Sie nickte abermals.

Daniel nahm ihre Hand. Sie drehte sich wieder zu ihm, dicht an seine Seite. Er legte den Arm um sie und zog sie ein wenig an sich. Der Schmerz über den Verlust schaffte sich immer wieder einen Raum – meist nur einen kleinen, aber er kam regelmäßig. Auch Daniel fühlte ihn immer wieder und versuchte ihn meist sofort beiseite zu drängen. Er konnte Juris Tod immer noch nicht fassen. Es war so unwirklich. Aber er spürte den Körper dieser Frau in seinem Arm.

Eine Weile blieben sie so liegen. Dann fragte Mara mit deutlich veränderter Stimme: „Gehen wir gleich in die Kathedrale? Den Altar ansehen?"

Es kam Daniel vor, als ob sie sie beide damit aus dem Loch trüber Gedanken holen wollte.

„Ja, gute Idee. Ich würde nur gern vorher das Buch zu Ende lesen, aber das ist nicht mehr viel. Ein paar Seiten noch." Daniel nahm sich den Laptop aufs Bett und stellte ihn an.

„Klar, mach das ruhig. Bin schon sehr gespannt auf deine Zusammenfassung. Ich geh dann schon mal duschen", sagte sie und war in einem kurzen Moment aus dem Bett aufgestanden und aus dem Zimmer gehuscht.

Daniel nahm sich Zeit, den Rest in Ruhe zu lesen. Es war wirklich interessant, welche Parallelen es zwischen dem Roman und dem Diebstahl gab. Aber die Polizei kannte das Buch doch. Warum konnte die Tafel bis heute trotzdem nicht gefunden werden?

Nachdem er ausgiebig unter der Dusche darüber nachgedacht hatte, ging er in die Küche, wohin ihn der Duft von frischem Kaffee lockte. Mara saß mit feuchtem Haar über ihren Notizen am Tisch. Der Wet-Look stand ihr gar nicht schlecht, er gab ihr eine leicht ungezähmte Note. Die Tür öffnete sich und Vincent kam mit einer Tüte duftender Croissants herein.

„Guten Morgen, ihr zwei. Frühstückt ihr auch was mit?"

„Oh ja!", rief Mara erfreut aus, bevor Daniel ein Wort zustande brachte.

„Wir wollten gleich in die Kathedrale, den Altar ansehen. Kommst du mit? Hast du Zeit und Lust?", wandte sich Daniel an Vincent.

„Würde ich gern", antwortete dieser in den Kühlschrank hinein und holte Butter und einige Marmeladengläser heraus.

Daniel hatte sich gesetzt und nahm gerade den ersten Schluck Kaffee, während Vincent sich zu ihnen an den Tisch setzte.

Mara legte ihre Aufzeichnungen beiseite und nahm die aufrechte Haltung einer Tänzerin ein.

„Nun erzähl doch mal endlich von dem Buch, Daniel! Spann mich nicht so auf die Folter", drängte sie.

„Tja, wo soll ich da jetzt anfangen ...", überlegte Daniel und versuchte sich zu sammeln.

Mara hatte sich ein Croissant gegriffen und tauchte es in die offene Marmelade, wobei die blättrigen Krümel in das Glas fielen. Daniel schob ihr stumm ein Messer hin, bevor er begann.

„Was schon mal ungewöhnlich ist: Sympathieträger und Protagonist des Romans ist Arsène Lupin, ein charmanter und überaus intelligenter Meisterdieb. Er ist Kunstliebhaber und folgerichtig natürlich Kunstdieb. Besonders gerne entwendet er weltberühmte Gemälde – so wie unser Freund Arsène Goedertier ja wohl auch. Das ist aber keineswegs die einzige Parallele. Seine Post lässt er sich in die Normandie nachsenden und benutzt für seine Identität das Kürzel ‚A.L.N.'"

„Wie Goedertiers Kürzel ‚D.U.A.' in den Kleinanzeigen", warf Mara mit vollem Mund ein. „Was bedeutet das eigentlich? Bei A.L.N kann ich mir das ja noch vorstellen. Arsène Lupin, Normandie, oder so ähnlich – aber D.U.A.?"

Daniel schluckte den Bissen Croissant herunter, dann erst setzte er zur Antwort an.

„Goedertier benutzte oft den Decknamen ‚Arseen von Damme'. Unter diesem hat er beispielsweise auch die Schreibmaschine gemietet, mit der die Erpresserbriefe geschrieben wurden. Damit hätten wir das Kürzel A.V.D. Wenn man jetzt den Buchstaben für das ‚V' als lateinischen Buchstaben ‚U' deutet, dann hätte man A.U.D. – und rückwärts gelesen: D.U.A."

„Das klingt abwegig, aber plausibel", mischte sich Vincent ein, der ihre Überlegungen immer still, aber aufmerksam verfolgte.

Daniel fuhr fort. „Doch zurück zu Lupin. Er war seinen Verfolgern ständig mindestens einen Schritt voraus und einfach immer eine Spur zu schlau für sie. Das ist eigentlich recht ungewöhnlich für die Kriminalromane zu dieser Zeit, denn eigentlich liegt ja die Identifikation des Lesers immer auf Seiten der Detektive und Verfolger. So wie bei Sherlock Holmes und Co."

„Meinst du, Goedertier hat sich wie Lupin gefühlt und diesen Diebstahl mehr so aus Spaß durchgeführt?", warf Mara skeptisch ein.

„Spaß hatte er sicherlich dabei, wenn man das alles zusammennimmt, aber bestimmt ist da noch mehr. Jedenfalls entwendet Lupin in dem Roman ein berühmtes Gemälde, ‚Die Jungfrau mit dem Lamm Gottes'…"

„Schon wieder das Lamm Gottes, wie auf dem Altar!"

„… und ersetzt es durch eine Kopie. Das Original versteckt er in einem spitz herausragenden Felsen in der Normandie. Darin befindet sich ein Hohlraum – daher auch der Name ‚Die hohle Nadel'. Nur mit Hilfe eines Kryptogramms findet man den Zugang zu diesem Felsen."

„Das ist schon verblüffend!", meldete sich Vincent erneut zu Wort. „Was denkt ihr, wie weit würde Goedertier den Diebstahl im Buch kopieren? Würde auch er ein ähnliches Versteck wählen? Ein Versteck, bei dem er möglicherweise die Leute zum Narren halten konnte? Das könnte ich mir bei ihm durchaus vorstellen."

Mara lehnte sich mit den Ellbogen auf den Tisch.

„Ein Satz von Goedertier kurz vor seinem Tod beschäftigt mich die ganze Zeit. Er steht in seinem vierzehnten Brief – der, den er nicht abgeschickt hat: ‚Die Tafel ist für jedermann sichtbar, doch nur der Bischof kann sie an sich nehmen'."

„Das würde also bedeuten, dass die Tafel immer noch in der Kathedrale ist", führte Daniel aus, „... oder zumindest in der näheren Umgebung der Kathedrale!"

Mara nickte. „Das vermuten auch viele der Fachleute. Man hat deswegen schon die halbe Kathedrale untersucht und renoviert, in der Hoffnung, die Tafel würde dabei ans Licht kommen. Bisher allerdings ohne den geringsten Erfolg. Abgesehen davon hat man auch halb Gent schon umgegraben und keinerlei Spuren gefunden."

„Aber der Diebstahl der Tafel nur als eine literarische Nachahmung eines Hobby-Kunstdiebes?", gab Vincent zu bedenken.

„Die Gründe könnten alle möglichen sein. Gehen wir doch einfach mal alles durch, was uns einfällt." Mara nahm beim Reden ihren Block und Stift in die Hand, während sie mit der anderen die Kaffeetasse beiseite schob.

„Erste Möglichkeit: Goedertier hatte einfach Spaß an der Planung und Durchführung eines gewagten Kunstdiebstahls und wollte damit eine Art ‚Schurkenstreich' durchführen. Vielleicht auch, um seine Überlegenheit auszuspielen – als ob er sich mit der gesamten Polizei intellektuell messen wollte ..."

„Das würde zu dem passen, was wir bisher über Goedertier erfahren haben. Scheint mir durchaus möglich", stimmte Daniel zu. „Eine zweite Möglichkeit hingegen wäre, dass Goedertier nicht für sich selbst, sondern für einen Auftraggeber arbeitete. Er sollte die Tafel einfach beschaffen und es vordergründig wie einen normalen Erpressungsversuch aussehen lassen."

„Dann allerdings hätte er nie die Absicht gehabt, die Tafeln zurückzugeben", gab Vincent zu bedenken. „Und das klingt ja schon anders, wenn man sich den ganzen Schriftwechsel und die vielfältigen Bemühungen um eine Rückgabe vor Augen hält."

„Sicher, das scheint so. Aber vielleicht soll es ja auch nur so ‚scheinen'. Das kaschiert die eigentlichen Ziele." Daniel benutzte seinen Kaffeelöffel wie einen Zeigestock, was ihm etwas Lehrerhaftes gab. „Die Nazis hatten doch ein immenses Interesse an den Tafeln. Wäre es nicht denkbar, dass Goedertier von ihnen beauftragt wurde?"

„Und dann die Tafeln nicht herausgegeben hat?", kommentierte Mara verwundert.

„Ja, warum nicht? Entweder, weil er gemerkt hat, dass ihre Ziele unlauter waren oder weil er von vornherein nicht vorgehabt hatte, die Tafeln den Nazis zu überlassen."

„Und das mit den Zielen konnte er bei den Nazis vorher nicht abschätzen?", hakte Mara nach.

Daniel zuckte mit den Schultern und hob die Augenbrauen, als ob er sagen wollte ‚Wer weiß?'.

Vincent hatte gerade die Kaffeekanne geholt und fragte beiläufig: „Noch Kaffee?"

Beim Eingießen sprach er weiter.

„Was mich immer gewundert hat, ist das Verhalten der Kirche – oder besser gesagt das Verhalten des Bischofs. Es machte auf mich ein wenig den Eindruck, als sei er gar nicht ernsthaft an der Wiederbeschaffung der Tafeln interessiert gewesen. Und das bei einem solch grandiosen Kunstwerk, das dann immer unvollständig bleiben würde."

„Du meinst, er könnte der Auftraggeber gewesen sein? Aber wozu sollte er das tun? Macht das irgendeinen Sinn?", fragte Daniel und nahm die heiße Tasse vom Tisch.

„Nicht unmittelbar, nein", musste Vincent zugeben. „Aber es ist eine Möglichkeit."

Die drei nahmen fast gleichzeitig einen Schluck aus ihren Tassen und starrten nachdenklich vor sich hin, in der Hoffnung, einer Antwort auf ihre Fragen dadurch näherzukommen.

„Möglicherweise gibt es ja eine Verbindung zu ‚Asmodeus'. Vielleicht hat Goedertier in ihrem Auftrag gehandelt oder gehörte vielleicht sogar selbst dazu."

Mara notierte ihren eigenen Gedanken sofort unter den vorhandenen Einträgen.

„Es könnte ja auch sein", ergänzte Vincent, „dass es nicht nur diese eine Gruppe namens ‚Asmodeus' gibt, sondern noch weitere Interessenten, welche die Tafel gern in ihrem Besitz hätten."

„Das ist sogar recht wahrscheinlich bei einem solch geheimnisvollen Werk wie den ‚Gerechten Richtern'", stimmte Daniel nickend zu. „Aber wer auch immer, die Intentionen aller Interessengruppen scheinen mir doch etwas fragwürdig oder zumindest diffus. Ich weiß nicht, ob ein Mann wie Goedertier sich für solch ‚niedere Beweggründe' einspannen lassen würde."

„Was wir sicher streichen können, ist die Möglichkeit, dass er es zu seiner eigenen Bereicherung getan hat. Da sprechen die Einkommensverhältnisse und das Bankkonto einfach eine andere Sprache", versuchte Mara das Gespräch auf einen klaren Weg zurückzulenken.

Daniel schüttelte gedankenverloren den Kopf. „Das macht alles noch keinen Sinn. Je tiefer man in den Fall eindringt, desto verworrener wird er …"

Mara schob ihren Block beiseite und stieß dabei ihre Kaffeetasse an, die kippelte. Ihr hektisches Nachfassen machte es noch schlimmer und brachte sie ganz zu Fall, woraufhin sich der restliche Kaffe über die Tischplatte hinweg vorbei an der Croissanttüte auf Daniels Oberschenkel ergoß.

Er sprang auf, im selben Moment als Mara „Ups!" sagte. Vincent hatte blitzschnell einen Lappen geholt und wischte den Tisch ab, während Daniel zur Spüle ging, um sich die Hose auszuwaschen.

„Sorry", sagte Mara schuldbewusst.

„Na ja, ist ja nichts passiert", antwortete er mechanisch, ärgerte sich jedoch ein wenig über seine nasse Hose. „Ich zieh mir schnell was Anderes an. Und was meint ihr, sollen wir dann jetzt mal langsam in die Kathedrale aufbrechen? Ich würde den Altar wirklich mal gern ‚in echt' sehen."

„Ja, lass uns gehen", antwortete Vincent und packte die Marmeladengläser.

Daniel ging zur Tür, dann fiel ihm noch etwas ein.

„Aber vorher müsste ich noch mal kurz an mein Auto. Da liegt nämlich im Handschuhfach der PIN-Code meines Handys. Leider hab ich es eben ausgestellt und jetzt komm ich nicht an die Nummern. Ich muss sie dringend runterladen auf mein neues Handy. Aber diesen blöden PIN vergesse ich einfach immer wieder. Was meint ihr, sollen wir uns einfach in dreißig Minuten in der Kathedrale treffen?"

„Oui. Bien", sagte Vincent, während er den Lappen auswusch. „Kennst du den Weg zum Auto noch?"

„Klar. Das finde ich schon."

„Aber sei vorsichtig!"

Daniel verschwand im Zimmer, kam mit trockener Hose und der Tasche mit der Stahlkassette zurück und schnappte sich seine Jacke. Dann stopfte er die Keksdose und sein neues Handy hinein. Oder sollte er die Kassette doch lieber hier in der Wohnung lassen? Der Besitz schien ihm wie eine bedrückende Bürde. Vielleicht war es jedoch wirklich besser, sie mitzunehmen. So hatte er sie wenigstens bei sich und die Illusion, dass er darauf aufpassen könnte. Bei dem Gedanken, sie unbeaufsichtigt hier zu lassen, war ihm noch mulmiger zumute.

Er verließ das Haus und wandte sich nach links. Auf der Straße war niemand. Und doch kam das Gefühl, beobachtet zu werden, hier draußen sofort zurück. Hektisch schaute er sich um und beschleunigte seinen Schritt. Als er um die Ecke bog, war die Gasse etwas belebter. Er musterte jede einzelne Person genau, doch schienen sie allesamt einen halbwegs normalen Eindruck zu machen. Na gut – was war schon „normal"?

Er bog in die nächste kleine Straße, den Weg zurückverfolgend, den Vincent mit ihnen gegangen war. Dann hörte er Schritte hinter sich. Mit einem beiläufigen Seitenblick nahm er den schwarzen Schemen eines Mannes wahr. Umschauen wollte er sich nicht. Er bog wieder ab. Der Mann folgte ihm in sicherem Abstand. Daniel erspähte eine kleine Bäckerei etwa hundert Meter weiter. Er ging darauf zu, während er mit all seinen Sinnen bei dem Mann hinter sich war. Die alte Holztür öffnete sich mit einem altmodischen Bimmeln über seinem Kopf. Er positionierte sich so, dass er sowohl die Auslage, als auch die Straße draußen im Blick hatte. Er zeigte auf irgendetwas braun Gebackenes in der Glasvitrine, ohne zu wissen, was er dort bestellte. Der Mann war immer noch nicht vorbeigegangen. Die Verkäuferin legte ihm eine Tüte auf die Theke.

„Ein Croissant, bitte sehr. Macht einen Euro vierzig."

Daniel kramte in seiner Geldbörse und dachte bei sich ‚schon wieder Croissants', als im gleichen Moment der dunkle Mann die Fensterfront passierte. Er drehte wie zufällig den Kopf in Daniels Richtung und einen kurzen Moment kreuzten sich ihre Blicke.

Daniel ließ sich Zeit mit dem Geld. Er zählte sein gesamtes Kleingeld auf die Theke, bis er merkte, dass es nicht reichte. Die Verkäuferin wurde nun zunehmend ungeduldiger und verlieh ihrer Missbilligung mit einem unverhohlenen Stöhnen Ausdruck.

Daniel legte in aller Ruhe ein Zwei-Euro-Stück auf das Glas der Theke, nahm das Wechselgeld an sich und öffnete nach einer knappen Verabschiedung die Tür.

Draußen blieb er stehen und spähte lange in die Richtung des verschwundenen Verfolgers. Aber die Straße blieb vollkommen menschenleer.

Er stopfte das Croissant neben die Stahlkassette in die Tasche. Mara würde sich sicher freuen, dachte er bei sich und musste unwillkürlich grinsen.

Um sicherzugehen, ging er denselben Weg zurück. Er würde die Fabrik, bei der das Auto stand, sicher auch auf anderem Wege finden. Eine grobe Orientierung wie von einem inneren Kompass hatte er immer. Nach einigen Umwegen erreichte er das große Tor des Fabrikgeländes. Er schaute auf die heruntergekommenen Gebäude mit den zerbrochenen Scheiben. Die

Fabrik wirkte so morbide und verlassen, dass man den Eindruck hatte, sie hätte jegliche Lebensenergie durch übermäßige Aktivität in der Vergangenheit bereits verbraucht.

Er schritt über den Schotterplatz und erkannte hinter der Ecke seinen Mini. Er stand genauso da, wie er ihn verlassen hatte. Daniel wollte nur schnell ans Handschuhfach, um den Zettel mit den Codes herauszuholen. So richtig wohl fühlte er sich auf dem verrotteten Gelände hier nicht. Als er an die Fahrertür herantrat, sah er, dass das Handschuhfach offen stand. Auch die Rückbank war umgeklappt. Jemand musste das Auto durchsucht haben! Er probierte den Türgriff und war nicht sehr überrascht, als sich die Tür ohne Schlüssel öffnen ließ. Er untersuchte das Schloss. Keinerlei Spuren. Auch die Scheiben waren allesamt unversehrt. Er setzte sich auf den Fahrersitz und blätterte die durchwühlte Sammlung von Prospekten, Flyern und Zetteln durch, bis er die gesuchten Notizen fand.

Sollte er den Einbruch bei der Polizei melden oder würde das nur unnötige Fragen und Unannehmlichkeiten nach sich ziehen?

Er befand sich noch mitten in Gedanken, als ein dunkelblauer BMW in das Gelände einfuhr. Daniel konnte durch die getönten Scheiben keine Insassen erkennen. Er brauchte einige Momente, um zu begreifen, dass er schnell hier verschwinden sollte. Der Wagen näherte sich angesichts der kurzen Distanz mit viel zu starker Geschwindigkeit und bremste rutschend direkt neben Daniels Auto. Genau in diesem Augenblick begann Daniel zu rennen.

¥

Der Weg zum Tor war abgeschnitten, so blieb nur das Gelände hinter dem Fabrikgebäude. Er rannte so schnell er konnte und bog um die Ecke des Hauses, als er kurz hintereinander mehrere Autotüren ins Schloss fallen hörte. Zwei, drei? Er spulte im Kopf seine akustische Erinnerung zurück, während er die nächstgelegene Eisentür zu öffnen versuchte.

Drei. Es waren also drei Männer.

Mist, verschlossen!

Er rannte weiter. Die nächste Tür war auch verschlossen. Das Gelände war rundherum von einer großen Mauer umgeben, auf der sich Stacheldraht befand. Keine Chance!

Das Tor war der einzige Zugang. Er saß in der Falle. Vermutlich würde einer der Männer das Eingangstor absichern, die anderen beiden das Gelände durchsuchen. Er zwängte sich durch einen engen Spalt und erreichte einen kleinen Anbau. Der einzige Weg führte nach oben, eine stählerne Wendeltreppe endete vor einer weiteren Eisentür am oberen Ende. Mit leisen und schnellen Schritten eilte er die Stufen hinauf, so schnell seine Beine es zuließen. Er hörte Stimmen. Die Worte klangen hart und kurz, irgendein osteuropäischer Akzent. Für Daniel hörte es sich Russisch an.

Dann sah er einen der Männer. Kurzgeschorene Haare und ein bulliges Gesicht mit kleinen Augen.

Da schlug schon die erste Kugel neben ihm ins Mauerwerk ein und hinterließ eine Staubwolke aus brüchigem Mörtel. Die nächste prallte an der Eisentür ab, als Daniel sich gerade zum Dach hochhangelte. Mit Mühe schaffte er es, sich flach auf die brüchigen Ziegel zu legen. Einer der Männer war auf die andere Seite gegangen und wartete auf den Moment, in dem er auf ihn feuern konnte. Für diesen Augenblick war er zumindest aus der Schusslinie. Von unten drangen die Stimmen zu ihm herauf, die auf ihm unverständliche Weise ihren Plan abstimmten. Jetzt hockte er hier oben auf dem Dach – was für eine blöde Idee! Er konnte noch nicht mal nach unten schauen, sofort meldete sich seine Höhenangst. Die Tasche behinderte ihn bei dem Versuch, langsam über die Ziegel weiterzukriechen. Die Ziegel lösten sich nacheinander wie ein Dominospiel. Um ein Haar hätte er das Gleichgewicht verloren und wäre mit den Ziegeln in die Tiefe gefallen. Er hörte sie unten zerschellen.

Er musste weiter. Er versuchte seine Angst vor der Tiefe zu ignorieren – wichtig war, dass er hier lebend rauskam. Sein Atem wurde schneller. Er spähte vorsichtig nach vorn über die Dachrinne, was sofort mit einigen Kugeln von unten kommentiert wurde. Glücklicherweise vorbei!

Er saß komplett in der Falle. Rundherum hatten sich die Verfolger postiert und hatten bald einen guten Ausgangspunkt, um das Feuer auf ihn zu eröffnen. Zum Beispiel von den Fenstern des Nachbargebäudes – es war alles nur eine Frage der Zeit. Er war im Zugzwang und sollte sich nicht zu viel Zeit lassen. Aber was tun?

Die Ziegel!, fuhr es ihm durch den Kopf.

Er begann, die bereits entstandenen kleinen Lücken im Dach zu erweitern, um sich einen kleinen Einstieg zu schaffen. Aber was, wenn die Männer bereits einen Zugang zum Gebäude gefunden hatten und ihn drinnen erwarteten? Es war einen Versuch wert, ihm blieb ohnehin kaum eine Wahl. Vorsichtig steckte er den Oberkörper durch das entstandene Loch und blickte auf ein beeindruckendes Durcheinander von Dachbalken und Holzstreben, die eine gewaltige Dachkonstruktion hoch über der riesigen Fabrikationshalle hielten. Augenblicklich wurde ihm schwindelig und er zog seinen Kopf zurück, um doch den Weg übers Außendach fortzusetzen, als eine ganze Salve von Schüssen neben ihm einschlug und eine Kugel seinen Arm streifte. Aber es kam kein Schmerz, der Schuss hatte wohl nur die Jacke erwischt. Sofort schlüpfte er durch den geschaffenen Einstieg ins Innere und balancierte schnell atmend und schwitzend auf dem langen Balken freihändig bis zur nächsten Stütze. Dort fand er einen kurzzeitigen Halt. Mein Gott, dachte er bei sich – was mache ich hier? Er musste schnell nach unten, bevor die Verfolger eindringen konnten und ihn als freistehende Zielscheibe zu Übungszwecken benutzen würden. Aber wie? Einige der Balken standen senkrecht und gingen vom Dach bis zum Boden. Wie sollte er daran nach unten kommen? Er machte sich auf den Weg zu solch einem Pfeiler, indem er sich auf jeden kleinen Schritt konzentrierte und die Höhe zu ignorieren versuchte. Von unten hörte er, wie sie versuchten, die Türen aufzubrechen und die Schlösser mit Dauerfeuer zu zerstören. Noch war er allein in dem riesigen Raum, den bestimmt viele Jahre kein Mensch betreten hatte. Sicher war das Ganze hier einmal hochmodern gewesen, doch die Zeit hatte alles überrollt und zu einem statischen Todeszustand verurteilt.

Er stand oben auf dem Balken, konnte nicht weiter. Ihn überkam wieder die Angst, der Schweiß lief ihm in die Augen, er begann zu zittern.

Reiß dich zusammen! Schau nicht nach unten, sagte er sich immer wieder und fixierte den nahen Pfeiler. Unter größter Anspannung erreichte er schließlich den ersehnten Haltepunkt und bemerkte eingelassene Metallbögen auf dessen Rückseite. In regelmäßigem Abstand führten sie bis ganz nach unten. Er musste nicht lange überlegen, sondern bewegte sich flink wie ein Affe mit der heftig hin und her baumelnden Tasche abwärts. Die Geräusche an den Türen wurden aggressiver und trieben ihn schneller voran. Jeden Moment würden sie eindringen. Auch hier unten gab es wenig Deckung. Die Maschinen wirkten wie tote Skelette von urzeitlichen Tieren und boten kaum dauerhaften Schutz. In einer Ecke erkannte er eine Tür, die sich von den anderen unterschied. Hinter ihr befand sich ein Zugang zu einem gemauerten Raum in der großen Halle, der die Ecke vollkommen ausfüllte. Aber was sollte er dort drinnen machen? Hoffen, dass ihn die Verfolger dort nicht fänden? Vielleicht würde er dort etwas Brauchbares zu seiner Verteidigung finden. Er eilte mit wenigen Schritten auf die Tür zu. Sie klemmte! Er hörte, wie gerade in diesem Moment eine der Außentüren barst. Nun würden sie jeden Augenblick bei ihm sein.

Jetzt war es soweit. Er hörte, wie die Eingangstür vorne ihren passiven Widerstand aufgab. In diesem Moment gab auch die klemmende Tür unter seinem Körpergewicht nach und

Daniel spähte ins Dunkel. Eine Treppe führte nach unten – ein Keller? Leise schloss er die Tür hinter sich. Noch hatten ihn die Eindringlinge nicht gesehen, die Kellertür war durch die Maschinen und aufgetürmten Paletten gut geschützt gewesen. Er brauchte Licht, tastete mit der Hand an der Wand entlang, fühlte Spinnweben, eine Stromleitung, da – ein Lichtschalter. Er betätigte ihn. Kein Licht. Dann musste er sich wohl oder übel ins Dunkel hinabtasten – auch wenn ihn das viel Zeit kostete. Einen Moment bedauerte er, dass er kein Raucher war, dann hätte er mit einem Feuerzeug wenigstens eine vage Vorstellung bekommen, wie es hier unten aussah und weiterging.

Kein Licht, kein Feuer – das Handy! Daniel war langsam tastend bei der untersten Stufe angekommen, als er sein neues Handy einschaltete. So konnte er wenigstens seine unmittelbare Umgebung erkennen. Auch wenn diese nicht besonders einladend erschien, so führte der Gang zumindest weiter. Einen Meter im Umkreis konnte er gut erkennen, dann verlor sich der matte Lichtschein sehr schnell in den Tiefen der Erde. Daniel beschleunigte seinen Schritt und kam an eine Abzweigung. Er hörte, wie oben die Tür aufgerissen wurde und jemand den Lichtschalter betätigte. Einmal, dann mehrmals, als ob der Mann nicht wahrhaben wollte, dass dieser Lichtschalter nicht funktionierte.

Daniel hatte das Handy blitzschnell in die Tasche gesteckt, damit ihn der Lichtschein nicht verriet. Im Dunkel bewegte er sich tiefer in den Gang, der unmittelbar vor ihm links begann. Aus dem Kopf konnte er einige Schritte blind machen, dann gewöhnten sich seine Augen langsam an die Dunkelheit. Vor ihm lag wieder eine Abzweigung und er glaubte neben den aufgeregten Wortfetzen seiner russischen Freunde hinter ihm so etwas wie Wassergeräusche von vorn zu hören.

Ein Kanal? Eine unterirdische Wasserleitung? Möglicherweise wurde hier das Abwasser der Fabrik in die Kanalisation geleitet. Das wäre seine Rettung.

Je näher er kam, desto penetranter und abscheulicher wurde ein Geruch, der ihn an eine Kloake erinnerte. Er befand sich nun direkt neben einem langsam dahinfließenden Strom Wassers – oder was auch immer es war. Daniel hielt sich die Nase zu und atmete durch den Mund. Mit der anderen Hand streckte er das Handy vor sich aus, um seine Reichweite etwas zu erhöhen. Er lief jetzt so schnell es ging. Oder zumindest so schnell, dass er noch den Überblick hatte, wohin es ging. Er wusste nicht, welche Abzweigungen er genommen hatte – mal links, mal rechts – aber die Chance, seine lästigen Verfolger abgehängt zu haben, war statistisch gesehen recht groß. Er versuchte jedes Geräusch beim Laufen zu vermeiden und konnte seinerseits auch keine fremdverursachten Laute wahrnehmen. Das beruhigte ihn ein wenig und er nahm sich Zeit, die Wände um sich herum genauer anzuschauen. Ein kleines Stück weiter entdeckte er eine in die Mauern eingelassene Eisenleiter. Vermutlich war dort ein Einstieg von oben, auch wenn er von hier aus nicht den kleinsten Lichtstrahl erkennen konnte. Er rückte seine Tasche zurecht und stieg die Leiter hoch, mehrere Meter, bis er oben auf einen schweren Deckel stieß. Mit größtem Krafteinsatz konnte er ihn heben und beiseite schieben. Das eindringende Licht erschien ihm wie ein gleißender Angriff auf seine Augen. Er blinzelte und kroch auf die Straße. Zwei vereinzelte Passanten schauten ihn verwirrt und fragend an, machten aber im gleichen Moment einen instinktiven Bogen um ihn.

Daniel hatte keine Ahnung, wo er war. Er schob den schweren Deckel vorsichtshalber wieder auf die Öffnung, wo er mit einem knirschenden Geräusch einrastete. Dann fragte er sich zur Kathedrale durch.

¥

Er betrat die imposante Kathedrale durch das Hauptportal und schaute sich sofort suchend nach Mara und Vincent um. Die beiden kamen von Weitem schnellen Schrittes auf ihn zu.

Mara, etwas voran, rief schon ein paar Meter bevor sie ihn erreicht hatte in vorwurfsvollem Ton: „Daniel, wo warst du so lange? Warst du erst noch shoppen?"

„Schön wär's. Sie haben mich entdeckt. Ich bin nur mit Mühe entkommen. Das Auto war aufgebrochen und sie haben offensichtlich auf mich gewartet. Am liebsten hätten sie mich tot gesehen. Aber vermutlich lag ihnen nur die Tasche am Herzen." Er deutete auf die Tasche an seinem Rücken.

„Verdammter Mist! Dann sind sie hier ganz in der Nähe?" Mara wirkte besorgt.

„Ich glaube, ich konnte sie abhängen."

„Und dann?" Mara war deutlich verängstigt.

Vincent beruhigte die beiden mit seiner eher trockenen, sachlichen Stimme. „Dann finden wir auf jeden Fall eine Lösung. Ich kenne mich hier aus und habe viele Kontakte ... Ich denke, hier sind wir erst mal sicher. Sollen wir uns mal den Altar ansehen?"

„Ja, das wäre jetzt eine schöne Entspannung", sagte Daniel mit einem bemühten Lächeln auf seinen Lippen. „Aber erst würde ich mich gern noch ein wenig hinsetzen und ausruhen. So viel Sport bin ich gar nicht mehr gewohnt."

Er rutschte in eine der nebenstehenden Bänke. Mara setzte sich neben ihn, während Vincent in der Nähe meditierend vor einem Erzengel stehengeblieben war. Daniel nahm die Umhängetasche in beide Hände und betrachtete sie.

„Was zum Teufel mag da nur drin sein? Sie hatten es mit Sicherheit einzig und allein auf die Kassette abgesehen – und woher wissen sie überhaupt davon?"

Er fühlte etwas Weiches und griff in die Tasche. Als er die Hand wieder herauszog, kam eine Bäckertüte zum Vorschein, die er Mara hinhielt.

„Hier, das hab ich dir mitgebracht."

Mara schaute erst ihn verwundert an, dann die Tüte, bevor sie danach griff und sie argwöhnisch öffnete, als würde gleich ein Tier herausspringen.

„Was ist das?", erkundigte sie sich, während sie mit einem tiefen Blick in die Tüte massig Blätterteigkrümel und eine platt gedrückte Backware erkennen konnte.

Daniel reckte seinen Kopf, um ebenfalls hineinschauen zu können und hätte vermutlich nicht erkannt, was dieses Gebilde mal dargestellt hatte, wenn er es vorher nicht in seiner ursprünglichen Form gesehen hätte.

„Das war mal ein Croissant. Ich dachte nur ..., weil ja heute Morgen nicht genug da waren für dich ..."

Mara schlug mit der Tüte nach ihm, lachte dann aber.

„Hast du mich schon durchschaut?"

Vincent trat mit zögerlichen Schritten an die beiden heran.

Daniel fühlte sich deutlich besser und nickte. „Von mir aus können wir."

Die drei schlenderten zurück zum Hauptportal, neben dem sich die Taufkapelle mit dem berühmten Genter Altar befand. Davor war ein kleines hölzernes Kassenhäuschen aufgestellt, das den Eingang neben zusätzlichen Samtvorhängen verdeckte. Immer wenn eine Person hineinging, konnte man bereits einen winzigen Moment lang einen kleinen Teilausschnitt des Kunstwerkes sehen. Und jedes Mal strahlte ein ganz besonderer Glanz, wie von einer Schatzkammer, durch die Lücke nach außen. Daniel löste drei Eintrittskarten und betrat als Erster die Kapelle.

Der Altar war vollständig aufgeklappt und bot selbst unter dem dicken Panzerglas einen strahlenden und erhabenen Anblick. Das Polyptychon befand sich mitten im Raum, komplett von dickem Sicherheitsglas umgeben, sodass die Menschen um den Altar herumgehen und so auch die Werktagsseite bewundern konnten. Man hatte das Gefühl, als würde der Altar den Raum sprengen, wirkte er doch viel zu wuchtig und groß für die Taufkapelle. Verstärkt wurde diese Enge noch durch die unglaubliche Ansammlung der Touristen, die fast die Menschenmassen auf dem Altarbild zu kopieren schienen. Es war so, als setzten sich die heranströmenden Menschenmengen um das Lamm außerhalb des Altars in einer neuen Ebene fort. Daniel fühlte sich nicht sehr wohl inmitten dieses Gedränges. Er bahnte sich und seinen beiden Freunden einen Weg durch die den Eingang blockierende Menschentraube und steuerte einen ruhigeren Platz etwas abseits an der Wand an. Mara und Vincent stellten sich dicht neben ihn.

„Und, was sagt die Kunstexpertin zu diesem Werk?", wandte Daniel sich Mara zu.

„Ich bin sprachlos!", antwortete sie mit dem Blick nach oben. „Es wirkt so ‚live' doch ganz anders als die Darstellung auf dem Computer. Viel erhabener – und doch wie eine Einheit. Und es strahlt etwas unglaublich Geheimnisvolles aus."

Sie machte eine kurze Pause, dann sprach sie mit dem Blick auf das Kunstwerk weiter.

„Auch die Struktur des Bildes ist rätselhaft. Und dennoch vollkommen klar in ihren Linien und Anordnungen. Alles ist rein symmetrisch aufgebaut. Schau dir mal den achteckigen Brunnen unten an! Auch er ist ein Symbol: das Wasser des ewigen Lebens. Genau darüber der Altar mit dem blutenden Lamm, darüber die Taube mit der Sonne und oben in der höheren Ebene Gott Vater auf dem Himmelsthron. Das ist genau die Mittelachse des gesamten Polyptychons. Alle Gruppen von Menschen bilden ein ausgewogenes Gebilde um das Lamm herum. Dieses wiederum wird von vierzehn Engeln spiegelbildlich umringt. Auch die Tafeln außen befinden sich im Gleichgewicht. Schau hier, unsere Tafel mit den ‚Gerechten Richtern' ganz links. Und gegenüber die Gruppe um Christopherus. Was, würdest du sagen, ist jeweils die dominierende Farbe in den Bildern?"

Daniel betrachtete die Tafeln in ihrer Gesamtheit. „Rot im rechten Teil, blau in der gestohlenen Tafel links."

„Und die zentrale Tafel mit dem Lamm?"

„Grün. Eindeutig grün, wegen der Wiese und der vielen Bäume."

„Nun schau mal oben in die höhere Ebene des Himmels. Fällt dir etwas an den Gewändern der drei Personen oben auf?"

Links neben dem Thron Gottes erkannte er Maria, der Mann rechts daneben stellte Johannes den Täufer dar.

„Blau, rot, grün", stellte Daniel verwundert fest.

„Die Welt unten ist ein Spiegel oder Abbild der himmlischen Sphäre. Wie ein Echo, nur in der Anordnung vertauscht."

Ob man in der ausgetauschten Reihenfolge einen Hinweis finden konnte? Daniel versuchte, in Gedanken Linien zu ziehen. Er konnte kein Muster erkennen. Vielleicht sollte man die Personen und Gruppen unten mit Linien verbinden.

Er legte im Kopf ein Liniennetz über das Bild, doch war der Bildaufbau zu komplex. Man müsste es auf einem Ausdruck aufzeichnen, um etwas erkennen zu können. Er spürte, dass die Symbolik des Bildes auf vielerlei Ebenen gleichzeitig zum Tragen kam und ihn in höchstem Maße forderte.

„Betrachten Sie nur den Detailreichtum in allen Elementen des Bildes", dozierte ein knochiger, älterer Mann direkt neben ihnen, der von einer Reisegruppe umringt war und ihnen nun zunehmend auf die Pelle rückte. Dabei schaute der Reiseleiter jeden einzelnen Gruppenteilnehmer durchdringend an. „Sogar bis in die Ränder des Bildes. Sehen Sie dort oben über Adam und Eva die winzigen Bilder in den Ecken? Können Sie das Motiv erkennen?"

Er sprach weiter, ohne die Antwort abzuwarten.

„Natürlich. Kain und Abel. Links oben über dem Bild Adams zu erkennen. Und rechts oben über Eva sehen sie den Mord Kains an seinem Bruder Abel. Überall sind Anspielungen, winzige Details, Buchstaben, Zahlen, Monogramme, Symbole zu finden. Das Problem liegt darin, sie heute zu deuten."

Er sprach nun leiser, als ob er ein exklusives Geheimnis verrate und trat etwas näher an die Gruppe heran. Auch Mara, Daniel und Vincent waren schon ganz in den Vortrag hineingezogen und lauschten aufmerksam.

„Das Geheimnis soll sich in der gestohlenen Tafel befinden. Im Jahre 1934 wurde die Tafel entwendet und ist bis heute nicht aufgetaucht. Und das trotz zahlreicher Spuren und immer noch intensiver Suche!"

Seine Stimme erhielt wieder einen deklamatorischen Ton und sein drahtiger Körper spannte sich an.

„Was sie hier vor sich sehen, ist eine Kopie der gestohlenen Tafel. Sie wurde erst einige Jahre nach dem Diebstahl angefertigt."

„Wie konnte man denn eine Kopie davon erstellen?", fragte ein jüngerer Mann aus dem Zuhörerkreis, „wenn das Original doch weg war ..."

„Eine gute Frage!", antwortete der Führer mit erhobenem Zeigefinger. „Es gibt ein Gemälde, das auf dem der Genter Altar abgebildet war – ‚Die Kapelle des Jodocus Vijd' von Pierre Francois de Noter. So konnte man eine Kopie in Auftrag geben, die sicherlich nicht den Detailreichtum des Originals hat, diese aber immerhin in Grundzügen erkennen lässt. Die Originaltafel konnte nach dieser Gemäldedarstellung leider auch nicht ganz originalgetreu rekonstruiert werden.

Oft wurde spekuliert, wen die ‚Gerechten Richter' darstellen sollen, ob es überhaupt reale Vorbilder für die Darstellungen gibt. Viele Kunsthistoriker glauben die Personen benennen zu können: Philipp II., ‚der Kühne', Ludwig von Male, Johann Ohnefurcht und Philipp III., ‚der Gute'.

Insbesondere dieser Philipp, genannt ‚der Gute', verstand sich in einer Linie mit den Templern. Er stand auch ideologisch hinter den Tempelrittern. Das ist bemerkenswert. Wenn sie die Tafel davor, ‚Die Streiter Christi', genau betrachten, so können sie auf dem Schild deutlich das Wappen der Templer erkennen – das Wappen eines Ordens, der schon über hundert Jahre vor Entstehen des Bildes verboten und auf den Scheiterhaufen verbrannt wurde und der heute noch genauso geheimnisumwittert ist wie vor fünfhundert Jahren. Vielleicht gibt es da eine Verbindung zwischen dem Geheimnis des Altars und dem der

Templer", orakelte der Mann weiter. Er ging ein paar Schritte weiter, gefolgt von der schwerfälligen Gruppe, und drehte sich unvermittelt wieder um.

„Immer wieder gab es obskure Vorfälle um den Altar, seit er hier in der Kirche steht. So auch die ohne erkennbaren Grund ausbrechende Brände in der Kirche. Einer ereignete sich beispielsweise um 1800:

Ohne erdenklichen Grund brach in der Kathedrale ein Feuer aus. Die Ursache blieb völlig ungeklärt. Beim Versuch, den Altar zu retten, fiel die große Mitteltafel herunter und brach horizontal in zwei Teile. Aber sie wurde gerettet und man konnte sie später reparieren. Das war nicht das einzige Feuer – es ist fast wie ein Fluch. Doch was das Wichtigste ist: Der Altar konnte immer gerettet werden." Der Mann setzte seinen Weg fort und blieb nun auf der Rückseite des Altars stehen.

„Schauen sie hier! In den Leisten hat man erst im 19. Jahrhundert unter einer grünen Übermalung folgende Inschrift entdeckt:

PICTOR HUBERTUS E EYCK.
MAIOR QUO NEMO REPERTUS INCEPIT
PONDUSQUE JOHANNES ARTE SECUNDUS
(FRATER) PERFECIT
JUDOCI VIJD PRECE FRETUS
VERSV SEXTA MAI. VOS COLLOCAT ACTA TVERI

Das bedeutet in etwa:

Maler Hubert van Eyck, einen größeren gab es nicht, hat dies Werk begonnen und sein Bruder Johannes, der zweite in dieser Kunst, hat im Auftrag von Jodocus Vijd die schwere Aufgabe vollendet. Durch diese Verse vertraut er Eurer Obhut das an, was am 6. Mai entstand.

Das ist noch nicht so ungewöhnlich, es benennt ja einfach die Gebrüder van Eyck als Urheber des Werkes. Aber im letzten Satz ist ein Chronogramm enthalten. Wenn man die Buchstaben addiert, die lateinische Zahlen darstellen, so ergibt das die Zahl MCCCLLXVVVVII, also 1432 – das Jahr, in dem der Altar vollendet wurde. Aber es ist doch seltsam, dass ein Maler, der ansonsten so genau gearbeitet hat, diese ungewöhnliche Schreibweise wählt. Er hätte die Zahl ja auch wie üblich MCDXXXII schreiben können. Wollte er etwas verschlüsseln? Aber wozu?"

Die Gruppe entfernte sich langsam, doch Daniel blieb etwas abseits der Massen stehen.

„Ich geh mal ein wenig mit", sagte Mara zu ihm gewandt.

„Mach das ..." Daniel blickte ihr einen Moment nach. Auch Vincent schlenderte etwas näher an das schützende Glas heran.

Selbst durch das getönte Panzerglas leuchteten die Farben des Kunstwerks noch. Vermutlich war die Abtönung notwendig, um die Farben zu schützen und zu konservieren. Daniels Gedanken kreisten um die Templer, um die ‚Gerechten Richter', um das Lamm im Zentrum des Bildes und das sprudelnde Blut. Das Lamm als Zeichen der Erlösung, als Symbol der Auferstehung ...

Sein Blick fiel auf den Hintergrund der Landschaft. Kirchen und Kathedralen in der Ferne. Konnten sie einen geographischen Hinweis enthalten?

Daniel seufzte innerlich. Es war einfach solch eine überquellende Fülle von Informationen und Details – wo sollte man da ansetzen? Wenn sie doch nur die verschwundene Tafel sehen könnten! Sicher fand sich dort ein entscheidender Hinweis. Aber wie? Siebzig Jahre lang hatte man verzweifelt gesucht und nichts gefunden. Experten hatten bereits Brücken und Denkmäler abgerissen – und dann kam er und wollte mal so eben nebenbei die Tafel finden? Aber sicher gab es eine heiße Spur, die sie nur erkennen mussten. Sie würden einfach auf den Stand von Juris Wissen kommen müssen, dachte er bei sich, während er unbewusst die Tasche fest mit der rechten Hand umklammerte.

Er versuchte alle Gedanken beiseite zu schieben und sich nur auf das Bild einzulassen. Er tauchte förmlich in die Welt hinter dem Panzerglas ein. Er betrachtete das Lamm und blickte auf das Blut und doch sah er noch etwas anderes vor seinen Augen: Flammen. Wie eine Vision. Durch die Flammen hindurch erspähte er das Volk, das gekommen war, um das Lamm anzubeten. Alles verschwamm hinter dem Feuerschein. Dann erkannte er einen einzelnen Menschen. Er stand inmitten der Flammen. Sie umzüngelten ihn und leckten an seinem Körper hoch. Das einfache Gewand hatte Feuer gefangen, sein ganzer Köper stand in hoch lodernden Flammen. Er brannte wie ein Stück Holz, wie ein Bündel Stroh, das dem Feuer Nahrung gab. Sein Fleisch wurde schwarz, sein Gesicht schmolz in der gelb und rot lodernden Glut dahin. Daniel spürte die Hitze, er hatte das Gefühl, ganz nah am Feuer zu stehen, ganz nah am Scheiterhaufen, auf dem der Mann verbrannte. Worte drangen langsam in sein Bewusstsein – wie aus weiter Ferne, wie aus einer anderen Welt.

„… in Ordnung? … Daniel!"

Die Flammen erloschen allmählich vor seinen Augen, ihm war leicht schwindelig.

„Was ist denn mit dir? … Daniel?", hörte er Mara sagen, diesmal näher.

Die Bilder in seinem Kopf waren verschwunden. Doch sie waren so real gewesen, als hätte sich die Szene direkt vor ihm abgespielt. Aber er war wieder ganz hier. Und doch noch verwirrt und nicht richtig da. Er wunderte sich über das, was er da gerade gesehen und erlebt hatte. War es vielleicht die Müdigkeit, die ihm diesen Streich gespielt hatte?

„So sag doch was! Geht es dir gut?"

Er sah in Maras besorgtes Gesicht.

„Alles in Ordnung", antwortete er langsam. „Ich hatte … so eine Art … Bilder."

Mara zeigte verwundert auf den Altar.

„Bilder?"

„Ja, so etwas wie ein Film vor meinen Augen, wie … Bilder halt …" Er schaute sich um, als ob er sich vergewissern müsste, wo er war.

„Es war ein Feuer. In dem Feuer brannte jemand, ein Mann … Ich habe das Feuer ganz stark gespürt. Als ob es hier gewesen wäre!"

Mara versuchte zu verstehen. „Du warst überhaupt nicht ansprechbar. Wie entrückt! … Feuer? Das ist merkwürdig. Auch hier in der Kirche sind doch immer wieder unerklärliche Feuer ausgebrochen …"

Vincent kam gerade von seinem Erkundungsgang zurück, hatte aber nichts von Daniels Visionen mitbekommen.

„Ich geh schon mal raus. Mir ist es viel zu voll hier."

„Wir kommen mit!", entschied Daniel schnell mit einem kurzen, vergewissernden Blick auf Mara.

Der Kirchenraum war eine Oase der Stille im Vergleich zur überfüllten Taufkapelle. Zwar wandelten auch hier viele Touristen an allen Bereichen der Kathedrale, doch relativierte der erhabene Raum über ihnen deren Anwesenheit und vermittelte ein fast greifbares Gefühl von Stille, Mystik und Versenkung.

Daniel hatte das Gefühl, als befände er sich in einem gigantischen, kaum merklich atmenden Körper, als er in den sich über ihm öffnenden Raum hineinschaute. Der ganz eigene Geruch solcher Kathedralen und Kirchen faszinierte ihn jedesmal wieder. War das der Geruch des Heiligen, diese Mischung aus altem Stein, Holz und Weihrauch, der sich in den vielen Nischen und Winkeln festgesetzt hatte?

„Hast du das öfter, so etwas?", unterbrach ihn Mara in seinen Gedanken.

„Du meinst, diese Bilder wie gerade?"

„Ja. Ich habe mir wirklich Sorgen gemacht. Du hast nur auf den Altar gestarrt und nach Luft geschnappt. Ich dachte, du bekommst keine Luft mehr, hättest einen Erstickungsanfall oder so was."

„Ja, schon manchmal. Allerdings noch nie so real wie eben. Es war, als ob ein Feuer neben mir brennen würde. Sonst sind es manchmal eher starke Gefühle, die kommen. Oft sind das Gefühle, die im Zusammenhang mit Gegenständen oder Personen stehen. So, als könnte ich ihre Geschichte erahnen oder etwas tiefer blicken."

„Sammelst du deshalb die Steine aus aller Welt?", wollte Mara wissen.

„Ja, das ist auch ein Grund dafür. Ich spüre da sehr viel."

Vincent, der von ihrer Unterhaltung kaum etwas mitbekommen hatte und sich die Schätze in den Seitenkapellen ansah, steuerte wieder auf die beiden Schlendernden zu, die nun kurz vor den Stufen zur Altarumgehung angekommen waren.

„Hier unten ist die Krypta", bemerkte er leise und wie unmerklich geführt, folgten Mara und Daniel seinen Schritten. Einige Stufen hinab erreichten sie ein kellerartiges Gewölbe. Die erhabene Weite des oberen Kirchenraums wich schlagartig einer drückenden Morbidität. Unmerklich zogen alle drei automatisch ihre Köpfe ein, obwohl sie trotz der niedrigen Decken eigentlich bequem und aufrecht stehen konnten. In einem ersten Gewölbe reihten sich steinerne Sarkophage an beiden gegenüberliegenden Wänden aneinander, in einem zweiten Gewölbe wiederholte sich dieses Bild bei noch spärlicherer Beleuchtung und modrigem Geruch. Vincent schaute die anderen abwechselnd fragend an.

„Könnte man hier unten eine Bildtafel verstecken?"

„Es gibt kaum Möglichkeiten hier." Daniel schaute sich orientierend um. „Im Vergleich zu oben scheint es kaum Nischen und Hohlräume zu geben. Aber vielleicht täuscht der äußere Anschein auch."

„Vielleicht ist die Tafel irgendwo eingemauert", flüsterte Mara, als ob sie die Ruhe der Toten nicht stören wollte.

Vincent fuhr mit der Hand sanft über den Putz der Wand und rieb sich gleich danach die Hände an der Hose ab.

„Möglich wär's. Dann müsste man hier alles aufreißen. Das, was sie oben in der Kirche ja machen. Habt ihr die Baugerüste gesehen? Seit Jahrzehnten wird die Kirche Stück für Stück abgetragen und erneuert, jedes Mal in der Hoffnung, die verschwundene Tafel dabei ans Licht zu bringen."

Sie gingen die Stufen zurück nach oben. Daniel hatte das Gefühl, wieder durchatmen zu können, und den beiden anderen schien es ähnlich zu gehen, wenn er ihre Körpersprache richtig deutete.

Mara streckte sich und blickte in der Kirche umher.

„Es scheint hier unendlich viele Verstecke zu geben, wenn man sich die verwinkelte Architektur der Kathedrale ansieht."

„Noch viel mehr als man denkt." Vincent flüsterte die Worte halblaut, aber gut verständlich für beide. „Es ist wirklich unglaublich, was es an baulich bedingten Hohlräumen gibt. Das sind sicher Hunderte oder Tausende. Und meist an Stellen, an denen man sie nicht vermutet." Er schlenderte voran, direkt vor die Stufen des Altars, ging unmittelbar davor in die Knie und bekreuzigte sich in dessen Richtung. Mara und Daniel blieben einen Moment verlegen wartend zurück und folgten ihm schließlich weiter auf die rechte Seite der Kirche. Leicht konnte man vergessen, dass auch er ein Jesuit war. Bei den intensiven gemeinsamen Gesprächen und der zusammen verbrachten Zeit war er Daniel trotz einer gewissen liebenswürdigen Steifheit schon recht vertraut geworden. Und doch erinnerten einige Gesten daran, dass er einer anderen Welt angehörte.

Sie schritten die Stufen rechts neben dem Altar hoch und befanden sich daraufhin in einer breiten Chorumgehung, die sich ganz um den Altar herum erstreckte. Gesäumt wurde sie von vielen Kapellen auf der Außenseite, die meist durch Gitter oder Holztore vom Gang abgetrennt waren. In einer der ersten dieser abgetrennten Nebenräume war bereits aus der Entfernung erneut der Genter Altar zu erkennen.

„Diese Kapelle ist der ursprüngliche Standort des Altars gewesen. Hier fand auch der Diebstahl statt", klärte Vincent sie auf, während sie die Kapelle betraten. „Das hier ist allerdings nur eine Kopie des echten Altars, der ja jetzt in der Taufkapelle unter strengsten Sicherheitsmaßnahmen aufgestellt worden ist."

Auch hier fanden sich wieder Massen von Touristen, die den freien Eintritt bevorzugten und denen wohl an der Echtheit des Kunstwerkes nicht so viel gelegen war.

Daniel stellte sich vor, wie die Diebe sich genau hier an dieser Stelle in einer Nacht des Jahres 1934 an dem Altar zu schaffen gemacht hatten. Was hatten sie dann mit den beiden Tafeln gemacht? Eine der Tafeln wurde auf jeden Fall von ihnen nach draußen geschafft: die Rückseite der ‚Gerechten Richter', die Tafel von Johannes dem Täufer. Denn diese wurde ja auch sehr schnell zurückgegeben – und das einfach nur, um den guten Willen zu zeigen. Aber was war mit der geheimnisvollen Tafel der Richter? War sie hier in der Kirche verblieben? Hatte Arsène Goedertier mit seinen beiden Gehilfen die Tafel wirklich in der Kathedrale selbst versteckt? Kaum vorstellbar, das wäre ja ein wirkliches Meisterstück – so lange unentdeckt und dennoch so nah!

Vincent und Mara steuerten wieder auf das hohe Ausgangsgitter der Kapelle zu, Daniel folgte ihnen zögerlich. Gemeinsam promenierten sie weiter um den zentralen Altar und schauten in jede einzelne der Kapellen hinein, manche prunkvoll ausgestattet und von Gemälden und Figuren überquellend, manche auf einen großen marmornen Sarkophag reduziert oder eine einzelne Szene ganz in den Vordergrund rückend. Als sie sich genau hinter dem Hauptaltar befanden, konnte Daniel durch einige Lücken den Altartisch und den gesamten Kirchenraum vor sich sehen. Das war also der Blick, den viele Pfarrer und Bischöfe durch Jahrhunderte von hier aus auf ihr Gottesvolk in den Bankreihen hatten. Bis weit hinten zum Hauptportal konnte man sehen und was Daniel dort in diesem Augenblick erblickte, ließ ihn vor Schreck erstarren.

Wie hatten sie so schnell seine Spur verfolgen können? Das konnte nicht sein. Er hatte sie doch abgehängt!

Es waren unzweifelhaft die drei Männer, die ihm eben in der Fabrik ans Leben wollten. Auch wenn sie nur von weitem im Dunkel erkennbar waren und er ihre Gesichter nur für minimale Augenblicke wahrgenommen hatte, so erkannte er sie auch an der Art, wie sie sich in der Kirche bewegten.

„Mara, Vincent …", rief er die beiden in einem scharfen Flüsterton herbei. Gerade so, dass sich beide erschrocken nach ihm umschauten und seiner Aufforderung unverzüglich nachkamen.

„Die Männer sind hier! Unten in der Kathedrale. Seht ihr die drei dort hinten?" Er zeigte durch die Lücke des Hochaltars auf die Gestalten, die sich suchend in der Kirche umschauten. Daniel erkannte sofort den Bulligen, der seinem Kollegen, der einen kurzen geflochtenen Zopf am Hinterkopf trug, ein Zeichen machte. Dieser wandte sich unverzüglich nach links und schlenderte den Außengang entlang. Der Bullige und ein weiterer Mann von eher hagerer Statur marschierten zielstrebig auf die Taufkapelle zu, aus der gerade eine größere Reisegruppe herausströmte. Sie postierten sich davor und begutachteten argwöhnisch jeden einzelnen Touristen der Gruppe.

„Was machen wir?", flüsterte Mara nervös. „Wir können hier schlecht stehenbleiben und warten. Dann haben sie uns gleich in der Zange."

„Zum Ausgang kommen wir nicht ungesehen – dann müssten wir zwischen ihnen durch."

Der Mann mit dem Zopf war schon aus Daniels Blickfeld verschwunden, sie hatten nicht mehr viel Zeit. Gleich würde er die Seitenkapelle mit der Altarkopie erreichen, dann weiter um den Altar herumgehen. Aber wenn sie vor ihm flüchteten, würden sie direkt in die Arme der beiden anderen getrieben.

Daniel blickte sich hilfesuchend um. Keine der Kapellen bot ausreichend Schutz oder Deckung vor den Eindringlingen. Sie könnten sich von hier aus durch die Lücke auf den Altar zwängen, aber da würden sie wie auf einem Präsentierteller stehen. Die Zeit drängte. Jeden Moment konnte er hier sein. Schritte waren bereits in der Nähe zu hören.

„Durch die Sakristei!", schoss es aus Vincent heraus und es klang nicht nach einem Vorschlag, sondern nach einem nicht verhandelbaren Entschluss. Der Hagere stand gerade direkt vor dem Kassenhäuschen und hatte sich eine Eintrittskarte gekauft. In diesem Moment wandte er sich dem Bulligen zu, weil ihm scheinbar das Geld fehlte oder er nicht genug hatte. Das war ihre einzige Chance! Auch wenn die Zeit niemals reichen würde, die Chorumgehung laufend zu überwinden und dann an der Krypta vorbei bis zur Sakristeitür zu gelangen, so war es zumindest ein kleiner Hoffnungsschimmer. Vincent stürmte los, bewegte sich in einem schnellen Schritt zwischen Laufen, Schleichen und Gehen dicht an den Kapellen entlang bis zur Treppe. Mara und Daniel folgten nur wenige Sekundenbruchteile später wie auf einem unsichtbaren Pfad genau hinter ihm. Allzu schnelle Bewegungen würden sie verraten und auch aus dem Augenwinkel auszumachen sein. Der Bullige steckte gerade seine Geldbörse in die Tasche und der Hagere schaute auf.

Ruhigen Schrittes gingen die drei die Stufen hinunter, um keinen Blickreflex in ihre Richtung auszulösen. Der Hagere wandte sich ab, dem Kassenhäuschen zu, aber in dem Augenblick drehte sich der Bullige zu ihnen. Vincent hatte gerade seinen Schritt beschleunigt, als Daniel und Mara seinem Impuls folgten.

Aus den Augenwinkeln nahmen sie wahr, dass er sie gesehen hatte. Während die drei an der Krypta vorbei auf die Sakristeitür zustürmten, hörten sie einen kurzen Pfiff, der vermutlich dem dritten Mann ein Signal geben sollte. Gleich würden sie alle drei an ihren Fersen haben! Vincent stürmte zuerst in die Sakristei, Daniel zuletzt. Er schloss die Tür und hoffte, dass ein Schlüssel von innen stecken würde, um hinter ihnen zu verriegeln.

Kein Schlüssel. Mist!

Er rannte hinter den beiden her durch den Raum mit Messgewändern, Monstranzen und Abendmahlskelchen. Vincent kannte sich offensichtlich hier aus, sodass sie keine Zeit verlieren mussten. In den nächsten Raum, dann in ein kleines Treppenhaus. Vincent huschte an der Treppe nach oben vorbei und öffnete eine schwere Eichentür, die unter angestrengtem Quietschen Tageslicht einfallen ließ.

Hinter ihnen konnten sie ihre Verfolger vernehmen. Sie waren schon bis zur Sakristei vorgedrungen.

„Nach rechts!", entschied Vincent schnell und sie folgten ihm in möglichst geräuschlosem Laufschritt an der dicken Kirchenmauer entlang Richtung Kanal. Vielleicht hätten sie linker Hand auf dem großen Vorplatz der Kirche schneller untertauchen können, dachte Daniel bei sich, doch barg diese Möglichkeit auch die nicht zu unterschätzenden Gefahren des offenen Geländes. Er vertraute Vincent, der jeden Winkel der Stadt kannte und ihnen damit einen Heimvorteil verschaffte.

Sie erreichten die abgeschiedene Rückseite der Kathedrale, welche durch einen Kanal begrenzt wurde. Aber keine Brücke weit und breit! Doch, weiter rechts konnte Daniel eine Brücke über die Gracht erkennen, aber das war weit entfernt und die Passage gut einsehbar. Auf Vincents stummes Zeichen liefen sie nach links, ganz dicht an der Kanalkante entlang. Unten lagen einige Kähne festgetaut, mit Planen überspannt. Sich hier verstecken? Zu gefährlich. Wenn sie die Kähne durchsuchen würden, gäbe es kein Entkommen mehr.

Stimmen waren zu hören. Es konnte etwas Russisches sein, aber dazu waren die Wortfetzen zu schlecht zu verstehen. Nach links abbiegen konnten sie nicht, dort passierten sie ein ewig langes Gebäude. Auf der rechten Seite war der Kanal.

Vincent bückte sich und hielt ein am Kai befestigtes Tau fest in den Händen, um sich wie ein Bergsteiger nach unten über die Kanalmauer abzuseilen. Verwundert blickten sich Mara und Daniel kurz an, zögerten jedoch nicht lange und folgten ihm unmittelbar. Unterhalb des Seils befand sich eine Nische in der Mauer, groß genug, um gerade so darin Platz zu finden. Daniel schätzte sie auf vielleicht 5 Meter Breite und 1,70 Meter Höhe. Dort standen sie leicht gebückt und vernahmen die näherkommenden Stimmen über ihnen. Das Problem der Nische war auch nicht die Höhe oder Breite, sondern eher die Tiefe des Alkovens. In den nur etwa dreißig Zentimetern versuchten sie sich trotz des zwangsweise gekrümmten Standes möglichst dicht an die kalte Mauer zu pressen. Daniel betete, dass die Männer über ihnen sich nicht vorbeugen würden, um herunterzuspähen. Dann wären sie auf jeden Fall entdeckt.

Sie verharrten vollkommen reglos, als die Stimmen sehr nah über ihnen waren. Die Schritte waren deutlich langsamer geworden und verebbten gerade da, wo das Tau befestigt war. Sie mussten direkt über ihnen stehen. Vincents Augen wanderten von Daniel zu Mara, Daniels Augen von Mara zu Vincent – und alles in einem Zustand vollkommener körperlicher Starre.

Die Stimmen waren nun ganz deutlich direkt über ihnen zu vernehmen. Sie unterhielten sich in kurzen, abgebrochenen Sätzen, die in ihrer abgehackten Sprachmelodie die Härte der zu ihnen dringenden russischen Worte noch unterstrich.

Es waren zwei Stimmen. Entweder hatte das Trio sich aufgeteilt und der Dritte war in Richtung Platz gegangen oder er sagte einfach nichts.

Wenn sich jetzt einer der Männer vorbeugen würde, wären sie entdeckt. Absolute Stille war über ihnen. Planten sie etwas? Hatten sie sie schon bemerkt? Oder ahnten die Russen, dass sie hier versteckt waren und warteten auf sie wie eine Katze, die mit einer gefangenen Maus spielt?

Dann hörten sie die Schritte wieder. Es waren tatsächlich die Schritte von zwei Männern. Zwei Männer, die sich langsam von ihnen entfernten. Weiter auf dem vermeintlichen Fluchtweg nach ihnen suchten. Die Schritte wurden leiser und verschwanden schließlich ganz in der Ferne. Die drei atmeten erleichtert auf. Vincent machte eine erklärende Geste nach oben und begann, vorsichtig hinter sich tastend das Tau zu erspüren. Als er es ergriffen hatte, schwang er sich behände aus der Nische und hangelte sich souverän wie ein Freeclimber stückweise nach oben. Nur so weit, dass er mit den Augen gerade über die Mauer der Gracht schauen konnte. Da er seinen Kopf eine Weile oben behielt, vermutete Daniel, dass die Gefahr vorüber sei. Vincent schaute nach unten und nickte den beiden gespannt aus der Nische vorgestreckten Köpfen ermunternd zu. Zu ihrer Überraschung ließ er sich wieder hinab, schaute zu Mara und machte eine einladende Geste in Richtung des Seils, die angesichts seiner platzbedingt gekrümmten Körperhaltung eher grotesk wirkte. Mara nahm die Einladung dennoch an und ergriff das Seil. Sie hatte Schwierigkeiten, sich an dem Seil hochzuziehen, weshalb Vincent ihr von unten half, die Mauerkante zu erklimmen. Während sie sich hochstemmte, winkte er Daniel herbei, der schließlich mittels der tatkräftigen Unterstützung des Jesuiten ebenfalls mit seinen Händen die Kante erreichte. Diese verfluchte Tasche war ihm heute ein ständiges Hindernis auf der Flucht. Mara ergriff von oben seinen linken Arm, um ihn hochzuziehen. Genau in diesem Moment sah er die beiden Russen zurückkommen. Es waren der Bullige und der Hagere, die mit einem Mal aus ihrer langsamen Gangart aufzuckten und wie elektrisiert auf sie zustürmten, im Lauf bereits ihre russischen Präzisionswaffen aus dem Halfter reißend.

„Lauft!", schrie Vincent Daniel an, der mit seinen und Maras vereinten Kräften nun oben auf die Mauer geklettert war. Sie mussten den gleichen Weg wieder zurück und liefen so schnell sie konnten. Im Umdrehen sahen sie nur noch, wie die Russen gerade ihre beiden Waffen auf sie richteten. Gleichzeitig hörten sie etwas Schweres ins Wasser fallen. Daniel sah mit einem kurzen Seitenblick Vincent, der sich mit unglaublich schnellen Kraulbewegungen im Wasser bewegte. Absurderweise in Richtung der Verfolger. Wollte er sie auf diese Weise ablenken?

Noch bevor die Flüchtenden die Ecke der Kathedrale erreicht hatten, kamen die Schüsse. Dicht hintereinander. Aber sie galten nicht ihnen.

Daniel blickte sich um und sah, dass Vincent mit den Kraulbewegungen aufgehört hatte und sich um ihn herum eine schwarze Lache im mattbraunen Wasser ausbreitete.

„Vincent!", schrie er verzweifelt und blieb wie im Schock stehen. Mara zerrte ihn weiter. „Daniel! Komm, wir müssen weg hier!"

Die Kugeln schlugen neben ihnen in die Fundamente der Kathedrale ein. Gerade noch schafften sie es, um die Ecke zu gelangen und für einige Momente die Deckung der geschwungenen Kirchenfundamente auszunutzen. An der Sakristeitür vorbei auf den großen Platz in Richtung Belfried. Der Weg zum Belfried oder zu den Zunfthäusern am Markt war von hier aus zu weit. Auf den Schutz der Öffentlichkeit wollten sie nicht vertrauen. Sicher steckte eine Kugel in jedem von ihnen, bevor sie den Platz auch nur annähernd überquert hätten.

Instinktiv bogen sie beide nach rechts in eine vom Platz wegführende Seitengasse. Der Stahlsafe schlug Daniel beim Laufen in regelmäßigem Rhythmus gegen die Hüfte.

„Wir müssen uns trennen", keuchte Mara im Lauf. „Sonst haben wir keine Chance."

„Ok", brachte Daniel röchelnd mit viel Mühe heraus.

„Die Tasche. Gib mir die Tasche!", schrie Mara im Lauf. „Ich bin eine gute Läuferin. Viel schneller als du."

Sie griff im Lauf nach dem Tragegurt der Tasche.

„Nein, das ist viel zu gefährlich. Bring dich in Sicherheit", hustete Daniel und krallte den Tragegurt mit der Hand fester, während er sich japsend weiterbewegte. Mara schien wirklich die bessere Kondition zu haben, aber er wollte sie keinesfalls diesem Risiko aussetzen. Dann würden die Verfolger sich ganz auf sie konzentrieren und hätten sicher keine Skrupel, sie auf der Stelle zu töten.

„Daniel! Bitte, gib sie mir!"

Hinter ihnen hatten die Verfolger sie wieder in der Schusslinie. Daniel schwenkte augenblicklich in die links abbiegende Gasse, während Mara geradeaus weiterlief. In dem kurzen

Blick zwischen ihnen lagen viele ungesagte Worte und die Hoffnung auf ein Wiedersehen.

¥

Er musste so schnell wie möglich erneut irgendwo abbiegen. Nur so konnte er aus der Sichtlinie der Verfolger entkommen und seine Spur verwischen. Aber es gab weder eine Gasse noch einen Durchgang. Eng aneinander gebaut, fügten sich die schmalen Fachwerkhäuser und hätten bei entspannter Betrachtung sicher ein atmosphärisches Bild abgegeben. Aber Daniel war nicht entspannt. Ganz und gar nicht. Er hastete weiter auf das Ende der Gasse zu, an kleinen Läden vorbei und ein paar Passanten ausweichend. Hektisch schaute er sich um. Gleich würden die zwei Verfolger hinter ihm um die Ecke biegen. Oder zumindest einer von ihnen, falls sich der andere an Maras Fersen geheftet hatte. Links von ihm sah er neben einem winzigen Dekorationsgeschäft eine Holztür einen Spaltbreit offen stehen. Das war eine Chance.

Ohne groß zu überlegen, schlüpfte er hinein und schloss die Tür schnell hinter sich. Sie blieb nicht richtig im Schloss. Er hielt sie fest, damit sie von außen wie verschlossen wirkte und schaute sich dabei die Umgebung an, in der er sich befand. Er war in einem dunklen, langen Flur zu einem kleinen Hinterhof, der links hinter der Ecke weiterzugehen schien. Überall an den Mauern entlang waren Pappkartons unterschiedlichster Größe gestapelt und teilweise einfach wahllos übereinander geworfen. Einen Ausgang schien es hier nicht zu geben, soweit er den Hof überblicken konnte. Vielleicht sollte er sich hier verstecken und einfach abwarten, bis die Russen weg waren und er sich wieder nach draußen wagen konnte. Er klemmte einen Stein unter die Tür und erreichte mit ein paar schnellen Schritten einen der großen Kartons in der Nähe, während sich die Tür langsam quietschend wieder zu öffnen begann und einen schmalen Spalt in die gefährliche Gasse freigab.

Genauso schnell war er mit dem Karton wieder bei der Tür und stellte ihn mit einem gewandten Handgriff davor, sodass sie sich nicht mehr bewegen konnte. Hoffentlich waren die Männer draußen nicht gerade in diesem Moment in der Nähe der Tür und so erst auf ihn aufmerksam geworden.

Er ging nach hinten in den Hof und schaute sich nach oben um. Dort hochzuklettern würde nicht gelingen. Er konnte nur warten oder sich unter den Kisten verstecken.

Etwa drei, vier Meter über ihm fiel ihm eine Mauerkante ins Auge. Aber wie sollte er von dort weiterkommen? Die nächsten Fenster waren viel zu weit weg.

Doch vielleicht die Tasche. Wenn er die Tasche dort verstecken würde, könnte er sie später unbemerkt wieder abholen, wenn alles gut ging. Er warf die Umhängetasche mit dem kleinen Stahlsafe nach oben. Sie fiel wieder herunter. Beim zweiten Versuch blieb sie liegen, aber ein Stück vom Tragegurt hing noch verräterisch herab. Er stapelte zwei Kartons und balancierte auf der einbruchgefährdeten Konstruktion nach oben. Den hervorlugenden Gurt erreichte er mit den Fingerspitzen und konnte ihn ein wenig nach oben schieben, aber man sah immer noch eine kleine Ecke.

Da! Ein Geräusch an der Tür. Es klang wie die Kiste, die langsam über den Boden mit der sich öffnenden Tür weggeschoben wurde. Hatten sie ihn doch bemerkt?

Leise bewegte sich Daniel nach unten und hob die Kartons geräuschlos an, um sie von der Stelle unter der versteckten Tasche zu entfernen. Beim Abstellen rutschte der obere Karton ab und fiel polternd zu Boden.

Mit schnellen Schritten war der Hagere im Hof, nur wenige Meter von ihm entfernt und versperrte den Flur. Er hob die Waffe mit ausgestrecktem Arm vor sich und kam langsam auf Daniel zu.

Keine Chance! Er saß in der Falle. Der Russe war nun ganz dicht vor ihm, drückte seine Pistole fest in seinen Hals, presste ihn mit dem linken Arm unsanft gegen die Mauer und kam mit seinem Gesicht ganz nah an Daniel heran. So nah, dass sich die Details seines Gesichtes wieder zu einer unscharfen Masse verklumpten. Der Russe hatte einen Kopf wie aus einem groben Stück Holz gehauen, doch dabei viel zu lang und schmal. Außerdem fehlte ihm jegliche Ästhetik einer markanten Schnitzerei. Der Holzkopf begann ein verzerrtes Grinsen aufzusetzen und gab dabei den Blick auf ein Sammelsurium von Zähnen und Lücken frei. Nicht gerade ein Kompliment für seinen Zahnarzt – falls er denn einen hatte, dachte Daniel bei sich. Doch angesichts des herausströmenden Mundgeruchs versagte in diesem Moment sein Denken. In eine übelriechende Wolke gehüllt, hörte er ein paar schwer verständliche Worte aus dem Mund vor sich entweichen.

„Die Tasche! WO – IST – TASCHE?"

Daniel spürte jede Unebenheit der Mauer an seinem Hinterkopf, die Mündung der Pistole drückte ihm die Luft weg. Er konnte nur die Augen in Richtung Pistole bewegen, doch der Druck wurde nicht gelockert.

„Je … ne comprends … pas …", röchelte Daniel.

„Ver-ARSCH mich nicht!", blökte der Holzkopf nun gut verständlich, aber mit russischem Akzent und presste dabei nachdrücklich seine Waffe noch tiefer in Daniels Hals.

„Die Tasche! Oder du bist tot!"

Daniel überlegte einen Moment ob das eine Frage des Entweder-Oder war. Vermutlich eher nicht. Jedenfalls hatte er nicht das Gefühl, einen Ehrenmann vor sich zu haben, der in jeder Lebenslage zu seinem Wort stand.

„Ok, ok …", sagte Daniel beschwichtigend und deutete mit den Augen in Richtung Ausgang. „Ich hab sie vorne versteckt. Wir müssen ein kleines Stück zurückgehen." Das war ein riskantes Manöver. Daniel hatte keinen Plan, doch vielleicht ergab sich draußen irgendeine Chance zu entkommen.

Der Holzkopf lockerte seine Waffe und ließ von Daniel ab, als dieser wie in einem Reflex seine Chance sah. Mit der einen Hand die Waffe wegschlagend, konzentrierte er mit der anderen alle noch zur Verfügung stehende Energie in den einen Punkt seines Handballens, den er nun mit aller Kraft auf die Nase des Russen sausen ließ. Ein Schuss löste sich und ging in die Mauer. Der Holzkopf war einen langen Moment so blind, dass er von Daniel abließ und dieser Gelegenheit hatte, nachzusetzen und sein Knie mit voller Wucht in die Weichteile des Gekrümmten zu rammen. Dann rannte Daniel so schnell er konnte aus dem Hof, hörte die Tür hinter sich gegen das Schloss knallen und erreichte das Ende der Gasse.

Sie mündete in den Hauptmarkt, eine riesige Einkaufsstraße, gesäumt von schönen alten Handelshäusern und Kontoren. Er tauchte in der Menge der umherhetzenden Menschen unter und ließ sich weitertreiben, bis er einen großen Laden voller Skaterkleidung mit graffitiartigen Aufdrucken entdeckte. Hier würde man ihn sicher nicht sofort vermuten. Zudem konnte er in dem unübersichtlichen Chaos von Ständern und herunterhängenden Klamotten gut untertauchen. Er stürmte hinein und nahm die Treppe nach oben, um nicht sofort von draußen entdeckt zu werden. Hier fühlte er sich deutlich sicherer. Er schaute sich um. Vielleicht sollte er sich neu einkleiden, wenn er schon mal hier war. In seinem jetzigen Outfit kam er sich zu bekannt und auffällig vor. Aber hier? Er warf einen skeptisch-prüfenden Blick auf die an Puppen ausgestellte Kleidung. Das war eher was für Jugendliche. Es gab überwiegend Skateboards, Kappen, Sonnenbrillen. Doch dann sah er auch eine Ecke mit T-Shirts. Viel zu groß und dazu auch noch ganz komisch bedruckt. Er schnappte sich eins, das seiner Meinung nach nicht ganz so weit und lang war, dazu eine viel zu weit geschnittene Jeans, die möglicherweise oben bleiben würde, ohne dass sie ihm sofort bis zu den Knien rutschte. In einer engen Umkleidekabine zog er sich um und schlurfte vor den Spiegel. Bei seinem Anblick konnte er ein Lachen nicht unterdrücken. Auf dem Weg zur Kasse nahm er noch eine Kappe, eine Sonnenbrille und einen bunten Beutel für seine alten Sachen mit, dann bezahlte er bei einer irritiert wirkenden, jugendlichen Kassiererin und trat als neuer Mensch wieder ins Freie.

Vorsichtig schaute er sich in die Richtung um, aus der er gekommen war, wohl wissend, dass er diese ängstlichen Muster durchbrechen musste, wenn er nicht auffallen wollte. Er musste irgendwie cooler und authentischer rüberkommen als Skater, dachte er bei sich. Die Hose behinderte ihn ein wenig bei seinen sonst üblichen Bewegungsabläufen. Nach ein paar Schritten verstand er sofort, wie die Art der Kleidung auch den Gang und die Bewegungen eines Menschen prägten. Er würde sich sicher bald daran gewöhnen.

Was war mit der Tasche? Ob der Russe sie oben auf dem Mauervorsprung bemerkt hatte? Wenn der auch nicht gerade einen hellen Eindruck gemacht hatte, so hätte er hier eigentlich nur eins und eins zusammenzählen müssen ...

Ob er direkt noch mal nachschauen sollte? Das wäre sicher sehr gefährlich, doch wenn, dann sollte er es bald machen. Und was war mit Mara? Hatte sie fliehen können? Und Vincent ... Ihn überkam ein Gefühl tiefer Trauer und Schuld bei dem Gedanken an das letzte Bild, das er von ihm gesehen hatte – treibend in der Gracht inmitten einer Lache seines eigenen Blutes. Er hatte sich nicht mal um ihn kümmern können. Ob er tot war? Ob er sich vielleicht doch hatte retten können? Unwahrscheinlich. Aber wie sollte er das alles herausbekommen? Wie und wo könnte er Vincent oder Mara treffen? Sofort kam ihm der Gedanke an Vincents Wohnung. Aber sicher würden die Russen schon sehr bald von dem Ort wissen, wenn sie nicht schon dort waren und auf ihn warteten. Die Leute von ‚Asmodeus' hatten vermutlich schnell die Zusammenhänge gesehen. Ob er zur Polizei gehen sollte? Würde ihm das helfen oder eher noch mehr Schwierigkeiten bereiten? Konnte er Vincent und Mara dadurch helfen?

Daniel entschloss sich, zuerst zum Kanal zurückzukehren, um nach Vincent zu sehen. Danach konnte er immer noch nach der Tasche suchen oder in der Nähe von Vincents Wohnung warten. Vielleicht hatte Mara ja die gleiche Idee?

Oder er konnte gegebenenfalls zur Polizei gehen.

Er erreichte den Kanal hinter der Kathedrale von der anderen Seite. So vorsichtig er konnte, näherte er sich der gefährlichen Zone, ohne sich dabei in seinen Bewegungen zu verraten. Er hatte sich an die Bekleidung gewöhnt und konnte nun fast normal darin gehen. Normal bedeutete, ein wenig schlürfend und der Kleidung gemäß.

Er sah ein Polizeiauto und zwei Krankenwagen am Kanal rangieren und wusste nicht, ob er darüber erleichtert sein sollte oder nicht. Sie setzten sich gerade in Bewegung und fuhren in einer kleinen Kolonne davon, bis sie ganz in einer der engen Seitenstraßen neben der Gracht verschunden waren. Eine dickliche Frau in einem Metzgerkittel trottete zurück in ihr Geschäft. Daniel schlurfte auf sie zu und fragte wie beiläufig: „Was war denn hier los?"

„Ne Schießerei! Ich hab nur die Schüsse gehört, dann bin ich raus aus der Fleischerei."

„Und, was passiert?", fragte Daniel weiter.

„Ein Mann. Schwamm im Kanal. Glaube, er lebte noch. Sonst würden sie sich sicher nicht die Mühe machen, ihn ins Hospital zu bringen. Aber ob der's schafft ...?" Eine kleine Atempause wurde durch asthmatisches Schnaufen überbrückt, bevor sie weitersprach. „Ein paar Russen waren's. Jetzt haben wir die Russen-Mafia sogar schon hier in Gent. Schlimm, schlimm! Nirgendwo kann man sich mehr sicher fühlen."

Sie setzte ihren Marsch Richtung Metzgerei fort, ohne eine Antwort oder weitere Frage abzuwarten und ließ Daniel ein wenig erleichtert zurück. Er schickte Vincent ein kleines Stoßgebet, auch wenn er sonst niemals betete. Es war gleichfalls mehr eine Bitte an ihn aus der Ferne. Du musst es schaffen! Vincent! Du musst leben! Hoffentlich hatten sie Mara nicht gefasst. Das wäre schrecklich! Er mochte sich keine Sekunde ausmalen, was passiert sein könnte. Wo würde er sie finden?

Zum Hinterhof, in dem er die Tasche zu finden hoffte, nahm er jetzt einen anderen Weg. Es konnte ja sein, dass die Russen den Weg zurück abgingen. Die kleine Gasse mit den Geschäften wirkte friedlich. Von weitem konnte er erkennen, dass sogar die Tür zum Hinterhof wieder offen stand. Er ging in angespannter Konzentration vorbei und lugte wie beiläufig hinein. Niemand zu sehen.

Dann drehte er um, ging zur Tür und schob sie weiter auf. Vorsichtig trat er über die Schwelle und näherte sich mit leisen Schritten dem Hof. Er spähte um die Ecke.

Er war allein. Gott sei Dank!

Und da – er sah das kleine Stück vom Umhängegurt. Die Tasche war noch da. Damit hatte er nicht wirklich gerechnet. Schnell stapelte er die Kisten, diesmal etwas höher als beim letzten Mal, dafür aber auch wackliger. Er konnte den Gurt so gerade mit den Fingerspitzen erreichen und die Tasche herunterziehen. Was für ein Glück. Er sprang die Kisten hinunter, als er ein Geräusch hörte.

Nicht schon wieder.

Aber es kam nicht von der Eingangstür. Es kam von oben. Es waren die Fenster einer höher gelegenen Wohnung, die gerade geöffnet wurden.

„He, Sie da! Was machen Sie da?"

Daniel beachtete den alten Mann oben nicht und beeilte sich, von hier wegzukommen.

Er nahm den Weg zu Vincents Wohnung. Nur dort würde er eine Chance haben, Mara zu treffen. Alles andere wäre reiner Zufall. Aber wenn sie verletzt wäre? Oder irgendwo liegen würde? Er ging jetzt erst mal vom besten Fall aus. Mara war körperlich topfit, schnell und schlau. Sie würde das schon schaffen. Und dann gewiss auch zuerst hier her kommen, da war er sich sicher.

Er hatte die Mündung in die Gasse von Vincents Wohnhaus fast erreicht. Hoffentlich fand er ein geeignetes Versteck, in dem er ungesehen warten konnte. Hier in dieser Straße war nichts, was ihm als Versteck sinnvoll erschien. Er spähte langsam um die Ecke. Der Eingang von Vincents Haus war von hier aus zu sehen. Die Straße war ganz ruhig. Nur von weit hinten schwebte eine attraktive Belgierin leichtfüßig über den schmalen Bürgersteig. Die Häuserfronten boten keinerlei Nischen oder Ecken. Es gab überhaupt kein Versteck hier. Doch er konnte auch nicht auf offener Straße warten, bis Mara kam.

Langsam schlurfte er die Straße hinab, auf der gegenüberliegenden Straßenseite der Wohnung. Er schaute unauffällig an der Fassade hoch und suchte die richtigen Fenster. Zumindest die Küche und der Wohnraum lagen zur Gasse hinaus. Dort im zweiten Stock, das mussten sie sein. Hinter den kleinen Glasscheiben schien es ruhig zu sein. Die Wohnung wirkte verlassen. Daniel war schon ein ganzes Stück an der Wohnung vorbei, doch ihm war nichts aufgefallen, was ihm als Versteck dienen konnte. Nicht mal ein zurückliegender Eingang.

Er blieb neben einem großen Holztor stehen. Es sah aus wie ein Verschlag oder eine Garage, konnte aber auch ein Lagerraum sein. Es war zwar mit einem Fahrradzahlenschloss versehen, doch er wusste, wie man diese Dinger leicht aufbekam. Er drehte ein wenig an den Ringen und spürte, wo die richtigen Zahlen lagen. Das Tor ließ sich leicht schwingend öffnen und er trat in einen dunklen Raum mit Werkbänken, Tischen und diversen Heimwerkergerätschaften, die durch das spärlich eindringende Tageslicht ihre Konturen zeigten. Die Luft roch nach Holz und Sägemehl lag überall auf dem Boden herum. Daniel klemmte das wackelige Tor mit ein paar herumliegenden Holzstückchen so fest, dass es gerade einen kleinen Spalt von wenigen Zentimetern freiließ. Dann schnappte er sich eine Kiste als Sitzmöglichkeit, die er so positionierte, dass er durch die schmale Öffnung genau den Eingang von Vincents Wohnung im Visier hatte und hoffte, dass die Eigentümer seinen Einbruch nicht so schnell bemerken würden. Ein wenig kam er sich schon wie ein Eindringling vor, doch hatte er kaum eine andere Wahl – und zudem fügte er ja auch niemandem einen Schaden zu.

Er saß da und beobachtete den Eingang. Lange Zeit passierte nichts. Dann kamen vereinzelt Menschen direkt vor dem Tor entlang, was ihm jedes Mal einen kleinen Schrecken versetzte. Auch wenn sich gegenüber eine Person der Wohnungstür näherte, war er in erhöhter Alarmbereitschaft. Doch von Mara keine Spur. Auch von ‚Asmodeus' nicht, was ihn wieder beruhigte. Oder hatten sie Mara etwa doch erwischt? Vielleicht hatten sie sie mitgenommen und wollten etwas aus ihr herauspressen? Daniel musste daran denken, was Diego über ihre Methoden erzählt hatte. Und wenn er die drei Russen so vor seinem inneren Auge auftreten ließ, zögerte er keinen einzigen Moment, das zu glauben. Er hoffte inständig, dass sie es geschafft hatte.

Es verging sicherlich eine Stunde. Nichts war passiert. Daniel widmete sich nun nebenbei seinem neuen Handy. Der PIN-Code funktionierte und das Start-Logo war kurz zu erkennen. Dann überlegte er, ob er nicht noch einmal auf sein altes Handy schauen sollte. Möglicherweise hatte Diego ja versucht ihn anzurufen oder hatte schon wichtige Informationen. Daniel wägte das Risiko ab, ob sie ihn wohl orten würden, wenn er es kurz aus der Dose holen würde. Seine Neugier siegte und nach Eingabe der PIN von seinem Spickzettel zeigte das Display tatsächlich jede Menge verpasster Möglichkeiten: 8 Anrufe in Abwesenheit, 3 SMS. Er schaute die Anrufe durch. Einer von Peter, drei allein von Joelle und sogar vier von Diego. Ob er interessante Neuigkeiten hatte? Sicher hatte er etwas herausgefunden. Daniel hatte den unmittelbaren Impuls, ihn zurückzurufen, schaute sich aber erst noch die Kurznachrichten an.

Joelle mit Datum von gestern.

*Hi Daniel, kann dich nicht erreichen. Muss morgen nach Brüssel. Könnte kurz in Köln vorbei. Bist du da? LG. J.*

Dann war Joelle also heute in Brüssel. Das war gar nicht so weit von hier. Wollte sie ihn besuchen? Vielleicht ihm etwas mitteilen oder ihm zur Seite stehen …

Daniel rief die nächste SMS auf. Uninteressant – nur geschäftlich. Dann die dritte – Diego.
*Etwas Wichtiges herausgefunden. Sei vorsichtig!*
*Juri hatte keine Schwester!*
*Wer ist diese MARA??*
Daniel starrte immer noch aufs Handy. Er konnte es nicht fassen. Mara war also nicht die Person, die sie zu sein vorgegeben hatte.

Wer war Mara? Was war ihre Absicht? In Gedanken ging er alles noch mal durch. Wie sie auf der Treppe gesessen hatte, direkt nach Juris Tod. Möglicherweise war sie als eine Art Spionin auf ihn angesetzt worden. Dann gehörte sie also auch zu ‚Asmodeus'. So konnten sie all seine Schritte hautnah mitverfolgen. Jeder Fortschritt und jede Erkenntnis wäre ihnen sofort verfügbar. Und wenn Daniel die Tafel finden würde, wären sie am Ziel. Er dachte an die erste Begegnung im Treppenhaus, wo sie ihm durch ihre komische Art noch gar nicht so sympathisch gewesen war. Erst langsam hatte er begonnen, sie zu mögen. Sie hatte sein Vertrauen gewonnen, der Plan hatte funktioniert.

Jetzt wurde ihm klar, wie die Organisation immer so schnell seine Spur aufnehmen konnte. Auch in der Kathedrale. Und ihm leuchtete ein, weshalb sie eben auf der Flucht unbedingt seine Tasche haben wollte. Das war wirklich raffiniert inszeniert gewesen. Sie hatte ihre Rolle absolut überzeugend und grandios gespielt und er war ihr komplett auf den Leim gegangen, hatte sich keine Sekunde gefragt, ob er ihr trauen konnte. Er schüttelte den Kopf. Wie naiv und blöd konnte man denn noch sein?

Schnell legte er das Handy zurück in die Dose. Viel zu lange hatte er es jetzt schon benutzt – der Schock über Diegos SMS hatte ihn alles vergessen lassen. Kurzerhand nahm er sein neues Handy und wählte die Nummer von Diego. Nur die Stimme vom Band. Daniel hinterließ keine Nachricht. Er wusste nicht so recht, was er sagen wollte.

Dann wählte er Joelles Nummer. Sie war eine langjährige Freundin, der er vollkommen vertrauen konnte. Auch wenn er sich nicht immer auf sie hatte verlassen können – aber das war eine andere Geschichte. Das gleiche Spiel: auch hier nur ihre gespeicherte Stimme auf der Mailbox. Er stellte das Handy auf ‚lautlos', um nicht im falschen Moment zurückgerufen zu werden und widmete seine Aufmerksamkeit wieder der Tür schräg gegenüber. Ein Mann stand direkt vor Vincents Eingangstür. Schaute sich die Klingelschilder an. Daniel kannte ihn nicht, es war keiner der Russen. Dieser hier trug eine braune Lederjacke, hatte leicht lockiges Haar und eine Brille. Er schien eher ein Belgier zu sein. Er stand nun dicht vor der Eingangstür, sodass man nicht sehen konnte, was er dort machte. Jedenfalls verschwand er daraufhin im Haus. Hatte Daniel vorher auch schon etwas verpasst? Er war so mit der SMS und den Gedanken an Mara beschäftigt gewesen, dass dies durchaus sein konnte. Er schaute nach oben, um die Fenster der Wohnung beobachten zu können. Doch nur das Küchenfenster direkt oberhalb des Eingangs war durch den schmalen Spalt zu sehen. Durch die Reflexion des Himmels war keinerlei Regung hinter dem Glas zu erkennen.

In dem Augenblick sah er zwei der ihm bereits bekannten Russen auf die Tür zusteuern. Der Bulle schien so eine Art Boss zu sein, denn er gab dem mit dem Zopf deutliche Anweisungen. Dieser nickte seinem Chef zu und Daniel konnte eine lange Narbe auf seiner Wange erkennen. Schnell verschwanden sie im Hauseingang, die Haustür öffnete sich und blitzartig waren sie im Haus verschwunden. Sicher würden sie sich jetzt Vincents Wohnung vornehmen. Er schaute wieder gebannt nach oben auf das Küchenfenster. Mehrere Minuten passierte nichts, dann glaubte er einen Schatten zu erkennen. Einer der Männer stand nun am Fenster und schaute hinab auf die Straße. Daniel konnte nicht genau erkennen, welcher es war – man konnte nur die schemenhafte Silhouette erkennen. Unten auf der Straße sah er eine junge Frau. Mara!

Einen kurzen Moment hatte er den Impuls, durch den Türspalt ihren Namen zu rufen und sie zu warnen. Der Mann oben am Fenster belehrte ihn mahnend eines Besseren. Mein Gott – was machte sie hier? Blöde Frage. Natürlich kam sie hierher, um ihn zu suchen, um den Kontakt zu ihm zu halten. Sie schaute sich hektisch nach allen Seiten um, bevor sie in den Hauseingang huschte. Wusste sie, dass die Männer bereits oben waren? Vermutlich hatten sie sich hier verabredet. Aber wenn sie nun doch nicht für ‚Asmodeus' arbeitete? Dann würde sie in eine Falle laufen! Sollte er versuchen, sie zu warnen?

Es war nun ohnehin zu spät. Sie war schon im Eingang verschwunden.

Daniel harrte aus. Minute um Minute verging. Es kam ihm wie eine Ewigkeit vor. Was mochte sie nun drinnen tun? War sie im Treppenhaus – oder schon in der Wohnung?

Daniel starrte auf die Fenster. Aber dort war niemand mehr zu erkennen, selbst der männliche Schatten von vorhin war verschwunden.

Nur die steinerne Fassade des Hauses lag undurchdringlich vor ihm. Sie wirkte, als ob alles dahinter tot wäre. Selbst durch die augenhaften Fenster der hohen Vorderseite war nichts vom Innenleben des Hauses zu erahnen, so sehr Daniel diese auch fixierte. Gerade jetzt trat die Sonne wieder hinter einer Wolke hervor, sodass sich der Himmel grell in den Scheiben spiegelte und damit die Innenwelt des Gebäudes vollkommen verschloss.

Was zum Teufel mochte sich dort drinnen ereignen?

Daniel konnte nichts tun. Nur warten. Vielleicht sollte er sich auch in den Eingang schleichen und vorsichtig im Hausflur lauschen. Aber dann würde er ihnen vermutlich in die offenen Arme laufen. So leicht wollte er es ihnen auch nicht machen.

Er harrte aus, so schwer ihm das auch fiel. Sicherlich weitere zehn oder zwanzig Minuten. Er hatte jegliches Zeitgefühl verloren.

Dann kamen zwei der Männer wieder heraus. Der Bulle und der mit dem Zopf. Wo blieb der Dritte, der schon vor ihnen reingegangen war? Die beiden gingen ohne Zögern in die gleiche Richtung, aus der sie vorher gekommen waren. Dabei wechselten sie ein paar Sätze auf Russisch. Ihr Tonfall klang gereizt und leicht aggressiv – oder war das der übliche Gestus der russischen Sprache? Schnell waren sie aus seinem Sichtfeld verschwunden, ebenso verloren sich die Wortfetzen in der Ferne der Straße.

Der Dritte kam nicht. Auch nicht nach einer weiteren Ewigkeit des Wartens. Daniel überlegte, ob er es nicht trotzdem wagen sollte, sich nun dem Haus zu nähern. Unschlüssig vergrub er den Kopf zwischen den Händen, dann sprang er mit einem Ruck auf. Vorsichtig näherte er sich der Garagentür, öffnete sie zentimeterweise und steckte seinen Kopf langsam hinaus, die Straße rechts und links taxierend. Niemand zu sehen.

Er öffnete die Tür unter leichtem Knarren etwas weiter und schlüpfte durch die Lücke hinaus auf die Straße. Als er mit einigen behänden Schritten zum Hauseingang gegenüber huschen wollte, belehrte ihn seine neue Kleidung eines Besseren. Schnell passte er sich an und schlurfte wie gewohnt ohne Hast zur Eingangstür. Diese war ins Schloss gefallen, aber ließ sich dennoch sofort mit leichtem Druck öffnen. Daniel trat in den Flur und horchte. Er vernahm die Stille eines Hauses, das leer zu sein schien. Aber das mochte trügerisch sein. Nur ein gleichbleibendes Rauschen konnte er nun unter Anstrengung vernehmen. Es schien eine Heizung oder etwas in der Art irgendwo im Keller zu sein. Keine Geräusche menschlichen Ursprungs weit und breit.

Langsam schlich er die Treppe hoch, den Blick immer nach oben gerichtet, um einen Schatten aus dem zweiten Stock rechtzeitig zu bemerken. Er war auf der ersten Etage angekommen.

Vermutlich waren der dritte Mann und Mara noch in der Wohnung, wenn sie nicht hier im Flur waren. Er schlich weiter nach oben und konnte nun bereits die Tür von Vincents Wohnung erspähen.

Sie stand offen. Etwa eine Handbreit.

Daniel näherte sich der Tür mit äußerster Vorsicht. Da hörte er von unten ein Geräusch. Es klang wie ein Schlüssel in der Eingangstür. Vielleicht ja einer der Bewohner des Hauses. Oder sie kamen zurück.

Was sollte er tun? Hier im Treppenhaus herumstehen vor der aufgebrochenen Wohnungstür? Weiter nach oben gehen?

Er hörte Schritte die Treppe heraufkommen. Der gleichmäßige Rhythmus zwang ihn mit jeder weiteren Stufe stärker zu einer Entscheidung. Die Person musste nun schon im ersten Stock angekommen sein, als Daniel die offene Wohnungstür unter einem leichten Quietschen noch weiter aufstieß.

Er erschrak. Wer auch immer sich noch in der Wohnung befand, würde das mit Sicherheit gehört haben. Gleichzeitig vernahm er von unten wieder das stumpfe Klingeln des Schlüsselbundes. Es war offensichtlich ein Bewohner aus dem ersten Stock, der gerade seine Wohnungstür gefunden hatte. Mit einer langsamen Bewegung überschritt Daniel die Schwelle zu Vincents Wohnung. Der Anblick, der sich ihm bot, löste ein Déjà-vu in ihm aus. Genau so hatte es in Juris Wohnung ausgesehen. Alles lag durcheinander, Schubladen und Schränke waren aufgerissen, deren Inhalte über den Boden verteilt, Regale von den darin wohnenden Büchern befreit, die sich nun auf dem Boden wiederfanden. Sogar Bilder waren von der Wand gerissen und lagen in Scherben auf dem Parkettboden verteilt.

Daniel watete durch das Chaos. Beim letzten Mal wurde sein Weg durch eine solche Unordnung von einem unglaublichen Schock gekrönt, als er Juris Leiche auf dem Boden fand. Was war mit Mara? Würde sich die Szene wiederholen und er würde sie gleich auf dem Boden liegen sehen?

Er spähte in die Küche, wo sich ein vergleichbares Bild ergab, ging weiter in den Wohnraum und blickte in das Schlafzimmer – auf das Allerschlimmste gefasst.

Ein Bild der Verwüstung! Doch keine Spur von Mara. Und auch nicht von dem Mann. Seine Tasche war noch da, doch seine Klamotten lagen gut verstreut im gesamten Zimmer herum. Aber wo war Maras Reisetasche? Daniel schaute sich um, aber konnte sie nirgends entdecken. Auch keinerlei Sachen von ihr.

Also hatte sie möglicherweise ein paar Sachen zusammengekramt und die Tasche mitgenommen. Aber wie waren die beiden aus dem Haus gekommen? Gab es einen Hinterausgang oder einen Weg übers Dach?

In aller Eile raffte Daniel auch ein paar seiner Kleidungsstücke zusammen und stopfte sie hastig in den Beutel und die Umhängetasche mit der Kassette. Dann verließ er fluchtartig die Wohnung. Er lief weiter nach oben, bis hinauf in den vierten Stock. Doch es gab hier keinen Ausgang – nicht mal eine Dachluke oder etwas in der Art. So schnell es seine herunterhängende Hose erlaubte, brachte er die vier Stockwerke nach unten zügig hinter sich und fand eine kleine Tür versteckt hinter dem Treppenabsatz im Erdgeschoss. Sie war unverschlossen und führte in den Hinterhof. Eine vergammelte, schmiedeeiserne Sitzgruppe und jede Menge Gerümpel füllten den Innenraum gut aus. Dahinter Mauern, aber nicht unmöglich zu überwinden – etwa zwei Meter hoch. Das war die einzige Möglichkeit. Sicher waren die beiden hier unbemerkt entkommen.

Daniel machte sich zügig aus dem Staub. Er verließ das Haus durch die Eingangstür und ging in die entgegengesetzte Richtung wie seine beiden russischen Freunde. Mit den paar Habseligkeiten im Beutel und seiner Umhängetasche mit dem Stahlsafe kam er sich vor wie ein Penner. Und im Grunde genommen war er ja auch derzeit nichts Anderes. Keine Bleibe, keine Rückzugsmöglichkeit, keine Freunde. In ein Hotel einzuchecken schien ihm zu gefährlich, sein Auto konnte er nicht benutzen, ein Mietwagen wäre schnell über seine Kreditkarte ausfindig zu machen. Eine Möglichkeit hatte er ja: Peters Wochenendhaus. Aber dort musste er erst mal hinkommen.

Joelle! Wenn sie in der Nähe war, würde sie ihm sicher helfen oder einen Weg finden. Sie war immer sehr pragmatisch und hatte eine Lösung für jedes Problem. Er suchte sich eine ruhige Ecke in einem kleinen Park und wählte ihre Nummer. Nach endlosem Klingeln hörte er erleichtert ihre Stimme.

„Ja?"

„Joelle, ich bin's ... Daniel!"

„Daniel!", rief sie überrascht aus. „Fast hätte ich nicht abgenommen. Hast du eine neue Nummer?"

„Aus Sicherheitsgründen. Erklär ich dir später. Ich bin zurzeit in Gent. Du bist doch ganz in der Nähe, bist du noch in Brüssel?"

„Ja, bis morgen noch. Sollen wir uns treffen?"

Daniel erzählte ihr mit einigen Sätzen die Geschehnisse der letzten Stunden.

„Oh je, das hört sich gar nicht gut an", bemerkte Joelle seufzend. „Pass auf, ich komme erst mal zu dir. Ich habe heute den Rest des Tages frei. Dann besprechen wir alles Weitere. Bist du in der Innenstadt? Kennst du die Burg? Auf der Rückseite kannst du dich gut aufhalten, da ist nicht viel los. Ich hole dich da ab."

„Ok. Ich danke dir!"

„Ach ...", wehrte Joelle nur ab. „Bis gleich."

Daniel war erleichtert. Joelle konnte man immer hundertprozentig vertrauen. Sie würde ihm immer helfen. Auch wenn es mit ihnen beiden nicht geklappt hatte, so hatte er dennoch in ihr eine Freundin fürs Leben.

Zwei Stunden später saßen sie in einem kleinen Cafe etwas abseits der Innenstadt, das Joelle gekannt hatte. Sie hatte in jeder Stadt Adressen, zu denen sie hingehen konnte und kannte überall Leute. Sie verfügte über ein regelrechtes Netzwerk an Verbindungen.

„Ich nehme dein Auto und du bekommst meins", sagte Joelle, als ob jeglicher Widerspruch ausgeschlossen wäre.

„Auf keinen Fall. Du wärst in viel zu großer Gefahr. Und zudem werden sie schnell die Verbindung zu dir herstellen, wenn sie sie nicht schon haben. In deinem Auto wäre ich dann genauso unsicher."

„Da hast du recht. Wir müssen das anders machen. Ich besorge dir einen Leihwagen und lasse dein Auto abholen", lenkte sie ein. „Vermutlich wäre es auch sicherer, das Auto über die Firma buchen zu lassen … Lass mich das mal machen. Das kriegen wir schon hin."

Ein Satz, der gut zu Joelle passte, dachte Daniel in diesem Moment und konnte sich ein dezentes Grinsen nicht verkneifen. Aber in seiner Situation erleichterte ihn ihre zupackende Art, die ihn früher oft auch viele Nerven gekostet hatte.

Und doch war da noch eine ganze Menge an anderen Gefühlen ihr gegenüber. Er dachte an die Umarmung vorhin bei ihrer Begrüßung. Die Nähe und Vertrautheit war sofort wieder da gewesen.

„Und was denkst du, wo Mara jetzt wohl ist? Wird sie dich suchen?", riss sie ihn aus seinen Gedanken an die gemeinsame Vergangenheit.

Daniel ließ sich Zeit mit der Antwort. Er war sich auch nicht sicher.

„Vermutlich wird sie versuchen, den Kontakt wieder herzustellen. Sie ahnt ja nicht, dass ich ihre Tarnung aufgedeckt habe und geht davon aus, dass ich ihr weiterhin vertraue. Das wäre ein perfekter Zugang zu allen Fortschritten und Dokumenten, an die ‚Asmodeus' sonst nicht herankommt."

„Aber ihr habt keinen Treffpunkt oder so was ausgemacht, falls etwas schiefläuft?"

Daniel schüttelte den Kopf. „So weit haben wir da nicht gedacht. Es kam doch alles sehr plötzlich und Schlag auf Schlag."

„Und Vincent? Du meinst, er hat es überlebt?", hakte Joelle weiter nach.

„Ich hoffe!", erwiderte Daniel. „Das hoffe ich sehr! Sie haben ihn ins Krankenhaus gebracht." Er wirkte nachdenklich und traurig.

„Ich werde mich um ihn kümmern. Versprochen!", versuchte Joelle ihn zu beruhigen und legte ihre Hand auf die seine. Dann lenkte sie das Gespräch in eine andere Richtung.

„Wie wirst du dich Mara gegenüber verhalten, wenn ihr euch trefft? Das stelle ich mir gar nicht so einfach vor."

„Ich auch nicht. Keine Ahnung ... Vermutlich werde ich das Spiel zum Schein erst mal mitspielen – das scheint mir zunächst das Beste zu sein. So bin ich vielleicht noch ein wenig in Sicherheit, solange ‚Asmodeus' auf Mara vertraut. Aber es ist natürlich auch eine große Gefahr, mit dem Feind an meiner Seite. Da kann sich die Situation auch jederzeit schlagartig ändern. Und eigentlich wäre es mir eh erst mal lieber, sie jetzt nicht zu treffen ..."

Joelle schaute Daniel lange an. Beide sagten nichts.

„Daniel ...", brach Joelle leise das Schweigen, „komm doch mit zu mir nach Brüssel. Ich habe dort ein hübsches Hotel und ein großes Zimmer. Wir könnten uns einen schönen und entspannten Abend dort machen."

Daniel lächelte und spürte seinen Gefühlen nach. Ein sehr verlockendes Angebot. Aber wie würde es dann weitergehen? Irgendwie hing er noch immer an Joelle. Aber wie war das bei ihr? Da war er sich nicht so sicher.

„Ach Joelle ...", begann er zögerlich und man hörte seinen Worten an, wie schwer ihm eine Entscheidung fiel. „Das würde ich total gerne. Einerseits ... Aber ich muss hier in Gent bleiben. Das alles nimmt mich zu sehr ein: die Sache mit Juri, mit Vincent, mit Mara. Ich bekomme das alles nicht auf die Reihe. Ich kann nicht einfach davor weglaufen – auch nicht für nur einen Abend."

„Wir könnten auch ein Zimmer hier in Gent nehmen."

„Das ist es nicht. Es ist nicht nur der Ort ..."

„Verstehe", antwortete Joelle. Sie schien nicht sauer oder enttäuscht darüber zu sein, aber Daniel hatte dennoch das Gefühl, dass sie sich innerlich ein wenig zurückzog.

„Ich denke, dass ich in Peters Haus fahren werde. Das ist sehr abgelegen. Dort wird mich niemand suchen und finden. Schon gar nicht, wenn man mich nicht anhand des Autos oder Handys verfolgen kann."

„Wo liegt das Häuschen überhaupt?"

„Oostvelde heißt die Gemeinde. Ist etwa zwanzig Kilometer von hier entfernt."

„Ok. Und du bist ganz sicher, dass du das so willst?", versicherte sich Joelle noch einmal.

Daniel schaute sie an und nickte dann nur.

Einige Telefonate später war das Auto für Daniel organisiert und die vorher bestellten überbackenen Baguettes wurden dampfend vor ihnen kredenzt. Die Stimmung zwischen den beiden war während des Essens nach wie vor vertraut, fast schon intim.

Eine Stunde später verließen sie das nette Cafe und fuhren gemeinsam zur Autovermietung. Joelle kümmerte sich um alles und übergab Daniel schließlich die Schlüssel.

„Es war sehr schön, dass wir uns getroffen haben", sagte Joelle mit weicher Stimme und umarmte Daniel innig und lange. „Pass auf dich auf! Und melde dich, wenn etwas ist. Und sonst auch."

„Mach ich. Und pass du auch auf dich auf."

„Klar doch."

Beide schauten sich noch einen Moment in die Augen und beim Gehen streifte Joelles Hand noch mal die seine, bis sich ihre Hände langsam voneinander lösten und sich auf ihre Weise verabschiedeten.

Nachdem Joelle gefahren war, stellte Daniel mit einem Gefühl der Verwirrung das Navi auf die neue Adresse ein und fuhr los.

# III

Entgegen Daniels Vermutungen erwies sich die Fahrt nach Oostvelde als recht kompliziert. Ohne das Navi hätte er den Weg in das kleine Dorf sicher niemals gefunden, zumindest nicht nach der Ausschilderung, wie die Belgier sie pflegten.

Es lotste ihn über jegliche Form von Straßen, auch die, die er niemals als solche bezeichnet hätte. So fand Daniel kaum Ruhe, um Joelles Angebot zu überdenken oder gar zu bedauern, es ausgeschlagen zu haben. Dennoch hing er momentweise in Gedanken immer wieder ihrer gemeinsamen Zeit nach, die überwiegend schön und glücklich für beide gewesen war.

Der Weg führte von Oostvelde über unbefahrene Nebenstraßen in den Wald. Die Dämmerung trat bereits ein und Daniel hatte langsam das Gefühl, als würde ihn das Navi in die Irre führen. Auch wenn sie teilweise das Leben erleichtern konnten, hatte er doch kein grenzenloses Vertrauen zu diesen Dingern. Dazu waren seine Erfahrungen einfach zu durchwachsen.

Es ging endlos durch den immer dichter werdenden Wald, dann schickte ihn die weibliche Stimme nach rechts in einen kleinen abzweigenden Weg. Aufgrund riesiger Schlaglöcher und großer Steine kam er nur im Schritttempo voran. Erst nach weiteren gefühlten fünf Kilometern öffnete sich eine kleine Lichtung rechts vor ihm. Er atmete erleichtert aus, als er seinen Wagen vor dem kleinen Häuschen zum Stehen brachte und betrachtete es durch die Frontscheibe. Es sah wirklich hübsch aus, wenn auch sehr klein und einfach. Ganz aus Holz mit ein paar niedlichen Fenstern rundherum und einem schrägen Dach, dessen Dachpappe nur mit einigen Holzleisten befestigt war.

Daniel stieg aus und kramte nach dem Schlüssel in seinen Taschen. Als er schließlich das Haus betrat, fühlte er sich direkt wohl. Vor ihm lag ein großzügiger Raum mit einem Kamin, einer Sitzecke und weiter hinten einer etwas abgetrennten Küche. Von draußen kam noch eine Ahnung des Abendlichts durch eine lange Glasfront herein, die den Blick auf die Terrasse, eine Wiese und den Wald dahinter freigab.

Rechts führte eine steile Treppe nach oben und eine Tür an deren Rückseite ging vermutlich in einen Abstellraum oder den Keller.

Daniel stellte sein spärliches Gepäck ab und ließ sich in den Sessel fallen. Er nahm sein Handy und überlegte, ob er Joelle noch mal anrufen sollte. Es war einfach nur ein Bedürfnis, ihre Stimme noch einmal zu hören. Was aber sicher viel dringlicher war, war endlich mal wieder mit Diego zu sprechen. Er konnte es kaum abwarten zu erfahren, was der herausgefunden hatte und was genau es mit Mara auf sich hatte. Er wählte seine Nummer – kein Netz. Nicht ein einziger Balken. War ja eigentlich klar, so abgelegen hier und mitten im Wald. Er schaute sich um, aber ein Festnetz-Telefon schien es hier nicht zu geben.

Da dachte er an den Stahlsafe. So langsam war es an der Zeit, ihn zu öffnen. Vielleicht fand er irgendwo im Haus passendes Werkzeug, das ihm dabei dienlich sein konnte. Er blickte nach draußen und erkannte im Halbdunkel der Lichtung schwach die Umrisse eines kleinen hölzernen Gartenhauses oder Geräteschuppens am Waldrand. Dort würde er direkt mal suchen. Auf dem Boden neben der Terrassentür stand eine Taschenlampe. Vermutlich gab es kein Außenlicht und das war der Ersatz.

Während der Raum so langsam im Dunkel versank, überkam Daniel eine ungeheure Müdigkeit. Er dachte an den Verlauf des Tages und konnte nicht glauben, dass dies alles heute passiert war. Er schloss die Augen und sah Bilder vor seinen Augen. Von Vincent, wie er im Kanal trieb, in einer dunklen Lache eigenen Blutes. Von Mara, wie sie neben ihm rannte und ihren Blick, als sie sich getrennt hatten. Von Joelle, wie sie vor ihm saß und mit ihren blonden langen Haaren spielte. Und von dem Altar, als er vor ihm gestanden und Bilder des Feuers gesehen hatte, als ob es vollkommen real gewesen wäre.

In diesem Augenblick riss ihn ein Geräusch von draußen aus den dahintreibenden Bildern. Ein leichtes Knirschen. Daniel horchte angestrengt. Es wurde lauter. Wie eine Bewegung über Kies. Und ein Motor.

Vermutlich ein Auto, das sich über den Kiesweg dem Haus näherte. Jetzt hörte das Knirschen schlagartig auf und einen Moment war nur der Motor zu hören, der dann auch verstummte. Daniel schlich mit einer schnellen Bewegung zum Fenster. Gott sei Dank hatte er kein Licht gemacht, sodass er nun ungesehen durch das Fenster spähen konnte.

Tatsächlich. Ein dunkler Wagen. Durch die getönten Scheiben konnte man in der Dunkelheit nicht erkennen, wer darin saß. Niemand stieg aus. Das Auto stand einfach da. Direkt neben seinem. Daniel verharrte in seiner unbequemen Späherstellung, als sich langsam die Fahrertür öffnete, bis sie weit offenstand. Erst dann konnte Daniel einen Kopf erkennen. Diesen Kopf kannte er gut.

Mara! Was machte sie hier? Woher kannte sie die Adresse? Hatten ihre Leute ihn bereits orten können und dann Mara vorgeschickt? Vielleicht hatte sie selbst sogar seine neue Handynummer weitergegeben.

Was sollte er nun tun? Am besten mitspielen – er hatte bislang noch den Vorteil, dass sie nicht ahnte, dass er ihr Geheimnis kannte. Doch er musste auf der Hut sein. Die ganze Situation war äußerst gefährlich.

Sie schlug die Autotür zu und kam mit umgehängter Reisetasche auf die Haustür zu. Mit schnellen Schritten entfernte sich Daniel vom Fenster, um ihr die Tür zu öffnen. Einen Moment blieb er davor stehen, knipste das Licht im Raum an und atmete durch. Dann riss er die Tür auf. Mara stand da mit einem strahlenden Lächeln und wollte gerade den Klingelknopf drücken. Erleichtert sah sie ihn mit einem glücklichen Gesichtsausdruck an und fiel ihm augenblicklich um den Hals. Daniel konnte gar nicht anders, als ihre Umarmung spontan zu erwidern.

„Ach, Daniel! Wie schön, es geht dir gut. Ich hab mir echt Sorgen gemacht."

„Mir geht es gut. Was ist mit dir? Konntest du fliehen?"

„Ja, das war kein Problem. Ich hab sie schnell abgeschüttelt. Es sind nicht so gute Läufer. Und so besonders pfiffig scheinen sie auch nicht zu sein", antwortete sie mit einem Lächeln.

„Komm erst mal rein, dann kannst du in Ruhe erzählen." Daniel gab den Weg ins Haus frei und Mara trat mit ihrer Tasche in den Wohnraum.

„Hübsch hier", bemerkte sie, während sie sich in Ruhe umschaute. „Das ist also das Ferienhaus von deinem Chef."

Daniel konnte nicht eindeutig zuordnen, ob es eine Frage oder eine Feststellung war.

„Ja, mir gefällt es auch. Ich hab mich noch gar nicht richtig umgesehen. Bin auch eben erst angekommen. Kanntest du die Adresse?", fragte er möglichst beiläufig.

„Du hast die Adresse doch vorgelesen, nachdem du sie von Peter bekommen hattest", antwortete Mara, für Daniels Empfinden fast eine Spur zu schnell.

„Und das konntest du dir merken?" Er versuchte, überrascht zu klingen und nicht misstrauisch.

„Ja, so was kann ich gut. Ich habe ein super Gedächtnis für Namen und Orte. Wenn ich Namen einmal gehört habe, vergesse ich sie nicht mehr. So wie manche Menschen ein fotografisches Gedächtnis haben, so geht das bei mir über den Klang – halt wenn ich die Worte höre ..."

Sie drehte sich von ihm weg und ging langsam durch den Raum, während Daniel einige Schränke auf der Suche nach etwas Ess- oder Trinkbarem öffnete.

Wasser, Saft, ein paar Dosen Bier, Cola. Zudem Nudeln in rauen Mengen, ein paar Fertigsoßen, Tomatenmark, Gewürze, viele Dosen Thunfisch – zumindest würden sie heute Abend nicht verhungern oder verdursten.

„Magst du was trinken?", rief er Mara vom Kühlschrank aus zu.

„Gern, wenn was da ist. Wasser wäre gut." Mara hatte die Treppe entdeckt und ging nach oben. Nach einer Weile kam sie zurück und Daniel überreichte ihr ein übervolles Glas Wasser.

„Na, du meinst es ja gut mit mir", scherzte sie und trank es in einem Zug fast leer.

„Hast du oben etwas Interessantes entdeckt? Ist dort die Schatzkammer des Hauses?"

„Wie man's nimmt. Ich würde es eher als Schlafzimmer bezeichnen. Aber es ist sehr schön. Mit den Dachschrägen und so. Wirklich nett. Und ein kleines Bad ist noch da."

„Nun erzähl doch mal. Wie ist es dir ergangen?", platzte Daniel heraus.

Mara ließ sich auf das Sofa sinken und starrte einen Moment vor sich hin.

„Was ist mit Vincent?", fragte sie niedergeschlagen und schaute Daniel dabei wieder an.

„Ich war noch mal an der Stelle am Kanal. Ich meine, da wo wir ihn ... wo er angeschossen wurde. Eine Frau hat gesehen, dass sie ihn ins Krankenhaus gebracht haben. Zumindest scheint er noch zu leben. Ich habe mich nicht getraut, ihn zu besuchen oder nachzufragen. Es ist zu riskant. Aber Joelle, meine Ex-Freundin, wird sich um ihn kümmern. Das hat sie mir versprochen. Sie ist in Brüssel, ich habe sie eben getroffen. Sie hat mir übrigens auch das Auto besorgt ..."

Daniel wählte seine Worte sehr genau, aber er versuchte auch, möglichst nah an der Wahrheit zu bleiben. Das schien ihm der beste Weg, sich nicht zu sehr in Lügen zu verstricken. Er hatte nur dann eine Chance in dieser kniffligen Situation, wenn Mara glaubte, sein Vertrauen zu besitzen.

„Ok, das beruhigt mich ein wenig", seufzte Mara. „Hoffentlich wird er bald wieder gesund."

Sie legte sich nun ganz auf das Sofa, die Füße mit zwei verschiedenfarbigen Socken oben auf der Lehne, während Daniel sich in den Sessel ihr gegenüber setzte.

„Also, ich konnte sie gut abschütteln. Mit ein paar Haken und dann wieder in die Gegenrichtung war ich bald alleine. Und du? Hast du den Safe retten können?"

Daniel hatte das Gefühl, dass sie ablenken wollte. Er deutete auf den Boden neben dem Sofa, wo die Umhängetasche stand.

„Ganz so einfach war das allerdings nicht. Einer hat mich in die Enge getrieben. Da habe ich in einem Innenhof die Tasche versteckt. Später konnte ich sie glücklicherweise dort wieder abholen. Wie du schon sagtest, so ganz helle sind diese Russen nicht. Zuvor bin ich zu Vincent zurück, sah dort aber nur noch die Polizeiwagen abfahren. Anschließend habe ich mich dann neu eingekleidet, um besser untertauchen zu können." Daniel deutete mit einer Hand an sich herunter.

„Ach deshalb!", entfuhr es Mara amüsiert. „Ich hab mich schon gewundert über dein Outfit. Habe mich aber nicht getraut, etwas zu sagen – so gut kenne ich dich ja auch noch nicht", ergänzte sie mit einem spitzbübischen Unterton.

Daniel war beeindruckt, wie souverän sie ihre Tarnung durchzog. Sicher wäre er nie auf den Gedanken kommen, dass ihre Reaktionen nicht absolut authentisch und ehrlich waren.

„… dann bin ich zu Vincents Wohnung", fuhr er fort. „Dort habe ich mich in der Nähe versteckt, sodass ich den Eingang im Visier hatte – und dann sah ich sie kommen. Erst einen, dann zwei von denen, die wir heute schon kennenlernen durften."

„Dann musst du mich doch auch gesehen haben", unterbrach ihn Mara.

„Ich habe dich gesehen … und wollte dich warnen. Aber oben am Fenster stand einer der Russen. Und dann warst du schon im Eingang verschwunden."

„Ich hatte gehofft, dich dort zu treffen. Schon im Treppenhaus hörte ich sie oben die Wohnung auseinandernehmen. Ich habe im Flur gewartet, bis sie gegangen sind. Dann entschloss ich mich, meine Sachen aus der Wohnung zu holen und bin danach durch den Hinterhof verschwunden."

Soweit stimmte also zumindest Daniels Vermutung mit dem Fluchtweg. Aber was war mit dem dritten Mann? Er musste doch zusammen mit Mara verschwunden sein.

„Und der Dritte?", fragte er spontan. „Es sind nur zwei aus dem Haus herausgekommen." Er ärgerte sich direkt über seine Nachfrage. Hoffentlich hatte er sich jetzt nicht verraten.

„Keine Ahnung. Ich weiß nicht, wie viele es waren." Sie schien seinen Fehler nicht bemerkt zu haben. „Ich glaube, es waren zwei, die aus der Wohnung kamen. Aber ganz sicher bin ich mir da nicht – jedenfalls war die Wohnung leer. Keiner war mehr drin und die Tür stand weit offen."

„Ja, ich war kurz nach dir dort. Da warst du aber wohl schon über alle Berge."

Mara setzte sich aufrecht auf das Sofa, ihr Magen meldete sich mit einem knurrenden Laut.

„Hast du Hunger?", fragte Daniel.

Mara nickte. „Ja, seit dem Frühstück hab ich keinen Bissen mehr zu mir genommen."

Daniel musste innerlich lachen. Wo packte sie das alles hin? Schon beim Frühstück hatte sie Unmengen verputzt – und das bei einer solchen Figur. Aber er selbst verspürte nach den körperlichen Höchstleistungen des Tages auch schon wieder Hunger – trotz seiner Zwischenmahlzeit mit Joelle.

„Sollen wir etwas kochen?", fragte er und ging zu den Küchenschränken hinüber.

„Gute Idee. Ist denn überhaupt etwas da?"

Daniel öffnete nacheinander die Schränke. „Möglich wären Nudeln oder ... Nudeln – oder auch Pasta! Mit Tomatensoße. Fertigsoßen sind auch da. Und Thunfisch, jede Menge."

„Thunfisch nicht. Ich bin Vegetarierin. Aber alles andere klingt doch gut!"

Wenige Minuten später standen sie zusammen in der kleinen, vom Raum durch eine Bar abgetrennten, Küchenzeile und bemühten sich, aus den Vorräten ein genießbares Abendessen hinzuzaubern. Die Stimmung zwischen den beiden war gut – jedenfalls rein äußerlich betrachtet. Sie alberten herum und Daniel beobachtete Mara zwischendurch immer wieder, während sie sich hingebungsvoll um die Nudeln kümmerte. Er fühlte sich fast zurückversetzt in seine eigene Wohnung und den ersten gemeinsamen Abend mit Mara, oder auch den Abend gestern bei Vincent. Und doch konnten ihm die positiven Erinnerungen nicht das Misstrauen nehmen, das sich inzwischen zu einer Gewissheit verdichtet hatte. Mara arbeitete gegen ihn und versuchte nur so lange zu kooperieren, wie es ihr Vorteile bringen würde. Und dann?

Wenn sie seinen Zufluchtsort hier kannte, so würde die Organisation ihn auch kennen. Die plötzliche Erkenntnis versetzte ihm einen Schock. Er saß in der Falle. Hier am Ende der Welt, und er hatte nicht mal Handyempfang, wenn sie kommen würden. An Schlaf war diese Nacht wohl nicht zu denken!

¥

„Hast du das Auto da draußen gemietet? Doch nicht auf deinen Namen, oder?", versuchte er das Gespräch in Gang zu halten.

„Doch – musste ich ja. Sie wollten meinen Führerschein sehen. Ich habe halt keine zwei. Aber sicherheitshalber habe ich bar bezahlt."

„Na, wird schon gut gehen. Selbst wenn sie das herausfinden, werden sie ja noch nicht wissen, wo du hingefahren bist", heuchelte Daniel und hätte es selbst nur zu gern geglaubt.

„Denk ich auch … Es war halt die einzige Chance, dich wiederzufinden, nachdem das in Vincents Wohnung nicht geklappt hat."

„Ja, das ist erst mal das Wichtigste", bemerkte Daniel und beschloss, das Thema vorerst ruhen zu lassen.

„Mmh, die Spaghetti sind gut!", warf Mara etwas unartikuliert mit einer heißen Nudel auf der Zunge ein. Die Hälfte hing ihr noch aus dem Mund und wurde nun langsam eingesaugt.

Nachdem die gut gefüllten Teller und Bestecke auf der hohen Theke der Küchenbar platziert waren, nahmen sie über Eck auf den Hockern Platz und widmeten sich erst mal ganz dem Essen. Besonders Mara fiel geradezu über den schnell schwindenden Vorrat an Spaghetti auf ihrem Teller her, was auch den kleinen roten Punkten auf ihrem T-Shirt anzusehen war, als sie schließlich vor dem geleerten Teller saß.

„Ist noch was da?", fragte sie, als Daniel etwa die Hälfte seiner Portion geschafft hatte.

„Ich hol dir noch was."

„Nein, das mach ich schon", antwortete sie und war schon vom Hocker gesprungen, bevor Daniel sich überhaupt regen konnte.

Sie kam mit einem fast ebenso gut gefüllten Teller zurück, der von Unmengen Tomatensoße gekrönt war. Er schaute Mara wohl etwas fassungslos an, was er erst bemerkte, als diese fragte: „Was ist?"

Er schüttelte nur lächelnd den Kopf, sodass Mara nun auch über sich selbst lachen musste.

„Wie gehen wir denn jetzt weiter vor? Hast du einen Plan?", fragte sie nach einigen weiteren Gabeln. Offensichtlich war ihr erster Appetit gestillt, sodass sie nun wieder denken und reden konnte.

„Noch nicht. Ich muss das erst mal alles klar bekommen im Kopf. Hast du eine Idee?"

„Wir sollten möglichst schnell versuchen, den Stahlsafe zu öffnen. Sicher ist da etwas Hochbrisantes drin, was uns dem Geheimnis näherbringen wird – oder es gar entschlüsseln kann. Hast du mal geschaut, ob es hier passende Werkzeuge gibt? Ein Schweißgerät oder so was wäre jetzt klasse."

„Kannst du damit umgehen?", fragte Daniel überrascht.

„Mh ..." Mara nickte mit einer großen Gabel Nudeln im Mund. „Das ist nicht schwer. Kannst du auch, wenn ich es dir zeige. Ich habe viel mit Metallobjekten gearbeitet. Skulpturen aus Stahl, Müll, Blech und so was ..."

„Wir müssten das Haus mal durchsuchen. Vielleicht im Keller oder im Geräteschuppen draußen im Garten." Er wies mit der leeren Gabel nach draußen.

„Sollen wir das nicht direkt mal machen?", fragte Mara voller Tatendrang.

Daniel zögerte. Sicher war es besser, erst mal Zeit zu gewinnen und nicht zu schnell an die Dokumente in der Kassette ranzukommen. Auf einmal hatte sich die Situation geändert und er musste klug und strategisch bei seinen weiteren Schritten vorgehen.

„Vielleicht lieber morgen. Ich bin heute total müde und würde gerne bald schlafen."

Mara blickte ihn enttäuscht und misstrauisch an. „Hast du Diego mal gesprochen? Hat er etwas herausbekommen?"

„Ich konnte ihn bisher noch nicht erreichen. Hier gibt es leider kein Netz."

„Dann weißt du sicher auch noch nichts von Vincent, oder? Wollte deine Ex-Freundin ihn heute noch besuchen? Wie hieß sie noch mal?"

„Joelle", antwortete Daniel knapp.

Es entstand ein Pause.

„Seid ihr schon lange auseinander? Warum habt ihr euch getrennt?"

„Direkt zwei Fragen auf einmal", bemerkte Daniel. „Dabei kann ich nur die eine davon richtig beantworten: vor etwa zwei Jahren. Da ging Joelle nach Berlin. Aus beruflichen Gründen – sie hatte dort einen super Job angeboten bekommen. Für sie war es auch keine Frage. Und eine Fernbeziehung wollten wir beide eigentlich nicht. Das war dann der Anlass ..."

Mara wartete, aber mehr kam nicht von Daniel.

„Hängst du noch sehr an ihr?"

Daniel saß einfach da. Schließlich kam zögerlich eine Antwort.

„Irgendwie schon. Ach, ich weiß es nicht ... wir hatten schon eine tolle Zeit zusammen. Aber es gab nicht nur Schönes. Das vergisst man dann halt manchmal."

Er riss sich selbst aus den quälenden Gedanken.

„Ist kalt hier, oder? Soll ich mal den Kamin anmachen?"

„Oh ja! Ich liebe Kaminfeuer." Mara sprang auf und half Daniel, die Holzscheite zu stapeln, dann schnappte sie eine Decke vom Sofa und breitete sie auf dem Teppich davor aus. Sie setzte sich mit angezogenen Beinen darauf, während Daniel das Feuer entfachte. Dann nahm er neben ihr Platz. Gemeinsam schauten sie in die züngelnden Flammen und sprachen eine ganze Weile kein Wort.

Er musste an seine Visionen in der Kathedrale denken, als er direkt vor dem Altar gestanden hatte. Was konnte das nur gewesen sein? Eine Vorahnung? Daniel konnte sich keinen Reim darauf machen.

¥

Er schreckte hoch. Es musste schon eine ganze Zeit vergangen sein. Im Kamin leuchtete nur noch eine intensive, rote Glut ohne Flammen. Er hob den Kopf, dann blickte er sich um. Mara lag dicht neben ihm und schlief. Über ihnen beiden lag eine weitere Decke. Er konnte sich nicht erinnern, dass sie sich hingelegt oder zugedeckt hatten. Vermutlich hatte Mara das getan.

Er musste versuchen, wach zu bleiben. Die Situation war auch so schon kaum kontrollierbar. Er schaute zum Tisch hinüber und sah die Umhängetasche mit der Kassette. Sicher wäre es besser, sie zu verstecken – am besten außerhalb des Hauses. Sein Blick wanderte zur Taschenlampe hinüber, dann zu Mara.

Sie schien tief und fest zu schlafen. Vorsichtig wandte er sich um und glitt langsam aus der Decke auf den Teppich.

Mit leichten Schritten ging er zur Terrassentür und schob diese ein Stückchen auf. Sie glitt leise und leicht zurück. Dann griff er nach dem Safe, nahm die Taschenlampe vom Boden und trat ins Freie. Die Luft roch modrig und feucht, nach Wald und nasser Erde. Daniel fröstelte. Er schaute sich um und knipste die Lampe an. Der Strahl schweifte über Baustämme, Nadelzweige und Laub und warf bizarre Schatten auf das entfernte Gewirr der Pflanzen dahinter. Ringsherum nur Wald, aber glücklicherweise nicht ganz so dicht, wie er befürchtet hatte.

Daniel ging ein Stück nach rechts in ihn hinein und leuchtete den Boden nach einem geeigneten Versteck ab. Er würde eine Schaufel brauchen, möglicherweise war eine im Geräteschuppen. Er ging zurück und steuerte auf die Tür des Gartenhauses zu. Der Schlüssel steckte und ließ sich ohne Probleme drehen. Innen ein Chaos von Geräten: Gartengeräte jeglicher Art, große und kleine elektrische Maschinen, Holzscheite für den Kamin, Säcke, Kartons und unzählige Kleinigkeiten auf oben an den Wänden angebrachten Regalbrettern. Daniel schnappte sich einen Spaten und schloss die Tür wieder hinter sich. Er ging am Schuppen vorbei direkt in den Wald und zählte die Bäume. Nach fünf Bäumen bog er nach links, wieder zählte er bis fünf. An diesem Baum prüfte er den Boden mit dem Spaten. Er war viel zu hart, mit Wurzeln durchzogen – vermutlich war er einfach zu nah am Baum. Näher zum sechsten Baum wurde der Boden weicher und Daniel begann zu graben. Ein kleines Loch, gerade groß genug für die Kassette. Er legte sie hinein, warf die Erde darüber und stampfte sie mit seinen Füßen fest. Dann verteilte er Laub und Zweige darüber, sodass die Stelle jeder anderen des Waldbodens glich. Schließlich überprüfte er das Ergebnis mit der Taschenlampe. Zufrieden machte er sich auf den Weg zurück zu Maras Nachtlager. Gerade hatte er die Wiese betreten, als er abrupt stehen blieb.

War das ein Geräusch gewesen? Er horchte angestrengt in das Rauschen des Waldes hinein. Blätter, Wind und ein diffuses Sammelsurium von nächtlichen Geräuschen – vermutlich Tiere. Aber er glaubte eben eine Autotür gehört zu haben. Nun war da nichts als die säuselnde Gleichförmigkeit der nächtlichen Natur. Mit leisen Schritten und voller Konzentration auf seinen Gehörsinn näherte er sich der Terrassentür, schlüpfte wieder ins Zimmer, zog die Tür leise zu und stellte die Lampe auf den Boden. Mara lag immer noch unverändert und schlafend an derselben Stelle. Da, schon wieder! Diesmal war es ein Knirschen – wie vom Kies vor dem Haus. Als ob jemand über den Kies gehen würde. Mara schreckte hoch.

„Daniel?" Sie schaute ihn mit weit aufgerissenen Augen in der Dunkelheit an. „Ist alles in Ordnung? Warst du das?"

„Ich glaube, da ist etwas draußen. Ich habe Geräusche gehört."

Daniel schlich zum Fenster, von dem er die Zufahrt zum Haus sehen konnte. Der Vorplatz lag ruhig da, die beiden Autos konnte man von hier aus nicht erkennen. Alles schien ruhig.

Doch da war es erneut – das Knirschen.

Diesmal langgezogener und dann ein Flüstern. Es war nur ein Wort, ein sehr kurzes, scharfes. Es mussten also mindestens zwei Leute sein.

Daraufhin ein Zischen, ein paar Mal hintereinander. Es kam von der Vorderseite.

Mara war augenblicklich auf den Beinen und näherte sich Daniel von hinten. Er wich etwas zur Seite und behielt sie im Auge. Wollte sie ihn überwältigen oder das Spiel noch weiter mitspielen? Nun hätten sie ihn in der Zange. Doch sie schaute nur aus dem Fenster.

„Hast du eine Waffe?", fragte sie ihn leise.

„Nein, nichts. Vielleicht sollten wir uns wenigstens ein Messer aus der Küche nehmen."

„Zumindest besser als gar nichts", erwiderte sie. „... oder am besten abhauen. Einfach zum Auto und dann weg."

Sie ging zur Theke, steckte ihren Autoschlüssel in die Tasche und suchte in der Küchenschublade nach einem passenden Messer. Auch Daniel hatte sich vom Fenster entfernt und nahm nun ein großes Hackmesser aus der Schublade. Aus dem Augenwinkel sah er einen Schatten auf der Terrasse. Augenblicklich duckte er sich und zog Mara mit hinunter. Beide konnten hinter der hohen Theke in Deckung gehen. Durch den schmalen Seitenspalt erkannten sie riesige Schatten. Es waren zwei Männer, die Daniel wie Hünen vorkamen. Ihre Gesichter konnte er im Dunkeln nicht erkennen, aber es schienen zumindest nicht die Russen von heute Mittag zu sein. Lange standen sie dicht vor der Scheibe und spähten ins Innere des Hauses, bis der eine ein Zeichen nach rechts oben gab. Was auch immer das zu bedeuten hatte, sie gingen rechts vorbei und verschwanden aus dem Sichtfeld.

Mara war ganz ruhig geblieben. Auch sie schien Angst zu haben oder diese zumindest vorzutäuschen. Langsam schauten sich beide an und erhoben sich vorsichtig aus ihrem Versteck.

„Wir sitzen in der Falle", flüsterte sie.

„Hast du eine Idee?"

An der Seite des Hauses waren nun Geräusche zu hören. Regelmäßig und dumpf. Als ob jemand eine Treppe oder Leiter hinaufginge. War dort eine Feuerleiter oder Treppe an der Seite des Hauses? Daniel hatte sich das Haus vorher nicht so genau angesehen, was er nun bedauerte. Oder hatten die Kerle draußen eine Leiter gefunden? Vermutlich beabsichtigten sie durch das Fenster oben im Dach einzusteigen. Jedenfalls konnte er mit Mara nicht einfach zur Tür hinaus und zum Auto gehen, das würden sie sofort bemerken.

In dem Moment war zerbrechendes Glas von oben zu hören und polternde Geräusche dicht nacheinander. Daniel schaute wie aus Reflex auf die ins Dachgeschoss führende Treppe.

„Raus!", flüsterte Mara nachdrücklich und stürmte auf die Terrassentür zu. Daniel hechtete in wenigen Schritten hinter ihr her und half ihr, die Tür zu öffnen. Der Verschluss klemmte. Beide zerrten nervös daran herum. Dann sprang er endlich auf und die Tür glitt zurück. Sie hörten die beiden Männer laut polternd die Treppe hinunterkommen. Offensichtlich gaben sie sich nun keinerlei Mühe mehr, geräuschlos zu sein. Daniel schaffte es nicht mehr, die Taschenlampe zu nehmen, denn der erste Schuss schlug in die Scheibe der Tür und ließ ihr komplettes Glas auf dem Boden in tausende Splitter zerschellen. Mara war schon draußen und schaute sich hilfesuchend nach ihm um. Beide stürmten panisch in den Wald. Immer tiefer hinein. Hinter ihnen hörten sie die Geräusche und Stimmen der Verfolger. Vermutlich hatten sie ihre Fluchtrichtung nur grob mitbekommen und konnten sie nicht mehr sehen. Jedenfalls kamen keine weiteren Schüsse.

Daniel gab Mara ein Zeichen, sich zu ducken und sie beide verschanzten sich hinter einer riesigen umgefallenen Wurzel. Das Licht der Taschenlampe flackerte durch den Wald und ließ vermuten, dass ihre Verfolger keinen Schimmer hatten, wo sie sich befanden. Oder es war nur eine Finte.

Aber sicher würden sie den Wald komplett durchkämmen. Dummerweise verursachte das Gehen oder Laufen auf dem Waldboden Geräusche, die man auch über große Entfernungen wahrnahm – zumindest wenn man selbst nicht gerade Geräusche verursachte. Man konnte ihre Schritte hören. Sie mochten etwa zwanzig Meter entfernt sein. Mara machte ein Zeichen nach links. Daniel nickte und nahm einen Stein vom Boden. Dann warf er ihn nach rechts. Etwa dreißig Meter von ihnen entfernt schlug er in das Laub und verursachte ein kurzes, leichtes Rascheln. Die Schritte hörten auf.

Dann waren sie wieder zu hören.

Also los! Zu den Autos waren es vielleicht fünfzig Meter. Der Boden war hier etwas feuchter, so dass er beim Gehen nur sehr wenig Geräusche machte. Sie waren jetzt kurz vor der

Lichtung und konnten die Autos schon sehen. Nun der Weg über die offen einsichtige Lichtung! Das Problem würde der knirschende Kies sein. Ihre Verfolger waren nun weiter von ihnen weg, doch würden sie die Geräusche auch über die größere Entfernung hören und sie in jedem Fall sehen, wenn sie den Lichtkegel in ihre Richtung lenkten. Sie näherten sich den Autos, waren jetzt nur wenige Meter von ihnen entfernt. Da bemerkte Daniel das Fiasko.

Ihm entfuhr flüsternd ein Fluch. Das also hatte das Zischen bedeutet: Die Reifen beider Autos waren allesamt durchstochen.

¥

Die Männer kamen näher. Auch wenn sie versuchten, selbst möglichst wenig Geräusche zu machen, um sie besser orten zu können, so konnte man ihre Nähe nun deutlich vernehmen. Daniel und Mara kauerten zwischen den beiden Autos.

„Wir müssen wieder in den Wald. Hier sitzen wir fest", flüsterte Daniel ihr zu.

Sie nickte und beide schlichen vorsichtig dicht am Haus entlang zu der Stelle, wo der Wald unmittelbar neben dem Gebäude begann. Die Verfolger waren schätzungsweise dreißig Meter entfernt, noch dicht beim Haus. So konnten sie unbemerkt in den Wald abtauchen. Als sie schon wieder ein ganzes Stück vom Häuschen und den Männern entfernt waren, trat Mara plötzlich auf einen dicken Ast. Ob versehentlich oder absichtlich, darüber konnte Daniel in diesem Moment nicht nachdenken, denn augenblicklich traf sie der Lichtschein der Lampe und sie hörten Schritte näherkommen. Laufende Schritte. Auch Mara und Daniel rannten nun durch den Wald, Haken schlagend, um den Kugeln auszuweichen, die neben ihnen das Holz zersplitterten und unmittelbar über ihren Köpfen herpfiffen. Sie hatten wenig Chancen – kamen ohne Licht nur sehr schwer voran, die Verfolger dagegen immer näher und die Kugeln flogen bedrohlich dicht an ihnen vorbei.

Dann stürzte Mara.

Sie lag auf dem Boden. Was sollte er machen? War das inszeniert? Sollte er ihr helfen? Er konnte nicht anders. Er handelte spontan aus einem Gefühl heraus, sprang zu ihr hinüber und half ihr auf.

Sie konnte kaum weiter, schien sich den Fuß verletzt zu haben. Sie humpelte mit seiner Hilfe weiter durch den Wald. Die Männer waren nun fast bei ihnen, in wenigen Augenblicken würden sie sie eingeholt haben. Da erblickte Daniel weiter hinten den Spaten, den er zuvor für sein Versteck benutzt und dort am Baum vergessen hatte. Nur wenige Meter trennten sie jetzt von den Männern, die ihr Feuer eingestellt hatten. Einer der Männer hatte Mara erreicht und entriss sie Daniels Armen, sodass sie zu Boden fiel. Daniel hechtete mit einem Satz zu dem Spaten, griff ihn und schwang ihn noch in der Bewegung wie ein Hammerwerfer seinen Hammer. Die scharfe Spitze riss seinem Verfolger den linken Arm auf, worauf er vor Schmerz niedersank.

Dann rief der andere Mann etwas.

„Stopp! Sofort aufhören! Oder ich erschieße sie."

Er kniete mit einem Bein auf Maras schwer atmendem Brustkorb, hielt mit der einen Hand ihren Kopf an den Haaren und mit der anderen eine Pistole gegen ihre Stirn.

Daniel stand unschlüssig da. War das wieder eine Finte? Sie würden sie ganz sicher nicht erschießen. Und wenn doch? Wenn er sich getäuscht hatte? Er schaltete seinen Verstand aus und ließ den Spaten fallen. Der andere stand mit schmerzverzerrtem und hasserfülltem Gesicht auf und kam mit erhobener Pistole auf Daniel zu. Dann schlug er ihm die Waffe mit voller Wucht ins Gesicht. Daniel schmeckte Blut in seinem Mund und spuckte aus.

Dann wurde er grob mit dem Gesicht gegen den Baum gestoßen, seine Hände auf dem Rücken zusammengehalten und gleichzeitig mit einem Plastikband festgezurrt. Es war so schmal, dass es ins Fleisch einschnitt und schon ohne weitere Bewegungen höllisch wehtat. Aus den Augenwinkeln sah er, dass der andere mit Mara das gleiche machte. Unsanft wurden sie beide hinter dem flackernden und tanzenden Lichtpunkt der Taschenlampe hergestoßen, die Männer direkt im Nacken. Mara konnte kaum Schritt halten und stolperte mehr, als dass sie ging. Der Fuß schien ihr große Probleme zu bereiten und das richtungsweisende Licht erhellte nur äußerst halbherzig den Weg.

Mehrfach fiel sie hin, weil sie zu schnell gestoßen wurde, richtete sich unter Tritten und Stößen mühsam wieder auf und strauchelte weiter. Eine endlose Strecke wurden sie beide auf diese Weise in den Wald hineingetrieben. Daniel konnte sich keinen Reim darauf machen. Sollten sie gleich hier in der Abgeschiedenheit hingerichtet und verbuddelt werden? Aber warum dann die Mühe, sie erst gefangen zu nehmen? Sollten sie an einen bestimmten Ort gebracht werden? Oder man wollte sie beide foltern, um etwas aus ihnen herauszubekommen – Informationen vermutlich. Der Safe! Der Weg nahm kein Ende und der Wald wurde wieder etwas dichter.

Daniel schaute zu Mara hinüber.

„Alles in Ordnung?"

Sie schaute ihn durch die Dunkelheit an.

„Alles bestens", erwiderte sie in scherzhaftem Ton. Aber Daniel war sich sicher, dass sie kein Lächeln dabei zustande brachte, auch wenn er das im Dunkel nicht erkennen konnte.

Einige Meter weiter war das Ziel ihres nächtlichen Ausflugs zu erkennen: eine kreisrunde, stählerne Bodenplatte.

Sie wurden direkt darauf zugestoßen, kurz davor blieben sie stehen und Mara sank auf die Knie. Die Männer hantierten an einigen Halterungen, die in regelmäßigen Abständen angebracht waren. Die Platte hatte einen Durchmesser von vielleicht vier Metern, schätzte Daniel. Nachdem die Halterungen gelöst waren, schoben die Männer die schwere Abdeckung ruckweise beiseite. Daniel konnte hineinsehen. Darunter befand sich so etwas wie ein Tank. Kreisrund aus Beton, ging er einige Meter tief in den Boden.

Mit brutalen Griffen wurden sie gleichzeitig an den Rand der Grube befördert. Ein Sturz hinunter konnte böse für sie enden, besonders Mara mit ihrem Fuß würde den Fall auf den harten Beton kaum abfedern können und dann schwer verletzt unten liegen. Daniels Bewacher wollte ihn gerade in den Abgrund stoßen, als er von dem anderen unterbrochen wurde und innehielt. Der hielt ihm ein Seil entgegen, wie es auch von Bergsteigern benutzt wurde. Erst banden sie mit einem weiteren Plastikband seine Füße zusammen, dann zogen sie das Seil unter seinen Armen durch und ließen ihn langsam nach unten, jeder ein Ende des Seils in den Händen. Plötzlich löste einer der Männer das Seil und Daniel fiel. Der Aufschlag auf den Boden war unglaublich hart. Daniel konnte sich danach kaum bewegen. Er spürte seinen ganzen Körper in einem einzigen Schmerz und fühlte sich wie zerschmettert. Einen Moment später sah er Maras Schatten, wie sie über die Kante herabgelassen wurde. Er hoffte, dass die Männer etwas sanfter mit ihr umgingen und sie tiefer hinabließen. Aber dann fiel sie schon, mehrere Meter – und erreichte den Boden mit einem qualvollen Schrei. Beide lagen sie nun unten auf dem harten Beton, die Handgelenke, blutig von der schneidenden Plastikfessel, auf dem Rücken. Unter lautem Knirschen wurde der Stahlboden oben wieder zugeschoben und die matte Dunkelheit wich einer absoluten Schwärze. Das letzte, was sie hörten, waren die Geräusche der Halterungen oben, die wieder einrasteten, und die sich entfernenden Stimmen der Männer.

Dann waren sie allein. Daniel konnte neben seinem Atem deutlich den von Mara wahrnehmen und fühlte nicht nur den eigenen, sondern auch ihren Schmerz ganz intensiv. Es dauerte lange, bis sie fähig waren, Kontakt aufzunehmen.

„Mara?"

Sie antwortete nicht.

„Sag doch was!"

Ein mattes Stöhnen erklang aus ihrer Richtung. Daniel versuchte, sich umzudrehen und in ihre Nähe zu robben.

Die Bewegungen bereiteten ihm unglaubliche Mühe.

„Mara ..." Er wusste auch nicht recht, was er sagen sollte, wollte einfach wissen, dass es ihr gut ging. Oder zumindest akzeptabel gemäß den Umständen, dachte er bei sich.

„Daniel ...", kam es ganz schwach aus ihrem Mund. „Ich ... es geht mir ...", das letzte Wort war kaum zu vernehmen, „... gut."

Daniel schaffte es schließlich, zentimeterweise in ihre Richtung zu robben, bis er an ihre Beine stieß. Sie drehte sich zu ihm, doch beide konnten sie nichts erkennen. Daniel legte seinen Kopf auf ihre Beine, dann schlief er ein.

¥

Als er wach wurde, wusste er nicht, ob er ein paar Minuten, Stunden oder gar Tage geschlafen hatte. Er hob den Kopf und blickte in die Dunkelheit. Sie war undurchdringlich. Man konnte absolut nichts sehen. Nur Schwärze. Daniel fragte sich, wann man es nicht mehr aushielte in ein absolutes Schwarz zu blicken und verrückt dabei würde.

Mara bemerkte sein Erwachen und konnte nun offensichtlich ein wenig besser sprechen.

„Wie geht es? Sind deine Knochen noch heil?"

„Keine Ahnung, es tut überall weh. Aber wenn etwas gebrochen wäre, hätte ich sicher noch unerträglichere Schmerzen. Und bei dir?"

„Bin nicht so sicher. Der Fuß schmerzt schon höllisch, könnte gebrochen sein."

Daniel rutschte weiter nach oben und setzte sich aufrecht an die Wand gelehnt hin.

„Wo bist du? Was machst du da?", fragte Mara, die seine Bemühungen nur akustisch mitbekommen hatte.

„Hier an der Wand. Direkt neben dir."

Daniel hörte nun auch Maras Bewegungen, dann spürte er, wie sie neben ihm saß und sich ihre Arme berührten.

„Wir müssen dringend diese blöden Fesseln loswerden. Hast du irgendwas in der Tasche?", fragte sie in den hallenden Raum hinein.

Daniel schüttelte den Kopf. „Nein", antwortete er. „Ich glaube nicht. Einen Euro vielleicht. Und du?"

„Auch nicht. Das Messer haben sie mir abgenommen. Hast du deins nicht mehr?"

„Habe ich irgendwo beim Kampf verloren. Ich hätte mal besser ein kleineres genommen."

„Ach, das hätten sie dir sicher auch genommen ... Der Schlüssel! Ich hatte den Autoschlüssel doch mitgenommen. Er müsste irgendwo sein. Ich spüre ihn nur nicht. Kannst du ihn suchen?"

Daniel wandte sich von ihr ab, sodass er mit den Händen an ihre Taschen kam.

„Das erinnert mich ein wenig an ‚Blinde Kuh'", spottete Daniel.

„Warte! Ich glaube, es geht besser, wenn wir uns hinstellen." Unter ächzenden Geräuschen schafften es beide, schließlich aufrecht zu stehen.

Daniel tastete nach ihrer Hosentasche und fand den Eingang. Leer! Nun die andere – ebenfalls leer.

„Dreh dich mal um."

„Aber Vorsicht! Nicht grapschen", scherzte Mara.

„Wessen Idee war das denn?", konterte Daniel.

Er tastete sich weiter und spürte Maras Po in seinen Händen. Er fasste in die eine Gesäßtasche, dann in die andere.

„Nichts."

„Das ist komisch. Ich hab ihn doch eingesteckt."

„Hast du noch irgendwo Taschen?"

„Nein. Dann muss ich ihn unterwegs verloren haben. Oder sie haben ihn mir mit dem Messer abgenommen."

Entmutigt sanken beide an der Wand entlang langsam zu Boden.

„Ohne Hilfsmittel bekommen wir die Bänder nicht ab – keine Chance."

Sie saßen eine ganze Weile da und sagten nichts. Jeder in seine Gedanken versunken. Mara war in der gleichen misslichen Lage wie er selbst, dachte Daniel. Das verwirrte ihn. Aber sie musste ihre Rolle konsequent weiterspielen. Noch hatten sie nicht, was sie wollten.

„Was denkst du, was sie mit uns vorhaben?", fragte Mara nach einer Weile der Stille.

„Ich fürchte, nichts Gutes. Da sie uns am Leben gelassen haben, vermute ich, dass sie irgendwie versuchen werden, Informationen aus uns herauszukriegen."

„Sie wollen die Kassette. Hast du sie noch im Zimmer in der Tasche?"

„Nein. Ich habe sie vergraben. Hier im Wald."

„Ein Glück."

Eine Pause entstand.

„Da sind wir ja in was hineingeraten", seufzte Mara.

„Ja, und es tut mir leid, dass ich dich da hineingezogen habe."

„Du mich? Das stimmt ja so nicht. Juri war schließlich mein Bruder ..."

Daniel stutzte und blickte automatisch in ihre Richtung. Er wartete, ob sie weitererzählen würde.

Schließlich fuhr sie langsam fort: „... oder besser gesagt, er war wie ein Bruder für mich."

„Das verstehe ich nicht ganz", hakte Daniel nach.

„Ach, das ist eine lange Geschichte ..." Es entstand eine Pause, bevor sie weitersprach.

„Unsere Familie lebte in der Nähe von Freiburg. Dort bin ich auch aufgewachsen. Mein Vater hatte eine Professur an der Universität in Freiburg, am Lehrstuhl für ‚Christliche Archäologie'. Er forschte sehr viel neben seiner regulären Lehrtätigkeit. Viele Jahre war er im Forschungsteam um das Turiner Grabtuch, daneben betrieb er intensive Forschungen über andere große christliche Rätsel. Die Bundeslade, den heiligen Gral, sehr intensiv beschäftigte er sich mit dem Genter Altar."

„Daher weißt du so viel darüber."

„Nicht nur. Mein Vater sprach nicht so viel über seine Forschungen. Aber durch mein kunsthistorisches Studium bekam ich halt auch so einiges mit. Aber das ist auch nicht so wichtig. Jedenfalls hatte er Kontakt zu einer großen Menschenrechtsorganisation und so kam es, dass diese an ihn herantrat und um Hilfe bat. Es ging um ein Waisenkind, einen Flüchtling aus Bosnien, dessen Familie auf der Flucht von den serbischen Truppen umgebracht worden waren. Er war damals sechs Jahre alt. Mein Vater zögerte nicht und nahm das Kind in unsere Familie auf. Juri war überaus intelligent und lernte sehr schnell. Innerhalb weniger Jahre sprach er ohne Akzent deutsch und glänzte in der Schule mit den besten Noten. Ich verstand mich gut mit ihm, sah ihn wirklich als meinen Bruder an. Denn eigentlich hatte ich mir immer einen Bruder gewünscht. So hatten wir eine glückliche gemeinsame Zeit in unserer Familie, bis wir langsam erwachsen wurden. Juri begann sich für mich zu interessieren. Und zwar nicht nur geschwisterlich, sondern weit über das hinaus. Und er war wie besessen, es war schon fast eine Obsession. Meine anfängliche vorsichtige Abwehr wurde immer energischer und als ich zum Studium nach Amsterdam ging, hoffte ich, es würde sich alles wieder von selbst regulieren. Doch es wurde noch schlimmer. Er stellte mir in jeder erdenklichen Situation nach und wurde zudringlich. Damals habe ich den Kontakt dann radikal abgebrochen. Das war eine ganz schwere Zeit für mich. Und als mein Vater dann bei einem mysteriösen Autounfall starb, kam Juri nicht einmal zur Beerdigung."

Mara atmete tief durch.

„Seitdem habe ich ihn nicht wiedergesehen. Ich weiß nicht, was in ihm vorgegangen ist und wie es ihm in den letzten Jahren ergangen ist. Da kannst du vermutlich mehr zu sagen."

„Ich kannte ihn ja vorher nicht, habe ihn erst vor zwei Jahren zufällig kennengelernt. Aber es passte alles bei uns – die Chemie stimmte einfach. Und ich habe ihn immer als intelligenten und feinfühligen Menschen geschätzt."

„Ja, so würde ich ihn auch bezeichnen. Nur, was ich dann in ihm ausgelöst habe, war einfach zu viel für mich."

Daniel atmete erleichtert auf. Mara gehörte nicht zu ‚Asmodeus'! Er hatte sie offensichtlich völlig zu Unrecht verdächtigt. Auch wenn er es irgendwie gespürt hatte, so hatte das Misstrauen doch die Führung übernommen.

Er hätte Mara jetzt so gern in den Arm genommen und lange festgehalten, aber die immer tiefer einschneidenden Fesseln erinnerten ihn sofort daran, dass dies nur ein Wunsch bleiben würde.

Beide schwiegen. Lange war es sehr still in dem dunklen und harten Gefängnis.

„Meinst du, sie kommen noch diese Nacht zurück? Werden sie uns abholen und irgendwo hinbringen?" Maras Stimme klang brüchig und schwach.

„Dann hätten sie uns sicher schon dorthin gebracht oder direkt mitgenommen. Keine Ahnung, was jetzt kommt."

„Vielleicht sollten wir versuchen ein wenig zu schlafen, was meinst du?"

„Ja. Vielleicht wäre das besser, damit wir gut in Form sind, wenn sie kommen. Vielleicht haben wir ja noch eine kleine Chance. Kannst du denn schlafen in der Stellung?"

„Hab ich noch nie probiert. Warte mal." Sie rutschte ein wenig herum und legte dann ihren Kopf auf seinen Oberschenkel.

„Geht das so für dich?", fragte sie besorgt.

„Ja. Geht gut. Versuch zu schlafen!"

„Gleich wechseln wir ...", sagte sie mit müder Stimme.

Daniel genoss einfach ihren Kopf auf seinem Bein. Er fühlte sich überraschend leicht an. Oder konnte er bereits sein Bein nicht mehr richtig spüren?

Dann schloss er die Augen. Wenig später waren beide vor Erschöpfung eingeschlafen.

Sie wurden schlagartig wach, als ein metallener Donner den gesamten Raum erfüllte und ihr Betongefängnis wie einen Resonanzkörper nutze. Die Eisenabdeckung wurde ruckweise beiseitegeschoben und es drang gleißendes Licht in den Schacht. Daniel hob seinen Kopf von der Hüfte Maras, diese den ihren fast gleichzeitig von seinem Bein, sodass sich beide zögernd aus der Verzahnung ihrer Körper lösten. Daniel blinzelte nach oben, konnte jedoch überhaupt nichts sehen, so hell erschien ihm das Tageslicht nach der gnadenlosen Schwärze des Tanks. Erst allmählich schälte sich eine Gestalt aus dem strahlenden Lichtkegel, wie ein gleißend durchfluteter Engel. Doch er fürchtete, dass sie eher das Gegenteil sein würde. Die Umrisse wurden deutlicher. Daniel konnte nun auch Gesichtszüge erkennen und stieß einen überraschten Schrei aus.

¥

„Peter!" Ihm fiel ein großer Stein vom Herzen. Peter war die letzte Person, die er nun erwartet hätte. „Mann, da bin ich aber froh! Was machst du hier?", fuhr er erleichtert fort. „Du bist unsere Rettung."

Die Gestalt am oberen Rand der Betonwand reagierte zunächst nicht.

„Hallo Daniel", schallte es nach einer Weile in den hohlen Raum. „… und hallo Mara. Ich bin mir nicht sicher, ob eure Freude gerechtfertigt ist. Möglicherweise schätzt du die Situation etwas falsch ein."

„Ich verstehe nicht …" Daniel war verwirrt.

„Nun, ganz so einfach ist es nicht." Peter sprach betont gedehnt mit einem überheblichen Tonfall. „Die Dinge sind nicht immer so, wie sie scheinen. Das wissen wir doch beide, nicht wahr, Daniel?"

„Du arbeitest für die?" Er sagte das mit unüberhörbarer Abscheu im Ton.

„‚Wir', ‚die', ‚hier' und ‚dort' – was ist das schon? Alles eine Frage der Perspektive. Aber machen wir es nicht zu lang. Du hast recht, ich gehöre zur Organisation. Ich glaube, du kennst schon ihren Namen. Und wir suchen etwas, das uns gehört. Du hast es dummerweise mitgenommen."

„Keine Ahnung, was du meinst." Daniel stellte sich dumm.

„Ach …" Peters Stimme bekam einen süffisanten Tonfall. „Dafür hast du es aber immer gut versteckt."

Nun wurde er deutlich aggressiver. „Schluss jetzt. Wo ist der Stahlsafe, den du mitgenommen hast?"

„Du meinst den Safe, der Juri gehörte?"

„Genau. Zumindest der, den Juri an sich genommen hat."

„Ihr habt Juri umgebracht!", entfuhr es Daniel wutentbrannt.

„Juri …", sprach Peter wieder nachdenklich und betont langsam weiter. „Er war – na ja, sagen wir: Er spielte nicht ganz so mit. Nicht so, wie wir es wollten. Es war seine Entscheidung. Aber ich bin nicht hier, um mit dir zu diskutieren. Also: Wo ist der Safe?"

„Ich habe ihn in Gent in einem Hinterhof versteckt. Auf der Flucht vor euren Leuten." Daniel hoffte mit dieser Finte etwas Zeit gewinnen zu können. „Aber scheinbar haben eure etwas dümmlichen Schlächter ihn ja nicht finden können."

Daniel glaubte ein Grinsen in Peters Gesicht erkennen zu können, der mit sanfter Stimme weitersprach.

„Und dann bist du seelenruhig hierhin gefahren, um dich ein wenig zu erholen, ja? Überleg es dir lieber noch mal." Dann war er mit einer Drehung aus dem hellen Tageslichtkegel verschwunden.

Daniel schaute Mara an.

„Geht es dir besser?", fragte er sie besorgt.

„Ich glaube, alle Knochen sind noch an der richtigen Stelle." Sie lächelte ihn bemüht an. „Doch, es geht. Es geht mir ganz gut. Der Fuß – na ja … und die Fessel ist nicht so angenehm. Aber sonst …"

Beide richteten sich mühevoll auf, als plötzlich aus einer kreisrunden Öffnung in der Wand ein dicker Wasserstrahl schoss.

„Er will den Tank fluten! Wir werden ertrinken mit den Fesseln. Wenn wir die blöden Dinger doch nur loswerden könnten!" Panik setzte bei Daniel ein.

„Und wenn er noch oben den Deckel verschließt, haben wir auch ohne Fesseln keine Chance."

„Ja, verdammt! Aber so weit sind wir ja noch nicht. Wir müssen etwas tun!"

Das Wasser hatte schon mehrere Zentimeter hoch den Boden bedeckt und stieg zwar sehr langsam, aber stetig weiter. Daniel schob sich mit dem Rücken an die Wand gepresst langsam nach oben. Er zerrte an der Fessel, aber sie saß so stramm, dass sie nur noch mehr ins Fleisch einschnitt.

„Verfluchter Mist!", entfuhr es ihm leise. Dann sah er durch die Reflexion des Tageslichts etwas im Wasser schimmern.

„Mara?"

Sie kniete im Wasser.

„Ja?"

„Dort drüben – ich kann mich täuschen, aber irgendwas ist da. Vielleicht der Autoschlüssel, den du verloren hast."

Mara rutschte auf den Knien durch das Wasser.

„Wo, hier?"

„Noch etwas weiter nach links. Ja, noch ein Stück, noch etwas nach links." Sie kniete nun direkt vor dem blinkenden Etwas.

„Direkt vor dir. Kannst du versuchen, ihn aufzunehmen?"

Mara drehte sich um und suchte mit ihren Händen auf dem Rücken den Boden ab, bis sie plötzlich mit einem Aufschrei innehielt.

„Ich hab ihn! Es ist der Schlüssel!"

Sie versuchte verzweifelt, aus ihrer Position auf die Füße zu kommen, was ihr aber nicht gelang. Sie rutschte bis zur Wand und drückte sich dagegen, bis sie aufrecht neben Daniel stand.

„Gib mir deine Hände!"

Sie bewegte den Schlüssel hin und her, was jedoch keinerlei Eindruck bei dem Plastikband hinterließ. Vermutlich waren die Zacken des Schlüssels viel zu stumpf.

„Das wird zu lange dauern – wenn es überhaupt klappt."

Das Wasser war inzwischen bis zu ihren Waden gestiegen und schoss mit konstanter Geschwindigkeit aus der seitlichen Öffnung.

Da erschien Peter oben auf der Bildfläche. Schnell drehte sich Daniel so, dass dieser ihre Bemühungen nicht bemerken konnte und Mara hielt augenblicklich mitten in der Bewegung inne, die Hand fest um den Schlüssel gekrallt.

„Na, wie geht's euch da unten? Ist dir inzwischen eingefallen, wo sich der Safe befindet?"

„So schlecht ist mein Gedächtnis nicht. In einem Hinterhof in Gent. Ich führ dich gerne hin."

Peter schüttelte nur den Kopf und verschwand wieder.

Das Rauschen des Wassers ließ nun langsam nach, da der Pegel die Höhe der Düse erreicht hatte. Wenige Sekunden später war der Zufluss überflutet und es trat eine plätschernde Stille ein, die darüber hinwegtäuschen konnte, dass unaufhörlich Wasser nachfloss. Ihre Hände befanden sich jetzt schon im Wasser.

„Los, weiter!", drängte Daniel und hob die Hände nach oben, damit der Widerstand des Wassers Maras Bewegungen nicht bremste.

Mara sägte mit nahezu doppelter Geschwindigkeit, doch Minute um Minute verging ohne eine spürbare Wirkung. Daniel zog die Hände unter größtem Schmerz auseinander, damit das Plastik schön straff gespannt war.

Das Wasser ging ihnen inzwischen bis zur Brust. Da riss das Band plötzlich entzwei. Er nahm den Schlüssel aus Maras Hand entgegen und begann kräftig an ihrer Handfessel zu sägen. Mit den Händen ganz unter Wasser ging es nur sehr langsam. Das Wasser stieg und stieg. Es ging Mara inzwischen schon bis zum Hals. Daniel versuchte die Frequenz zu erhöhen, doch gegen den Wasserwiderstand kam er kaum an.

Da war plötzlich wieder Peter oben zu sehen.

So ein Mist, dachte Daniel bei sich, aber versuchte sich nichts anmerken zu lassen und hielt die Hände auf dem Rücken still. Peter hockte am Rand des Tanks und warf von oben einen arroganten Blick auf seine beiden Gefangenen.

„Nun?" Peter machte generell nicht viele Worte, so auch diesmal nicht.

„Du kennst mein Angebot. Mehr kann ich nicht tun. Was erwartest du von mir?"

Unvermittelt war Peter wieder verschwunden.

„Willst du es ihm nicht sagen? Vielleicht haben wir dann eine Chance." Mara wandte ihren Kopf zu Daniel.

„Es würde nichts nützen. Er würde uns auch dann umbringen. Warum sollte er uns am Leben lassen? Wir wären eine ständige Bedrohung für ihn und die Organisation. Wir haben nur eine Chance: Zeit zu gewinnen. Ich hoffe, dass er darauf eingeht. Vielleicht können wir dann fliehen oder es ergibt sich irgendeine andere Möglichkeit. Komm, wir müssen deine Fessel noch wegbekommen."

Mara streckte das Kinn in die Höhe und stand schon auf den Zehenspitzen, damit ihr das Wasser nicht in den Mund lief. Daniel nahm all seine Energie zusammen und sägte, was seine Reserven hergaben. Es tat sich nichts. Mara schluckte Wasser und hustete. Endlich brach auch Maras Fessel. Jetzt nur noch die Füße! Sie müssten tauchen – und das angesichts der langwierigen Prozedur, bis das Plastikband durch war.

Daniel schnappte gerade Luft, um unterzutauchen, da war oben wieder Peters Silhouette zu sehen.

„Also – letzte Chance. Gleich wird euch das Wasser in den Mund und die Nase laufen. Dann in den Magen, in die Lungen. Wollt ihr das? Ist es das wert?"

„Nein, ist es nicht", antwortete Daniel möglichst ruhig. „Deshalb will ich es dir ja auch zeigen. Hol uns raus und wir fahren zusammen nach Gent. Was hast du zu verlieren? Alleine werdet ihr ihn eh nie finden."

„Ich hätte dich für ein wenig schlauer gehalten, Daniel." Nach diesen Worten war Peter schon wieder verschwunden. Daniel tauchte unverzüglich und begann, Maras Fußfessel zu bearbeiten. Es war ebenso schwierig wie oben. Und er musste bald wieder nach oben, um Luft zu holen, als er einen dumpfen Donner unter Wasser hören konnte. Gleichzeitig wurde es dunkler und dunkler. Er schoss durch die Wasseroberfläche. Er konnte gerade noch sehen, wie Mara so eben noch ihre Nase aus dem Wasser emporstrecken konnte und ihr das Wasser schon in die Nase lief, bevor es ganz dunkel wurde. Peter hatte die Stahlplatte wieder über den Tank geschoben. Nun hätten sie nicht die geringste Chance mehr! Selbst wenn sie ganz frei wären und schwimmen könnten, so würde das Wasser irgendwann bis zur Abdeckung gehen und die letzten Zentimeter Luft überfluten. Das Wasser schien jetzt deutlich schneller zu steigen. Vermutlich hatte Peter die Zufuhr weiter aufgedreht.

Aber sich tatenlos ihrem Schicksal ergeben würden sie sicher nicht. Daniel schnappte nach Luft und tauchte wieder hinab zu Maras Füßen. Er war fest entschlossen, nicht eher aufzutauchen, bis sie frei war. Er tastete ihre Beine nach dem Band ab und sägte mit aller Kraft. Die Luft wurde knapp, aber er machte weiter. Noch schneller. Mara stemmte ihre Füße dabei auseinander, bis das Band schließlich riss.

Japsend tauchte Daniel auf und hörte Maras Schwimmbewegungen und Husten. Er konnte sich nur mit Mühe allein an der Oberfläche halten, nahm einen tiefen Zug Luft und versank wieder nach unten. Nun machte er sich an die Bearbeitung seiner eigenen Fußfessel. Dabei stemmte er die Beine so kräftig er konnte auseinander, damit sie beim geringsten kleinen Knack sofort reißen würde. Er musste wieder nach oben, um Luft zu holen, als Mara im gleichen Moment zu ihm abtauchte und ihren Mund auf den seinen presste. Dabei einen Schwall Sauerstoff in seine Lungen blies, dann wieder verschwand. Er machte weiter mit dem Schlüssel, bis die Fessel endlich aufbrach. Einen Moment lang war das ein tolles Gefühl – so frei zu sein und sich bewegen zu können. Dann wurde ihm die Ausweglosigkeit der Situation wieder bewusst. Er schwamm an der Oberfläche und hob einen Arm tastend nach oben. Die Abdeckung war nur knapp über ihren Köpfen.

„Und nun?", keuchte Mara dicht neben ihm.

„Vielleicht können wir die Stahlplatte über uns anheben oder zumindest ein Stück zur Seite schieben", schlug Daniel vor.

„Ich glaube, Peter hat die Halterungen wieder befestigt. Aber wir sollten es auf jeden Fall probieren."

Beide stemmten gleichzeitig ihre Arme fest gegen die Gefängnisdecke und versuchten mit schnellen Beinbewegungen zusätzliche Kraft zu übertragen, aber die Abdeckung bewegte sich keinen einzigen Millimeter – weder nach oben, noch zur Seite.

„Es geht nicht. Hast du noch eine Idee?"

„Vielleicht ist irgendwas an den Rändern. Eine Nische, wo man seinen Mund oder die Nase reinstecken kann, um Luft zu bekommen."

Beide tasteten in entgegengesetzter Richtung den Rand ab, bis sie sich wieder trafen.

„Nichts. Verdammter Mist! Dann war es das wohl." Daniel klang resigniert und hatte den Kopf weit nach hinten gestreckt, um den Mund möglichst lange über dem Wasserspiegel zu halten. Er stieß mit der Nase schon gegen das kalte Metall. Auch Mara schnappte rudernd nach Luft und flüsterte:

„Es war schön, dich kennenzulernen. Wir hatten nur viel zu wenig Zeit."

„Ja, das finde ich auch", konnte Daniel nur traurig erwidern.

Das Wasser hatte nun den gesamten Tank bis oben angefüllt, es blieb keine Luft mehr. Daniel und Mara ergriffen sich gleichzeitig, hielten sich an den Händen und sanken in ergriffener Reglosigkeit in das Wasser hinab.

¥

Der eigene Husten weckte Daniel. Nur langsam kam er zu Bewusstsein und öffnete die verquollenen Augen. Das erste, was er sah, war die leblose Gestalt Maras einige Meter von ihm entfernt. Auf dem Bauch liegend hustete er Wasser aus der Lunge, bis er sich aufrappeln konnte und zu Mara hinüberkroch. Was war passiert? Wie waren sie aus dem Tank gekommen? Er blickte hinüber. Der Stahldeckel war ein ganzes Stück beiseite geschoben. Jemand musste ihnen geholfen haben. Peter? Daniel schaute sich um und sah ein Stück entfernt Peter mit weit aufgerissenen Augen daliegen. In einer Lache halb getrockneten Blutes, das ihm vom Hals heruntergelaufen war. Zwischen den verkrusteten Blutspuren am Hals war eine lange, klaffende Wunde zu erkennen: man hatte ihm die Kehle aufgeschnitten. Doch seine Gedanken richteten sich nicht auf seinen Widersacher, ehemaligen Chef und freundschaftlichen Kollegen Peter, sondern lagen jetzt ganz bei Mara. Er robbte weiter auf sie zu und drehte ihren Körper um. Wie bei einer schlaffen Puppe fiel ihr Kopf zur Seite. Die nassen Strähnen klebten ihr am Gesicht. Daniel versuchte ihren Puls zu fühlen, doch konnte nichts spüren. Vielleicht war es einfach die falsche Stelle. Er legte seinen Kopf an ihren Hals. Das durfte nicht sein. „Mara!"

Er schüttelte sie mit beiden Händen, woraufhin sie stoßweise zu husten begann. Daniel warf sich erleichtert auf sie, was Mara noch kaum zu realisieren schien.

„Daniel? Was ... wie ...", hauchte sie kaum hörbar. „Wie sind wir ... da rausgekommen?"

Dann begann sie wieder kräftig zu husten.

„Keine Ahnung!"

Es dauerte eine Weile, bis sie wieder ganz bei sich war, ebenso erholte sich Daniel langsam von dem morgendlichen Bad.

„Was ist mit Peter?", fragte sie endlich, nachdem sie dessen starren Blick eine Weile versonnen betrachtet hatte.

„Er scheint Feinde zu haben – oder wir Freunde? Jedenfalls konnten wir von der Situation profitieren."

„Meinst du, es gibt noch mehr Leute, die gegen die Organisation arbeiten?", fragte sie stockend.

„Das mag durchaus sein. Jedenfalls waren sie nicht so sehr an unserem Tod interessiert – warum auch immer. Irgendjemand muss uns ja befreit oder zumindest die Stahlplatte beiseite geschoben haben. Aber ich kann mich an überhaupt nichts mehr erinnern."

„Ich auch nicht. Vermutlich haben sie uns rausgezogen und sind dann verschwunden."

„Das sollten wir auch bald machen, denn sicher sind wir hier nicht."

„Gute Idee. Aber erst sollten wir die Kassette wieder ausgraben – falls sie noch dort ist."

Beide erhoben ihre müden Knochen und machten sich auf den Weg zu der Stelle, wo Daniel den Spaten hinterlassen hatte. Dieser lag noch genau so da, wie er ihn im Kampf mit den Männern hatte fallen lassen.

Daniel zählte die Bäume vom Schuppen aus, erst fünf vom Schuppen weg, dann fünf nach links, noch ein kleines Stück weiter.

Er begann zu graben. Der Boden war noch weich und ließ sich gut ausheben. Dann stieß er auf etwas Hartes und war erleichtert. Daniel griff in die Erde, schüttelte den Dreck von der zutage beförderten Kassette und hielt sie triumphierend in die Höhe.

„Jetzt müssen wir sie nur noch öffnen. Im Schuppen habe ich so eine Art Schweißgerät gesehen. Du kannst doch damit umgehen", stellte er mit einem fragenden Unterton fest.

„Ja, das wäre kein Problem. Aber sollten wir nicht besser bald hier verschwinden?"

„Eigentlich ja. Aber wenn wir doch schon mal die Gelegenheit haben ... Was meinst du, Mara?"

Sie überlegte einen Moment, dann ging ein Ruck durch ihren Körper.

„Ja komm, das machen wir noch schnell."

Sie holen das Schweißgerät und die Gasflasche aus dem Schuppen. Mit wenigen, gezielten Handgriffen hatte sie alles betriebsbereit und schob die verschmutzte Schutzmaske vor ihr Gesicht. Der starre blaue Strahl drang mit Leichtigkeit in das Metall des kleinen Safes ein und verursachte einen wild sprühenden Regen von gelben und roten Funken, die in der Luft schnell wieder erstarben.

Daniel blickte verzaubert in das kleine Feuerwerk, bis Mara den Gashahn zudrehte und sich der blaue Strahl wie ein Flaschengeist in das Rohr zurückzog.

„Voilà!" Mara zog sich die Maske vom Kopf, warf sie zu dem Schweißgerät und stemmte die Hände in die Hüften. „Warte einen Moment. Es ist noch zu heiß."

Daniel griff nach einem Ast in der Nähe, schob ihn in das neu entstandene Loch am Schloss und hob damit vorsichtig den Deckel der Kassette.

Darin erblickten sie zusammengefaltete Papiere und eine DVD in einfacher Hülle. Ohne das Metall zu berühren, fischte Daniel die Sachen heraus. Dann blätterten sie beide hektisch die Seiten durch.

„Namenslisten, Dokumente, auf den ersten Blick nichts Besonderes. Scheint eher was mit der Organisation zu tun zu haben. Vielleicht Belastungsmaterial ..."

„Möglicherweise ist die DVD interessanter. Hast du deinen Laptop mit?", fragte Mara.

„Nein, den haben sie mitgenommen. Er war jedenfalls nicht mehr da, nach der Verwüstungsaktion in Vincents Wohnung."

Daniel schaute sich die Namenslisten genauer an.

„Es scheinen Mitgliedslisten zu sein. Peters Name ist auch darauf. Vermutlich jede Menge Leute in wichtigen Posten ..."

„Ob die Polizei wohl auch mit drin hängt? Müssten wir den Mord und die ganze Sache hier nicht melden?"

„Sie würden ohnehin überall hier unsere Fingerabdrücke finden, wenn wir uns so aus dem Staub machen. Möglicherweise werden sie uns dann den Mord an Peter anhängen wollen. Und die Autos draußen kriegen wir ja auch nicht ohne weiteres weg. Ihre Spur würde sie auf direktem Wege zu uns führen."

„Vermutlich sind wir eh die Hauptverdächtigen – auch wenn wir direkt zur Polizei gehen."

„Ein Risiko ist beides. Was meinst du?"

„Ich denke, das Problem der Autos bekommen wir ohnehin nicht ganz in den Griff. Und wenn die Spur sie dann zu uns führt, sitzen wir wirklich tief in der Patsche."

„Also, Polizei", fasste Daniel zusammen.

Beide gingen über die Terrasse durch die zerstörte Glastür in den Wohnraum. Daniel zögerte einen Moment, bevor er das Handy nahm.

„Aber von den gefundenen Dokumenten sagen wir besser nichts, oder?"

Mara schüttelte nach kurzem Nachdenken den Kopf.

„Wir haben die Kassette nicht mehr gefunden. Sie war schon ausgegraben."

„Dann sollten wir nur die Fingerabdrücke auf dem Schweißgerät beseitigen und die Kassette irgendwie entsorgen!"

Nach getaner Arbeit schaute Daniel auf sein Handydisplay.

‚Kein Netz. Nur Notrufe', war dort zu lesen.

Er wählte die 112 und kam durch. In wenigen Sätzen schilderte er die Situation.

¥

Wenig später wimmelte das einsame Häuschen von Polizeibeamten, der Spurensicherung und Notärzten. Beide wurden sie eingehend ärztlich untersucht und fuhren dann im Polizeiauto ins Präsidium von Gent. Dort waren sie die nächsten drei Stunden beschäftigt. Sie erzählten die ganze Geschichte, auch von Juri und Vincent. Das mit Vincent schienen sie schon zu wissen und auch bereits in Kontakt mit ihm zu stehen. Es ginge ihm wieder gut soweit, er läge im Stadtklinikum, befände sich unter Polizeischutz und könnte in einigen Tagen entlassen werden. So wurde ihre Geschichte als glaubwürdig aufgenommen und sie wurden nach Unterzeichnung unzähliger Formulare und Protokolle als freie Leute entlassen. Allerdings mit der Auflage, sich für eventuelle Nachfragen bereitzuhalten.

Nur die Sache mit den Dokumenten und der DVD hatten sie verschwiegen.

„Das war sicher die bessere Entscheidung." Mara atmete durch, als sie auf den Stufen des Polizeigebäudes standen.

„Ja, ich denke auch. Vermutlich werden sie sich sogar mit der deutschen Polizei in Köln in Verbindung setzen und so vielleicht sogar dort etwas bewegen."

„Was machen wir nun mit unserer neu gewonnenen Freiheit?"

„So richtig sicher sind wir ja nicht. Die Leute von ‚Asmodeus' werden jetzt vermutlich erst recht hinter uns her sein. Vielleicht können wir uns ein Hotelzimmer unter einem anderen Namen nehmen. Ich denke, hier in Gent sind wir noch lange nicht fertig."

„... und einen Laptop oder DVD-Player besorgen, damit wir die DVD anschauen können", ergänzte Mara.

Nach einer weiteren Stunde war der Plan in die Tat umgesetzt. Nebeneinander saßen sie im Hotelzimmer vor einem großen LCD-Bildschirm. Daniel legte die DVD behutsam ins Laufwerk, dann warteten beide gespannt auf die ersten Bilder.

Doch es kam nur ein Rauschen und Schnee, wie eine Bildstörung. Dann konnte man vereinzelte Bilder erkennen, nur ganz kurz, wie eine Täuschung auf der Netzhaut. Aber es waren dennoch eindeutig Personen zu erkennen. Danach Streifen, ein Flimmern, wieder Schnee. Die schattenhaften Umrisse tauchten flackernd wie aus einem Schneesturm auf und verschwanden dann wieder, ein paar Mal, dann wieder die Streifen und ein lautes Knacken. Das Laufwerk machte periodisch wiederkehrende schabende Geräusche. Die DVD hatte sich aufgehängt. Daniel holte sie aus dem Laufwerk und betrachtete sie eingehend, indem er sie auf den Zeigefinger aufgespießt unter das Licht hielt.

„Eigentlich sind keine Beschädigungen zu erkennen. Meinst du, sie hat durch den Schweißbrenner großen Schaden genommen?"

„Das kann durchaus sein, bei der Hitzeentwicklung. Aber probier es doch einfach noch mal."

Daniel legte die Scheibe erneut ganz vorsichtig in die vorgesehene Vertiefung und fuhr die Schublade ein.

Sie startete wiederum mit dem gleichen Geflimmer aus weißen, grauen und schwarzen, groben Pixeln. Dann kam nochmal das nur einen Bruchteil auftauchende Bild mit den Personen – und die Streifen.

„Es ist die gleiche Abfolge wie vorhin. Könnte also auch gut an der Aufnahme liegen. Hoffentlich wird die DVD wenigstens weiter abgespielt."

Dann schälten sich ein weiteres Mal die flackernden Figuren aus dem flirrenden Bild. Es waren drei, nein vier. Nun wurde das Bild langsam stabiler, die DVD war über die kritische Stelle hinaus. Daniel konnte noch keine Personen erkennen, als Mara sich schlagartig die Hand vor den Mund schlug und ein erschrockenes „Nein!" ausstieß.

Nun erst konnte Daniel einen älteren Mann erkennen, der an einen Stuhl gefesselt war. Elektroden und Schnüre waren überall an seinem Kopf, am Hals und an den Armen befestigt. Den unteren Teil des Bildes konnte man nicht erkennen.

Mara war völlig erstarrt.

„Mara! Was ist?" Daniel war besorgt um sie. Mit weit geöffneten Augen starrte sie auf den Bildschirm wie ein Tier in Todesstarre.

„Mein ... Vater", brachte sie nur stoßweise hervor.

Auf dem Bildschirm waren zwei, manchmal drei Männer zu sehen, die um den Stuhl mit dem gefesselten alten Mann herumstanden. Dann riss einer der Umstehenden den Kopf des Gefesselten ruckartig nach hinten und träufelte eine Flüssigkeit in die Augen des Opfers, dann in den Mund. Der Mann schrie schmerzerfüllt auf, was durch die Aufnahme nur verzerrt und zwischen Knacken und Rauschen zu hören war. Doch sein Mund war weit geöffnet und sein Brustkorb bewegte sich, heftig nach Luft ringend. Jemand außerhalb des Bildes stellte Fragen, doch man konnte nicht hören, was er wissen wollte. Es waren immer nur Wortfetzen zu vernehmen, verzerrt und von Tonstörungen durchsetzt. Zwei der Männer entfernten sich aus dem Bild, einer kam mit einem Schwamm zurück und betupfte die Stellen, an denen die Elektroden befestigt waren.

Daniel legte seinen Arm um Mara.

„Wir sollten das nicht anschauen. Ich stelle es aus."

Mara brachte kein Wort heraus, schüttelte nur entschieden den Kopf, mit den Augen weiterhin den Bildschirm fixierend.

„Mara, bitte ...", drang Daniel entschiedener auf sie ein. „Das bringt doch nichts!"

Dann ging ein Ruck durch Mara.

„Mein Gott! War das Juri?" Vor Entsetzen hielt sie sich nun mit beiden Händen den Mund zu, als ob kein Schrei herausdringen dürfe.

Ein Mann war durch das Bild gehuscht, keiner von denen vorher. Es konnte durchaus Juri gewesen sein, dachte Daniel und spulte einige Sekunden zurück. Er streckte seinen Kopf unmerklich ein klein wenig weiter vor, um die Person besser erkennen zu können.

„Tatsächlich! Das könnte wirklich Juri sein", stellte er entsetzt fest.

Die beiden Männer ließen Maras Vater jetzt wie auf ein Zeichen los. Dann bäumte sich sein Körper in den Fesseln auf. Er zuckte, warf seinen Kopf auf die andere Seite, versuchte dem Schmerz in den Fesseln zu entkommen, war von dem ihn durchfließenden Strom wie gebannt.

Dann kippte das Bild weg. Als ob der Stromstoß auch für die Aufnahme zu viel gewesen wäre. Flackernd schälte sich wieder Maras Vater aus den Störungen. Sein Kopf hing nun seitlich auf seiner Schulter. Die Stromstöße hatten anscheinend aufgehört.

Daniel machte einen erneuten Versuch.

„Bitte Mara! Lass uns die Aufnahme abstellen."

„Ich muss das sehen, Daniel! Auch wenn es furchtbar ist. Ich muss diese Leute sehen und ich muss sehen, was sie meinem Vater angetan haben."

Daniel gab sich geschlagen. Vielleicht hatte sie recht, so furchtbar das alles war. Vermutlich hätte er in ihrer Situation genauso reagiert.

Erneut hörte man Fragen aus dem Off. Der Gefesselte auf dem Stuhl zeigte jedoch keinerlei Regung. Entweder war er bewusstlos oder ...

Daniel wagte nicht daran zu denken, obwohl es vermutlich die schreckliche Wahrheit sein würde.

Der Mann mit den Tropfen kam wieder ins Bild, zog den Kopf des Gefolterten zurück und tropfte etwas in seinen Mund. Es schien wieder ein wenig Leben in ihn zu bringen, jedenfalls erwachte er aus seinem Dämmerzustand. Das Bild versank wieder in undurchdringbarem Schnee. Endlos lange. Beide starrten sie in ängstlichem Entsetzen auf den Bildschirm. Was mochte wohl alles in dieser Zeit passieren? Möglicherweise war Maras Vater schon tot, wenn das Bild zurückkäme.

Dann kam es. Mitten in einem Stromstoß. Daniel merkte, wie dieser Mara genauso durchfuhr und sie die gleichen Qualen erlitt wie ihr Vater. Auch für ihn selbst war der Anblick kaum zu ertragen. Am liebsten hätte er weggeschaut oder sich die Augen zugehalten. Oder die DVD ausgestellt.

Der Gemarterte wurde wie von einer unsichtbaren Kraft vom Stuhl gehoben und dort gehalten. Viele Sekunden der Unendlichkeit lang. Dann überdeckten die Streifen das Geschehen. Schwarze Streifen, die schnell ihre Position wechselten, als ob sie die Ereignisse wegwischen wollten.

Mara wagte kaum zu atmen und wartete. Daniel hielt sie noch fester in seinem Arm und stützte sie.

Es kam nur noch Schnee. Endlos lange. Offensichtlich war die Aufnahme zu Ende. Es kam nichts mehr.

Doch dann plötzlich wieder das Bild von Maras Vater. Diesmal zusammengesunken und schlaff auf seinem Stuhl, immer noch gefesselt. Der Kopf hing auf seiner Brust und erinnerte an Darstellungen des gekreuzigten Jesus, unmittelbar nach seinem erlösenden Tod.

Einer der Männer huschte gerade aus dem Bild, dann war nur noch Maras Vater zu sehen. Wären die kleinen Bildstörungen nicht gewesen, so hätte man vermuten können, es sei ein Standbild. Ein Bild von unendlicher Traurigkeit, das im Betrachter nur Fassungslosigkeit, Wut und Entsetzen zurückließ. Der Mann im Bild schien tot. Auch die im Anblick der verbleibenden Szenerie verstreichenden Sekunden ließen keinen Raum, das Geschehene in seiner ganzen Grausamkeit zu begreifen. Dann wurde die Kamera ausgestellt.

Mara brach unvermittelt unter heftigem Schluchzen in Tränen aus.

Sie vergrub ihr Gesicht an Daniels Schulter, der sie mit beiden Armen fest umschlungen hielt. Heftiges Zittern und Anfälle von Tränenströmen wechselten sich ab, während Daniel alles versuchte, um sie zu beruhigen.

Es dauerte sehr lange, bis seine Bemühungen irgendeine Wirkung zeigten. Er drückte ihren Kopf seitlich an seine Schulter und behielt seine Hand an ihrem Kopf, als sie schließlich von ihren Emotionen völlig erschöpft in seinen Armen lag.

„Ich wünschte, du hättest das nie sehen müssen", sagte Daniel mit weicher Stimme, als sie wieder ruhig und normal atmete.

„Das wünschte ich auch. Aber es ist wichtig, dass ich es gesehen habe."

„Meinst du, das war wirklich Juri, der da durchs Bild lief?"

„Ich bin mir relativ sicher, ihn erkannt zu haben", antwortete Mara nun wieder mit gefasster Stimme. „Ich kann das alles kaum glauben. Mein Vater hat sich so um ihn gekümmert, ihn unterstützt und aufgezogen – ihn geliebt! Warum haben sie das getan? Und warum Juri?"

„Es passt für mich auch nicht zusammen. Auch nicht dazu, wie ich Juri gekannt habe. Aber er war im Besitz dieser Aufnahmen. Vermutlich hat er das heimlich mitgefilmt. Und an der Folterung war er zumindest nicht direkt beteiligt."

„Aber er hat es zugelassen!"

„Was hätte er unternehmen können in solch einer Situation? Gegen solch eine Organisation? – Aber ich will ihn nicht freisprechen deswegen. Ich bin ja selbst geschockt."

„Ich habe nie an den Autounfall meines Vaters geglaubt. Er war immer ein äußerst vorsichtiger und umsichtiger Fahrer. Aber an so was …", ihr erstickte einen Moment die Stimme, „an so etwas hätte ich niemals gedacht. Ich wusste damals, dass mein Vater an einigen heiklen und gefährlichen Sachen dran war. Es gab viele Anzeichen dafür. Doch er hat das immer abgetan – vermutlich, um uns zu schützen. Auch sein Tod war vollkommen suspekt. Wir durften damals nicht mal mehr seine Leiche sehen. Angeblich, weil es ein zu schlimmer Anblick sei – und das war es vermutlich auch." Mara brach wieder in Tränen aus, die sie nach ein paar verschluckten Schluchzern mit dem Arm abwischte.

„Vor einigen Jahren gab es Unstimmigkeiten zwischen meinem Vater und Juri", fuhr sie fort. „Nichts Schlimmes – es war mehr so eine zunehmende Distanz. Mein Vater hat Juri nicht mehr vorbehaltlos vertraut. Warum, weiß ich auch nicht. Sonst hatte er ihn immer in alles Mögliche eingeweiht, sogar in viele Geheimnisse seiner Forschung. Ich glaube, das hörte vor ein paar Jahren auf. Und bei mir begann ja dann die Geschichte, dass Juri mehr von mir wollte. Das muss alles etwa gleichzeitig gewesen sein."

„Meinst du, er hat sich damals der Organisation angeschlossen?"

„Es würde schon zusammenpassen. Sein ganzes Verhalten änderte sich."

„Und er hat dann versucht, an bestimmte Informationen heranzukommen."

„Die er nicht bekam. Vermutlich wollte er Informationen von meinem Vater. Zu seinen Forschungen am Genter Altar möglicherweise. Doch dann blieb nur noch der direkte Weg, diese aus ihm herauszubekommen."

Maras Stimmung wechselte von Trauer zu Wut.

„Ich könnte ihn töten! Mit meinen eigenen Händen, wenn er nicht schon tot wäre. Ich verabscheue ihn. Und ich bin froh, dass er tot ist. Er hat es nicht anders verdient."

Dann brachen die Tränen wieder durch und bahnten sich ihren Weg über Maras Wangen.

Daniel umfasste Mara von neuem und zog sie an sich. Sie ließ es geschehen und beruhigte sich allmählich wieder.

„Ich kann nicht fassen, dass man sich so in einem Menschen täuschen kann", sinnierte Daniel. „Zwar habe ich ihn nicht so lange gekannt, trotzdem dachte ich immer, ich könne mich ein wenig auf meine Menschenkenntnis verlassen."

„Juri war ja auch ein wirklich sympathischer und sensibler Mensch. Zumindest damals, bevor das alles passierte. Zu den letzten Jahren kann ich wenig sagen. Wie hast du ihn denn eigentlich kennengelernt?"

„Das war ein Zufall. Ich war wegen einer Recherche in die Unibibliothek gegangen. Er hatte versehentlich ein Buch von mir mitgenommen, als er am gleichen Tisch arbeitete. Aber er hat den Fehler schnell bemerkt und es mir sofort zurückgebracht. Später erkannte er mich dann in der Mensa wieder, trat zu mir an den Tisch und bot mir als Wiedergutmachung seinen Schokoladenpudding an."

„Und? Hast du ihn genommen?"

„Klar! Ich fand die Geste einfach nett. Na ja, dann haben wir uns angefreundet. Insbesondere in der Zeit, als ich gerade frisch von Joelle getrennt war. Ich suchte eine andere Wohnung, weil mich alles in der alten an sie erinnerte. Da wurde glücklicherweise in Juris Haus eine Wohnung frei. Ich bin dort eingezogen und so hatten wir einen regelmäßigen Kontakt, der sich zunehmend intensivierte."

„Verstehe …", murmelte Mara. „Und in diesen Jahren ist dir nichts Ungewöhnliches an ihm aufgefallen?"

„Nein, eigentlich nicht. Nur in den letzten Wochen. Da wirkte er oft abwesend, nervös und manchmal unzugänglich. Besonders schlimm war das am Abend vor seinem Tod. Wir hatten uns für den nächsten Tag zu einem Gespräch verabredet. Ich glaube, er wollte mir etwas sagen. Jedenfalls wirkte er sehr bedrückt."

„Dazu ist es dann nicht mehr gekommen …"

Daniel nickte. Mara war wie erschlagen und wirkte vollkommen ausgelaugt. Sie trottete langsam zum Bett und legte sich darauf.

„Ich ruhe mich ein wenig aus. Ist das in Ordnung?"

„Klar! Kann ich noch irgendwas für dich tun?"

Mara schüttelte sanft den Kopf und bemühte sich um ein Lächeln. Daniel bemerkte, wie ihr lautlos die Tränen die Wangen hinabliefen. Sie nahm die Bettdecke und kuschelte sich darin ein, bevor sie ruhig atmend in einen leichten Schlaf glitt.

Daniel machte sich Sorgen um sie. Wie würde sie das alles verkraften? Diese schlimmen Bilder von ihrem eigenen Vater. Schon er wurde die Bilder nicht los. Ständig liefen sie vor seinem inneren Auge ab, in all ihren schrecklichen Details und ihrer unsagbaren Brutalität.

Aber er wusste auch, dass Mara trotz ihrer Verletzlichkeit und Sensibilität eine tapfere Frau war. Und er würde sich um sie kümmern.

Sein Blick fiel auf das Zimmertelefon. Eigentlich wäre dies eine gute Gelegenheit, mal in Ruhe mit Diego zu sprechen. Hier im Hotel war das relativ gefahrlos möglich. Doch es war ohnehin nur eine Frage der Zeit, bis die Verfolger ihre Spur wieder aufgenommen hätten und ihrer beider Leben noch gefährdeter sein würde. Der Tod Peters hatte die Situation für sie sicher nicht entschärft, im Gegenteil. So wie er die Organisation einschätzte, gab es nun sicher keinerlei Zurückhaltung mehr.

Um Mara nicht zu wecken, ging er hinunter in die Lobby und fand dort einen winzigen, aber ruhigen Raum zum Telefonieren. Zuerst wählte er die Nummer von Joelle. Er war überrascht, als sie direkt an ihr Handy ging.

Daniel erzählte ihr die Vorkommnisse der letzten Nacht. Sie zeigte sich besorgt und bot ihm an, sie beide in Gent abzuholen. Daniel bedankte sich für ihr liebenswürdiges Angebot, wollte aber lieber in der Stadt bleiben.

Dann rief er Diego an.

„Ja?", kam es brummig aus dem Hörer.

„Hallo Diego, ich bin's, Daniel."

„Daniel! Das ist sehr schön von dir 'ßu hören! Ich habe es sehr oft bei dir versucht." Die „s"-Laute klangen durch das Telefon noch schärfer und akzentuierter.

„Das habe ich gesehen. Ich wollte mein Handy möglichst wenig benutzen – und die letzten zwei Tage waren wirklich sehr turbulent und aufregend."

„Ich habe schon von Vincent gehört. Eben habe ich noch mit ihm gesprochen. Es geht ihm gut."

„Ach, Vincent … ich mache mir solche Vorwürfe wegen ihm. Dass ich ihn da hineingezogen habe … und ich würde ihn gern besuchen."

„Das ist sicher gerade jetzt keine so gute Idee. Und Vincent ist ein erwach'ßener Mann. Er wusste, worauf er sich da eingelassen hat. Ab'ßolut! Er würde es jederzeit wieder machen, da bin ich mir sicher. Aber ich habe Neuigkeiten für dich!"

„Du meinst das mit Mara? Oder mit dem Altar?"

„Nein, mit Mara hat sich geklärt. Das war ein Missverständnis. Juři war ihr Adoptivbruder, das konnte ich jetzt herausfinden."

„Ja, das hat sie mir vor kurzem auch erzählt. Aber es hat schon sehr für Verwirrung meinerseits gesorgt."

„Das wollte ich nicht. Das tut mir leid. Du weißt, ich bin ein vor'ßichtiger Mensch – ich wollte nur nicht, dass du in etwas hineingerätst."

„Es hat sich ja geklärt. Aber was ist mit dem Altar?"

„Genau: der Altař! Ich denke, ich weiß, wo sich die Bildtafel be'findet. Ich habe die Skizzen entschlüsselt und vermute, dass sie 'ßich nach dem Raub immer noch in der Kathedřale befand."

„Tatsächlich?", rief Daniel verblüfft in den Hörer. „Dann ist es kein Gerücht?"

„Nein. Wenn 'ßie immer noch dort ist. Da bin ich mir nicht so sicher."

Er machte eine bedeutungsvolle Pause. „Daniel, ich mache dir einen Vorschlag. Wir třeffen uns irgendwo auf halber Strecke, dann kann ich dir die Pläne und Skizzen 'ßeigen. Und kann dir noch einige Ausrüstung mitbringen, die du jetzt dringend benötigst."

„Das hört sich ja gefährlich an. Müssen wir die Kathedrale umgraben?"

„Nun, das nicht ganz. Aber warte ab. Ich erklär dir alles in Ruhe."

Sie machten einen für beide mit der Bahn gut zu erreichenden Treffpunkt aus. Daniel würde sich morgen sehr früh auf den Weg nach Maastricht machen müssen. Vielleicht mochte Mara ja mitkommen – jedenfalls hoffte er das sehr.

Er ging zurück Richtung Zimmer.

Einige merkwürdige Gestalten kamen ihm auf dem Flur entgegen. Sofort war das ungute Gefühl wieder da. Er näherte sich der Zimmertür und horchte, den Kopf ganz zur Seite gedreht.

Von innen drang kein Laut nach außen.

Dann zog er langsam und geräuschlos die Karte durch das Lesegerät an der Tür. Das Schloss klickte und blinkte grün. Leise ging er ins Zimmer. Dort lag Mara immer noch unverändert auf dem Bett, sie schlief tief und fest.

Er betrachtete sie eine ganze Weile, dann legte er sich hinter Mara auf das Bett, führte den Arm vorsichtig über sie und schlief nach wenigen Minuten mit dem Bild des blutenden Lammes vor Augen ein.

¥

Am nächsten Morgen fühlten sich beide trotz der frühen Uhrzeit ausgeschlafen und erholt. Mara fehlte die Fröhlichkeit und der Optimismus, die sie sonst an den Tag gelegt hatte. Sie wirkte niedergeschlagen auf Daniel, aber immerhin stabiler als am Vortag. Die auf dem Bildschirm gesehenen Bilder verfolgten sie zweifellos noch mehr als Daniel.

Die Zugfahrt nach Maastricht war entspannt und Daniel war froh, dass Mara bei ihm war. Es gelang ihm, sie während der knapp zwei Stunden zu trösten und ihren Lebensmut und Optimismus wieder ein klein wenig zu reaktivieren.

In Maastricht angekommen, machten sie sich unverzüglich auf den Weg zum Treffpunkt.

Als sie auf den Turm des Bonnefanten Museums zugingen und das kleine Cafe vor dem Eingang erreichten, konnten sie schon von weitem durch die große Glasfront erkennen, wie Diego in seinen auf dem Tisch ausgebreiteten Unterlagen versank. Er hingegen hatte sie noch nicht zur Kenntnis genommen und schaute sie durch die dicken Brillengläser wie aus einer fremden Welt an. Doch dann konnte man in seinem Gesicht ein schlagartiges Erkennen ablesen und gleich darauf schnellte er hoch. Vom lauten Scharren des Stuhls fast übertönt, begrüßte er die beiden mit einer herzlichen Umarmung.

„Es ist schön, euch so wohlbehalten 'ßu se'hen!"

„Danke, dass du gekommen bist. Und dass du uns hilfst."

Er winkte ab. Dann verfinsterte sich seine Miene.

„Das ist wirklich eine gefäh'rliche 'ßache, in die ihr da hereingeraten seid."

„Wir haben es uns nicht ausgesucht", antwortete Daniel für sich und Mara.

Alle drei hatten sich um den Holztisch gesetzt und schauten sich abwechselnd an.

„Fangen wir mit dem Wichtigsten an", ergriff Diego feierlich das Wort. „Die Tafel. Also, ich habe die Skizzen von Goedertier alle ausgewertet. Wie ihr hier 'ßeht, befinden sich auf seinen Skizzen Maße."

Er deutete auf eines der Blätter, das mit Bleistiftzeichnungen übersät war. Sein Finger tippte auf ein grob rechteckiges Gebilde, das aus schnell dahingeworfenen Strichen bestand, neben denen sich Kolonnen von Zahlen befanden.

„Ich habe die Maße der Tafel, die in den Skizzen angegebenen Maße und die Maße der Kirchenp'roportionen verglichen. Mit Hilfe eines Computerprogramms, da'ß mir ein befreundeter 'Spe'ßialist von der Uni zur Verfügung gestellt hat. Nach Auswertung aller Möglichkeiten verweisen die Skizzen eindeutig auf die Krypta. Siehst du hier diese Skizzen?" Er wartete Daniels Antwort nicht ab, sondern fuhr einfach fort. „Diese dahingeschmierten Striche beziehen sich auf die Sarkophage im e'rsten Raum. Dabei ist dieser hier besonders interrè'ßant." Er deutete auf das dritte Strich-Gebilde.

„Seine Maße stimmen genau mit den Maßen auf Goedertiers Skizze überein. Ich bin mir sicher, dass sich die Bildtafel in die'ßem Sarkophag befindet!"

„Das klingt aufregend. Aber wie kommen wir da ran? Der ist doch sicher zugemauert oder mit einer schweren Grabplatte versehen." Maras Forscherdrang war wieder herauszuhören.

„Wo genau die Tafel in dem Sarkophag ist, kann ich auch nicht 'ßagen. Aber ich habe euch hier jede Menge Werkzeug mitgebracht."

Nun erst erblickten sie die Koffer, Taschen und Stative, die Diego umgaben.

„Mein Gott! Was ist das? Wie hast du das alles hierher bekommen? Und: wie sollen wir das alles von hier wegbekommen?" Daniels Gesicht war von ehrlicher Ratlosigkeit gezeichnet.

„Allein im Taxi war das ganz schön schwierig. Aber für euch 'ßu 'ßweit sollte das kein Problem sein. Es ist nicht nur das Werkzeug für den Sarkophag. Ich habe mir auch erlaubt, noch einen hochwertigen mobilen Röntgenscanner zur Untersuchung des Altars 'ßu be'ßorgen. Wenn ihr schon mal dort seid, kann das 'ßicher nicht schaden."

„Dafür sind die Stative?"

„Genau! Ich werde euch gleich noch eine Einführung in das Gerät geben. Ganz 'ßo einfach ist das nämlich nicht. Ich kann leider nicht mitkommen, aber das werdet ihr schon hinbekommen."

„Und was kann man damit machen?", fragte Mara.

„Man kann mit Röntgenspektographie das Bild quasi durchleuchten. Hinter die oberste Farbschicht schauen – oder auch tiefer. Mit Hilfe von Röntgenfloureszenzanaly'ße kann man Übermalungen erkennen. Auch schon mit der klassischen Röntgenstrahlung, denn sie reagiert auf metallische Farbpigmente wie Eisen, Quecksilber oder Blei. Pigmente, die damals in den Farben verwendet wurden. 'ßum Beispiel in Zinnober, Chromgelb oder Bleiweiß, das besonders häufig benutzt wurde."

„Denkst du denn an etwas Bestimmtes, was wir da finden könnten?"

„Nein, eigentlich nicht. Es ist halt ein Versuch ... und so nah kommt ihr nicht wieder unbemerkt an den Altar heran."

„Die Frage ist, wie kommen wir überhaupt ungestört an den Altar heran?"

„Tja, ich denke, es wäre am besten, sich in der Kathedrale einschließen 'ßu lassen. Dann habt ihr die ganze Nacht zur Verfügung, wenn alles gut geht."

Daniels Kopf wanderte langsam zu Mara, die Diego noch nachdenklich ansah. Dann drehte er ihn genauso langsam wieder Diego zu.

„Daran habe ich auch schon gedacht. Das scheint mir auch die einzige Möglichkeit, unbemerkt in der Kathedrale suchen zu können. Das wird sicher nicht einfach werden."

Diego nickte ruhig.

„Noch etwas ganz Wichtiges: 'ßolltet ihr die Tafel finden …", er beugte sich ganz nah zu ihnen hinüber, „… sagt es niemandem! Und meldet den Fund auf keinen Fall den Behörden oder der Poli'ßei. Das könnte schlimme Folgen haben. Die Tafel darf auf keinen Fall in die falschen Hände geraten – und ihr solltet niemandem vertrauen. Niemandem!"

Das letzte Wort hallte in seiner Eindringlichkeit durch Daniels Kopf.

Es entstand eine kleine Pause, Daniel wusste nicht so recht, was er sagen sollte und brachte nur ein verstörtes „Okay …" heraus.

Mara schaute nachdenklich Diego an und beide hingen einen Moment ihren Gedanken nach, bis Diego diese wieder mit seiner markanten Stimme unterbrach.

„Was haltet ihr von einer kleinen Pau'ße? Habt ihr Lust, euch mit mir die Kunstwerke hier an'ßu'ßehen? Es soll ein wirklich sehenswertes Museum sein."

„Oh ja, gerne", meldete sich Mara mit hörbarer Begeisterung zurück. Auch Daniel war ein wenig Bewegung nach der langen Zugfahrt durchaus nicht abgeneigt.

Das Museum erwies sich als wirklich außergewöhnlich und Daniel erhielt eine Führung von Diego und Mara zusammen. Sie spielten sich die Bälle zu, wie ein eingeübtes Team. Er freute sich zu sehen, wie Mara dabei ihrer Bedrücktheit entkommen konnte, auch wenn ihn die Informationen von beiden Seiten manchmal etwas überforderten.

Als Diego ihnen nach dem Rundgang noch eine ausführliche Einführung in den hochkomplizierten Röntgenscanner gab, war seine Speicherkapazität für heute wirklich erschöpft. Diego installierte noch einige „'ßehr nützliche Programme" auf Daniels Laptop. Dann machten sie sich schwer beladen auf den Weg. Sie nahmen ein gemeinsames Taxi zum Bahnhof, brachten Diego zum Zug und aßen noch eine Kleinigkeit, bevor sie in die Bahn zurück nach Gent stiegen.

Mara legte den Kopf an Daniels Schulter und schlief nach kurzer Zeit ein. Er fühlte sich ebenfalls müde von dem Ausflug und versuchte zu schlafen. Sicher würden die bevorstehenden Stunden sehr anstrengend werden. Eine ganze Nacht in der Kathedrale. Doch ihn beschäftigte die Frage, wie sie es schaffen konnten, die ganze Ausrüstung in die Kathedrale zu schaffen und unbemerkt vor der abendlichen Schließung ein gutes Versteck zu finden, so sehr, dass er sich damit abfinden musste, auf den kleinen Nachmittagsschlaf heute zu verzichten.

¥

Zurück im Hotel war Mara wieder fit. Sie breiteten die komplette Ausrüstung auf dem Boden aus, nahmen alles genau in Augenschein und packten sie schließlich sorgfältig wieder ein. Dann nahmen sie noch eine Fleecedecke aus dem Hotel mit und machten sich mit Taschen, Koffern und Rucksäcken beladen auf den Weg zur Kathedrale.

Unschlüssig standen sie vor dem großen Hauptportal.

„Und nun? Einfach mit dem ganzen Kram da hineinmarschieren?", fragte Mara.

„Ich denke, wir sollten das in Etappen reinbringen. Vielleicht schauen wir uns erst mal nach einem geeigneten Versteck um."

„Die Sachen sollten wir aber irgendwo sicher verstauen, ohne dass sie jemand finden kann."

Sie gingen hinten um die Kathedrale herum und entdeckten einen Stapel mit Baumaterial, der mit einer großen Plane abgedeckt war. Darunter fanden die Taschen und Koffer unbemerkt Platz und waren gleichzeitig gut geschützt.

Zurück im Eingangsbereich des Hauptportals bemerkte Mara eine Tafel und studierte sie gewissenhaft.

„Es ist gleich ein Gottesdienst. In genau einer Stunde. Also müssen wir das alles in einer halben Stunde drin haben, sonst schaffen wir es nicht mehr."

„Das ist ja Wahnsinn! Und danach wird es auch unmöglich sein, sich zu verstecken. Sicher wird die Kirche direkt danach geschlossen. Wir sollten es lieber auf morgen verschieben. Das scheint mir sicherer."

„Sicherer? Wo es nur eine Frage der Zeit ist, bis die Organisation unsere Spur wiederfindet? Nein! Ich denke, wir sollten das schnell hinter uns bringen und alles dransetzen, dass es klappt. Die Chancen werden nicht besser."

„Also gut, wie du meinst." Daniel hatte sich von Mara überzeugen lassen. An ihre Verfolger hatte er kaum noch gedacht bei dem Ausflug nach Maastricht, doch die Gefahr, in der sie sich befanden, war größer denn je.

Mit einem Mal wurde er zur Seite gerissen. Mara hielt ihn immer noch an der Jacke und drückte ihn fest an die schwere hölzerne Eingangspforte.

„Mara, was ist los? Warum so stürmisch?"

„Dort, die zwei Männer", zischte sie und hielt den Blick stur auf den Eingangsbereich und den noch sichtbaren Teil des Platzes gerichtet.

„Den einen der beiden habe ich in Victors Haus gesehen. Es war einer der Männer, die die Wohnung durchsucht haben."

„So ein verfluchter Mist. Wie sollen wir das ganze Zeug nun reinschaffen?"

„Warten wir ab ... scheinbar setzen sie nun unbekannte Gesichter auf uns an, damit wir sie nicht sofort erkennen. Das sollten wir auch machen."

„Was? Uns neue Gesichter ..." Daniel konnte nicht zu Ende sprechen, denn Mara drückte ihm ihre Hand auf den Mund und schob ihn hastig weiter hinter die offenstehende Holzpforte, bevor sie sich auch in die Nische drängte.

Dort standen sie stumm und warteten angespannt.

Nach einer Weile schüttelte Mara den Kopf.

„Warte hier. Ich schau mal, wo sie sind."

Bevor Daniel etwas erwidern konnte, war sie schon aus dem Versteck geschlüpft. Nach einer Weile kam sie zurück.

„Ok, wir können. Sie sind nicht mehr zu sehen."

„Was nicht heißt, dass sie nicht mehr da sind", gab Daniel zu bedenken.

„Komm schon, wir dürfen keine Zeit verlieren." Unmittelbar darauf war sie durch die Schwingtür ins Innere der Kathedrale verschwunden. Daniel seufzte und eilte ihr nach. Es waren um diese Zeit nicht mehr allzu viele Touristen in der Kathedrale, was in der aktuellen Situation sowohl Vor- als auch und Nachteile hatte. Lediglich der Eingang zum ‚Genter Altar' schien wie ein Menschenmagnet zu wirken, denn hier waren schätzungsweise drei Viertel aller Kathedralenbesucher zu finden.

Gemeinsam gingen sie auf die Stufen zur Chorumgehung zu und schauten sich dabei nach geeigneten Verstecken um.

„Im Beichtstuhl?", flüsterte Mara mit einer nach rechts deutenden Kopfbewegung.

„Zu riskant. Falls der Küster beim Rundgang dort hineinschaut ..."

Sie gingen weiter und betrachteten ausgiebig die Seitenkapellen. Hier ergaben sich mehrere Möglichkeiten hinter den Altären oder den Figuren. Sicher würde der Küster bei seinem allabendlichen Rundgang nicht in jede Nische schauen – jedenfalls war das ihre Hoffnung, denn sonst hätten sie kaum eine Chance.

„Komm, wir holen schon mal einen Teil", drängte Mara und war schon wieder auf dem Weg zum Portal. Daniel hatte das Gefühl, ihr heute immer nur hinterherzulaufen.

Vorsichtig traten sie nach draußen, schauten sich um und gingen dann zum Versteck. Alles war noch da. Mit einer nicht allzu auffälligen Beladung machten sie sich wieder auf den Weg in die Kathedrale und versteckten die Sachen in einem unbemerkten Moment in einem Spalt hinter dem Nebenaltar einer der Seitenkapellen. Sie holten die nächste Ladung und wiederholten die gesamte Prozedur dreimal, bis alles in der Kirche verstaut war – gut verteilt hinter Heiligenfiguren, Altären und Pfeilern. Die Menschentraube am Kassenhäuschen zum Altar der Brüder van Eyck war immer noch nicht kleiner geworden, dafür füllten sich die Bänke langsam zum Abendgottesdienst. Sie hatten es gerade noch rechtzeitig geschafft und nahmen etwas abseits hinter einem der dicken Stützpfeiler Platz, um zu verschnaufen und den Beginn des Gottesdienstes abzuwarten.

Daniels Gedanken kreisten um ihr eigenes mögliches Versteck nach dem Gottesdienst. Die ganze Aktion war schon sehr improvisiert und spontan. Wenn das nur gut ginge. Lieber hätte er etwas mehr Zeit und Ruhe zur Planung gehabt, aber Mara hatte schon recht – sie durften keine Zeit mehr verlieren.

Eine Glocke und die bombastisch einsetzende Orgel rissen ihn aus den Gedanken, als gleichzeitig alle Sitzenden in die Höhe schnellten. Daniel und Mara taten es ihnen nach – um einen winzigen Moment verzögert. Während der Pastor mit zwei Messdienern die Stufen zum Altar beschritt, schaute sich Daniel unauffällig im Kirchenraum um. Von den anwesenden Gläubigen machte keiner einen unmittelbar verdächtigen Eindruck. Auch schien sie niemand zu beobachten, doch er konnte im Schutz des Pfeilers leider nur einen Teil der Bänke überblicken.

Während der Messe hatte Daniel etwas Ruhe, ihr weiteres Vorgehen abzuwägen und nach einem passenden Versteck zu suchen. Die Orgelempore mit ihren Batterien von Pfeifen schien ihm dafür gut geeignet. Früher war er einmal mit seinem Vater hinter solch einer Orgel gewesen und hatte sich gewundert, wie viel Platz überall hinter den riesigen Röhren, dem eindrucksvollen Gebläse und der ganzen Mechanik war. Es würde nur ein großes Problem sein, dort oben hinaufzukommen. Verstohlen schaute er sich nach einer Tür oder einem Aufgang um, konnte aber von seinem Standort nichts Derartiges ausmachen.

Sein Blick blieb immer wieder an den Seitenkapellen des Hauptaltars hängen. Einige von ihnen waren verschlossen gewesen. Falls der Küster eine gewöhnliche Wachrunde machte, würde er die Kapellen vermutlich verschlossen lassen. Aber wenn er von seiner Route nur minimal abwich, wären sie dort genauso gefährdet wie in den offenen Kapellen. Gern hätte er vorher einmal den Rundgang beobachtet und seinen Plan darauf abgestimmt, aber nun mussten sie einfach das geringste Risiko wählen. Und das war schon groß genug.

„Was denkst du über die Orgelempore? Hinter den Pfeifen?", flüsterte er Mara ins Ohr.

Sie nickte bedächtig.

„Wie kommen wir da hin?", flüsterte sie unauffällig zurück.

Daniel zuckte dezent die Schultern.

Die Messe näherte sich langsam dem feierlichen Ende. Daniel und Mara vollzogen mechanisch alle Bewegungen der Gemeinde mit, um nicht aufzufallen. Aufstehen, hinsetzen, knien, aufstehen, knien, ein durch ihre kindheitlichen Erfahrungen in Fleisch und Blut übergegangener Ritus, den der Körper immer noch in sich trug. So konnten sie sich zumindest innerlich ungestört auf die weiteren Schritte vorbereiten.

Das Schlusslied erklang, der Pfarrer verließ mit seinen Messdienern den Altar und zog sich zurück, während die Gemeinde weitersang. Zu einem bombastischen Nachspiel der Orgel verließen die Menschen die Bänke und strömten auf den Ausgang zu. Mara wollte aufstehen, doch Daniel hielt sie zurück.

„Lass uns einen Moment warten. Nur zur Sicherheit."

Doch die Zeit drängte. Sie mussten noch in Ruhe ein geeignetes Versteck finden, bevor der Rundgang begann.

Daniel stand vorsichtig auf und spähte um den schützenden Pfeiler. Die Bänke waren komplett leer, einige Menschen schienen nur zögerlich die Kathedrale verlassen zu wollen und standen noch an der Informationstafel oder schauten sich manche Skulpturen genauer an. Wirklich verdächtig wirkte allerdings keiner auf ihn. Er gab Mara ein Zeichen und beide gingen zügig, aber nicht auffällig, in Richtung Hauptportal. Im hinteren Bereich entdeckten sie eine kleine versteckte Holztür an der Seite. Vermutlich der Aufstieg zur Orgelempore. Der Organist hatte eben seinen riesigen Spieltisch abgeschlossen, der sich ungewöhnlicherweise unten in der Kathedrale befand, und ging mit zielstrebigen Schritten auf den Ausgang zu. Er war gerade an ihnen vorbei, als die letzten beiden Gottesdienstbesucher durch die nachschwingende Holztür nach draußen verschwanden. Gleich würden sie ganz alleine sein, dann mussten sie schnell ein Versteck finden.

Der Organist hatte den Ausgang erreicht und verließ die Kirche, ohne sich noch einmal umzusehen. Daniel und Mara beschleunigten augenblicklich ihren Schritt und liefen auf die kleine Tür zu. Zu ihrer beider Überraschung war sie nicht verschlossen, schien aber länger nicht bewegt worden zu sein. Dahinter erwartete sie eine dunkle und enge Wendeltreppe nach oben. Sie versuchten die Tür wieder hinter sich zu schließen, doch das Schloss klemmte und so ließ sie sich nur anlehnen. Dann eilten sie nach oben.

Oft schon hatte Daniel auf solchen Treppen die Stufen gezählt, doch diesmal verzichtete er. Die sich nach oben windende Treppe kam ihm endlos vor. Er war schon völlig außer Atem und hörte die durchtrainierte Mara ebenfalls hinter sich keuchen, als sie endlich eine Tür erreichten, die seitlich vom Treppenhaus abging. Er drückte die Klinke herunter, doch diese gab nicht nach. Er versuchte es noch einmal, indem er sich mit seinem ganzen Körpergewicht darauflehnte und sich dabei gegen die Tür stemmte, doch nichts half. Die Tür blieb verschlossen. Also weiter nach oben! Es ging über endlose Drehungen sicher noch zweihundert Stufen weiter aufwärts, bis die Treppe direkt vor einer schweren Holztür endete. Die Klinke ließ sich problemlos herunterdrücken, doch die Tür war fest verschlossen.

„Mist! Was nun?", keuchte Daniel vollkommen außer Atem. „Sollen wir hier oben bleiben? Sicher kommt er hier nicht rauf."

„Aber die Tür unten ist offen. Sie ist ja nur angelehnt. Wenn das nicht verdächtig ist …"

„Ok, dann in eine der abgeschlossenen Seitenkappellen im Chor unten? Dann müssen wir über die Absperrung klettern."

„Ja, so machen wir es. Aber schaffen wir das? Was, wenn gerade dann jemand kommt?"

„Dann können wir uns immer noch als verirrte Touristen ausgeben. Wäre halt blöd, dann müssten wir die Sache auf morgen verschieben. Aber das ist noch besser, als wenn sie uns hier finden."

„Dann los", stimmte Mara zu, ohne lange zu überlegen, und stürmte bereits im Rekordtempo die Stufen wieder nach unten. Daniel versuchte mit ihrem Tempo Schritt zu halten, musste aber aufpassen, dass er nicht stolperte. Unten angelangt, wartete Mara schon, hielt ihm die Tür auf und winkte ihn heran. Mit leisen Laufschritten bewegten sie sich zum Hauptaltar und zur Chorumgehung.

Auf der linken Seite begannen die Kapellen. Daniel deutete auf die dritte Kapelle mit einem schweren Eisengitter, das in eine Marmorfassade eingelassen war.

„Die war, glaube ich, verschlossen."

Er rüttelte an beiden Gitterflügeln, die sich nicht öffnen ließen, und schaute nach oben. Die obere Marmorbegrenzung war mit kleinen Dächern versehen, darüber war genug Platz. Sie würden nur die etwa drei bis vier Meter hohe Fassade überwinden müssen. Zu zweit würde das sicher gehen, wenn man sich an den Säulen hinaufhangelte, die auf etwa einen Meter hohen Absätzen standen und auch oben zumindest kleine Vorsprünge zum Festhalten boten.

Mara hatte die gleiche Idee und war schon mit dem ersten Fuß oben auf dem Absatz. Daniel half ihr von unten nach und schob sie weiter hinauf, dann folgte er ihr auf die Höhe des Absatzes. Mara hatte sich schon mit Hilfe des Gitters bis fast nach oben gearbeitet, sodass Daniel ihr auf demselben Weg folgen konnte. Sie zog sich hoch und befand sich nun schon zwischen zwei Dachspitzen, als sie die ersten Geräusche vernahmen. Der Küster begann mit seinem Rundgang! Nun wurde es höchste Zeit. Daniel bedauerte, nicht regelmäßig zu trainieren, schaffte es aber dennoch, den Rand der Fassade zu erklimmen. Mara ließ sich auf der anderen Seite geschmeidig wie eine Katze hinunter und war gerade auf dem Boden angekommen, als sie nun auch die Schritte des Wächters hören konnte. Im Nachhall der Kathedrale war schwer auszumachen, wo er sich befand. Beide hofften inständig, er würde zunächst zum Hauptportal gehen, um dieses abzuschließen.

Doch es schien, als kämen die Schritte näher. Daniel versuchte das letzte verbliebene Stück zu springen, während Mara ihm beide Arme entgegenstreckte. Er kam unglücklich auf und fiel zu Boden. Das war ein Geräusch, das der Küster sicher nicht überhört hatte.

Sie hörten die knackenden Geräusche eines Funkgerätes und ein kurzes Rauschen. Der Mann sprach irgendetwas hinein.

Es klang, als fordere er Verstärkung, so weit man den Wortfetzen entnehmen konnte. Mara half Daniel auf und zerrte ihn hinter den wuchtigen marmornen Altar, der von einer in sich ruhenden Marienfigur gekrönt war. Dahinter befand sich ein langer roter Samtvorhang, der sich über die gesamte Wand von links nach rechts erstreckte. Sie schlüpften dahinter und pressten sich dicht zwischen die kalte Wand und den Vorhang, sodass sie diesen gerade nicht mehr berührten. Doch der Vorhang bewegte sich immer noch heftig über die gesamte Breite und schwang nach links und rechts. Beide versuchten ihn mit den Händen zur Ruhe zu bringen, was ihnen jedoch nicht vollständig gelang. Ein wenig Bewegung durchflutete immer noch den gesamten Vorhang. Sie hofften, dass der Küster und die angeforderte Verstärkung andersherum gehen und dort möglichst viel Zeit brauchen würden, sodass sich der schwere Samt bis dahin beruhigt hätte. Durch den Stoff stark gedämpft hörten sie Schritte, Geräusche und klirrende Schlüssel. Es mussten mindestens zwei Männer sein. Das Funkgerät gab keinen Laut mehr von sich. Den Geräuschen nach zu urteilen, untersuchten sie gerade die Nebenkapellen – und das sehr gründlich. Bald würden sie hier angelangt sein. Langsam drehte Daniel den Kopf zu Mara und sah ihre Augen im Dunkel des Verstecks. Auch sie schaute zu ihm hinüber, als ob sie beide auf eine zündende Idee des anderen warteten.

Doch es kam ihnen keine. Stattdessen hörten sie nun die Geräusche ganz nah: Einen Schlüssel, der ein rostiges Eisenschloss öffnete, dann das Quietschen der sich öffnenden Gittertür, ihres selbst gewählten Gefängnisses.

¥

Dann plötzlich ein Flattern über ihren Köpfen. Wie das eines Vogels. Nur kurz, dann war es wieder weg, doch einen Moment später von Neuem beginnend. Nun konnten sie die Stimmen deutlicher hören und trotz des dicken Samtes die Worte verstehen.

„Wir müssen sie hinaustreiben!"

Dann eine andere Stimme: „Lass sie doch drin heute Nacht. Morgen ist das leichter."

Und wieder der erste: „Hast recht ... wird schon von selbst rausfliegen."

Erneut das Quietschen, der sich lautstark drehende Schlüssel und sich entfernende Schritte.

Ihre beiden Körper sackten vor Erleichterung einige Zentimeter in sich zusammen und sie wagten wieder, normal zu atmen. Daniel glaubte ein Lächeln auf Maras Gesicht zu sehen, auch wenn es eigentlich viel zu dunkel war, um das zu erkennen.

Nach einigen weiteren Minuten, in denen sie still in ihrem Versteck verharrten, wagten sie sich hinter dem Vorhang hervor und nahmen sich vor Erleichterung in den Arm.

„So, die erste Hürde wäre geschafft. Aber jetzt liegt noch einiges an Arbeit vor uns."

„Da, schau! Eine Taube ist es, die sich hier hinein verirrt hat." Mara drehte ihren Kopf in Richtung des leisen, kurzen Gurrens, das durch den Nachhall fast wie ein gesungener Ton klang.

„Sicher ein gutes Zeichen. Sollen wir uns zuerst die Krypta genauer ansehen?"

„Ja, unbedingt. Aber da brauchen wir die Lampen."

„In Ordnung. Dann holen wir den ganzen Kram wieder raus."

Sie kletterten zurück über das Gitter und begannen, alles aus den Verstecken zurückzuholen und an der Seite vor den Stufen der Krypta zu stapeln.

„Vielleicht wäre es besser, einen nicht so offenen Platz für das ganze Zeug hier zu haben", dachte Daniel laut. „Denn falls wir noch mal überrascht werden, sieht man sofort, dass hier jemand am Werk ist."

„Meinst du, es gibt später noch mal einen Rundgang?"

Daniel zuckte die Achseln. „Keine Ahnung. Aber sicher ist sicher."

Sie brachten die komplette Ausrüstung direkt hinunter in die Krypta und fanden eine dunkle Nische. Hier unten gab es nicht mal eine Notbeleuchtung, aber sie hatten sich schon ein wenig an die Dunkelheit gewöhnt und mit einigen sicheren Handgriffen Lampen und ein paar selbstleuchtende Notlichter aufgestellt, die zumindest ein paar Stunden brennen würden.

Das unterirdische Gewölbe wurde in ein mattes Gelb getaucht und wirkte wie aus einer längst vergangenen Zeit.

„Dort, dieser Sarkophag muss es sein." Daniel deutete auf den hintersten marmornen Koloss dicht an der Wand.

Mara leuchtete auf ein Wandgemälde hinter dem mit kurzen, dicken Stützpfeilern flankierten Eingang.

„15. Jahrhundert", sprach sie leise in den Raum. „Es muss etwa gleichzeitig mit dem Altar der van Eycks entstanden sein."

Daniel hatte den massigen Sarkophag schon erreicht und leuchtete sorgfältig seine Fassade ab. Er war ausgesprochen dunkel. Er war nicht aus Marmor, sondern bestand aus einem anderen, ihm unbekannten Stein. Dazu kannte er sich nicht gut genug aus in Geologie. Die Rundbögen zogen sich an den Seiten ganz herum und waren äußerst filigran mit kleinen Verzierungen ausgearbeitet. Doch es ließen sich absolut keine Auffälligkeiten feststellen. Nichts, was auf nachträgliche Bearbeitung oder ein Versteck schließen ließ.

Mara beschäftigte sich inzwischen ebenfalls eingehend mit der riesigen Truhe. Sie strich mit den von ihrer Lampe grell beleuchteten Fingern vorsichtig über die Ränder der tonnenschweren Abdeckplatte.

Dann bückte sie sich und strich auf die gleiche Weise an den Kanten der Rundbögen entlang.

„Ich kann nichts entdecken. Hast du schon einen Anhaltspunkt?", fragte sie mitten in ihrer Untersuchung.

„Nein. Es ist alles unversehrt. Ich kann mir nicht vorstellen, wo man da eine Tafel hineinbekommen könnte."

„Aber die ist sehr dünn. Vermutlich nur ein oder zwei Zentimeter."

„Trotzdem. So einen Spalt muss man hier erst mal finden."

Mara beleuchtete nun die Abdeckplatte von oben.

„Meinst du, da liegt noch jemand drin?", fragte sie in einer Mischung aus Faszination und Ängstlichkeit.

„Wenn, dann ist sicher nicht mehr viel von ihm übrig."

„Und den Deckel beiseiteschieben? Meinst du, wir könnten das schaffen?"

„Ich weiß es nicht. Versuchen wir es einfach. Ich fürchte allerdings ..." Daniel sprach den Satz nicht zu Ende, brachte sich stattdessen in Position neben Mara und sammelte seine Kräfte.

„Auf drei. Eins, zwei, ... DREI!", zählte er in konzentrierter Anspannung. Beide drückten mit aller Wucht gegen die Kante der Platte, aber sie bewegte sich nicht mal einen Millimeter.

„Puh, ich glaube, die ist so gehauen, dass sie genau in die Vertiefung passt und dann einrastet."

„Dann hätte auch Goedertier mit seinen Komplizen sie niemals hochbekommen."

„Das denke ich auch. Sollen wir es trotzdem noch mal versuchen?"

Nach weiteren zwei Versuchen gaben sie keuchend auf.

„Ob Diego sich vertan hat? Das kann doch absolut nicht sein. Wenn doch die Maße identisch sind auf den Zeichnungen ...?", fragte Daniel unsicher, glitt ermüdet zu Boden und legte die Taschenlampe neben seine Füße. Mara ließ sich matt neben ihm auf den kalten Fliesen nieder.

Eine Weile brauchten sie, um wieder zu Atem zu kommen.

„Mmh – was machen wir nun?", fragte Mara.

Daniel wusste keine Antwort.

Er streckte sein Bein aus und schob dabei die Taschenlampe ein wenig beiseite. Dabei betrachtete er frustriert die dunklen Fliesen, die den Sarkophag umgaben. Und da sah er plötzlich die Anomalie. Es waren nicht die Fliesen, es waren die Fugen der Fliesen, die ihm im hellen Schein der Taschenlampe ungewöhnlich vorkamen. Er kniete sich hin und untersuchte ihre Beschaffenheit mit den Fingern.

„Das ist es!", stieß er hervor. „Schau dir hier diese Fugen an. Die Fliesen sind an der Stelle nachträglich verfugt worden. Und zwar nur auf diesem kleinen Stück."

Er zeichnete mit dem Finger ein Rechteck von etwa achtzig mal dreißig Zentimetern nach.

„Du bist genial", Mara kniete sich neben ihn und konnte nun auch die minimalen Unterschiede in den Fugen erkennen, die bei schwachem Licht sicher nicht auszumachen gewesen wären.

„Wir müssen die Fugen rauskratzen. Dann können wir vielleicht die Fliesen anheben. Die Tafel ist nicht in dem Sarkophag, sondern darunter."

Sie eilten gleichzeitig zur Nische mit der Ausrüstung und durchwühlten die Taschen und Koffer, bis sie jede Menge Werkzeug herausgelegt hatten. Die Arbeit an den Fugen war ausgesprochen mühsam. Daniel und Mara wechselten sich ab, die Verfugungsmasse zwischen den Fliesen mit dem Schraubenzieher herauszukratzen. Immer, wenn der andere merkte, dass der Rhythmus wegen des erlahmenden Arms langsamer wurde, übernahm er das zweckentfremdete Werkzeug. Es dauerte fast zwei Stunden, bis die vorderen Fliesen frei waren. Dann versuchten sie vorsichtig mit einem Spachtel die erste Fliese vom Boden zu entfernen. Sie war festgeklebt, doch nicht allzu professionell. Nach einer Weile stetiger Anstrengung gab sie ein wenig nach und ließ sich endlich unversehrt entfernen.

„Schau, ein Hohlraum. Genau wie du vermutet hattest." Mara war außer sich vor Freude und bekam einen weiteren Motivationsschub.

„Komm, weiter!" Sie nahm sofort die Arbeit an der daneben liegenden Fliese auf. Diese ließ sich wesentlich leichter entfernen, da sie durch die freie Stelle den Spachtel beide bequem unter die Fliese führen konnten. Schnell war sie entfernt, ebenso die dritte und vierte Fliese. Ein dunkler Spalt zu einem etwa zehn Zentimeter hohen Versteck lag vor ihnen. Beide wischten sich fast synchron den Mörtelstaub von den Händen und griffen nach ihren Taschenlampen. Es handelte sich tatsächlich um einen Hohlraum, der sich bis tief unter den Sarkophag erstreckte. Daniel legte sich flach auf den Boden und blickte in das hell ausgeleuchtete Versteck.

¥

Das Versteck war leer! Bis auf ein paar Steinchen, Mörtelreste und viel Schutt war in dem Hohlraum nichts zu sehen.

„Das ist unmöglich", brachte Daniel enttäuscht hervor. Beide starrten ungläubig in das ausgeleuchtete Versteck unter dem Sarkophag. Das Licht verlor sich nach hinten in den Schatten kleiner Steine.

„Möglicherweise befindet es sich unter dem Schutt", vermutete Mara.

„Es ist ganz bestimmt das richtige Versteck. Es hat genau die richtige Größe – und die Angaben Diegos passen auch." Er versuchte mit der Hand unter den Schutt zu kommen, steckte jedoch bald mit dem Arm fest.

„Ich komme nicht richtig rein – vielleicht schaffst du es?"

Mara legte sich flach auf den Boden und steckte ihren gesamten Arm hinein.

„Da ist nichts drunter, nur Mauerwerk", stieß sie gepresst hervor. „Es ist nur eine ganz dünne Schicht von Schutt, dann kommt nur noch massiver Stein."

Nach einer Weile zog sie ihren Arm wieder heraus und richtete sich auf.

„Ist uns jemand zuvorgekommen?", fragte sie, während sie den Schutt abklopfte.

„Scheint so. Aber die Frage ist, wann? Es ist ein Versteck wie für die Tafel gemacht. Aber ob sie überhaupt jemals darin war? Vielleicht hatte Goedertier geplant, sie dort zu verstecken, und aus irgendwelchen Gründen von dem Plan Abstand genommen."

„Oder er hat sie darin versteckt und jemand anders hat sie dort entdeckt und herausgeholt."

„Das wäre die zweite Möglichkeit. Wie auch immer – jetzt stehen wir vor dem Nichts. Wie sollen wir nun den Schlüssel für das Geheimnis finden? Wir brauchen unbedingt die Tafel. Der Altar allein reicht nicht."

Daniel war erschöpft zu Boden gesunken und lehnte sich an den Sarkophag. Mara tat es ihm nach, legte ihren Kopf zurück an den Stein und schloß die Augen. Lange blieben sie dort nebeneinander sitzen, unfähig, etwas zu sagen oder auch nur einen klaren Gedanken zu fassen.

Erst die Glocke der Turmuhr befreite sie aus ihrer Lethargie.

„Sollen wir mal den Altar genauer unter die Lupe nehmen?", schlug Mara vor.

„Ja, ist vielleicht besser, als hier in Frustration zu ertrinken. Dann nehmen wir mal die Röntgenausrüstung mit nach oben."

Er stand auf und streckte sich in alle Richtungen, um die durch den harten Steinboden verursachten Schmerzen in den Griff zu bekommen.

„Sehr bequem wird das nicht, wenn wir heute noch ein paar Stunden schlafen wollen."

„Wir haben ja noch die Fleecedecke. Allerdings fehlt uns dann etwas zum Zudecken – es ist ganz schön kalt hier drinnen."

„Dann müssen wir uns halt irgendwie anders warm halten", schlug Daniel vor und hielt Mara die Hand zum Aufstehen hin.

Mara lächelte, zog sich an seiner Hand hoch und schnappte sich dann wortlos die zwei Alukoffer mit der Ausrüstung.

In der Kathedrale war alles unverändert ruhig. Scheinbar gab es keine weiteren Rundgänge in der Nacht. Sicher war der wertvolle Altar ohnehin durch eine Alarmanlage und Kameras gesichert.

Kameras! Daran hatte Daniel noch gar nicht gedacht. Wenn sie die lahmlegen würden, gab es möglicherweise eine Störungsmeldung oder irgendjemand hinter einem Monitor wunderte sich über ein schwarzes Bild. Aber laufen lassen konnten sie sie auch nicht. Dann würden sie besser direkt zur Polizei gehen.

Die Eingangstür zum Altar war nur durch einen kleinen eisernen Riegel geschützt. Daniel holte die Eisensäge aus dem Ausrüstungslager in der Krypta und hatte die Verriegelung in zwei Minuten durchtrennt.

Er öffnete die Tür und spähte vorsichtig in die Kapelle, wagte kaum, seinen Kopf in den Raum zu stecken.

In zwei Ecken der Seitenkapelle waren kleine Kapseln angebracht, die ein regelmäßig blinkendes Licht von sich gaben. Kameras konnten das kaum sein. Möglicherweise Bewegungsmelder. Dann hätten sie keine Chance, unbemerkt in den Raum zu kommen.

Er betrachtete das imposante Kunstwerk, das sich nur als verschwommene Silhouette hinter Panzerglas aus dem Dunkel der Kapelle hervorhob. Sie trauten sich nicht, die Taschenlampen zu benutzen.

Es sind Feuermelder, wurde es Daniel schlagartig klar. Er schaltete die Lampe ein und leuchtete vorsichtig die Wände ab, bevor er den Lichtstrahl langsam über das Gemälde wandern ließ.

„Siehst du diese kleinen schwarzen Knöpfe an dem Panzerglas?" Er wandte sich Mara zu, die zögerlich dicht hinter ihm den Raum betrat.

Sie nickte.

„Sensoren. Wir dürfen das Glas auf keinen Fall berühren."

„Das müssen wir ja auch nicht, glücklicherweise. Aber wir sollten trotzdem extrem vorsichtig sein."

Sie umrundeten das Kunstwerk und nahmen die besondere Wirkung der Bilder in sich auf, die selbst im schweifenden Kegel der Lampen unmittelbar zu spüren war. Irgendetwas Besonderes war mit diesem Altar. Seine mystische Kraft wurde in der menschenleeren Kathedrale noch deutlicher.

Mara konnte ihren Blick kaum von den unzähligen Details abwenden, als Daniel schon begann, das Stativ aufzubauen.

Es dauerte eine halbe Stunde, bis sie die komplizierte Röntgenkamera installiert und richtig positioniert hatten, dann begannen sie mit den Probeaufnahmen. Die ersten Abbildungen waren kaum zu erkennen, trotz des relativ großen Bildschirms des angeschlossenen Laptops. Nach weiteren zwanzig Minuten hatten sie die Einstellungen so verfeinert, dass das Bild langsam besser wurde.

Man konnte eindeutig die Konturen der Haupttafel ausmachen, auf die das Kameraobjektiv ausgerichtet war. In einem flackernden Schwarz-Weiß zeigte sich das blutende Lamm auf dem steinernen Altar in der Mitte, sein herausschießendes Blut wurde in einem Kelch darunter aufgefangen.

„Nun gehen wir durch die oberste Farbschicht langsam in die tieferen Schichten." Während er sprach, veränderte Daniel bestimmte Werte auf dem Display.

Ganz langsam änderte sich das Bild und man konnte ein skizzenhaftes Lamm erkennen, während gleichzeitig viele andere Details verschwanden. Auch wenn das Bild nur in Schwarz- und Grautönen wiedergegeben wurde, so war es doch wie eine umgekehrte Zeitreise durch die Entstehung des Bildes.

„Phantastisch!" Maras Worte kamen wie von selbst, als sie gebannt auf den LCD-Bildschirm blickte.

Daniel speicherte immer wieder die verschiedenen Schichten auf dem Computer ab, bevor er tiefer in das Bild eindrang.

„Das ist ja Wahnsinn!", bemerkte Mara, als sie sich vom Bann der auftauchenden Darstellungen lösen konnte.

„Ich hätte nicht gedacht, dass man so viel erkennen kann", gab Daniel zurück und schob das Stativ langsam nach links, bis er die Kamera vor der Kopie der ‚Gerechten Richter' in Stellung gebracht hatte.

„Warum machst du das?", wollte Mara wissen. „Die Kopie ist doch erst um 1939 oder 40 gemacht worden."

„Keine Ahnung. Einfach so. Vielleicht entdecken wir ja zufällig etwas Interessantes."

Er brauchte einige Minuten, um das Gerät richtig zu justieren, dann machte er auch hier regelmäßige Aufnahmen.

„Du hast recht, das hätte ich mir sparen können. Das Bild scheint nicht so spannend zu sein. Keine Übermalungen, nur Skizzen direkt auf dem Holz, dann sofort mit Ölfarbe darüber."

Er fuhr tiefer in die Tafel hinein.

„Aber sie ist unglaublich dünn. Das ist merkwürdig. Zumindest ist die falsche Tafel wesentlich dünner als die echten."

„Das könnte ja gut sein, wenn sie nur provisorisch angefertigt wurde. Man ging ja damals auch davon aus, dass das Original irgendwann gefunden werden würde."

„Tja", seufzte Daniel. „Wir waren ja auch so kurz davor …"

„Komm, schauen wir uns mal die Tafel an ihrer Rückseite an." Mara ging um den Altar herum auf die andere Seite und richtete den Lichtstrahl ihrer Lampe auf die Tafel von Johannes dem Täufer. „Das ist die Bildtafel, die zusammen mit den ‚Gerechten Richtern' entwendet wurde."

Daniel zog das Stativ mit der Apparatur um den Altar herum.

„Genau. Und die dann freiwillig zurückgegeben wurde."

Die Justierung des Röntgenscanners ging nun immer schneller. Bald flackerten schon die ersten tadellosen Bilder über den Bildschirm.

Auch hier waren im Vergleich der Farbschichten Übermalungen zu erkennen, allerdings keine wesentlichen Veränderungen des Inhalts.

Mara speicherte sorgfältig alle Schichten einzeln auf der Festplatte ab, während Daniel die Kamerajustierung änderte.

„Das scheint mir nicht so ungewöhnlich. Aber geh doch hier noch mal tiefer hinter die Farbschichten, um zu sehen, wie dick das Holz dieser Tafel so ist", schlug Mara vor.

Daniel verstellte die Werte Zahl für Zahl und der Bildschirm zeigte ein in sich bewegtes Schwarz.

„Die Tafel scheint die übliche Dicke zu haben. Genau wie die anderen Originaltafeln auch."

Es flackerten kurz Konturen auf, dann loderte sofort wieder das unruhige Schwarz wie ein dunkles Feuer vor sich hin.

Mara fasste Daniel am Arm.

„Moment mal, geh noch mal zurück!"

Daniel verkleinerte die Zahlenschritte etwas und alsbald tauchten sie kurz wieder auf, die gleichen Konturen von vorhin.

„Stop! Kannst du noch mal genau zur letzten Position gehen?" Maras Stimme klang aufgeregt.

„Einen Moment …"

Die Veränderungen waren nun minimal. Es dauerte, bis Daniel die Einstellung von eben wieder hatte.

Dann tauchte wie aus dem Nichts ein Bild auf.

„Die Umrisse und der Bildaufbau sind genau so wie bei den ‚Gerechten Richtern'." Mara stand fassungslos vor dem Laptop.

„Aber das ist unmöglich. Das Bild müsste spiegelverkehrt dargestellt sein, wenn wir von hinten bis zur vordersten Farbschicht durchgedrungen sind."

„Die ‚Gerechten Richter'", entfuhr es Mara fassungslos. „Die Tafel ist hier. Im Altar."

Daniel war einen Moment sprachlos und konnte nicht so schnell begreifen, was Mara da gerade behauptete.

„Die Kopie der ‚Gerechten Richter' ist nur ganz dünn, richtig?", fuhr sie fort. „Das hat einen bestimmten Grund: außer der Kopie befindet sich auch noch die Originaltafel der ‚Gerechten Richter' dahinter – oder besser gesagt, hinter der Johannestafel. Sie wurde mit der Bildseite auf die Johannestafel gelegt. Oder geklebt – oder was auch immer – und vorne ist die Kopie. Zu sehen ist nur die Kopie – aber das Original ist hier.

Genau hier an der richtigen Stelle!" Sie zeigte aufgeregt auf die Johannestafel hinter dem Glas und ihre Stimme überschlug sich fast. Daniel fand immer noch keine Worte, auch wenn das Gesagte jetzt doch so langsam in seinen Verstand vordrang. Aber den tieferen Sinn dahinter verstand er dennoch nicht.

„Warum sollte man das machen?", wunderte er sich laut mit wiedergewonnener Stimme. „Das verstehe ich nicht."

Er schlug sich mit der Hand gegen die Stirn. „Natürlich! Um die Tafel und ihr Geheimnis zu verstecken. Ein besseres Versteck kann es nicht geben. So ist das Geheimnis perfekt geschützt. Auf diese Weise kann die Tafel nicht in die falschen Hände geraten. Das, wovor Diego uns so eindringlich gewarnt hat."

Völlig aus dem Häuschen und mit zitternden Fingern überprüfte Daniel sofort ihre Vermutungen und fuhr mit der Kamera noch einmal durch die gesamte Altardicke.

„Tatsächlich! Es ist genau, wie du sagst. Es scheint wirklich das Original zu sein. Zwischen der Johannestafel und der auf extrem dünnem Holz angefertigten Kopie der ‚Richter'. Eine dickere Tafel hätte auch gar nicht in den Rahmen gepasst. Deshalb musste die Kopie so dünn sein."

„Sie ist hier – direkt vor unseren Augen und doch nicht zu sehen. Und wir kommen nicht dran."

„So nah davor und doch so weit davon entfernt. Aber so können wir zumindest Aufnahmen des gesuchten Gemäldes machen. Allerdings wird die Bildqualität nicht besonders gut sein."

Daniel arbeitete nun besonders sorgfältig an den Einstellungen und versuchte eine optimale Bildqualität aus der Technik herauszukitzeln – zumindest den Umständen entsprechend.

Es dauerte eine halbe Stunde, bis er die beste Einstellung gefunden hatte, dann speicherte Mara die erste Aufnahme des seit achtzig Jahren verschollenen Gemäldes auf dem Laptop ab. Beide schauten stolz auf den Bildschirm und betrachteten die schwarz-weiße Darstellung des Bildes, das sich hier tief innen unter dickem Panzerglas und Holzschichten verbarg. Teile des Bildes fehlten in der Darstellung, möglicherweise hatten die van Eycks hier nicht-metallische Pigmente verarbeitet. Auch Details waren nur schwer auszumachen. Dennoch waren beide überwältigt von dem Fund.

„Wahnsinn! Wirklich ein unglaublich geniales Versteck."

„Komm, lass uns noch ein paar weitere Aufnahmen machen – sicherheitshalber", drängte Mara, der es sichtlich schwer fiel, ihren Blick von den geheimnisvollen Konturen des rätselhaften Kunstwerks abzuwenden.

Sie speicherten mehrere Aufnahmen in unterschiedlichen Einstellungen ab, bevor sie in die tieferen Farbschichten eindrangen. Zu ihrer Überraschung fand sich darunter ebenfalls ein komplettes Gemälde der ‚Gerechten Richter', aber dennoch waren einige Dinge anders. Der Berg im Hintergrund, die Anordnung der Reiter und noch weitere Details, die nur vage erkennbar waren.

„Wir können die Unterschiede später in Ruhe studieren. Lass uns jetzt einfach die Aufnahmen auf die Festplatte bekommen", drängte diesmal Daniel, als Mara sich die gerade abgespeicherte Aufnahme mit erwartungsvoller Konzentration ansah.

„Du hast recht", erwiderte sie nur und fühlte sich offenbar ein wenig ertappt.

Als sie eine Schicht tiefer gingen, erwartete sie die nächste Überraschung.

„Daniel, Stopp! Noch mal zurück."

Nach wenigen Sekunden schälte sich ein winziger Schriftzug aus dem Bild heraus, mit bloßem Auge auf dem LCD-Schirm kaum erkennbar.

„Bekommst du das noch schärfer?"

Daniel probierte es immer wieder, doch die Darstellung auf dem Bildschirm war genauso verschwommen wie zu Beginn.

„Das ist die beste Einstellung. Speicher sie ab!"

„Vielleicht können wir ja trotzdem was lesen."

Doch auch nach Vergrößerung der Buchstaben waren die einzelnen Worte nicht zu erkennen.

„Wir müssen die Schrift erst digital überarbeiten, dann können wir die Buchstaben sicher entziffern." Daniel sprach mit beruhigender Stimme, obwohl er selbst unter Strom stand und am liebsten sofort mit der Untersuchung begonnen hätte.

Doch die Zeit drängte. Sie mussten noch die ganze Ausrüstung wieder abbauen und verstauen. Alles zurück in die Verstecke und dann warten, bis die Kathedrale morgens geöffnet wurde. Vorher würde es keinerlei Möglichkeit geben, aus der Kirche herauszukommen. Sie begannen unverzüglich mit dem Abbau und fanden nach einem kurzen Rundgang ein Versteck, das in der Nähe des Hauptportals lag, um dort alle Koffer und Taschen zu deponieren. Morgens würde sicher kein besonders ausgiebiger Rundgang stattfinden, daher war ihnen ein strategisch günstiger Punkt zum schnellen Transport lieber. Dann legten sie die Fliesen sorgfältig wieder an ihre alten Plätze auf dem Boden der Krypta und schoben den herausgekratzten Mörtelstaub in die Fugen. Es war dennoch sichtbar, dass hier etwas nicht stimmte. Nun hatten sie vielleicht noch zwei oder drei Stunden bis zum Morgengrauen und wählten daher die Nische in der Krypta, um sich auf der ausgebreiteten Fleecedecke noch ein wenig auszuruhen oder gar etwas zu schlafen.

Beide krochen unter den Rundbogen und versuchten eine bequeme Position zu finden, was auf dem harten Stein gar nicht so einfach war. Selbst die Fleecedecke war zu dünn, um ausreichend Komfort zu bieten und zeigte auch nur minimal wärmende Wirkung. Mara drehte ihren Körper ganz zu Daniel und nahm vorsichtig seine Hand. Daniel drehte sich ebenfalls ihr zu und legte den Arm um ihre Schulter, in der Hoffnung, sie so ein wenig zu wärmen. Er konnte ihr Gesicht in der Dunkelheit des Alkovens nicht sehen, musste sich erst wieder neu an die Umgebung hier unten gewöhnen. Er fragte sich, ob sie die Augen geöffnet oder schon geschlossen hatte. Ob sie ihn anschaute oder versuchte, die wenige noch verbleibende Zeit zu schlafen. Ihr ruhiger Atem gab ihm ein warmes Gefühl der Geborgenheit und Vertrautheit. Er schloss die Augen und versuchte ebenfalls einzuschlafen, nur auf ihre gleichmäßigen Atemzüge konzentriert. Die Müdigkeit überfiel ihn, aber dennoch war er viel zu aufgewühlt, um jetzt schlafen zu können. Tausend Gedanken schossen wie Neutronengewitter durch seinen Kopf. Sie waren der Tafel so nah gekommen! Vielleicht würden sie anhand der Röntgenaufnahmen bald ihr Geheimnis lüften können. Er konnte es kaum erwarten, die Fotos auszuwerten. Welches Geheimnis verbarg der Altar? Auch wenn er wusste, dass er im Moment keine Antwort darauf finden würde, so ließ sich die Gedanken nicht abstellen und er kam einfach nicht zur Ruhe. Auf jeden Fall würden sie ihre Entdeckung für sich behalten müssen. Sicher war Diegos Mahnung berechtigt.

Daniel öffnete die Augen und schaute ins Dunkel – dorthin, wo Maras Körper vor ihm lag. Langsam schälten sich ihre Konturen aus dem Schwarz der Krypta.

Und nun konnte er die sanften Züge ihres schlafenden Gesichts erkennen. Sie öffnete die Augen.

„Schläfst du nicht?", fragte er sanft.

„Es geht nicht. Kannst du auch nicht schlafen?"

„Nein. Mir geht so viel durch den Kopf."

Sie nickte leicht mit dem auf seiner Schulter liegenden Kopf.

„Geht mir auch so. Es ist unglaublich, dass wir die Tafel gefunden haben", flüsterte sie. „Und so viele Menschen mussten deswegen sterben …"

Die Traurigkeit in ihrer Stimme war eindeutig zu erkennen und Daniel konnte ihre Gedanken fast spüren.

„Vielleicht kann ich ja das beenden, was meinem Vater so viel bedeutet hat und er nicht mehr erforschen konnte", fuhr sie leise fort.

Daniel glaubte, eine einzelne Träne glitzernd über ihre Schläfe nach unten laufen zu sehen. Er rutschte vorsichtig an Mara heran und nahm sie in die Arme.

Sie erwiderte seinen sanften Druck und legte ihre Arme um seinen Rücken. Daniel strich ihr beruhigend über den Nacken, während Mara ihre Hand langsam an seinem Rücken hinabgleiten ließ und an der Hüfte unter sein T-Shirt schob. Ihn durchfuhr eine sanfter Schauer, als er ihre zarte Hand auf seiner Haut fühlte. Sie strich an seiner Wirbelsäule entlang und fuhr dann in leicht kreisenden Bewegungen über seine Schulterblätter. Ihre Köpfe waren so dicht beieinander, dass sie gegenseitig ihren Atem spüren konnten. Wie magisch zogen sich ihre Lippen an und trafen sich in einer stillen Zone der Intimität. Maras Lippen waren trocken, warm und unglaublich sanft. Daniel überkam eine kribbelnde Welle, die immer noch anhielt, als sich ihre Lippen wieder voneinander lösten. Nur um sich gleich danach wieder zu finden, um den schon unendlich andauernden Moment ihrer Trennung zu überwinden. Daniel schob ihr Shirt ein wenig nach oben und glitt zärtlich mit der Hand darunter. Er hatte das Gefühl, seine Hand würde in ihrer Haut baden. Er streichelte ihren Rücken, presste dann, von einer warmen Woge erfasst, ihren Körper fest an den seinen.

Ihre Hände entwickelten einen eigenen Drang und tasteten seinen Oberkörper in unruhigem Sehnen ab. Seine Hände erkundeten ihren Körper und nahmen jede Rundung in sich auf, wie ein ertastetes Abbild in Daniels Bewusstsein.

Den harten Steinboden nahm er gar nicht mehr wahr, er spürte die Kälte der Kirche nicht, die ihn umgab. Er war nur erfüllt von der samtigen Weichheit ihrer Haut und der Wärme ihres Körpers so dicht an seinem.

¥

Daniel schreckte als erster hoch. Der Küster! Lautstark wurden oben die Türen des Hauptportals geöffnet, bis hier unten nicht zu überhören. Wenn die Kathedrale jetzt schon geöffnet wurde, musste es bereits spät sein.

Durch die kleinen Glasfenster am oberen Deckenrand der Krypta drang etwas Tageslicht ein. Er fand sich eng umschlungen mit Mara, die noch immer selig schlief. Sanft bewegte er sie und flüsterte ihr ein ganz leises ‚Mara' ins Ohr. Sie begann sich ein wenig zu bewegen und ansatzweise in seinen Armen zu räkeln, noch bevor sie blinzelnd die Augen öffnete.

Als sie ihn erblickte, erschien ein warmes Lächeln auf ihrem Gesicht.

„Mara, wir müssen uns verstecken. Der Küster …", sprach er leise aber sehr eindringlich weiter. Er musste es nicht weiter erklären, denn nach dem lauten Einrasten der wuchtigen Holztüren hörte man nun schlurfende Schritte durch die Kathedrale hallen. Mit einem Mal war Mara hellwach und ihr Oberkörper schnellte nach oben. In der Hocke schob sie die Decke zusammen und schaute Daniel fragend an.

„Lassen wir sie hier?"

„Ja, wäre zu auffällig, wenn wir damit rausgehen."

Dann krochen sie beide aus dem nächtlichen Unterschlupf und schauten sich hektisch nach einem besseren Versteck um. Würde er auf seinem Rundgang auch hier herunterkommen? Daniels Blick fiel auf die Kerzen und ewigen Lichter, die entzündet werden mussten. Davon gab es hier unten sicher ein Dutzend – gut über das gesamte Gewölbe verteilt.

Die Schritte kamen näher. Der Küster musste nun unmittelbar vor der Treppe zur Krypta angekommen sein. Ein gutes Versteck gab es hier unten nicht. Sie könnten sich nur vorübergehend hinter eine dicke Säule des Gewölbes flüchten, aber ein sicherer Platz war das nicht. Ohne lange zu überlegen, machte Daniel eine Geste in Richtung des Pfeilers und schlich mit großen Schritten auf den Zehenspitzen hinüber, gefolgt von Mara. Die nahenden Schritte klangen nun eindeutig nach Treppe. Der Küster kam die Stufen zur Krypta hinunter. Dann war plötzlich gar nichts mehr zu hören. Nur ein Klicken. Im gleichen

Moment erleuchtete das Kellergewölbe in einem diffusen Gelb – er hatte die Beleuchtung eingeschaltet. Dann wieder die Schritte auf der Treppe.

Beide verharrten stumm.

Die Schritte entfernten sich. Der Küster nahm einen anderen Weg oben in der Kirche. Sie warteten, bis die Schritte kaum noch vernehmbar waren, wechselten einen einvernehmlichen Blick und setzten sich in Bewegung. Die Treppen aufwärts, aus der Krypta heraus. Den Geräuschen nach zu urteilen, befand er sich gerade hinter dem Altar in der Chorumgehung. Der Weg nach draußen wäre dann offen. Nur eine ältere Dame steuerte gerade auf das Kassenhäuschen zum berühmten Altar zu. Sie blickte zu ihnen herüber und betrachtete sie ein wenig irritiert. Daniel versuchte geistesgegenwärtig, sich wie ein Tourist zu benehmen, und auch Mara schlenderte möglichst belanglos den Gang entlang, den Kopf dabei nach oben gerichtet, als ob sie die Atmosphäre des Raums in sich aufnehmen wollte. Es gelang ihnen, sich unter die ersten hereinströmenden Touristen zu mischen, sodass sie auf einen günstigen Augenblick zum Abtransport der Gerätschaften warten konnten.

Alles klappte problemlos. Schwer beladen nahmen sie das nächstbeste Taxi ins Hotel. Dort angekommen erwartete sie eine junge Dame mit einem professionell-freundlichen Lächeln an der Rezeption.

„Monsieur Krafft, bonjour." Erst dann bemerkte sie Mara, die etwas hinter ihm hereinkam.

„Haben Ihre Freunde Sie gestern noch erreicht? Sie sagten, es sei sehr dringend."

„Freunde ...?", stotterte Daniel ein wenig verwirrt.

„Die drei Herren, die gestern hier waren. Sie meinten, dass sie Ihnen nachgereist seien und haben sich ausführlich nach Ihrem Wohlbefinden erkundigt. Wann Sie zurückkämen und ob sie hier warten könnten – demnach haben Sie sich nicht mehr getroffen gestern?"

„Nein, das muss ein Missverständnis sein", antwortete Daniel und warf instinktiv einen nervösen Blick zur Tür, dann zu Mara, die einen besorgten Eindruck machte.

Vielleicht waren sie noch in der Nähe und hatten sie möglicherweise sogar eben hereingehen sehen. Am besten sollten sie erst mal die Ausrüstungskoffer loswerden.

„Mademoiselle, könnten wir die Koffer hier an einem sicheren Ort deponieren?", fragte er die junge Dame hinter der Rezeption freundlich.

„Selbstverständlich", antwortete sie überaus zuvorkommend und nahm die Koffer und Taschen über die hohe Theke entgegen. Nur den Rucksack mit dem Laptop und einigen Werkzeugen behielt Daniel bei sich.

Als er sich umdrehte, sah er die Männer schon von weitem durch die Glastür. Sie kamen quer über den Platz direkt auf das Hotel zu. Nicht auffällig schnell, doch mit zielstrebigen und bestimmten Schritten.

Es war eine neue Delegation, er kannte keinen der drei düster wirkenden Handlanger.

„Bitte, rufen Sie die Polizei. Schnell!", konnte er der Empfangsdame noch beschwörend zurufen, bevor er mit Mara im Gang verschwand.

„Nach oben?", fragte er und hielt die Aufzugstür auf.

„Da sitzen wir in der Falle. Besser nicht", antwortete Mara und drückte den Aufzugsknopf des vierten Stockwerks. Dann schlug Daniel die Aufzugstür wieder zu und beide flüchteten weiter nach hinten, wo der Flur endete. Die drei Männer waren in die Lobby gestürmt, während die junge Frau gerade die Notrufnummer gewählt hatte. Sie kam nicht dazu, etwas zu sagen. Vorher hatte einer der Männer sie brutal mit dem Pistolengriff niedergeschlagen. Daniel sah nur, wie sie hinter der Theke nach unten sank. Eine Tür befand sich auf der linken Seite des Ganges. Mara hatte die Klinke schon unten und die Tür geöffnet, sodass sie schnell hineinhuschen konnten. Wenn die Männer sie nur nicht gesehen hatten! Sie befanden sich in einer Wäschekammer inmitten von hohen Bergen an Leinentüchern, Bettwäsche und Toilettenpapier. Die Tür stand noch einen Spalt offen. So konnten sie horchen, was draußen vor sich ging. Doch sie hörten nur Geräusche von bewegter Kleidung und hektischen Schritten. Kein Wort. Daniel fingerte ein Werkzeug aus seinem Rucksack, damit er nicht völlig wehrlos dastand. Er zog ein Stemmeisen heraus, das er Mara gab, dann einen Hammer, den er selbst behielt. Auf dem Flur war lautes Getrampel zu hören. Sie stürmten die Treppe nach oben. Dann war es ruhig.

Das war die einzige Möglichkeit, hier wieder herauszukommen. Gleichzeitig schnellten sie aus der Kammer um die Ecke und sahen einen der Männer unten an der Treppe stehen. Er versperrte ihnen genau den Fluchtweg. Als er sie auf sich zustürmen sah, erhob er augenblicklich die Pistole. Daniel hatte ihn fast erreicht und schlug mit geballter Kraft den Hammer gegen seinen Kopf. Im gleichen Augenblick löste sich der Schuss, schlug gegen das Metall der Aufzugstür, und der Mann fiel blutend zu Boden. Sofort war wieder das Getrampel zu vernehmen, diesmal von oben. Daniel und Mara sprangen über den zusammengekrümmten Mann auf dem Boden Richtung Ausgangstür. Draußen bogen sie unmittelbar in die Straße, die links vom Platz abging. Dort befand sich ein Taxistand. Sie hechteten in das vorderste Taxi und der schwerfällige Taxifahrer drehte in Zeitlupe seinen bulligen Kopf zu den eingestiegenen Fahrgästen.

„Fahren Sie los! Es geht um Leben und Tod", schrie Daniel ihn unvermittelt an. Er fischte einen Fünfzig Euro Schein aus der Tasche, was eine unmittelbare Wirkung auf den Mann zu haben schien. Jedenfalls war er wie ausgewechselt und fuhr ohne zu zögern mit quietschenden Reifen los. Die zwei verbleibenden Verfolger waren auf die Straße vor dem Hotel gerannt und hatten ihre Zielpersonen schon im flüchtenden Taxi erkannt, bevor die sich ducken konnten. Daniel drehte sich um und sah, dass sie mit einigen wenigen Schritten ihre eigene

Limousine erreicht hatten und unverzüglich losbrausten, um sich an ihre Fersen zu heften.

„Das Auto dort hinten – Sie müssen es abhängen!", redete er eindringlich auf den Fahrer ein.

„Okay!", sagte der nur und bog scharf rechts in die nächste Gasse ein, dann sofort wieder links. Für einen Moment waren die Verfolger außer Sichtweite.

„Wo wollen Sie eigentlich hin?", fragte der Fahrer beiläufig.

Mara schaute sich zu Daniel um, der auf dem Rücksitz saß.

„Zum Bahnhof?", fragte sie unsicher.

„Ja, zum Bahnhof, bitte", bestätigte Daniel an den Fahrer gewandt.

Er schnitt die nächste Kurve und lenkte in eine enge Gasse, die kaum genug Platz für sein Auto bot. Ein Fußgänger flüchtete entsetzt in einen Hauseingang. Mara wendete den Kopf ab, um nicht hinsehen zu müssen.

„Verzeihung, Madame, aber ich sollte doch …"

„Sie machen das prima", gab sie nicht ganz überzeugt zurück.

Sie bogen auf eine große Straße und hatten den Vorplatz des Bahnhofs erreicht. Das Auto der Verfolger war nicht zu sehen.

„Vielen Dank!", sagte Daniel sichtlich erleichtert und hielt dem Fahrer einen weiteren Fünfzig Euro Schein hin.

Dieser nahm ihn mit einem dankbaren Kopfnicken entgegen.

„War mir ein Vergnügen!", antwortete er, während die beiden aus dem Wagen sprangen. Sie liefen geradeaus auf die gläsernen Eingangstüren des Bahnhofs zu.

„Wohin fahren wir?", richtete Daniel im Lauf die Frage an Mara.

„Freiburg!" Sie sprang die Stufen hoch und verschwand durch die Glastür, Daniel hinterher.

„Vertrau mir! Ich erklär's dir später."

Am Fahrkartenschalter war glücklicherweise zu dieser Tageszeit keine der sonst üblichen Schlangen zu sehen. Sie kauften rasch die Fahrkarten und begaben sich mit hektischen Blicken zur Halle zum Gleis. Glücklicherweise hatte der Zug ein paar Minuten Verspätung und stand noch am Gleis.

Erschöpft ließen sie sich in die Sessel eines Abteils fallen, in dem nur ein älterer Mann seine Zeitung las, als der Zug anrollte und mit zunehmender Geschwindigkeit die Häuserzeilen der Genter Innenstadt hinter sich ließ.

# IV

Eine ganze Weile hingen sie beide ermattet in den ausgesessenen gegenüberliegenden Sitzen ihres Abteils. Daniel schaute Mara an und sie erwiderte seinen Blick. Mit einer spontanen Bewegung erhob er sich, um sich auf den freien Platz neben ihr zu setzen.

Der alte Mann hob nur kurz den Kopf und gleichzeitig seine Augenbrauen, nahm den Positionswechsel zur Kenntnis und widmete seine Aufmerksamkeit wieder ganz den winzigen Buchstaben in der Zeitung.

Daniel umfasste behutsam ihre Hand mit den seinen. Sie schaute ihn an und beide versanken ganz miteinander für einen ewigen Moment. Erst der Schaffner beendete ihre zweisame Welt mit der profanen Frage nach den Fahrkarten.

Nachdem er das Abteil wieder verlassen hatte, saßen sie noch lange stumm nebeneinander, die Hände ineinander verschränkt und die Köpfe aneinander gelehnt.

Sie beide hätten ewig so dasitzen und nur in der Nähe des Anderen verloren bleiben können, doch irgendwann erreichte der Zug Brüssel. Hier mussten sie umsteigen, um auf schnellstem Weg nach Freiburg zu kommen.

„Warum denn Freiburg? Wo fahren wir genau hin?", erkundigte Daniel sich endlich, als sie wieder in einem Abteil saßen – diesmal allein.

„Meine Mutter wohnt noch in Freiburg. Dort bin ich auch aufgewachsen, dort steht mein Elternhaus", begann sie zu erzählen.

„Dann ist Juri auch da aufgewachsen?"

„Ja, wir haben dort gelebt, bis alles so langsam auseinanderging. Mit Juri, mit meinem Studium in Amsterdam, und schließlich das Unglück mit meinem Vater …"

Maras Stimme wurde leiser und ihr Kopf senkte sich wie automatisch. Dann hob sie ihn langsam wieder.

„Meine Mutter lebt jetzt alleine dort. Aber es ist ein großes Haus, sie hat schon so oft überlegt, umzuziehen und die Erinnerungen hinter sich zu lassen. Ich denke, es ist alles nicht leicht für sie."

„Arbeitet sie noch in Freiburg?"

„Ein paar Stunden an der Uni. Ich denke, es ist mehr eine Ablenkung – damit sie etwas zu tun hat. Sie ist Sprachwissenschaftlerin."

„Wann warst du das letzte Mal bei ihr?"

Mara überlegte.

„Ach, das ist sicher auch schon wieder ein Jahr her. Wie das so ist, man will immer hinfahren, aber dann ist irgendwas anderes, und im Nu ist ein Jahr um …"

Daniel nickte. Er kannte dieses Phänomen auch. Seine Eltern hatte er mittlerweile sicher auch seit ein oder zwei Jahren nicht mehr gesehen. Dabei verstand er sich sehr gut mit ihnen, das war wirklich nicht das Problem. Aber die Zeit und die Umstände … das Leben war manchmal schon komisch.

„Aber ich freue mich sehr, sie zu sehen", fuhr Mara fort. „Zudem hoffe ich, dass wir dort etwas finden. Irgendetwas, das mit dem Altar zusammenhängt. Ich glaube mittlerweile, mein Vater war schon sehr weit mit seinen Forschungen. Vielleicht sogar weiter als wir in diesem Augenblick. Ich überlege, ob meine Mutter wohl etwas darüber weiß und uns weiterhelfen kann. Ich bin mir nur nicht sicher, ob ich ihr das sagen soll – mit meinem Vater das, meine ich …"

Während sie das sagte, schaute sie lange und mit ernstem Gesicht aus dem Zugfenster. Sie blickte in die vorbeifliegende Landschaft, ohne sie richtig wahrzunehmen.

„Besser nicht", bemerkte Daniel nachdenklich. „Es würde ihr, glaube ich, in keiner Weise helfen. Nur Schmerzen und neue Trauer bringen."

„Ja. Ich denke auch."

Eine Weile hingen sie jeder den eigenen Gedanken nach.

„Ich hätte so gern Vincent noch mal besucht", sagte Daniel mitten in das gleichmäßige Rauschen des Zuges. „Diego meinte, es sei zu gefährlich."

Mara schaute ihn von der Seite an und nickte verständig.

„Ja, das scheint mir auch so. Sicher wird er observiert und abgehört. Wie geht es ihm? Hat Diego etwas gesagt?"

„Es geht ihm gut. Es war keine schlimme Verletzung. Er wird wohl bald aus dem Krankenhaus entlassen."

Mara wirkte beruhigt und legte ihren Kopf an Daniels Schulter, dann legte er sanft seine Hand auf ihren Kopf.

„Sollen wir uns mal die Scans auf dem Laptop anschauen?", fragte sie nach einer Weile und hob leicht den Kopf. „Ich bin echt neugierig, was wir da wohl entdeckt haben könnten."

„Ja, gerne. Ich kann es auch kaum abwarten, die Bilder noch mal zu sehen", erwiderte Daniel.

Er zog den Laptop aus der Tasche und wartete.

„Diego hat mir eine ganze Menge Programme darauf installiert: Dechiffrierungsprogramme, Grafikprogramme und viele weitere, von denen ich keine Ahnung habe, was man damit machen kann. Diego ist echt unglaublich."

Er öffnete die Bilder nacheinander und sie schauten gemeinsam konzentriert auf die ablaufenden Scans.

„Leider ist die Qualität sehr schlecht", entschuldigte sich Daniel. Schau, hier fehlen ganze Teile im Bild. Und Details sind in den Grautönen kaum auszumachen."

„Na ja, aber man kann doch einiges erkennen. Geh doch noch mal zurück und schalte die Farbschichten des Originals der ‚Gerechten Richter' hintereinander."

Nach einigen Klicks schaffte es Daniel, zwischen den Bildern hin und her zu schalten.

Mara zeigte auf den Bildschirm des Notebooks.

„Schau hier, die einzigen Unterschiede sind im Bergmassiv im Hintergrund zu finden, ansonsten ist es ein komplettes Bild, genau wie die oberste, sichtbare Farbschicht."

„Zumindest soweit wir das erkennen können. Bei dieser graphischen Qualität können sich durchaus einige Unterschiede in den Details unserem Auge völlig entziehen."

„Ob van Eyck mit dem Berg nicht zufrieden war? Warum hat er ihn noch mal neu gemalt? Oder warum hat er das komplette Gemälde noch mal neu gemalt? Schalte doch mal schneller zwischen den Bildern um, Daniel."

Daniel wechselte die Ansicht im Sekundentakt.

„Dabei sind es nicht mal so viele Unterschiede", murmelte Mara vor sich hin. „Warte mal, ich wende mal ein Programm an, das ich eben gesehen habe. Damit habe ich in der Kunstwissenschaft schon oft gearbeitet." Mara drehte den Laptop etwas zu sich und öffnete ein Bedienungsfenster, in das sie wiederum die beiden Scans einlas.

work in progress

war auf dem Bildschirm zu erkennen, von einem wandernden Punkt unterstrichen.

Dann öffnete sich ein kleines Fenster:

agreement 93%.

„Das ist eine recht große Übereinstimmung zwischen den Bildern. Schau, hier sind die veränderten Zonen eingefärbt."

In dem schwarz-weißen Bild zeigten sich nun an mehreren Stellen kleine, mattrote Flächen oder Punkte.

„Aber dennoch sind es wirklich markante Stellen, die dem Berg ein deutlich verändertes Erscheinungsbild geben", bemerkte Mara.

„Bekommen wir die Grafik nicht etwas besser hin? Mit einem Rekonstruktionsprogramm? Gibt es so etwas nicht für beschädigte Gemälde?"

„Ja, klar, das gibt es. Ich sehe mal nach, ob Diego auch daran gedacht hat."

Mara durchsuchte die Programme und Ordner des Computers.

„Der Typ ist wirklich unglaublich. Hier ist eins, zudem noch das beste, das es für so was gibt."

Daniel schaute Mara zu, wie sie konzentriert und geübt das Programm öffnete und einige Dinge damit ausprobierte, die Daniel so schnell kaum verfolgen konnte.

Alle Versuche endeten jedoch immer wieder in einem Fenster, das sich nach ihren Bemühungen öffnete:

reconstruction not possible.

„Es geht nicht. Keine Ahnung, warum. Ob es an unseren Aufnahmen liegt oder am Programm? Ich weiß es nicht." Mara sank entmutigt zurück in die Rückenlehne.

„Versuchen wir es mal mit der Inschrift", lenkte Daniel sie von ihrer Frustration ab.

Sofort war sie wieder motiviert und setzte sich aufrecht vor den Computer.

Die Inschrift befand sich laut Scans direkt auf dem behandelten Holz, noch unter der ersten Farbschicht. Zwei Worte waren zu erkennen, ein längeres und ein kurzes. Doch auch nach diversen Vergrößerungen und Grafikanpassungen ließ sich nur der erste Buchstabe erraten.

„Ein ‚a'", stellte Mara überzeugt fest.

„Das zweite Wort besteht aus drei Buchstaben, da bin ich mir sicher. ‚Rex', ‚Deo', ‚Dei', ‚Dia', ganz genau kann ich es nicht erkennen. Können wir nicht das Rekonstruktionsprogramm auf die Inschrift anwenden?"

„Ich bin mir nicht sicher, ob das bei Texten funktioniert. Probieren können wir es ja."

Nach ein paar schnellen Klicks arbeitete das Programm bereits an der beauftragten Entschlüsselung.

Einige Augenblicke vergingen, dann wurde ein Ergebnis angezeigt, das deutlich besser war als die ineinander verschwimmende Buchstabenfolge von vorher:

ARCANA DEI

„Die Geheimnisse Gottes?" Daniel starrte nachdenklich und verwirrt auf die Schriftzeichen, die nun groß und deutlich auf dem Bildschirm zu sehen waren. „Was bedeutet das?"

Mara presste die Lippen aufeinander. „Ich kann mir keinen Reim darauf machen. Ist doch eigentlich klar, dass es hier um ein Geheimnis geht. Aber welches? Die Inschrift bringt uns dem kein Stückchen näher."

„Die Lösung muss irgendwo anders liegen, zumindest nicht in der Inschrift."

„Aber wieso hat van Eyck diese Inschrift überhaupt angebracht? Unter all den Farbschichten. Damals konnte er noch nicht wissen, dass man später einmal Geräte haben würde, um das Bild zu durchleuchten und sehen zu können, was er unter der sichtbaren Oberfläche gemalt hat."

„Vielleicht wollte er gar nicht, dass es entschlüsselt wird", vermutete Daniel.

„Und warum hat er dann überhaupt so etwas hingeschrieben oder Geheimnisse so versteckt, dass man sie nicht finden konnte – zumindest nach seinem damaligen Wissensstand?"

„Vielleicht ging es ihm nicht darum, dass es jemand finden oder entschlüsseln konnte, sondern einfach um die Darstellung der Wahrheit. Aber die Wahrheit sollte nicht sichtbar sein, sie sollte einfach nur da sein."

„Klingt etwas fremd für uns heute, aber durchaus nachvollziehbar, wenn man sich in die damalige Zeit versetzt", stimmte Mara ihm zu.

„Also liegt das Geheimnis in den Unterschieden der beiden Farbschichten", fuhr Mara nach einer kleinen Denkpause fort.

„Vielleicht. Oder es sind einfach nur normale Korrekturen oder Übermalungen, wie sie sich auch in den anderen Tafeln wiederfinden."

„Wäre möglich. Aber es ist schon ungewöhnlich, dass van Eyck das Gemälde der ‚Gerechten Richter' fast komplett übermalt hat."

„Arcana Dei ...", murmelte Daniel vor sich hin, dann versanken beide wieder in nachdenklichem Schweigen.

Die restliche Fahrt erwies sich als sehr angenehm, zumal sie allein im Abteil blieben und schließlich entspannt und ausgeruht in Freiburg ankamen. Die Luft war hier sehr viel wärmer als in Gent und auch die Sonne zeigte sich von ihrer besten Seite. Im Bahnhof kauften sie noch ein paar Süßigkeiten und einen großen Strauß Rosen, um Maras Mutter mit einem frühlingshaften Gruß zu überraschen. Dann nahmen sie ein Taxi, das sie aus der Stadt brachte. Maras Elternhaus lag mitten im Grünen, an einem leicht abfallenden Hang mit einem schönen Blick auf die umliegenden Erhebungen des Schwarzwalds.

Mara drückte den Klingelknopf und gleichzeitig drang von innen ein melodischer Gong durch die dicke Eichentür des alten Hauses, vor der sich die beiden postiert hatten.

Doch außer dem Gong tat sich nichts im Inneren.

„Keiner da?", fragte Daniel vorsichtig. „Was machen wir, wenn sie nun verreist ist?"

„Das ist sie nicht. Bestimmt ist sie da, warte mal einen Augenblick."

Daniel befolgte ihre Anweisung und wartete darauf, eines Besseren belehrt zu werden.

Schließlich öffnete sich die Tür einen Spalt. Dann wurde sie weiter geöffnet, bis sie eine sportlich wirkende, ältere Frau in der Tür stehen sahen. Sie war sehr schlank, sogar fast hager, und sah mit ihren dunklen, kurzen Haaren und dem schmalen Gesicht Mara sehr ähnlich. Ihr skeptischer Gesichtsausdruck wandelte sich beim Anblick ihrer Tochter in einen überaus freudigen, der von einem dezenten Laut der Überraschung begleitet wurde.

„Mara!", rief sie mit einer ungewohnten Betonung aus. „Das ist aber eine Überraschung!"

Daniel erkannte nun eine leichte französische Färbung in ihrem Akzent. Sogleich fiel Mara ihrer Mutter um den Hals und sie begrüßten sich lange und herzlich. Irgendwann lösten sich Mutter und Tochter langsam wieder voneinander.

„Warum hast du nicht Bescheid gesagt?", fragte ihre Mutter ein wenig vorwurfsvoll und betrachtete Daniel erst jetzt etwas bewusster. „Und einen attraktiven jungen Mann hast du mitgebracht!"

Mara trat dicht an ihn heran und umfasste seinen rechten Arm, als ob sie ihn umarmen wollte.

„Das ist Daniel. Mein …" Sie zog das Wort sehr in die Länge und machte dann eine Pause. Dabei schaute sie Daniel keck an.

„… Freund", sprach sie weiter und gab ihm einen besänftigenden Kuss auf die Wange.

„Freut mich sehr, Daniel. Kommen Sie doch herein!"

Sie gaben sich die Hand und Daniel überreichte die Blumen.

„Rosen von einem Mann. Das habe ich ja schon Ewigkeiten nicht mehr bekommen", scherzte sie, drehte sich um und verschwand in einem der Räume, die von dem großzügigen Flur abgingen.

„Mara, hättet ihr doch was gesagt", hörte man es aus der benachbarten Küche schallen. „Dann hätte ich Kuchen besorgen können."

Mara schaute belustigt zu Daniel und schüttelte achselzuckend den Kopf.

„Sie kennt dich gut", zog Daniel sie auf.

„Was meinst du, woher ich das habe?"

Ihre Mutter kam aus der Küche mit einer Blumenvase, in der die Rosen sehr gut zur Geltung kamen.

„Vielen Dank! Die sind wunderschön", sagte sie, während sie die Vase vorsichtig auf einer alten Truhe abstellte. „Trinkt ihr denn einen Kaffee mit mir? Oder lieber Tee? Ich wollte mir sowieso grad was machen."

„Kaffee wäre nicht schlecht", stimmte Mara zu. „Daniel?"
Er nickte. „Gern. Mit viel Milch und Zucker."

Mara zeigte geradeaus auf die offenstehende Tür. „Geh doch schon mal rein – setz dich!" Dann verschwand sie hinter ihrer Mutter in der Küche.

Das Wohnzimmer war riesig. Die hohen Decken verstärkten den Eindruck und verliehen ihm einen saalartigen Charakter. Die Unmengen archäologischer Artefakte, Statuen und Skulpturen erschlugen Daniel fast und gaben dem Raum etwas gleichzeitig Gemütliches und Museales. Er blieb vor einer Statue des Gottes Baal stehen, die auf einer kleinen Säule inmitten des Raumes stand. Dann fiel sein Blick auf Fragmente eines Reliefs an der Wand. Daniel glaubte, die Proportionen Echnatons und seiner Frau Nofretete, mit der so typischen langen Kopfform, zu erkennen. Er setzte sich auf das gemütlich wirkende Sofa und betrachtete den großen Buddha, der ihm stoisch gegenübersaß. Vor dem Panorama des Gartens wirkte er noch erhabener und beruhigender. Er schien nur minimal den Kopf zu schütteln – links, rechts, links –, als ob er Daniel etwas damit sagen wollte.

Doch er konnte sich keinen Reim darauf machen, was. Vielleicht, dass sein Kreislauf nicht der beste war oder dass er die zeitweiligen Schwindelanfälle einfach ernster nehmen sollte. Oder dass er einfach mal wieder etwas zu Essen brauchte. Das war heute ein wenig zu kurz gekommen.

Mara rauschte in Begleitung ihrer Mutter mit einem Tablett voller Kuchen und einer großen Kanne ins Zimmer.

„Lass uns nach draußen in den Garten gehen, ja?", fragte sie eher rhetorisch und öffnete die Tür zur Terrasse. „Es ist so schön warm heute – fast wie im Sommer."

Sie schien sich hier vollkommen wohl und zuhause zu fühlen. Daniel war wirklich froh, dass es ihr wieder besser ging. Sicher war die vertraute und behütete Umgebung genau das Richtige für sie nach den schockierenden Bildern von ihrem Vater. Hier in ihrem Elternhaus zu sein, bei ihrer Mutter, die sich rührend um sie sorgte. Vielleicht konnte sie das Gesehene dann besser verarbeiten oder es in ein anderes Licht stellen.

Sie hatten in den bequemen Sesseln auf der Veranda Platz genommen und während ihre Mutter sich um die Kuchenverteilung kümmerte, schenkte Mara den Kaffee ein. Dabei verschüttete sie ein wenig auf den Tisch.

„Ach Mara", sagte ihre Mutter mit liebevollem Tonfall und wandte sich dann Daniel zu. „So war sie schon immer. Bist du – ich meine, seid ihr jetzt aus Amsterdam gekommen? Oder hattest du hier in der Nähe was zu tun?", fragte sie unvermittelt.

„Wir waren in Gent. Vorher war ich in Köln wegen Juri. – Maman – Juri …"

Mara brachte es nicht heraus.

„Was ist mit Juri?", hakte ihre Mutter unruhig nach.

Mara brauchte einen Moment. „Er ist tot." Sie sagte es sehr leise, aber nun schnell und direkt heraus ohne jedes Zögern, als ob sie es hinter sich haben wollte.

Ihre Mutter erstarrte. Für Momente war sie wie eingefroren. Erst langsam kam wieder Leben in ihre Gesichtszüge und sie vergrub ihren Kopf in beiden Händen.

„Das kann nicht sein!", stieß sie kaum verständlich hervor. Dann schaute sie wieder auf und Mara an. Ihre Augen glänzten feucht.

„Wie ist es passiert?"

„Er wurde ermordet. Vermutlich von einer Organisation. Sie haben seine Leiche mitgenommen – sicherlich um etwas zu vertuschen oder zu verschleiern. Sagt dir der Name ‚Asmodeus' etwas?"

Sie blickte Mara nur stumm an und wirkte wie weggetreten. In ihren Augen konnte Daniel nicht nur Trauer, sondern auch noch etwas anderes sehen. Er konnte nicht eindeutig festmachen, was es war, aber es hatte etwas Entschlossenes, Ernstes.

„Möglicherweise war Juri selbst auch in der Organisation tätig. Jedenfalls gibt es Anhaltspunkte dafür", fuhr Mara fort.

„Hat es etwas mit den ‚Gerechten Richtern' zu tun?", fragte Maras Mutter immer noch in einer seltsamen Mischung aus Trauer, Wut und Entschlossenheit.

Mara nickte. „Am besten erzähl ich dir mal alles von vorne. Ist etwas kompliziert das Ganze."

Dann erzählte sie die ganze Geschichte, manches gerafft und verkürzt, manches verschwieg sie auch. Von der DVD und was sie dort gesehen hatten, sagte sie kein Sterbenswort. Ihre Mutter verfolgte Maras Ausführungen mit konzentriertem Ernst. Als der Bericht beendet war, schwieg sie eine ganze Weile und schaute Mara dann besorgt an.

„Weißt du, dass dein Vater auch bis zu seinem Tod an dem Geheimnis des Genter Altars geforscht hat?", setzte sie vorsichtig an und rückte dabei auf ihrem Sessel etwas nach vorne.

„Ja, ich habe es vermutet und habe auch ein wenig davon mitbekommen."

„… und wusstest du auch, dass ‚Asmodeus' versucht hat, ihn für sich einzunehmen und ihn sogar bedroht hat?"

„Nein, das nicht – aber ich habe es jetzt vermutet nach allem, was passiert ist."

„Mara, weißt du …", sie schaute nach unten, auf der Suche nach den richtigen Worten. „Vaters Unfall … ich glaube nicht, dass es nur ein einfacher Unfall war."

Sie blickte wieder nach oben und Mara direkt in die Augen. „Ich bin sicher, dass ‚Asmodeus' ihn auf dem Gewissen hat."

Mara konnte ihrem Blick kaum standhalten. „Weil er zu viel wusste? Oder nicht mit ihnen kooperieren wollte?"

„Weil er seine Forschungen nicht preisgeben wollte."

„Maman, weißt du etwas über seine Forschungen? Hat er Aufzeichnungen oder irgendetwas hinterlassen?"

Ihre Mutter machte eine lange Pause, bevor sie wieder ansetzte.

„Nach seinem Unfall gab es mehrere Einbrüche hier im Haus. Sie haben alles durchsucht und aufgebrochen. Aber scheinbar haben sie nicht gefunden, wonach sie gesucht haben. Dein Vater hatte ein sehr gutes Versteck für seine Aufzeichnungen und Unterlagen."

„Und du? Kennst du dieses Versteck?"

Sie machte wieder eine lange Pause.

„Ach Mara, ich mache mir Sorgen um dich! Wegen dieses Gemäldes habe ich meinen Mann verloren und du deinen Vater. Und nun auch Juri. Wir haben ihn aufgezogen und geliebt – auch wenn er sich abgewendet hat oder er einen anderen Weg gegangen ist." Sie rückte ganz nah an Mara heran und nahm ihren Kopf in beide Hände. „Mara, du bist das Einzige, was mir noch geblieben ist. Unsere ganze Familie ist Opfer des Geheimnisses geworden. Bitte, Kind, lass das Geheimnis ruhen!" Sie schaute ihr beschwörend und zugleich bittend in die Augen.

Mara legte ihre Hände auf die ihrer Mutter, die immer noch ihren Kopf stützten.

„Maman, wir sind doch schon mitten drin. Denkst du, wir haben eine Chance, da einfach so wieder herauszukommen? Selbst wenn wir uns nicht weiter darum kümmern würden ... Nein! Wir stecken da drin und die Männer von ‚Asmodeus' werden keine Ruhe geben, bis sie uns aufgespürt haben und das Geheimnis aus uns herausfoltern können – auch wenn wir nichts darüber wissen. Vielleicht ist das unsere einzige Chance. Es aufzuspüren und ihnen zuvorzukommen."

Seufzend ließ ihre Mutter die Hände sinken, von Maras Berührung noch eine Weile geführt.

„Vermutlich hast du recht – die Organisation ist unglaublich stark. Mächtig, entschlossen und gnadenlos in ihrem Vorgehen."

Sie stand mit einem Ruck auf und schaute resigniert abwechselnd Daniel und Mara an.

„Also gut. Kommt mit, ich zeige euch das Versteck."

Nachdem Maras Mutter aus einem Abstellraum unter der Treppe einen Hammer und weitere kleinere Werkzeuge geholt hatte, ging sie über die eindrucksvolle alte Holztreppe voran und führte sie ins obere Stockwerk. Auch hier gingen wieder zahlreiche Türen vom Flur ab. Sie blieb prüfend mitten in einer der Türen stehen und schaute sich die Zarge von unten bis oben an. Daraufhin setzte sie einen kleinen Schraubenzieher oben in der Ecke der Einfassung an und schlug mit dem Hammer von hinten gegen die etwas überstehende Türverkleidung. Das wiederholte sie akribisch und sehr gezielt an mehreren Stellen, bis sich das Profil des Türrahmens unvermittelt auf der einen Seite löste. Dann nahm sie das verzierte Rahmenbrett in beide Hände und entfernte es vorsichtig, sodass die Wand in ihrer massigen Dicke sichtbar wurde. Und nicht nur das massive Mauerwerk der Wand befand sich hinter dem Rahmen der Tür – eine Stahlplatte, die mit einem Rad versehen war, erstreckte sich etwa einen Meter hoch und etwa fünfzehn Zentimeter breit über den nun freigelegten Bereich hinter der entfernten Holzeinfassung.

„Genial! Kein Wunder, dass die Einbrecher nichts gefunden haben", staunte Daniel.

Mara war sprachlos, während ihre Mutter sehr konzentriert an dem kleinen Rad drehte. Offensichtlich handelte es sich um einen in die Wand eingelassenen Tresor, der ausschließlich von der Seite der Wand zugänglich war. Nach wenigen Augenblicken sprang die stählerne Tür wie von selbst auf. Dahinter befand sich tatsächlich ein tief in die Wand führender, aber ausgesprochen schmaler Tresor.

Die alte Frau steckte ihren Arm weit in den entstandenen Hohlraum und reichte ihrer Tochter dann mehrere Sachen, die ihr Mann einstmals dort versteckt hatte.

„Ich habe den Tresor nach seinem Tod nicht mehr geöffnet", erklärte sie, während sie Mara eine braune Papprolle gab. „Ich wollte mit diesen ganzen Dingen nichts mehr zu tun haben." Sie steckte ihren Arm erneut bis zur Schulter hinein und wandte den Kopf vom Tresor ab, um tiefer hineingreifen zu können.

„Und jetzt kommst du, erzählst mir vom Tod Juris und willst diese Sachen sehen." Sie hatte eine Box herausgeholt und streckte sie Mara hin.

Dann holte sie noch einen dicken, großen Umschlag und eine kleine Holzschatulle hervor. Daniel nahm die Sachen entgegen, da Mara schon beide Hände voll hatte.

„Das war's", stellte ihre Mutter fest, nachdem sie, noch einmal tastend, die Hand in den Safe gesteckt hatte.

Sie ging zur nächsten Tür und führte die beiden in einen riesigen Bibliotheksraum – vermutlich das Pendant zum Wohnraum im Erdgeschoss. Dort standen Regale, die bis unter die Decke mit Büchern angefüllt waren. Nahe dem Fenster zeugte ein abgewetzter Ledersessel von vielen Stunden des literarischen Studiums. In der Mitte des Raumes residierte ein imposanter, antiker Holztisch, der von mehreren dazu passenden schweren Stühlen eingekreist war.

„Du hast nichts verändert", stellte Mara fest, während ihr Blick über die Bücherwände glitt. Sie legten nacheinander den Tresorinhalt auf dem Tisch aus, setzten sich auf die massiven Stühle und betrachteten die ehemals verborgenen Gegenstände einen Moment andächtig. Dann nahm Mara die kleine Schatulle und öffnete sie.

„Ein Schlüssel?", fragte sie verwundert und blickte ihre Mutter an. „Wofür ist der?"

„Ich weiß es nicht."

Man konnte ihren Worten anhören, dass sie angestrengt dabei nachdachte.

Mara betrachtete die Schatulle von allen Seiten, konnte aber nichts Auffälliges entdecken. Daniel nahm die Pappbox und öffnete sehr bedächtig den Deckel. Sie war ausgefüllt mit grauem Schaumstoff. Er hob den Schaumstoff an und fand eine kleine Tonfigur darunter, auf einer weiteren Schaumstoffschicht liegend.

„Was ist das?", fragte Mara und stand von ihrem Platz auf, um näher an Daniel und seinen Fund heranzutreten.

Er drehte die Figur in seiner Hand hin und her.

„Scheint so etwas wie ein Teufel zu sein ... oder ein Dämon. Jedenfalls irgendein Wesen mit Hörnern."

Mara nahm die Figur vorsichtig entgegen und betrachtete sie ebenfalls von allen Seiten.

„Sie ist sehr schwer."

„Vermutlich ist sie massiv – eigentlich ungewöhnlich für eine Tonfigur. Die meisten sind innen hohl."

Behutsam legte Mara sie wieder in ihr synthetisches Schaumstoffbett.

„Merkwürdig. Ich hatte ganz andere Dinge im Tresor erwartet."

Ihre Mutter griff nach der Papprolle und entfernte den Verschluss unter intensivem Einsatz ihrer Fingernägel. Dann zog sie einen Reproduktionsdruck heraus und rollte ihn auf dem Tisch aus. Auch Daniel und Mara standen nun auf, um das Bild in seiner Gesamtheit besser erfassen zu können.

„Nicolas Poussin", erkannte Mara. „Ein barockes Bild, es muss so um 1650 in Frankreich entstanden sein."

Vier Menschen in griechisch-antiker Kleidung waren auf dem Bild zu sehen. Sie gruppierten sich um einen großen steinernen Sarkophag, der mitten in der Landschaft stand, überschattet von einem Baum und zwei Bergen im Hintergrund. Die Frau ganz rechts blickte zu dem Mann herab, der kniend eine Inschrift auf dem Sarkophag untersuchte. Die Inschrift schien für alle das zentrale Geheimnis des Bildes zu sein und die Aufmerksamkeit der vier Personen ganz auf sich zu ziehen.

Daniel konnte die Worte nur mit Mühe entziffern.

„ET IN ... ARCADIA ... EGO", brachten seine Lippen mühsam hervor.

„Et in Arcadia ego ...", wiederholte Mara halblaut. „Das ist ein gängiges Motiv in der Kunst. Es wurde von den verschiedensten Malern verwendet. Es ist zumindest nichts, was Poussin selbst erdacht hat – vielleicht zitiert er es hier einfach."

„Mh ... seid ihr sicher, dass dieses Bild und die Sachen etwas mit dem Genter Altar zu tun haben?", fragte Daniel skeptisch. „Es könnte doch auch sein, dass dein Vater andere wertvolle Dinge im Safe aufbewahrt hat."

Mara blickte ratlos, doch ihre Mutter ergriff sofort das Wort.

„Ich bin mir sicher. Walter hat mich mehrmals eindringlich gebeten, diese Dinge niemandem zu zeigen oder gar zu geben, wenn ihm mal etwas passiert. Er sagte mir, es habe alles mit dem Genter Altar zu tun und niemand dürfe diese Unterlagen jemals in die Hände bekommen. Noch kurz vor seinem Tod hat er mir das noch mal ans Herz gelegt. Und seitdem habe ich den Safe nicht mehr geöffnet."

Daniel und Mara blickten sich bedeutungsvoll an, dann Maras Mutter, schließlich wieder das Bild und die anderen Sachen auf dem Tisch.

„Kennst du das Bild, Mara?", fragte Daniel.

„Es ist Poussins berühmtestes Gemälde, glaube ich. Ich habe es schon in Paris gesehen, es hängt im Louvre. Poussin hat das Motiv sogar zweimal dargestellt, soweit ich mich erinnern kann. Es ist einerseits ein klassisches Beispiel für die Malerei des Barock, doch durchbricht es andererseits auch wieder die typischen Merkmale."

„Die Inschrift scheint ganz im Mittelpunkt des Bildes zu stehen. ‚Et in Arcadia ego' ..." Daniels Worte versanken langsam in einem Murmeln, als ob sein Gehirn sie doch für sich behalten wollte. Nach einer kurzen Pause sprach er mit normaler Stimme weiter.

„‚Auch ich in Arkadien' – aber was denn? Es fehlt das Verb. Oder ist es verdeckt? ‚Ego' ist gerade noch zu sehen. Ob noch ein Wort dahinter steht? Was hat er in Arkadien gemacht?"

„Diese Redewendung wird teilweise mit drei Pünktchen hinter dem ‚ego' dargestellt, aber häufig auch ohne. Doch es fehlt immer das Verb", antwortete Mara auf seine Frage.

„Diese grammatikalische Möglichkeit gibt es im Lateinischen", schaltete sich Maras Mutter ein. „Es fehlt das Verb ‚esse'. Diese

Version lässt allerdings sehr viel Raum für Interpretationen. Man könnte es übersetzen mit ‚auch ich war in Arkadien' oder ‚in Arkadien bin ich auch' im Sinne von ‚es gibt mich auch in Arkadien'."

Daniel schaute sie respektvoll an. „Und wer ist das sprechende ‚ego'? Wer ist ‚ich'?"

Mara zeigte auf den Sarkophag.

„Der Tod. Es geht in allen Gemälden um den Tod." Dann ging sie auf eine Bücherwand zu und suchte die Buchrücken ab, bis sie einen dicken Band einer mehrbändigen Enzyklopädie herauszog.

„Gut, dass du alles so gelassen hast, Maman!" Sie lächelte und blätterte zielstrebig die Seiten durch.

„Hier! Giovanni Francesco Guercini. Er war der erste Maler, der dieses Motiv verwendet hat." Sie schob das aufgeschlagene Buch mit der Darstellung eines Gemäldes zu den beiden herüber, damit sie es besser erkennen konnten. Zwei Hirten, die einen Totenschädel betrachteten, darunter die Inschrift ‚et in arcadia ego'.

„Also hat Poussin den Totenschädel durch ein Grabmal ersetzt. Das ist subtiler und nicht so abschreckend", stellte Daniel bei der Betrachtung ruhig fest.

„Warte mal ..." Mara holte einen weiteren Band aus dem Regal. Schnell hatte sie die betreffende Seite gefunden und hielt sie den beiden hin.

„Das ist das erste Bild von Poussin. Auch hier sind es Hirten. Und ebenfalls vier: eine Frau und drei Männer. Er hat bereits in diesem frühen Gemälde die Inschrift auf ein Grabmal übertragen, das von den Hirten entdeckt wird. Aber viele Kunsthistoriker fragen sich: Warum hat er zwanzig Jahre später nochmals ein Bild mit dem gleichen Inhalt gemalt?"

„Vielleicht ist es nicht der gleiche Inhalt. Vielleicht liegt das Geheimnis in den kleinen Unterschieden."

Mara nickte und schaute sich die nebeneinanderliegenden Bilder gewissenhaft an.

„Beide Bilder zeigen vier Personen, davon jeweils eine Frau. Beide Szenarien gruppieren sich um einen zentralen Sarkophag, der bei dem zweiten Bild noch deutlicher heraustritt und wuchtiger wirkt."

„Dafür wirken die Hirten im ersten Bild aufgebrachter und dynamischer. Im späteren Gemälde haben sie etwas Ruhiges, Abgeklärtes", ergänzte Daniel.

Maras Mutter zeigte auf die Personen der großen Reproduktion.

„Und die Anordnung der Figuren ist spiegelbildlich zu dem ersten Bild. Die Frau steht hier nun ganz rechts, wogegen sie auf dem früheren Gemälde noch ganz links gestanden hat."

Mara strich mit der Hand über den Rand der großen Reproduktion.

„Die Landschaft – sie ist komplett neu. In dem alten Bild war überhaupt keine Umgebung zu sehen. Nur der Himmel – es sieht hier fast ein wenig fremd aus in dem älteren Gemälde – so, als ob Poussin ganz bewusst eine Landschaftsdarstellung vermieden hätte. Aber die in seinem zweiten Gemälde abgebildete Landschaft könnte irgendwo in Italien, Frankreich oder Spanien sein, auf jeden Fall eine südliche Gegend. Was hat es denn mit diesem Arkadien auf sich? Ich kann mich leider nicht mehr richtig daran erinnern, wo das war und was damit gemeint ist. Ich weiß nur, es war ein Sinnbild für irgendetwas."

Maras Mutter rutschte auf dem Stuhl ein wenig nach vorne, bevor sie antwortete.

„Arkadien ist ursprünglich eine griechische Landschaft im Zentrum der Peloponnes. Aber sie wurde zunehmend zum Mythos, denn bereits in der Antike war Arkadien ein Symbol des goldenen Zeitalters. Die dort lebenden Hirten versinnbildlichten ein Ideal fernab von der Mühsal des Lebens, der Arbeit und des gesellschaftlichen Drucks. Für Vergil war es gleichsam der Ursprungsort aller Dichtung und die eigentliche Heimat aller Dichter. Es entwickelte sich zum Ort des reinen Lebens als glückliche Hirten im vollkommenen Einklang mit der Natur. Besonders in der Renaissance und im Barock nahmen viele Dichter und Maler den Arkadien-Mythos in ihre Werke auf, weil hier die Idee einer goldenen Epoche perfekt verdeutlicht wurde. Übrigens spricht bereits Vergil in seiner Dichtung von einem Grabmal, das mit einer Inschrift versehen ist."

„Das klingt ja spannend", platzte Daniel heraus, der ihren Ausführungen genau wie Mara fasziniert gelauscht hatte.

„Also ist das Grabmal – oder auf anderen Gemälden der Totenschädel – so etwas wie ein Fremdkörper oder Störfaktor in einer idealisierten Idylle Arkadiens."

„Ja schon", erklärte Maras Mutter weiter. „Aber gerade darauf bezieht sich ja die Inschrift: ‚auch in Arkadien bin ich' oder, wie man es später eher übersetzte: ‚auch ich war in Arkadien'. Also selbst in einem paradieshaften Land des vollkommenen Einklangs gibt es ‚mich', den Tod."

Mara setzte nach.

„Dann werden dem Betrachter mit diesen Worten und Bildern mahnhaft seine Grenzen aufgezeigt. Dass er sich selbst unter den idealsten paradiesischen Bedingungen dem Tod und der Begrenztheit seines Lebens stellen muss."

„So in etwa würde ich es auch formulieren. Es ist vielleicht vergleichbar mit dem berühmten ‚Memento Mori' – ‚bedenke, dass du sterblich bist' – und dennoch bekommt es eine andere Bedeutung, die sich nun sogar auf paradiesische Orte oder Zustände bezieht, die man ursprünglich vielleicht gar nicht mit dem Tod in Verbindung brachte."

„So wie Arkadien", ergänzte Daniel. „Doch hat Poussin das Bild neu gemalt, weil er eine Landschaft hinzufügen wollte? Oder weil er die Personen lieber spiegelbildlich darstellen wollte? Das erscheint mir schon recht merkwürdig."

Mara beugte sich zu ihm hinüber und verlieh ihren Worten dadurch noch mehr Überzeugungskraft.

„Denk an die Scans vom Altar. Auch van Eyck hat insbesondere an der Hintergrundlandschaft Veränderungen in der Tafel der ‚Gerechten Richter' vorgenommen. Kann das ein Zufall sein? Wir müssen die Landschaften in beiden Bildern noch mal genauer untersuchen. Kannst du deinen Laptop holen, Daniel?"

„Ja, einen Moment, den habe ich unten …" Er zögerte noch mitten in Gedanken."Also denkst du an einen geographischen Schlüssel in beiden Bildern?"

„Das könnte doch sein."

„Warte, ich hol schnell den Computer", sagte er und stand auf.

Maras Mutter schaute ihre Tochter lange und ernst an.

„Und ihr wisst, was ihr da tut?"

„Ja. Ich bin sicher, wir schaffen das. Das bin ich Paps und Juri schuldig. Ich kann jetzt nicht einfach alles hinlegen und auf sich beruhen lassen. Verstehst du das nicht, Maman?"

Ihre Mutter nickte sorgenvoll.

„Ich glaube nicht, dass es ein Unfall war mit deinem Vater. Ich weiß, er hatte etwas herausgefunden, das mit den ‚Gerechten Richtern' zu tun hatte. Ich weiß nur nicht, was …"

Daniel ging aus dem Raum und holte seinen Laptop. Als er wieder zurückkam, lag eine besorgte Stille im Raum. Daniel schaltete den Computer ein.

„Ich mache mir einfach Sorgen um euch. Diese Leute sind vollkommen ohne Skrupel und eliminieren jeglichen Risikofaktor – Menschen einbezogen", sprach Maras Mutter schließlich mit leiser Stimme weiter.

Daniel blickte auf und erahnte den vorhergegangenen Verlauf des Gesprächs.

Maras Gesicht wurde ernst und sie sprach mit eindringlicher Stimme auf ihre Mutter ein.

„Auch ich mache mir Sorgen – um dich! Du sitzt hier wie auf dem Präsentierteller. Diese Leute wissen, dass Paps ein Geheimnis kannte, an das sie unbedingt herankommen wollen. Du solltest eine Weile von hier weggehen! Wir müssen einen Ort für dich finden, an dem du sicher bist und wo dich niemand findet."

„Mir passiert schon nichts. Bisher ist es doch immer gutgegangen. Ich will nicht von hier fort!"

Mara, die mit der Sturheit ihrer Mutter offensichtlich gerechnet hatte, schüttelte verzweifelt den Kopf.

„Wir reden da später noch drüber, Maman."

Daniel hatte inzwischen die Röntgenbilder vom Altar hochgeladen.

Sie rückten ihre Stühle an Daniel heran, damit sie alle den Bildschirm gut überblicken konnten. Niemand sagte etwas, alle waren damit beschäftigt, konzentriert die übermalte Schicht der ‚Gerechten Richter' mit dem Gemälde Poussins zu vergleichen.

¥

Nach einer Weile traute sich Daniel als erster, die Wahrheit auszusprechen.

„Ich kann keine Gemeinsamkeiten entdecken. Es sind völlig verschiedene Landschaften in beiden Bildern. Aber vielleicht sind die Aufnahmen einfach zu schlecht. Es fehlen halt doch einige Details oder gar ganze Bildanteile. Eine Röntgenaufnahme durch Panzerglas und Holz – da kann man keine scharfen Scans hinbekommen, wie man sie unter optimalen Bedingungen im Labor machen könnte."

Er erhielt keine Antwort. Die Frauen starrten konzentriert auf die beiden Darstellungen und wollten nicht aufgeben.

Schließlich sank Mara in ihrem Stuhl nach hinten.

„Du hast recht. So hat es keinen Zweck."

Ihre Mutter gab als letzte auf und nahm den großen Umschlag, den sie noch nicht geöffnet hatten. Er war mit einem Siegel versehen, das noch unversehrt über der Lasche klebte. Ihr dünner Zeigefinger bohrte sich unter die Lasche und riss den Umschlag mit einer ruckartigen Bewegung ihrer Hand auf.

Sie holte einen ganzen Stapel unterschiedlicher Papiere und Fotos heraus und blätterte sie nach und nach auf den Tisch.

Zwei Fotos von einer kleinen Hütte irgendwo in einer bergigen Landschaft, eine Urkunde in französischer Sprache, eine topografische Karte. Sie hielt einen Moment inne, als Daniel seine Hand darauf legte, um die Bezeichnungen genauer anzuschauen.

„Französische Namen auf der Karte ... es muss demnach irgendwo in Belgien oder Frankreich sein."

„Frankreich", warf die alte Dame unmittelbar ein. „Mein Mann hat dort ein Grundstück gekauft und eine kleine Hütte gebaut. Er war ein paar Mal da, um zu forschen und zu schreiben. Aber ich weiß nicht genau, wo sich diese Hütte befindet, ich war nie dort. Es muss irgendwo in der Gegend von Carcassonne sein."

„Carcassonne? So wie das Spiel ‚Carcassonne'?", wunderte sich Daniel.

„Ja, es gibt eine Stadt zu dem Spiel", antwortete Maras Mutter leicht erheitert. „Sie wurde im Mittelalter lange belagert. Es muss irgendwo in dieser Region sein."

Mara war sprachlos. „Und er hat nie etwas davon erzählt? Davon wusste ich gar nichts, Maman."

Ihre Mutter nickte zustimmend.

„Er wollte nicht, dass es jemand erfährt. Er meinte, es sei zu gefährlich. Auch ich habe es nur durch einen Zufall herausbekommen. Das war damals vielleicht ein Schock für mich! Es hat nicht nur mein Vertrauen erschüttert, sondern ich habe mir auch alles Mögliche ausgemalt, was er dort gemacht haben könnte."

Mara schaute ihre Mutter entsetzt an. „Und denkst du ...?", begann sie ihren Satz, den sie mitten im Raum stehen ließ.

„Nein. Sicher nicht", antwortete ihre Mutter nach einer Weile. „Aber damals war es einfach ein großer Vertrauensbruch."

Sie blickte wieder hinab auf die verbliebenen Dokumente in ihrer Hand. Dann legte sie eine weitere Karte über die Umgebungskarte von vorher, diesmal schien es sich um eine Grundstückszeichnung zu handeln.

Dann kamen die Schwarz-Weiß-Fotos, die ihren Atem stocken ließen. Es waren die gleichen Scans von den ‚Gerechten Richtern', die sie gerade noch vor sich auf dem Bildschirm gesehen hatten, nur auf DIN-A4-Fotos vergrößert. Und in einer wesentlich besseren Auflösung und Qualität. Verschiedene Gesamtaufnahmen, Teilaufnahmen von Details – insbesondere die Berge waren sehr häufig dabei, in jeweils ganz unterschiedlichen Zoomstufen.

„Wahnsinn! Das sind die gleichen Scans. Wir sind kurz davor. Das ist es, was er auch herausbekommen hat – und was er hier verstecken musste!" Daniel blickte die beiden Frauen aufmerksam an.

Er war wie elektrisiert. Sie mussten unmittelbar vor der Lösung des Geheimnisses stehen. Sie hatten nun alle Hinweise. Jetzt mussten sie diese nur noch richtig zusammensetzen und entschlüsseln.

Mara nahm die Aufnahmen und breitete sie großflächig, rund um die Reproduktion herum, auf dem Tisch aus. Tatsächlich waren die Konturen und Formen hier wesentlich besser zu erkennen, sogar die Strukturen in den Flächen. Alle blickten erneut fasziniert auf die Auslage und verglichen mit höchster Konzentration die Fotos und das Gemälde Poussins.

Dann sah Daniel mit einem Mal die Analogien.

„Es ist der gleiche Berg!", rief er erregt aus. Er nahm hektisch eines der Fotos und legte es neben den Berg im Hintergrund des Bildes. „Nur spiegelverkehrt. Schaut hier: die gleiche Abbruchkante des Berges, der gleiche Absatz auf halber Höhe, ebenso das Plateau des Berges oben."

„Tatsächlich", rief Mara aus. „Sogar die Strukturen innerhalb des Felsens sind identisch. Ganze Felsformationen sind hier spiegelbildlich dargestellt. Poussin hat in seinem Gemälde den Felsen gespiegelt – genauso, wie er die Personen in seinem zweiten Arkadien-Bild spiegelbildlich zum ersten abgebildet hat."

„Möglicherweise wollte Poussin den Ort einfach verschlüsseln. Oder aber die Spiegelbildlichkeit hat darüber hinaus noch eine tiefere Bedeutung."

„Van Eyck hat den Felsen zudem etwas verfremdet. Vielleicht auch, um die Wahrheit zu schützen. Er hat die Tafel mit den ‚Gerechten Richtern' übermalt und den Berg damit unkenntlich gemacht. Das Bild zeigt eine Wahrheit, aber sie ist nicht direkt sichtbar. Sichtbar ist sie nur für diejenigen, die sie schon kennen."

„Dann handelt es sich also doch um einen geographischen Schlüssel." Daniel stand bei seinen Worten vom Stuhl auf und griff nach dem Foto, das den gesamten Berg zeigte. „Wo mag dieser Berg sein? Vielleicht in Südfrankreich, wo dein Vater ein Grundstück gekauft hat? Hat er dort nach dem Geheimnis gesucht? Möglicherweise ist es der legendäre Schatz der Templer, der dort in der Gegend versteckt ist."

„Dann wäre zumindest erklärt, warum sich die Templer auf der Tafel neben den ‚Gerechten Richtern' so schützend vor diesen postieren. Um das Geheimnis zu hüten und zu bewahren!"

Daniel schaute erneut nachdenklich auf das große Gemälde mit den Hirten vor dem Sarkophag.

„Schau doch mal, wie dieser Hirte seinen Fuß auf einen kleinen Felsblock stellt. Als ob er ihn gleichzeitig verbergen und auf ihn aufmerksam machen wollte. Seht euch die Form des Felsblocks mal genau an."

Maras Mutter kam ganz nah, um besser sehen zu können.

„Er sieht aus wie eine Verkleinerung des großen Berges", sagte sie mit einem Unterton der Überraschung. „Genau die gleiche Form und Abbruchkante, nur nicht gespiegelt."

„Ihr habt recht. Irgendwie passt der Felsblock da überhaupt nicht hin. Er wirkt eher wie ein Fremdkörper."

„Also müssen wir diesen Berg suchen. Irgendwo in Südfrankreich ..."

Daniel ließ sich zurück in den Stuhl fallen, Mara setzte sich ebenfalls langsam wieder hin.

„Ja, ich vermute, dass wir ganz nah dran sind. Ein paar Anhaltspunkte haben wir ja. Wir müssen nur die Hütte meines Vaters finden, das schaffen wir sicher mit den Karten."

Ihre Mutter schaute sie besorgt, aber wohlwollend an.

„Wann wollt ihr los? Doch nicht heute noch?"

Daniel und Mara schauten sich an und lachten beide.

„Nein, Maman! Erst mal bleiben wir bei dir. Was meinst du, Daniel? Morgen? Schaffen wir das ohne Auto?"

Ihre Mutter beruhigte sie: „Ihr könnt meins haben, ich brauche es ohnehin so gut wie nie."

¥

Die beiden verbrachten den Tag und Abend in Maras Elternhaus. Daniel hätte auch nichts gegen ein oder zwei Tage Erholung in dem schönen ländlichen Ambiente gehabt, zumal er sich bei Maras Mutter sehr wohl fühlte. Doch brannte in ihm auch die gleiche Sehnsucht, dem Geheimnis näherzukommen, wie sie Mara innezuwohnen schien. Auch wenn ihre Beweggründe vermutlich vielschichtiger waren.

Nachdem die frühlingshafte Luft gegen Abend einer fast noch winterlichen Kühle wich, die sich nun auch im großen Wohnraum bemerkbar machte, genossen die drei die strahlende Hitze des ruhig vor sich hinglühenden Kamins.

Maras Mutter schwenkte einen Rest Rotwein im Glas, dessen funkelndes Leuchten sie versonnen betrachtete.

„Mir lassen diese Inschriften keine Ruhe", sagte sie mit ihrem leisen französischen Akzent und übertönte nur minimal das Knistern der Glut. „Wie lautete noch mal die Inschrift van Eycks? Die er unter die Farbschichten des Gemäldes gesetzt hat, meine ich."

Daniel hob den Kopf und wandte den Blick von Mara, die ihren Kopf auf seinem Schoß gebettet hatte, zu ihrer Mutter.

„ARCANA DEI."

Sie schaute eine Weile auf eine Stelle an der Wand hinter Daniel und überlegte dabei angestrengt. Eine ganze Zeit lang sagte niemand etwas. Selbst das Knistern des Holzes wirkte wie ein Teil der nachdenklichen Stille. Bis die ältere Frau wieder ihren charmanten Tonfall erklingen ließ.

„ET IN ARCADIA EGO. Jedenfalls sind die Buchstaben von ‚Arcana Dei' darin enthalten. Aber es ist kein Anagramm – dafür sind es zu viele Buchstaben."

Mara wurde durch die neuen Ideen plötzlich aktiv und erhob ihren Kopf wie erweckt von Daniels Schoß. Dann stand sie auf, holte einen Block und nahm einen Stift, der auf dem Tisch lag. Sie setzte sich auf den Boden vor Daniel und schrieb die beiden Inschriften untereinander.

Nach und nach strich sie die einzelnen Buchstaben ab.

„Es bleiben genau fünf Buchstaben über:

T, I, E, G, O. ‚Tiego'?"

„Es gibt kein solches Wort. Zumindest nicht, dass ich wüsste." Maras Mutter sprach die Worte nun etwas lauter, nahm den Block und legte ihn auf den Tisch vor sich.

„TI EGO ...", murmelte sie wieder halblaut „... nein, das ergibt auch keinen Sinn. Eine Mischung aus italienischer und lateinischer Sprache wäre vollkommen widersinnig. Aber sicher ist es kein Zufall, dass die Inschriften sich so ähneln."

Mara stand auf und setzte sich zurück neben Daniel auf das Sofa, die Füße auf dem Tisch „Vielleicht finden wir in Frankreich eine weitere Spur. Möglicherweise sogar in Vaters Hütte."

„Das wäre denkbar", antwortete ihre Mutter. „Ich habe das Gefühl, so ohne weitere Anhaltspunkte kommen wir nicht voran. Ein kleines Puzzleteil fehlt irgendwo ..."

Ein leises Geräusch aus dem Keller ließ Daniel hochschrecken. Er und Mara schauten sich gleichzeitig in sofortiger Alarmbereitschaft an. Zu oft hatten sie in den vergangenen Tagen derartige Schrecksekunden erlebt.

„Was war das?", fragte Mara leise und nahm lautlos die Füße vom Tisch.

Maras Mutter begriff jetzt erst die Aufregung der beiden.

„Das ist nur die Heizung", antwortete sie mit beruhigender Stimme. „Die macht manchmal so komische Geräusche, wenn sie anspringt."

Maras Körper entspannte sich nach dem plötzlichen Schock – zeitgleich mit dem Daniels – und sie sank erleichtert an die Rückenlehne des Sofas zurück. Nur für einen kurzen Moment, dann richtete sie sich wieder auf.

„Maman, du musst hier weg. Sie werden dich finden. Du bist hier nicht mehr sicher!"

„Ach was. Ich hatte die letzten zwei Jahre keine Probleme und war sicher hier. Es gab keine Zwischenfälle mehr. Warum sollte sich das jetzt ändern?", erwiderte sie mit selbstsicherer Stimme und einer abwehrenden Handbewegung.

„Maman! Du verstehst nicht. Sie suchen uns, sie hätten uns fast umgebracht. Sie würden alles tun, um an die Tafel oder deren Geheimnis zu kommen. Es ist nur eine Frage der Zeit, bis sie merken, dass wir hier waren. Und sie wissen auch, dass Paps oder mittlerweile vielleicht auch wir selbst den Schlüssel zum Geheimnis kennen. Du musst woanders hin – irgendwo, wo du für die nächste Zeit sicher bist. Denk daran, was mit Vater geschehen ist … und mit Juri!" Mara vergrub ihren Kopf in den Händen. „Wir sind auch so blöd. Führen diese Leute direkt hier zu unserem Haus!"

Daniel legte ihr einen Arm um die Schulter und sprach auf sie ein.

„Sie wissen doch eh, wo ihr wohnt. Sie haben das Haus ja schon mehrfach durchsucht. Und wir haben das Material, das dein Vater versteckt hatte. Sie wären sowieso wiedergekommen – möglicherweise wären ihnen dann die ganzen Unterlagen in die Hände gefallen."

„Daniel hat recht", mischte sich ihre Mutter ein. „Ihr habt euch nichts vorzuwerfen. Und es ist auch meine Schuld. Vielleicht habe ich zu lange die Augen vor den Tatsachen verschlossen. Ich denke, es ist nun wirklich Zeit, sich dieser Angelegenheit zu stellen. Wir hängen da alle drin, ob wir wollen oder nicht. Das ist jetzt unser Schicksal. Du hast recht, Mara. Ich werde für eine Weile zu einer Freundin ziehen. Sie wohnt in der Schweiz, ganz abgelegen und kaum zugänglich. Es ist wie eine kleine Festung in den Bergen. Dort bin ich sicher. Könntet ihr mich denn da hinbringen morgen, bevor ihr nach Südfrankreich aufbrecht?"

Mara seufzte erleichtert. „Na klar."

Sie stand auf, ging zu ihrer Mutter und beugte sich zu ihr hinunter. Daniel war gerührt beim Anblick ihrer liebevollen Umarmung.

Nachdem sich die beiden voneinander gelöst hatten, fand Maras Mutter erst langsam zu ihren Worten zurück.

„Es gibt da jemanden … in Frankreich. Er ist ein Freund deines Vaters. Er war einer seiner engsten Vertrauten. Sicher wird er euch weiterhelfen. Ich werde morgen versuchen, ihn anzurufen. Oder gleich noch. Meist ist er um diese Zeit zu Hause, auch wenn es schon etwas spät ist zum Telefonieren."

Sie stand auf und holte einen abgerissenen Zettel mit einer handschriftlichen Adresse darauf. Dann nahm sie Maras Block und schrieb alles auf ein herausgerissenes Blatt ab.

„Könnt ihr das lesen? Sein Name ist Arnaud. Dies ist seine Adresse. Es muss ganz in der Nähe von Vaters Haus sein, vielleicht zehn oder zwanzig Kilometer davon entfernt."

„Und wir können ihm vertrauen?" Daniels Stimme verriet grundlegende Sorge und Unsicherheit. Wem konnte man jetzt wirklich noch trauen?

„Absolut. Er ist ein alter Freund meines Mannes. Wir kennen ihn schon seit Ewigkeiten", antwortete Maras Mutter mit überzeugender Festigkeit in ihrer Stimme. Sie setzte sich bedächtig wieder hin und schaute erst Mara, dann Daniel lange an, als ob sie gerade im Kopf sortierte, was sie ihnen jetzt zu sagen beabsichtigte.

Dann begann sie zu sprechen.

„Daniel, Mara ...?" Ihr Tonfall ging wie bei einer Frage nach oben und sie machte wieder eine Pause, um sich zu sammeln. „Es gibt noch etwas, das ihr wissen solltet. An das ihr auch immer denken solltet, egal, was ihr erlebt oder vielleicht dort finden werdet in Frankreich. Es gibt viele Menschen, die hinter dem Altar her sind, die Tafel nur haben wollen, um an das Geheimnis und darüber an Macht oder Geld oder was auch immer zu kommen. Sich eben das erhoffen, was sie hinter dem Geheimnis vermuten. ‚Asmodeus' ist nur eine Gruppierung, aber es gibt noch viele andere. Und in der Regel haben sie keine ethisch hochstehende Motivation für ihre Suche.

Aber ‚Asmodeus' ist sicher die mächtigste und skrupelloseste Organisation. Sie verfügen über immense finanzielle Mittel und Möglichkeiten. Und genau aus diesem Grund gibt es eine Gruppe von Menschen, die das Geheimnis vor falschem Zugriff zu schützen versucht. Sie nennen sich „Die Wächter". Es sind wirklich nur eine Handvoll ausgewählte Mitglieder, denen der Schutz der Tafel und des Altars aus bestimmten Gründen besonders am Herzen liegt. Und seit Jahrhunderten ist ihnen das gut gelungen. Doch nun ist die Situation so bedrohlich wie noch nie. Eine vergleichbare Situation gab es nur durch die Nazis. Hitler selbst war die bisher größte Bedrohung für den Altar – bis heute. Was ‚Asmodeus' so gefährlich macht, ist ihre Macht, die sie im Untergrund haben. Heute, wo man im Internet an alle Informationen, die man zu einer Person oder Sache haben will, herankommen kann und wo man auf diesem Wege auch Kontrolle ausüben kann, haben es Organisationen wie ‚Asmodeus' nicht mehr nötig, ihre Macht offen auszuüben. Die wirklich gefährlichen Leute agieren im Hintergrund. Und gerade das macht sie noch gefährlicher. Doch zurück zu den Wächtern – ich bin etwas vom Thema abgekommen."

Daniel und Mara hörten aufmerksam zu und warteten still, bis sie sich wieder gesammelt hatte.

„Mara, dein Vater gehörte auch zu den ‚Wächtern'. Er kannte das Geheimnis des Altars und wollte es um jeden Preis schützen. Nicht einmal mich wollte er in das Geheimnis einweihen, da es ihm zu gefährlich erschien. Vielleicht lebe ich nur deshalb noch ..."

Mara war sprachlos und starrte ihre Mutter an, während diese weiter ausführte.

„Auch Arnaud gehört zu diesem kleinen Kreis der noch lebenden Wächter. Deshalb könnt ihr ihm absolut vertrauen. Aber ich bitte euch noch mal, das alles zu bedenken. Warum wollt ihr das Geheimnis ergründen? Was treibt euch an? Könnt ihr es nicht einfach ruhen lassen?"

Mara fand schlagartig ihre Sprache wieder.

„Das geht nicht. Es geht einfach nicht. Das bin ich Paps schuldig. Und Juri. Sollen sie denn umsonst gestorben sein? Nur weil sie das Geheimnis kannten? Nein, das ist mir zu einfach. Und wenn es in den falschen Händen wirklich eine so große Gefahr darstellt – räumen wir nicht gerade dann das Feld für diese Leute mit unlauteren Zielen und geben ihnen so die Bahn frei? Was ist, wenn es keine Wächter mehr gibt? Dann haben diese Typen ein leichtes Spiel. Nein, Maman, wir werden keine Ruhe finden, bevor wir nicht selbst die ganze Tragweite einschätzen können und alles versucht haben, um das Richtige zu tun – was auch immer das dann sein wird."

Ihre beiden Zuhörer nickten fast gleichzeitig mit den Köpfen – Daniel mit einer dezent angedeuteten Zustimmung, ihre Mutter mit einer deutlicheren Bewegung, die ihr Verständnis für Maras Argumente und ihren Segen für die beiden signalisierte. Sie hatte die Hände ineinander gelegt und wirkte trotz allem etwas erleichtert.

„Mara hat recht", pflichtete Daniel ihr bei. „Wir können jetzt nicht zurück – einfach die Hände in den Schoß legen und sagen ‚das war's – der Rest interessiert uns nicht', aber wir werden sicher die Verantwortung für unser Tun übernehmen. Eine Sache lässt mir keine Ruhe: War Goedertier auch einer der Wächter? War der Diebstahl nur fingiert, um die Tafel auf überzeugende Art aus Hitlers Schusslinie zu bringen?"

Maras Mutter presste die Lippen aufeinander und zog die Augenbrauen hoch.

„Das vermute ich, aber mit Sicherheit weiß ich das nicht. Mein Mann hat immer versucht, möglichst viel von diesen Dingen von mir fernzuhalten. Aber nach dem, was ihr erzählt und wo ihr die Tafel gefunden habt, spricht alles dafür, dass es ihm einzig und allein um ein gutes und sicheres Versteck ging. Und das scheint ihm ja gelungen zu sein."

Mara wollte gerade Rotwein in alle Gläser nachschenken, doch ihre Mutter winkte ab.

„Mir nicht mehr, Mara. Deine alte Mutter muss so langsam ins Bett. Wann wollt ihr denn morgen früh los? Ich muss ja auch noch ein paar Sachen zusammenpacken für die nächste Zeit."

Daniel und Mara schauten sich fragend an, ein jeder die Antwort beim anderen suchend. Mara zuckte mit den Achseln.

„Ach, nicht so ganz früh, oder? Lass uns doch wenigstens noch schön zusammen frühstücken."

Ihre Mutter stand auf und griff nach dem Telefonhörer.

„Erst mal muss ich Francoise anrufen, ob ich bei ihr bleiben kann. Hoffentlich ist sie überhaupt gerade im Lande, sonst muss ich mir etwas anderes überlegen." Mit diesen Worten verschwand sie aus dem Zimmer und hinterließ eine intime Stille zwischen den beiden. Daniel nahm Maras Hand, sagte aber nichts. Sie legte wie zum Schutz ihre andere Hand auf die seine und streichelte sanft seine Finger.

Aus der Küche hörten sie die Stimme ihrer Mutter, ohne deren Worte verstehen zu können. Nach einigen Minuten kam sie zurück.

„Ist alles kein Problem. Francoise freut sich, wenn ich bei ihr bleibe. Sie ist eine einsame Frau und kommt nicht mehr so richtig raus. Würdet ihr mich dann morgen zu ihr fahren? Sie wohnt in der Nähe von Metz."

„Natürlich", antwortete Mara wie aus der Pistole geschossen. „Aber dann brauchst du doch das Auto sicher, wenn sie so einsam wohnt. Wir nehmen uns dann einen Mietwagen und du behältst ihn einfach."

„Nein, kommt nicht in Frage", Mamans Stimme wurde plötzlich sehr autoritär, was sonst überhaupt nicht zu ihrer weichen Art passte. „Francoise hat ein Auto, sie sieht nur nicht mehr so gut, deswegen fährt sie ungern. Sie ist schon auf einem Auge blind."

„In Ordnung, Maman, wie du meinst. Das ist jedenfalls ganz lieb von dir."

„Arnaud habe ich nicht erreicht. Das ist komisch, denn normalerweise ist er zu dieser Zeit zu Hause. Ich werde es direkt morgen früh noch mal versuchen. Das wird schon klappen. So, ihr zwei! Jetzt muss ich aber wirklich ins Bett. Macht es euch noch gemütlich und schlaft gut."

„Gute Nacht!" und „Schlaf gut, Maman!", ertönte es von Daniel und Mara, als sie durch die Tür aus dem Wohnraum entschwand.

Nur das ersterbende Knistern der fast heruntergebrannten Glut und ihrer beider Atem blieben im Raum zurück, und lange war kein anderer Laut zu hören.

¥

Am nächsten Morgen war Mara schon lange vor Daniel aufgestanden und hatte sich in die Bibliothek verkrochen. Ihre Mutter hatte den Frühstückstisch bereits mit einem königlichen Buffet versehen, als das Telefon klingelte.

„Das ist sicher Arnaud. Vermutlich hat er seinen Anrufbeantworter abgehört", kommentierte die ältere Frau die Melodie und bewegte sich mit grazilen Schritten zum Hörer, der auf einer antiken Anrichte lag. Mara war gerade ins Zimmer gekommen und hatte es sich am gefüllten Tisch neben Daniel gemütlich gemacht.

„Hallo?", sprach Maras Mutter in die Muschel und lauschte. Nach einem Augenblick drehte sie sich mit weit geöffneten Augen um und sah Mara an.

„Nein, Mara ist nicht hier. Sie kommt nur selten zu Besuch."

Mara war stehengeblieben und wartete auf ein Zeichen ihrer Mutter.

Doch die sprach mit ruhiger Stimme weiter.

„Was wollen Sie von ihr? Kann ich ihr etwas ausrichten? Mit wem spreche ich, sagten Sie?"

In noch immer unveränderter Körperhaltung stand sie da. Dann nahm sie den Hörer ganz langsam vom Ohr.

„Aufgelegt", sagte sie nur.

„Wer war das?", wollte Mara unvermittelt wissen.

„Ich habe seinen Namen leider nicht verstehen können. Er hatte einen merkwürdigen Akzent. Keinen, den ich kenne."

Daniel und Mara schauten sich besorgt an.

„Sie sind also schon wieder auf unserer Spur. Puh, das ging aber schnell", erkannte Mara mit Besorgnis in ihrer Stimme.

„Wir sollten nicht allzu viel Zeit verlieren. Ich hatte gedacht, wir hätten jetzt eine Weile Ruhe vor diesen Leuten, aber sie sind schneller, als mir lieb ist." Daniel war ein wenig der Appetit vergangen, doch angesichts der unzähligen Schlemmereien auf dem Tisch griff er zu einem ungewöhnlich geformten Brötchen. Während er es sorgfältig aufschnitt, sprach er weiter.

„Sie dürfen auf keinen Fall unsere Spur nach Frankreich verfolgen! Vorher müssen wir weg sein und alle Fährten hinter uns verwischen."

„Maman, hast du alles gepackt? Können wir gleich los?"

„Ja, Mara, ich bin bereit."

Die drei versuchten, betont ruhig zu essen, obwohl sie alle eine innere Unruhe in sich spürten, die sich immer weniger verleugnen ließ. Gemeinsam räumten sie zügig den Tisch ab und fuhren bald los in Richtung Metz.

Während der ersten Etappe war Daniel noch ausgesprochen unruhig, hatte den Blick mehr im Rückspiegel als beim Geschehen vor sich auf der Straße. Doch zusehends machte sich ein wenig Entspannung in ihm breit und er hatte kaum noch das Gefühl, dass sie verfolgt wurden.

In Metz lieferten sie Maras Mutter bei deren Freundin ab, einer wirklich bezaubernden alten Dame, die im Vergleich zu Maras Mutter fast ihre Großmutter hätte sein können.

Nach einer halben Stunde Kaffeepause bei Francoise und einem herzlichen Abschied von Maman setzten sie ihren Weg zu zweit Richtung Süden fort.

Mara schien über weite Strecken nachdenklich oder traurig. Daniel schaute oft zu ihr hinüber und versuchte ein Gespräch mit ihr anzufangen, doch sie sah meist nur nach rechts zum Fenster hinaus und betrachtete die Leitplanke, die ihren Blick wie ein vorbeihuschendes Band magisch anzog; oder die Bäume, die vor ihren Augen zu einem sich ständig wandelnden, grünen Kontinuum verschmolzen.

„Daniel …?", begann sie leise fragend nach einer ewig langen Weile des Schweigens.

Überrascht drehte er den Kopf zu ihr hin, doch sie schaute immer noch aus dem Seitenfenster, sodass er ihr Gesicht nicht sehen konnte.

„Ja?", fragte er neugierig.

Sie sprach nicht weiter. Es entstand eine lange Pause.

Er warf einen Blick auf ihren Hinterkopf und wollte gerade nachhaken, als sie endlich ruhig weitersprach.

„Denkst du, das ist alles richtig so, was wir machen?"

„Was meinst du? Dass wir nach dem Geheimnis forschen?"

„Ja, … nein. Ich weiß nicht … jetzt ziehen wir meine Mutter auch noch hinein. Ich glaube, ich habe einfach Angst. Meine ganze Familie stirbt so langsam unter dem Druck dieses Geheimnisses."

„Deine Mutter ist doch schon längst involviert. Schon seit Langem – eure ganze Familie, ohne dass ihr es wolltet. Denkst du, es wäre plötzlich alles wieder in Ordnung, wenn wir jetzt schön brav zurück nach Hause fahren?"

Sie drehte den Kopf wie in Zeitlupe nach vorne und schaute nun wieder auf die vor ihr liegende Autobahn.

„Nein", antwortete sie leise. „Du hast ja recht. Wenn nur Maman nichts passiert. Und dir."

Dabei drehte sie ihren Kopf noch ein Stück weiter und schaute ihn direkt an. Daniel sah, dass sich Tränen in ihrem Auge sammelten.

„Um mich brauchst du dir keine Sorgen zu machen. Du bist doch bei mir."

Sie musste unwillkürlich lachen und verschluckte sich dabei fast.

„Und was deine Mutter betrifft: sie ist da ganz gut aufgehoben, denke ich. Dort werden sie sie ganz bestimmt nicht finden. Meinst du nicht?"

„Doch – schon. Zudem ist sie gern mit Francoise zusammen und fühlt sich wohl mit ihr. Sie sind enge Jugendfreundinnen."

Daniel sah, wie der Druck langsam von Mara abfiel und sie wieder einen zuversichtlicheren Gesichtsausdruck bekam – wenn auch immer noch mit kleinen Schatten versehen.

„Wir sollten uns jetzt ganz auf die Fährtensuche in Frankreich konzentrieren. Wir sind so kurz davor das Geheimnis zu lüften", versuchte Daniel das Gespräch wieder auf die sachliche Ebene zu führen. Es gelang. Maras Forscherdrang war wieder aktiviert.

„Heute Morgen habe ich noch mal ein paar Dinge recherchiert. Dabei habe ich sehr interessante Hintergründe zu Poussin herausgefunden."

Daniel atmete erleichtert auf und schaute neugierig zu ihr hinüber. Mara war wieder ganz in ihrem Element und sprach enthusiastisch weiter.

„Poussins Bruder hat nach einem Gespräch mit ihm 1656 einen Brief geschrieben, in dem er berichtet, dass sein Bruder

Dinge wisse, die ihm ungeheure Vorteile verschaffen könnten und die selbst Könige nicht aus ihm herausbekommen würden. Auch in den nächsten Jahrhunderten würden diese Dinge immer schwieriger zu entdecken sein und sich nichts auf Erden als vergleichbares Vermögen erweisen können. Genau so hat er sich ausgedrückt. Der Empfänger dieses Briefes, der damalige Finanzminister des Königs, wurde in den folgenden Jahren verhaftet und in einem fadenscheinigen und absonderlichen Prozess zu lebenslanger Haft verurteilt. König Ludwig XIV. ließ all seine Korrespondenz beschlagnahmen und ging sie persönlich durch. Daraufhin setzte er alles daran, in den Besitz des Gemäldes zu kommen. Das gelang ihm schließlich 1685 und er hielt die ‚Hirten in Arkadien' ab sofort in seinen Privatgemächern in Versailles unter Verschluss."

„Das ist ja spannend. Und es klingt wahrhaftig nach Geheimnissen von unglaublicher Tragweite. Es scheint, dass Poussin sein Wissen tatsächlich in dem Bild versteckt hat."

„Da bin ich mir sicher. Ach, ich kann es kaum abwarten, bis wir da sind."

„Wenn ich so auf die Uhr schaue, denke ich, wir werden es heute nicht bis ganz runter schaffen. Wir sollten uns in ein, zwei Stunden ein nettes Hotel suchen, bevor es ganz dunkel wird. Dann was Leckeres essen und uns einen schönen Abend machen." Daniel schaute Mara einladend an. Sie versuchte seinen Blick wie ein Spiegel nachzuahmen, musste aber dabei lachen.

„Ja, das klingt verlockend. Dann muss ich mich wohl noch ein wenig gedulden", scherzte sie.

Sie fuhren noch über zwei Stunden, bis die Dämmerung sie zu einem baldigen Stopp zwang. Abseits der Autobahn fanden sie einen kleinen Ort mit einem niedlichen Hotel etwas außerhalb eines Dorfes.

Die Weiterfahrt am nächsten Tag verlief problemlos. Mara war ganz auf die Straße konzentriert, die sich durch die hügelige

Landschaft des Razès schlängelte. Gleichzeitig kniff Daniel die Augen zusammen, um die kleinen Bezeichnungen auf der topographischen Karte besser entschlüsseln zu können. Er drehte die Karte mal in die eine, dann wieder in die andere Richtung, um sich besser vorstellen zu können, wohin sie gerade fuhren.

„Es ist nicht mehr weit. Vielleicht ein paar Kilometer. Hinter La Maurine müsste es eine kleine Straße geben, da müssen wir links."

„La Maurine? Da sind wir eben durch. Dann müsste es doch schon hier sein – aber ich habe keine Abzweigung gesehen."

„Hab ich auch nicht, ist aber komisch, hier ist sie eingezeichnet. Kannst du wenden? Wir fahren besser zurück. Gleich sind wir schon in Valdieu."

„Wenden ist hier ganz schön schwierig. Die Straße ist hier verdammt eng. ‚Valdieu' heißt der Ort? Na ja, das ‚Tal Gottes' habe ich mir doch etwas anders vorgestellt. Ah, dort." Mara hatte einen Wanderweg erspäht, der in den Wald führte, und bretterte mit fast ungebremster Geschwindigkeit hinein, bevor sie abrupt holpernd zum Stehen kam. „Sorry, ging nicht sanfter."

Daniel sortierte seine Knochen und brachte ein lakonisches „Ist schon okay" heraus.

Sie fuhren die Strecke langsam ab. Weit und breit war keine Straße zu sehen. Dann bemerkte Daniel einen schmalen Schotterweg, der leicht bergauf in ein Waldstück hineinführte.

„Hier. Das ist die einzige Abzweigung. Fahren wir doch mal dort hinein."

„Da soll ich hinauffahren? Bist du dir sicher?", rief Mara entsetzt aus.

„Es ist der einzige Weg in die Richtung. Lass es uns versuchen."

„Wie du meinst …", murmelte Mara vor sich hin und bog mit einer scharfen Wendung in den Wald ein. Der Weg war so holprig und eng, dass sie nur im Schritttempo vorankamen. Nach vielen Windungen wurde er geringfügig angenehmer, sodass Mara ein wenig schneller fahren konnte. Doch die zurückgelegte Strecke kam ihnen beiden endlos vor. Der Wald lichtete sich und sie erreichten ein von Felsen durchzogenes Plateau. Dort hörte der Weg einfach auf.

„Und nun?" Mara schaute Daniel erwartungsvoll an, der seinerseits hilfesuchend in die Karte starrte.

„Irgendwo hier muss es sein. Ich verstehe das nicht. Das Haus müsste ganz in der Nähe sein. Vielleicht noch einen Kilometer in die Richtung."

Er zeigte mit der Karte genau in die Richtung, in die das Auto wies. Nur war dort kein Weg, geschweige denn eine Straße auszumachen.

„Komm, wir gehen ein Stück zu Fuß", schlug Mara vor, während sie den Gurt löste und die Tür öffnete. „Vielleicht finden wir ja etwas."

„Sollen wir das Auto einfach so stehen lassen?" Daniels Frage ging in dem zeitgleichen Zuschlagen der Autotür ein wenig unter.

„Warum nicht? Hier stört es sicher niemanden."

Die beiden machten sich auf den Weg durch die verkarstete Landschaft. Felsformationen wechselten sich mit üppiger Vegetation ab. Es war, als ob die Region etwas Morbides und Lebendiges gleichzeitig hätte. Eine merkwürdige Mischung, fand Daniel. Er schaute nach oben und hatte das Gefühl, dass die Wolkendecke heute besonders tief hing und der Himmel schwer auf der Gegend lastete. Auf jeden Fall hatte diese Landschaft etwas Geheimnisvolles, ja geradezu Mysteriöses. Wenn er sich nun noch vorstellte, dass irgendwo hier vielleicht unglaubliche Schätze lagen ...

Das Gelände war durch die herumliegenden Felsbrocken ausgesprochen unwegsam. Wenigstens hatten die Steine hier eine recht helle Färbung, so konnte man die Hindernisse immerhin frühzeitig erkennen. Daniel bückte sich nach einem Stein, den er aufmerksam betrachtete und dann in seine Hose steckte.

„Für deine Sammlung?", fragte Mara.

Daniel nickte knapp, begleitet von einem knappen „Ja."

„Warum machst du das? Zur Erinnerung?"

„Ja, auch. Steine haben für mich etwas Ewiges, Beständiges. Sie sind für mich ein Symbol. Wenn man mal überlegt, was alles passiert ist, um sie zu formen – und wie unglaublich viel Zeit das gebraucht hat, bis ein Stein so hart wurde." Er nahm den Stein aus der Tasche und hielt ihn hoch. „Vier Milliarden Jahre. Stell dir diese Zahl einmal vor! Da ist die Menschheit nur ein Lidschlag im Vergleich." Er steckte den Stein zurück in die Tasche und ging weiter. Mara folgte ihm.

Sie erreichten eine Felskante, von der aus sich ein Blick in die dahinterliegende, verwunschen wirkende Hügellandschaft öffnete. Von einem Haus aber war nichts zu sehen.

Sie blickten sich ratlos an.

„Lass uns noch etwas höher auf die Felsen steigen", schlug Daniel verunsichert vor und zeigte auf einen angedeuteten Fußweg zwischen einigen aufragenden Felsstücken. Sie stiegen den Hügel weiter nach oben, bis der Weg abflachte und sich schließlich ganz im Gelände verlor.

„Ich glaube, wir sind hier falsch", musste Daniel eingestehen. Mara war einige Schritte weitergegangen und blickte um die nächste Ecke, wo der Berg in einem steilen Abhang endete.

Dann drehte sie sich plötzlich zu Daniel um und rief:

„Daniel! Komm schnell! Hier!"

Einen Augenblick später war sie hinter dem Vorsprung verschwunden. Daniel hechtete ihr, so schnell er konnte, nach. Dann sah er das Haus, gut versteckt in einer kleinen Felsnische.

Es passte sich perfekt der Umgebung an. Die Wände bestanden aus grob gehauenen Steinen, wie man sie überall ringsum fand und waren einfach mit viel Mörtel verbunden. Daniel sah sofort, dass das Häuschen verlassen und verwahrlost war. Die zwei kleinen Fenster waren zerschlagen, die Tür hing aufgebrochen in der Angel. Offensichtlich hatten Abenteurer, Schatzsucher oder gewöhnliche Diebe hier bereits mehrfach ihr Glück versucht.

Mara schob die Eingangstür vorsichtig mit drei Fingern an, bis diese sich unter einem gedehnten Quietschen langsam in Bewegung setzte. Sie spähte ins dunkle Innere des Hauses, Daniel stand dicht hinter ihr. Man konnte nur vereinzelt schattenhafte Umrisse von Möbeln erkennen. Mara tastete an der Wand entlang und fand unter vielen Spinnweben schließlich den Lichtschalter. Ein müdes Licht machte den Raum nicht viel heller, aber man konnte zumindest das Interieur im schwachen gelben Schein sehen; Holzmöbel, mit denen der Raum komplett gefüllt war, insbesondere Regale voller Bücher. Ein großer Schreibtisch, ein Sofa unmittelbar vor einer Feuerstelle in der Ecke, darüber ein verrußter Abzug. Alles war überschattet von einer sehr tief hängenden Decke. Daniel hatte beim Betreten des Zimmers das Gefühl, den Kopf einziehen zu müssen. Rechts schienen zwei weitere Räume abzugehen. Mara öffnete vorsichtig die Türen. Zuerst die zu einem kleineren Zimmer mit einem Bett und einem Schrank, dann die zu einem winzigen Badezimmer.

„Das ist alles doch sehr anders, als ich es mir vorgestellt hatte", gestand sie beim Blick in das spartanische Bad.

„Es überrascht mich auch so Einiges, insbesondere aber die Lage. Es ist ja geradezu versteckt. Völlig unzugänglich", wunderte sich Daniel.

„Ja, das ist wirklich komisch. Und doch gibt es Strom. Wie auch immer – so ganz wohl fühle ich mich hier nicht. Ich glaube, wir sollten doch lieber ein Hotel in einem Dorf suchen. Oder vielleicht hat Arnaud eine Idee. Was meinst du?"

Daniel schaute sich noch mal im Raum um. Dann nickte er, bevor er antwortete.

„Ja, ich glaube, das wäre mir auch lieber! Ich versuche Arnaud noch einmal anzurufen, irgendwann muss er ja da sein."

Er holte sein Handy und einen Zettel aus der Tasche und tippte die Zahlenfolge ein. Doch er nahm das Handy nicht ans Ohr.

„Kein Netz. Na ja, ist ja vielleicht auch klar hier …"

„Lass uns einfach mal hinfahren. Es ist nicht so weit von hier, nur ein paar Kilometer. Er wohnt in der Nähe von Coustaussa."

Sie verließen die steinerne Hütte und machten sich auf den Rückweg zum Auto. Das stand wartend genauso da, wie sie es verlassen hatten.

¥

Mittels der Karte fanden sie das Haus Arnauds schnell. Es lag einen Kilometer abseits des Ortes Coustaussa an einer winzig kleinen Straße.

Sie hielten vor dem Haus. Es war nichts zu sehen.

Kein Auto, kein Lebenszeichen von Arnaud.

Eine beunruhigende Stille lag über dem hübsch anzusehenden Haus. Nicht mal ein Vogel oder eine Grille waren zu hören.

Mara zog an einer Kette vor der Tür, woraufhin innen eine Glocke ertönte. Sie verklang schnell, dann kehrte wieder die bedrückende Stille ein. Sie klingelte erneut.

Es war, als hätte sich lange Zeit niemand in dem Haus aufgehalten. Aber das war nur so ein Gefühl, das Daniel hatte – es konnte gut sein, dass die ländliche Ruhe ihm das einfach suggerierte, dachte er bei sich.

Er ging um das Haus herum und lugte vorsichtig in eins der Fenster. Er konnte in die Küche sehen. Dort standen ein paar Gewürze neben dem Herd und auf dem Tisch lag eine Zeitung. Es wirkte, als ob jemand die Szene gerade erst verlassen hätte. Er ging zum nächsten Fenster und spähte vorsichtig hinein.

„Siehst du etwas?", wollte Mara wissen.

„Nein, es ist alles ruhig. Er scheint wirklich nicht da zu sein. Aber es sieht nicht nach einer länger geplanten Reise aus."

„Maman sagte auch, dass Arnaud eigentlich nie verreisen würde. Merkwürdig ist das schon."

Daniel holte sein Handy aus der Tasche. Er klappte es auf und versuchte erneut, Arnaud zu erreichen. Wenige Sekunden später hörte man eine altmodische Telefonklingel im Haus läuten. Daniel ließ es lange läuten, aber das verstärkte das mulmige Gefühl noch, das sich langsam in ihm ausbreitete.

„Was sollen wir tun? Die Polizei verständigen?", fragte Mara nervös. Offensichtlich teilte sie sein Gefühl, dass hier etwas nicht stimmte.

Daniel klappte das Handy zu und ließ es in die Tasche gleiten. „Das ist vielleicht noch zu früh. Warten wir bis morgen. Aber ich bin nicht sicher, ob wir uns schon zu erkennen geben sollten. Möglicherweise wäre es sicherer, wenn niemand weiß, dass wir hier sind, solange es geht–. Wir wissen nicht, wem wir trauen können."

„Da hast du auch wieder recht. Lass uns erst mal ein Hotel suchen, dann können wir immer noch überlegen."

Sie machten sich auf den Weg in den nächsten größeren Ort. Noch vor dem Ort namens ‚Couiza' fiel ihnen eine riesige Werbetafel an der Straße auf.

„Schau mal, ein Hotel. ‚Château des Ducs de la Joyeuse'", las Mara vor und betrachtete das dort abgebildete Hotel. „Das sieht doch klasse aus."

Bei der Einfahrt in den Ort war das Château nicht zu übersehen. Mit seinen vier wuchtigen Türmen an den Ecken eines einfach strukturierten, aber sehr massiv wirkenden Baus strahlte es eine gigantische Präsenz aus.

Sie bezogen ein Zimmer in den dicken Mauern des Châteaus und begaben sich dann zurück zur Rezeption.

„Pardon, Monsieur, wir sind auf der Suche nach einem Grabmal. Es muss sehr alt sein und sieht aus wie ein großer steinerner Schrein. Kennen Sie so etwas hier in der Gegend?", fragte Mara in perfekt klingendem Französisch.

Der Hotelangestellte lächelte bemüht, war aber seiner Reaktion nach zu urteilen etwas überfordert mit der Frage.

„Einen Moment, Madame", gab er zurück und verschwand mit ungelenken Schritten in einem kleinen Raum hinter der Rezeption, von wo aus man neben der seinen eine weitere, dunklere Stimme vernehmen konnte.

Kurz darauf kam er mit demselben Lächeln auf dem Gesicht zurück und berichtete über das Ergebnis des Gesprächs.

„Es gab da mal so etwas in der Nähe der Ortschaft ‚Arques'. Es muss irgendwo an der Straße zwischen Serres und Arques liegen, in der Nähe von ‚Les Pontils'."

„Vielen Dank für Ihre Mühe, Monsieur", verabschiedete Mara sich freundlich.

Auf dem Parkplatz vor dem Château wandte sie sich Daniel zu.

„Fährst du?"

Noch bevor er antworten konnte, warf sie ihm die Schlüssel entgegen. Daniel reagierte etwas zu langsam und schnappte mit beiden Händen in die Luft, während der Schlüssel an ihm vorbeisauste und klirrend auf dem Boden landete.

„Vielleicht solltest du besser fahren – nachdem ich beim Reaktionstest durchgefallen bin", antwortete er, während er sich nach dem Schlüssel bückte. Mara musste laut lachen, war aber ebenfalls zu langsam, als sie die Autoschlüssel wiederum an sich vorbeifliegen sah. Sie landeten hinter ihr auf dem Boden.

„Vielleicht sollten wir gar nicht fahren", gab sie belustigt zurück.

„Ok, eine gute Idee. Gehen wir wieder aufs Zimmer", erwiderte Daniel, drehte sich auf der Stelle Richtung Hotel um und stapfte los.

Mara spielte mit, aber zog ihn dann kräftig am Ärmel.

„Nun komm schon!" Sie gab ihm einen Kuss auf die Wange, dann steuerte sie auf die Fahrertür zu.

Daniel stieg ein und breitete die Karte aus.

„Wir müssen an Coustaussa vorbei, durch Serres, dann kommen wir nach Arques. Da müssen wir die Gegend mal langsam absuchen."

„Ist das nicht komisch?", fragte Mara.

„Was ist komisch? Ich kann dir nicht ganz folgen."

Mara hielt sich etwas verkrampft am Lenkrad fest und blickte stur geradeaus.

„Der Name. Der Name des Ortes: ‚Arques'. Ist doch eine merkwürdige Anhäufung solcher Namen. Denk mal an die Inschrift auf der Altartafel – ‚ARCANA DEI'– dann die Inschrift auf dem Grabmal – ARCADIA – und nun noch der Ort: ARQUES. Ist doch ein komischer Zufall, oder?"

Daniel war die Ähnlichkeit bisher noch nicht aufgefallen.

„ARCANA – ARCADIA – ARQUES. Du hast absolut recht. Es sieht kaum nach einem Zufall aus. Die Silbe ‚ARK' gibt es auch im Englischen. Sie bedeutet dort so etwas wie ‚Schrein' und wurde auch als Begriff für die Bundeslade übernommen, als ‚arc of the covenant'."

„Du meinst den Schrein mit den zehn Geboten, den Moses mit sich herumgetragen hat?"

„Genau. Das höchste Heiligtum der christlichen und jüdischen Religion. Es ist aber seit Urzeiten verschollen. Ich glaube, seine Spur verlor sich im Tempel Salomons in Jerusalem. Und es gibt keinerlei archäologische Anhaltspunkte für ihre Existenz – bis auf Darstellungen auf Reliefs und in Schriften – wie zum Beispiel der Bibel. Ich habe mal vor einigen Jahren an einer Sendung darüber mitgearbeitet."

„Im Lateinischen bezeichnet ‚arca' eine Lade. Das alles ist sicher kein Zufall."

„... und im alten Ägypten bezeichnete man die Priester, die in das Geheimnis der Götter eingeweiht waren ‚Arqu'. Auch der Religionsstifter Moses wurde so bezeichnet und er war der Erbauer der Bundeslade, die das israelitische Volk mit sich herumtrug, bevor sie im Tempel Salomons einen sicheren Standort fand."

„Und du meinst, dass der Ort hier mit der Bundeslade zu tun haben könnte?"

„Tja, ... wer weiß. Das wäre eine unglaubliche Entdeckung an einem solch abgelegenen Platz. Aber vielleicht bezeichnet das Wort ‚Arc' auch nur einen Schrein. Vielleicht das gesuchte Grabmal als Schrein. Vielleicht stand das Grabmal ja schon vor der Besiedelung des Ortes Arques dort und der Ortsname leitete sich gerade von diesem ab."

„Das ist schon erstaunlich. Die ganzen Wortverbindungen. ARQU – ARCA –... ARCA DEI ... und dann ARKADIEN, wie es auf dem Poussin-Gemälde heißt ..."

Sie hatten den ersten Teil der Strecke zügig hinter sich gebracht und verließen die wenigen Häuser von Serres. Mara bremste das Auto ab und rollte betont langsam durch die kurvige Strecke. Sie schaute sich beim Fahren nach allen Seiten um, während Daniel seinen Blick immer wieder von der Landschaft in die Karte verschwinden ließ.

„Hier beginnt der Weiler, den er uns genannt hat: ‚Les Pontils'. Wir müssten ganz nah sein."

Plötzlich hielt Mara an.

„Schau mal, das Panorama sieht genau aus wie auf Poussins Gemälde."

Ein kleiner, steinerner Hügel mit wenigen Bäumen darauf, erhob sich rechts von der Straße. Im Hintergrund war ein Bergpanorama zu erkennen, das dem auf Poussins Bild täuschend ähnlich sah.

„Du hast recht. Aber es ist kein Sarkophag zu sehen. Er müsste eigentlich dort vor den Bäumen stehen."

Während Daniel zu Ende sprach, fuhr Mara das Auto rechts an den Straßenrand, bis es schräg von der Straße herunterhing.

Sie kletterten die steile Böschung hinunter und den Felshügel hinauf, bis sie auf einem kleinen Plateau standen. Daniel fiel sofort der feste Boden auf.

„Sieh mal, Mara, der Boden scheint an dieser Stelle betoniert worden zu sein."

Mara bückte sich und berührte den wie Stein aussehenden Grund, auf dem sie standen.

„Tatsächlich. Ist zwar sehr ungleichmäßig und gebrochen, aber es ist kein Stein. Es sieht wirklich eher aus wie Beton."

Beide stellten sich außerhalb der betonierten Grundfläche auf und betrachteten diese in ihrer Gesamtheit. Sie bildete ein Rechteck von etwa dreimal zwei Metern und hob sich minimal vom steinernen Boden ab.

„Das ist vermutlich genau die Stelle, an der der Sarkophag einmal gestanden hat", sprach Mara das aus, was Daniel gerade durch den Kopf ging.

„Ja, es sieht wirklich danach aus. Aber warum ist der Schrein dann entfernt worden?"

„Keine Ahnung. Vielleicht finden wir das ja noch heraus."

Mara schaute sich um, ging ein paar Schritte an den Rand ihres erhöhten Aussichtspunktes und schien weiter unterhalb etwas entdeckt zu haben.

„Kommst du mit?", fragte sie Daniel keck.

„Wohin?"

„Dort hinunter. Vielleicht bekommen wir da etwas heraus."

Sie begann den stark abschüssigen Hang hinunterzuklettern. Daniel rutschte ihr stückweise hinterher und sah, dass sich etwas weiter ein kleiner Hof befand.

Über eine durch Reifenspuren ausgefahrene Zufahrt erreichten sie die Eingangstür. Eine nostalgische Klingel ertönte in dem Moment, als Mara einen schäbigen Knopf neben der Eingangstür drückte. Sie versuchten, mit ihren Ohren in das Haus einzudringen, doch ließ sich kein Laut aus dem Inneren wahrnehmen. Erst beim zweiten Klingeln wurde ihre Hartnäckigkeit mit einem Schlurfen belohnt, das sich, durch einige französische Urlaute begleitet, näher an die Tür heranarbeitete. Die Tür öffnete sich und ein hagerer alter Franzose mit zusammengekniffenen Augen inmitten eines wettergegerbten Gesichts stand vor ihnen.

Mara übernahm zu Daniels Erleichterung die Konversation.

„Pardon, Monsieur, entschuldigen Sie bitte vielmals die Störung", sprach sie in glänzendem und gut verständlichem Französisch. „Wir sind auf der Suche nach einem steinernen Sarkophag. Er soll irgendwo hier in der Gegend stehen. Wissen Sie etwas darüber oder können uns ein wenig weiterhelfen?"

Das Gesicht des Mannes entspannte sich zunehmend und wirkte nicht mehr ganz so verkniffen.

„Dort drüben", er deutete mit seiner knöchernen Hand dahin, wo sie gerade herkamen. Daniel konnte seinen französischen Akzent nur mit großer Mühe verstehen.

„Den Schrein gibt es nicht mehr. Sie haben ihn abgerissen. Ist aber schon über zwanzig Jahre her. 1988 wurde er abgerissen."

„Warum hat man das gemacht?"

„Ach, es gab immer wieder Plünderungen und Vandalismus. Auch viele Unfälle auf der Straße oben. Man konnte den Schrein von dort sehen. Der Besitzer hat ihn dann abgerissen und die dort bestatteten Gebeine nach Amerika überführen lassen."

Mara wirkte mindestens so erstaunt wie Daniel.

„Gebeine? Nach Amerika?"

„Ja, der damalige Besitzer soll ein Amerikaner gewesen sein, der sich sehr für die Geschichte des Razès interessiert hat. Er soll das Grundstück gekauft und den Schrein 1903 errichten haben lassen, um seine Großmutter dort oben zu bestatten. Er war wohl als Familiengruft geplant. Ich glaube, seine Frau wurde später auch dort bestattet. Dann wurde das Grundstück verkauft und die Gebeine überführt. Jedenfalls hat es der spätere Besitzer schließlich abreißen lassen, wie gesagt."

Mara wandte sich an Daniel.

„Dann ist der Schrein noch gar nicht so alt. Hat man vielleicht den Schrein erst aufgrund des Gemäldes hier errichten lassen?"

Daniel versuchte dem Mann eine Frage zu stellen und mühte sich mit seinen spartanischen Sprachkenntnissen ab.

„Gab es vorher schon mal einen Sarkophag an dieser Stelle?"

Der Mann verstand ihn nicht. Mara wiederholte die Frage in gut verständlichem Französisch. Daniel kam sich vor wie in einem Sprachkurs.

Der Alte nickte.

„Man sagt hier, dort habe es früher schon mal einen Sarkophag gegeben, lange Zeit vorher. Bis ins 18. Jahrhundert hinein. Aber ob das tatsächlich wahr ist …?", er zog die Schultern spitz nach oben und spannte seine Gesichtshaut so weit, dass die Augen riesig aus seiner nun fast faltenfreien Haut heraustraten.

„… es gibt zumindest keine Anhaltspunkte oder Beweise, wenn Sie so etwas suchen."

„Und der Sarkophag wurde restlos zerstört?", wollte Mara ungläubig wissen.

„Ja, restlos. Das heißt, bis auf die Grabplatte. Angeblich soll die Grabplatte oben auf dem Friedhof in Rennes-le-Château liegen – auf dem Grab der Gräfin. Ich weiß nicht, ob es die echte Grabplatte ist. Waren Sie denn noch nicht dort?"

Daniel überließ nun Mara die komplette Konversation, das schien ihm weit unkomplizierter zu sein, zumal er sich mittlerweile an den Akzent des Franzosen gewöhnt hatte und dem Gespräch einigermaßen folgen konnte.

„Nein", antwortete sie erstaunt. „Wie heißt der Ort? ‚Rennes-le-Château'?"

„Genau. Ist sicher interessant dort für Sie. Sollten Sie unbedingt hin. Sehr merkwürdige Dinge dort …"

Mara blickte ihn verwirrt an.

Der Mann nickte nur wieder „Ja, ja … Schauen Sie es sich an!"

Er schien genug von dem Gespräch zu haben, denn er wandte sich wieder Richtung Hausflur. Mara und Daniel verabschiedeten sich, dankbar für die Informationen, und verließen den Hof Richtung Auto.

„Meinst du, der Sarkophag wurde erst nach Poussins Bild dort errichtet? Ist die landschaftliche Übereinstimmung dann nur ein Zufall?" Diese Frage ließ Mara keine Ruhe.

„Das scheint mir ein allzu großer Zufall zu sein. Ich vermute eher, dass dort früher tatsächlich schon ein Sarkophag gestanden hat und der Amerikaner eine Nachbildung an die gleiche Stelle setzte."

„Vielleicht war das Grabmal eine Art Zugang zu einem unterirdischen Versteck oder Raum."

„Möglich wär's. Aber sicher ist dieser dann zugeschüttet worden und wir kommen selbst durch Grabungen nicht heran."

Mara nickte ein wenig resigniert.

„Mmh, … Lass uns mal in diesen Ort fahren, Rennes-le-Château. Er hat mich doch etwas neugierig gemacht, dieser alte Mann."

„Mich auch", bestätigte Daniel, legte seinen Arm vorsichtig um Maras Hüfte und zog sie sanft an sich heran.

¥

Nachdem sie einen weiteren vergeblichen Versuch bei Arnaud unternommen hatten und dann die Serpentinenstraße, die den Berg hinaufführte, hinter sich gelassen hatten, fuhren sie langsam in das geheimnisumwitterte Dorf ein. Die scharfen Kurven wurden allmählich sanfter und die Steigung ließ deutlich nach, als sie sich unversehens zwischen kleinen, dicht aneinander geschmiegten Häuschen befanden. Man hatte die wenigen Gebäude der Ortschaft und ihre Befestigungsmauer schon unten von Couiza gleich einer Spielzeugfestung weit oben auf dem Bergkamm sehen können. Zu ihrer Rechten öffneten sich die Häuserzeilen und gaben den Blick auf ein herrschaftliches Anwesen frei, das einen eher verfallenen Eindruck machte. Gleich daneben befanden sich eine kleine Kirche und eine Villa mit einem angrenzenden Park. Dieser wurde an seinem Ende von einem rechteckigen Turm begrenzt, der mit seinen Zinnen und kleinen Fenstern dem Ort etwas Wehrhaftes verlieh. Sie standen mitten auf einem großen Kiesplatz oben auf dem Plateau, der wohl als eine Art Parkfläche gedacht war. Eine hüfthohe Steinmauer, die neben dem Turm begann und im halbkreisartigen Bogen bis zu einem öffentlichen kleinen Rosenhain verlief, deutete darauf hin, dass der Ort hier bereits zu Ende war.

Mara und Daniel stiegen aus und gingen auf ein Münzteleskop zu, das etwa in der Mitte der Begrenzungsmauer verankert war und eine weitläufige Aussicht über die Gegend versprach.

Tatsächlich bot sich ein toller Blick nicht nur auf die umliegenden Erhebungen, sondern auch bis ganz nach unten ins Tal, wo sie in niedlicher Größe das Château erkennen konnten, in dem sie logierten. Eine ganze Weile standen sie da und ließen die Gegend in ihrer Gesamtheit auf sich wirken.

„Wo sind denn die Berge, die auf dem Gemälde Poussins dargestellt sind?", fragte Mara mit in die Ferne gerichteten Augen, während sie ihr Gesicht in den Wind hielt. Der war hier oben deutlich stärker war als unten im geschützten Tal.

„Die müssten eigentlich dort hinten liegen – wenn meine Orientierung stimmt", antwortete Daniel und drehte sich in Richtung Parkplatz und Rosengarten um.

Mara folgte seiner Blickrichtung und strich sich die Haare aus dem Gesicht.

„Kann man von hier aus nicht sehen – schade. Die Häuser stehen in der Sichtlinie."

„Sollen wir mal einen kleinen Rundgang durch das Dorf machen?", fragte Daniel von der Seite und trat etwas näher an Mara heran.

„Klar. Deshalb sind wir ja hier", antwortete sie und drehte ihren Kopf zu ihm.

Gemächlich schlenderten sie an der Villa mit dem großen Park und dem Turm vorbei, bis sie ein kleines Informationszentrum mit Museum auf der Rückseite erreichten. Dort gab es Bücher, Broschüren und Unmengen an Informationsmaterial zu kaufen. Daniel erwarb einen Touristenführer durch den Ort und blätterte ihn interessiert durch. Er hielt Mara den Übersichtsplan hin und zeigte mit dem Finger auf den Grundriss der Kirche.

„Sollen wir dort anfangen?", schlug er vor und drehte dabei die Karte ein wenig hin und her, um die Ausrichtung zu optimieren.

„Ich habe die Kirche eben gesehen." Mara nickte zustimmend. „Sie müsste hier direkt nebenan liegen."

Sie traten zurück in einen kleinen Innenhof und verließen ihn in die Richtung, in der sie den Eingang zur Kirche vermuteten. Die kleine Dorfkirche grenzte unmittelbar an das Museum an. Daniels Blick wanderte vom Portal über die seitlichen Pfeiler hinauf zu einem ausgesprochen spitzen Ziegeldach, das den runden Eingang schützte. Der gesamte Bau war in verschiedenen Beigetönen gehalten, die sich in den grob behauenen Steinen, dem Mörtel und sogar in den Ziegeldächern wiederfanden. Er hatte Schwierigkeiten, eine vollwertige Kirche in dem Bauwerk zu erkennen – sie wirkte gleichzeitig groß und geschrumpft. Doch der Begriff ‚Kapelle' wurde ihr auch nicht gerecht. Immerhin wies ein Turm auf der Rückseite sie eindeutig als sakralen Bau aus. Mara betrachtete die Wölbung über dem bedachten Eingang, die nun auch Daniels Aufmerksamkeit auf sich zog. Dort waren auf einem Sockel genau über der Tür in zwei Reihen ein paar lateinische Worte eingemeißelt:

TERRIBILIS EST
LOCUS ISTE

„Dieser Ort ist schrecklich." Daniel murmelte die Übersetzung wie automatisch vor sich hin und konnte seinen Blick von den in den hellen Stein gehauenen Buchstaben kaum lösen.

„Ein sehr merkwürdiges Motto über dem Eingang einer Kirche."

Mara schien ebenfalls irritiert und schüttelte den Kopf.

„Was soll das?"

Die Tür öffnete sich und es traten zwei ältere Männer aus der Kirche, die sich in französischer Sprache offenbar über die Anordnung bestimmter Figuren unterhielten. Viel mehr konnte Daniel den aufgeschnappten Satzfetzen nicht entnehmen.

„Gehen wir rein?", fragte er und machte einen vorsichtigen Schritt auf die Tür zu. Mara folgte ihm wortlos.

Als sie durch die dicke Eingangstür traten, nahmen sie zuerst den typisch modrig-holzigen Geruch alter Kirchen wahr, dann eröffnete sich ein grell-buntes Kaleidoskop vor ihren Augen, das selbst im Halbdunkel des Kircheninnenraums noch genügend Kitsch zu präsentieren vermochte.

Daniels Blick fiel sofort auf eine Figur unmittelbar neben dem Eingang.

Ihre Augen leuchteten diabolisch und starrten nach unten auf den Boden. Es war eine Art Teufel, der das Weihwasserbecken über sich trug und unter dessen Last einen gekrümmten oder gar gequälten Eindruck machte.

„Mara", rief er ihr hinterher, als sie schon einige Schritte von der Tür entfernt war. Sie drehte sich um und erblickte nun erst die Figur.

„So etwas habe ich noch nie gesehen! Ein Teufel, der das Weihwasserbecken trägt ... Er muss doch jeden erschrecken, der hier reinkommt." Mara ging etwas in die Knie, um dem Teufel direkt in die leuchtenden Augen sehen zu können. „... das ist schon verrückt. Erst der Spruch am Eingang, dann das hier. Was kommt da wohl noch? Was ist denn hier eigentlich los?"

Daniel zuckte mit den Schultern.

„Ich kann mir auch keinen Reim auf das Ganze machen. Ist schon eine merkwürdige Kirche. Sollen wir uns mal in eine Bank setzen und zur Einführung ein paar allgemeine Informationen zum Ort lesen?"

Mara begrüßte den Vorschlag und sie setzten sich mit einer Broschüre in eine der hinteren Bänke, auf die etwas Licht von außen fiel.

Daniel schlug das kleine Heftchen auf und sie begannen zu lesen.

Die Hauptperson des Ortes war ein Pfarrer namens Bérenger Saunière.

Irgendetwas musste er wohl getan haben, um den Zorn der Kirchenoberen auf sich zu ziehen, jedenfalls wurde er im Jahre 1885 in dieses winzige Nest versetzt. Die Zustände, die er hier vorfand, waren miserabel: Das Pfarrhaus war unbewohnbar und die Kirche baufällig. Abbé Saunière war jedoch ein intelligenter Mann voller Energie im besten Alter von 33 Jahren. Er lieh sich etwas Geld aus der Gemeindekasse und begann alsbald mit den nötigsten Renovierungsarbeiten an der Kirche.

Dabei stieß er auf merkwürdige Dinge:

Beim Entfernen einer Grabplatte fand er in einem hohlen Pfeiler vier versiegelte Holzzylinder. In diesen befanden sich Pergamente, die offensichtlich von einem seiner Vorgänger, dem Abbé Bigou, im Jahre 1780 verfasst worden waren. Saunière konnte mit den gefundenen Dokumenten zunächst wenig anfangen. Es handelte sich um zwei Genealogien und zwei Abschriften von Texten aus dem Neuen Testament. Beim späteren Studium bemerkte er jedoch Unregelmäßigkeiten in den Buchstaben der Texte, konnte sie allerdings erst viel später mit Hilfe eines Experten dechiffrieren.

Einer der Texte verwies auf ein Geheimnis, zu dem Poussin und Teniers den Schlüssel besitzen sollten. Ein anderer enthielt den kryptischen Satz:

A DAGOBERT II ROI ET A SION EST CE TRESOR ET IL EST LA MORT .

Dieser Schatz gehört Dagobert II. und Zion, und er ist der Tod.

Sicher ist nicht, was der Abbé noch alles entdeckt haben mag, jedenfalls begann er ab sofort mit einem äußerst merkwürdigen Treiben im Ort.

Er machte die Inschrift auf einer Grabplatte des angrenzenden Friedhofs unkenntlich, unternahm ausgedehnte Wanderungen in die Umgegend und brachte dabei meist einen Korb voller Steine mit. Tatsache ist, dass er seit diesem Zeitpunkt Unsummen an Geld ausgab. Nicht nur die Kirche restaurierte er von Grund auf und gestaltete sie nach seinen eigenen Vorstellungen völlig um, sondern das gesamte Dorf änderte sein Gesicht: er baute eine Straße ins Dorf, ließ Wasserleitungen verlegen, es entstand ein Park mit Wasserspielen, ein Tiergehege und eine Orangerie, er baute eine eigene Villa mit Garten und einem Turm darin, war freizügig und lud hochrangige Gäste zu Banketten in sein Anwesen ein. Insgesamt gab er bis zu seinem Tod viele Millionen Francs aus – allein die Renovierung der Kirche verschlang im Ganzen etwa 3,5 Millionen Francs!

Woher kam das ganze Geld? Was hatte er entdeckt, das ihn so reich machte? Einen Schatz, der unter der Kirche vergraben war? Oder zahlte ihm jemand so viel an Schweigegeld für etwas, das er dort entdeckt hatte?

Auf jeden Fall bekam nie jemand etwas aus ihm heraus, auch wenn er bald in engem Kontakt mit dem Bischof von Carcassonne oder anderen kirchlichen Würdenträgern stand. Nur seine Haushälterin wusste offensichtlich ebenfalls von dem Geheimnis, hütete es jedoch genauso sorgsam wie der Abbé.

Die Umstände seines Todes sind ebenso mysteriös wie sein Leben:

Am 17. Januar 1917 erlitt Saunière einen Herzinfarkt, dem er fünf Tage später erlag. Bis dahin erfreute er sich noch bester Gesundheit. Dennoch bestellte seine Haushälterin wenige Tage vorher bereits einen Sarg für ihren Herrn. Eine Auftragsbestätigung vom 13. Januar kann dies heute noch belegen.

Zur letzten Ölung wurde kurz vor seinem Tod der Pfarrer einer kleinen Nachbargemeinde geholt. Was genau in seinem

Sterbezimmer passiert ist, weiß niemand. Doch der Pfarrer verweigerte ihm die Sterbesakramente und verließ schnellstens das Haus. Saunière starb ohne die letzte Ölung und der geflüchtete Pfarrer verbrachte sein Lebensende in einer Nervenheilanstalt.

¥

Daniel schaute zu Mara hinüber, die wie ein Spiegel seine Bewegung bis hin zum Gesichtsausdruck imitierte.

„Das ist ja eine spannende Geschichte", platzte es aus ihr heraus.

„Ja, aber äußerst merkwürdig das alles. Also hat Saunière offensichtlich irgendetwas in der Gegend hier entdeckt, das ihm unglaubliche finanzielle Mittel verschaffte."

„… und das zudem äußerst geheimnisvoll und sicher nicht für jedermann bestimmt war."

Daniel blätterte wieder in der Broschüre.

„Hier, hör mal – das ist interessant: Saunière hat eine Kopie der ‚Hirten von Arkadien' erstanden und bei sich aufbewahrt. Es muss irgendetwas mit dem Grabmal zu tun haben. Aber was? War das Grabmal eine Art Zugang zu einem Raum darunter? Warum ist der Platz, an dem der Schrein einst stand, heute zubetoniert?"

„Der alte Mann hat doch von der Grabplatte gesprochen. Dass sie sich nun hier in Rennes-le-Château befinden würde. Findest du dazu etwas?"

Daniel blätterte das Heft aufmerksam durch und wurde schließlich fündig.

„Ja, hier. Sie liegt auf dem Friedhof. Der befindet sich direkt neben der Kirche. Sollen wir mal hingehen?"

„Unbedingt!"

Sie verließen den Kirchenraum und gingen außen um die Kirche herum auf einen kleinen Friedhof. Alles wirkte hier wie versteinert – Kreuze aus Stein, Grabplatten, sarkophagähnliche Gräber – das alles nur mit minimaler Begrünung. Wie eine Erinnerung für die Ewigkeit, während darunter die Toten sicher schon längst wieder zu Erde geworden waren.

Bei der überschaubaren Zahl an Toten hatten sie das Grab der Gräfin von Hautpoul de Blanchefort schnell gefunden. Die gesuchte Grabplatte befand sich jedoch nicht an der vermuteten Stelle.

Daniel zog seinen kleinen Reiseführer zu Rate. Dann drehte er sich um und wies auf ein kleines, steinernes Häuschen.

„Sie ist dort. Es ist das Beinhaus, dort muss sie über dem Eingangsportal liegen."

In wenigen Schritten hatten sie den kleinen Eingang erreicht und schauten nach oben. Dort lag die Steinplatte wie eine Abdeckung auf dem winzigen Gebäude. Eine Inschrift ließ sich nicht erkennen. Im Gegenteil: es sah aus, als ob die Platte an mehreren Stellen bearbeitet und die Inschrift entfernt worden sei.

„Tatsächlich! Saunière hat die Grabplatte entfernt und die Inschriften auf der Platte unkenntlich gemacht. Aber es gab zwei Kopien beziehungsweise Abschriften der Platte einige Jahre zuvor", berichtete Daniel mit Blick in seinen Führer. „Hier ist ein Abbild der rekonstruierten Platte zu sehen."

Er hielt das Heft so, dass Mara das Foto gut erkennen konnte.

‚ET IN ARCADIA EGO'

war dort in vertikaler Richtung und griechischen Buchstaben geschrieben.

Dazwischen standen die lateinischen Worte

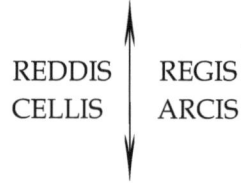

„Ein sehr merkwürdiger Grabstein", stellte Mara fest.

„… und dann dieser Doppelpfeil zwischen den Worten – warum ist er von oben nach unten gerichtet? Und sind die Worte nicht völlig falsch dekliniert? Was soll das heißen?"

„Vielleicht so was in der Art wie ‚Die Anhöhe enthält den Vorratsraum des Königs'?"

„Ja, das könnte sein. Aber korrektes Latein ist das nicht. Oder ‚Die Anhöhe enthält den Tempelraum des Herrn', wenn man es religiös deutet …"

„Und schon wieder dieses ET IN ARCADIA EGO. Vielleicht hatte Poussin wirklich genau diese Original-Grabplatte als Vorlage. Wenn sie sich dort unten im Grabmal befand und dieses um 1650 schon existierte?"

„Und die Tafel der ‚Gerechten Richter' wäre dann ein Vorläufer dieser Hinweise? Van Eyck hat unter das Gemälde die Worte ‚ARCANA DEI' geschrieben – die Geheimnisse Gottes –, aber für niemand zugänglich. Wie eine geheime Botschaft."

Daniel schüttelte den Kopf und schaute noch mal nach oben. Genau dorthin, wo sich einmal die Inschrift befunden hatte.

„Ich bin fast sicher, es handelt sich um ein Anagramm. Wir müssen nachher unbedingt noch mal alle Möglichkeiten der Buchstabenvertauschung durchgehen."

Bevor sie den Friedhof verließen, erwiesen sie dem Abbé Saunière noch die Ehre. Sein Grab befand sich am Ende des kleinen Weges an der Stirnseite des rechteckigen Friedhofs. Daneben das seiner Haushälterin Marie Dénarnaud. Scheinbar hatte sie ihren Abbé um viele Jahre überlebt. Laut Inschrift war sie erst 1953 im Alter von 85 Jahren gestorben. Ein Marienkäfer landete auf dem Grabstein des Abbé und wirkte in diesem leblosen Umfeld wie ein versehentlich hereingeratener Fremdkörper.

„So ein Friedhof ist schon etwas Komisches – sogar so ein winziger wie dieser hier." Daniel sprach die Worte wie zu sich selbst.

„Ja, es ist wie eine andere Welt. Oder eher wie das Ende von vielen individuellen Welten, die hier zur Ruhe kommen."

„Oder sogar in eine andere Welt übergehen. Oder wieder in diese Welt zurückkommen. Wer weiß das schon."

Mara wendete den Blick von den Gräbern zu Daniel herüber. „Glaubst du daran?"

Daniels Blick verfolgte den Käfer, wie er über das Relief von Saunières versteinertem Gesicht krabbelte, gleich einer Berg-und-Tal-Wanderung.

„Ich bin ein an allen metaphysischen Fragen interessierter Agnostiker."

Mara runzelte die Stirn und blickte ihn weiterhin interessiert an.

„Ist das nicht ein Widerspruch in sich?"

Der Marienkäfer spreizte die Flügel und verließ die erstarrte Welt des kleinen Friedhofs.

„Offensichtlich nicht ...", sagte Daniel nach langem Nachdenken und erwiderte Maras Blick.

Sie gingen zurück in die Kirche und blieben erneut wie gebannt direkt hinter dem Eingangsportal stehen. Dieser Teufel, der das Weihwasserbecken trug, übte eine ungeheuerliche Faszination aus. Und dann dieser Spruch über dem Eingang!

Dieser Ort ist schrecklich – ging es Daniel immer wieder durch den Kopf.

Mara hatte nach dem Reiseführer gegriffen und war nach einigem Blättern ganz in ihn vertieft.

„Asmodi", platzte sie heraus. „Im Lateinischen ‚Asmodeus', es ist ein Dämon. Er gilt als der Hüter der Schätze und Geheimnisse. – Na, das passt doch!"

„Asmodeus! Genau wie die Organisation." Daniel konnte die Teile noch nicht ganz zusammensetzen.

„Und laut der jüdischen Legende war er der Erbauer des Tempels von Jerusalem."

„Erstaunlich", brachte Daniel heraus. „Und er starrt nach unten, als ob er etwas auf dem Boden suchen würde."

„Oder unter dem Boden – in dem Berg. Vielleicht ist das ein Hinweis, dass Saunière etwas unter der Kirche gefunden hat.

Möglicherweise ist er bei der Restaurierung auf eine geheime Krypta gestoßen oder so was in der Art."

Daniel bemerkte eine Figurengruppe genau gegenüber von dem Dämon. Es handelte sich offensichtlich um die Taufe Jesu durch Johannes.

„Schau mal, Mara, diese Gruppe hier. Jesus nimmt die gleiche Haltung wie Asmodeus ein – nur spiegelverkehrt."

„… und die Farben sind auch identisch – aber auch gespiegelt."

Maras Blick wanderte wie bei einem Tennisspiel zwischen den beiden Skulpturen hin und her.

Über dem von Asmodeus getragenen Weihwasserbecken thronte eine Gruppe von vier Engeln, die zusammen ein Kreuzzeichen bildeten – oder möglicherweise die vier Himmelsrichtungen symbolisieren sollten.

Der untere der Engel wies mit seinem Zeigefinger auf ein rostrotes Emblem, in dem die Buchstaben B und S zu erkennen waren.

„B.S.? Die Initialen von Bérenger Saunière? … merkwürdig!", bemerkte Daniel halblaut und las dann die Inschrift in dem darüber liegenden Sockel vor:

„PAR CE SIGNE TU LE VAINCRAS. Das ist ein historischer Ausspruch – aber ich kenne ihn nur ohne das ‚LE'. Wurden die beiden Buchstaben hinzugefügt? Das macht doch keinen Sinn."

„Durch dieses Zeichen wirst du ihn erkennen", übersetzte Mara. „Es sind zweiundzwanzig Buchstaben. Ob das etwas bedeutet?"

Es entstand eine lange Pause, dann begann Daniel leise zu zählen.

„Sie stehen an der dreizehnten und vierzehnten Stelle im Satz. Ob das irgendetwas zu bedeuten hat? Sagt dir das etwas?"

Mara schüttelte den Kopf. „Dreizehn – Vierzehn … eine Bibelstelle? Kapitel dreizehn Vers vierzehn? Oder eine Jahreszahl?"

„1314? ... 1314, na klar! Der letzte Großmeister der Templer wurde 1314 in Paris hingerichtet. Das könnte ein Hinweis sein. Zumal die Templer hier wohl eine Rolle zu spielen scheinen. Auch wenn wir noch nicht wissen, welche."

„Das Ganze wird immer verwirrender statt klarer. Ich schau mir mal den Rest der Kirche an."

Mara machte einige Schritte auf den Kreuzweg zu und legte ihren Kopf in den Nacken, um die erste Station zu betrachten. Daniel folgte ihr zögerlich, in Gedanken noch bei den vier Engeln.

„Warum hat Pilatus rote Haare?", fragte Mara unvermittelt. „Er trägt so einen langen Schleier, wirkt eher wie eine Frau! Und sieh mal neben ihm, dieses Fabelwesen zu seinen Füßen: ein Greif, oder was soll das sein? Sieht aus wie ein goldener Löwe mit Adlerflügeln."

Gemeinsam schlenderten sie den Kreuzweg entlang und ließen die Stationen auf sich wirken. An der siebten zeigte Daniel auf eine offene Tür im Bild. Im Hintergrund war ein eckiger Turm zu erkennen.

„Der sieht genauso aus wie der Turm draußen am Parkplatz", bemerkte er verwundert.

„Stimmt", erwiderte Mara und ging langsam weiter. An der zehnten Station blieb sie lange stehen. Die Soldaten würfelten um Jesu Gewand.

„Was ist?", fragte Daniel neugierig. „Hast du etwas entdeckt?"

„Die Würfel – schau sie mal genau an!"

Daniel verstand nicht.

„Schau doch – die Zahlen. Fällt dir nichts auf?"

„Keine Ahnung ... nein ..."

„Na, die Zahlen auf dem Würfel ... das ist doch gar nicht möglich. Der eine zeigt eine fünf und der andere eine drei und eine vier gleichzeitig!"

„Aber das ist doch perspektivisch kein Problem", wunderte sich Daniel.

„Nicht wegen der Perspektive. Die Zahlen drei und vier sind auf einem Würfel auf gegenüberliegenden Seiten. Es ist gar nicht möglich, sie gleichzeitig zu sehen – selbst wenn der Würfel schräg von der Seite betrachtet würde."

„Ach so. Das meinst du. Stimmt, da hast du recht."

Sie waren an der letzten Station angekommen, der Grablegung Christi.

„Es ist Nacht." Daniels Worte hallten in der kleinen Kirche, er hatte sie ungewollt viel zu laut gesprochen. „Eine Grablegung bei Vollmond? Das ist viele Stunden später als in der Bibel angegeben."

Mara betrachtete das Relief lange mit leicht seitlich geneigtem Kopf.

„Es macht einen komischen Eindruck auf mich. Sie tragen Jesus da mitten in der Nacht so einfach herum. Es sieht gar nicht richtig danach aus, als ob sie ihn ins Grab hineinbringen würden ... sondern hinaus?"

„Das ist schon alles wirklich seltsam! Was hat der Pfarrer hier gemacht? Und wozu das Ganze? Diese dauernden Hinweise und Kuriositäten. Wenn er etwas Geheimes entdeckt hat, warum will er überhaupt den Menschen Hinweise auf das geben, was er entdeckt hat?" Daniel schaute sich abermals in der gesamten Kirche um. „Und die ganzen Figuren – hast du bemerkt, wie sie alle auf den Boden schauen? Als ob dort unten etwas zu finden wäre."

„Vermutlich hat er dort ja etwas gefunden. Aber wenn er solche Schätze entdeckt hat und so reich wurde, warum behält er das Wissen nicht für sich? Warum macht er sich die Mühe, die gesamte Kirche auf so eine merkwürdige Art umzugestalten und überall versteckte Hinweise zu hinterlassen?"

Beide standen ratlos in dem bunten Meer von Figuren, Farben, Gemälden und Inschriften.

„Vielleicht hat er sich nur einen Spaß daraus gemacht, eine Art Eulenspiegelei", entgegnete Daniel abwägend.

„Aber er hat ja offensichtlich etwas gefunden. Zumindest etwas, das ihm sehr viel Geld verschaffte."

„Vielleicht wollte er ja deshalb bewusst falsche Spuren legen; möglicherweise, um die richtigen Spuren zu verwischen – wie eine Art Ablenkungsmanöver."

Mara antwortete nicht mehr. Das Durcheinander an kryptographischen Hinweisen und Andeutungen erzeugte einen inneren Schwindel bei ihr.

Ihr letzter Blick, bevor sie an die frische Luft zurückkehrten, fiel auf den Altar. Auf seiner Vorderseite befand sich ein Fresko von Maria Magdalena, die kniend vor einer kleinen Höhle betete. Nur warum waren ihre Finger so unnatürlich gekreuzt?

¥

Wieder an der frischen Luft stellte sich Mara frontal in den Wind, um so ihren Kopf wieder frei zu bekommen. Daniel legte von hinten die Arme um sie, sodass sie ihren Kopf nach hinten an den seinen lehnen konnte. Nach ein paar stillen gemeinsamen Momenten vor der sonderbaren Kirche begannen sie mit einem Rundgang durch das Dorf. Vorbei am zerfallenen Château der Gräfin Hautpoul von Blanchefort, zwischen dicht aneinandergebauten Häuschen mit niedlichem Charme, hatten sie sehr schnell den Ortseingang erreicht. Es war die Straße, auf der sie ins Dorf eingefahren waren.

„Das war es also schon", konstatierte Daniel in ernüchtertem Ton. „Nur die paar Häuser, eine winzige Kirche, ein Friedhof und ein verfallenes kleines Château. Den größten Raum nehmen der Park und der Garten Saunières ein, nicht zu vergessen seine Villa."

Sie erreichten ein Haus, in dem ein schmales Fenster mit Büchern zum Ort vollgestopft war. Auf den meisten prangte das Bild Saunières oder seiner Kirche. Offensichtlich handelte es sich um einen Buchladen, wie auch das in altmodischer Schrift über der Tür angebrachte Schild „Librairie du Château" verriet. Sie gingen hinein und stöberten in der Masse der Schriften, die sich alle in mehr oder weniger spekulativer Weise mit dem Geheimnis des Ortes und dem Abbé Saunière auseinandersetzten. Es gab die unglaublichsten Theorien, die hier für jeden Suchenden Antworten anboten und offen zum Kauf bereit lagen. Mit einer Tasche voller Bücher verließen sie den engen Laden und begaben sich zur Villa des Abbé.

Sie besichtigten seine Wohnräume und den weitläufigen Garten, der an zwei Seiten von einer den Berg begrenzenden Festungsmauer umgeben war. Diese schien genau die Mauer zu sein, die sie bereits vom Hotel unten im Tal in der Ferne erkannt hatten.

Daniel stellte sich vor, wie der Abbé hier aufwändige Empfänge gegeben, sich exotische Tiere gehalten und über neue Bauprojekte nachgedacht hatte. Eben hatte er noch gelesen, dass er das ganze Dorf mit einem riesigen Dach auf hohen Säulen hatte überziehen wollen. Wie bei einem überdimensionalen Tempel. Das alles erschien ihm wie die Ideen eines abgedrehten Mannes, der völlig den Bezug zur Realität verloren hatte. Vermutlich war diese ganze Geheimnistuerei doch nur einem kranken Gehirn entsprungen oder einfach der Spleen eines Mannes, der seine Nachwelt an der Nase herumführen wollte.

Sie schritten auf der befestigten Mauer entlang, genossen den Blick ins Tal und über die umliegenden Berge des Razès, bis sie den Turm erreichten.

„Der Magdala-Turm", las Daniel mit Blick in seinen Reiseführer vor. „Saunière nutzte ihn als Bibliothek."

„Nett", meinte Mara, als sie den Innenraum des Turms betrat und die Regale an den Wänden ringsherum betrachtete. Eine Treppe führte sie nach oben, wo ihnen auf einer von Zinnen begrenzten Aussichtsplattform schlagartig ein heftiger Wind durch die Kleidung blies. Doch entschädigte der Blick auf das

Dorf und die umgebenden Berge für alles. Man konnte weit über die Häuser hinwegsehen und hatte in alle Himmelsrichtungen einen Blick auf die Berge.

„Dann müsste das dort hinten der Gebirgszug sein, den van Eyck auf dem Altar dargestellt hat." Maras ausgestreckter Arm ähnelte der Geste eines römischen Imperators.

Daniel nickte. „Der ‚Pech Cardou', wenn ich mich nicht täusche. Der Berg, den van Eyck und Poussin in ihren Werken verewigt haben."

Er holte die Karte aus seiner Innentasche und kämpfte eine Weile gegen den Wind, der das Auffalten verhindern wollte. Schließlich hockte er sich hinter die halbhohe Mauer und spähte durch die Lücken zwischen den Zinnen auf die entfernten Berge. Er drehte die Karte auf dem Boden herum.

„Ja, das ist er. Und etwas links davon der ‚Blanchefort'. Und etwas weiter rechts daneben der ‚Le Bézu'."

„‚Blanchefort'? War das nicht der Name der Gräfin, auf deren Grab die Platte mit der Inschrift lag?"

„Die Grabplatte mit der zerstörten Inschrift? Ja, so hieß die Gräfin: ‚Hautpoul de Blanchefort'." Er blickte hinunter in die Karte. „Oben auf dem Blanchefort scheint ein Château zu sein. Oder zumindest die Ruinen davon. Es trägt ebenfalls den Namen ‚Château Blanchefort'."

Mara hielt die Arme fest um ihren Körper verschränkt, um den Wind nicht so zu spüren. Sie betrachtete aufmerksam die Erhebungen.

„Was ist bloß mit dem Berg? Worauf wollten van Eyck und Poussin hinweisen? Und es liegt alles so dicht zusammen: das Dorf, der Pech Cardou, das Château Blanchefort, das zerstörte Grabmal unten im Tal … da sind doch höchstens fünf Kilometer dazwischen."

Daniel stand langsam auf und faltete die Karte mit Unterstützung des Windes zusammen.

„Mir kommt es ein wenig vor, als sei dieser Turm gar nicht als Bibliothek gebaut worden, sondern als Aussichtsturm. Hier oben stehen wir an dem einzigen Punkt, von dem aus man alle wichtigen Orte der Gegend im Blick hat."

„Du meinst, die Bibliothek war nur ein Ablenkungsmanöver?"

„Ja. Saunière scheint ein Meister der Täuschung gewesen zu sein."

Wenig später waren sie zurück in den historischen Mauern des Hotelzimmers und umgeben von den Büchern, die sie im Dorf gekauft hatten. Mara hatte großzügig das Bett eingenommen und saß inmitten der aufgeschlagenen Werke im Schneidersitz, während Daniel sich in eine kleine Sitzecke des geräumigen Château-Zimmers zurückgezogen hatte.

„Es ist schon eine seltsame Geschichte mit dem Pfarrer und diesen ganzen Geheimnissen, findest du nicht?", fragte Mara in den Raum hinein, ohne Daniel dabei anzusehen. Sie lehnte sich langsam an den aus Kissen erbauten Turm hinter ihr.

„Ja. Das ist alles ausgesprochen undurchsichtig. Und es wird auch keinen Deut klarer. Im Gegenteil: je mehr wir erfahren, desto mehr Fragen tauchen auf."

Mara drehte ihren angelehnten Kopf in Daniels Richtung.

„Ist das nicht im Grunde immer so, wenn man sein Wissen erweitert? Hat auch Descartes schon gesagt."

„Jetzt werd nicht philosophisch", zog Daniel sie auf, dann wurde er wieder ernster. „Aber ich glaube schon, dass wir auf der richtigen Spur sind. Es hängt alles zusammen. Bloß wie? Der Berg auf der Tafel des Genter Altars ist identisch mit dem auf Poussins ‚Hirten in Arkadien' und beiden wird eine verschlüsselte Botschaft nachgesagt. Die Tafel verschwindet und Poussins Gemälde wird ebenfalls zeitweise unter Verschluss gehalten. Das abgebildete Grabmal finden wir hier am Fuße des dargestellten Berges. Es wird zerstört, sogar die Grabplatte mit der Inschrift unkenntlich gemacht. Und drei Kilometer davon entfernt passieren merkwürdige Dinge. Ein Pfarrer wird reich und gestaltet eine Kirche und ein ganzes Dorf um – und das auf eine äußerst befremdliche Art und Weise. Dabei bin ich sicher, das ist gerade mal die Spitze des Eisbergs."

„Ich glaube, wir sollten uns noch mal ein wenig mit der Geschichte von Rennes-le-Château und der Gegend hier beschäftigen. Ich habe das Gefühl, wir kommen auf die Art den Antworten doch näher."

„Da könntest du recht haben. Ich habe hier auch schon ein paar Informationen zur Geschichte des Dorfes gefunden." Daniel griff nach einem neben ihm liegenden Buch und begann darin zu blättern.

„Also, der Ort hier war eigentlich immer viel bedeutender, als es heute erscheint. Damals war es nicht das abgelegene, verlassene Nest, das wir kennengelernt haben. Bei den Galliern war der Berg ein stark befestigter Handelsplatz, da er strategisch günstig an einer Handelsroute gelegen haben muss. Als die Römer dann im zweiten Jahrhundert vor Christus die Gallier unterworfen hatten, machten auch sie sich die Vorteile des Razès zu Nutze. Sie errichteten Thermen in Rennes-les-Bains, um die dortigen Thermalquellen herum. Heute kann man die Ausgrabungen übrigens noch direkt am Ortseingang besichtigen. Und das ist nicht alles. Sie betrieben eine rege Bergbautätigkeit: Die gesamte Gegend war durchzogen von Minen und Stollen, um Gold, Silber, Blei, Kupfer und Zinn abzubauen. So wuchs Rhedae, wie Rennes-le-Château damals hieß, zu einer recht bedeutenden Stadt heran. In der Folgezeit hatte es teilweise sogar mehr Einwohner als ihre Zwillingsstadt Carcassonne weiter nördlich. Und bot zudem durch ihre Befestigung weit besseren Schutz. Carcassonne wurde dann im Mittelalter allerdings zunehmend stärker befestigt – insbesondere nach der Einnahme im Kreuzzug gegen die Katharer. Es wurde von den Westgoten erobert, als die Macht des römischen Reiches verblasste und das Imperium zerfiel. Zudem gab es Eroberungen durch die Merowinger: Dabobert II. eroberte es von den Westgoten und machte es zu einer bedeutenden Hauptstadt, bevor man seine Regierungszeit beendete, indem man seinen Schädel hinterrücks mit einer Axt spaltete.

Langsam verlor Rhedae wieder den gewonnenen Einfluss und schrumpfte allmählich auf seine heutige Größe zusammen."

„Und dann kommt ein Pfarrer und entdeckt irgendetwas, das schon Jahrhunderte in den Tiefen des Ortes schlummert."

Mara hatte sehr aufmerksam zugehört und den Blick nicht von Daniel gelassen.

„Ja. Möglichkeiten, woher dieser Schatz, oder was es auch ist, kommen könnte, gäbe es da ja sogar mehrere. Angefangen bei den Galliern, oder bei den Römern – schließlich scheinen sie ja hier auch Gold und Silber abgebaut zu haben. Und es ist ein schön abgelegens Versteck."

„Und sie haben die Voraussetzungen für weitere Verstecke geschaffen: ein verzweigtes System von unterirdischen Gängen und Stollen."

„Vielleicht findet man auch einfach ein unglaubliches Goldvorkommen unter der Erde. Oder andere wertvolle Rohstoffe."

„Möglicherweise auch einen ganz unglaublichen Schatz! Bedenke mal, dass die Römer unter Titus im Jahre 70 Jerusalem eingenommen und den Tempelschatz des Salomon erobert haben, bevor sie den Tempel zerstört haben. Laut Legende muss dies ein unbegreiflicher Schatz gewesen sein. Die Menora, die Bundeslade, möglicherweise sogar der heilige Gral! Und bis heute ist dieser Tempelschatz niemals aufgetaucht oder gefunden worden."

„Aber warum hätten sie den Schatz ausgerechnet hierhin bringen sollen? In eine solch abgelegene Gegend im feindlichen Gebiet?"

„Das weiß ich auch nicht. Es ist nur eine Möglichkeit, die wir erwägen sollten. Es gibt ja auch noch andere Alternativen. Vielleicht ist auch das Gold der Westgoten hier versteckt – oder die Kriegsbeute der Merowinger."

„Du hast eben von den Katharern gesprochen. Sagt man ihnen nicht auch einen legendären Schatz zu, der bis heute nicht entdeckt wurde?"

„Ja, das wäre eine weitere Möglichkeit, zumal sich hier im Süden Frankreichs das Herz dieser weit verbreiteten Bewegung befand. Einer christlichen Glaubensrichtung, die von den eigenen Glaubensbrüdern im 13. Jahrhundert mit unglaublicher Brutalität umgebracht, gefoltert und auf die Scheiterhaufen getrieben wurde."

„… und nicht zu vergessen die Templer! Auch sie waren hier in der Gegend ja offensichtlich ansässig, und ihren legendären Schatz hat man bis heute ebenfalls nicht gefunden."

Daniel zog die Augenbrauen hoch.

„Tja, Möglichkeiten gibt es genug. Ich bin sehr gespannt, was wir dort unten finden."

„Sofern wir überhaupt näher rankommen", gab Mara zu bedenken.

„Was hältst du von einer kleinen Wanderung morgen? Einfach mal, um die Gegend ein wenig besser kennenzulernen. Vielleicht kann uns das Hotel einen guten Führer vermitteln."

„Find ich gut", antwortete Mara überzeugt.

Daniel ging nach unten und erkundigte sich an der Rezeption nach einem guten und zudem historisch kompetenten Führer für die Gegend, der sie morgen begleiten könnte. Nach einigen Telefonaten hatten sie jemand für den nächsten Tag bekommen. Daniel ging zurück zu Mara ins Zimmer und berichtete von dem Erfolg.

„Morgen um sieben geht's los", verkündete er stolz.

„Ui …", brachte Mara nur heraus, dann vertiefte sie sich wieder in den Laptop und in die Bücher rundherum und machte sich zwischenzeitlich Notizen.

Daniel beobachtete sie eine ganze Weile, während er das Buch aufgeschlagen vor sich hielt. Jedes Mal, wenn er sie ansah, spürte er ein warmes und wohliges Kribbeln.

Da fuhr Mara hoch.

„Ich hab's", rief sie laut aus und schaute ihn strahlend an.

Daniel wartete, doch sie sagte nichts mehr. Schaute ihn nur lächelnd an.

„Weißt du, wo der Schatz ist?", fragte Daniel ungläubig.

„Nein, das nicht. Nein, nein! Aber ich habe zwei interessante Dinge herausgefunden. Es geht um die Inschriften – die auf dem Grabmal und die über der Tür der Kirche. Fangen wir mal mit der über der Kirchentür an:

TERRIBILIS EST LOCUS ISTE ist nur ein Teilzitat. Der Satz steht im Alten Testament, genauer gesagt im Buch Genesis. Kapitel 28, Vers 17:

DIESER ORT IST FURCHTBAR

Aber dort geht der Satz noch weiter:

ES IST DAS HAUS GOTTES; DAS TOR ZUM HIMMEL.

Und der andere Satz, der dort eingemeißelt war – kannst du dich daran erinnern?"

„MEIN HAUS WIRD HAUS DER GEBETE GENANNT WERDEN oder so ähnlich?"

„Exakt! Ich wusste gar nicht, dass du den Satz bemerkt hast", sagte sie spitzbübisch. „Auf jeden Fall steht er im Evangelium des Matthäus, Kapitel 21, Vers 13. Und auch er geht noch weiter:

… IHR ABER MACHT EINEN ORT FÜR GAUNER DARAUS!"

„Interessant", staunte Daniel. Mara machte eine erwartungsvolle Pause, bis Daniel zum Weiterreden drängte.

„Jetzt spann mich nicht so auf die Folter – was ist mit der Grabinschrift?"

„Du erinnerst dich an die Inschrift unter den Farbschichten auf van Eycks Altarbild?"

„Ja klar! ARCANA DEI – das meinst du doch?"

Mara nickte kurz und sprach konzentriert weiter.

„Wenn man diese Worte als feststehende Grundlage für das Anagramm von ET IN ARCADIA EGO nimmt, so ergibt sich nach der Vertauschung der Buchstaben:

I TEGO ARCANA DEI."

Daniel runzelte die Stirn und übersetzte: „Geh hinweg! Ich verberge die Geheimnisse Gottes! Wow! Das klingt überzeugend."

„Aber es gibt auch noch eine andere Möglichkeit. Das Anagramm könnte auch lauten:
TEGO IAN ARCA DEI."
„Ich verberge den Zugang zur Lade Gottes", übersetzte Daniel langsam, dann überschlug sich seine Stimme fast vor Erregung.
„Das würde bedeuten, dass die Bundeslade hier versteckt ist! Dass irgendwie Teile des salomonischen Tempelschatzes hier in die Gegend gekommen sind. – Oder sogar der gesamte Schatz! Und dann hier versteckt wurden. Unglaublich!"
„Ja. Zumindest wäre es möglich, wenn das Anagramm stimmt. Vielleicht ist es auch das Andere oder eines, auf das wir noch nicht gekommen sind."
„Wahnsinn, Mara! Tolle Arbeit. Wie hast du das nur gemacht?"
Mara zuckte kurz mit den Schultern und lächelte. Daniels Kopf arbeitete fieberhaft.
„Auf jeden Fall klingt das, als wäre das Grabmal der Zugang zu etwas – zu was auch immer."
„Oder möglicherweise der Berg im Hintergrund."
„… oder der Berg", echote Daniel gedankenversunken Maras Worte.
Plötzlich schoss ihm unwillkürlich die chiffrierte Botschaft aus dem Pergament durch den Kopf, die der Pfarrer mit Hilfe von Experten entschlüsselt hatte:
Dieser Schatz gehört König Dagobert II. und er ist der Tod!
Wie ein Nachhall pendelte dieser Nachsatz immer wieder durch sein Bewusstsein:
… und er ist der Tod!

# V

Nieselregen drang mühelos durch die spärliche Belaubung der Bäume und umgab sie wie ein ständig präsenter feiner Nebel.

Daniel zog die Kapuze enger um sein Gesicht und stapfte den steilen Weg dicht hinter dem Reiseführer nach oben. Unter seiner Regenjacke war es mittlerweile genauso feucht wie außerhalb, wenn nicht sogar feuchter. Der Schweiß hatte sein T-Shirt auf dem Rücken schon durchtränkt und bahnte sich seinen Weg weiter nach vorn.

Er schaute sich um, ob Mara das zügige Tempo ihres Guides halten konnte. Er sah in ihr vom Regen glänzendes Gesicht, das von ein paar nassen, schwarzen Locken umspielt wurde, welche unter der Kapuze nach draußen gelangt waren.

Ihr Blick war entspannt, aber konzentriert auf den Boden gerichtet, um dem stellenweise auftretenden Matsch besser ausweichen zu können.

Der Führer war stehengeblieben und Daniel wäre fast in ihn hineingelaufen, hätte er seinen Kopf nicht gerade in diesem Moment nach vorne gedreht.

Während Mara, die letzten Schritte verlangsamend, aufschloss, grinste sie der Wanderprofi freudig durch seinen wolligen Bart an. Die spröden Haare standen in alle Richtungen aus dem pinkfarbenen Stirnband hervor und seine runden Bäckchen leuchteten in der Farbe seiner roten Jacke, die in Kombination mit dem Stirnband eine Beleidigung für die Augen darstellte.

„Wir haben es fast geschafft!", sprach er mit unüberhörbar schweizerischem Akzent, der sein etwas hinterwäldlerisches Aussehen auf liebenswerte Weise unterstrich.

Daniel war froh, deutsch sprechen zu können, hatte er doch eher mit einem ansässigen Franzosen mit einschlägigem Dialekt gerechnet.

Dennoch schien der bereits seit sechzehn Jahren hier lebende Schweizer, der sich ihnen als ‚Urs' vorgestellt hatte, sich hervorragend in den Bergen des Razès auszukennen und geleitete sie kompetent durch das Gebirge.

„Der Weg wird nun etwas schwieriger und steiler. Aber es ist wirklich nicht mehr weit. In etwa zwanzig Minuten werden wir oben sein. Aber bitte achtet genau auf den Weg und bleibt dicht hinter mir, es hat einige gefährliche Stellen auf diesem Stück."

Auch Mara schien über die kurze Pause froh zu sein, wie Daniel ihr anzusehen glaubte – auch wenn diese nur von minimaler Dauer war, denn der Schweizer setzte sich schon wieder in Bewegung. Daniel ließ Mara den Vortritt und übernahm damit das Schlusslicht ihrer kleinen Wandergruppe. Er war wieder einmal vollkommen erstaunt, wie viel mehr Energie doch aufgebracht werden musste, um einen Körper – in diesem Fall seinen eigenen – nicht nur horizontal, sondern zusätzlich noch vertikal nach oben zu transportieren. Mittlerweile spürte er diese physikalische Schwerstarbeit in jeder Faser am eigenen Leib.

Er schaute nach vorn und sah auf Maras Jeans, die ihre Beine und den Po hauteng einkleideten. Es fiel ihm schwer, den Blick und seine Aufmerksamkeit wieder auf den Untergrund vor sich zu lenken. In dem Augenblick rutschte sein Fuß ab und er glitt mit voller Wucht gegen einen Stein. Das war die Strafe, dachte er bei sich und fand sich halb sitzend auf den nassen Felsen wieder. Mara und Urs waren sofort bei ihm.

„Alles in Ordnung?", fragte Mara besorgt.

„Ich hab's ja gesagt – der Weg hier ist sehr gefährlich, od'r?", hob der Schweizer belehrend an.

Daniel winkte ab.

„Es geht schon. Nichts passiert."

Er stand auf und belastete den Fuß vorsichtig.

„Wirklich?", fragte Mara ungläubig.

„Ja, kein Problem!"

Sie gingen weiter, wobei sich ein dumpfer Schmerz bei jedem Schritt in Daniels Fußgelenk ausbreitete. Aber zumindest konnte er laufen, wenn auch nicht so schnell.

Es dauerte ein wenig länger als die zwanzig Minuten, bis sie oben waren.

Auf dem Bergrücken angekommen, sah man bereits nach wenigen Schritten die zerfallenen Mauern des Châteaus etwas weiter oben.

Die Bäume und Pflanzen hatten es zurückerobert und sich zueigen gemacht. Sie überwucherten die Reste der Festung und brachen ihre Mauern mit sanfter, aber stetiger Gewalt von unten durch ihr Wurzelwerk auf.

„Voilà ...", sagte Urs mit energetischer Stimme. „Da wären wir. Das ist das Château Blanchefort – oder zumindest, was davon übrig ist."

Gemeinsam näherten sie sich den ehrwürdigen Ruinen und erklommen die letzte Steigung. Es war eine überschaubare Anlage, die sich auf einer relativ kleinen Bergkuppe befand.

„Der Berg wurde ebenfalls ‚Blanchefort' genannt, nach der auf ihm thronenden Festung. Sie war bereits seit 1132 im Besitz der Familie Blanchefort. Jedenfalls bestätigen das die Dokumente."

„Steht das Château Hautpoul de Blanchefort in Rennes-le-Château auch in Verbindung mit dem Château hier?", fragte Mara und nahm erschöpft auf einer halb zerfallenen Mauer Platz.

„Ja. Sowohl geographisch, als auch verwandtschaftlich. Die Familie Hautpoul geht zurück auf das adelige Geschlecht der Blancheforts, einer im Mittelalter hier ansässigen Adelsfamilie. Bertrand de Blanchefort war der sechste Großmeister des Templerordens – er wurde im Jahre 1156 gewählt."

„Und wieso geographisch? Welche Verbindung gibt es da?", hakte Mara nach.

„Man sieht das Château von Rennes-le-Château von hier aus", antwortete Urs und wies in den Nebel hinein, der nun den nachlassenden Nieselregen ersetzte.

Tatsächlich konnte man durch den diesigen Dunst gleich einer Fata Morgana die vagen Umrisse des Dorfes auf einem Berg in der Ferne erahnen.

„Aber es besteht nicht nur Sichtkontakt. Zumindest sagt man das. Es soll in früheren Zeiten einen direkten Weg zwischen den Burgen gegeben haben: eine unterirdische Verbindung in Form eines Tunnels oder Gangs. Das kann man heute leider nicht mehr rekonstruieren. Jedenfalls hat man keinen derartigen Gang gefunden, auch wenn es rund um die Festung Höhlen und überall Eingänge in den Berg gibt."

Daniel hatte sich ebenfalls auf eine der Mauern gesetzt, um seinen Fuß zu entlasten, und blickte nun erstaunt auf. Urs reagierte auf seinen interessierten Blick mit einer Erklärung.

„Die Eingänge hören alle irgendwann mitten im Fels auf oder sind vollkommen zugeschüttet. Oder auch eingestürzt. Wenn ihr wollt, zeige ich euch beim Abstieg einige dieser versteckten Höhlen."

Daniel und Mara schauten sich an.

„Das wäre toll!", sagte Daniel mit einem Nicken und öffnete den Reißverschluss seiner Regenjacke, um den Oberkörper ein wenig zu lüften. Mara war aufgestanden und hatte sich die Kapuze vom Kopf geschoben. Ihre Haare hingen strähnig herunter. Sie stand an einem kreisrunden Gemäuer, das tief in den Boden führte.

„Was ist das? Ein Brunnen?"

Urs kam einige Schritte auf sie zu. „Vermutlich ein Brunnen, vielleicht aber auch ein versteckter Zugang in den Berg. Möglicherweise war der Brunnen eine Tarnung für diesen Eingang, aber man kommt hier nicht weiter. Es gab schon Bohrungen deswegen, aber wohl alle erfolglos. Alles ist komplett verschüttet."

Mara stand noch eine Weile am Rand des Brunnens und schaute in die dunkle Tiefe der Röhre.

Der Regen hatte nun ganz aufgehört und die Feuchtigkeit sank langsam in die Täler. Daniel schaute in die andere Richtung. Urs bemerkte sein Interesse und zeigte auf die durchscheinenden Bergkuppen.

„Dort drüben liegt der ‚Pech Cardou' und dort der ‚Le Bézu' – auf ihm ist übrigens ebenfalls eine Festung, sogar weit größer als diese hier."

Er reichte Daniel ein kleines Fernglas, das er aus der Innentasche seiner roten Jacke zauberte. Daniel konnte wie hinter Milchglas eine ausgedehnte Burganlage auf dem gegenüberliegenden Berg erkennen.

„Das ist ja ein ganzes Verbundsystem von Festungen, wie eine Sichtkette oder ein dichter Überwachungsgürtel ...", murmelte er halblaut, während er seinen Blick nicht von den verschwommenen Ruinen abwenden konnte.

„Darf ich mal?", fragte Mara zaghaft und trat neben ihn.

Er gab ihr das Fernglas und schaute sie von unten an.

Urs setzte zu weiteren Erläuterungen an.

„Le Bézu war ebenfalls im Besitz der Templer, wie eigentlich das gesamte Gebiet hier. Sicher war das eine besonders abgelegene Gegend und daher nicht solch eine bedeutende Hochburg wie andere berühmte Templerburgen, aber vielleicht wollte man das ja auch gar nicht. Vielleicht nutzte man gerade die Abgelegenheit und Unzugänglichkeit der Region für eigene Ziele. Schließlich verfügten die Templer ohnehin über ein verzweigtes und gleichzeitig dichtes Netz in ganz Frankreich – ja sogar in ganz Europa."

Mara nahm das Fernglas herunter. „So gut kenne ich mich mit den mittelalterlichen Orden nicht aus. Waren die Templer wirklich eine so mächtige Organisation?"

Daniel schaltete sich ein.

„Die Templer waren eigentlich die mächtigste Organisation des Mittelalters. Sie verfügten über immense finanzielle, politische und militärische Mittel, zumal sie weitgehend unabhängig von der Kirche waren."

„Aber unterstanden die Orden nicht alle der Kirche und dem Papst?"

„Indirekt schon, aber die Templer hatten von Papst Innozenz II. das Privileg eines autarken Ordens erhalten. Sie durften ihre erwirtschafteten Gelder selbst verwalten und waren somit politisch und wirtschaftlich vollkommen unabhängig. So konnten sie schnell zur mächtigsten Organisation des Mittelalters wachsen."

„Aber sie wurden doch nur von einer Handvoll Männer gegründet?"

„Das ist richtig. Es waren nur neun Männer, die den Orden im Jahre 1118 gründeten. Und das blieb auch so für weitere neun Jahre. In diesen Jahren durften keine neuen Mitglieder in den Orden aufgenommen werden. Ihr erklärtes Ziel war es, die Pilgerwege nach Jerusalem zu sichern. Nach der Eroberung Jerusalems 1099 war die Situation für Pilger ausgesprochen gefährlich. Überfälle und Plünderungen waren an der Tagesordnung."

„Aber wie konnten neun Männer die Wege und Straßen sichern und den Pilgern Schutz gewähren?", fragte Mara entgeistert. Daniel zuckte mit den Schultern.

„Das ist eines ihrer unlösbaren Rätsel. Jedenfalls erwarben sich die Templer in dieser Zeit einen geradezu legendären Ruf. Sie galten nicht nur als Inbegriff christlicher Tugenden und Werte, die manchmal in der Kirche abhanden gekommen waren, sondern fungierten gleichzeitig als Ritter und blendend ausgebildete Kämpfer. Die ‚Streiter Christi', wie sie bei van Eyck genannt werden – die Tafel, die schützend vor den ‚Gerechten Richtern' steht. Die Templer waren der erste Orden, der adeliges Rittertum und Mönchtum verband und gleichzeitig christlich-asketisch wie kriegerisch-militant war. Er wurde zu einer Art militärischer Eliteeinheit des Mittelalters. 1127 kehrten die neun Tempelritter zurück nach Frankreich. Nach einem triumphalen Empfang wurde der Orden jedoch erst dann offiziell bestätigt. Der vollständige Name des Ordens lautete übrigens:

‚Arme Ritterschaft Christi und des salomonischen Tempels zu Jerusalem'.

Der Name ‚Templer' oder ‚Tempelritter' entstand, weil sie ihr Hauptquartier auf dem Tempelberg in Jerusalem – genauer gesagt über den Grundmauern des alten salomonischen Tempels – hatten. Von Beginn an haftete dem Orden etwas Mystisches an. Und so gibt es auch heute noch viele ungeklärte Fragen, denen selbst Historiker nicht näherkommen.

Laut Dokumenten der Zeit begannen sie mit ihrer eigentlichen Aufgabe – dem Schutz der Pilgerstraßen – merkwürdigerweise erst nach ihrer Rückkehr 1127 nach Frankreich. Doch was haben sie dann neun Jahre lang in Jerusalem gemacht? Und was war dann das eigentliche Ziel ihrer Gründung? Man kann mit großer Wahrscheinlichkeit davon ausgehen, dass sie umfangreiche Grabungen auf dem Tempelberg durchführten. Ob und was sie dabei fanden, ist heute aber vollkommen unklar. Den Heiligen Gral? Keiner weiß genau, was das eigentlich ist und ob es ihn überhaupt gibt. Der mittelalterliche Dichter Wolfram von Eschenbach jedenfalls bezeichnete die Templer als die Hüter des Grals. Oder vielleicht den Schatz des Salomon? Die Bundeslade? Und warum tauchte keiner dieser Schätze jemals in der Öffentlichkeit auf?"

Daniel schnaufte kurz und schabte mit dem Fuß über den steinigen Boden.

„Nun, wie auch immer ... in den folgenden Jahren wuchsen nicht nur der Orden, sondern auch seine Macht, Stärke und seine finanziellen Mittel ins Unermessliche. Ganze Landstriche in Frankreich, Spanien, Portugal, England, Schottland, Flandern, Deutschland, Italien und natürlich im Heiligen Land gehörten ihm. Durch zahlreiche Schenkungen und Verbindungen zu Königen wurden sein Einfluss und seine Macht ständig vergrößert. Wusstest du, dass die Templer eigentlich die Erfinder des Schecks waren? Man konnte in einer beliebigen der neuntausend über ganz Europa verstreuten Niederlassungen eine Einzahlung tätigen und sie gegen Vorlage des Belegs woanders wieder auszahlen lassen – so war man auf dem Weg sicher vor Überfällen."

„Dann waren sie im Geldverkehr auch nicht untätig ..."

„Nein, ein großer Teil ihrer Besitzungen wurde sicher auf eine ähnliche Weise erwirtschaftet. Aber nicht nur das. Die Templer waren auch kulturell offen und tolerant. Neue Ideen wurden gern gesehen und sie pflegten sogar Kontakt zu den Sarazenen – ihren eigentlichen Feinden im Heiligen Land – von denen sie zudem sehr geschätzt wurden. Viele Gedanken und religiöse Vorstellungen wurden in den Orden integriert; sie galten als Meister des Okkulten, der Alchemie, wurden sogar später der Zauberei und Hexerei bezichtigt und erlitten dadurch ein ähnliches Schicksal wie die ihnen sehr nahestehenden Katharer."

„Aber wie konnte ein solch mächtiger und einflussreicher Orden, eine derart geballte militärische Macht, einfach untergehen? Oder sind sie das nicht?"

Mara öffnete während der Frage wie automatisch ihre Regenjacke, denn die Sonne kam wieder ein wenig zum Vorschein.

„Auch das ist eines ihrer unerklärlichen Geheimnisse. – Ja, man kann schon von Untergang sprechen, auch wenn es hier wieder Theorien gibt, dass die Templer im Geheimen weiterexistierten. Aber auch die Umstände ihres Untergangs sind sehr merkwürdig und befremdlich:

Wie bei einer solchen Machtkonzentration fast vorprogrammiert, war der Orden ein Dorn im Auge des französischen Königs Philipp IV., auch ‚Philipp der Schöne' genannt. Er wollte ihre zahlreichen Ländereien und den legendären Schatz der Templer an sich bringen. So erhob er den Vorwurf der Ketzerei gegen sie, um dadurch geschickt den Papst auf seine Seite zu bringen. Daraufhin initiierte er mitten in der Nacht im Jahre 1307 eine groß angelegte Verhaftungswelle – übrigens an einem Freitag, den 13. ..."

„Auch noch an einem Unglückstag."

„Ja, aber das Unglücksdatum, das wir heute kennen, ist eher auf dieses Ereignis zurückzuführen, nicht umgekehrt. Daran kann man gut die mystische Bedeutung des Ordens im Mittelalter ablesen. – Aber was niemand erklären konnte, ist die Tatsache, dass die Templer sich einfach so ohne jeden Widerstand verhaften ließen. Zumal man sich heute sicher ist, dass sie von den geplanten Verhaftungen wussten. Und sie hätten sicher die Macht und militärischen Mittel gehabt, sich dem erfolgreich entgegenzustellen. Was aber unmittelbar zuvor geschah, ist wieder mal sehr geheimnisvoll: Zahlreichen Zeugnissen zufolge wurden siebenunddreißig Wagenladungen in einer Nacht-und-Nebel-Aktion Richtung La Rochelle zur dort liegenden Flotte gebracht. Aber auch da gibt es natürlich wieder die unterschiedlichsten Theorien. Wurde der immense Schatz der Templer mit den Schiffen wegtransportiert? Und wohin? Bis heute hat man diesen unglaublichen Schatz nicht gefunden. Man hat ihn schon in England oder Schottland, in Amerika, natürlich auch an den unterschiedlichsten Orten in Frankreich selbst vermutet. In der Templerburg Gisors wurden umfangreiche Schatzsuchen durchgeführt, aber es gab weitere mögliche Verstecke wie etwa die Templerburg Tomar in Portugal, unterirdische Höhlen auf Mallorca oder auf der Insel Zypern. Sogar in Südfrankreich wurden Teile des Schatzes vermutet."

Urs ergänzte fließend Daniel Ausführungen, ohne ihm dabei ins Wort zu fallen:

„Auch hier in der Gegend gibt es Zeugnisse von nächtlichen Wagenkolonnen, allerdings ist dies wohl früher passiert, nicht erst unmittelbar vor ihrer Verhaftung. Pierre de Voisins, der Herr von Rennes-le-Château und Bézu, bat die Templer offiziell um die Sicherung des Pilgerweges nach Santiago de Compostela. Möglicherweise war das aber auch nur ein Vorwand, um die Schätze hier in der Gegend unterzubringen und zu verstecken. Interessant ist auch, dass die Familie de Voisins mit dem Templergeschlecht der Blancheforts verwandt ist. Und die sind ja die Grundherren der gesamten Gegend hier gewesen."

Mara wurde ganz unruhig auf der Mauer. „Dann wäre es also gut denkbar, dass die Templer tatsächlich einen beträchtlichen Teil ihres Schatzes hier in der Gegend versteckt oder in Sicherheit gebracht haben."

Daniel pflichtete ihr bei.

„Das klingt in der Tat nicht abwegig. Jedenfalls scheint es so, als hätten die Templer ihren Orden und sich selbst höheren Zielen geopfert. Warum hätten sie sich sonst nahezu freiwillig in den Untergang treiben lassen sollen? Es muss irgendetwas gegeben haben, das ihnen wichtiger erschien als das Weiterbestehen des Ordens."

„Oder sie haben die Lage einfach falsch eingeschätzt", erwiderte Mara. „Möglicherweise wollten sie die Schätze erst mal in Sicherheit bringen und hofften dann auf eine militärische oder politische Lösung."

„Das wäre theoretisch natürlich auch denkbar", bemerkte Urs in die entstandene Pause, während er sich geräuschvoll seinen Bart rieb.

Daniel setzte zögerlich seinen Vortrag fort.

„Der letzte Großmeister der Templer, Jacques de Molay, wurde nach vielen Jahren Folter und Gefängnis schließlich hingerichtet. Wie schon so viele seiner Ordensbrüder vor ihm. Im Jahre 1314, also erst sieben Jahre nach der Verhaftung, hat man ihn öffentlich in Paris verbrannt. Kurz vor seinem qualvollen Tod auf dem Scheiterhaufen richtete er noch ein paar denkwürdige Worte an die drei Personen, die seinen Tod zu verantworten hatten, und verfluchte seine Verfolger vor allen Menschen.

Und tatsächlich erlitten alle drei, Papst Klemens V., König Philipp IV. und sein Kanzler Nogaret binnen des prophezeiten Jahres ein ähnliches Schicksal. Alle drei starben innerhalb weniger Monate auf unerklärliche Weise."

Daniel machte eine kleine Pause und betrachtete die Ruinen, in denen sie sich befanden. „So überdauerte die Aura, die sich um die Templer gebildet hatte, ihren Orden noch über deren

Zerschlagung hinaus und ihr Geheimnis wurde bis heute bewahrt." Einen Moment sagte keiner etwas, bis Mara die Ruhe auf dem Gipfel unterbrach.

„Woher weißt du das alles?"

„Ach, ich habe mal eine Sendung über die Templer gemacht. Da war eine intensive und lange Beschäftigung notwendig, bei der ich mich ausführlich mit ihrer Geschichte, ihren Mythen und ihren Geheimnissen auseinandergesetzt habe."

„Dann seid ihr vor allem wegen der Templer hier, od'r?", fragte Urs neugierig.

„Nun, … nein, nicht direkt. Wir sind eher … zufällig hier auf sie gestoßen." Daniel sprach zögerlich und stotternd, bis Mara ihm helfend ins Wort fiel.

„Eigentlich sind wir nur wegen eines kleinen Hauses hergekommen, das mein Vater hier in der Gegend besitzt. Davon wussten wir bisher gar nichts."

„Oh, wie schön", erwiderte Urs mit ehrlich klingender Begeisterung. „Ist er denn nicht mitgekommen?"

„Nein. Mein Vater ist tot", antwortete Mara schnell und drehte sich unruhig auf den Steinen zur Seite.

„Das tut mir leid", sagte Urs betroffen und wirkte etwas verlegen.

„Nein, ist schon gut. Es ist auch schon eine Weile her." Während sie das sagte, stand Mara auf und zog ihre Jacke nach unten.

Urs versuchte schnell das Thema zu wechseln und machte den beiden einen Vorschlag.

„Wenn ihr euch für die Templer interessiert, so habe ich da noch etwas für euch ein wenig abseits der touristischen Burgen. Es ist ganz in der Nähe, wir müssen nur einen anderen Abstieg wählen – runter ins Bézu-Tal. Aber auf dem Weg kann ich euch noch ein paar schöne Höhlen und Eingänge in den Berg zeigen."

„Das klingt spannend. Und was ist das genau dort unten?", wollte Daniel wissen und bereitete sich auf den Abstieg vor.

„Wartet es ab. Ich erzähl euch unten, was es damit auf sich hat."

Daniel stand schwungvoll auf und straffte seinen Körper.

„Ok. Ich bin sehr gespannt. Das klingt ja vielversprechend."

Er machte ein paar Schritte und spürte wieder deutlich seinen Fuß, der ihm das schnelle Aufstehen nicht verziehen hatte.

„Er ist sicher verstaucht." Urs kam ihm einen Schritt entgegen und nahm seinen Rucksack ab. „Für solche Fälle hab ich was dabei, od'r?"

Daniel musste innerlich lachen über die schweizerische Unart, alles wieder in Frage zu stellen. Urs kramte tief in seinem Rucksack herum und holte dann eine gelb leuchtende Rolle hervor. Mara nahm sie ihm ab und schob Daniel sanft auf die Mauer hinter ihm.

„Lass mich das mal machen!" Sie lächelte ihn an, während er Platz nahm. Im Nu hatte sie ihm den Schuh und die Socken ausgezogen und wickelte den auffälligen Verband um das schon ein wenig rot und violett verfärbte Fußgelenk.

Als Daniel sich vorsichtig auf beide Füße stellte und das Gewicht sorgsam verteilte, spürte er eine deutliche Entlastung.

Mara nahm ihren eigenen kleinen Rucksack wieder an sich und schnallte ihn auf den Rücken. „So kommen wir vielleicht alle am Stück wieder unten an", scherzte sie, während Daniel kurz und fast beiläufig ihre Hand ergriff.

„Danke", sagte er mit leiser Stimme, wie ein intimes Wort, das für sonst niemanden bestimmt war.

¥

Der Abstieg war noch weit anstrengender als der Aufstieg und forderte ihre letzten Kraftreserven.

Nicht nur der glitschige Boden machte ihnen zu schaffen, sondern auch die rutschigen Felsabschnitte, die immer wieder über dem steilen Abgrund auftraten. Daniel hatte Probleme mit der Höhe, er fühlte sich nicht wohl mit der Präsenz der Tiefe unmittelbar neben ihm.

Nach einer Weile musste Mara sich ausruhen und hockte sich auf einen nahestehenden Felsblock. „Meine Knie zittern so. Tut mir leid, ich brauche eine kurze Pause."

Daniel setzte sich neben sie auf den Stein.

Er hatte das Gefühl, als brauche man noch mehr Energie, einen Körper beim Abstieg vor dem freien Fall zu bewahren, als ihn beim Aufstieg nach oben zu wuchten. Auch seine Knie fühlten sich vom vielen Abbremsen und Abstützen fast wie eine geleeartige, instabile Masse an. Urs, der schon ein Stückchen vorgegangen war, kam nun wieder zu ihnen zurück und blieb direkt vor ihnen stehen.

„Der Abstieg ist wirklich hart. Tut mir sehr leid, aber es gibt keinen anderen Weg auf dieser Seite. Das Château ist halt sehr schwer zugänglich."

Daniel blickte den Weg zurück nach oben. „Eine komische Lage für ein Château. Kein Dorf in der Nähe, das es schützen sollte, und zu klein, um viele Menschen zu beherbergen. Es erinnert mich fast an die unzugänglichen Burgen der Katharer."

„Ja, allerdings waren die noch größer und konnten wirklich Schutz für die Verfolgten bieten. Was die eigentliche Aufgabe der Festung auf dem Blanchefort gewesen sein mag, kann ich mir auch nicht richtig erklären", bemerkte Urs entschuldigend.

Gemeinsam brachen sie wieder auf und wurden von Urs über einem schmalen horizontalen Grat zu einer der versprochenen Höhlen geführt. Wie ein spitzer, dunkler Hut öffnete sich ihr Eingang zwischen zwei wuchtigen, hellen Felsen, war jedoch kaum einen Meter breit. Die drei näherten sich dem unheimlich wirkenden Schlund und blieben kurz davor wie vor einer magischen Grenze stehen.

Daniel blickte ins undurchdringliche Schwarz. Man konnte nur etwa einen Meter hineinsehen, dann verlor sich das Licht und wurde vom Inneren des Berges verschluckt.

Urs wühlte in seinem Rucksack und holte eine kleine Lampe hervor, die er den beiden entgegenstreckte. Daniel nahm die Taschenlampe zögerlich entgegen.

Die ersten Schritte ins Ungewisse waren einfach, dann blieb er abermals kurz stehen. Glücklicherweise war der Spalt so hoch, dass er wenigstens aufrecht hineingehen konnte – auch wenn er nicht wusste, wie lange das so bleiben würde.

Das Licht der kleinen Lampe reichte gerade mal aus, um das felsige Innenleben ein oder zwei Meter weit und nur mit größter Mühe zu erkennen. Die Höhle wurde enger mit jedem Schritt, den Daniel zögerlich hineinmachte. Er war sicher schon zehn oder fünfzehn Meter weit hineingegangen, als er sich seitlich durch den Gang drängen musste. Er begann heftig zu atmen und spürte, dass ihm der Schweiß aus allen Poren trat. Er fühlte sich eingeklemmt und bekam schlagartig Angst, dass er nicht mehr herauskäme. Fluchtartig hechtete er mit schnellen Schritten Richtung Ausgang.

Mara schaute ihn besorgt an. „Ist alles in Ordnung?"

„Ja, alles bestens. Das ist nicht so mein Ding, in so engen Höhlen, da bekomme ich leicht Panik."

Er hielt Mara die Lampe hin.

„Möchtest du mal rein?"

Mara schaute ihn einige Sekunden besorgt an, dann die Lampe.

Schließlich nahm sie diese aus seiner Hand entgegen und ging zögernd in die Höhle. Schnell war sie gänzlich in der Finsternis verschwunden und man hörte nur ihre hallende Stimme wie weit aus der Ferne.

„Man sieht sehr schlecht hier drin", hallte es von innen.

„Wie weit bist du?", rief Daniel ihr zu, um den akustischen Kontakt zu halten.

Es kam nichts zurück.

Dann schließlich erklang Maras Stimme aus der Öffnung.

„Es wird jetzt sehr eng. Ich bin etwa zwanzig Meter weit gegangen."

Ihre Stimme klang angestrengt und gepresst.

„Ich komme gerade so durch. Jetzt wird es wieder breiter."

Die Stimme war nun aus größerer Ferne zu vernehmen, man konnte die Worte nur noch erahnen.

„Hier ist ein Schacht nach unten! Aber ich ... kann nicht sehen, wie tief er ..."

Maras Stimme verhallte nun vollständig im Inneren des Berges. Daniel trat ein wenig in den Höhleneingang hinein, um besser hören zu können, doch es kam nichts mehr.

„Mara?... Mara! Komm besser zurück. Das hat keinen Sinn ohne die richtige Ausrüstung."

Keine Antwort von innen.

Nun war auch Urs neben Daniel getreten und rief laut in den Felsspalt hinein.

„Mara! ... Mara, komm zurück, das ist zu gefährlich!"

Beide lauschten.

Dann vernahmen sie ein paar Geräusche, so etwas wie rutschende Steine.

„Mara!", rief Daniel abermals so laut er konnte.

„Bin schon unterwegs", tönte es aus der Höhle nun wieder gut verständlich zurück.

Ein paar Momente später erkannten sie den tanzenden Punkt der Lampe und kurz danach auch Mara, die blinzelnd ins Tageslicht trat.

„Das sieht aber sehr spannend aus dort drinnen", bemerkte sie leicht schnaufend. „Bist du schon mal tiefer in die Höhle eingedrungen, Urs?"

„Soweit es ging, ja. Dieser Weg hier endet irgendwann zwischen den engen Felsen. Zumindest wird es so schmal, dass nicht mal ein Tier weiter durchkäme. Abgesehen von Spinnen, von denen es hier auch unglaubliche Exemplare gibt ... Der senkrechte Schacht führt irgendwann zu einem weiteren Gang. Aber dieser hört einfach an beiden Seiten im Fels auf. Also es scheint zumindest nicht der Gang nach Rennes-le-Château zu sein. Oder es wurde halt alles sorgfältig wieder zugeschüttet.

Aber von derartigen Höhlen und Gängen wimmelt es nur so in der Gegend. Verstecke gäbe es hier sicherlich genug."

Für den restlichen Abstieg benötigten die drei mehr als eine Stunde und es war bereits Nachmittag, als sie im Tal des Bézu ankamen. Die Feuchtigkeit hing hier unten in den Niederungen fest und erzeugte einen modrig-erdigen Geruch, der die drückende Stimmung des engen Tals unterstrich.

Urs führte sie zu ein paar zerfallenen Behausungen, die schon seit Ewigkeiten nicht mehr bewohnt zu sein schienen.

Durch ihren verlassenen Eindruck passten die Ruinen gut zur morbiden Stimmung des Tals, fand Daniel. Er beschleunigte seinen Schritt unmerklich, um dichter neben Urs zu gehen.

„Und das ist die Überraschung, die du uns zeigen wolltest?", fragte er ihn ungläubig.

„Das ist ein Teil davon. Die Siedlung hier hieß ‚La Jacotte' und war im Mittelalter eine Bergarbeitersiedlung. Die Templer entwickelten an diesem Ort unglaubliche Aktivitäten und ließen für ihre Vorhaben extra Bergleute aus Deutschland kommen."

„Gab es nicht genügend kompetente Arbeiter in der Gegend?", hakte Mara nach.

„Doch", erwiderte Urs und blieb stehen. „Aber die verstanden die Sprache und hätten sich den Anwohnern mitteilen können. Sie hätten möglicherweise jemandem verraten können, was sie dort machten. Jedenfalls ist das die einzig logische und denkbare Erklärung in meinen Augen."

Ohne seinen Schritt zu verlangsamen, marschierte er weiter durch die Geistersiedlung, dicht gefolgt von Mara und Daniel. Sie hatten die letzten Mauerreste gerade hinter sich gelassen, als Urs an der nächsten Windung des Pfades verweilte. Vor ihnen öffnete sich ein winziger Talkessel, dessen Seiten von schroffen Felsen umrahmt waren. In den hellgrauen Steinwänden befanden sich an zwei Stellen eiserne Türen, die so etwas wie Stollen oder Minen hinter dem gut verschlossenen Eingang vermuten ließen.

„'La Touc de Tiplies' – Das Loch der Templer – so heißt dieser Ort auch heute noch. Was die Templer mit ihren deutschen Bergleuten hier genau gemacht haben, weiß niemand. Es ist auch nicht mehr rekonstruierbar. Die Türen sind lediglich zum weiteren Schutz angebracht worden." Dabei deutete er nacheinander auf die verrosteten Stahlplatten. „Im 17. Jahrhundert kamen französische Bergleute hier ins Tal. Laut ihren Berichten hatten die Templer so etwas wie einen ‚trésor' angelegt. Vielleicht eine Art Schatzkammer oder einen Bunker – je nachdem, wie man es übersetzt."

„Kann man denn die Lage des Tresors heute nicht mehr ausfindig machen?", fragte Daniel mit aufgeregter Stimme.

Urs schüttelte nachdrücklich den Kopf.

„Die französischen Bergleute haben alles komplett verschüttet. Lediglich die Eingänge blieben als sichtbare Relikte der Templerzeit übrig."

„Also wäre es gut möglich, dass die Templer einen unterirdischen Tresor für ihre Schätze angelegt haben."

„Das wäre eine Möglichkeit; dass sie etwas hineingebracht haben. Es wäre aber auch denkbar, dass sie etwas dort herausgebracht haben. Oder etwas gelagert, wovon ebenfalls einige Wissenschaftler ausgehen. Naheliegend wären natürlich Gold- oder Silbervorkommen, die dort geschürft wurden; nicht auszuschließen wäre auch Uran, das es vermutlich hier gibt. Damals war die Radioaktivität an sich zwar noch nicht entdeckt, aber ihre Folgen konnte man unmittelbar spüren: ein Dahinsiechen, ein langsames Töten, das den Krieg auf unheimliche Weise umgeht. Vielleicht hatten die Templer durch ihre Verbindungen zu den Fortschritten des Morgenlandes diesen Wissensvorsprung und haben Uran bewusst eingesetzt. Jedenfalls wären derartige Kenntnisse damals eine unglaubliche Macht gewesen und mussten von jedermann für Teufelswerk gehalten werden. Möglicherweise könnten sie das Uran auch hier gelagert haben, gut abgeschirmt in einem Schutzraum."

Daniel und Mara waren ein wenig erschlagen von dieser Möglichkeit. Daran hätten sie im Traum nicht gedacht, aber sie entbehrte nicht einer gewissen Logik.

Urs konnte ihre Gedanken scheinbar von ihren Gesichtern ablesen. Jedenfalls beruhigte er sie sogleich wieder.

„Wie gesagt ... das ist nur eine Theorie. Legenden zufolge sind hier in der Gegend überall Schätze zu finden. Das würde eher die These einer Schatzkammer stützen. Marie Dénarnaud, Saunières Haushälterin, rutschte einmal ein Satz heraus: ‚Ihr wandelt auf purem Gold, wisst es nur nicht.' Aber seitdem hat sie nie mehr ein Wort über diese verborgenen Schätze verloren."

Daniel musste sich einen Moment auf einen Stein setzen, weil der Fuß wieder schmerzte. „Das ist alles unglaublich spannend – und äußerst rätselhaft. Aber es ist doch nahezu unmöglich, dass diese Geheimnisse über Jahrhunderte bewahrt werden konnten."

„Bis ein Pfarrer vor gut hundert Jahren etwas hier entdeckt hat ...", führte Mara seine Gedanken fort.

Urs Gedanken galten mehr Daniels Fuß, auf den er demonstrativ zeigte.

„Geht es denn? Schaffst du den Weg zurück?", fragte er mit seinem schweizerischen Charme.

„Na klar, wenn wir nicht wieder oben über den Berg müssen", antwortete Daniel halb fragend.

Urs lachte laut.

„Nein. Nein, wir können unten durch das Tal zurück. Es sind nur wenige Kilometer zum Hotel. Es liegt ja hier alles dicht beieinander, od'r?"

„Ja, ich hoffe!" Daniel nickte und warf Mara einen langen Blick zu.

Was zum Teufel hatten die Templer hier so aufwendig betrieben? Er hatte das Gefühl, dass sie so nah dran waren an der Lösung des Geheimnisses.

Wartete es gar hinter diesen stählernen Türen irgendwo in den Tiefen des Berges?

¥

Nach einer kurzen, aber liebevollen Behandlung von Daniels Fuß durch Maras zarte Hände und eine abschwellende Salbe, nahm Mara noch ein Bad. Die Tür stand einen Spalt offen, sodass Daniel immer wieder hinüberschauen musste.

Als sie schließlich wieder aus der Wanne stieg, konnte Daniel vom Bett aus ihren nassen Köper sehen, bevor die darauf verteilten Schaumflocken von einem großen weißen Handtuch absorbiert wurden.

Eine Weile später saßen sie erfrischt, aber dennoch ermüdet von der Wanderung im Gewölberestaurant des Chateâus.

„Je näher wir rankommen, desto diffuser werden die ganzen Zusammenhänge für mich", sinnierte Mara, während sie das Besteck auf dem Tisch hin- und herschob.

„Das geht mir genauso", antwortete Daniel und hielt dabei unbewusst seinen Kopf mit der aufgestützten linken Hand fest. „Es sind einfach so viele unerklärliche Dinge, die sich häufen. Aber ein roter Faden schält sich doch so langsam heraus."

Mara blickte ihn neugierig wartend an. Daniel nahm ihren Blick als Aufforderung und fuhr nach einem verstohlenen Seitenblick auf die gerade gekommenen Gäste zwei Tische neben ihnen mit seiner Erklärung fort.

„Fassen wir doch noch mal ein paar wichtige Fakten zusammen. Da ist unser Ausgangspunkt: die verschwundene Tafel des Genter Altars. Seit jeher ranken sich Legenden um sie und um den angeblich im Bild versteckten Schlüssel zu einem großen Mysterium. Dann wird diese Tafel 1934 auf geniale Weise geraubt und so in Sicherheit gebracht. Auf jeden Fall hat van Eyck unter den Farbschichten eine versteckte Botschaft hinterlassen: eine Inschrift, die auf das Geheimnis Gottes verweist, und die genauere Darstellung eines Berges, den er später entfremdend übermalt hat." Er machte eine kurze Pause und ein kleiner Schatten huschte über sein Gesicht. „Was ich immer noch nicht verstehe – warum sollte van Eyck das machen? Niemand war damals in der Lage, eine solche Botschaft überhaupt wahrzunehmen. Für wen sollte eine solche Botschaft bestimmt sein?"

„Die Künstler der Renaissance wollten ja die Wahrheit darstellen", versuchte Mara eine Erklärung auf Daniels Frage zu finden. „Es war doch gar nicht sein Ziel, die Botschaft jemandem zu übermitteln! Dennoch stellt er unter den sichtbaren Farbschichten eine innewohnende verborgene Wahrheit dar. Auch wenn wir immer noch nicht wissen, um was es sich dabei handelt."

„Das würde die ungewöhnliche Verschlüsselung erklären."

Der Kellner trat auf sie zu und servierte ihnen einige raffiniert positionierte Krabben, die ohne die malerische Verzierung auf dem großen Teller verloren gewirkt hätten.

„Merci, Monsieur!", bedankte sich zunächst Mara, dann Daniel, bevor er sich dezent wieder entfernte.

„Bon Appetit, Chéri!" Daniel lächelte Mara strahlend an und erhob sein Rotweinglas in ihre Richtung.

„Auf uns! Und auf das, was wir entdecken werden", sagte Mara und blickte Daniel tief in die Augen, während ihre Gläser beim Anstoßen ein klangvoll nachtönendes Geräusch erzeugten.

Nach einigen Augenblicken genießerischer Stille fuhr Mara fort: „Und interessanterweise findet sich der gleiche Berg zweihundert Jahre später auf einem Gemälde Poussins – auf einem Bild, das einen Sarkophag mit einer Inschrift zeigt, welche bereits in van Eycks Gemälde in Kurzform enthalten ist: ET IN ARCADIA EGO. Es geht möglicherweise um das Geheimnis Gottes, das irgendwo verborgen ist. Da der Berg eindeutig dieser Gegend zugeordnet werden kann, ist das Geheimnis wohl genau hier in dieser Umgebung zu finden."

Mara stieß ihre Gabel fast senkrecht in eine der Krabben, die sich unter dem verspäteten Todesstoß noch ein letztes Mal aufzubäumen schien.

Daniel verfolgte ihren Weg in Maras Mund und sprach mit gedämpfter Stimme weiter.

„... und sogar das Grabmal findet sich hier – oder zumindest war es hier einmal zu finden – mit eben dieser Grabinschrift. Genau dieses gut gehütete Geheimnis entdeckte dann ein Pfarrer hier in der Gegend von Rennes-le-Château und bewahrte es für sich. Aber er gestaltete seine Kirche auf merkwürdige Weise um. Ob das Hinweise, Ablenkungen oder gar Irreführungen sind, darüber können wir leider noch zu wenig sagen."

„Und schließlich vernichtete er Hinweise – wie die Inschrift auf der Grabplatte – das klingt in meinen Ohren eher nach Verschleierung als nach hinterlassenen Botschaften."

„Auf jeden Fall scheint diese Gegend mannigfaltige Möglichkeiten für Schatzverstecke zu bieten", versuchte Daniel den Faden wiederzufinden.

„... und auch historisch gesehen gab es genügend Gelegenheiten, die verschiedensten Schätze hier zu verbergen", warf Mara mit der letzten Krabbe im Mund ein. „Die Römer, Westgoten, Merowinger und die Templer sind nur einige der möglichen Anwärter. Aber ich habe das untrügliche Gefühl, dass der Schatz ganz unmittelbar mit den Templern zu tun hat. Dazu ist ihre Rolle hier einfach viel zu wichtig."

„Und sie tauchen in allen Zusammenhängen wieder auf. Denk nur an die Tafel des Genter Altars. Die ‚Gerechten Richter' befinden sich geschützt hinter den ‚Streitern Christi', den Tempelrittern, die ja zur Zeit der Fertigstellung von van Eycks Gemälde schon über hundert Jahre vernichtet und verboten waren."

„Und deren Existenz und Untergang schon immer mit Legenden um große Schätze und den Heiligen Gral verbunden war. Bis hin zu ihrer rätselhaften, widerstandslosen Zerschlagung und sogar über ihren Tod hinaus im legendären ‚Fluch der Templer'."

„Es ist doch komisch, dass alle Menschen, die mit dem Geheimnis zu tun hatten, auf so merkwürdige Art und Weise umgekommen sind."

Daniel verstand Maras Anspielung nicht ganz, doch ihre Erklärung folgte unmittelbar auf seinen fragenden Blick über den Rand des Weinglases hinweg.

„Na, nicht nur die Templer, sondern auch Poussin und Saunière, oder Goedertier mit seinen Komplizen, die alle kurz darauf verstarben. Und das zieht sich ja bis heute durch ..." Sie wollte weitersprechen, doch hielt sie plötzlich inne, als ob es ihr den Atem verschlagen hätte.

Daniel nahm ihre Hand und wusste, woran sie gerade dachte.

Mara versuchte abzulenken und zeigte mit der freien Hand auf ihren Teller.

„Die französische Küche ist nichts für mich. Wann kommt denn der nächste Gang?"

Daniel musste unwillkürlich herzhaft lachen.

„Es ist gut, dass uns hier niemand versteht", antwortete er erheitert mit einem kurzen Blick auf die beiden Männer zwei Tische weiter.

„Bist du sicher?", fragte Mara leise.

Statt einer Antwort blickte Daniel erneut zu den beiden hinüber, die zumeist still in ihr Essen vertieft waren.

Ihre wenigen, sporadischen Worte waren so unverständlich gewesen, dass man sich keinen Reim auf ihre Herkunft machen konnte.

„Mara, dein Vater ...", begann Daniel vorsichtig. „Was hat er hier in der Gegend wohl gemacht? In einer Hütte, so weit abseits von jeglicher Besiedelung. Um hier zu forschen, hätte er doch auch in ein Hotel gehen können. ... und dann so eine abgelegene Hütte. Ich verstehe das nicht so richtig."

Ihre Augen waren ruhig auf Daniel gerichtet, doch man sah ihr an, dass sie den Blick nach innen gerichtet hatte, ihre volle Aufmerksamkeit ganz bei ihren Gedanken lag.

„Wenn mein Vater einer der Wächter war …", begann sie langsam. In dem Moment kamen gleich zwei Kellner heran und servierten ihnen den nächsten Gang.

Während sich Daniel einem sogar in totem Zustand noch angriffslustig wirkenden Hummer gegenübersah, der mit seinen halb geöffneten Scheren auf ihn zeigte, blickte Mara interessiert auf den nahezu künstlerisch gestalteten Teller zwischen ihren Händen, den sie als ‚Boeuf a là ficelle' bestellt hatte.

Nach ausgedehnten Freundlichkeiten entschwanden die Kellner wieder in den küchennahen Bereich des Gewölbekellers und Mara begann erneut ihre Gedanken zu sortieren.

„Also, wenn mein Vater wirklich den Wächtern angehörte und etwas schützen wollte, so befand er sich hier in der Gegend ja anscheinend im Kernbereich seiner schützenden Tätigkeit. Genau hier irgendwo muss das Geheimnis liegen, das er und die anderen schützen wollten."

„Das bedeutet, er war hier unmittelbar vor Ort." Daniel hielt einen Moment inne, bevor er fortfuhr. „Meinst du, seine abgelegene Hütte war so etwas wie ein Beobachtungsposten? Vergleichbar mit den Burgen, die eine gute Überwachungsposition geboten haben?"

Mara erstarrte mit der Gabel mitten in der Bewegung und hielt das blutige Stück Fleisch darauf genau zwischen ihnen.

„Das ist es!", rief sie aus, sodass sich die beiden anderen Gäste ihnen einen Moment zuwandten.

„Die Hütte! Es muss irgendwas in der Nähe der Hütte sein. Oder etwas, das von dort zu sehen ist – ein Eingang oder eine wichtige Stelle. Daniel, wir müssen schnellstens dahin."

„Heute noch?", fragte er perplex.

Mara überlegte einen Moment und ihre Aufregung verflog wieder.

„Nein, das hat keinen Zweck in der Dunkelheit. Aber lass uns direkt morgen dorthin gehen und mal alles genau untersuchen."

¥

Sie hatten die Stelle mühelos wiedergefunden, an der sie beim letzten Besuch ihr Auto abgestellt hatten.

„Reifenspuren", bemerkte Daniel und ging in die Hocke, um den Boden genauer unter die Lupe nehmen zu können.

„Unsere eigenen?", entgegnete Mara ein wenig belustigt.

„Nein, nein, außer unseren. Es sind noch andere Reifen. Schau mal hier!"

Mara stützte sich mit den Händen auf ihren Knien ab und beugte sich mit dem Oberkörper nach unten.

„Tatsächlich!" Ihre Stimme klang bestürzt und auch Daniel überkam unvermittelt ein mulmiges Gefühl. Er war beunruhigt, als sie in Richtung Hütte gingen.

Diese lag trotz ihres unheimlichen Charakters ruhig und friedvoll da. Alles schien genau so zu sein, wie zu dem Zeitpunkt, als sie den Ort beim letzten Besuch hinterlassen hatten. Vorsichtig öffnete Mara die Tür in den düsteren Innenraum. Sie knipste das Licht an und stieß einen erleichterten Seufzer aus. Es waren keinerlei Anzeichen eines fremden Eindringens erkennbar.

Diesmal schauten sie sich etwas genauer um. In den Regalen fanden sich die unterschiedlichsten Bücher. Von Homer über Stefan Zweig und die französischen Existenzialisten bis hin zu sämtlichen Asterix-Bänden, Sudoku-Heften in großen Mengen und Kochbüchern. Daniels Blick wanderte automatisch zu dem völlig verstaubten Gasherd in der Ecke des Zimmers. Er wirkte wie ein Relikt aus einem anderen Jahrhundert. Daniel fragte sich, wann wohl das letzte Mal auf ihm gekocht worden war.

Mara hatte die Bücher systematisch durchgesehen und ging nun wieder zu dem Regal hinüber, an dem sie angefangen hatte.

„Ist es nicht komisch, dass kein einziges Buch über die Templer, über Rennes-le-Château oder den Genter Altar dabei ist?", fragte sie mit dem Blick auf die Bücherrücken.

„Stimmt, es gibt nicht einmal andere historische Fachbücher hier. Das ist doch eigentlich merkwürdig bei einem Professor für christliche Archäologie", gab Daniel ihr recht.

Mara drehte sich zu ihm um.

„Es sei denn, er hat es bewusst vermieden, um keinerlei Hinweise zu hinterlassen. Für den Fall, dass jemand zufällig auf seine Behausung stoßen sollte."

„Wenn man nur die Einrichtung betrachtet und die Bücher außer Acht lässt, so könnte dies durchaus die Hütte eines alten französischen Bauern oder Einsiedlers sein. Zumindest würde niemand vermuten, dass der Bewohner sich vielleicht für große Geheimnisse dieser Gegend interessiert oder sie gar kennt."

Mara zog nacheinander einige Schubladen auf, fand jedoch nichts Interessantes. Dann hielt sie ein Fernglas hoch.

„Vielleicht ist das ein Hinweis darauf, dass es doch eher mit dem Blick nach draußen zu tun hat. Vielleicht eine bestimmte Stelle, die man von hier aus sehen kann …" Dabei bückte sie sich etwas nach vorne und schaute aus dem winzigen Fenster ins Freie. Der Blick durch die verschmutzten Gläser schien sie nicht zufriedenzustellen. Sie stellte das Fernglas mitten auf dem Schreibtisch ab und setzte ihre Untersuchung im Haus fort.

Sie begann nun die Wände genauer zu untersuchen und inspizierte das Bad. Daniel ging währenddessen in die kleine Schlafkammer und öffnete den Schrank. Ein paar Hosen und Hemden hingen ordentlich auf den Bügeln, in zwei weiteren Fächern lagen ein paar T-Shirts, Socken und altmodische Unterhosen. Aus dem Bad hörte er Mara die Fliesen abklopfen. Sie schien dort nach Hohlräumen oder Verstecken zu suchen. Einen Geheimgang würden sie hier wohl kaum finden. Das Haus stand frei, auch wenn es an der Rückseite dicht an den Felsen geschmiegt war. Daniel antwortete seinerseits klopfend, indem er ihren Rhythmus imitierte. Maras nächster Rhythmus kam postwendend und wurde bereits ungleich komplexer. Daniel klopfte ihn auf dem Schrankboden nach und hängte eine ellenlange, vertrackte Passage an.

„Daniel!", schallte es aus dem Bad herüber. Er musste lachen.

„Was ist?"

„Wollen wir eine Jamsession machen oder das Haus ernsthaft untersuchen?"

„Beides!", rief er in den Schrank zurück.

Er untersuchte den Schrank nach Verstecken oder verborgenen Notizen, dann das danebenstehende Bett. Aber er konnte nichts Auffälliges entdecken.

Sich nochmals umblickend, ging er ins Bad zu Mara, die ihm gerade entgegenkam. Sie schüttelte den Kopf.

„Ich glaube, hier drinnen ist alles so, wie es auch scheint – irgendwie alltäglich. Kein Geheimnis, kein doppelter Boden, nichts!"

„Dann muss der Standort doch mit der Umgebung draußen zu tun haben", bestätigte Daniel ihre vorige Vermutung.

Beide verließen die enge Hütte und traten ins Freie. Im Vergleich zum Inneren roch die Luft hier draußen zwar feucht, aber doch viel reiner und klarer.

Mara hob das Fernglas und versuchte es möglichst ruhig vor ihren Augen zu halten. Daniel schaute ihr einen Moment lang zu, dann untersuchte er das Gelände hinter der Hütte. An den hinter dem Haus steil aufragenden Felswänden war keine Abweichung zu erkennen. Es waren ganz normale Formationen ohne jede Spalte oder Lücke, die nach innen führen könnte. Ein kleines Stückchen weiter befand sich eine Holzhütte, die direkt an die Felswand gebaut war. Das schien ihm ungewöhnlich. Er näherte sich der Tür des kleinen Verschlages und wollte sie öffnen, sah jedoch ein Vorhängeschloss, das den Riegel fixierte.

Er fluchte leise und wendete sich dann Mara zu.

„Mara?"

„Hm?", fragte sie, ohne das Fernglas herunterzunehmen.

„Hast du einen kleinen Schlüssel im Haus gesehen? Einen, der zu einem Vorhängeschloss passen könnte?"

Sie schaute weiterhin durch das Fernglas. Daniel wusste nicht, ob sie etwas Interessantes im Visier, die Frage gar nicht gehört hatte oder ob sie nur lange nachdachte.

„Ja", kam es plötzlich zwischen ihren erhobenen Händen hervor, die sie im selben Augenblick langsam senkte. Sie schaute zu ihm hinüber.

„Neben dem Herd war eine Art Handtuchhalter. Da habe ich einen kleinen Schlüssel gesehen. Hast du etwas gefunden?"

„Ich weiß nicht ... nur der kleine Schuppen hier kommt mir ein wenig merkwürdig vor." Er eilte ins Haus und fand den Schlüssel tatsächlich genau an der von Mara bezeichneten Stelle. Als er wieder durch die Tür trat, sah er Mara schon an der Tür des Verschlags herumprobieren.

Er kam auf sie zu und stellte sich dicht neben sie.

„Warte. Hier ist der Schlüssel. Ich hoffe, er passt."

Der nur noch mattsilberne Schlüssel ließ sich mühelos in das Schloss schieben, sogar drehen. Doch entgegen ihrer Erwartung sprang das Schloss nicht auf. Daniel zog und zerrte so lange daran herum, bis sich der verrostete Bolzen langsam und mit größter Anstrengung aus dem goldenen Corpus bewegen ließ.

Zumindest so weit, dass man das Vorhängeschloss abnehmen und den Riegel der Tür öffnen konnte. Die Tür schwang wie von selbst auf und gab den Blick auf ein wüstes Durcheinander von Geräten, Hacken, Seilen und Schaufeln frei. Der kleine Verschlag war bis unter die Decke vollgestopft. Es kostete einige Mühe und viel Zeit, gemeinsam die rückseitige Wand freizuräumen, die direkt an den Berg gebaut sein musste. Eine Holzplatte spannte sich zwischen den Außenwänden als eine Art Rückwand von links nach rechts. Daniel zog die Platte langsam nach vorne, auf der anderen Seite von Mara unterstützt. Die dahinter liegende Felswand schien im Halbdunkel ausgesprochen glatt zu sein, wies aber keinerlei Besonderheiten auf.

„Das kann doch nicht sein. Irgendwas muss doch hier sein!", rief Daniel mit einem Hauch von Verzweiflung in seiner Stimme aus. „Hast du etwas entdecken können mit dem Fernglas?"

Mara schüttelte den Kopf. „Nichts. Trotzdem bin ich mir mittlerweile sicher, dass der Standort hier kein Zufall ist."

Gemeinsam stellten sie die vorherige Ordnung im Verschlag wieder her, zumindest so, dass man die Tür mühelos wieder schließen konnte. Dann ließen sie ihren Blick abermals über die weitläufige Landschaft schweifen.

„Schau du mal durch", forderte Mara Daniel auf, während sie ihm unvermittelt das Fernglas in die Hand drückte.

Sein Blick glitt langsam über die schroffen Felsformationen in der Ferne, die sich mit verdorrten Grünflecken abwechselten. Alles lag in einer rauen Friedlichkeit da.

„Nichts", sagte er enttäuscht. „Und doch muss dieser Boden hier ein Geheimnis enthalten." Resigniert ließ er das Glas sinken, als Mara ihn am Ärmel packte.

„Der Boden! Es muss etwas im Boden sein", stieß sie aufgeregt hervor.

Daniel schaute auf den Boden, doch Mara war schon in Richtung Hütte geeilt.

„Komm! Worauf wartest du?"

Jetzt begriff Daniel, was sie meinte. Natürlich! Es musste unter den Bodenbrettern sein, die sich quer durch das ganze Haus zogen.

Die Nägel, mit denen die Dielen befestigt waren, schienen ausgeleiert, doch mussten erst die Regale stückchenweise verschoben werden, um jeweils ein paar Bodendielen frei zu legen. Daniel holte Werkzeug aus dem Schuppen, das ihnen das Heben der Dielen erleichterte. Schon war das erste Brett oben und gab den Blick auf eine Estrichschicht darunter frei.

Stück für Stück entfernten sie mühevoll die sperrige Abdeckung, bis sie voller Erregung die Scharniere einer Eisenklappe im Boden entdeckten.

Sie mussten den gerade geöffneten Boden erst wieder abdecken, um die Regale in den anderen Teil des Raumes schieben zu können, dann entfernten sie Stück für Stück die Bretter über den Scharnieren. Zum Vorschein kam eine massive eiserne Platte im Boden, die nicht mehr als etwa einen Quadratmeter groß war. Doch flößten ihre Dicke von sicherlich drei Zentimetern und die verrostete Oberfläche ihnen bereits jetzt einen Heidenrespekt ein. Auf der linken Seite befand sich in der Mitte ein kleines ovales Loch, scheinbar eine Art Schlüsselloch. Das bestätigten auch die vier Scharniere, die sich auf der gegenüberliegenden Seite befanden.

Ohne zu zögern griff Daniel nach einer mitgebrachten Spitzhacke und versuchte, diese als Hebel zu benutzen, um den wuchtigen Eisendeckel nach oben zu stemmen.

Ächzend gab er nach mehreren erfolglosen Versuchen sein Vorhaben auf und stellte die Spitzhacke mit letzter Kraft auf der Bodenplatte ab.

Das oberflächlich metallische Geräusch wurde von dem Berg zu einem unheimlichen Grollen verstärkt, wie eine unmittelbare Antwort aus seinen innersten Tiefen.

Beide verstummten sie für einen langen Augenblick und erwachten erst wieder aus ihrer ehrfürchtigen Stille, als das Echo vollständig verklungen war. Es musste ein immenser Hohlraum direkt unter der Versiegelung liegen.

„Wir brauchen einen Schlüssel", stellte Daniel immer noch ein wenig atemlos fest.

„Ja, scheint mir auch so. Ohne ihn bekommen wir das hier nicht auf, so wie es aussieht." Maras Gesicht verriet Sorge und Ratlosigkeit gleichermaßen.

„Ich habe keinen im Haus gesehen. Dabei habe ich in jede Schublade und jedes Fach geschaut. Hier kann er nicht sein."

„In einem Geheimversteck?", warf Daniel fragend ein.

„Hm …", überlegte sie. „Gut möglich. Da reicht ja auch ein sehr kleines Versteck. Das kann fast überall sein."

„Oder dein Vater hat den Schlüssel aus Sicherheitsgründen überhaupt nicht hier aufbewahrt."

„Das scheint mir wahrscheinlicher zu sein. Jedenfalls würde ich ihn nicht hier aufbewahren."

„Wo würdest du ihn denn verstecken?", bohrte Daniel weiter.

Mara überlegte lange und begann zögerlich zu sprechen.

„Vielleicht ... irgendwo drin. In etwas, das man mitnehmen kann."

Daniel schoss sofort ein Bild durch den Kopf.

„Natürlich! Ich weiß, wo er sein könnte."

¥

Daniel reagierte sofort auf Maras verwirrten Blick und sprach weiter.

„Na, die Figur."

„Ach, du meinst die kleine antike Tonfigur?"

„Genau die. So etwas würde niemand zerstören und sie wirkt sogar im Safe so, als ob sie wirklich dorthin gehören würde."

„Die liegt im Hotel. Zusammen mit den anderen Sachen."

Sofort breitete sich ein eigenartiges Gefühl in Daniel aus. Wenn jemand dort all die Sachen finden würde. Wie leicht war es, in ein fremdes Hotelzimmer einzudringen. Er dachte an die Autospuren von vorhin.

„Wir hätten die Sachen in den Hotelsafe legen sollen", äußerte er spontan seine Sorgen.

„Das stimmt. Es war vielleicht ein wenig leichtfertig von uns, sie einfach so im Zimmer herumliegen zu lassen."

Daniel wurde schlagartig unruhig und ging nervös zur Tür.

„Ich fahre schnell runter ins Hotel und hole die Figur. Und lasse die anderen Sachen in den Safe legen."

„In Ordnung", antwortete Mara und gab ihm einen flüchtigen Kuss, bevor er hektisch die Tür aufriss und sofort darauf verschwunden war.

Nach einer abenteuerlichen Fahrt war er wenige Minuten später im Zimmer des Hotels und durchwühlte Maras Tasche.

Dann atmete er auf. Es war alles da. Die Fotos, die Dokumente, die Karten und auch die kleine Figur. Er wog sie behutsam in seiner linken Hand und betrachtete sie versunken. Von keiner Seite war eine Öffnung oder auch nur Spuren eines möglichen Innenlebens der Figur zu erkennen. Nicht mal von unten waren Nähte oder Materialabweichungen zu erkennen. Wenn sich der Schlüssel in ihr befand, so musste sie eigens zu diesem Zweck geformt worden sein. Zumindest war sie ungewöhnlich schwer. Aber das war ja auch klar, wenn sie massiv war. Daniel steckte die Figur in die Tasche und eilte mit den anderen Unterlagen zur Rezeption. Der Portier war gewohnt freundlich und es war überhaupt kein Problem, das brisante Material im Hotelsafe zu lagern.

Eigentlich hätte sich Daniel unglaublich erleichtert fühlen müssen, doch stellte er selbst verwundert fest, dass immer noch eine ständige Unruhe und ein undefinierbarer Druck auf ihm lasteten.

Es gab jedoch etwas, das ihm schlagartig viel mehr Sorge bereitete als dass die Unterlagen in die falschen Hände geraten könnten: Mara.

Wenn nun die Reifenspuren kein Zufall waren und die Verbrecher von ‚Asmodeus' schon wieder ihre Fährte aufgenommen hatten? Auch wenn ihm das kaum möglich erschien – sie hatten ein fremdes Auto, befanden sich mitten in den Bergen Südfrankreichs, hatten die Benutzung von Kreditkarten, Handys und weiterem nachzuverfolgendem elektronischem Schnickschnack vermieden.

Auch wenn ‚Asmodeus' über immense Möglichkeiten und ein Netzwerk auf der ganzen Welt verfügte, wie sollten sie hier ihre Spur aufgenommen haben?

So sehr Daniel sich auch rational zu beruhigen versuchte, so wenig half ihm das innerlich. Er war nun schon etwa eine halbe Stunde weg, da konnte viel passieren. Mit schnellen Schritten hastete er zum Auto zurück und brauste los. Die enge und kurvige Strecke in die Berge hinauf erwies sich bei seinem aberwitzigen Tempo als äußerst gefährlich. Beinahe hätte er eine Gruppe von Radfahrern gerammt, die in für ihn unverständlichem Französisch wilde Flüche und Schimpfwörter hinter ihm herschrien. Zu seiner Erleichterung waren diese aber schon eine Sekunde später in weiter Ferne verhallt.

In nervöser Anspannung erreichte er endlich das kleine Plateau, wo er den Wagen abstellte. Er sprang aus dem Auto und betrachtete die Spuren auf dem Boden. Zumindest waren keine neuen zu sehen. Allerdings bemerkte er, dass der Boden mittlerweile schon wieder so trocken war, dass auch sein Auto keinerlei Reifenspuren hinterlassen hatte – das hatte also nichts zu bedeuten. Er stolperte über das felsige Geröllfeld und nahm den Pfad zum Haus. Als er um die Ecke bog, wirkte das Haus wie seit Jahren verlassen. Hastend lief er auf die Tür zu und drückte die Klinke.

Einmal, zweimal, noch ein drittes Mal. Sie war verschlossen. Wie konnte das sein? Mara hatte den Schlüssel bei sich, aber wieso war sie nicht hier? Sie konnte nirgends hin und hätte sicher keine spontanen Ausflüge gemacht, ohne ihm Bescheid zu sagen.

Er spähte von außen durch das kleine Fenster, doch war durch die angestaubten und dreckverschmierten Scheiben nicht das Geringste im Haus zu erkennen. Keine Bewegung, kein Licht, keinerlei Umrisse. Nur tiefes, ungewisses Dunkel.

Daniel lief bis an den Rand des Grundstücks, wo der Berg wieder steil nach unten abfiel.

„MARA!", rief er mit aller Kraft in die hügelige Landschaft hinein.

Er horchte.

Er vernahm nur das gleichförmige Rauschen der Stille und einen Vogel weit in der Ferne.

„MARA!" Der Nachhall des ‚A' lag lange über der bedrückenden Landschaft, als wolle er sie nicht verlassen.

Keine Antwort.

Immer noch der Vogel, der unbekümmert seinen Lockruf aussendete.

Daniel ging nervös zum Haus zurück. Dann zum Schuppen mit den Geräten. Alles schien haargenau so zu sein, wie sie es hinterlassen hatten. Dann wieder zum Haus. Er schaute erneut durch die Fenster.

Was sollte er tun? Hier warten? Er war vollkommen aufgelöst und ging planlos hin und her. Wieder zum Abgrund.

„MARA!", rief er erneut aus vollem Halse und blieb wie angewurzelt stehen. Angespannt bis in die letzte Faser horchte er in die ruhende Umgebung hinein. Er versuchte den steilen Hang ein wenig hinunterzuklettern. Fuß für Fuß und mit Hilfe der Hände hangelte er sich langsam abwärts und entdeckte einen winzigen, steilen Pfad. Mit ein paar Schritten hatte er ihn erreicht. Dann machte er einen weiteren Versuch.

„MARA!"

Da war etwas.

Erst klang es wie ein Echo. Aber es war nicht seine Stimme. Nein, das war Mara. Wie aus der Ferne, weit weg.

So laut er konnte, rief er erneut ihren Namen, der ihm schon so vertraut geworden war und ihm immer wieder durch den Kopf ging.

Er hörte wieder ihre Stimme. Nun war er sich ganz sicher. Sie rief seinen Namen. Ganz schwach aus weiter Ferne konnte er sie hören, es klang weit weg und doch nah, fast wie aus einem Raum im Inneren des Berges.

Er rutschte den steilen Pfad mehr hinunter, als dass er ging, achtete nicht mehr auf den tiefen Abgrund an seiner Seite, bemerkte auch seine Angst vor der Höhe nicht mehr. Dann plötzlich glitt er auf den Steinen aus und konnte sich nur noch mit beiden Händen an einem verdorrten Busch vor dem sicher tödlichen Sturz in den Abgrund bewahren.

Mühevoll zog er sich hoch und hörte Maras Stimme nun sehr nah.

„Daniel!"

Er bewegte sich halb hockend den Hang hinunter.

„Ich komme! Bin gleich bei dir", rief er mit gepresster Stimme.

„... hier bin ich", hörte er aus naher Entfernung.

Ihre Stimme löste eine Welle der Erleichterung in ihm aus, doch konnte er sie nicht entdecken.

Einige Meter weiter abwärts öffnete sich eine spaltförmige Vertiefung im Felsen. Dort musste sie sein. Er stolperte auf den schmalen Eingang zu, aus dem nun deutlich ihre Stimme zu ihm drang – ganz nah.

„Hier unten – in der Höhle."

Er zwängte sich durch den Spalt nach unten und tastete sich wie ein Blinder Schritt für Schritt voran.

„Siehst du mich?", kam es von weiter unten.

Daniels Augen hatten sich noch nicht an die Dunkelheit gewöhnt, aber er begann langsam die Umrisse einer Art Grube wahrzunehmen. Sie öffnete sich kurz vor seinen Füßen und schien sehr tief zu sein.

Er ging bis zum Rand und hockte sich hin.

„Ich komme nicht hoch. Kannst du mir helfen?"

Mara musste jetzt unmittelbar vor ihm sein, vielleicht zwei oder drei Meter unter ihm, schätzte Daniel. Jetzt konnte er sie sehen. Zumindest sah er etwas sich im Dunkel der Grube bewegen. Er legte sich flach auf den Boden und streckte seinen Arm nach unten aus, so weit er konnte.

„Okay!", rief er ihr zu. „Ich bin bereit."

Er hörte Steine unter sich auf den Fels prasseln und spürte eine kurze, leichte Bewegung an seinen Fingerspitzen. Ihre Finger hatten seine nur einen Moment berührt, dann konnte er hören, wie sie auf den Steinen wieder hinab in die Grube rutschte.

„Komm, Mara! Noch mal. Du schaffst das!"

Er presste sich fester auf den Boden, um ihr seine Hand weiter entgegenzustrecken. Es dauerte länger diesmal, doch dann spürte er ihre Hand in der seinen und griff zu. Hielt sie ganz fest. Zog sie nach oben. Ganz langsam und mit größter Anstrengung. Er spürte ihre andere Hand, wie sie seinen Unterarm umfasste. Ihr ganzes Gewicht hing jetzt an seinem rechten Arm. Er griff mit der anderen Hand nach ihr und zog sie mit einem Ruck nach oben. Mit letzter Kraft kletterte sie aus dem Loch und ließ sich erleichtert auf ihn fallen.

„Was machst du denn nur?", fragte er sie noch ganz außer Atem und drückte sie fest an sich, beide Arme um sie geschlungen.

„Verstecken spielen!", antwortete sie schwer keuchend. „Ich wollte mal sehen, ob du mich findest." Sie brauchte einen Moment, um wieder zu Atem zu kommen. Dann wurde ihre Stimme ruhiger und ernster.

„Es waren Männer dort oben. Ich war draußen am Schuppen und da habe ich plötzlich ihre Stimmen gehört. Es waren keine Franzosen, aber ich konnte ihre Sprache auch nicht so genau verstehen. Ich hatte Angst. Da habe ich ganz schnell abgeschlossen, damit sie die Bodenöffnung nicht sehen und bin den Hang hier hinuntergeklettert, um mich vor ihnen in Sicherheit zu bringen. Sie waren eine Weile oben am Haus, dann kamen sie den Pfad hinunter. Ich musste tiefer nach unten, da habe ich diese Höhle hier gefunden und bin schnell hineingeschlüpft. Den Abhang hier hab ich allerdings wohl etwas unterschätzt. Jedenfalls kam ich nicht wieder heraus. Aber Gott sei dank ist mein Held und Retter ja gekommen."

Daniel glaubte eine gewisse Ironie wahrzunehmen, doch nach einem Blick in Maras Augen war ihm klar, dass ihre Aussage durchaus ernst gemeint war. Sie gab ihm einen sanften Kuss, um die Ernsthaftigkeit ihrer Worte zu bekräftigen.

„Scheint eine natürliche Erdspalte zu sein", antwortete Daniel sachlich. „Bist du verletzt?"

Mara schüttelte den Kopf. „Nur ein paar Schürfwunden. Nichts Dramatisches."

Sie rappelte sich auf und zog ihre Kleidung zurecht. Daniel sah, dass sie einen langen Riss in der Hose hatte, konnte aber gegen das Licht nicht erkennen, wie stark sie wirklich verletzt war. Er stand auf und zwängte sich hinter ihr durch den Ausgang ins Freie.

„Ist schon eine eigenartige Gegend hier – immer wieder voller Überraschungen", sprach Daniel, als er blinzelnd in das Licht trat. „Und sie hält etwas verborgen. Etwas, das sie unter keinen Umständen preisgeben will. Spürst du das auch?"

Mara blickte stumm ins Tal hinunter, dann drehte sie sich zu Daniel um.

„Ja, das Gefühl habe ich auch. Irgendetwas lastet auf der Landschaft."

Vorsichtig machten sie sich an den Aufstieg. Beim Weg nach oben bemerkte Daniel, dass ihr die Wunden doch etwas zu schaffen machten.

Zurück in der Hütte nahm Daniel die Tonfigur aus seiner Tasche und streckte sie in der offenen Hand Mara hin. Sie griff mit spitzen Fingern äußerst behutsam nach ihr, hob sie auf Kopfhöhe und drehte sie immer wieder vor ihren Augen.

„Mein Vater hat oft Abdrücke von antiken Figuren oder Gegenständen gemacht. Einfach so. Für sich selbst oder zu Studienzwecken – ich weiß nicht genau, warum. Häufig fiel es mir schwer, überhaupt einen Unterschied zu erkennen zwischen dem Original und der Kopie. Zumindest nicht vom ersten Eindruck. Das hier könnte so ein Abdruck sein. Und er scheint mir besonders gut gelungen. Selbst der Ton wirkt wie Jahrtausende alt, als ob er Ewigkeiten in der Erde gelegen hätte. Das wäre ein ideales Versteck für einen Schlüssel."

Sie stellte sich neben die eiserne Tür im Boden, machte eine ausholende Armbewegung, die Daniel an einen Baseballspieler erinnerte und warf kurzerhand die Figur mit aller Wucht auf die Stahlplatte. Erneut kommentierte der Berg den Aufprall mit einem lang anhaltenden Echo aus der Tiefe.

Große und kleine Scherben verteilten sich im weiten Umkreis des Aufprallpunktes und kamen schnell zur Ruhe.

Dort, wo die größte Ansammlung an Tonbrocken lag, prangte auf dem rostigen Stahl der Bodenklappe ein dunkler Schlüssel, an dem noch Tonreste klebten.

Beide schauten sich erleichtert an und Mara griff als erste nach dem gesuchten Objekt. Sie brach mit schnellen Bewegungen die letzten Tonreste ab und steckte den Schlüssel hektisch ins Schloss.
Er ließ sich ohne Probleme drehen. Daniel überlegte, wann zuletzt jemand diese gut behütete Tür geöffnet haben mochte und was sich wohl darunter befand.
Er nahm die Spitzhacke und stemmte die Platte ein Stück nach oben. Sie war schwerer, als er vermutet hatte.
Mara schob ihre Finger darunter und versuchte, mitzuhelfen.
„Vorsicht! Ich weiß nicht, ob ich sie halten kann", warnte er sie.
Sofort zog sie ihre Hände zurück und Daniel schob die Spitzhacke flach unter die Klappe, sodass sie ein kleines Stück aufstand. Jeder an einer Seite zogen sie mit den Händen und aller gemeinsam aufgebrachter Kraft die schwere Versiegelung langsam nach oben, bis sie auf der anderen Seite wuchtig gegen die Wand knallte.
Das bedrohliche Scheppern wurde durch den nach unten führenden Schlund dermaßen verstärkt, dass es wie das letzte Aufbäumen eines riesigen Tieres klang, welches gerade den Todesstoß in sein weit geöffnetes Maul erhalten hat.
Beide starrten stumm in die Tiefe, die sich in Form eines langen, schwarzen Tunnels vor ihnen öffnete. Steil nach unten, mit felsigen Wänden, geschuppt wie die Haut eines riesigen Reptils, waren grobe Stufen in den Fels geschlagen, ohne die ein Abstieg kaum möglich gewesen wäre.
Das Licht der Erdoberfläche verlor sich schon nach wenigen Metern in einem stumpfen Schwarz, das alles in sich zu verschlucken schien und nichts von dem preisgab, was sich in seinen Tiefen verbarg.

¥

Wie hypnotisiert standen sie lange reglos da und starrten in die Tiefe, die gleichermaßen bedrohlich wie magnetisch anziehend auf sie wirkte. Wie ein Schwarzes Loch im Universum, das alle Materie an sich zieht, in sich verschluckt und unweigerlich vernichtet.

Das Echo der Tiefe war schon lange verhallt, als Daniel sich mit fast flüsternder Stimme Mara zuwandte. So vorsichtig, als wolle er das, was in der Tiefe schlummerte, nicht wecken.

„Wir brauchen eine Lampe. Hast du eine Taschenlampe dabei?"

„Zufällig heute nicht", gab sie zurück, doch ihre Stimme klang unter dem Eindruck der Tiefe ernster, als sie wollte. „Irgendwo war eine Kerze … und Streichhölzer."

Sie begann einige Schubladen zu durchsuchen.

„Besser als nichts", antwortete Daniel, der einige Momente später die Streichhölzer in Maras Hand bereits hören konnte, bevor sie diese zusammen mit einer dicken, roten Stumpenkerze triumphierend in die Höhe streckte.

Mit geschickten Händen hatte sie die Kerze entzündet und stand bereits am Rande der Treppe, um ihre kleine Prozession anzuführen.

Die ersten Stufen waren schwer genug, obwohl sie noch gut zu sehen waren. Dann wurde der Weg beschwerlicher. Mit dem kaum ausreichenden Licht mussten sie sich die glatten und schmalen Absätze entlang langsam nach unten tasten. Manchmal fehlte ein Tritt und sie konnten die ohnehin schon zu hohen Stufen nur halb hinunterspringen bis zum nächsten Absatz. Daniel stützte sich mit den Händen an den schroffen und kalten Wänden ab, die wegen ihrer gefährlichen Kanten jedoch nur trügerische Sicherheit boten. Mara hielt die Kerze in der Rechten, während ihre Linke mit den Fingerspitzen an der Wand entlangglitt. Daniel schaute sich nach oben um. Dort oben lag der Eingang in den Wohnraum der Hütte, nur als schwacher Lichtpunkt von hier zu erkennen. Sicher waren sie schon zwanzig oder dreißig Meter unter der Erde.

Er hatte das Gefühl, der Tunnel würde immer enger, wusste aber nicht, ob es das langsam einsetzende Gefühl seiner klaustrophobischen Angst war, ob das schrittweise Entfernen von der oberen Welt diesen Eindruck hervorrief oder ob sich die Wände tatsächlich verengten. Plötzlich erlosch der Lichtschein, der eben noch Maras Silhouette in einen sanft orangenen Strahlenkranz getaucht hatte. Sie standen im Dunkeln, die Kerze war ausgegangen.

„Hier gibt es irgendwo einen Durchzug", konnte er Maras Stimme vernehmen. Mara kramte nach den Streichhölzern und hatte binnen Sekunden die Kerze wieder entzündet. Die Flamme tanzte unruhig von einer zur anderen Seite und drohte wieder auszugehen. Nur Maras schützende Hand konnte dies verhindern, während sie langsam den nächsten Absatz nahmen.

Sie stießen weiter ins Innere der Erde vor, entfernten sich mit jedem Schritt weiter von der sicheren, warmen, hellen und vertrauten Welt dort oben, nach der Daniel sich bereits jetzt zurücksehnte. Er hatte das Gefühl, in einer unentrinnbaren Röhre zu stecken und musste vehement gegen die Angst und das Gefühl der Atemnot in seinem Körper ankämpfen.

Wäre Mara nicht unerschütterlich vor ihm hergegangen und hätte ihm einfach durch ihre bloße Anwesenheit etwas von seinem mulmigen Gefühl genommen, wäre er sicher schon längst wieder umgekehrt.

Sie hatten den Boden des langen Abstiegs erreicht und standen nun in einem kleinen Höhlenraum, der zumindest ein wenig Platz bot, sich zu bewegen. Von hier aus gingen in zwei Richtungen weitere Gänge ab. Daniel schaute noch mal nach oben. Der winzige helle Punkt der Hütte war nur zu erahnen, so wenig Licht drang von oben bis in die Tiefe hier unten.

Sie befanden sich sicher etwa hundert Meter unter der Erde, schätzte Daniel. Wenn nicht sogar weit mehr.

„Und nun?", fragte Mara abenteuerlustig, den Blick abwechselnd auf die Eingänge und Daniel richtend.

„Es scheint zumindest leichter zu werden, wenn ich mir den Boden anschaue", antwortete er und ging dabei ein wenig in die Hocke, um in einen der Stollen hineinblicken zu können. Der weitere Weg verlief in jedem der Gänge nahezu horizontal oder zumindest nur leicht abfällig.

„Was nicht bedeutet, dass das so bleiben muss. Ein Problem ist unser Licht. Wir haben nicht mehr allzu viele Streichhölzer und die Kerze ist schon ein gutes Drittel heruntergebrannt."

„Du hast recht, wir brauchen auch noch etwas Licht für den Weg nach oben. Ich denke, wir sollten uns noch mal richtig ausrüsten und dann das Berginnere systematisch erkunden. Sicher ist das hier erst der Anfang."

Dennoch widerstanden sie nicht der Versuchung, in jeden der Gänge mal ein paar Blicke zu werfen und einige Meter hineinzugehen. Beide schienen natürlichen Ursprungs zu sein. Lediglich der Boden wies Spuren einer Bearbeitung oder Abnutzung auf.

Die Kerze war erneut ausgegangen und Mara brauchte diesmal gleich zwei Streichhölzer, um sie wieder anzuzünden.

Es wurde Zeit für den Aufstieg. Mara ging vor und Daniel sah, wie sie zunehmend unter den Wunden litt. Sein Fuß begann ebenfalls wieder zu schmerzen.

Der matte Punkt oben wurde größer, strahlte jedoch kaum so wie vorher. Schließlich erreichten sie den Wohnraum der Hütte mit einer gewissen Erleichterung. Tatsächlich hatte bereits die Dämmerung eingesetzt und der Blick aus dem Fenster zeigte einen Himmel mit tiefhängenden schwarzen Wolken, der auf ein baldiges Unwetter hindeutete.

Daniel wies auf Maras Bein. „Du hast Schmerzen, nicht wahr?"

„Ein wenig. Aber es ist wirklich nicht so schlimm, wie es aussieht."

Daniel wünschte, er hätte die entsprechenden Verbände und Salben hier oben gehabt, um sie genauso liebevoll verarzten zu können, wie sie das mit ihm gemacht hatte. Mit einem fragenden Blick löste er langsam den Knopf ihrer Hose und zog sie vorsichtig herunter. Das Bein war voller Schrammen und blutverschmiert, besonders um das Knie herum. Keine der Wunden war jedoch ganz offen, was ihn schon mal ein wenig beruhigte. Desinfektionsmittel hatten sie nicht, daher war es wohl das Beste, den vorhandenen Schutz der Kruste zu belassen.

„Ich wasche mir ein wenig das Blut ab. Es sieht wirklich viel schlimmer aus, als es ist", versuchte sie Daniel zu beruhigen, als sie seinen besorgten Blick bemerkte.

Daraufhin verschwand sie im Bad und Daniel nahm von den Anstrengungen des Tages ermüdet auf dem schmalen Bett Platz. Durch die offenstehende Tür fiel sein Blick genau auf das klaffende Loch im Boden, das so aufwändig mit einer Eisenplatte versiegelt worden war.

Klopfende Geräusche von oben rissen ihn aus den Gedanken. Schnell nahmen sie an Intensität und Frequenz zu. Regen begann unaufhörlich auf das Dach einzuhämmern und schwoll mit einem gewaltigen Crescendo zu einem bedrohlichen Klang an, bei dem bald keine einzelnen Tropfen in dem Meer von Geräuschen zu unterscheiden waren.

Mara kam zurück. Nur im Slip, konnte man nun genau die Stellen erkennen, wo der harte Stein seine Spuren auf ihrer Haut hinterlassen hatte. Sie kam langsam auf ihn zu und stellte sich vor ihn.

„Ich glaube, so schnell kommen wir nicht ins Hotel zurück", sagte sie sanft, halb fragend, halb feststellend.

Daniel lächelte und schaute sie von unten herauf an.

Ihre Mundwinkel zuckten ganz leicht, bevor sie sich zu einem kaum merklichen, aber hintergründigen Lächeln formten. Dann zog sie langsam ihr T-Shirt nach oben. Sie stand ganz nah vor ihm, während Daniel seine Hände über ihren nackten Rücken langsam nach unten gleiten ließ. Mit beiden Händen zog er ihren Slip herunter, bis sie vollkommen nackt vor ihm stand. Er blickte nach oben in ihr bezauberndes Gesicht, das durch ihre herunterfallenden Haare eingerahmt wurde.

Seine Arme schlangen sich um ihre Oberschenkel und zogen sie ganz eng an seinen Körper. Er küsste behutsam ihren Bauchnabel, bevor er sie langsam zu sich aufs Bett hinunterzog.

Der prasselnde Regen hatte an Kraft verloren, schwoll ab und umgab sie wie eine gleichförmige sanfte Hülle.

¥

Viel Schlaf fanden sie nicht in dieser Nacht, immer wieder überkamen sie halbtrunkene Wellen intensiver körperlicher Nähe und unterbrachen die kurzen Schlafphasen auf dem schmalen Lager.

Gegen Morgen verließen sie die Hütte und fuhren hinunter zum Hotel, um den Tag mit warmen Croissants und einem Café au Lait zu beginnen. Frisch gestärkt beschlossen sie, im Hotelzimmer ein wenig Schlaf nachzuholen. Das große Bett bot ihnen ausreichend Platz, dennoch suchten sie in den weichen Kissen immer wieder unbewusst die Nähe des Anderen.

Gegen Mittag begannen sie mit den Besorgungen. Der Tag verlief ohne besondere Zwischenfälle. Nachdem sie eine lange Liste gemacht hatten, machten sie sich auf den Weg nach Carcassonne, da es in Couiza keinen Trekking-Laden gab.

Nach einer knappen Stunde Fahrt hatten sie dort einen bestens ausgestatteten Laden gefunden, der alles bot, was sie für ihre Expedition benötigten. Der Besitzer, ein rüstiger Greis, stand ihnen mit allerlei Tipps und guter Beratung zur Seite. Nach eineinhalb Stunden verabschiedeten sie sich vollgepackt mit Seilen, Rucksäcken und zahllosen Tüten.

Vor der Heimfahrt warfen sie noch einen Blick auf die beeindruckende Kulisse der wehrhaften Stadt und nahmen sich vor, noch einmal in Ruhe wiederzukommen. Nun drängte es sie nur zurück in die unterirdischen Geheimnisse der Gegend, die so lange unter Verschluss gelegen hatten.

Auf dem Weg machten sie einen weiteren Abstecher zu Arnauds Haus.

Es lag wie schon bei ihren vorigen Besuchen verlassen da und auch der verstohlene Blick in sein Innenleben verriet, dass inzwischen niemand hier gewesen war.

Zunehmend beunruhigt durch Arnauds Verschwinden, entschieden sie, nun doch zur Polizeiwache in Couiza zu gehen, wo sie etwa weitere zwei Stunden bis zum Abend verbrachten. Der diensthabende Beamte nahm ihre Aussagen in stoischer Ruhe auf und tippte in Zeitlupengeschwindigkeit alles in eine mit deutlichen Defekten versehene Computertastatur. Jedenfalls schien er jeden Satz dreimal schreiben zu müssen. Unter der Decke drehte sich ein Ventilator, der nicht so recht zum Wetter draußen passen wollte, auch wenn heute die Sonne schien. Sie kamen sich ein wenig vor wie in einem schlechten Film, der sich sämtlicher Klischees einer verschlafenen französischen Polizeiwache bediente. Auf die Fragen des Polizisten hatten sie meist keine Antwort und konnten ihm noch nicht einmal einen überzeugenden Grund nennen, warum ihnen Arnauds Verschwinden so merkwürdig vorkam.

Dennoch waren sie ein wenig erleichtert, als sie durch die doppelte Holztür zurück in die Abendsonne traten. Sie einigten sich auf ein gemütliches Abendessen und eine Nacht im Hotel. Für den Abstieg wäre es heute zu spät gewesen, zumal sie nicht abschätzen konnten, wie lange sie wohl im Berg würden bleiben müssen. Und außerdem wollten sie ausgeruht in das ohnehin schon waghalsige Abenteuer gehen.

Am nächsten Morgen hatten sie ihre Ausrüstung in den Rucksäcken verstaut und noch etwas Proviant und Wasser mitgenommen, dann machten sie sich auf den Weg zur Hütte.

Die Klappe hatten sie am vergangenen Morgen vorsichtshalber wieder verschlossen und den Boden mit den Holzdielen abgedeckt.

Nachdem sie nun alles wieder freigelegt hatten, nahmen sie die Rucksäcke, setzten die Stirnlampen auf und schulterten die Seile. Sie blieben am Rand der Öffnung stehen, hielten nochmals inne vor dem langen Weg in die Dunkelheit. Sie spürten den kalten Atem aus dem Rachen der Erde.

Ob sie wohl heil wieder zurückkommen würden?

Diesmal wirkte der Tunnel in die Tiefe noch bedrohlicher als gestern. Vielleicht lag es daran, dass sie wussten, wie weit er hinunterging und dass sie die absolute Finsternis dort unten bereits am ganzen Körper gespürt hatten. Auch wenn sie aufgeklärt naturwissenschaftlich denkende Menschen waren, so konnte Daniel sich gut in die Menschen früherer Zeiten hineinversetzen, die dort unten tief in der Erde die Hölle gesehen hatten. Ein wenig von diesem Gefühl und den archaischen Ängsten überkam selbst ihn in diesem Moment.

Das Bild von Asmodi schob sich unmittelbar vor sein inneres Auge, wie er dort oben in der Kirche unter dem Weihwasserbecken hockte und in die Tiefe starrte.

TERRIBILIS EST LOCUS ISTE.

Mara schaute ihn noch mal lange an, die eine Hand am Rucksackgurt, die andere um die Taschenlampe geklammert – bereit zum Gehen und doch von einem undefinierbaren Gefühl des Zögerns bestimmt.

Daniel sog ihren Blick in sich auf und genoss es, ihre Augen zum letzten Mal im Tageslicht zu sehen. Möglicherweise für lange Zeit.

Die zwei kleinen Fenster der Hütte spiegelten sich als Lichtpunkte in ihren Pupillen wie zwei weitere Augen in der Ferne.

„Wollen wir?", fragte sie zögerlich.

Daniel nickte stumm, den Blick immer noch auf ihre Augen geheftet.

Dann stiegen sie hinab.

# VI

Der zweite Abstieg ging deutlich schneller als ihre erste Erkundung. Mit guten Lampen ausgerüstet, konnten sie die Gefahren der unregelmäßigen Stufen und Absätze wesentlich besser einschätzen. Dennoch war ihnen beiden bei jedem Schritt bewusst, dass sie sich mit jeder Stufe weiter weg von der Oberfläche, hinab in eine düstere, bedrohliche und vollkommen ungewisse Welt begaben.

Ein Schatten huschte dicht an Daniels Kopf vorbei und verschwand ebenso schnell, wie er gekommen war, wieder in einer Ritze, bevor der Schein seiner Stirnlampe ihn erfassen konnte. Einen Moment starrte er noch auf den kleinen Spalt in der Felswand, bevor er sein Augenmerk wieder auf die Stufen vor sich richtete.

Bald hatten sie den Boden erreicht und standen unschlüssig in der kleinen Höhle, von der die beiden Korridore abgingen.

„Da wären wir wieder", murmelte Daniel und setzte seinen Rucksack ab. Mara ging einen Schritt auf einen der Gänge zu und leuchtete hinein.

Daniel schaute nach oben. Der winzige, matte Lichtpunkt war das einzige, was ihnen von der Welt dort oben blieb.

Sie verstauten ihre Rucksäcke mitsamt der Ausrüstung in einer Felsspalte und entschieden sich für den rechten Gang. Er fiel leicht ab, was wegen des feuchten und sehr glatten Bodens ihr Vorankommen erschwerte. Die bizarr in den Weg hineinragenden Felsen boten jedoch immer wieder Halt, zumindest für ihre Hände. Hatten die Templer sich dieses Höhlensystem zunutze gemacht? Alles hier schien naturbelassen. Nur die unglaublich lange Einstiegstreppe tief ins Innere der Erde war sicher mit immensem Aufwand verbunden gewesen. Das würde niemand einfach so ohne Grund machen. Was mochten das bloß für Schätze sein, die sie hier versteckt hatten?

Der Weg wurde zwar gerader, dafür gleichzeitig enger. Während es Mara mühelos gelang, sich durch die schmalen und niedrigen Windungen hindurchzuschlängeln, hatte Daniel trotz des abgenommenen Rucksacks mehr und mehr Schwierigkeiten, seinen gebückten Körper hindurchzudrücken und ihr Tempo zu halten. Langsam wurde ihm mulmig in der Enge derart tief unter der Erde. Sie befanden sich mitten in einer fremden Welt der Ahnungen, Ungewissheit und Finsternis. Sein Körper begann wieder mit den ersten Symptomen zu reagieren. Er versuchte nicht daran zu denken, dass rund um ihn herum nur Stein war, er konnte jederzeit stecken bleiben. Sein Puls erhöhte sich.

„Geht es?", fragte Mara genau in diesem Augenblick.

„Hmm", antwortete Daniel nur knapp, bemerkte dabei, dass sich sein Körper sogleich wieder etwas beruhigte.

„Ich hätte weniger essen sollen gestern Abend", versuchte er sich abzulenken.

Mara lachte.

„Du und dick? ‚Fishing for compliments' sag ich da nur."

„Na gut, dann sagen wir: meine Muskeln ecken dauernd irgendwo an."

Mara richtete ihre Lampe auf ihn und musterte ihn amüsiert von oben bis unten.

„Na, dann folgen Sie mir, Mister Universe."

Als er abwehrend den Kopf schüttelte, hatte sie sich schon umgedreht und ihren Weg fortgesetzt.

Endlich öffnete sich der Gang etwas. Daniel hatte das Gefühl, wieder ein wenig mehr Luft zu bekommen, auch wenn das völlig irrational war. Die Kälte der Tiefe drang langsam in seine Knochen ein.

Die Luft roch modrig und stockig. Sie stand förmlich und es fehlte der leichte, kühle Hauch, der sie vorher noch begleitet hatte wie ein unmerklicher Atem der Tiefe. Hier, so weit unten, war alles wie tot. Ewige Finsternis und Stille.

Da eröffnete sich vor ihnen eine riesige Höhle. Daniel betrachtete stumm das verwinkelte Durcheinander von Säulen, Vorsprüngen, Felsfiguren und herumliegenden Gesteinsbrocken. Es war ein einziger großer Raum und doch hatte man aufgrund der dicken Säulen und verschiedenen Bodenniveaus eher das Gefühl von einem wilden Durcheinander kleiner Einzelabschnitte.

„Vielleicht hat es hier einen Einsturz oder eine Verschiebung gegeben", rätselte Mara, auf die der Raum ebenfalls seine Wirkung zu entfalten schien.

Sie kletterten über bizarre Steingebilde und wahllos herumliegende Felsen, um die Fortsetzung des Weges zu finden. Nach einer halben Stunde gaben sie auf.

„Es scheint das Ende des Wegabschnitts zu sein. Dann muss es also der andere Gang sein", stellte Daniel nüchtern fest.

Sie kehrten um und nahmen den zweiten Pfad. Dieser war noch bizarrer in seinen gespenstischen Felsformationen. Versteinerte Dämonen und Fratzen blickten ihnen an jeder Ecke entgegen.

Allmählich wurden die schroffen Gesteingebilde weicher in ihren Ausbildungen und zeigten sich als Stalagmiten, Tropfsteinsäulen, die oben und unten dicker wurden. Daniel hatte diese Säulen bereits häufig in verschiedenen Höhlen gesehen, die er im Laufe der Jahre besucht hatte. Die Feuchtigkeit sammelte sich an dieser Stelle. Manchmal war sie als kleines Rinnsal an der Wand entlang zu erkennen, aber fortwährend hatten sie beide mit ihr auf dem Boden zu kämpfen. Der kaum noch als Gang auszumachende Höhlenraum öffnete sich hinter dem nächsten Durchgang zu einem atemberaubenden Saal mit riesigen Tropfsteinsäulen und orgelpfeifenartigen Gebilden ringsum an den Wänden.

Sie standen inmitten einer gewaltigen Kathedrale der Natur, dem Ergebnis von mehreren Millionen Jahren Arbeit des Wassers am Stein. Sprachlos blieben sie nebeneinander stehen und leuchteten hinauf in das hohe Gewölbe. Die Strahlen ihrer Lampen enthüllten immer neue phantastische Anblicke und ließen dabei jeweils alle anderen Winkel des Raums in ein mattes Halbdunkel gleiten.

„Wahnsinn!", entfuhr es Daniel nach einer Weile. „Wie sich der Tropfstein in Jahrmillionen gebildet hat."

Mara blieb immer noch stumm. Dann ging sie langsam nach rechts auf eine große Formation zu. Aus der Wand traten große Laschen, die wie riesige Kiemen wirkten. Sie leuchtete hinein und ging langsam an ihnen entlang. Daniel begann, die linke Wand nach weiteren Zugängen abzusuchen. Schrittweise leuchteten sie jeden Zentimeter ab und erforschten mit dem Lichtkegel das gesamte Innere der Höhle.

Daniel hatte das Gefühl, sich in einem riesigen Magen zu befinden, in den Eingeweiden der Erde. Wie tief mochten sie wohl schon unter der Erdoberfläche sein? Ihm wurde unwohl bei der Vorstellung.

Sie hatten die gesamte Höhle abgesucht, aber keinen Durchgang gefunden. Nur einen klaffenden Riss in der Wand. Daniel leuchtete mit seiner Lampe in den Spalt hinein und sah, dass er sich zackenförmig steil nach unten in den Berg fraß. Eng, gefährlich und weit in die Tiefe.

Mara kletterte hinein.

„Mara! Bist du wahnsinnig?" Daniel versuchte sie zurückzuhalten. „Ohne Seil und Sicherung? Du bist vollkommen verrückt."

Sie stieg unbeirrt tiefer hinein, von Daniels Lampenstrahl begleitet.

„Hier ist ein Gang!", rief sie aufgeregt nach oben.

Daniel zögerte einen Moment, kletterte dann zu ihr hinab und folgte ihr in einen seitlich abzweigenden Korridor.

Sicher war dieser Eingang hier nicht zufällig entstanden – derart versteckt und getarnt. Sie näherten sich dem Geheimnis der Templer, da war Daniel sich sicher.

Doch der erste Schein eines schönen Ganges war trügerisch. Schnell verengten sich die Wände hier ebenfalls, aber nicht in der Breite, sondern nur in der Höhe. Sie konnten sich nur auf dem Bauch langsam vorwärtsbewegen. Er hatte das Gefühl, er würde sich durch die ausgetrockneten Adern eines riesigen Organismus bewegen – durch die Arterien des Berges.

Plötzlich spürte er, dass etwas über seinen Nacken krabbelte. Dann von oben in sein Shirt hinein. Er versuchte mit der Hand daran zu kommen, doch das gelang ihm nicht. Nach einem heftigen Schütteln hörte das Krabbeln auf.

Dann setzte es wieder ein. Daniel stieß sich im Reflex mit einem kräftigen Ruck gegen die Decke des Tunnels. Er spürte, wie das Tier zwischen seinem Rücken und dem Stein zerquetscht wurde, dann begann er erleichtert weiterzukriechen. Diesmal war er vorn und wusste nicht, wie dicht Mara hinter ihm war. Er konnte sich nicht umsehen. Es wurde immer enger um ihn, als ob sich der Stein um ihn herum zusammenzöge. Und plötzlich konnte er sich nicht mehr weiter bewegen. Er versuchte zurück nach hinten zu kriechen. Es ging nicht – er steckte fest! Sogleich wurde ihm die Enge und Ausweglosigkeit der Höhle bewusst. Sein Atem beschleunigte sich deutlich, er begann heftig zu schwitzen. Die Panik kam. Diesmal unausweichlich.

„Mara!", rief er verzweifelt. „Ich stecke fest. Oh Gott, ich kann mich nicht mehr bewegen!" Er begann wild mit den Händen nach einer Stütze zu suchen und wahllos nach einem Halt für die Füße, um sich abstützen zu können.

„Daniel, ich bin hinter dir. Keine Sorge. Wir schaffen das!"

„Ich komme nicht weiter, ich stecke in dieser verfluchten Höhle fest!" Der Ausdruck in seiner Stimme war mehr und mehr von purer Angst geprägt. Er konnte nicht atmen, sein Brustkorb war von Fels umgeben. Es fühlte sich an, als würde seine Lunge langsam versteinern und Teil der Felsmassen werden. Er bekam kaum Luft, atmete immer schneller und japste schließlich, um wenigstens etwas von der dünnen Höhlenluft in seine Lungen zu pumpen.

„Daniel, bleib ganz ruhig!" Mara hatte seinen Fuß umfasst, was er in seiner Panik jedoch überhaupt nicht wahrnahm.

Er schrie. Doch es wurde nur ein erstickter Schrei mit gepresster Stimme. Dann rang er wieder nach Luft.

„Daniel! Daniel." Mara bewahrte eine gleichförmige, beruhigende Stimme. „Atme ganz langsam und ruhig! Ja, genau so. So ist es besser. Noch ruhiger. Schön gleichmäßig. Wie sieht es vor dir aus? Wird es noch enger? Soll ich dich zurückziehen?"

Daniels Stimme wurde wieder ein wenig ruhiger. „Ich glaube, es wird weiter! Vielleicht kannst du mich besser nach vorne schieben! Schaffst du das?"

„Ja. Ich kann mich unten an der Wand abstützen. Ich nehme jetzt deine Füße und schiebe dich weiter. Vielleicht kannst du ein wenig helfen."

Daniel suchte mit den Händen nach kleinen Vorsprüngen, an denen er sich festhalten und weiterziehen konnte. Die Steine waren rund und glatt, aber es war besser als nichts.

Er zwang sich, bewusst langsam und ruhig zu atmen.

„In Ordnung", gab er zurück

„Auf drei!" Mara bewegte nochmals ihre Füße, um sich zu versichern, dass sie nicht abrutschte und umfasste dann seine Sohlen von unten mit ihren Händen.

„Eins, zwei, ... DREI!"

Daniel rutschte mit einem gewaltigen Ruck einen halben Meter voran. Er stieß unwillkürlich einen Schmerzensschrei aus, als eine scharfe Kante auf dem Boden in der Bewegung die Haut über seinen Rippen aufriss. Doch dann fand er mit den Füßen weiteren Halt und konnte langsam aus eigener Kraft weiterrobben. Er war sichtlich erleichtert, als der Tunnel wieder höher wurde.

„Danke, Mara. Danke!", sprach er schwer atmend in den Gang hinter sich. „Und du? Kommst du gut durch?"

„Gut nicht, aber ... es geht schon", hörte er Maras Stimme unter offensichtlicher Anstrengung.

Je weiter sie krochen, desto geräumiger wurde der Stollen wieder. Bald konnten sie gebückt und schließlich sogar fast aufrecht gehen. Mara legte von hinten ihre Hand auf seine Schulter.

„Geht's wieder?"

Daniel drehte sich um und schaute in ihr schimmerndes Gesicht, das von aufrichtiger Sorge gezeichnet war.

Er atmete tief durch.

„Ja. Puh, ist gar nicht so einfach hier unten. Manchmal überrennt mich die Klaustrophobie einfach – auch wenn ich denke, sie gut im Griff zu haben. Dann steigt ganz plötzlich die Panik hoch."

„Kein Wunder, hier bekommt doch jeder Panik in einer derartigen Enge so tief unter der Erde. Da darf ich gar nicht drüber nachdenken, sonst wird mir auch gleich ganz anders."

„Dann ist das hier ja genau das Richtige für uns, so eine Höhlentour", sagte Daniel, halb scherzend, halb ernst.

Mara lächelte mit einem Ausdruck gespielten Bedauerns, bevor sie gemeinsam ihren Weg fortsetzten. Es waren nur wenige Meter, bis der Gang plötzlich einen scharfen Haken schlug und sie an der Kante eines senkrecht nach unten führenden Schlundes standen.

Mehrere Meter im Durchmesser ging es im freien Fall nach unten. Die Stirnlampen verloren sich in der Finsternis und auch ihre lichtstarken Handlampen gaben nur einen vagen Anhaltspunkt über die furchterregende Tiefe des Schachts. So sehr sie diese auch hin- und herbewegten, das Licht wurde nach zwanzig oder dreißig Metern einfach von der Dunkelheit absorbiert. Was mochte dort unten sein? Und wie kamen sie dort hin?

Mara nahm einen Stein und warf ihn in den Schlund.

Beide standen reglos und warteten. Nichts war zu hören.

Erst nach einigen Sekunden hörte man ein leises Klacken von ganz weit unten.

„Das ist ja unheimlich. Wie tief wird dieser Schacht hier sein?", fragte Mara in den Abgrund hinein.

Daniel konnte es kaum glauben. So lange wie sie auf den Aufprall gewartet hatten ...

„Sicher siebzig oder achtzig Meter. Wenn nicht mehr", antwortete er schließlich.

Mara trat einen Schritt vom Abgrund weg. „Dazu brauchen wir die Seile. Sollen wir zurück, um sie zu holen?"

Daniel sagte nichts, dachte an die Panik von gerade und die enge Stelle, durch die sie zurückmussten.

Mara schien seine Gedanken zu erraten.

„Ich hol' sie schnell. Nicht weglaufen!"

Bevor Daniel etwas antworten konnte, war sie schon in der Finsternis verschwunden.

Daniel stand wie gebannt vor dem schwarzen Loch. Mit einem Durchmesser von vier oder fünf Metern wirkte seine Dunkelheit wie eine dichte Masse, wie ein undurchdringliches Element.

Und da war sie wieder. Die Assoziation an die Inschrift war schlagartig zurück in seinen Gedanken.

*Et est la mort.*

Bewegungslos stand er am Abgrund und spürte wieder den kalten Atem des Berges, der aus der ungewissen Tiefe kam.

Ihn fröstelte und ein eisiger Schauer durchlief seinen Körper.

¥

Er stand immer noch an derselben Stelle, als Mara nach ein paar Minuten zurückkam. Sie legte die Seile auf den Boden und holte die Sicherungen aus ihrem Rucksack.

„Was ist, wenn der Schatz oder das Geheimnis nun gar nichts Schönes oder Wertvolles ist", setzte Daniel vorsichtig an, noch ganz in seinen Gedanken gefangen. „Wenn es etwas ist, das den Tod bringt? Wenn das hier wirklich der Abgrund der Hölle ist?"

„Daniel!", antwortete Mara entrüstet. „Das meinst du doch nicht wirklich, oder?"

„Doch, vielleicht im übertragenen Sinn. Denk mal an die Theorien mit den Uranvorkommen. Wenn es irgendetwas ist, das die Menschen langsam tötet. Oder wahnsinnig macht."

Mara sagte nichts.

Daniel war, als durchdränge der kalte Atem der Dunkelheit seinen Körper und würde langsam von ihm Besitz ergreifen.

„Dann würde es auch Sinn machen, das Geheimnis zu schützen", fuhr er fort. „Die ‚Wächter' bekämen dann für mich einen tieferen Sinn, wenn sie vor etwas Bösem schützen sollen."

Mara sagte immer noch nichts, leuchtete stattdessen mit ihrer Lampe misstrauisch in die Tiefe und verfolgte den sich verlierenden Schein.

„Vielleicht hast du recht. Vielleicht ist es auch etwas ganz Anderes. Auch ich habe ein komisches Gefühl, wenn ich hier am Rand dieses düsteren Abgrunds stehe." Sie richtete die Lampe wieder nach oben. „Aber es hilft ja nichts. Sollen wir denn hier umkehren? Daniel! Wir müssen es herausfinden. Wir müssen da hinunter." Ihre Stimme klang, als wolle sie sich selbst damit Mut zusprechen, auch wenn dies nicht ganz gelang.

„Ja, ich weiß. Du hast ja recht", stimmte Daniel zu. „Hoffentlich haben wir genug Seil", lenkte er ab.

„Ich schlage vor, ich geh runter und du sicherst mich hier oben", schlug Mara vor.

„Ich weiß nicht, ob ich dich richtig sichern kann", erwiderte Daniel und zeigte seine Handinnenflächen, die blutige Schürfwunden von der letzten Passage aufwiesen.

„Mmh. Das sieht gar nicht gut aus", meinte Mara nach einer kurzen Denkpause besorgt und holte das Verbandszeug aus dem Rucksack. Daniel schüttelte den Kopf. „Es geht schon. Mit den Verbänden habe ich kaum Halt. Aber vielleicht ist es doch besser, ich lasse dich nach unten ab. Ich hoffe nur, ich bekomme dich auch wieder hoch."

„Ich helfe ja mit. Unterwegs werde ich überall Sicherungen anbringen."

Gemeinsam schlugen sie einige Befestigungen und Winden in einen über ihnen hängenden Fels, dann setzte Daniel seinen Rucksack auf, hakte sich im Gurt ein und sank langsam nach unten. Mara hatte das Seil um ihren Unterarm gewickelt und ließ es über eine Winde stückchenweise durch die Hände gleiten.

Daniel glitt mit einem mulmigen Gefühl in die bodenlose und ungewisse Tiefe. Dieser düstere Brunnen war ihm unheimlich.

Er leuchtete sorgsam die Wände ab, die aber wenig Halt boten. Alle paar Meter verständigte er sich mit Mara und schlug Sicherungen in die Wand. Er sank tiefer hinab, schon weit entfernt von Mara, nur noch durch das Seil mit ihr verbunden. Als winzigen schwarzen Fleck konnte er sie dort oben ausmachen – eine düstere Welt der Schatten, dachte er bei sich. Er schaute nach unten und leuchtete. Der Boden war nicht mal in Sichtweite. Jeder Meter verstärkte die Angst bei Daniel. Einsam in den Abgründen der Erde tauchte er tiefer hinein in eine modrig riechende Finsternis.

Es dauerte lange, bis er endlich den Boden sehen konnte. Es waren vielleicht noch zwanzig Meter, und er erkannte an mehreren Stellen Reflexionen, wie weiße Steine oder Holzstücke. Viel erkennen konnte er nicht von hier oben. Das letzte Stück würde er auf die Sicherungen verzichten, so kurz vor dem Boden.

Als er näher kam, sah er, dass es keine Steine waren. Es konnten nur Knochen sein. Wahllos verstreut lagen sie überall in der Grube. Teilweise zerbrochen, größtenteils aber noch unversehrt. Er berührte mit den Füßen den schuttartigen Boden und bemerkte einige Schädelteile, die aus dem Schutt hervorragten. Sie waren kaum als solche erkennbar, lediglich an den bezahnten Unterkiefern und der schädelartigen Form mancher Teile konnte man den menschlichen Ursprung erahnen. Ihn überkam ein gruseliger Schauer.

Es mochten sicher die Schädel von drei oder vier Personen gewesen sein. Daniel löste das Seil von seinem Gurt und ging in dem Schacht umher. Dabei schob er den Schutt auf dem Boden etwas zur Seite. Einen Zugang oder Stollen gab es von hier nicht. Vielleicht sollte er den Boden überprüfen, indem er das Geröll ganz beiseite räumte.

Daniel nahm seinen Klappspaten aus dem Rucksack und begann, die Steine wegzuschaufeln. Nach einem halben Meter war der Stein undurchdringlich. Er probierte es an einer anderen Ecke. Nach wenigen Stichen stieß er plötzlich auf etwas Hartes inmitten des Gerölls. Aber so groß konnte es nicht sein. Es fühlte sich metallisch an.

Mit einem Griff in die Steine zog er eine eiserne Stange hinaus und hielt sie mit gestrecktem Arm vor sich. Er betrachtete sie genau von allen Seiten. Etwas unterhalb des einen Endes war eine Querstange befestigt. Dadurch sah das Ganze fast wie ein eisernes Kreuz aus. Am Fuße dieses zirka zwei Meter großen Kreuzes befanden sich eingeschmiedete Verzierungen und Haken, so als ob man dieses Kreuz in eine Halterung stellen sollte.

Daniel schaufelte weiter. Doch da war nur harter Fels. Wo immer er auch versuchte, tiefer vorzudringen, es gab hier keinerlei Anzeichen für einen Weg oder Stollen. Kein Eingang zu einer Schatzkammer. Kein Geheimnis!

Dann befestigte er etwas enttäuscht das Kreuz an seinem Rucksack. Es hinderte ihn bei der Bewegung. Daniel rief laut nach oben.

„Mara! Kannst du mich hochziehen?"

„Ja, einen Moment!", schallte es nach einigen Sekunden von weit oben zurück.

Der Weg nach oben klappte erstaunlich problemlos, auch wenn Mara einen leicht ermüdeten Eindruck machte, als er aus der Grube herauskletterte.

„Und? Was ist da unten? Nun sag schon", drängte sie neugierig.

„Nicht das, was wir vermutet hatten", antwortete er matt. „Viele Knochen und eine Menge Schutt. Aber kein Durchgang oder Eingang. Es ist nur eine weitere Sackgasse. Und das hier habe ich unter dem Geröll gefunden."

Er nahm seinen Rucksack ab, wobei die Stange gegen die Felswand schlug.

„Was ist das?", fragte Mara verwundert.

„Ich weiß es nicht. Es wirkt ein wenig wie ein Kreuz."

„Mh. Das untere Ende sieht merkwürdig aus." Mara bückte sich und strich mit den Fingern über die Verzierungen am Ende der Stange.

„Vielleicht nehmen wir die einfach erst mal mit, soweit sie uns nicht hinderlich ist."

In S-förmigen Windungen marschierten sie weiter abwärts, bis der Weg in einer Lache klaren Wassers endete. Mit Hilfe der Lampe konnte man erkennen, dass der Pfad weiterging, nur komplett von Wasser ausgefüllt war.

„Meinst du, es geht wieder nach oben? Oder müssen wir nun den ganzen Weg weiter tauchen?" Mara blickte sich dabei im Tunnel um, fand jedoch keine weitere Öffnung.

Daniel überlegte. „Das werden wir wohl selbst herausbekommen müssen. Ich fürchte nur, unsere Sachen sind dann vollkommen nass für den Rest unserer Expedition, wenn wir da unten durchtauchen."

„Das wäre nicht so toll, insbesondere bei der Kälte hier unten." Mara überlegte einen kurzen Moment, legte dann die Stirnlampe auf den Boden, zog sich die Fleecejacke aus und das Shirt über den Kopf. Sie legte die Sachen fein säuberlich neben den klar abgegrenzten Rand des Tauchbeckens und entkleidete sich weiter. Daniel schaute ihr erstaunt zu, bevor er endlich begriff.

„Willst du mir weiter zusehen oder kommst du mit?", fragte sie keck und stellte sich mit in die Hüften gestützten Händen vor ihm hin. Sie war nur noch mit ihrem Tanga bekleidet und Daniel konnte seine Augen kaum von ihr abwenden.

„Brrr, mir ist jetzt schon kalt", sagte sie und schüttelte sich ein wenig.

Daniel stellte sich unmittelbar vor sie und schloss in der Umarmung seine geöffnete Fleecejacke um ihren Oberkörper. Einen Moment genoss sie die Umarmung und legte ihren Kopf an seine Schulter, dann schüttelte sich ihr Körper wie in einem Reflex.

„Das ist schön, aber lass uns gehen, mir ist wirklich kalt."

Daniel nickte und zog sich in Windeseile aus. Seine Sachen warf er auf einen Stapel neben ihren, bis er nur noch den Slip anhatte. Mara hatte die Lampe in der einen Hand und die andere am Fels, als sie mit einem Fuß ins Wasser glitt. Blitzschnell zog sie ihn zurück.

„Oh je! Das ist ja eiskalt. Warum machen wir das hier eigentlich?", fragte sie ernsthaft zweifelnd. Daniel ergriff ebenfalls seine Lampe und war froh, wasserfeste Taschenlampen gekauft zu haben. Dann stiegen sie gemeinsam möglichst schnell ins eiskalte Wasser. Daniel hatte das Gefühl, sein Körper würde explodieren, als auch noch sein Kopf unter Wasser tauchte und er überall von der klirrenden Kälte umgeben war. Mara tauchte vor ihm her. Der Tunnel war wie eine gerade Röhre geformt, die leicht nach unten verlief. Es gab genügend Platz, um sich mit den Armen rudernd vorwärts bewegen zu können, wenn nicht die Lampe gestört hätte. Dennoch versuchte er, sich möglichst viel zu bewegen, um seinen Körper nicht zu sehr auskühlen zu lassen. Vor ihm paddelte Mara mit unglaublich schnellen Bewegungen ihrer Füße. Er richtete seinen Lampenstrahl auf sie und hätte den Anblick unter anderen Umständen sicher viel mehr genießen können. Augenblicklich stand ihm nicht der Sinn danach. Die Kälte zog seine gesamte Aufmerksamkeit und Energie auf sich. Er hoffte, dass bald eine Öffnung und Sauerstoff kommen würde, denn er war kein ausdauernder Taucher. Wenn der Tunnel nun in einer Sackgasse enden würde oder gar das gesamte Gangsystem hier unten mit Wasser überflutet wäre? Vielleicht würde er es gerade noch schaffen, wenn sie jetzt zurückschwämmen. Er versuchte Mara seine Gedanken zu signalisieren, doch die schwamm in geringem Abstand vor ihm her und bemerkte seine Lichtsignale nicht. Auch konnte er ihren Fuß nicht zu fassen bekommen. Es ging immer noch weiter nach unten – kein gutes Zeichen! Sie entfernten sich mehr und mehr vom oberen Wasserspiegel. Wenn es doch nur bald wieder nach oben geht!, schallte es wie ein stummer Hilferuf durch Daniels Kopf. Er spürte, dass sein Sauerstoff knapp wurde und sah die Luftblasen, die Mara vor ihm hinterließ. Sie würden es von hier aus auf keinen Fall mehr zurück schaffen! Er leuchtete an Mara vorbei nach vorn. Dort war der Tunnel zu Ende. Sie schwammen direkt auf eine Wand zu. Kein Zweifel, der Tunnel ging weder geradeaus, noch in einer Rechts- oder Linkskurve weiter. Sie waren nun kurz vor der Wand, nur noch drei oder vier Meter von ihm entfernt, als Mara nach oben glitt. Senkrecht nach oben war ein eckiger Schacht in den Fels gehauen. Daniel schwamm so schnell er konnte hinter Mara her, senkrecht nach oben, war nun fast neben ihr und schluckte Wasser. Er konnte nicht mehr. Er musste nach oben. Er ließ die Lampe fallen, um mit letzter Kraft noch ein zwei Züge machen zu können. In der Hoffnung, dass es dort Sauerstoff gab. Fast gleichzeitig schnellten beide durch die Wasseroberfläche – heftig japsend und hustend. Sie krochen erschöpft auf einen Felsvorsprung, der sich am Rand des Schachtes zu einem Gang öffnete. Beide husteten und keuchten um die Wette, bis sich ihr lauter Atem langsam beruhigte.

Daniel fand als erster seine Stimme wieder. „Das war knapp!"

Mara konnte noch nichts erwidern, nickte aber mit umso deutlicherer Zustimmung.

Der Stein, auf dem sie lagen, war ausgesprochen kalt und so hielt es sie beide nicht länger als unbedingt nötig auf dem vorübergehenden Ruhelager. Sie rückten aneinander, nahmen sich in die Arme und rieben sich gegenseitig kräftig über Rücken, Beine und Arme, um sich aufzuwärmen.

Die Lampe erleuchtete den Schacht auf wirkungsvolle Weise, als wäre sie extra so installiert worden.

„Soll ich sie holen?", fragte Mara und stand auf, um zurück ins Wasser zu gleiten.

„Ach, ein Scheinwerfer reicht bestimmt. Wir müssen ja eh irgendwann zurück", wehrte Daniel ab und stand ebenfalls auf.

Sie leuchteten in den Gang, der sich vor ihnen erstreckte und gingen vorsichtig hinein. Man konnte nur gebückt hindurchgehen, aber zumindest verlief der Boden einigermaßen waagerecht. Dafür war die Bewegung über die spitzen Steine und Felsbrocken, die überall herumlagen, barfuß keine Freude. Daniels Aufmerksamkeit war ganz auf den Boden gerichtet, auch wenn er sich gewünscht hätte, nun seine Lampe dabei zu haben und mehr von Maras wohlgeformtem Po sehen zu können.

„Igitt!", hörte er auf einmal Mara voller Schauder sagen. Sie blieb unvermittelt vor ihm stehen und leuchtete ringsum an der Wand entlang. Der gesamte Tunnel zitterte vor ihren Augen, bestand aus einer einzigen, sich unruhig bewegenden Fläche. An den Wänden und auf dem Boden krabbelten Käfer oder Kakerlaken. Daniel kannte sich nicht gut genug aus, aber die wie Kakerlaken aussehenden Insekten waren eigentlich viel zu groß für ihre Art.

Auch der Lichtstrahl schien die Tiere in keiner Weise zu beeindrucken oder in ihrem Verhalten zu beeinflussen. Möglicherweise waren sie blind.

„Ich fürchte, da müssen wir durch. Hoffentlich sind sie nicht giftig!", sagte Mara mit ängstlicher und leiser Stimme.

„Lass mich vorgehen", meinte Daniel und nahm Maras Lampe entgegen.

Bereits der erste Schritt in das wuselnde Geflirre der Käfer kostete ihn unglaubliche Überwindung. Als er den Fuß mitten zwischen die Tieren auf den Fels setzte, spürte er mehrere der Käfer unter seinen Füßen knacken. Sie hinterließen eine feuchtklebrige Masse an seinen Füßen und auf dem Stein. Ekel stieg in ihm hoch. Er versuchte, nicht daran zu denken und stellte sich vor, er liefe über einen Waldboden voller Haselnüsse und kleiner Tannenzapfen. Die Käferdichte war rechts unten auf dem Boden am größten. Dort erkannte er ein kleines Loch, in dem sie verschwanden und aus dem sie zurückkamen. Das schien ihr Nest zu sein. Noch ein paar Schritte, dann hatte er es geschafft. Mit einem wohligen Gefühl betrat er wieder den scharfkantigen, reinen Felsboden, den er eben noch so verflucht hatte. Einen Schritt weiter sah er sich um und stellte mit Erstaunen fest, dass Mara den Abschnitt ebenfalls bereits hinter sich gebracht hatte. Er war so mit sich und den Insekten beschäftigt gewesen, dass er gar nicht auf sie hatte achten können.

„Iiii, war das eklig!", machte sie ihrer Abscheu Luft. Daniel atmete tief durch, bevor sie weitergingen.

Nach ein paar Windungen und einigen naturgeschaffenen Stufen befanden sie sich plötzlich in einer riesigen, bauchigen Höhle. Vor ihnen erstreckte sich ein kleiner unterirdischer See, der im Kegel des künstlichen Lichts türkisblau schimmerte. Daniel fragte sich, wie das möglich war so weit hier unten. Es mussten bestimmte Ablagerungen sein, die eine derart schillernde Welt erzeugten. Die Wände waren überall glatt und gebogen – wie in einer überdimensionalen, versteinerten Blase.

Ein wenig kamen sie sich vor wie die ersten Menschen, die staunend nebeneinander vor der soeben erschaffenen Welt standen. Diese Blase gab ihnen ein ganz urzeitlich-archaisches Gefühl.

„Es geht nicht weiter", stellte Mara fest und drehte sich einmal um sich selbst.

Sie hatte recht, nirgendwo waren auch nur Anhaltspunkte einer Fortführung des Ganges zu erkennen. Es gab keine verdeckten Vorsprünge oder Kanten. Sie hatten das Ende dieses Höhlenabschnitts erreicht.

„Selbst im Wasser ist nichts, man kann überall klar bis auf den Grund sehen."

Sicherheitshalber untersuchten sie nochmals mithilfe der Lampe jeden Meter der Wände und schritten dabei langsam die gesamte Höhle ab.

Daniel schüttelte den Kopf.

„Tja ... und nun?", fragte Mara ratlos.

Daniel zuckte mit den Schultern. In Gedanken ging er die gesamte Höhle durch. „Das kann doch nicht sein. Es muss einen Weg geben! Nur wo?"

Beide überlegten lange und angestrengt, bis Mara einen Vorschlag machte.

„Lass uns noch mal in den Raum am Ende des ersten Ganges gehen. Ich habe irgendwie das Gefühl, dass es dort noch weitergehen könnte", schlug Mara vor.

„Du meinst die Höhle mit den Verschiebungen und dem Geröll?"

„Genau die."

„Die haben wir noch nicht systematisch untersucht. Das ist das Einzige, was mir noch einfällt." Sie kehrten um und gingen erneut durch den engen Gang mit den Käfern. Im Stillen ärgerte Daniel sich darüber, diesen ekelhaften Weg ganz umsonst gemacht zu haben.

Vor dem Zurücktauchen holten sie beide noch einmal ganz tief Luft, doch diesmal, wo sie wussten, wie nah die Oberfläche war, ging es leichter. Daniel gelang es sogar, auf dem Weg die Lampe wieder aufzuheben, die er zuvor beim Auftauchen fallengelassen hatte. Nachdem sie sich notdürftig mit den Fleecejacken abgetrocknet hatten, waren sie froh, als sie wieder in die warme Kleidung schlüpfen konnten. Vor der engen Kriechpassage blieben sie stehen.

„Das kriegen wir schon hin", versuchte Mara Daniel zu beruhigen. „Wir sichern dich mit Seilen und ziehen die Rucksäcke hinterher. Und wenn du dann noch die Jacke und Hose auszieht, passt du schon besser durch."

„Ich soll wohl am besten nackt hindurchkriechen?"

„Warum nicht?", konterte Mara mit einem kessen Gesichtsausdruck.

„Wenn du auch mitmachst ..."

Mara lachte laut. „Das hättest du wohl gern. Ich passe ja durch."

Die enge Passage war dieses Mal kein Problem. Daniel war konzentriert bei der Sache und spürte kaum Angstsymptome.

Sie durchquerten erneut die eindrucksvolle Tropfsteinhöhle und machten sich auf den Weg durch den Gang, den sie beim ersten Mal bereits genommen hatten. Schließlich kamen sie in der besagten Höhle an. Ein scheinbar undurchdringliches Gewebe von Säulen, Felsbrocken und Geröll bot sich erneut ihren Augen.

Daniel deutete auf die Ecke rechts, die wie ein aufgeschütteter Schutthaufen wirkte. „Wir sollten diese Wände dort hinter dem Geröll mal freilegen, denke ich."

Mara antwortete nicht, sondern schritt direkt auf den kleinen Berg zu. Dann begann sie, die Steine auf die Seite zu werfen. Daniel reichte ihr den Spaten und begann seinerseits die obere Spitze langsam abzutragen.

Unermüdlich setzten sie ihre Schwerstarbeit fort, nur von einigen Schlucken Wasser unterbrochen, bis Daniel plötzlich einen Schrei ausstieß.

„Mara! Komm her! Hier ist tatsächlich ein Durchgang."

Mit doppelter Kraft schaufelten sie weiter Unmengen von Steinen beiseite, bis eine Öffnung freigelegt war, durch die sie bequem hindurchkriechen konnten.

Verschwitzt standen sie sich gegenüber und strahlten sich an, bevor sie mit dem Gepäck im Tunnel verschwanden.

¥

Der Gang führte mit deutlichem Gefälle nach unten und war etwa zwei Meter hoch, sodass sie das Marschtempo nun deutlich anziehen konnten. Mara ging festen Schrittes voran und stolperte nur ein paar Mal über die überall herumliegenden Steine.

Gerade, als sie sich zu Daniel umdrehen wollte, passierte es.

Schlagartig verschwand der Boden unter ihren Füßen. Daniel sah Mara innerhalb eines Sekundenbruchteils vor seinen Augen nach unten wegsacken. Dicht hinter ihr rutschte er mit einem Fuß über die Abgrundkante hinaus. Steine flogen nach unten und er konnte sich nur im letzten Moment mühsam wieder nach oben ziehen. Ein unergründlicher Abgrund hatte sich aufgetan.

Im nächsten Moment hörte er einen Aufprall tief unten.

„MARA!", schrie er und starrte in die Dunkelheit.

„Daniel!", hörte er ihre angestrengte Stimme von unten.

Er fischte nach der Lampe, die er eben verloren hatte. Dann sah er sie. Einen Meter weiter unten hing sie mit nur einem Arm an einem kleinen Vorsprung.

Ihre Lampe war in die Tiefe gefallen und dort zerschellt, er konnte die Trümmer von hier oben erkennen.

„Mara, halt durch! Ich zieh dich nach oben!", schrie er ihr verzweifelt entgegen, während er nach dem Seil suchte.

Sie durfte nicht fallen! Es war eine Höhe, die niemand überleben würde.

„Hilf mir! Schnell! Ich kann nicht mehr."

Er warf ihr das Seil nach unten, sie hakte es in ihren Gurt ein. Das andere Ende schlang er sich schnell um den Unterarm und suchte im gleichen Moment mit den Füßen Halt auf dem Boden.

Er stellte die Lampe beiseite und zog so stark er konnte. Ermattet kroch sie schließlich über die Abbruchkante und schüttelte ihren linken Arm.

„Verdammt! Was zum Teufel war das? Eine Falle?", fragte sie entgeistert.

Im gleichen Moment schloss sich der Stein von unten wieder. Es handelte sich um eine Klappe, die in der Breite den gesamten Gang ausfüllte. Dabei war sie so lang, dass man auf keinen Fall mit einem Sprung hinüberkam.

Beide starrten fassungslos auf den Boden vor ihnen. Es sah aus, als ob der Stein hier vollkommen massiv wäre. Nichts, aber auch gar nichts deutete darauf hin, dass hier eben noch ein tödlicher Abgrund vor ihnen gelegen hatte.

„Es scheint, wir sind auf dem richtigen Weg", stellte Daniel fest.

„Erst mal müssen wir hinüber." Mara betrachtete die Decke. „Wir sollten Sicherungen in die Decke schlagen, dann können wir uns auf die andere Seite hangeln."

„Oder mit einem Seil hinüberschwingen."

„Das ist vielleicht noch einfacher." Mara hing bereits mit einem Arm an einem Haken, den sie gerade in die Decke geschlagen hatte und hämmerte mit dem freien Arm unter deutlichen Stöhnlauten den nächsten ein. Ein dritter folgte, an dem sie das Seil befestigte, dann hangelte sie sich zurück.

Mit dem Seil in der Hand trat sie mit einem Fuß auf die Bodenplatte, die sofort nach unten klappte. Dann nahm sie zwei Schritte Anlauf und schwang mühelos auf die andere Seite. Sie warf Daniel das Seil zu und er folgte ihr auf die gleiche Weise.

Der Gang schlängelte sich weiter in serpentinenartigen Stufenpassagen nach unten.

Und plötzlich standen sie erneut vor einem Abgrund. Dieser wurde jedoch von einer Art eiserner Brücke überspannt. Daniel beleuchtete mit der verbliebenen Lampe die von einem Punkt an der Decke herabhängenden Ketten. An diesen war an mehreren Stellen eine lange schmale Metallplatte befestigt, die den etwa zehn Meter langen Schlund überspannte.

„Vielleicht eine weitere Falle. Wir sollten vorsichtig sein."

„Besser, wir sichern uns gegenseitig", schlug Mara vor und befestigte ein Ende des Seils an ihrem Karabiner im Gürtel. Daniel tat es ihr mit dem anderen Ende des Seils nach, sodass sie mit einem kurzen Seil verbunden waren. Er stellte sich direkt vor die wackelige Schaukelkonstruktion, dann trat er mit einem Fuß vorsichtig darauf. Die Ketten begannen sich sofort zu bewegen und machten knarrende Geräusche unter der zunehmenden Belastung. Daniel kämpfte um sein Gleichgewicht, als er langsam auch den anderen Fuß auf die Platte stellte. Die

Plattform begann bedrohlich zu schwanken. Er wartete. Sie schien zu halten. Mara war immer noch angespannt und hielt mit beiden Händen das Seil an ihrer Hüfte fest, in ständiger Erwartung eines plötzlichen Sturzes.

Daniel tastete sich schrittweise zur Mitte der Brücke vor und Mara folgte, als sich das Seil zwischen ihnen langsam spannte. Die Konstruktion begann noch gewaltiger zu schaukeln. Keiner der beiden wagte eine Bewegung, bis die Hängebrücke langsam wieder zur Ruhe kam und sie die Überquerung fortsetzten konnten. Zumindest schienen die Ketten zu halten und sie erreichten schließlich erleichtert die andere Seite der Kluft.

Eine steinerne Treppe führte sie hinab in einen gewölbeartigen Raum. Lediglich der Boden war ganz eben und behauen, bei genauerem Hinsehen erkannte Daniel, dass es sich um große quadratische Platten handelte.

„Fünfundzwanzig riesige Steinplatten", murmelte Mara halblaut und trat einen Schritt näher, sodass sie vor dem riesigen Quadrat von fünf auf fünf Platten stand.

„Sie sind mit Zahlen gekennzeichnet", fuhr sie verwundert fort. Daniel trat neben sie und erkannte jetzt auch im Schein der Lampe winzige römische Zahlen, die genau in der Mitte jeder einzelnen Platte eingeritzt waren.

„Das könnte eine Art Zahlenschalter sein. Man muss auf bestimmte Platten in einer bestimmten Reihenfolge oder vielleicht auch gleichzeitig treten, um dadurch einen Mechanismus auszulösen", bemerkte er.

„Die Frage ist, was man für einen Mechanismus auslöst ...", antwortete Mara umgehend. „... und vor allem: was passiert, wenn man auf die falschen Platten tritt?"

„Tja, das werden wir möglicherweise gleich sehen."

„Hoffentlich nicht. Vielleicht finden wir ja den richtigen Code. Hast du eine Idee?"

„Sieh mal dort an der Wand", rief er erstaunt aus, als er den Lichtstrahl auf ein gegenüber in die Wand gemeißeltes Zeichen richtete:

„Das Christusmonogramm!" Mara schaute verwundert auf das Symbol an der Wand. Versunken betrachtete sie lange die Einritzung gegenüber, dann kam ihr plötzlich eine Idee.

„Kannst du dich noch an den Hinweis oben in der Kirche von Rennes-le-Château erinnern? Den Satz über dem Weihwasserbecken des Asmodeus?"

Daniel nickte. „Natürlich! Par ce signe tu le vaincras." Dann blickte er Mara verwirrt an.

„Denk an das hinzugefügte ‚LE' im Satz", sprach Mara aufgeregt weiter. „Es verwies auf das Jahr 1314, die Hinrichtung des letzten Großmeisters der Templer, Jacques de Molay."

„Da hätten wir doch schon mal eine Zahl. Sollen wir es damit versuchen? 1–3–1–4? Oder vielleicht besser 13–14, so wie die Position der Buchstaben ‚LE' im Satz?"

„Das probieren wir. Ich spring mal rüber auf die 13. Hoffentlich ist die Sicherungsleine lang genug."

Nachdem sie den Rucksack abgestellt hatte und beide ihre Stirnlampen darauf abgelegt hatten, um den Raum gleichmäßig auszuleuchten, überprüfte Mara den Karabiner an ihrem Gürtel. Daniel nahm das andere Ende des Seils fest in seine Hände.

„Sollte reichen", antwortete er und ging leicht in die Knie.

Mara sprang. Sie landete genau auf der Platte mit der XIII. Nichts passierte. Sie schaute kurz zu Daniel hinüber und machte dann einen großen Schritt auf die Platte mit der XIV. Er hielt kurz den Atem an, als sie ihren Fuß aufsetzte und dann ihr Gewicht auf die Platte verlagerte.

Doch alles blieb ruhig.

„Vielleicht geht es nur zu zweit. Einer auf die XIII, einer auf die XIV", hallte ihre Stimme durch das Gewölbe. Sie setzte ihren Fuß vorsichtig zurück auf die soeben verlassene Steinplatte und verteilte ihr Körpergewicht dann gleichmäßig auf die benachbarten Platten auf. Daniel sprang zu der XIII, während Mara ihren Fuß zurück zog und auf der XIV stand. Keine der Aktionen zeigte irgendeine Wirkung.

„Schade. Vielleicht versuchen wir es doch mit der Reihenfolge 1–3–1–4", schlug Daniel vor und sprang hinüber zur I. Mara ging zurück an den Rand, um die Reihenfolge nicht zu beeinflussen, während Daniel auf die III, zurück auf die I und schließlich mit einem langen Satz auf die IV sprang.

Ohne Ergebnis.

Mit dem gleichen Erfolg probierten sie noch viele weitere Kombinationen aus, dann bemerkte Mara plötzlich eine angedeutete Vertiefung. Es sah aus wie die Form eines Kreuzes zwischen den Platten. Der Längsbalken befand sich genau zwischen den Platten XIII und XIV.

„Daniel, sieh hier! Eine kreuzförmige Vertiefung zwischen den Platten. Wirf mir doch mal die Eisenstange herüber! Sie ist doch wie ein Kreuz geformt, vielleicht passt sie ja hier hinein." Sie deutete auf die Vertiefung zwischen den überdimensionalen Steinfliesen.

Daniel blieb am Rand stehen und warf die Stange so, dass sie scheppernd neben ihr landete. Mara nahm sie und legte sie sogleich in die Vertiefung.

Die Reaktion kam so unerwartet für Daniel, dass er völlig überrascht wurde.

Die beiden Platten sackten unter Mara weg und zogen sie mit in die Tiefe. Ein winziger Augenblick, dann riss das Seil Daniel mit einem Ruck zu Boden und schleifte ihn auf die Öffnung zu. Er versuchte sich an den verbliebenen Platten festzuhalten, doch er rutschte einfach weiter. Sein Körper glitt über die Kante, wo eben noch Mara gestanden hatte. Er ruderte mit den Händen und griff nach der Kante. Er hatte sie gerade zu fassen bekommen, als ihn das Gewicht weiterzog. Er konnte dem Sog nach unten nichts entgegensetzen. Seine Finger gaben nach und er stürzte in die Tiefe. Dann kam ein harter Aufprall, es ging wie auf einer fast senkrechten Rutsche durch den Berg hinab. Die Lampe tanzte an seinem Gürtel und sorgte für ein flackerndes Lichtfeuerwerk auf den engen Wänden. Er bemerkte, dass sie sich löste und nun ihre eigene Bahn neben ihm suchte.

Dann war plötzlich der Fels nicht mehr da, die schmerzhafte Rutsche war weg, er befand sich im freien Fall. Nur einige Meter nach unten. Dort lag Mara, die er in einem Teil des umherirrenden Lichtkegels wahrnahm. Er würde genau auf sie fallen und versuchte ihr in der Luft auszuweichen. Dann kam der Aufprall. Er spürte den Schmerz überall, hörte gleichzeitig Mara schreien und etwas brechen.

¥

Er lag wie tot da, während Mara verzweifelt versuchte, seinem Gewicht zu entkommen. Daniel brauchte lange, bis er beiseitekriechen und sie freigeben konnte.

Er fühlte sich zerschmettert, doch er glaubte, dass zumindest nichts gebrochen war. Offensichtlich ganz im Gegensatz zu Mara. Sie stöhnte kurzatmig. Er tastete nach ihr.

„Ahhh!", schrie sie erneut auf. „Die Rippen ... ich glaube, da ist was gebrochen." Sie versuchte sich aufzusetzen und stützte sich mit dem Bein ab. Ihr entfuhr abermals ein unterdrückter Schmerzensschrei.

„Ich glaube, das Bein ...", ergänzte sie, wobei ihr das Sprechen sichtlich schwer fiel. „... das Bein ... ist auch ..."

Daniel wusste, was sie meinte. Er half ihr in eine halbwegs bequeme Lage. Dann erst nahm er die Umgebung wahr.

Die ein paar Meter entfernt liegende Lampe tauchte den länglichen Kuppelraum in ein mattes, warmes Licht. Die Wände waren reliefartig mit Figuren und Szenen übersät. Alles war direkt aus dem Stein herausgehauen. Steinerne Ritter bewachten den Raum von allen Seiten. Er sah aus wie eine unterirdische Kirche. Und genau in der Mitte befand sich so etwas wie ein Altar, allerdings war dieser zu Daniels Verwunderung längs der Blickrichtung angeordnet. Da erkannte Daniel, dass er an der ihnen zugewandten Seite eine Inschrift trug:

JACQUES DE MOLAY
1244–1314

Es war ein Sarkophag!

Daniel löste das Seil und kroch das kurze Stück zur Lampe. Sie leuchtete zwar deutlich schwächer, doch zumindest hatte sie zu seiner Überraschung den Sturz überlebt.

Langsam bewegte er sich wieder auf Mara zu und befreite sich unter Schmerzen von dem Rucksack auf seinem Rücken. Jede Bewegung verursachte immense Qualen. Behutsam schob er ihn Mara so weit in den Rücken, bis sie sich in einer halb sitzenden Stellung befand. Ihr Schmerz schien nun nicht mehr ihre volle Aufmerksamkeit zu fordern, jedenfalls begann sie sich langsam umzusehen.

„Wow!", sagte sie beeindruckt, aber mit unsagbar matter Stimme. Dann erblickte auch sie den Sarkophag in der Mitte der riesigen Krypta. Sie kniff die Augen zusammen, um die Inschrift besser erkennen zu können. „Jacques de Molay? Der wurde doch 1314 in Paris verbrannt."

Daniel hatte noch keine überzeugende Erklärung für die Existenz seines Grabes hier unten gefunden.

„Vielleicht sind das seine Überreste", spekulierte er. „Seine Asche und möglicherweise Reste seiner Knochen, die nicht ganz verbrannt sind. Es kann ja sein, dass diese nach seiner Hinrichtung als Reliquien eingesammelt wurden."

„Das ist sogar sehr wahrscheinlich", ergänzte Mara. „Aber dennoch ... das ist das Geheimnis des Berges? Das Geheimnis, auf das der Genter Altar verweist? ‚Die Gerechten Richter' ...?"

Daniel saß ratlos neben Mara. Er schaute auf das klaffende Loch hoch über ihnen, dann schweifte sein Blick durch den vor ihnen liegenden Raum.

„Wir sind am Ende unseres Weges. Leider im wahrsten Sinne des Wortes. Das hier ist eine Sackgasse. Wir können nicht weiter – und zurück ...?" Seine Worte verebbten in der kalten Luft der Höhle.

„Es ist viel zu hoch", antwortete Mara resigniert. „Da kommen wir nie hoch." Ihr Blick war fest auf die mehrere Meter entfernte Öffnung in der Decke gerichtet, durch die sie auf unsanfte Weise in den Raum gelangt waren.

„Was haben wir denn noch an Ausrüstung?", fragte sie stockend weiter.

„Nicht viel", antwortete Daniel. „Die Seile und Kletterhaken waren alle in deinem Rucksack. Nur dieses eine Seil, eine Schaufel, etwas Wasser und den Verbandkasten." Bei diesem Stichwort öffnete er seitlich den Rucksack, auf dem Mara lehnte, und zog sehr langsam eine Box daraus hervor.

„Vielleicht finden wir ja etwas hier drin, was dir helfen kann." Neben diversen Bandagen und Verbänden fanden sich sogar Salben, deren Verpackungen Daniel eingehend studierte.

Dann schob er vorsichtig Maras Shirt nach oben und versorgte ihre Seite, die von blau und rot schimmernden Blutergüssen nur so übersät war. Nach dem Auftragen der Salbe und Anlegen eines Verbandes rund um ihren Brustkorb hob er vorsichtig ihr Bein an. Ein unterdrücktes Stöhnen formte sich zu einem nach innen gekehrten Aufschrei, als er den Fuß anfasste. Sie presste die Lippen fest aufeinander und Daniel legte den Fuß langsam zurück auf den Boden, nachdem er den Schuh und die Socke behutsam abgeschält hatte.

Ihr Atem wurde wieder gleichmäßiger und er konnte die Schwellung mit Eisspray und Gel behandeln. Eine provisorische Bandage stellte den Fuß zumindest einigermaßen ruhig.

„Daniel", sagte sie ruhig und legte ihre Hand auf seinen Arm. „Wie viel Zeit haben wir noch? Nichts zu essen und nur noch einen Rest Wasser …"

Daniels Befürchtung wurde allmählich zur Gewissheit. Sie hatten keinerlei Chance, hier herauszukommen. Nicht nur wegen Maras Zustand. Auch wenn sie vollkommen fit wäre, würden sie die Öffnung nie erreichen – geschweige denn, den senkrechten Tunnel hinaufklettern können. Daniel versuchte zu rekonstruieren, wie weit sie hinuntergerutscht und -gefallen waren. Auf jeden Fall war es außerhalb jeder Aufstiegsmöglichkeit. Zudem hatten sie nur das eine Seil und keinerlei Ausrüstung für einen Aufstieg mehr.

Die Lampe begann zu flackern. Die Ersatzbatterien befanden sich in Maras Rucksack oben im Raum mit den Steinplatten. Ein paar Minuten würde die Lampe noch durchhalten, dann würde sie erlöschen, so wie es auch ihr Schicksal war.

Daniel legte sich neben Mara auf den harten Stein und schlang seinen Arm um ihre Hüfte, weit weg von den Verbänden.

„Mara", flüsterte er liebevoll. Er wusste nichts zu sagen, wollte einfach nur ihren Namen aussprechen und ihr zeigen, dass er ihr ganz nah war.

Sie drehte ihren Kopf auf die Seite und drückte ihr Gesicht gegen seins.

„Daniel", sprach sie kaum hörbar für seine Ohren und doch so intensiv, wie er seinen Namen noch nie gehört hatte.

Eine ganze Weile blieben sie so.

Das Licht der Lampe entsprach mittlerweile der Leuchtkraft einer schwachen Kerze.

Er sollte die letzten Lichtstrahlen noch mal nutzen, bevor sie ganz in der Dunkelheit der Erde versinken würden, dachte Daniel bei sich.

Dann löste er sich sachte von Mara und schob ihren Kopf zurück in eine bequeme Position.

„Ich schau mir den Raum nochmal an, bevor das Licht ausgeht."

„Gute Idee", antwortete Mara schwach. „Ich komm nicht mit – ruh mich lieber noch ein wenig hier aus."

Daniel beugte sich zu ihr und gab ihr einen zarten Kuss auf ihre weichen Lippen.

Dann nahm er die Lampe und ging dicht an den Reliefs entlang. Er nahm sich viel Zeit und untersuchte die Wände genau. Sollte das hier wirklich das Ende sein? Der Berg als letzte Ruhestätte für den letzten Großmeister des Templerordens, Jacques de Molay? Vielleicht lagen die Schätze der Templer in diesem Sarkophag.

Er betrachtete den riesigen Steinkoloss in der Mitte des Raumes und ging darauf zu. Er versuchte den tonnenschweren Deckel zu verschieben, doch der schien mit dem Unterteil verbunden zu sein. Er stemmte sich mit seinem Körpergewicht gegen den Sarkophag, doch dieser stand unbeeindruckt in steinerner Gleichgültigkeit da. Wie ein ewiges Denkmal des Vergänglichen.

Er betrachtete aufmerksam den Namen, der tief in den Stein hineingehauen in großen lateinischen Buchstaben auf dem wuchtigen Gebilde prangte, das aus dem felsigen Boden hinauszuwachsen schien.

Einige der Buchstaben waren so tief ausgehöhlt, dass sie sich wie kleine Löcher in den Stein gruben.

Daniel wandte sich wieder den Wänden zu, doch auch auf der anderen Seite konnte er nichts entdecken. Sie waren tatsächlich am Ende ihrer Expedition. In der Gruft de Molays, die nun auch ihre Grabstätte werden würde!

Das letzte Flimmern der Lampe verglühte müde und Daniel tappte in der Finsternis in die Richtung, in der Mara liegen musste. Leise rief er ihren Namen, damit er sie besser orten konnte und nicht versehentlich gegen sie stieß.

„Ich bin hier", kam es leise aus der vermuteten Richtung vor ihm. Er ging einige Schritte weiter und tastete den Boden ab, bis er ihren Arm fühlte.

„Nichts gefunden?", hauchte sie fragend.

„Nein. Wir sitzen in der Falle", gab er resigniert zurück.

Beide sagten nichts. Sie wussten, was das bedeutete.

Daniel legte sich dicht neben Mara und hielt ihre Hand. Er konzentrierte sich auf ihren ruhigen Atem und wurde ganz ruhig an ihrer Seite.

¥

Irgendwann wurde er wach. Wie lange mochte er geschlafen haben? Daniel hatte keinerlei Zeitgefühl mehr. Es konnten Minuten oder Stunden gewesen sein. Seine Lippen fühlten sich genauso trocken an wie sein gesamter Mund. Er musste etwas trinken und wenn es nur ein kleiner Schluck war.

„Mara?", flüsterte er kaum hörbar in die Finsternis.

Sie antwortete nicht, atmete ruhig weiter. Sie schien zu schlafen. Ganz vorsichtig öffnete er den Rucksack hinter ihrem Kopf und zog in Zeitlupe die Wasserflasche heraus.

„Daniel? Alles in Ordnung?", fragte sie schlaftrunken.

„Alles bestens. Schlaf weiter, Liebe!", antwortete er und schüttelte die Flasche. Es waren kaum mehr als ein paar Schlucke darin. Die restlichen Vorräte waren oben an der Treppe und in Maras Rucksack. Dies hier war der Rest, der ihnen blieb. Es gab auch kein Wasser hier in dem Raum, wie es in anderen Teilen der Höhle manchmal sogar an der Wand heruntergelaufen war. Die Gruft war absolut trocken.

„Hast du Wasser?", hauchte Mara.

Daniel schraubte die Flasche auf und hielt sie ihr hin. Sie tastete nach seiner Hand, nahm die Flasche mit beiden Händen und trank.

Daniel nahm ebenfalls zwei kleine Schlucke aus ihrer Reserve, dann war nur noch ein winziger Rest darin.

Die Dunkelheit war bedrückend. Nicht die geringste Spur von Schemen konnte er erkennen, denn seine Augen gewöhnten sich nicht an die Dunkelheit. Ihn umgab absolute Schwärze. Dennoch hatte er die Augen weit geöffnet – wie im Reflex oder der Hoffnung, dass vielleicht doch plötzlich etwas sichtbar würde. Aber das Starren in die Schwärze machte ihn verrückt.

Er legte sich wieder hin, spürte, dass Durst und Hunger an seinen Kräften zehrten. Wie gern hätte er mit dieser Frau noch gelebt und an ihrer Seite das Leben gespürt. Dennoch empfand er kein Bedauern, hier mit ihr zu liegen. An ihrer Seite zu sterben, war immerhin die schönste Art des Todes, die er sich vorstellen konnte. Er überlegte, wie es wohl war, zu verdursten. Hoffentlich würde es kein so grausamer und schmerzhafter Tod sein. Er tastete nach Maras Hand. Vielleicht würden sie einfach ruhig einschlafen.

Er schloss die Augen und dachte an ihre kurze und aufregende gemeinsame Zeit. Unzählige Situationen erhellten filmartig seinen Kopf.

Dann schlief er wieder ein.

Rauch stieg ihm in die Nase. Er begann zu schwitzen. Es wurde unerträglich heiß und der Rauch wurde immer aufdringlicher. Er nahm ihm jegliche Luft zum Atmen.

Daniel hatte das Gefühl zu ersticken. Dann sah er die Flammen, wie sie vor ihm hochzüngelten. Sie wandelten sich zu einer leckenden Lohe, die an ihm heraufkroch. Er spürte, wie sich das Feuer langsam und unaufhaltsam seiner bemächtigte. Mitten im Feuer, zwischen den aufkeimenden Flammen stand er da – vollkommen unfähig, sich zu bewegen. Der Schmerz war überall, die Hitze nicht auszuhalten. Er erstickte und rang ein letztes Mal nach Luft.

Daniel hustete, röchelte und öffnete die Augen. Aber da war nur die absolute Schwärze, so angestrengt er auch hineinblickte.

Keine Flammen, kein Feuer! Nur die Kälte der Höhle und der harte Stein, auf dem er lag.

Er musste geträumt haben. Dabei hatte es sich so real angefühlt. Langsam erinnerte er sich: Sie waren immer noch in der Grabkammer de Molays – in einer tödlichen Sackgasse. Vorsichtig tastete er nach Mara und spürte ihre Schulter durch die Jacke. Sie schlief.

Er war mit seinem Gefühl noch ganz im Traum verhaftet. Es war, als ob er an de Molays Stelle gewesen wäre, als ob er die Hinrichtung aus dessen Perspektive erlebt hätte. Wie konnte das sein? Dann erinnerte er sich an die Visionen, die er in Gent vor dem Altar gehabt hatte. Wie ähnlich sie doch gewesen waren. Aber wo bestand der Zusammenhang?

Der albtraumhafte Druck fiel Stück für Stück von ihm ab und er fasste allmählich wieder Fuß in der Realität ihrer ausweglosen Situation.

Er wusste nicht, wie lange er wohl geschlafen haben mochte. Das Gefühl für die Zeit war hier unten vollkommen verlorengegangen. War es Tag? War es Nacht draußen? Er dachte an die Welt dort oben. Mit ihren Häusern, Menschen und Autos. Alles war so unendlich weit weg. Kaum vorstellbar, dass es das alles überhaupt gab.

Er spürte, dass die Dunkelheit ihn schon vollkommen zu umfassen begann. Nicht nur als Abwesenheit des Lichts, sondern auch wie eine zeitlose Nicht-Existenz, fernab von jeglicher Form oder Körperlichkeit.

Nochmals tastete er nach Maras Arm, um sich ein Gefühl der Sicherheit und Nähe zurückzuholen.

Mara erwachte und nahm seine Hand.

„Habe ich lange geschlafen?", fragte sie müde.

„Ich weiß es nicht. Ich bin auch eingeschlafen – keine Ahnung, wie lange. Wie geht es dir? Hast du starke Schmerzen?"

„Nein, es geht besser. Der Schlaf hat mir gutgetan. Aber ich fühle mich so schwach." Sie sprach die Worte leise und langsam. Dann hörte er an ihrer Stimme, dass sie den Kopf zu ihm gedreht hatte und ihn durch die Dunkelheit ansah. „Daniel, wie kommen wir hier wieder raus?"

Er sah sie vor seinem inneren Auge, wie sie ihn dabei anschaute.

„Bis jetzt habe ich noch keine Idee", gab er resigniert zurück.

„Was ist mit der Stange? Ist sie mit uns in den Abgrund gefallen?"

„Ich glaube schon. Sie muss irgendwo dort hinten liegen. Aber sie ist viel zu kurz. Damit kommen wir nicht nach oben."

„Zu blöd, dass ich den Rucksack oben abgesetzt habe", ärgerte sich Mara.

„Ach, wer weiß, ob der uns geholfen hätte", versuchte Daniel sie zu trösten.

Dann lagen sie einfach da und sagten nichts.

Daniel dachte an den Sarkophag und die kleinen Lüftungslöcher im Namenszug.

Da plötzlich kam ihm eine Idee. Zumindest war es einen Versuch wert.

„Mara, ich muss mal kurz an den Rucksack. Wir hatten doch noch ein kleines Feuerzeug mit."

„Ja, klar, in jedem Rucksack war eins."

Er durchwühlte die Seitentaschen unter Maras Kopf und fand schließlich ein kleines Einwegfeuerzeug.

Nach einer schnellen Daumenbewegung flackerte die Flamme auf und erhellte Maras Gesicht, die sofort ihre Augen zukniff, als wäre es eine gleißende Taschenlampe. Auch Daniel war einen Moment vom Licht geblendet.

Dann schaute er sich nach der Stange um. Sie lag einige Meter von ihnen entfernt.

Er holte sie und trat auf den Sarkophag zu. Neben dem Sarkophag bemerkte er einen winzigen Kerzenstummel. Es gelang ihm, diesen noch ein letztes Mal zum Leuchten zu bringen. Auch wenn es nicht für lange sein würde. Er stellte ihn neben dem Sarkophag ab.

Dann steckte er das untere Ende der Stange in alle Öffnungen des Namens. Es schien nicht so recht zu passen.

Dann jedoch, bei dem mittleren Buchstaben, dem ‚D', ließ sich das Ende tiefer einführen. Es schien sogar genau in die Öffnung zu passen.

Als er die Stange nicht mehr tiefer hineinstecken konnte, drehte er sie am oberen Kreuz wie einen riesigen Schlüssel.

Sie ließ sich langsam unter Widerstand drehen. Es sah aus, als ob sich der gesamte Sarkophag wenige Zentimeter nach oben heben würde.

Dann rastete etwas ein. Man konnte es deutlich an dem dumpf klickenden Geräusch erkennen, dass durch die Gruft hallte.

Er ließ das Kreuz los und stemmte sich gegen den Sarkophag. Mühelos glitt dieser nach hinten, als ob er sich auf Rollen bewegte.

Dort, wo eben noch der Steinblock gestanden hatte, befand sich nun ein rechteckiger Ausschnitt im Boden, in dem eine Treppe steil nach unten führte.

Mara war trotz ihrer Ruhelage ganz aufgeregt und aufgewühlt. „Daniel! Das ist ..." Sie sprach den Satz nicht zu Ende und versuchte aufzustehen, was ihr mit dem gebrochenen Fuß jedoch nicht ganz gelingen wollte. Sie kam auf allen vieren auf Daniel zugekrochen.

„Warte doch! Ich helfe dir", rief er ihr zu und war mit schnellen Schritten bei ihr, um ihr stützend aufzuhelfen.

Schrittweise schlurften sie wie ein zusammengewachsener Körper auf die Treppe zu, dann stiegen sie Stufe für Stufe hinab, von der kleiner werdenden Flamme der Kerze geleitet.

¥

Die Flamme war kaum noch als solche zu erkennen und war keinerlei Hilfe mehr. Sie hatten das Ende der Treppe fast erreicht und konnten gerade noch den nahenden Boden erkennen. Mit einem letzten Flackern der Kerze war ein halbrunder Durchgang erkennbar, an dessen Seite eine Fackel in einer Wandhalterung steckte. Dann versanken sie wieder in der absoluten Dunkelheit.

Daniel holte das Feuerzeug aus seiner Hosentasche hervor, um mehr sehen zu können. Doch sooft er den Zünder auch betätigte, es blitzte immer nur ein kleiner Funke auf, der sich einfach nicht entzünden wollte.

„Mist!", fluchte Daniel zischend. „Einen winzigen Moment länger ..."

„War das eine Fackel an der Wand?", fragte Mara.

„Ich glaube schon, nur können wir sie nicht entfachen. Zu blöd." Er machte erneut einige Versuche mit dem Feuerzeug.

Ohne Erfolg.

Tastend bewegten sie sich die restlichen Stufen nach unten, bis sich Mara ermattet auf der untersten niederließ.

„Puh", stöhnte sie und atmete tief durch.

„Warte hier einen Moment. Ich versuche mal die Höhle zu erkunden", schlug Daniel vor.

„In Ordnung, aber pass auf! Ich kann dir nicht so schnell zu Hilfe eilen", sagte Mara.

Daniel tastete rechts herum die Wand entlang. Sie war glatt und kalt, es gab Erhebungen und Senkungen, sehr gleichmäßig. Er hatte das Gefühl, dass die Wand bearbeitet worden wäre. Und sie fühlte sich nicht nach Stein an – eher nach Metall oder etwas Ähnlichem. Die Hebungen und Senkungen schienen sich gleichmäßig rhythmisiert zu wiederholen. Die Wand war ohne Zweifel behauen. Daniel holte nochmals das Feuerzeug aus der Hosentasche und drückte den Zündknopf.

Endlich! Eine winzige Flamme leuchtete vor seinen Augen auf. Er stürzte zur Fackel, ein wenig zu schnell, sodass die Flamme vom Luftzug umgehend wieder erlosch. Er stand nun genau unter der Fackel und hielt das Feuerzeug direkt darunter. Dann zündete er den Funken erneut.

Aber es ging nicht an.

„Warte einen Moment, bevor du es wieder probierst", hörte er Maras Stimme von rechts unten.

Er stand da und hielt das Feuerzeug möglichst gerade. Vielleicht war es besser, noch etwas länger zu warten.

Dann betätigte er den Zünder und sofort trat die kleine Flamme hinter seinem gebeugten Daumen hervor. Er hielt sie näher an die Fackel heran, deren Stoff allmählich zu glimmen begann. Das Feuerzeug verlosch nun endgültig, doch der Funke fraß sich seinen Weg durch den Stoff, bis eine kleine Flamme daraus wurde und im Nu die ganze Fackel erfasst hatte. Daniel nahm sie aus der metallenen Halterung. Im selben Moment hörte er Maras Stimme.

„Mein Gott!", stieß sie hervor und er konnte nicht unterscheiden, ob es ängstlich oder überwältigt klang.

Wie aus Reflex drehte er sich um und sein Mund öffnete sich, um einen Laut der Fassungslosigkeit auszustoßen, doch es kam nichts. Er stand da und betrachtete die gleißenden Ritter, die sie überall umgaben. Vor ihnen leuchtete ein riesiges Gewölbe in strahlendem Gold!

Die gesamte Höhle war um ein vielfaches größer als die obere und bestand aus purem Gold. Sogar die Decke, der Boden, die Figuren, die sich überall ringsum befanden. Alles glänzte golden im Schein der Lampe. Jetzt sah Daniel, was er eben ertastet hatte und sich vor seinem inneren Auge vollkommen anders vorgestellt hatte. Auf den Wänden befanden sich Reliefs von Tempelrittern in Lebensgröße. Alle Wände waren in dieser Weise geschmückt, nur die zentrale Mittelwand zeigte ein riesiges Relief, das ein Lamm auf einem Altar darstellte. Es wurde von Menschen, Pilgern und Engeln umringt. Die ganze Wand wirkte wie eine Variante der Haupttafel des Genter Altars. Vor dieser ausgedehnten Wand befand sich tatsächlich ein Altartisch, der von jeder Seite in sieben breiten Stufen begehbar war und aus dem Boden zu wachsen schien. Darauf stand ein einzigartiges Meisterwerk der Verzierung, ein riesiger Schrein. Rundherum geschmückt mit filigranen Szenen und Bildern, die Daniel von hier hinten nicht im Detail erkennen konnte. Er war unfähig, sich zu bewegen und ergriffen von dem atemberaubenden Anblick. Das, was sich ihnen hier bot, entzog sich in seiner Pracht jeglicher Beschreibung und Vorstellungskraft. Niemals hatte er etwas auch nur annähernd so Prächtiges gesehen. Selbst das mit unermesslichem Reichtum ausgestattete Grab Tutanchamuns war ein fader Abglanz gegen die überirdische Schönheit dieses Raumes.

Daniel schaute zu Mara hinüber, deren Gesicht im matten Schein des reflektierenden Goldes fast die Farbe der Höhle angenommen hatte. Es war, als würde alles hier zu einem Teil dieser erhabenen und metaphysischen Aura.

Sie stand wie magisch angezogen auf und versuchte ein oder zwei Schritte auf den strahlenden Altar zuzumachen, wurde jedoch sogleich von den Schmerzen in ihre Schranken gewiesen. Daniel kam ihr zu Hilfe und stützte sie. Gemeinsam schritten sie auf den Altar zu.

Wie ein ins Unermessliche gesteigertes Abbild des letzten Raumes war auch dieser Schrein genauso im Raum angeordnet wie der Sarkophag des letzten Templer-Großmeisters. Jedoch war dieser hier sicher doppelt so groß und strahlte nicht nur wegen seiner edlen Präsenz ungleich mehr Erhabenheit und Transzendenz aus.

Sie näherten sich den Stufen und erkannten eine Inschrift, die sich über den gesamten Rand hinzog. Daniel wagte es kaum, die Worte zu lesen. Eine vorsichtige Ahnung überfiel ihn, was sie dort vor sich hatten.

Dann glitten seine Augen langsam über die großen lateinischen Buchstaben, die ins Gold des Schreins gegossen waren:

AGNUS DEI SALVATOR MUNDI

Immer wieder lasen sie die Worte und hatten den Blick fest auf den Altar geheftet, bis sie sich gleichzeitig anschauten.

„Was bedeutet das?", fragt Mara unsicher.

Daniel blickte erneut auf die Inschrift und übersetzte.

„Lamm Gottes, Erlöser der Welt."

„Das weiß ich", antwortete Mara. „Aber was hat das zu bedeuten?"

Daniel erwiderte nichts und stieg langsam die Stufen hinauf. Er stellte sich vor den Schrein und begann sich mit aller Kraft gegen den Deckel zu stemmen. Er gab widerwillig nach und ließ sich nun, da er einmal in Bewegung war, etwas leichter schieben. Der Deckel lag jetzt schräg auf den Seitenwänden und gab den Blick ins Innere frei. Daniel stand da und schaute auf weißes Leinen, das etwas umhüllte. Er eilte zum Eingang, um eine Fackel zu holen. Dann half er Mara die Stufen hinauf. Sie stützte sich auf das kalte Gold des Schreins, das sich unter ihren Händen schnell erwärmte, während Daniel die Fackel über die Öffnung hielt.

Vorsichtig nahm er eine Ecke des Leinens und schlug das Tuch äußerst behutsam zur Seite. Darunter befand sich ein weiteres Leinentuch, das jedoch einen mitgenommenen Eindruck machte. Es schien nicht ganz unversehrt und, dem Zustand nach zu urteilen, noch wesentlich älter als das äußere zu sein.

Vorsichtig hob er das Leinen an und legte es beiseite, dann die darunter befindliche Lage.

Der Blick auf das Innere war nun frei: vor ihnen lagen die Gebeine eines Mannes.

„Oh, mein Gott!", stieß Mara aus. Es klang keineswegs ängstlich, sondern zutiefst berührt. Und es war das gleiche Gefühl, das Daniel überkam. Er konnte es kaum glauben. Ehrfurcht ergriff ihn.

Agnus Dei, Salvator Mundi – sie standen vor den sterblichen Überresten von Jesus Christus!

Beide konnten sie diesen Moment kaum begreifen, blieben andächtig vor dem Leichnam stehen und betrachteten ergriffen das Skelett, das sanft ruhend vor ihnen lag. Die Knochen schienen weitgehend unversehrt, bis auf wenige, die entweder fehlten oder beschädigt waren. Die Hände waren über dem Becken zusammengelegt und wiesen Brüche der Handwurzelknochen und des Gelenkes auf. Diese schienen an beiden Händen gespalten oder zerstört, vermutlich durch die Nägel der Kreuzigung. Daniel führte die Fackel nach unten und schlug das Leinen noch weiter zurück. Der Corpus lag nun vollkommen frei.

Auch an den Füßen bot sich das gleiche Bild: die Knochen waren auf beiden Seiten durch Nägel zerstört.

So wie der Körper dort vor ihnen lag, dachte Daniel unmittelbar an die Abbildung des Mannes auf dem Turiner Grabtuch. Es war exakt die gleiche Stellung!

Er war zu bewegt, um etwas zu sagen und hielt die Fackel stumm über die Gebeine in dem massiven Goldschrein. Eine kleine Ewigkeit betrachteten sie beide andächtig den Menschen, der die ganze Welt bewegt hatte – oder zumindest die letzten Reste seiner irdischen Hülle.

Dann zog Daniel das Leinen wieder über den Leichnam, als wolle er die sterblichen Reste nicht ihrer Ruhe berauben und schob den schweren Deckel wieder in seine ursprüngliche Position zurück.

Mara sagte keinen Ton und rührte sich nicht, bis sie plötzlich zu Boden sackte.

„Mara! Um Himmels willen!", rief Daniel entsetzt und war mit zwei Schritten bei ihr, um sie aufzurichten. Sie wirkte ausgesprochen schwach.

„Haben wir noch Wasser?", fragte sie matt.

„Ja, ein wenig ist noch da. Nicht viel, aber zwei oder drei Schluck müssten es noch sein."

„Lass uns nach oben gehen, ich muss mich hinlegen", sagte sie, während sie sich vom Schrein löste und die Stufen an Daniels Seite hinabstieg. Einvernehmlich hatten sie beide das Gefühl, es wäre vermessen, hier in diesem heiligen Raum zu bleiben.

Sie erreichten das alte Lager nach einem beschwerlichen Weg über die Treppe nach oben. Daniel bereitete Mara eine bequeme Ruhestätte – soweit das den Umständen entsprechend möglich war – und platzierte die Fackel seitlich an der Wand.

„Was für ein Fund!", stieß er schließlich hervor und setzte sich neben Mara. Sie hatte die Flasche geleert und ließ entspannt die Arme sinken.

„Ich kann kaum glauben, was wir da gerade gesehen haben", flüsterte sie wie erschlagen. „Das also ist das Geheimnis des Berges. Dieser Berg wurde von den Templern als die letzte Ruhestätte Jesu ausgewählt."

„Möglicherweise könnte es auch schon vorher das Grab Jesu gewesen sein", ergänzte Daniel.

„Das wäre theoretisch auch denkbar. Du spielst auf die Theorien an, dass Jesus die Kreuzigung überlebt hat und zusammen mit Maria Magdalena hier nach Südfrankreich geflohen ist?"

„Zumindest über Maria Magdalena gibt es ja hier in Südfrankreich viele, viele Legenden und Anhaltspunkte. Es wäre zumindest theoretisch möglich. Aber plausibler wäre, dass die Templer Jesu Gebeine in Jerusalem ausgegraben und dann hierhin gebracht hätten. In den Unruhen der Kreuzzüge möglicherweise gar kein so abwegiger Gedanke. Wenn man bedenkt, wie oft Jerusalem erobert und von den Sarazenen wieder zurückerobert wurde, scheint es kein sicherer Ort für eine derart heilige Reliquie! Die heiligste überhaupt – mit ihr steht und fällt das Christentum."

Mara schien durch die Gedanken wie gestärkt und zeigte neu aufkeimende Lebensenergie.

„Also haben die Templer Jesu Gebeine in den Wirren der Kreuzzüge nach Südfrankreich überführt und ihm mit dem

Gold, das sie hier abgebaut oder gefunden haben, ein prachtvolles Mausoleum tief unter der Erde gebaut – für niemanden zugänglich, eine letzte und sichere Ruhestätte."

„So klingt es für mich zumindest wahrscheinlich."

„Und der Orden der Templer nahm seinen Untergang in Kauf, um das Heiligste zu schützen, was die Christenheit hatte. Das, was der Orden zu seinen Lebzeiten schon geschützt hat, schützt er damit über seinen Tod hinaus."

„Sogar de Molay als ihr letzter Großmeister bewacht über seinen Tod hinaus noch das Grab seines Herrn. Wie eine letzte Leibgarde, ein letzter Wächter Jesu", ergänzte Daniel.

„Aber die Templer existierten doch nach ihrem Untergang im Verborgenen weiter?", stellte Mara fragend in den Raum.

„Viele Templer flohen in Nachbarländer und fanden dort Asyl. So etwa in Spanien oder insbesondere in Portugal. Auch die heutige Gesellschaft der ‚Wächter', die das Geheimnis des Berges schützt, ist ja so etwas wie eine gedankliche Weiterführung der Ziele des Templerordens", erklärte Daniel.

Mara schaute zur Fackel hinüber, deren Licht allmählich schwächer wurde. Dann legte sie ihren Kopf zur Seite, um Daniel besser sehen zu können. Um noch mal sein Gesicht in sich aufzunehmen, solange die Fackel noch brannte.

„Dann ist der Genter Altar eine Verschlüsselung des Geheimnisses – gewissermaßen die Wahrheit hinter dem Schein. Und die Arkadien-Bilder ebenso."

Daniel nickte. „I – TEGO ARCANA DEI", sprach er weiter. „Geh weg! Ich verberge die Geheimnisse Gottes! Das macht jetzt alles einen Sinn. Auch die versteckten Botschaften in der Kirche von Rennes-le-Château. Der Dämon in der Kirche, die Dokumente, das Grabmal von Arques und das merkwürdige Verhalten des Pfarrers – es passt alles zusammen."

„Ein wirklich unglaubliches Geheimnis. Aber man spürt es auch permanent in der ganzen Gegend hier finde ich. Es lastet etwas Bedeutungsvolles und gleichzeitig Mystisches auf der Landschaft."

Daniel wusste genau, was Mara meinte. Er selbst hatte immer wieder gespürt, was sie gerade beschrieb. Und hier unten fühlte er ganz besonders die Aura und Kraft des Geheimnisses, das einige Meter von ihnen entfernt verborgen lag. Und das, obwohl er sich nicht für besonders religiös hielt und all dem immer eher kritisch gegenübergestanden hatte.

„So hat Goedertier die Tafel nur beiseite schaffen wollen, um sie vor dem Zugriff der Nazis zu schützen. Genau, wie wir vermutet hatten", fuhr Mara fort.

„Zumal durch die aufkommenden Möglichkeiten der Röntgenstrahlung ja auch das bis dahin sicher verschlossene Geheimnis enthüllt zu werden drohte", setzte Daniel hinzu.

„Aber was gilt es denn überhaupt genau zu schützen? Kann denn nicht gerade die Erforschung des Leichnams der Wissenschaft neue Aufschlüsse geben?"

„Das wäre schön, wenn es dabei bliebe! Wissenschaft und Ethik … Schau dir doch als Beispiel mal die Erforschung der Atomenergie an, mit der daraus resultierenden Atombombe. Die Wissenschaft forscht nur für sich, doch gibt es immer ethische Grenzen, welche die Wissenschaft zunächst nicht beachtet, vielleicht auch nicht beachten darf. Forschung kann keine Grenzen vertragen, das würde der wissenschaftlichen Neugier und dem Entdeckergeist ja vollkommen widersprechen. Aber um zurück auf Jesus zu kommen: ich denke, maßgeblich bei jeglicher wissenschaftlichen Erforschung ist die Gefahr eines Missbrauchs durch falsche Mächte oder Menschen. Der Körper Jesu in den falschen Händen – das könnte fatale Folgen haben. Und heute sind die Gefahren sicher noch vielfältiger. Denk nur mal an die gentechnischen Möglichkeiten oder das Klonen."

Daniel machte eine kurze Pause und schaute hinüber zu der verborgenen Treppe. „Möglicherweise geht es aber auch einfach darum, dass Jesus endlich die ersehnte Ruhe und Frieden finden kann."

Mara hörte nachdenklich zu, bevor sie antwortete.

„Was würde das plötzliche Auftauchen der Gebeine Jesu für die Welt bedeuten? Glaubst du, das wäre das Ende des Auferstehungsglaubens? Das Ende des Christentums?"

„Vielleicht schon für manche Menschen. Ich kann es auch nicht genau sagen. Die Auferstehung ist ja schon die zentrale Hoffnung des christlichen Glaubens, denke ich. Und die Evangelien sprechen eindeutig von einem leeren Grab, woraus sich ja dann der Glaube an die Auferstehung abgeleitet hat – oder zumindest untermauert wurde."

„Aber es glaubt doch niemand mehr an eine leibliche Auferstehung mit dem Körper, wie man sich das im Mittelalter vorgestellt hat. Heute ist doch der Glaube an eine losgelöste Seele allgemein verbreitet, wenn man grundsätzlich überhaupt an eine Weiterexistenz über den Tod hinaus glaubt. Und diese Ideen finden sich ja nicht nur im Christentum, sondern auch in allen anderen Religionen in abgewandelter Form."

„Dennoch würde zunächst die Aussage der Bibel an dieser zentralen Stelle nicht stimmen und in gewisser Weise widerlegt werden", erwiderte Daniel und merkte, dass sein Mund langsam trocken wurde. „Das leere Grab wird ja in den Evangelien auch teilweise noch durch einen Engel unterstützt, der die Botschaft der Auferstehung verkündet."

„Neben der Verbindung des fehlenden Leichnams zur Auferstehung wären ja auch noch andere Möglichkeiten denkbar, wie der tote Körper Jesu aus dem Grab gekommen sein könnte." Mara lag immer noch unbewegt da und schaute Daniel im Schein der müde flackernden Fackel in die Augen.

„Es gab viele Theorien über das leere Grab. Einschließlich derer über den Diebstahl der Gebeine durch die Jünger oder die These einer genialen Täuschung. Oder dass Jesus mit Hilfe von Betäubungsmitteln die Kreuzigung überlebt habe und vorschnell in das Grab gelegt wurde."

Mara deutete ein Nicken an. „Es gibt ja sogar medizinische Gutachten zum Turiner Grabtuch, die behaupten, dass der

Mann in dem Tuch noch gelebt habe. Mein Vater war an den Forschungen zum Grabtuch beteiligt."

„Vorausgesetzt, es handelt sich bei dem Mann auf dem Grabtuch wirklich um Jesus. Aber zurück zum Grab: Merkwürdig ist halt, dass das Grab ja angeblich von römischen Soldaten bewacht wurde. Welchen Fall auch immer man annimmt, die irdische Existenz des Leichnams von Jesus Christus stellt schon eine Gefährdung des gesamten Christentums in seiner Wurzel dar. Und eine große Hoffnung für viele Menschen würde möglicherweise zunichte gemacht, an deren Stelle nichts treten kann."

„Vielleicht nicht sofort. Aber dann hätte auch Galilei niemals sagen dürfen, dass die Erde um die Sonne kreist und nicht umgekehrt."

Daniel wirkte nachdenklich. „Da hast du sicher recht. Aber den Fall sehe ich noch etwas anders gelagert. Im Bereich des Glaubens und der Hoffnung gelten andere Regeln."

Mara hustete. Das Sprechen fiel ihr immer schwerer. Daniel rückte näher an sie heran und strich ihr über die Wange.

„Wie auch immer", sagte sie leise und stockend. Daniel merkte, dass sie kaum noch ein Wort herausbekam. „Auferstehung hin oder her – man sollte die Toten in Frieden ruhen lassen! Hat nicht der Mensch, der hier liegt, auch ein Recht auf die Ruhe seiner Gebeine, egal wer er ist oder war?" Sie hustete schwach. „Was haben wir nur aus dem Recht der Toten gemacht? Das Sterben immer mehr profanisiert und funktionalisiert. Kein Wunder, dass niemand mehr darin sieht als ein paar unnütze Knochen. Keine Achtung vor den Toten – keine Achtung vor den Lebenden …"

Im selben Moment, da sie die Worte sprach, erlosch das Licht der Fackel vollständig. Die unheimliche Dunkelheit verschlang sie wieder in sich und hüllte sie ein. Daniel konzentrierte sich auf seine Hand, die immer noch an Maras Wange lag und auf ihren Atem, den er durch die Stille vernahm. Sonst kein einziges Geräusch, nichts – es herrschte vollkommene Stille hier unten. Und trotzdem war es, als ob der Druck der gesamten über ihnen liegenden Felsmassen auf seinen Ohren lastete.

„Hätten wir doch noch etwas Wasser", durchbrach Mara mit brüchiger Stimme die Stille, dann wurde ihr Atem ruhig und langsam.

Auch Daniel kämpfte gegen das Hunger- und Durstgefühl, und doch drängte es sich immer wieder in den Vordergrund. Er legte sich näher an Mara heran und versuchte sich so vom Durst abzulenken. Es würden ihre letzten Augenblicke zusammen sein. Vielleicht würde es noch eine ganze Zeit dauern, doch er wollte keine einzige Sekunde davon verpassen.

Irgendwann bemächtigte sich der Schlaf dennoch seines Geistes, der Körper hatte nicht mehr die Kraft, seinem Willen zu gehorchen.

Viele Stunden lag er da, halb vor sich hindösend, aber noch immer in der irdischen Welt verhaftet. Wenn man dieses unterirdische Grab überhaupt so bezeichnen konnte. Doch allmählich spürte er seine Hand nicht mehr, nicht mehr den Körper auf dem harten Stein, und die Schmerzen verloschen. Er hörte auch Mara neben ihm nicht mehr atmen. Irgendwann wehrte sich sein Wille nicht mehr gegen den übermächtigen Sog, die Durst- und Hungergefühle nicht mehr ertragen zu wollen. Er gab sich ihm einfach hin und glitt langsam hinweg. Spürte gar nichts mehr und begann leicht zu schweben. Auf einen Lichtpunkt zu, der aus der Ferne immer größer wurde und sich dann zu einem Strahl bündelte. Ein Strahl, in dem er aufgenommen wurde und der ihn blendete. Er wurde immer intensiver, wie ein Tunnel aus wohltuendem Licht. Die Dunkelheit wurde absorbiert und hatte keine Chance mehr gegen den sich ausbreitenden Glanz. Dann sah er Juri vor sich. Erst noch weit weg, hinter dem Licht. Er war ganz verschwommen zu sehen und kam langsam auf ihn zu. So war es Juri, der ihn als Erster hier begrüßte auf der anderen Seite. Der ihn hier drüben empfing.

‚Wo ist Mara?' war sein erster Gedanke, doch dann sprach Juri ihn an. Worte, die er nicht verstehen konnte. Alles war nur schemenhaft und hell. Juri war ihm ganz nah. Er spürte etwas. Wie eine Hand, die ihm den Kopf hielt. Juris Hand. Dann etwas an seinem Mund. Wasser. In einem Reflex trank er und schluckte das Wasser hinunter. Es war alles so real. Das konnte kaum möglich sein. Es war real!

Er trank und spürte jeden Tropfen die trockene Kehle hinunterlaufen, dann die Speiseröhre hinabsickern, bis er im Magen ankam. Nie hatte er so bewusst und stark empfunden. Die Wahrnehmung wurde klarer. Er spürte seinen Körper, die schmerzenden Glieder auf dem Fels und er sah, dass eine Lampe neben ihm lag.

Er konnte nicht tot sein – er lebte!

Juri war nicht mehr da.

Dann schaute er zu Mara hinüber und sah ihren Körper neben sich. Sie atmete. Mara lebte! Daniel konnte seiner Freude kaum Ausdruck verleihen, er hatte das Gefühl, er würde vor Freude und Dankbarkeit explodieren.

Dann sah er einen Schatten, der sich über sie beugte.

Es war Juri. Es gab keinen Zweifel. Juri war nicht tot.

Er stand leibhaftig hier neben ihm und hatte sich über Mara gebeugt.

# VII

Juris Gestalt glich einem Wesen aus einer anderen Welt, wie er so im Gegenlicht der auf dem Boden liegenden Lampe dahockte, von einem Strahlenkranz umgeben. Daniel durchfluteten die verschiedensten Gefühle in unaufhörlichem Wechsel. Er sah, wie Juri Maras Kopf hielt und die Flasche an ihren Mund setzte. Sie war völlig benommen und bekam nicht mit, dass ihr das Wasser an den Seiten wieder herunterlief. Doch schließlich begann sie automatisch zu schlucken. Langsam öffneten sich ihre Augen, um sich gleich darauf wieder zu verschließen. Dann kehrte ihr Bewusstsein allmählich zurück.

„Wo bin ich?", stammelte sie schwerfällig. „Bin ich tot? Bist du das, Juri?" Daniel spürte seine Kräfte allmählich zurückkehren. Dann setzte sich auch bei Mara die Erkenntnis durch, wo sie sich befand, und die Erinnerung an alles schien wieder präsent. Sie versuchte sich aufzurichten.

„Juri! Du bist es tatsächlich. Du lebst!" Es war eine Feststellung, die dennoch von Fassungslosigkeit geprägt war. Dann kamen schlagartig die Wut und der Hass.

„Du verdammtes Schwein!", schrie sie mit neugewonnener Kraft, dass die Worte durch die ganze Höhle hallten. Sie schleuderte die Wasserflasche beiseite und versuchte mit den Fäusten auf ihn einzuschlagen. „Was habt ihr mit meinem Vater gemacht? Du hast ihn umgebracht!"

Juri wich vor ihren Schlägen zurück und Mara bäumte sich auf, wurde jedoch sogleich von ihren Schmerzen zurückgerissen.

„Mara, hör mir zu!" Juri versuchte beschwichtigend auf Mara einzureden. „Es war nicht so, wie du denkst. Lass es mich dir erklären!" Mara hörte kaum zu und schrie ihn weiter an, versuchte ihm all ihre Wut mit der Stimme entgegenzuschleudern, da ihr Körper versagte.

Daniel hatte sich inzwischen aufgerappelt und stürmte, ebenfalls von seiner Wut geleitet, auf Juri zu. Er packte ihn, schleuderte ihn gegen die Felswand und drückte seinen Unterarm so fest gegen Juris Kehlkopf, dass dieser an den Felsen gepresst wurde und verzweifelt nach Luft rang.

„Willst du uns jetzt auch noch umbringen?", schrie Daniel ihm aufgebracht ins Gesicht. „Du verfluchter Mistkerl!"

Juri keuchte und hustete, bis er stoßweise ein paar Worte hervorbringen konnte.

„Hab ich … euch nicht … das Leben gerettet?"

Daniels Druck ließ automatisch nach und der Verstand gewann die Oberhand über die impulsiven Gefühle. Er ließ den Arm sinken und Juri beugte sich erleichtert und schnell atmend nach unten.

Auch Daniels kurzfristig aktivierte Energiereserven brachen schlagartig wieder in sich zusammen und er stütze sich geschwächt an der Wand ab. Mara hatte sich unter großer Anstrengung aufgesetzt und blickte Juri immer noch voller Hass an.

„Vermutlich hast du das", antwortete Daniel schließlich. „Aber mit welchem Ziel? Sicher beabsichtigst du etwas damit. Was soll das ganze Theater? Du gehörst zu ihnen!" Die Wut kam unaufhaltsam zurück in Daniels Stimme. Er verstand das alles nicht.

„Lasst es mich doch erklären! Es ist nicht so, wie ihr denkt."

„Aha? Wie ist es denn? Wir hören", erwiderte Daniel gereizt und verschränkte die Arme vor der Brust.

Juris Atem wurde mit jedem Zug wieder ruhiger und normalisierte sich schließlich. Er sank an der Wand entlang zu Boden, bis er an den Fels gelehnt mit verhaltener Stimme zu sprechen begann.

„Ich habe nie mit jemandem über die Ereignisse gesprochen, aber ich glaube, es ist nötig, damit ihr die Zusammenhänge

versteht. Es gab ja auch ein Leben, bevor ich zu euch in die Familie kam, Mara ... Und das hat mich leider wieder eingeholt."
Er machte eine kleine Pause. Dann begann er zu erzählen.

„Aufgewachsen bin ich in Srebrenica, einem kleinen Ort in Bosnien, direkt an der Grenze zum Kosovo. Sicher habt ihr schon einiges über die Unruhen und Kriege in den Krisenregionen gehört. Wir führten dort ein Leben in Angst und Armut, obwohl die UNO-Truppen die eingeschlossene Stadt vor den serbischen Truppen schützten. Viele Menschen starben an Hunger und Krankheiten, denn die entsandten Hilfskonvois wurden von den serbischen Truppen blockiert und abgefangen. Schließlich marschierten diese sogar im Juli '95 in die Stadt und nahmen sie ein. Unsere Familie floh ins nahe gelegene Dorf Potocari, das ebenfalls von UNO-Truppen besetzt war und als sicheres Gebiet galt. Doch dort herrschten innerhalb kürzester Zeit chaotische Zustände. 25.000 Flüchtlinge befanden sich im Gebiet rund um das Dorf. Wir befanden uns mitten im völlig überfüllten Zentrum, aber regelmäßig hörten wir Schüsse und Granaten. Vermutlich wurden die Gebäude in den Randzonen angegriffen."

„Und was hat das alles mit uns zu tun?", brach es ungehalten aus Daniel heraus. „Willst du jetzt unser Mitleid, weil du eine so schwere Kindheit hattest?"

Juri reagierte zunächst nicht auf Daniels Äußerung, dann schaute er ihn lange an. „Lasst es mich doch einfach erklären. Es ist wichtig, um alles zu verstehen. Bitte, gebt mir die zwei Minuten." Er fixierte wieder einen Punkt auf dem felsigen Boden vor sich und fuhr dann ruhig fort. „Als es dunkel wurde, spitzte sich die Lage weiter zu. Ich bekam mit, wie zwei Flüchtlinge direkt neben uns von anderen Flüchtlingen erschossen wurden. Sie drohten auch uns, ich zitterte am ganzen Körper und hatte wahnsinnige Angst – um mein Leben und um das meiner Eltern und meines kleinen Bruders. Wie ich später erfuhr, hatten sich serbische Soldaten unter die Flüchtlinge gemischt, um diese mit Drohungen und Morden systematisch in Angst und Schrecken zu versetzen. Einzelne Flüchtlinge wurden exekutiert, manche herausgegriffen und einfach mitgenommen. Die Nacht, die dann folgte, war die schlimmste meines Lebens."

Juris Kopf lag in seinen aufgestützten Händen, als wolle er das alles nicht wahr haben.

„Überall Schreie und Schüsse um uns herum. Sie waren überall unter uns. Mädchen und Frauen wurden vergewaltigt. Wenn jemand versuchte zu schreien, wurde er sofort exekutiert. Einige Menschen begingen Selbstmord, weil sie es nicht mehr aushielten. Im Morgengrauen kamen die serbischen Truppen und sondierten die Männer aus. Auch mein Vater war dabei. Ich klammerte mich an ihm fest, wollte ihn nicht gehen lassen. Dann kamen zwei Soldaten. Der eine hielt mir seine Waffe an die Schläfe, bereit, sofort abzudrücken. Der andere trat neben ihn, schob die Waffe beiseite und schubste mich grob zurück. Sie führten meinen Vater ab. Mit vielen anderen. Erst viel später erfuhr ich, was sie mit ihm gemacht haben."

Juri machte wieder eine Pause, begann beim Reden zu schluchzen, dann fuhr er mit tränenerstickter Stimme fort.

„Ich weiß nicht, wie sie es geschafft hat, aber meiner Mutter gelang die Flucht mit uns Kindern und ein paar anderen Leuten. Wir flohen in den Wald und versuchten von dort nach Kladanj zu kommen. Das war sicheres Gebiet. Ein paar Stunden bemerkten wir nichts, waren froh, dass uns die Flucht so gut gelungen war. Mein Bruder kam nicht so schnell mit – er war ja nicht mal vier Jahre alt. Für mich war es auch schwierig, ging aber irgendwie, auch wenn ich am Rande meiner Kräfte war. Ich war damals sechs. Aber alle halfen sich gegenseitig und trugen uns, wenn wir nicht mehr konnten. Dann bemerkten wir die serbischen Soldaten hinter uns. Es war eine regelrechte Menschenjagd! Zuerst fiel Dren, der mich gerade trug. Er fiel einfach hin, von Kugeln durchsiebt. Ich krabbelte auf dem Boden zu meiner Mutter, die meinen Bruder Nedim trug. Sie war nur wenige Meter von mir entfernt. Ich war noch nicht ganz bei ihr, dann trafen die Kugeln auch sie. Sie sackte einfach in die Knie, versuchte beim Stürzen noch Nedim zu schützen. Ich kniete da, vor ihr, während sie wie in Zeitlupe zu Boden fiel. Ich rannte zu ihr, schrie sie an, rüttelte an ihr, aber sie blieb einfach liegen. Dann trafen die Kugeln Nedim. Ich hatte mich nicht um ihn gekümmert. Er hatte einfach dagestanden, begriff nicht, was da passierte. Ich hätte ihn beschützen können! Ich sah ihn fallen, von den tödlichen Kugeln getroffen. Ich hätte ihn beschützen müssen!" Er schluchzte heftig, sodass ihm die Stimme für einige Momente versagte.

„Was dann geschah, weiß ich nicht. Irgendjemand zerrte mich weiter, riss an mir, trug mich fort. Ich weiß es nicht. Irgendwann wurde ich in einem Lager wach, war verwundet. Es war eine Art Krankenstation in einem großen Zelt. Alle waren nett und kümmerten sich um mich, aber ich fühlte mich wie tot. Meine ganze Familie war tot! Nur ich hatte überlebt. Viele, viele Jahre später habe ich dann erfahren, dass sie meinen Vater erschossen hatten. Wie viele andere Männer, einfach exekutiert. 8.000 Menschen wurden abtransportiert und hingerichtet. Und sofort danach in Massengräbern verscharrt. Einundzwanzig Massengräber hat die UNO später gefunden. Und das alles nur, weil man einem Volk angehörte, das einem anderen Volk nicht passte. ‚Ethnische Säuberungen‘ nannten sie das, als ‚Völkermord‘ wurde es später richtiger bezeichnet."

Juri rieb sich mit den Händen durch das Gesicht, als ob er die Erinnerung an einen bösen Traum abstreifen wollte. Seine Stimme wurde etwas ruhiger.

„Dann kam ich zu euch in die Familie, Mara, und das war mein großes Glück. Dort konnte ich schnell meine Vergangenheit vergessen und ein vollkommen neues Leben beginnen. Die Ereignisse von damals kamen mir vor wie ein böser Traum – wie gar nicht real. Und bald hatte ich alles weit hinter mir gelassen. Ich fühlte mich wie ein neugeborener Junge. Ich hatte das Gefühl, in Deutschland geboren und aufgewachsen zu sein, ein Deutscher zu sein."

Er hob den Kopf an und richtete seinen Blick direkt auf Mara. Auch über die vielen Meter hinweg konnte sie in der Dunkelheit seine dunklen und feuchten Augen glänzen sehen.

Daniel lehnte mit unterschwelliger Wut an der Wand. Ihm war anzumerken, wie schwer es ihm immer noch fiel, nicht auf Juri loszugehen.

Dann sprach Juri weiter. „Lange war ich glücklich und fühlte mich bei euch geborgen. Doch eines Tages zerbrach diese friedliche Welt und die Vergangenheit zwängte sich mit Gewalt zurück in mein Leben. Alles, was ich so gut vergessen und verdrängt hatte. Männer kamen zu mir. Ich kannte sie nicht, es waren Bosnier und Russen. Sie behaupteten, dass mein Bruder Nedim leben würde. Sie hätten ihn ausfindig gemacht und er befände sich in ihrer Obhut. Ich konnte das kaum glauben, verlangte ihn zu sehen. Einige Tage später brachten sie mich zu ihm – mit verbundenen Augen fuhren sie mich in ein abgelegenes Gebäude. Dort hielten sie ihn wie einen Gefangenen. Der Mensch, der mir gegenüberstand, war in einem miserablen Zustand. Doch er lebte! Ich erkannte sofort meinen Bruder, obwohl ich ihn mit vier Jahren zuletzt gesehen hatte. Es war irgendetwas in seinen Augen oder zwischen uns, jedenfalls wusste ich, dass er es war.

Ich war glücklich und bedrückt zugleich. Noch einmal würde ich ihn nicht im Stich lassen! Alles würde ich tun, um ihn da herauszuholen und alles wieder gutzumachen."

Juri fuhr fort. „Sie verlangten ‚kleine Gefälligkeiten' von mir, wie sie das nannten. Dafür würden sie sich um meinen Bruder kümmern und ihn mir zurückgeben, wenn es so weit wäre. Es ging dabei um Informationen, die ich von deinem Vater bekommen sollte. Zu tun hatte alles mit dem Genter Altar, insbesondere zeigten sie großes Interesse an der verschwundenen Bildtafel.

Es war alles unglaublich schwierig für mich, wie eine Gratwanderung. Ihnen Informationen zu geben, an die ich nur sehr mühsam herankam und gleichzeitig Belastungsmaterial zu sammeln, das ich eines Tages gegen die Organisation würde verwenden können. Das war übrigens das Material, das ihr in dem Stahlsafe im Keller gefunden habt.

Auf der einen Seite meine neue Familie, der ich so viel zu verdanken hatte und die mich so vorbehaltlos aufgenommen hatte, und auf der anderen Seite meine Vergangenheit – mein Bruder, den ich schon mal im Stich gelassen hatte. Ich fühlte mich unter großem Druck. Einerseits euch gegenüber und andererseits Nedim und meinen toten Eltern gegenüber." Er ließ den Blick nicht von Mara ab. „Ich konnte nicht anders. Anders konnte ich ihn nicht retten. Zumal die Beschaffung der Informationen damals keine Lebensbedrohung für euch war. Für Nedim bestand die aber schon. Aber ich veränderte mich langsam durch den permanenten Druck, der auf mir lastete. Dein Vater hat es gemerkt, vielleicht hat er auch etwas von der Organisation geahnt. Auch du hast es gespürt, Mara. Und du hast mir immer so viel bedeutet. Den Leuten von ‚Asmodeus' ging alles nicht schnell genug. Sie setzten deinen Vater massiv unter Druck. Das ging so weit, dass sie ihn folterten, um die Informationen aus ihm herauszupressen."

Juri senkte den Kopf und blickte schamvoll zu Boden. Er schaffte es nicht, Mara weiter anzusehen.

„Aber ich konnte nichts tun. Ich konnte nur dabeistehen und …" Seine Stimme erstickte in den neu aufsteigenden Tränen.

„Sie haben mich gezwungen, dabei zu sein. Sie haben sogar von mir verlangt, dass ich den Stromschalter bediene. Die versteckte Kamera lief, die ich mitgebracht hatte, aber ich konnte nichts weiter für ihn tun. Es hätte nichts geändert! Ich musste an meinen Bruder denken. Und sie hätten deinen Vater trotzdem umgebracht." Er vergrub sein Gesicht noch tiefer in den auf die Knie gelegten Armen, sodass die letzten Worte kaum zu hören waren.

Daniel schaute zu Mara hinüber, die bewegungslos dasaß, den Blick starr auf Juri geheftet. Nach einem langen Moment der Stille fand dieser seine Stimme wieder.

„Aber dann wurde es unerträglich. Sie setzten auch mich massiv unter Druck. Die Organisation war sich sicher, dass dein Vater den Aufenthaltsort der Tafel kannte. So sollte ich für sie über dich oder Maman dieses Material beschaffen, sonst würden sie Nedim töten. Aber du hast immer wieder den Kontakt zu mir abgebrochen, ich hatte keine Chance, an irgendetwas heranzukommen. Doch sie ließen sich nicht vertrösten. In dieser Zeit hatten wir uns gerade kennen gelernt, Daniel." Er drehte den Kopf dabei in Daniels Richtung. „Daraufhin hatte ich einige Zeit Ruhe vor ihnen. Dann kamen sie vor wenigen Monaten zurück. Als sie drohten, auch Mara und Maman zu foltern, um an die Informationen zu kommen, habe ich noch einmal um Aufschub gebeten und eine letzte Chance bekommen. Ich hatte einen Plan: Ich musste untertauchen und gleichzeitig euer Interesse wecken. Euch auch auf die Spur des Altars führen. Es war die einzige Möglichkeit, dich und Maman zu retten, Mara. Ich wollte das alles nicht! Ich wollte euch da nicht mit hineinziehen. Und dabei waren wir alle schon längst tief drin – verstrickt und verfangen. Daniel, ich kannte deine Neugier, dein Faible für Geheimnisvolles und Mysterien und wusste, dass du alle Energie in die Lösung des Geheimnisses setzen würdest. So fingierte ich den Überfall und meinen eigenen Tod. Ich war mir sicher, dass du panisch die Wohnung verlassen würdest, wenn du mich tot dort liegen sähest. Das gab mir genug Zeit zu verschwinden. Dann spielte ich euch die Informationen zu. Jeden Augenblick war ich euch immer auf den Fersen, war in eurer Nähe, habe euch beobachtet, abgehört und jeden eurer Schritte überwacht. Ich war mir sicher, dass ihr irgendwann auf die richtigen Dokumente stoßen und die Informationen deines Vaters finden würdet."

„Du verdammter Dreckskerl! Du hast uns die ganze Zeit nur hintergangen und benutzt", schrie Daniel ihn an.

„Was hätte ich denn deiner Meinung nach tun sollen?", verteidigte sich Juri.

„Uns zum Beispiel einweihen? Uns vertrauen? Wir hätten sicher eine Lösung gefunden. Stattdessen bespitzelst du uns und bringst uns in Lebensgefahr."

„Da wart ihr schon längst drin, zumindest Mara. Ich habe euch nicht bespitzelt und in Lebensgefahr gebracht. Ich habe euch sogar das Leben gerettet und im Hintergrund auf euch aufgepasst."

Daniel schüttelte fassungslos den Kopf, während Mara weiterhin stumm dasaß und sich alles ohne erkennbare Reaktion anhörte.

„Wenn ich Peter und seine Schergen nicht umgebracht hätte, wäret ihr doch in dem Tank jämmerlich ertrunken."

„Du warst das?" Daniel war verwirrt.

„Und warum bin ich jetzt hier? Was mache ich denn jetzt gerade bei euch?"

Daniel fand keine Worte für seine widersprüchlichen Gefühle, während Juri weiter beschwörend auf sie beide einredete.

„Ich will euch hier rausholen – und das möglichst schnell! Sie sind euch schon wieder auf den Fersen. Ich habe sie unten im Hotel gesehen, es sind mehrere Männer. Sie trauen mir nicht mehr und nehmen die Sache jetzt selbst in die Hand. Ihr seid in höchster Gefahr, glaubt mir! Bitte vertraut mir! Ich will euch doch nur retten." Juri hatte flehend die Hände gehoben, um seine Bitte zu bekräftigen.

Daniel schaute zu Mara hinüber. Sie erwachte endlich aus ihrer Starre und drehte den Kopf in seine Richtung. „Er hat recht. Warum sollte er uns jetzt noch was vormachen?"

„Vielleicht um uns in eine Falle zu locken und in ihre Arme zu treiben?", wandte Daniel misstrauisch ein.

Mara deutete ein kurzes Lachen an. „Eine Falle? Was ist denn das hier?" Sie wies mit dem Arm auf die Höhlenwände, zog ihn jedoch gleich mit schmerzverzerrtem Gesicht zurück.

Jetzt erst nahm Juri den Sarkophag weiter hinten im Raum wahr.

„Wo sind wir denn hier? Ist das eine Art Krypta? Es scheint das Ende der Höhle zu sein. Ist das hier das legendäre Geheimnis, hinter dem alle her sind? Das Geheimnis, auf das im Genter Altar verwiesen wird?"

Daniel antwortete zögerlich.

„Das scheinen die Überreste von Jacques de Molay zu sein. Vermutlich befinden sie sich in diesem eindrucksvollen Sarg."

„Der letzte Großmeister der Templer? Dann werden hier seine Asche und seine unverbrannten Reste aufbewahrt? Unglaublich!" Er wandte den Kopf Daniel zu. „Wusstest du, dass van Eyck für bestimmte Farbanteile des Genter Altars die Asche von Jacques de Molay verwendet haben soll? Es gibt zumindest die Legende, dass er seine Asche als zusätzliche Pigmente verwendet hat. Möglicherweise auch nur auf der Tafel der ‚Gerechten Richter', aber wie gesagt: es ist eine Legende."

Daniel dachte an die Visionen des Feuers, die er in der Kathedrale gehabt hatte. Selbst hier unten hatten ihn noch vor wenigen Stunden ähnliche Albträume geplagt, so nah an den Überresten des letzten Templer-Großmeisters. Und er dachte an den Fluch, den dieser noch auf dem Scheiterhaufen ausgestoßen haben sollte.

Die Stimme Juris durchschnitt seine Gedanken.

„Wohin führt die Treppe? Befindet sich dort unten die eigentliche Schatzkammer?" Wie hypnotisiert und angezogen stand er langsam auf und ging auf die nach unten führenden Stufen zu.

„Schau es dir selbst an", schlug Daniel vor. Juri antwortete nicht und schritt schlafwandlerisch die Treppe hinunter, bis nichts mehr von ihm zu sehen war. Lediglich der schwach flackernde Schein seiner Lampe drang momentweise aus der Bodenöffnung.

Daniel schaute zu Mara hinüber. „Vermutlich hast du recht. Uns bleibt kaum eine Wahl. Wir müssen ihm vertrauen, auch wenn mir das schwerfällt nach allem, was er getan hat."

Mara nickte langsam. „Mir auch. Aber dennoch verstehe ich jetzt alles ein wenig besser."

Sie hörten von unten das Geräusch des Sargdeckels, der beiseitegeschobenen wurde.

Dann lange nichts.

Es dauerte eine Ewigkeit, dann kam Juri wieder zurück. Sein Kopf tauchte aus der Öffnung auf und schien bleich wie nie zuvor. Daniel war sicher, dass das nicht nur am von unten heraufscheinenden Licht seiner Lampe lag, das ihm gespenstische Züge verlieh, er wirkte insgesamt wie in einer Art Schockzustand.

„Ist das wirklich der Leichnam von Jesus Christus?", fragte er ungläubig, als er wieder vor ihnen stand.

Daniel nickte nur stumm.

„ARCA DEI, die Lade Gottes", murmelte er halblaut vor sich hin. „Das ist also das große Geheimnis – das Heiligste Gottes. Der Körper seines Sohnes Jesus Christus! Das letzte große Mysterium."

Daniel wartete, bis Juri sich wieder der Situation bewusst wurde, doch er wartete vergeblich. Juri war noch ganz von seinen Eindrücken gefangen und wie entrückt.

Vorsichtig machte Daniel einen zaghaften Versuch.

„Juri, wie kommen wir denn jetzt nach oben?"

Juri stand immer noch wie paralysiert da, zeigte zunächst keinerlei Reaktion. Dann hob er schließlich die Lampe und richtete ihren Strahl auf die Öffnung in der Decke. Dort hing eine Strickleiter von oben herab.

„Ich habe mehrere Strickleitern durch den Tunnel nach oben befestigt. Es sollte kein Problem sein, da hochzukommen."

„Ich fürchte nur, dass es mit mir schwierig werden wird", warf Mara zweifelnd ein.

„Du bist verletzt?", stellte Juri fragend fest.

„Die Rippen …" Mara hielt die flache Hand vor ihren Brustkorb. „… und der Fuß ist wohl auch gebrochen."

„Versuchen wir's", schlug Juri vor und stand auf. Er ging zu Mara hinüber und half ihr auf. Als sie sich ganz aufgerichtet hatte, schaute sie Juri in die Augen, als ob sie hoffte, dort weitere Antworten zu finden. Daniel trat neben die beiden und stützte Mara. Gemeinsam erreichten sie die Strickleiter. Mara versuchte sich daran hochzuziehen. Unter großen Schmerzen gelang ihr die erste Sprosse, doch den linken Fuß konnte sie auf dem harten Rundholz nicht aufstützen. Bei jeder Armbewegung schmerzte der Brustkorb. Mit Hilfe von Daniel und Juri schaffte sie mit qualvoller Mühe eine weitere Sprosse. Sie schaute nach oben in das schwarze Loch, in dem die Strickleiter verschwand.

„Das hat keinen Zweck. Ihr müsst mich hier lassen. Es tut einfach zu sehr weh und das hier ist noch die leichteste Passage", sagte Mara und ließ sich langsam wieder zu Boden sinken.

Daniel hielt sie fest. „Auf keinen Fall! Wir schaffen das zusammen. Ich lasse dich nicht hier unten allein zurück."

Mara schüttelte entschieden den Kopf.

„Nein! Ich kann das nicht. Der Aufstieg ist auch so schon schwierig genug für euch. Kommt schnell zurück, holt Hilfe und bringt mir was zu essen. Vielleicht ein Rettungsteam, das mich hier hochziehen kann. Ich werde hier brav auf euch warten. Versprochen."

Daniel wusste, dass ihre Entscheidung feststand und er sie nicht würde überzeugen können. Resigniert ließ er den Kopf sinken und lehnte ihn an ihre Schulter.

„Ok. Ich verspreche dir, wir sind bald wieder da. Mit Verstärkung."

Dann führte er Mara zu ihrem Lager zurück. Daniel hatte kein gutes Gefühl dabei, sie alleine zu lassen. In einem Grab tief in der Erde.

„Ich werde hier bei dir bleiben. Juri holt Hilfe."

Sie schüttelte nachdrücklich den Kopf und schaute ihn an.

„Bitte geh!", flüsterte sie halblaut. „Das ist zu riskant, lass ihn nicht alleine gehen! Komm schnell wieder und hol mich hier raus." Sie hielt ihn mit beiden Händen fest, küsste ihn zum Abschied und ließ ihn dann los. Zögerlich ging Daniel auf den an der Strickleiter wartenden Juri zu und blickte sich noch einmal um, bevor er die Sprossen der schaukelnden Leiter nach oben stieg.

Eine furchtbare Angst machte sich in ihm breit und er hoffte, dass dies kein Abschied für immer war. Er konnte Maras Hand im Dämmerlicht erkennen, als sie sich müde zum letzten Gruß nach oben bewegte, bevor Daniel vollständig in der aufwärts führenden Röhre verschwand.

¥

Er schaute nach oben und sah die Schuhsohlen Juris, der dicht vor ihm die Sprossen hinaufstolperte. Dabei erzeugte seine am Gürtel befestigte Lampe ein wildes Geflacker auf den gewölbten Tunnelwänden. Juri hatte mehrere Leitern geschickt aneinander gebunden, sodass sie eine ununterbrochene Stiege nach oben bildeten. Sie waren sicher schon auf der zweiten oder dritten Strickleiter angekommen, als sich der Tunnel in eine leichte Schräglage wand. Dadurch wurde es zunehmend leichter, aufwärts zu klettern. Dennoch kam ihm der Weg nach oben endlos vor, und mit jedem Schritt entfernte er sich von der im Dunkel der Gruft zurückgelassenen Mara. Seine Gedanken waren ganz bei ihr dort unten.

Mechanisch arbeitete er sich weiter aufwärts. Schließlich war eine viereckige Öffnung in der Decke zu sehen – das musste der Einstieg über die Bodenplatten des oberen Raumes sein.

Juri zog ihn helfend über die Kante, bis Daniel auf allen vieren die großen Steinfliesen erreichte. Sein Blick fiel auf den Rucksack, den Mara weiter vorn abgestellt hatte. Er stand unverändert mitten im Raum, als ob sie vor einigen Sekunden erst hier gewesen wären. Einerseits kam es Daniel wie eben erst vor, andererseits hatte er das Gefühl, bereits eine Ewigkeit dort unten verbracht zu haben – dem Tod schon so nah. Juri richtete den Lichtkegel auf die sich verengenden Felswände, die den Eingang der Höhle bildeten. Dahinter waren die behauenen Stufen der Treppe nach oben erkennbar.

„Gehen wir?", fragte er, während Daniel seine Kleidung zurechtzog.

Sie erreichten Maras Rucksack und Daniel nahm eine Stirnlampe an sich. Die andere stopfte er in den Rucksack und überprüfte, ob die Batterien und genügend Wasser darin waren. Dann warf er ihn hinunter in den Schlund – Mara entgegen. Sie betraten die Stufen, die nach einer Weile an der stählernen Brücke endeten. Juri betrat das schaukelnde Konstrukt und erreichte mit einigen gut ausbalancierten Schritten die andere Seite. Daniel brachte das Ungetüm ebenfalls ohne Probleme hinter sich, auch wenn sich ihm so frei über dem Abgrund einen Moment der Magen umdrehte.

Sie waren gerade einige der Windungen des nun folgenden serpentinenartigen Weges hinaufgegangen, als Juri plötzlich innehielt. Jetzt konnte Daniel die Geräusche auch hören. Er erstarrte augenblicklich wie ein alarmiertes Tier.

Schritte! Sie konnten nicht allzu weit entfernt sein.

Der Gedanke wurde zur Gewissheit, als ein deutliches Flüstern zu hören war – näher, als Daniel vermutet hatte. Er wich automatisch nach hinten und bewegte sich mit leisen Sohlen schrittweise rückwärts. Auch Juri trat zeitgleich den Rückzug an und schaltete unverzüglich die Lampe aus. Vorsichtig tastend erreichten sie erneut den Raum mit der Brücke.

Ein Überqueren war im Dunkeln kaum möglich und wäre viel zu riskant gewesen. Daniel presste sich an die Wand und sah einen tanzenden Lichtkegel aus dem Gang nahen. Sie würden gleich bei ihnen sein, den Schritten nach zu urteilen waren sie schon ganz dicht vor ihnen.

Da schaltete Juri seine Lampe an und hielt ihm mit der anderen Hand eine Pistole an die Schläfe. Im selben Moment traten die Männer aus dem Gang.

Daniel war völlig aus der Fassung. Mit allem hatte er gerechnet und er war auf alles gefasst gewesen, doch nicht darauf. Die drei Männer wirkten kaum erstaunt, als sie Juri und ihn dort sahen. Soweit Daniel im Schein der Lampen sehen konnte, hatte er keinen von ihnen zuvor gesehen.

„Juri, endlich!", ergriff der mit der Lampe in gebrochenem Deutsch das Wort. „Ist das dieser Daniel?"

Juri nickte.

„Wo ist die Frau? Sie waren doch zu zweit."

„Sie ist verletzt", sprach Juri zögerlich. „Sitzt hinten fest. Wir können uns später um sie kümmern."

Der Lichtkegel wurde auf Daniel gerichtet und blendete ihn. Er kniff im Reflex die Augen zusammen und blinzelte, konnte jedoch nichts erkennen außer den diffusen Schatten der Männer.

„Dann bring ihn nach oben. Ich komme mit. Und ihr geht schon mal weiter", instruierte er die beiden anderen barsch.

Der gleißende Strahl wurde von Daniels Gesicht abgewendet. Er blickte Juri tief in die Augen, doch der winkte nur zweimal mit der erhobenen Waffe in Richtung Ausgang. Daniels Blick blieb ungerührt und mit unverhohlener Verachtung auf Juri haften, während er sich langsam in Bewegung setzte. Dann machten sie sich erneut über die felsigen Serpentinen nach oben auf, diesmal zu dritt. Juri ging dicht hinter ihm und leuchtete den Weg aus, der aber meist durch Daniels eigenen Schatten verdeckt wurde. Sollte es doch eine Falle gewesen sein, in die sie blind reingetappt waren oder versuchte Juri nur, seine eigene Haut zu retten? Endlich hatten sie das Ende der Serpentinen erreicht.

Er musste etwas tun. Die beiden verbleibenden Männer würden Mara dort unten ohne jeglichen Schutz und Waffen finden. Sie saß fest.

Gleich würden sie die Falltür erreichen. Daniel dachte angestrengt nach. Vielleicht war diese Falle hier seine einzige Chance. Das von ihnen befestigte Seil hing immer noch dort.

Vermutlich hatte es ihre Verfolger gewarnt Denn dann sah er, dass drei lange Holzbalken über den Boden gelegt waren. Sie hatten die Falle schon abgesichert! Seine Hoffnungen schwanden dahin.

Er spürte Juris Waffe sich hart in seine rechte Niere bohren.

Mit einem kurzen Impuls stieß dieser ihn nach vorn. Daniel trat auf den linken der beiden Balken und balancierte darüber. Für beide Füße war er zu schmal, so musste er vorsichtig Schritt für Schritt nach vorne wanken und das Gleichgewicht dabei halten. Er war gerade in der Mitte des improvisierten Steges, da öffnete sich plötzlich der Boden darunter. Daniel hatte zwar damit gerechnet, erschrak aber dennoch und blickte in den sich auftuenden Abgrund, der nur darauf zu warten schien, ihn in sein undurchdringliches Dunkel zu ziehen. Daniel konzentrierte sich auf seine Schritte. Er wagte es, kurz den Blick geradeaus in den weiterführenden Gang zu lenken. Würde er es schaffen, wenn er jetzt die Flucht nach vorn antrat? Er wandte den Kopf nach links und konnte aus dem Augenwinkel sehen, dass beide Männer ihre Waffen direkt auf ihn gerichtet hatten. Der Weg in den Gang war zu weit, das würde er niemals schaffen. Er fluchte innerlich. Als er den sicheren Boden auf der anderen Seite erreicht hatte, drehte er sich um und sah Juri mit sicheren Schritten über den Balken auf ihn zukommen.

„Die Hände oben lassen!", rief der Andere Daniel rüde zu, die Pistole noch stur auf seinen Kopf gerichtet. Juri war angekommen und hob seine Waffe, während der Dritte den Balken betrat.

Er hatte bereits einige Schritt hinter sich gebracht, als Juri mit einem Mal seine Waffe und Lampe fallen ließ und den Balken ergriff, auf dem der Mann sich hinübertastete. Dieser zielte auf Juri und es löste sich sofort ein Schuss, der ohrenbetäubend in der engen Felsenkammer hallte. Im gleichen Moment hatte Juri mit einem festen Ruck den Balken zu sich gezogen, sodass dieser am hinteren Ende den Kontakt zum Boden verlor und in die Tiefe fiel, den darauf stehenden Mann mit sich reißend. Der konnte sich in einem Reflex noch mit einer Hand an dem mittleren der drei Balken festhalten, an dem er jetzt hing, während der gelöste Balken rumpelnd in die Tiefe fiel.

Juri überlegte keine Sekunde, dann zog er den noch verbleibenden Steg in derselben Art zu sich, bis dieser mit dem verzweifelt schreienden Mann ebenfalls im Dunkel verschwand. Den Aufprall und das krachende Splittern des Holzes hörte man erst einige Momente später.

Juri sammelte schnell seine Lampe und Pistole vom Boden ein und trat dann zu Daniel.

„Es tut mir leid, aber es war meine einzige Chance, dass sie mich noch auf ihrer Seite wähnen. Jetzt werden sie sicher durch den Schuss alarmiert sein." Er sprach hektisch weiter. „Sie werden nachschauen und den Weg zurückkommen. Aber zumindest sind sie dann erst mal von Mara weg. Ich werde hier auf sie warten und ihnen auflauern. Geh du schnell nach oben und hol Hilfe. Wir müssen Mara hier rausholen." Er drückte ihm eine kleine Taschenlampe in die Hand und ging zwei Schritte auf den Abgrund zu. Juri stand nun vor dem letzten verbliebenen Balken, der auf die andere Seite führte, als er sich nochmals umschaute und innehielt.

„Verzeih mir, Daniel!"

Beide blickten sich über die Entfernung tief in die Augen, dann deutete Daniel ein kurzes Nicken an.

„Viel Glück!", sagte er ruhig, dann drehten sie sich gleichzeitig um und gingen auseinander.

Während Daniel den Weg nach oben nahm, kamen ihm Zweifel. Wenn Juri es nun nicht schaffte, die beiden Männer aufzuhalten? Dann wäre Mara ihnen nach wie vor schutzlos ausgeliefert. Vielleicht brauchte Juri seine Hilfe. Schließlich waren das keine Anfänger, mit denen sie da zu tun hatten – und es waren immerhin noch zwei gegen einen.

Daniel drehte auf der Stelle um und eilte den Weg zurück. Er fand den Balken unverändert am Boden, doch die Klappe hatte sich wieder geschlossen. Sachte hob er den Fuß, um den schmalen Steg zu betreten. Genau in diesem Moment peitschte das wabernde Echo eines Schusses durch die Höhle. Dann noch zwei weitere, dicht hintereinander.

Er lief tippelnd über den Balken und, so schnell er konnte, durch die Serpentinenpassage nach unten. Auf den letzten Metern schaltete er die Lampe aus. Deutlich vernehmbar hörte er Geräusche eines Kampfes vor sich. Als sich der Blick auf den Raum mit der stählernen Brücke öffnete, sah er Juri mit einem massigen Muskelpaket mitten auf der rostigen Stahlkonstruktion ringen. Sie schaukelte dermaßen hin und her, dass Juri sich krampfhaft an den Ketten festhalten musste. Das Muskelpaket nahm ihn mit beiden Händen und zerrte ihn von den Ketten weg. Daniels Blick fiel auf den zweiten Mann, der hinter der schwingenden Brücke auf dem Bauch lag. Offensichtlich hatte ihn mindestens einer der eben vernommenen Schüsse getroffen.

Juri hatte keine Chance gegen den Mann. Der packte ihn einfach und schleifte ihn ruckartig zum Rand, um ihn in den Abgrund zu stürzen. Gleichzeitig verstärkte Juri dessen Bewegung, machte einen Ausfallschritt von der Eisenplanke ins Leere und klammerte sich mit den Händen an die Jacke seines Gegners.

Er fiel. Hinunter in die Tiefe – doch riss im letzten Moment seiner ausweglosen Situation seinen Gegner mit sich.

Daniel schrie aus vollen Lungen.

„Juri!" Er lief auf den Abgrund zu. Dort war nichts als Schwärze. Dann, nach einem kleinen Moment, hörte er den dumpfen Aufprall der beiden Körper am Fuße des Schachtes.

Er stand erstarrt vor der surrealen Szenerie. Der Tote am anderen Ende der Höhle und die wild umherschwingende Kettenschaukel, die in ihren Bewegungen wie ein Nachhall auf den soeben beendeten Todeskampf wirkte.

Juri hatte sich geopfert. Juri hatte sein Leben für das von Mara eingetauscht. Vielleicht hatte er so handeln müssen, um das wieder gutzumachen, was er ihr und ihrer Familie angetan hatte, ging es Daniel beim Blick in die Tiefe durch den Kopf. Obwohl er eigentlich nichts dafür konnte. Es war wie ein Fluch – er war ein Opfer von Verstrickungen, aus denen es eigentlich keinen Ausweg gab.

Daniel war sofort wieder ganz in der Gegenwart und bei Mara. Er überlegte, ob er noch mal hinuntersteigen und nach ihr schauen sollte. Doch die Männer konnten unmöglich bis unten gekommen sein, dafür war die Zeitspanne viel zu kurz gewesen. Die Zeit drängte! Der Weg nach unten würde genauso lange dauern wie der Weg nach oben ins Freie. Er musste jetzt schnell Hilfe holen.

Unverzüglich drehte er sich um und lief den Weg zurück. Über die Serpentinen, die Falle und den endlosen Stollen zurück in den Geröllsaal. Von dort aus gelangte er bald zu ihrem Lager und zur Treppe. Er schaute nach oben und sah einen winzigen Lichtpunkt. Es war also Tag. Daniel hatte dort unten jede zeitliche Orientierung verloren, wie in einem Leben ohne äußere Struktur. Mit nichts als der Taschenlampe in der Hand stieg er Stufe für Stufe hinauf. Das Licht wurde stärker und Daniel nahm es in sich auf wie eine Pflanze in der Dunkelheit.

Die Treppe wollte nicht enden. Er begann jeden Schritt in seinen Knien zu spüren.

Eine Pause wollte er auf keinen Fall machen, er musste sich zusammenreißen und beeilen. Die letzten Stufen nahm er mit neuem Elan wie ein Läufer kurz vor dem Ziel.

Er trat in den Wohnraum der Hütte und erstarrte mitten in der Bewegung.

Ein Mann saß auf einem Stuhl direkt gegenüber der Luke, flankiert von zwei weiteren Männern, die reglos hinter ihm standen. Er trug einen teuren Anzug und hatte die dunklen Haare streng nach hinten gekämmt, was seinen hageren Zügen einen entschlossenen Eindruck verlieh. Er schaute Daniel aus kleinen, dunklen Augen funkelnd an.

„Da ist er ja", sprach er mit einem leicht slawischen Akzent. „Du musst also Daniel sein! Wo hast du denn deine kleine Freundin gelassen?"

Jetzt erst bemerkte Daniel, dass noch zwei weitere Männer im Raum waren – sie waren also zu fünft. Sie befanden sich schräg hinter ihm, der eine an die Wand gelehnt, ein weiterer halb auf dem Tisch sitzend. Außer dem Mann auf dem Stuhl hielt jeder von ihnen ein kleines Maschinengewehr in der Hand. Daniel sackte innerlich zusammen. Er hatte nur seine kleine Taschenlampe, nichts, was ihm als Waffe dienen könnte.

„Nun?", bohrte der Boss der Truppe deutlich ungeduldiger nach.

Daniel schüttelte den Kopf.

„Sie hat es nicht geschafft", versuchte er so vage wie möglich zu antworten.

Der Boss warf dem Mann an der Wand einen kurzen Blick zu.

„Was heißt das?", fuhr er barsch fort. „Lass dir nicht alles aus der Nase ziehen! Und wo sind Juri und meine anderen Männer?" Er nickte kurz zur Wand hinüber. Einen Augenblick später spürte Daniel den heftigen Schlag des Kolbens einer Maschinenpistole, der sich in seinen Magen bohrte. Er krümmte sich vor Schmerz, keuchte und hustete, bis er sich langsam wieder aufrichten konnte.

„Die Männer sind alle tot. Juri auch", hauchte Daniel leise.

„Durch dich?" Die Stimme des Mannes klang amüsiert.

Daniel schüttelte den Kopf.

„Juri", stieß er nur kurz aus.

Der Mann auf dem Stuhl verschränkte die Arme und drückte seinen Oberkörper gegen die Rückenlehne.

„Dieser Verräter! So viel ist ihm also sein Bruder wert", stieß er voller Verachtung und Wut aus. „Er kann von Glück sagen, dass er tot ist. Wenn ich ihn jetzt in die Finger bekommen hätte … Na ja, wir haben ja noch seinen verfluchten Bruder."

„Wer sind Sie?", stieß Daniel voller Verachtung hervor.

„Oh, Entschuldigung, dass ich mich noch nicht vorgestellt habe", begann er ironisch und mit theatralischer Geste. Dann wurde seine Stimme wieder kalt und brutal. „Aber die Fragen stelle ich hier!" Nach einem kurzen Zucken seines Kopfes folgte der nächste Schlag mit der Maschinenpistole, mit mindestens der gleichen Wirkung wie der vorige. Daniel brauchte einige Momente, um sich wieder aufrichten zu können. Während er noch nach Luft rang, hörte er die schnarrende Stimme des Mannes.

„Aber wir wollen ja nicht unhöflich sein. Ich halte sehr viel von guten Manieren. Mein Name ist Radislav Blajevic. Und ich bin ... nun, sagen wir, ‚Waffenhändler' trifft es vermutlich am besten." Er räusperte sich. „Doch hierhergekommen bin ich als Kopf von ‚Asmodeus'. Man kann sogar gewissermaßen sagen, dass die Organisation von mir gegründet wurde. Eigentlich bleibe ich immer im Hintergrund, doch nun – so nah vor der Entdeckung des Geheimnisses – bin ich extra hergeflogen, um dabei zu sein, wenn wir den Schatz der Templer entdecken. Und? Seid ihr schon bis zur Schatzkammer vorgedrungen? Habt ihr die unermesslichen Schätze schon gefunden?"

Daniel antworte nicht und erhielt dafür einen Schlag mit dem Gewehrkolben auf die Nase. Die Tränen schossen ihm in die Augen und er bemerkte den Geschmack des Blutes in seinem Mund, das aus der Nase herunterlief.

„Nein. Wir haben nur Sackgassen gefunden", antwortete er schließlich schwer verständlich mit einer geschwollenen Lippe.

„Du wirst uns führen!", befahl Blajevic wie selbstverständlich. Daniel spürte, wie ihm die Hände auf den Rücken gedreht und mit einem Plastikband festgezurrt wurden.

„Radtko, du kümmerst dich um den Sprengstoff. Und nimm genügend mit." Der Mann auf dem Tisch nickte unterwürfig.

Blajevic stand auf und war zu Daniels Überraschung größer und durchtrainierter, als er vermutet hatte.

„Wir nehmen erst mal den Gang zu meinen toten Männern", befahl er in militärischem Tonfall.

Seine Schergen setzten sich in Bewegung und griffen nach Lampen und Taschen, die sie auf dem Boden gestapelt hatten. Dann stießen sie Daniel unsanft in den Rücken Richtung Klappe. Er stolperte nach vorne, fand jedoch gerade noch Halt, bevor er die erste Stufe erreichte. Dann stieg er vorsichtig hinab. Ohne den Ausgleich der Arme war das gar nicht so einfach angesichts der teilweise sehr hohen Stufenabsätze, zudem schnitt das verfluchte Band in seine Handgelenke. Sie scheinen diese Plastikbänder zu mögen, dachte er bei sich. Während die Verbrecherkolonne wortlos hinter ihm hertrabte, arbeitete sein Gehirn fieberhaft, um einen Ausweg aus der Situation zu finden. Sollte er sie wirklich geradewegs zu Mara führen? Wenn er nun einen anderen Weg nähme und es ihm gelänge, sie unterwegs auszuschalten. Doch wenn nicht, wäre das sicher das augenblickliche Ende für ihn – und auch für Mara. Er ging im Schnelldurchlauf die gesamte Höhle durch, die Engstellen, die Unterwasserpassage, die verzweigten Gänge und Räume, die Fallen und Schächte, die Abgründe. Es fiel ihm keine Lösung ein, wie er mit einem Schlag sechs schwer bewaffnete Männer loswerden oder wenigstens fliehen konnte. Einen der Männer hätte er vielleicht in seinem gefesselten Zustand mit etwas Glück in eine Falle führen können, aber gegen sechs hatte er keine Chance. Auch eine Flucht würde immer in der Sackgasse enden.

Sie waren fast am Ende der langen Treppe angelangt und Daniel musste sich langsam für einen Plan entscheiden – zumindest, welchen Weg er einschlagen sollte. Sie standen nun im Raum mit den abzweigenden Tunneln und er spürte, dass sein Peiniger mit dem Maschinengewehr gerade wieder ausholen wollte, als er sich schnell umdrehte.

„Hier lang!", erklärte er forsch und nahm instinktiv den Weg zur Grabkammer. Alles andere hatte keinen Sinn. Vielleicht würde sich noch irgendeine Möglichkeit ergeben. Das zumindest hoffte er inständig. Auch wenn er insgeheim wusste, dass dies eine äußerst trügerische Hoffnung war.

Durch die ihm nun schon vertrauten Felstunnel erreichten sie den Geröllraum mit dem freigelegten Geheimgang. Die Truppe zog sich ein wenig auseinander und schaute sich misstrauisch nach allen Richtungen um, während die Höhle von hektisch umherschwirrenden Lichtstrahlen in eine Art Disco verwandelt wurde.

Daniel überlegte einen Moment, ob er die Flucht nach vorn antreten sollte. Im gleichen Moment vereitelte die Stimme Blajevics die Durchführung dieses unausgereiften Plans.

„Los, etwas schneller! Wo geht's weiter?"

Unverzüglich spürte Daniel wieder den Kolben in seinem Rücken.

Er stieg in den weiterführenden Gang, den er mit Mara freigelegt hatte. Die anderen folgten dicht hinter ihm.

Was tat er hier? Er führte die ganze Bande direkt zur wehrlosen Mara.

Der Gang würde jetzt gleich über die Falle führen, das war seine einzige Chance. Aber er ging voran – er musste es irgendwie schaffen, dass jemand anders vor ihm war. Er sackte zusammen und spielte eine Verletzung am Fuß vor. Der Mann hinter ihm blieb stehen.

„He, was ist? Was macht er da?", hörte er Blajevics Stimme von hinten.

Der Mann hinter ihm rammte mit voller Wucht das Gewehr zwischen seine Schultern.

„Los weiter!", fuhr er ihn in kaum verständlichem Deutsch an, dann sagte er etwas in einer Daniel unbekannten Sprache zu Blajevic. Daniel tippte auf Serbisch oder eine ähnliche osteuropäische Sprache. Der Boss antwortete in der gleichen Sprache. Es klang ungehalten und aggressiv.

Daniel spürte erneut den Gewehrkolben. Die Schläge wurden von Mal zu Mal fester und schmerzhafter. Er stemmte sich mit den Händen an der Wand entlang nach oben, um direkt danach bei der kleinsten Belastung des Fußes wieder zusammenzuknicken. Scheinbar war seine Vorstellung wirkungsvoll, denn diesmal folgte keiner der erwarteten Schläge. Stattdessen ein kurzer Wortwechsel mit Blajevic. Dann ging sein persönlicher Bewacher an ihm vorbei. Hände packten ihn von hinten und zwei Männer traten neben ihn. Daniel wurde unsanft über den felsigen Boden geschleift, an jedem Arm von einem seiner Bodyguards gehalten. Er hatte das Gefühl, sein Schultergelenk würde ausgekugelt, und durch die zusätzliche Belastung schnitt das Plastikband tiefer in seine Handgelenke ein. Plötzlich öffnete sich die Klappe zu Füßen des vorne gehenden Mannes. Ohne reagieren zu können, verschluckte ihn der entstandene Hohlraum und die beiden Bodyguards ließen Daniel wie auf Kommando vor Schreck los. Daniel hatte auf diesen Moment gewartet, war sofort auf den Beinen, rammte mit seiner Schulter den einen der beiden Männer und stieß ihn auf den Abgrund zu. Der stolperte und rutschte über die Kante nach unten, konnte sich jedoch im letzten Moment noch fangen und mit dem Oberkörper und den Händen auf dem unebenen Boden festhalten.

Daniel nutzte den minimalen Moment der Verwirrung und lief in wenigen Schritten über den Balken auf die andere Seite. Gerade, als er im schwarzen Oval des Ganges verschwinden wollte, hörte er die Salven der Maschinengewehre. Im nächsten Moment sackten ihm die Beine unter dem Körper weg. Ein brennender Schmerz breitete sich wie ein Feuer in seinem linken Oberschenkel aus und seine linke Schulter schien ebenfalls etwas abbekommen zu haben.

Er versuchte aufzustehen und sich weiter in den Gang zu schleppen, aber seine Verfolger waren schon wieder bei ihm.

Blajevic riss ihn an den Haaren nach oben und sah ihn mit hochrotem Gesicht und hasserfüllten Augen an.

„Du verdammtes Stück Dreck!", schrie er Daniel ins Gesicht, dass dieser seinen unangenehmen Atem riechen konnte. „Das war einer meiner besten Männer! Wenn du so was noch einmal versuchst, schneid ich dir alle Gliedmaßen ab und lasse dich hier verrotten."

Er drehte Daniel wutentbrannt auf die Seite, zog seine Hände ganz nach hinten, entriss einem der Männer das Gewehr und holte weit nach oben aus. Dann sauste der metallene Knauf auf seine auf dem Fels liegenden Hände herab.

Schlagartig explodierte ein unerträglicher Schmerz in seinem Körper und breitete sich in jeder Pore aus. Er schrie laut. Seine rechte Hand war vollkommen zertrümmert. Er spürte keinen Finger mehr, nur noch einen dumpf pochenden Klumpen am Ende seines Arms.

Zu zweit zogen sie ihn hoch, bis er sich mühsam auf den Beinen halten konnte.

Ohne weitere Worte stießen sie ihn von hinten voran, mit den Gewehren und ihren Fäusten. Mühsam schleppte sich Daniel über den felsigen Weg die Serpentinen hinunter. Er war erstaunt, dass er trotz der Kugeln im Bein noch laufen – oder sich zumindest irgendwie weiterbewegen konnte.

Die Truppe erreichte den Raum mit der Brücke. Nachdem sie die erstaunliche Konstruktion abgeleuchtet hatten, sammelten sich die Spots ihrer Lampen auf ihrem tot daliegenden Kollegen auf der anderen Seite. Daniel fürchtete sich vor dem Passieren der schmalen Brücke in seinem derzeitigen Zustand, hatte er doch schon bei voller Kontrolle seines Gleichgewichts Schwierigkeiten mit der Balance gehabt. Mit seinen Verletzungen schien es ihm fast unmöglich, die andere Seite zu erreichen. Die Stöße in den Rücken waren unmissverständlich, er würde von nun an den gesamten Weg immer vorangehen müssen. Da zwei der Männer die Brücke an den Ketten festhielten, war die Passage jedoch leicht zu bewältigen. Alle erreichten die gegenüberliegende Seite, schließlich auch die beiden letzten unter starkem Ausschlag der nun freischwingenden Konstruktion. Blajevic ging auf den daliegenden Mann zu und stieß ihn kräftig mit seinem Fuß an, sodass er in einem Schwung auf den Rücken gedreht wurde. Sein Hemd und Anzug waren vorne komplett von seinem Blut durchtränkt. Die Kugel musste ihn irgendwo vorne erwischt haben. Daniel sah, dass er noch atmete und die Augen öffnete. Er sagte etwas zu Blajevic, was nicht nur wegen der Lautstärke, sondern auch der Sprache völlig unverständlich für Daniel war.

Sein Boss schaute lange auf ihn herab, dann zog er etwas aus seiner Tasche.

Ein kurzes zischendes Wort war zu hören, dann ein Schuss. Sofort kippte der Kopf des Liegenden zur Seite, mit einem kleinen blutenden Loch in seiner Stirn.

Blajevic steckte die Waffe wieder ein und drehte sich zu Daniel.

„Was schaust du so? Er hat seine Chance vertan." Daniel antwortete nicht, sondern sah ihn nur voller Verachtung an.

„Wo sind die anderen Männer? Und Juri?"

Daniel deutete auf den Abgrund. Blajevic wendete seinen Kopf in die angezeigte Richtung und nickte verstehend.

„Ok. Dann weiter!", wies er seine Männer an. Diese zeigten mit keiner Regung, dass sie sich klar waren, jederzeit mit einer ähnlichen Behandlung wie ihr Kollege rechnen zu müssen.

Die Treppe führte in den Raum mit den nummerierten Steinplatten. Die Öffnung klaffte unübersehbar in der Mitte der Platten und zeigte den Verlauf des weiteren Weges an. Dort unten wartete Mara auf seine Rückkehr und die versprochene Hilfe. Wie es ihr wohl ging? Sie brauchte dringend Wasser und Nahrung. Und noch dringender medizinische Versorgung.

„Soll ich hier oben warten?", fragte Daniel provokativ und deutete mit dem Kopf nach hinten auf seine Hände.

„Wir sollten dich so hinunterwerfen", antwortete Blajevic verächtlich, gab jedoch dem Sprengstoffexperten einen Wink. Er befreite Daniel mit einem kurzen Schnitt von dem Plastikband, was ihm einen Moment der Linderung verschaffte. Dann erblickte er seine rechte Hand, die eher einem deformierten, blutigen Stück Fleisch glich als einer Hand. Die Frage, ob er sie jemals wieder würde benutzen können, trat nun jedoch zurück hinter grundsätzlichen Fragen, die sein derzeitiges Schicksal betrafen. Er versuchte, die Leiter hinabzusteigen, scheiterte jedoch an seinem Bein, das dem Körper nicht ausreichend Halt gab. Da er sich mit der unversehrten Hand an der Leiter festhalten konnte, absolvierte er die Passage schließlich in Schräglage am Fels entlang – sich mit der einen Hand an der Leiter herunterhangelnd. Die Anderen wählten den üblichen Weg über die Leitern. Daniel fand zwei oder drei Gelegenheiten, seinem Schmerz in theatralischer Weise Ausdruck zu verleihen, um Mara auf den unerwarteten und insbesondere unerfreulichen Besuch vorzubereiten. Blajevic herrschte ihn lautstark an, was Daniel ausgesprochen begrüßte. Er hoffte, dass die Geräusche und Worte bis ganz nach unten dringen würden und Mara nicht gerade ausgerechnet jetzt einen Erholungsschlaf hielt.

Endlich war Daniel so tief geklettert, dass er mit dem Kopf die Höhe der Decke erreicht hatte und die Höhle von oben überblicken konnte. Er schaute dorthin, wo Mara ihm zuletzt von ihrem Lager aus zum Abschied gewunken hatte. Die Stelle lag noch im Dunkeln, erst langsam kam der Lichtschein mit den heruntersteigenden Männern und Lampen von oben nach. Daniel hangelte sich weiter und hatte fast den Boden erreicht, als er sich den letzten Meter einfach fallen ließ. Mit dem rechten Bein aufkommend, war der Aufprall nicht allzu schmerzhaft. Dann wurde die Grabkammer langsam in das Licht der nachrückenden Strahler getaucht. Er sah seinen Rucksack, auf dem sie gelegen hatte, aber von Mara selbst fehlte jede Spur. Er schaute sich in der Grabkammer um.

Sie war verschwunden!

¥

Einer nach dem anderen erreichte den Boden der Grabkammer und schaute sich in der Höhle um. Anhand der Spur ihrer Lichtstrahlen konnte Daniel erkennen, dass sie dem Rucksack wenig Aufmerksamkeit schenkten. Ihr Interesse richtete sich voll und ganz auf den Sarkophag und den sich davor öffnenden Abstieg. Während einer der Männer Daniels Hände grob nach hinten riss und erneut ein Plastikband darum zog, ging der Sprengstoffexperte auf den Rucksack zu und nahm ihn hoch. Während des Gehens untersuchte er seinen Inhalt. Daniel war sicher, noch ein Messer darin gehabt zu haben, was ihn von der immer wieder in die gleichen Wunden schneidenden Fessel befreien konnte. Blajevic und der verbleibende vierte Mann untersuchten währenddessen aufmerksam die Wände der Höhle. Dann vernahm Daniel einen unverständlichen Satz des Mannes hinter dem Sarkophag. Blajevic war in wenigen Schritten bei ihm.

„Na, wen haben wir denn da?", sagte er mit selbstgefälliger Miene, während sein Bodyguard die sich wehrende Mara an den Haaren hinter dem Versteck hervorzog. Mit der anderen Hand hielt er ihr das Maschinengewehr gegen den Kopf, sodass ihr Widerstand ein wenig geringer wurde. Sie hatte nach wie vor sichtliche Schwierigkeiten mit dem Gehen und kroch auf allen vieren hinter dem Sarkophag hervor. Sogleich erblickte sie Daniel und beide schauten sich einen langen Moment in die Augen.

„Du musst also Mara sein. Sehr angenehm!"

Mara sagte nichts und schaute ihn nur stumm an.

„Fesselt sie ebenfalls!", gab Blajevic seinen Leuten ruppig Anweisung. „Wir lassen sie beide hier und gehen allein nach unten."

Er richtete seine Lampe auf die Öffnung und schaute die Treppe hinunter.

„Das scheint ja hier das Ende der Höhle zu sein. Bin gespannt, was uns dort unten erwartet – so gut gesichert durch den Sarg. Wie habt ihr den beiseite bekommen? Alle Achtung – gute Arbeit." Er schaute Daniel und Mara mit gespielter Anerkennung an.

Mara erhielt die gleiche Plastikfessel wie Daniel und wurde grob zur Seite gegen die Wand gestoßen. Dann stießen sie Daniel so, dass sie etwa einen Meter entfernt voneinander lagen.

Daniel schaute zum Rucksack, der nun wenige Meter von ihnen entfernt stand. Der Sprenger hatte ihn dort abgesetzt und stand daneben.

Als ob er Daniels Gedanken hätte lesen können, nahm er den Rucksack und setzte ihn sich mit einem Schwung auf den Rücken.

„Mladic, du bleibst hier und bewachst die beiden. Und wenn sie den geringsten Mucks machen, töte sie!", instruierte Blajevic einen der Männer und gab den beiden anderen ein Zeichen, ihm zu folgen. Als der letzte Kopf in der unteren Grabkammer verschwunden war, stand nur noch ihr Bewacher vor ihnen – breitbeinig mit Maschinenpistole im Anschlag wie ein tötungswilliger Schlächter. Als Daniel und Mara ihn eine Weile unverwandt ansahen, schien ihm das unangenehm zu werden und er ging einige Schritte auf und ab.

Von unten hörte man Stimmengewirr. Es klang aufgeregt.

Ihr Bewacher war etwas irritiert von den Wortfetzen, die zu ihm hochdrangen und ging einige Schritte auf die Treppe zu. Daniel überlegte, was sie nun tun könnten. Mit den gefesselten Händen hatten sie keine Chance.

Da fiel ihm das aufgebrauchte Feuerzeug in seiner Hosentasche ein. Vielleicht konnte er es herausbekommen und ihm noch ein kleines Flämmchen entlocken. Dann dachte er an die vielen vergeblichen Versuche mit der Fackel. Aber einen Versuch war es zumindest wert. Er zog unauffällig seine Hände nach vorne zur rechten Tasche. Das Band saß so stramm und fest, dass es ihm kaum möglich war, in die Tasche zu gelangen. Seine rechte Hand schmerzte höllisch bei jeder minimalen Bewegung. Mit den Fingern würde er es nicht greifen können. Er versuchte mit der linken Hand das Feuerzeug von außen weiter hochzuschieben. Zum Glück stand der Soldat in diesem Moment mit dem Rücken zu ihnen. Doch dann drehte er sich um und schaute die beiden an, als ob er etwas ahnen würde. Er beobachtete Daniel aus seinen schmalen Augenschlitzen, bis von unten erneut Laute und Wortfetzen nach oben drangen. Er wandte sich nochmals der Treppe zu, sodass Daniel das Feuerzeug aus der Tasche herausschieben konnte. Es rutschte an der Hose herunter und fiel. Bevor es auf dem Boden aufkam, konnte Daniel es im letzten Augenblick noch fassen. Der Bewacher drehte den Kopf.

Er schaute sie argwöhnisch an, aber schien zumindest nichts bemerkt zu haben.

Daniel hielt das Feuerzeug in der Linken hinter seinem Rücken, sodass die Flamme seinen Schätzungen nach unmittelbar unter dem Plastik sein musste. Jetzt musste das verdammte Ding nur noch angehen!

Daniel drückte den Zünder. Wie befürchtet, tat sich nichts. Nur ein leises Klicken war zu hören. Mara schaute unmittelbar zu ihm hinüber und sah das kleine Stück Metall in seiner Hand. Der Mann an der Treppe schien nichts gehört zu haben, doch sicher war es nur eine Frage der Zeit, bei der Stille in der Grabkammer. Doch wenn sie jetzt andere Geräusche machten oder Schmerzenslaute von sich gäben, würde der Wachmann nur auf sie aufmerksam werden.

Daniel wartete. Dann war von unten das geräuschvolle Schieben von etwas Schwerem zu vernehmen. Das war eine einmalige Gelegenheit! Daniel betätigte den Zünder. Einmal, zweimal, dreimal, viele Male nacheinander.

So ein Mist! Das verdammte Feuerzeug war einfach leer.

Verzweifelt probierte er es weiter, bis das Geräusch von unten verebbte. Das war die letzte Chance gewesen. Da spürte er einen stechenden Schmerz an seinem Handgelenk und hätte fast aufgeschrieen. Die Flamme brannte! Seine Fessel schmolz und ein Gefühl von Freiheit folgte unmittelbar. Der Wächter schaute sich um. Dann spähte er tief in den Treppenschacht hinein. Er hatte nichts bemerkt. Daniel hielt die Flamme zu Mara hinüber und beobachtete den Wächter. Mara streckte ihm ihre Hände entgegen. Ihre Fessel war sofort durchgebrannt. Beide hielten ihre Hände weiter hinter dem Rücken versteckt. Daniel griff nach dem heruntergefallenen Plastikband. Die einzige

Waffe, die er neben einem ausgebrannten Taschenfeuerzeug hatte.

Mara schaute zu den nach oben führenden Strickleitern und warf Daniel einen fragenden Blick zu. Er schüttelte unauffällig den Kopf und deutete dann mit dem Kopf auf den Wächter.

„Den Sarkophag", flüsterte er Mara zu.

Der Aufpasser fuhr herum.

„He! Nix reden!", schrie er sie an und richtete die Waffe auf sie. Daniel war sicher, dass er nicht zögern würde, sie beim nächsten Mal zu benutzen. Das Okay von seinem Chef hatte er ja. Zudem waren sie beide nun ohnehin nutzlos für die Organisation geworden.

Der Mann war mit ein paar Schritten bei ihnen und blieb nun bedrohlich mit seiner respekteinflößenden Waffe genau zwischen ihnen stehen. Er richtete den Lauf abwechselnd auf Mara und auf ihn. Dann machte er ein Geräusch, wie es Kinder machen, die mit imaginären Waffen Polizei spielen und schaute sie dabei durchdringend an.

„Tot ihr seid!", stieß er kaum verständlich aus und wandte sich dann langsam zum Gehen um.

„Ihr seid tot!", verbesserte ihn Daniel und rammte ihm mit weit ausholendem Schwung sein rechtes Bein in die Kniekehlen. Der Mann ging zu Boden. Im selben Moment hechtete Mara am Boden pfeilschnell auf ihn zu und entwandt ihm das Gewehr, während Daniel die Plastikfessel von hinten um seinen Hals zog. Sein Knie hatte er in den Nacken des Mannes gepresst und drückte seinen Oberkörper mit aller Gewalt davon weg. Die Hände schmerzten in unvorstellbarer Weise, doch Daniel wuchs über sich hinaus. Er musste durchhalten! Der am Boden Liegende versuchte mit seinen Händen unter das Halsband zu kommen, hatte jedoch keine Chance gegen das gesamte Körpergewicht, das Daniel einsetzte und das dem Verbrecher alle Luft nahm.

Mara hob den Gewehrkolben, sammelte all ihre restliche Kraft und ließ ihn mit voller Wucht auf seinen Schädel heruntersausen. Sein Körper gab sofort jeglichen Widerstand auf und erschlaffte in Daniels Griff.

Mara richtete die Waffe auf die Treppe. Beide verharrten bewegungslos, die Augen auf die Öffnung gerichtet. Mehrere Sekunden lang passierte nichts, dann hörten sie Stimmen von unten. Vermutlich hatten die Männer nichts von dem mitbekommen, was hier oben passiert war, sonst wären sie schon längst hier aufgetaucht.

Daniel und Mara schauten sich an und nickten gleichzeitig in gegenseitigem Einvernehmen.

Sie schleppten sich so schnell und geräuschlos es ging hinter den Sarkophag.

Hoffentlich würden sie es schaffen, den riesigen Steinquader schnell genug über die Treppe zu bekommen. Die Männer durften gar nicht erst merken, was da passierte, sonst wären sie verloren.

Daniel stemmte sich mit dem Rücken gegen den Sarkophag, sein lädiertes Bein entlastend. Mara hatte die Hände auf dessen Kanten gelegt und lehnte sich von hinten dagegen. Das Maschinengewehr auf den Rücken geschnallt, erinnerte sie Daniel ein wenig an Lara Croft. Auf ein Zeichen stemmten sie beide sich mit all ihrer Kraft dagegen.

Doch er bewegte sich keinen Millimeter vorwärts.

Daniel verstärkte den Druck auf sein rechtes Bein und gab alles. Langsam knirschend setzte sich der Steinkoloss endlich in Bewegung. Dann wurde es ein wenig leichter, den Sarg voran zu bringen, doch es ging immer noch viel zu langsam. Von unten drangen bereits aufgeregte Stimmen nach oben und die ersten Schritte waren auf der Treppe zu vernehmen. Daniel stemmte sich mit aller Kraft gegen den Stein in seinem Rücken, doch es war unmöglich, die Schubgeschwindigkeit zu erhöhen. Es war doch so leicht gegangen, ihn zurückzuschieben! Warum nur war es jetzt fast unmöglich, ihn auf gleichem Wege in seine Ursprungsposition zu bringen?

Nun waren eindeutig mehrere Personen auf der Treppe nach oben unterwegs. Bei diesem Tempo hatten sie keine Chance, die Kammer rechtzeitig zu verschließen.

Mara hörte auf zu schieben und humpelte am Sarg vorbei auf die Öffnung zu. Dabei nahm sie das Gewehr von der Schulter und hielt es mit beiden Händen auf den Treppenabsatz gerichtet. Die Schritte waren jetzt ganz oben. Dann wurde deren unregelmäßiges Trappeln von der gleichförmigen Salve der MP überdeckt. Einen kurzen Moment hallten nur die Nachklänge der Schüsse durch den Raum, dann brach die Antwort wie ein Gewitter mit mehreren Maschinenpistolen gleichzeitig in die Stille. Mara wich zurück, feuerte dabei erneut eine lange Salve auf die Öffnung. Es gelang ihr, die Männer soweit in Schach zu halten, dass Daniel zwar sehr langsam, aber immerhin mit stetiger Geschwindigkeit vorankam. Dann blockierte plötzlich etwas! So sehr Daniel sich auch dagegen stemmte, der Sarkophag ließ sich kein Stück mehr bewegen.

¥

Daniel lief nach vorn, wo Mara noch mit der Maschinenpistole im Anschlag wartete. Die Öffnung war noch etwa dreißig Zentimeter breit – hoffentlich klein genug, dass keiner der Männer hindurchpasste.

„Gib mir Feuerschutz!", zischte er zu Mara hinüber.

Gleich darauf schlugen Unmengen von Kugeln pfeifend und hämmernd neben dem Treppenabgang ein. Daniel ergriff die aus dem Sarkophag herausstehende Metallstange und drehte sie zurück. Der massige Quader sank ächzend nach unten und kam mit einem dumpfen Aufschlag zur Ruhe. Das würde es zumindest unmöglich machen, ihn von unten wieder zurückzuschieben und die Öffnung zu vergrößern.

Daniel nahm die auf dem Boden liegende Leuchte ihres ausgeschalteten Bewachers und hakte sie im Gürtel ein. Dann traten sie zusammen den Rückzug Richtung Strickleiter an.

Schwer atmend schleppte sich Mara mit ihrem gebrochenen Fuß nach hinten, die Treppe nicht aus den Augen lassend. Ohne jede Deckung mussten sie den ganzen Weg bis zur Öffnung überwinden. Da reckte sich der erste Lauf eines Maschinengewehrs aus dem Schacht und richtete sich wie automatisch in ihre Richtung aus. Mara zögerte keinen Moment und feuerte auf die Hand, die die Waffe hielt.

Die MP verschwand aus dem Sichtfeld, von einem knappen menschlichen Laut begleitet. Vielleicht hatte eine der Kugeln ihr Ziel erreicht.

Sie waren fast an der Strickleiter angekommen.

„Geh!", raunte Mara Daniel zu, als er die Leiter mit seiner intakten Hand festhielt.

„Nein, du zuerst!"

„Geh schon! Wir können nicht lange diskutieren. Ich halte sie solange in Schach", insistierte Mara und Daniel wusste, dass es keinen Sinn hatte, ihr zu widersprechen.

Er trat auf die Leiter. Der Aufstieg über die schmalen und harten Rundhölzer bereitete ihm unsagbare Schmerzen. Er biss die Zähne aufeinander und versuchte den Schmerz völlig auszublenden. Hoffentlich würde Mara die Leiter diesmal schaffen. Zumindest war sie wieder fähig, sich aus eigener Kraft weiterzubewegen. Wenn ihre Bewegungen allesamt auch noch äußerst mühsam schienen, so erleichterte die Tatsache an sich Daniel doch ungemein. Er kämpfte weiter gegen den eigenen Schmerz an, der seinen Aufstieg zu verhindern drohte. Mit der linken Hand zog er sich von Sprosse zu Sprosse und benutzte die Füße lediglich als kurzzeitige Stütze.

Von unten ratterten mehrere kurze Salven los. Mara feuerte weiter hartnäckig auf den Zugang, dann spürte Daniel, wie sie unten schaukelnd die Leiter betrat. Er pausierte einen Moment und schaute hinab. Die MP wieder auf den Rücken geschnallt, schaffte sie die ersten drei Sprossen mit tatkräftiger Unterstützung beider Arme. Ihre körperliche Kondition und Disziplin rang Daniel immer wieder die größte Bewunderung ab.

Er setzte seinen Weg fort, schaute nach oben. Mit fest aufeinander gepressten Kiefern zog er sich bis zur nächsten Trittmöglichkeit hoch, als ein ohrenbetäubender Knall seine Ohren von innen zu sprengen drohte. Gleichzeitig bebte die Höhle und die Wände schienen sich zu verschieben. Kleine Felsbrocken sausten neben Daniel nach unten, einige trafen ihn an der Schulter, andere sogar am Kopf. Er spürte, wie das Blut an seiner Schläfe herunterlief. Zwar waren es nur kleine Felsstücke, doch hörte der Regen nun gar nicht mehr auf.

Daniel zog seinen Kopf instinktiv ein und sah durch die Leiter, dass der Schacht der Länge nach aufriss. Ein fingerdicker Spalt öffnete sich vor ihm und ließ weitere Steine nach unten rieseln. Dann hörte der ganze Zauber schlagartig auf. Seine Ohren rauschten und ein dumpfer, permanenter Klang erfüllte seinen Kopf. Mara klammerte sich unter ihm an die Leiter, dann schaute sie zu ihm hoch. Er hörte ihre Stimme als diffusen Brei, konnte keine einzelnen Worte differenzieren.

Dann klarte sich das donnernde Nachgrollen in ihm auf. Mara rief ihm wieder etwas zu.

„Daniel, hörst du mich?", konnte er jetzt an ihren Lippen ablesen und zunehmend klarer in den Ohren vernehmen.

„Ja, jetzt geht es wieder!", rief er zurück.

„Sie sprengen den Sarkophag. Wir müssen weiter. Die ganze Höhle wird kollabieren." Ihre Stimme überschlug sich vor Aufregung.

Gleichzeitig setzten sie sich wieder in Bewegung. Daniel aktivierte seine gesamten Kraftreserven, um schneller nach oben zu gelangen.

Er konnte sein Tempo fast verdoppeln. Blicke nach unten verrieten ihm, dass Mara gut mithalten konnte. Der Abstand zwischen ihnen war unverändert. Daniel hatte fast die obere

Kammer erreicht, als eine erneute Explosion die Erde erschütterte. Auch wenn sie scheinbar schwächer dosiert war, so hatte sie dennoch eine ebensolche Wirkung wie die erste. Vermutlich war die Statik der Stollen schon angegriffen und die erneute Explosion setzte sich direkt in die Schwachstellen. Die Felsen schienen zu zittern und Daniel warf sich mit letzter Kraft auf die Kante, die im sicheren Raum mit den Bodenplatten endete. Er zog sich aus dem Schacht heraus, drehte sich blitzartig um und versuchte, die Leiter mit Mara nach oben zu ziehen. Steine prasselten auf sie herab. Sie musste einen Moment innehalten, setzte dann mit geballter Energie ihren Weg fort. Daniel ergriff ihre Hand und zog sie nach oben. Mit einem lauten Stöhnen schaffte er es unter größter Anstrengung, ihren Oberkörper ein Stück über die scharfe Steinkante zu zerren. Das Beben verebbte wieder, bis nur noch ein unterschwelliges Rumoren zu vernehmen war, das von überall aus den Weiten des Berges zu kommen schien. Mara kletterte mit den Beinen aus dem Tunnel, robbte ein Stück weiter und hielt sich den schmerzenden Brustkorb, um gleich danach wieder aufzustehen.

„Komm, wir müssen weiter", hauchte sie Daniel schwer atmend zu und streckte ihm symbolisch ihre Hand entgegen. Er rappelte sich auf und stolperte neben ihr über die nummerierten Bodenplatten zur Treppe. Alles war schon übersät mit Geröll und Schutt, der von der Decke herabgeregnet war. Sie hatten gerade die Treppe erreicht, da kam die dritte Explosion.

„Zum Teufel, was machen die da?" Daniels Worte gingen in dem ohrenbetäubenden Wüten unter, das diesmal von Ferne heranrollte und sie daraufhin wie eine Tsunami-Welle überflutete. Der Boden unter ihnen bebte wie nie zuvor. Sie hetzten durch ein Unwetter von fallenden Steinen und Felsstücken und krochen auf allen vieren die Treppe nach oben. Sie erreichten den Raum mit der hängenden Brücke. Hier erwartete sie ein Weltuntergangsszenario. Eine Spalte hatte den Boden in zwei große Blöcke geteilt. Überall rieselte es herunter – von der Decke, den Wänden und von der Abbruchkante. Dort fiel gerade ein größerer Block aus massivem Fels in die Tiefe, begleitet von einem tosenden Bersten. Die Erde rebellierte, sie tobte und rumorte, ein riesiger Magen, der alles in sich aufnahm, verdaute und in sich begrub. Eine weitere Spalte fraß sich in den Boden und setzte sich an der Wand nach oben fort. Der Berg brach auseinander und kollabierte in sich. Der Weg nach oben war noch weit. Sie würden es nicht schaffen!

„Komm!", schrie Daniel und war mit zwei Schritten auf der Brücke. Sie zitterte an ihren rostigen Ketten, die sich von einem Punkt der Decke in alle vier Richtungen ausbreiteten. Er schaute nach oben. Feiner Staub trübte seinen Blick.

„Mara! Komm!", rief er erneut, während die stählerne Schaukel sich oben aus der Verankerung löste. Reflexartig sprang er mit letzter Kraft ab, doch erreichte nicht ganz die andere Seite. Hinter ihm stürzte die wuchtige Brücke in die Tiefe. Mit den Fingern seiner gesunden Hand krallte er sich in den brüchigen Steinboden, der seinen Griff mit einem wütenden Beben zu kommentieren schien. Ein Stück Fels löste sich direkt neben ihm und rutschte nach unten. Mit dem Fuß fand er Halt, konnte sich kurzzeitig aufstützen und über die Kante nach oben wuchten. Er drehte sich zu Mara, die hilflos auf der anderen Seite des Abgrunds stand.

Dann passierte es. Die Decke des Raumes bekam Risse, die sich wie eine Lunte weiterfraßen. Ein Teil davon stürzte hinter Daniel ein und versperrte den Ausgang zu den Serpentinen nach oben. Der Rückweg war nun vollkommen abgeschnitten und verschüttet. Sie würden hier nicht wieder herauskommen.

Der Steinregen nahm kein Ende – im Gegenteil. Große Brocken zerschellten neben Daniel und hätten ihn mehrmals fast getroffen. Die Felsen wurden größer und schlugen nun überall in der Höhle ein. Es war ein Wunder, dass er überhaupt noch lebte. Verzweifelt verharrte er am Abgrund, Mara auf der anderen Seite. Sie stand immer noch ratlos da, hinter ihr krachte gerade ein riesiges Stück der Decke nach unten. Sie hielt sich die Arme schützend über den Kopf. Ein verzweifelter und sehnsüchtiger Blick lag zwischen ihnen. Nur ein Augenblick, der wie in Zeitlupe die gesamte Zeit um sie herum einzufrieren schien. Daniel hätte den Moment gern in alle Ewigkeit festgehalten, wenn er geahnt hätte, was nun passieren würde.

Der Boden unter ihren Füßen löste sich, der gesamte Fels rutschte nach unten in die Tiefe ab. Dorthin, wo schon mehrere Menschen ihre Ruhe gefunden hatten. Sie konnte sich nicht festhalten, es gab einfach nichts. Zudem war sie zu perplex und noch mitten im Blick zu Daniel gefangen.

Sie fiel. Fiel einfach durch den leeren Raum. Daniel konnte nicht glauben, was da gerade geschehen war. Er stand nur da, dann löste sich ein Schrei aus seiner Kehle, der Verzweiflung, Wut, Ungläubigkeit und Sehnsucht in sich vereinte.

„Mara!" Der Nachhall aus der Tiefe ging im Getöse der fallenden Steine unter. Ein erneutes Beben ließ die Höhle wie ein Kartenhaus in sich zusammenfallen. Daniel wurde von einem Stein am Kopf getroffen. Er fiel zu Boden, versuchte kriechend zu entkommen, aber es gab keinen Schutz. Überall prasselten die Felsen wie riesige Hagelkörner von der Decke. Die Wände rissen auf und ein Gemisch von Steinen, Geröll, Staub und Erde überflutete den Raum von allen Seiten. Es gab kein Entkommen mehr.

Ein weiterer Stein fiel ihm wuchtig auf den Rücken. Er traf seine Wirbelsäule, drückte ihn auf das herumliegende Geröll. Er konnte nicht mehr weiter. Er war vollkommen bewegungsunfähig. Weitere Steine prasselten auf ihn herab. Staub und Erde bedeckten seinen Körper wie ein Leichentuch. Er nahm ein paar letzte Atemzüge, bevor das Gemisch aus Steinen und Geröll ihn sich ganz zueigen gemacht hatte. Die Erde verleibte sich das ein, was von jeher ein Teil von ihr war. Sie holte sich zurück, was ihr gehörte und wehrte sich gegen das, was man ihr antat.

Daniel konnte nicht mehr atmen. Der Sauerstoffgehalt war zu gering, ihm schwand langsam das Bewusstsein. Seine letzten Gedanken waren bei Mara. Ihr Bild hatte er vor Augen, den Moment als sie sich ein letztes Mal angesehen hatten. So viel hatte in diesem letzten Blick gelegen: Verzweiflung, Wärme, Liebe! Nun wurde sie gemeinsam mit ihm in dieser Grabstätte beerdigt. Mara lag schon dort unten, nur wenige und doch so viele Meter von ihm entfernt. Die Gedanken an sie und ihren Blick verschmolzen zu einem einzigen Augenblick des Stillstands in einem winzigen unendlichen Punkt, dann verlor er das Bewusstsein, bevor der Raum vollständig einstürzte.

Draußen zogen die Wolken über die Hügel des Razès. Eine gespenstische Ruhe lastete auf den Bergen, die ihr Geheimnis in stiller Einsamkeit in sich begruben.

# Epilog

Die Luft war kristallklar. Nur an wenigen Stellen sammelten sich flirrende Wirbel in der spätsommerlichen Hitze. Ein ungeahnter Weitblick auf die umliegenden Erhebungen ergab sich von hier oben.

Er saß auf den Resten des Château Bezù, der alten Templerfestung oben auf der Bergspitze des Bezù und blickte geradewegs auf den Pech Cardou. Ein wohldosierter Wind berührte seine Haut, sorgte für angenehme Abkühlung und ließ ihn gleichzeitig zu einem Teil der Landschaft werden. Als er den Kopf nach links wendete, konnte er bis hinüber nach Rennes-le-Château sehen. Fast jedes Detail war an diesem klaren Tag von hier auszumachen. Er glaubte sogar zwei Menschen auf dem Magdalenenturm zu erkennen. Sicher Touristen, die mehr oder weniger zufällig auf die mysteriöse Geschichte des Ortes und das unlösbare Geheimnis des Abbé Saunière gestoßen waren. Er schaute zurück auf das Massiv des Pech Cardou, wie es erhaben und unergründlich vor ihm lag. Die Ereignisse vor fünf Monaten hatten ihn mitgenommen und sein Leben umgekrempelt. Es war das erste Mal nach den dramatischen Geschehnissen, dass Daniel wieder hier war. Lange hatte er gebraucht, um wieder ganz gesund zu werden, viele Operationen und mehrere Monate im Krankenhaus. Nun genoss er die fast gespenstische Ruhe und die unverwechselbare Atmosphäre dieser Landschaft.

Gedankenversunken schaute er ins Tal und dachte an Mara.

Wie er viel später erfuhr, hatte Arnaud ihn mit einer Hilfstruppe aus den verschütteten Stollen bergen können. Er war zwar untergetaucht, hatte aber in der Hütte nach dem Rechten gesehen und die Klappe offen vorgefunden. Ihm hatte er sein Leben zu verdanken – Arnaud, einem sympathischen kleinen Franzosen, einem der letzten Wächter, die das Geheimnis des Altars und des Berges vor dem Zugriff der Welt schützten. Vielleicht war es gut so, dachte Daniel bei sich. Vielleicht musste das Grab Jesu geschützt werden. Gerade in einer Zeit wie der heutigen.

Diego und Joelle hatten sich rührend um ihn gekümmert, waren ständig um ihn herum gewesen. Hatten ihn gepflegt und bemuttert, bis er wieder auf den Beinen war. Joelle hatte sich sogar Urlaub genommen. Und sie hatte sich um alles andere gekümmert. Hatte das Belastungsmaterial der Staatsanwaltschaft übergeben, sodass eine Verhaftungswelle der ‚Asmodeus'-Mitglieder unmittelbar erfolgt war. Die Polizei nahm die Sache sehr ernst und war dankbar für die handfesten Beweise, hatte man doch auf eine solche Gelegenheit gewartet. Die Organisation stand schon lange unter ihrer Beobachtung, jetzt konnte man ihr die zahlreichen Verbrechen und Verstöße gegen die Menschenrechte in ganz Europa endlich nachweisen. Ganz zu schweigen von ihren kriminellen Aktivitäten im Kosovo-Krieg und den damit verbundenen Massakern, wegen derer mehrere ihrer Mitglieder von der UNO als Kriegsverbrecher gesucht wurden. Bisher hatte man sie nicht dingfest machen können, doch das änderte sich nun schlagartig. Nedim und einige weitere Gefangene konnten in einem spektakulären Nachteinsatz von Spezialtruppen aus den privaten Kerkern der Organisation befreit werden. Sein Zustand war erbarmungswürdig gewesen, doch man hatte ihn schnell wieder auf die Beine bekommen. Wenige Wochen später hatte er Daniel im Krankenhaus besucht. Seitdem war er regelmäßig gekommen. Sicher würde er noch lange therapeutischen Beistand benötigen, er machte einen stillen und in sich gekehrten Eindruck. Doch Daniel spürte eine starke Verbundenheit und Verantwortung ihm gegenüber. Diego hatte sich zunächst um ihn gekümmert, solange Daniel noch das Krankenbett hüten musste.

Auch Vincent hatte sich von den schweren Verletzungen erholt. Es ging ihm wieder gut. Daniel hatte ihn erst vor zwei Wochen in Köln bei Diego wiedergetroffen.

Und nun saß er wieder hier. Als ob nur ein paar Tage vergangen wären. Und doch war alles so weit weg.
Er spürte eine Hand an seiner Schulter und blickte sich um.
„Schon zurück von deiner Erkundung?", fragte er überrascht.
„Ja, du hattest recht. Es gibt keinen anderen Weg mehr", antwortete Mara und ließ ihre Hand auf seiner Schulter liegen. Daniel griff nach ihr und zog Mara dann langsam und sanft zu sich herunter. Sie lächelte und setzte sich dicht neben ihn, legte ihren Kopf an seine Schulter und seufzte. Es klang nicht wie Verzweiflung, sondern glücklich aus tiefster Seele.
Als Daniel damals im Krankenhaus erwacht war, galt sein erster und einziger Gedanke ganz ihr. Er hatte nur ein brüchiges „Mara" herausgebracht.
Als er erfahren hatte, dass auch sie gerettet worden war, überkam ihn sofort ein Schlaf der Erleichterung. Später erfuhr er, dass sie in einem langen Kampf zwischen Leben und Tod gelegen hatte. Unzählige Wochen hatte es gedauert, bis er sie wiedersehen konnte. Doch es grenzte schon an ein kleines – oder eher ein großes Wunder, dass sie beide dieses Unglück überlebt hatten. Fast zwei Tage hatten sie wohl verletzt und bewusstlos tief unter Steinen und Erde begraben gelegen. Aber dass sie gerettet worden waren – überhaupt noch lebten und nun zusammen wieder hier saßen, konnte Daniel immer noch kaum fassen. Es war wirklich ein Wunder!
Er schaute auf das Mausoleum gegenüber, das die Pyramiden und alle anderen königlichen Grabmäler in seiner Natürlichkeit und Erhabenheit bei weitem übertraf. Daniel fragte sich, ob sie auch überlebt hätten, wenn es irgendein Berg gewesen wäre, nicht das Grab Jesu Christi. Er drängte den Gedanken jedoch sofort wieder beiseite.

Ein Berg wie jeder andere, doch Daniel sah ihn nun mit völlig anderen Augen. Das Grab des letzten Templer-Großmeisters und das Grab Jesu. Hier in einer der abgelegensten Gegenden Südfrankreichs.

ARCANA DEI. Hier lagen sie, die Geheimnisse Gottes. Nun endgültig verschüttet und gut geschützt. Mara und er hatten alle Unterlagen und Aufzeichnungen vernichtet, nur die Tafel befand sich noch immer im Genter Altar. Doch es gab kaum ein besseres Versteck. Die Geheimnisse waren dort gut bewahrt. Der Leichnam Jesu Christi würde nun sicherlich seine Ruhe und seinen Frieden finden.

Aber vielleicht waren die größten Geheimnisse Gottes ganz andere, dachte Daniel bei sich. Nicht die spektakulären Funde und Schätze, sondern Dinge, mit denen man jeden Tag zu tun hatte und es nicht merkte. Dinge, die sich in einem ganz alltäglichen Gewand zeigten – und doch großartig und wundersam waren. Er schaute sich den kleinen Stein in seiner Hand an und warf ihn gedankenversunken den Hang hinunter.

An seiner Schulter spürte er Maras Kopf. Er war dankbar für alles, was ihm gegeben worden war. Und was ihm geblieben war. Dann drehte er sich zu ihr und schaute ihr in die Augen. Sie hob den Kopf und erwiderte seinen Blick liebevoll.

Daniel flüsterte nur ein Wort, doch für ihn lag alles darin:

„Mara."

# Anmerkungen

Bei dem vorliegenden Werk handelt es sich um einen Roman. Daher sind Handlung und Personen frei erfunden. Dennoch verarbeite ich im Roman zahlreiche historische Fakten und Ereignisse, die ich möglichst korrekt und genau wiederzugeben versucht habe. Die Verbindung dieser einzelnen historischen Fakten untereinander ist allerdings fiktiv und nur eine Möglichkeit, wie alles hätte gewesen sein können.

Der Genter Altar galt schon immer als ein unglaublich mysteriöses Werk mit versteckten, geheimen Botschaften darin. Laut zahlreicher Legenden soll sich der Schlüssel zum Heiligen Gral in der Tafel der ‚Gerechten Richter' befinden.

In der Nacht zum 11. April 1934 wurde diese Tafel zusammen mit ihrer rückseitigen Tafel in der Genter Kathedrale gestohlen. Nachdem die Verhandlungen über die Rückgabe durch die mit D.U.A. unterzeichneten Kleinanzeigen keinen Erfolg zeigten, kamen die Ermittlungen zum Erliegen. Erst durch den Tod Arsène Goedertiers und der damit verbundenen Geständnisse und auftauchenden Materialien schöpfte man neue Hoffnung auf Klärung des Diebstahls. Binnen kürzester Zeit verstarben auch seine beiden Komplizen unter merkwürdigen Umständen. Weitere Hinweise auf die verschwundene Tafel gab es nicht. Sie wurde daraufhin ganz in der Nähe der Kathedrale oder sogar darin vermutet, so wie Goedertier es angedeutet hatte. Trotz zahlreicher Renovierungsarbeiten konnte sie aber bis heute nicht gefunden werden.

Hitlers immenses Interesse an dem Altar und der verschwundenen Tafel ist belegt und überliefert. Nachdem der gesamte Altar in einer waghalsigen Rettungsaktion über Südfrankreich nach Rom geschafft werden sollte, gelang es den Nazis schließlich 1940 doch noch, den Altar in ihre Hände zu bekommen. Oberleutnant Koehn wurde eigens dafür abgeordert, die fehlende Tafel wiederzubeschaffen – erfolglos.

Die Akte ‚Goedertier' wurde sofort nach dessen Tod zu einer geheimen Staatssache erklärt. Teile der Akten verschwanden und die Angelegenheit oblag höchster Verschwiegenheit.

Die Ereignisse rund um Rennes-le-Château und ihren Pfarrer Bérenger Saunière sind mittlerweile Stoff für zahlreiche Theorien geworden. Sie versuchen auf ganz verschiedene Weise zu erklären, was Saunière dort gefunden haben könnte. Der im Roman zusammengefasste Abriss gibt nur die allgemein anerkannten Fakten wieder. Die Theorie des Grabes im Pech Cardou ist nicht neu, sie findet sich u.a. in den Abhandlungen von Andrews/Schellenberger.

Die gesamte Gegend rund um Rennes-le-Château ist von Stollen und unterirdischen Gängen durchzogen. Dies mag teilweise geologische Gründe haben, teilweise auf die vielseitige Geschichte des Ortes Rhedae mit seiner bewegten Vergangenheit zurückzuführen sein. Ob dort etwas abgebaut oder versteckt wurde, ist bis heute unklar. Möglicherweise trifft auch beides zu.

Die unterirdische Tätigkeit der Templer, für die das Razès von besonderer Bedeutung war, ist nachgewiesen. Was sie dort in den Tiefen der Erde mit extra eingereisten deutschen Bergleuten gemacht haben, ist immer noch ungeklärt. Französische Bergleute aus dem 17. Jahrhundert bezeugten, dass die Templer einen unterirdischen ‚trésor' dort angelegt hätten. Die Stollen und Eingänge wurden jedoch komplett zugeschüttet.

Über die Templer und ihre rätselhafte Geschichte ist viel veröffentlicht worden. Im Roman wird sie nur in verkürzter Form wiedergegeben. Welches Geheimnis der Orden hütete und warum er sich für dieses Geheimnis dem drohenden Untergang weihte, stellt die Historiker auch heute noch vor ein Rätsel. Eine weit verbreitete Legende, die viel Raum für weitere Vermutungen bietet, ist der sogenannte ‚Fluch der Templer'. Jacques de Molay soll bei seiner Hinrichtung einen Fluch gegen seine Verfolger ausgesprochen haben. Alle drei sollen tatsächlich innerhalb eines Jahres gestorben sein. Ob das in den reinen Bereich der Legende gehört oder einen historischen Kern enthält, ist heute schwer zu sagen. Jedenfalls förderte dieser Fluch den mystischen Ruf der Templer weit über ihren Untergang hinaus.

Nicolas Poussins Gemälde ‚Die Hirten in Arkadien' ist heute im Louvre zu bewundern. Es trägt, wie auch andere Bilder des Malers, kryptische Züge, die hier im Zusammenhang mit dem sogenannten ‚Grabmal von Arques' eine besondere Bedeutung erhalten. Heute ist dieses Grabmal abgerissen, sodass eine nähere Erforschung unmöglich ist. Die ehemalige Grabplatte befindet sich seit Saunières Umbau auf dem Friedhof von Rennes-le-Château. An den ‚Hirten in Arkadien' schien nicht nur Ludwig XIV., sondern auch Saunière ein spezielles Interesse gehabt zu haben.

Das Turiner Grabtuch, das in seiner Echtheit umstritten ist, gilt als die heiligste Reliquie des Christentums. Auch wenn viele verblüffende Argumente für die Echtheit des Tuches sprechen, so stehen jedoch die Ergebnisse der C14-Datierung dem diametral entgegen. Laut den Messungen soll es sich um ein Tuch aus dem 13./14. Jahrhundert handeln. In den letzten Jahren gab es Zweifel an diesen Messungen, da die Proben aus einer nach einem Brand eingewebten Ausbesserung aus dem Mittelalter stammen könnten.

Eine neuere Untersuchung wurde bisher vom Vatikan jedoch nicht zugelassen.

Laut medizinischer Gutachten am Grabtuch handelt es sich bei dem Gekreuzigten um einen Mann, der zum dem Zeitpunkt, als er in das Tuch gelegt wurde, noch lebte.

Das Massaker von Srebrenica im Juli 1995 gilt als das größte Kriegsverbrechen in Europa seit dem Ende des Zweiten Weltkriegs. Die 8.000 Ermordeten wurden in Massengräbern verscharrt und kurz danach mehrfach umgebettet, um so die

Taten zu verschleiern. Das Massaker wurde von der UNO als Völkermord eingestuft und kriegsrechtlich verfolgt.

Der Genter Altar der Gebrüder van Eyck ist nicht nur ein kunsthistorisch bedeutendes Meisterwerk und auf jeden Fall eine Reise wert, sondern auch durch seine geheimnisvolle Geschichte ein überaus spannendes und interessantes Werk. Er war für mich der Ausgangspunkt und die Inspiration für zahlreiche weitere kleine und große Geheimnisse und Rätsel, die uns heute geblieben sind und die vermutlich nie bis ins Letzte geklärt werden können. So wird immer ein Spielraum für Spekulationen und Interpretationen bleiben. Aber gerade diese machen die Geheimnisse doch eigentlich noch spannender ...

# Der Autor

Klaus-Jürgen Wrede wurde 1963 in Meschede geboren. Er studierte Musik und Theologie sowie Komposition und Klavier. Wrede ist Gymnasiallehrer, seit 2000 jedoch nebenberuflich als Spieleautor tätig. 2001 gewann sein Spiel „Carcassonne", das bisher über 10 Mio. Mal in über 30 Sprachen verkauft wurde, den „Deutschen Spielepreis" und wurde zum „Spiel des Jahres 2001" gekürt. Seit 2009 ist Klaus-Jürgen Wrede hauptberuflich als Spieleautor tätig und hat bisher mehr als 30 Spiele veröffentlicht. „Das Geheimnis des Genter Altars" ist sein erster Roman.

# Danksagung

Es gibt viele Menschen, die mir auf dem langen Weg der Recherchen und der Entstehung meines Romans eine große Hilfe waren.

Allen voran Andrea, die über die ganzen Jahre – während der gesamten Planung, in unzähligen Gesprächen, Recherchen und beim fortwährenden Probelesen – eine stetige Hilfe und unverzichtbare Unterstützung für mich war! Danke für deine Geduld mit mir über all die Jahre der Arbeit am Roman und einfach für alles!

Ebenso denjenigen, die mich beim Probelesen mit ihrem kritischen Sachverstand und wertvollen Anmerkungen sowie moralischer Unterstützung weitergebracht haben:
Dagmar Joseph, Sylvia Struck, Martina Galilea und ganz besonders an Heike, die jederzeit bereit war, sich mit immer neuen Überarbeitungen und Fragen auseinanderzusetzen und mir in sehr vielen Dingen eine wirklich große Hilfe war.

Und ein riesengroßer Dank geht an Susanne – für ein offenes Ohr zu jeder Zeit, kritische Beratung in unzähligen Fragen bei der Überarbeitung des Romans und Unterstützung in jeder Form!

Meine Lektorin Lea Intelmann hat mich immer wieder mit ihrer Weitsicht, Erfahrung und einem Gespür für die winzigen Details beeindruckt, ohne mich dabei verbiegen zu wollen. Vielen Dank dafür!

Klaus-Jürgen Wrede, Juli 2015

# Weitere Titel im acabus Verlag

Michael E. Vieten

**Christine Bernard
Der Fall Siebenschön**
Krimi

ISBN: 978-3-86282-352-9
BuchVP: 12,90 EUR
288 Seiten
Paperback

Eine Frau, ihre sechs Töchter und ein verzweifelter Mann. Sieben Tage Verhör und ein schrecklicher Verdacht. Wo sind Andrea Schröder und ihre Kinder? Leben sie noch? Unter Einsatz ihres eigenen Lebens treibt eine junge Kommissarin der Trierer Polizei die Ermittlungen voran und versucht, einem psychisch auffälligen und gewalttätigen Sonderling die dringend benötigten Informationen abzuringen. Doch sie hat sich bereits in seinem Netz dunkelster Absichten verfangen. Eine beispiellose Achterbahnfahrt in die Abgründe der menschlichen Seele beginnt. Ein spannender Psychokrimi nicht nur für Genre-Fans.

Richard Surface

**Das Vermächtnis**
Thriller
Übersetzt von Zoë Beck

ISBN: 978-3-86282-226-3
BuchVP: 14,90 EUR
364 Seiten
Paperback

München, Alte Pinakothek, 2003: Ein alter Mann wird brutal gefoltert, doch das Geheimnis um sein Vermächtnis gibt er nicht preis.

Ein Mord, ein verschollenes Kunstwerk, ein gefährliches Vermächtnis. Um die Unschuld seines Großvaters zu beweisen, die Mörder zu fassen und den Schleier um sein Vermächtnis zu lüften, beginnt Gabriel ein tödliches Spiel und gerät immer mehr in ein undurchsichtiges Netz aus Intrigen, in das auch die Polizei verstrickt zu sein scheint.

Aus dem Englischen übersetzt wurde dieser Roman von der Schriftstellerin Zoë Beck.

Unser gesamtes Verlagsprogramm
finden Sie unter:

www.acabus-verlag.de
http://de-de.facebook.com/acabusverlag